BIG

PICKWICK

KYRA SHELL

MEET EFREM KRUGHER

VOLUME 1

Dark desires

Sperling & Kupfer

www.pickwicklibri.it
www.sperling.it

Meet Efrem Krugher
Volume 1 - Dark desires
di Kyra Shell

Pubblicato in accordo con Grandi & Associati, Milano

ISBN 978-88-5544-237-4

I edizione trade ottobre 2021
I edizione Pickwick BIG febbraio 2024

Anno 2024-2025-2026 - Edizione 1 2 3 4 5 6 7 8 9 10

Avvertenza

Quest'opera è un Dark romance, pertanto contiene la trattazione di tematiche delicate, relazioni proibite e la descrizione di scene esplicite.

Le situazioni narrate, le azioni, i pensieri dei personaggi non rappresentano una realtà da emulare né si prefissano di legittimare la loro condotta, ma semplicemente di portarne in luce i vari aspetti, soprattutto oscuri; altresì i riferimenti medici sui disturbi alimentari non intendono sostituirsi a un consulto con una figura professionale abilitata né a un percorso terapeutico adeguato.

Se ne consiglia la lettura a un pubblico maturo e consapevole.

A chi ama l'oscurità.
A chi ama le menti contorte.
A chi è pronto a rompere ogni schema.
A chi non ha paura di mettersi in gioco.
A chi è disposto a rivalutare le proprie certezze.
A chi odia i pregiudizi.
E si astiene dai giudizi.
A chi assapora la libertà.
A chi apprezza la follia.
A chi non teme
il sibilo di un serpente e desidera
giungere al varco del proibito.
Questa storia è per voi.
Kira Shell

Il principe delle tenebre è un gentiluomo.
William Shakespeare

Prologo

Come una sirena, piccola Dorie,
tu nuoti nell'oceano della mia eterna perdizione.
KIRA SHELL

PARTIAMO da due semplici parole: *errore* e *Sirenetta.*

Tanto diverse tra loro, ma strettamente connesse dal fato beffardo.

Cos'è un *errore*?

Mi affido al significato etimologico del termine: travisamento dei valori, deviazione morale, colpa, peccato, abbandono della verità, qualsiasi essa sia, logica o etica. Penserete che io sia ubriaco o forse un folle che vaneggia su queste pagine consunte. Orbene, sono soltanto un uomo a cui piacciono le strane cogitazioni mentali. Molte volte, nella mia vita, mi sono chiesto quanto possa costare un errore, quali conseguenze comporti e soprattutto se il mio lo sia stato davvero oppure sia stato un semplice capriccio. Magari un desiderio, un incubo, un sogno tutto insieme. Forse non lo capirò mai, tuttavia Henry Ford sostiene che l'errore serva a diventare più intelligenti e stando a questa teoria, oggi, dovrei pensare che la profusione degli sbagli commessi mi abbia reso soltanto un vero genio.

Un momento…

Restiamo fermi su questa grandiosa certezza morale e intellettuale, vi prego!

Adesso passiamo al secondo termine: *Sirenetta.*

Si dice che ogni uomo nel mondo abbia la sua Sirenetta.

È una sciocchezza, non lo dice nessuno. Si tratta solo di un'altra delle mie meditazioni introspettive.

Abbiate pazienza, adoro burlarmi di voi!

Ciononostante, riflettete: sostenere che sia qualcun altro ad affermare qualcosa che in realtà sostengo fermamente io ha un effetto, come dire…

Poetico? Letterario?

Quindi lasciatemi proseguire.

Immaginate che il mondo sia un unico e immenso oceano abitato da una moltitudine di uomini che vaga in cerca del proprio destino e che, lì, in mezzo a ciò che a voi pare il nulla, ci sia una Sirenetta dal canto suadente, l'aspetto incantevole e lo sguardo avvenente.

Omero nell'Odissea descrive le sirene come creature ingannevoli, la cui voce deliziosa ammalia i marinai che, con l'intenzione di afferrarle, le seguono a nuoto e periscono per annegamento.

Bene, analizziamo anche questo terzo termine dal macabro fascino: *annegamento*.

Vi starete chiedendo: come può un uomo annegare per una donna?

Cosa sta dicendo questo sventurato?

Avete ragione, ve lo spiego subito.

La prima volta in cui notai i suoi occhi grandi, di un brillante color ambra avvolto da appariscenti nuance dorate, mi parve di essere avvitato a uno spettro di luce colorata, un vero arcobaleno nel cielo, e fu in quella circostanza inconsueta che una sensazione insopprimibile mi si annidò nel petto, serrandomi il respiro.

Miei lettori, oggi ne ho memoria come se fosse successo ieri.

E non vi nego di esserne ancora irreparabilmente irretito, inebriato, attratto…

Quando il suo corpo, deliziosamente morbido e caldo, mi si sedeva in grembo, scivolava nudo sotto i miei polpastrelli avidi oppure mi tentava con le sue curve armoniose e femminili, cedevo alla tortura di una struggente passione e, come un bastardo dissimulatore, possedevo in ogni modo quella graziosa fanciulla.

Starete pensando: cosa c'entra l'annegamento con tutto questo?

Un momento, lettori, siate indulgenti.

Pazientate ancora un po'.

Compresi di essermi impigliato in una disastrosa situazione, come una piccola mosca nella tela di un ragno, quando persi del tutto la mia coscienza.

Ogni mio criterio morale fu debellato da quella ragazzina.

E accadde che, grazie a lei, divenni un uomo diverso, pronto a commettere un errore fatale.

Annegai, signori!

Annegai totalmente in quell'amore proibito.

Annegai nei miei vizi.
Annegai nella mia perversione.
Tutto questo per colpa di una Sirenetta.
Ve lo sareste mai aspettato?
Potrei elencarvi numerose leggende nelle quali le sirene appaiono come simbolo del maligno e della perdizione, ma anche come creature caritatevoli e accompagnatrici delle anime nell'Aldilà. Tuttavia, tralasciando i dettagli pleonastici, i più attenti avranno notato che esse conducono sempre a unico esito: *la morte*. Non chiedetemi perché, ho sempre odiato le spiegazioni futili; posso solo dirvi che non si può sfuggire alla *Sirenetta*, né al suo richiamo misterioso e ignoto che vibra nelle membra persino dell'uomo più vigoroso.
E adesso lo so a cosa starete pensando.
Cosa sta blaterando questo disgraziato?
Lo so che vi aspettavate che decantassi le mie capacità erotiche, che mi baciassi il bicipite, riflesso in un lussuoso specchio, elogiando in versi poetici le grazie concessemi da madre natura.
Lo so che vi aspettavate che esaltassi il numero di donne che ha scaldato il mio letto o che specificassi quanto siano smisurate le doti con le quali, molto spesso, le ho condotte al culmine dell'estasi.
Lo so, lettori, che volevate una presentazione del tipo: «Mi ero infilato nell'Eden più infernale che conoscessi, ma al contempo l'unico Eden capace di concedermi un piacere così sublime.
«La mia bellezza travolgente era una condanna per le donne.
«L'intelletto la causa di ogni male. Le femmine, dopo essere state con me, potevano saltare persino su un toro restandone completamente indenni. Mi piaceva sedurle, ammaliarle e vezzeggiarle nei modi più scandalosi. Durante le nostre focose serate, torturavo le loro terga a suon di schiaffi e affondi fulminei tanto quanto aggrovigliavo il loro stomaco con i miei comportamenti avvilenti.
«Ero bravo a infuocare le menti, ma lo ero ancor di più a fottere i corpi.
«Troppo spesso, tornavano a casa con le cosce dolenti, sporche di me e…»
Oh, suvvia, che noia!
Quanta vanità!
Una presentazione del genere, seppur veritiera, non sarebbe stata piuttosto trogloditica e sgraziata?
Sono pur sempre un uomo distinto, raffinato, avvezzo al *bon ton*.

Ciononostante, signori, diffidate dalla mia apparente innocenza, poiché questa irreprensibilità, talvolta ostentata, potrebbe essere finta e calcolata come quella di un pervertito.

Lo so che volevate qualcosa di più convenzionale e ordinario, ma non credete agli uomini che esaltano, con eccessiva vanagloria, le proprie virtù.

Spero che abbiate compreso queste mie povere e ineffabili righe.

Mi preme rammentarvi che non sono uno scrittore né un poeta.

Sono semplicemente uno psichiatra, meglio noto come il dottor Efrem Krugher e, sebbene l'attività letteraria esuli dalla mia professione, vi narrerò alcuni stralci della mia triste storia.

Se vorrete, sarò onorato di accompagnarvi in questo viaggio…

E no, signori… Non chiedetemi perché!

1
Thea

Conoscere la propria oscurità è il metodo migliore
per affrontare le tenebre degli altri.
Carl Gustav Jung

La pioggia scrosciava con un gran fragore e batteva violenta contro i vetri scuri della Range Rover mentre lampi vividi squarciavano il cielo nuvoloso.

Era raro che a West Hollywood piovesse in primavera, perciò come una bambina mi incantai ad ascoltarla.

Il ritmo cadenzato mi trascinava sempre in uno stato placido di riflessione che, temporaneamente, attenuava le preoccupazioni con le quali dovevo fare i conti tutti i giorni.

Amavo la pioggia, amavo udirla e amavo la quiete che ne conseguiva.

Aprii il finestrino per inspirarne a pieni polmoni il petricore, terroso e pungente, poi accennai un sorriso, sentendomi incredibilmente rilassata.

«Che fottuto mal di testa.»

Fu la voce di Andy a fendere la tranquillità dell'abitacolo e a indurmi a voltarmi nella sua direzione.

Seduto accanto a me sui sedili posteriori della vettura, si massaggiava le tempie, imprecando ogni cinque minuti.

Alle nove del mattino, doveva ancora smaltire i residui della sbornia del giorno prima.

«Avresti dovuto evitare di andare a quella festa», brontolai riluttante.

Non riuscivo proprio a mascherare il fastidio che provavo a immaginarlo circondato da altre ragazze interessate a ottenere anche un piccolo assaggio del suo fantastico corpo.

Non lamentarti, Thea, l'hai voluto tu, mi ricordò la mia stupida coscienza.

Approfittando della sua distrazione, mi soffermai a guardarlo: indossava dei jeans neri e strappati, una t-shirt del medesimo colore e un chiodo di pelle con l'enorme scritta gialla Hard Rock. La pelle nivea si intonava ai capelli tinti di biondo platino, con un ciuffo lungo che gli cadeva spettinato sulla fronte; gli occhi, di un freddo blu indaco, erano costellati da magnetici zampilli grigio ardesia, mentre i lineamenti delicati, dalle labbra rosee al naso sottile, ammorbidivano la sua pronunciata mascolinità.

Il corpo, alto e slanciato, era disseminato di tatuaggi, alcuni significativi, altri meno.

Due in particolare gli decoravano il collo: l'iniziale del suo nome sotto l'orecchio destro e un teschio colorato contornato da spine appuntite su tutto il lato sinistro.

Andy Taylor, il frontman ventiduenne dei Bright Demons, la band di cui entrambi eravamo membri, incarnava il tipo di bellezza proibita e aggressiva per la quale le fan avrebbero fatto follie pur di avere l'opportunità di avvicinarsi a lui.

In passato, io stessa ne ero stata folgorata, rischiando di rovinare una delle amicizie più belle della mia vita.

Sospirando, spostai lo sguardo sul cellulare che avevo sfilato dalla borsa.

Conscia che, quella mattina, fosse pressoché impossibile dialogare con Andy, mi misi a curiosare sui social e mi soffermai sui commenti di alcuni utenti sotto il mio ultimo post di Instagram.

Li scorsi, con fare annoiato: ce n'erano alcuni gentili, altri perversi, altri ancora parecchio offensivi. Uno di quest' ultimi era stato scritto alle due del mattino da un utente privo di immagine del profilo, denominato Snake589, che letteralmente recitava: *E tu saresti una chitarrista? Fai schifo, vai a sotterrarti!*

Storsi appena le labbra e, come d'abitudine, lo ignorai evitando di rispondere.

Proseguii la lettura e adocchiai un altro utente contrariato dalla nostra musica.

Il suo commento diceva: *Siete soltanto degli scansafatiche. Tu, poi? Sei la peggiore. Dovresti vergognarti!*

Prima che potessi realizzare quanto letto, l'iPhone mi fu bruscamente strappato di mano.

«Thea, smettila di leggere quelle stronzate!» Andy mi ammonì con uno sguardo furibondo. Una ciocca di capelli gli ricadde sull'occhio sinistro, ma lui non se ne curò, restando concentrato su di me.

Con una scrollata di spalle, mi misi comoda contro il sedile e mi mostrai indifferente. «A me fanno sorridere. Sono soltanto dei frustrati del cazzo.»

Ed erano anche terribilmente irrispettosi e maleducati. Non si facevano alcun problema a offenderci giustificando la loro cattiveria con il fatto che eravamo dei personaggi pubblici. Nessuno pensava che fossimo prima di tutto delle persone, degli esseri umani con un cuore e un'anima spesso più fragili di quanto si potesse immaginare. Bastava una parola di troppo, un messaggio sprezzante dopo un'esibizione, un commento perfido sotto un video del nostro canale YouTube per calpestare non solo la nostra dignità, ma anche il nostro lavoro. Tutto ciò che avevamo costruito fino ad allora era stato frutto di un lungo percorso artistico durato anni, pieno di studio, impegno e sacrificio, ma troppo spesso la gente non se ne rendeva conto.

Per qualcuno eravamo dei burattini che strimpellavano con degli strumenti musicali per noia o passatempo, per altri eravamo una band talentuosa, capace di raggiungere, in futuro, un grande successo, per altri ancora eravamo dei drogati o degli inetti ai quali piaceva autodefinirsi *artisti*.

«Intanto questo te lo sequestro e, per oggi, lo tengo io.» Andy si infilò il mio cellulare nella tasca interna del giubbino di pelle e mi rivolse un sorriso tronfio. Come al solito non faceva altro che preoccuparsi per me, pensando che potesse importarmi qualcosa delle opinioni negative.

«Credi di farmi un dispetto? Posso trascorrere qualche ora senza controllare il mio account, sta' tranquillo.» Decisi di non dargli la soddisfazione di vedermi delirare. Andy sosteneva che fossi dipendente da Instagram e dai commenti dei follower, pertanto volevo dimostrargli il contrario.

Avevo imparato a essere più scaltra di lui.

«Ne sei sicura?»

«Sicurissima.» Mi tastai le tasche del chiodo di pelle per accertarmi di aver preso da casa il pacchetto di Lucky Strike.

«Siamo quasi arrivati, non ti conviene fumare.» Andy intuì la mia intenzione di accendere una sigaretta per scaricare la tensione che avvertivo addosso.

Lanciai un'occhiata oltre il finestrino e notai che ci trovavamo nel centro di West Hollywood, sulla Sunset Strip.

Era lì che Victor, il nostro manager, possedeva uno dei suoi lussuosi appartamenti nel quale, molto spesso, organizzava delle riunioni che richiedevano necessariamente la nostra presenza. Il giorno prima, infatti, ci aveva inviato un messaggio con l'urgenza di parlarci di una questione importante.

Le sue parole erano state troppo vaghe per comprendere se avesse da darci buone o cattive notizie, per cui non sapevo se esserne incuriosita o preoccupata.

«Muoviti, Thea!»

Una volta scesi dalla Range Rover e salutato l'autista, io e Andy ci avviammo di corsa verso il portone d'ingresso, sotto l'incessante pioggia che imperlò di gocce d'acqua i nostri giubbini di pelle e, nel mio caso, anche le gambe seminude. Suonammo il videocitofono ed entrammo nell'ampio atrio principale.

Ci impiegammo circa tre minuti a raggiungere il piano interessato.

«Signorina Jensen, signor Taylor. Prego, accomodatevi.»

Con un sorriso cordiale, Maria, la domestica di Victor, ci accolse nell'appartamento.

Io e Andy la salutammo con un gioioso: «Buongiorno», dopodiché varcammo la soglia e intercettammo subito gli altri membri della nostra band: Jimmy Walker, il batterista, e Steve Wilson, il bassista.

Chissà da quanto tempo ci stavano aspettando.

«Qualcuno di voi potrebbe spiegarmi che ci facciamo qui alle nove del mattino?» Jimmy sbadigliò, appoggiato con un gomito al mobile bar del salone. La capigliatura bionda, rasata sui lati, creava un buffo groviglio di ricci indisciplinati sulla fronte. Probabilmente non si era neanche dato un'occhiata allo specchio prima di uscire di casa. Lo confermava il suo abbigliamento trasandato: la felpa dei Nirvana era sgualcita tanto quanto i jeans logori.

«Non lo so, probabilmente Victor avrà qualche novità da darci.» Andy lo salutò con una stretta di mano salda e lo stesso fece con Steve, il più grande della band, l'unico dotato di un carisma particolarmente selvaggio: i lunghi capelli castani erano raccolti in una coda morbida, con qualche ciocca evasa dall'elastico e sistemata dietro le orecchie piene di piercing. Aveva gli occhi piccoli e a mandorla, il naso lievemente ingobbito e la barba incolta che accentuava i suoi venticinque anni.

Solitamente era il più taciturno del gruppo.

Seduto sul bracciolo di una poltrona, sfoggiava l'espressione annoiata di chi avrebbe voluto essere ovunque eccetto che lì.

«Qualsiasi cosa abbia da dirci, spero che si dia una mossa. Stamattina ho da fare», brontolò proprio lui, lanciando una fugace occhiata all'orologio da polso.

«Ti sei ripreso dalla sbronza di ieri sera?» Jimmy ignorò il nostro bassista imbronciato per rivolgersi ad Andy, che scosse il capo con un sorriso sornione.

«Ho vomitato anche l'anima fino a un'ora fa», confessò il cantante. «E non sono ancora sicuro di aver rimesso tutto l'alcol che ho ingerito», aggiunse, gonfiando il petto, fiero delle bravate che si concedeva ogni fine settimana.

«Che schifo, dai. Ho appena fatto colazione.» Steve storse le labbra disgustato; Andy ridacchiò divertito.

«Oh, eccoli qui i miei ragazzi.» Victor ci accolse spalancando le braccia. Vestito di tutto punto, con la chioma scura ingellata e gli occhiali da vista calanti sul naso vistosamente adunco, avanzò gioioso nell'enorme salone faraonico.

«Oh, eccolo qui il nostro *mammo*», lo canzonò Andy con una pacca sulla spalla.

Lo conoscevamo da circa un anno e ormai lo consideravamo una parte integrante della nostra band.

Era stato il padre di Andy a suggerire a suo figlio di affidare il gruppo a Victor Donovan: un quarantenne con vasta esperienza nel settore che ci avrebbe evitato futili perdite di tempo o investimenti economici sbagliati. In effetti, si occupava in modo impeccabile del proprio lavoro e si assumeva la piena responsabilità di tutto ciò che andava per il verso giusto, ma anche per il verso sbagliato.

Ci fidavamo ciecamente di lui.

«Thea Jensen. Tu sei la mia preferita, lo sai.» Victor mi si avvicinò con fare burlone, squadrandomi da capo a piedi. Ero la sua preferita perché ero l'unica donna della band. Con un sospiro estasiato, mi fissò prima i capelli biondi, raccolti in due infantili *space buns*, poi le gambe coperte da un paio di calze nere e dalla minigonna di pelle.

Io gli sorrisi per niente a disagio, a differenza di Andy che si schiarì la voce ostentando il solito cipiglio infastidito del fidanzatino geloso, malgrado non stessimo più insieme.

«Victor, non prenderti troppe confidenze», lo avvertì, poi si sedette sul divano e mi trascinò con lui nel tentativo di allontanarmi dall'uomo. Quando mi accomodai, le dita di Andy rimasero ancorate al mio polso per vari minuti, come se volesse sancire la mia esclusiva appartenenza a lui.

Rimasi qualche istante interdetta, sentendo un fuoco risalire dal punto di contatto dei nostri corpi finché mi divincolai dalla sua mano.

«Qualcuno dovrebbe ricordare al nostro amico che è stato mollato», sghignazzò Jimmy.

Andy irrigidì le spalle. «Sta' zitto, idiota.» Lanciò un'occhiataccia al nostro batterista e tornò concentrato su Victor, divaricando le gambe in una posizione spavalda.

Sapeva come stavano le cose tra noi, eppure si era chiaramente innervosito come se non avesse ancora superato la nostra rottura.

«Posso avere la vostra attenzione, adesso?» Victor, che aveva assistito alla breve scenetta in totale silenzio, assunse il suo consueto atteggiamento professionale, facendoci intuire che era arrivato il momento di parlare della carriera. Si accomodò sul divano opposto, oltre il tavolo centrale, e ordinò a Maria di servire cinque caffè con dei biscotti. Alternò lo sguardo da me ad Andy per vari secondi, riflettendo su qualcosa, poi si sfilò gli occhiali da vista e si portò un'astina alle labbra.

«Dicci che c'è qualche casa discografica interessata a noi», esordì Steve, che fino ad allora si era mostrato disinteressato alle chiacchiere iniziali.

«Ho inviato il disco a varie etichette, ma, come ben sapete, dobbiamo attendere e pazientare.»

Mi rilassai: Victor non aveva nulla di sorprendente da dirci.

Allora per quale motivo ci aveva convocati con così tanta urgenza?

«Spiegaci cosa succede. La tua faccia non mi piace per niente», proruppe Andy, spazientito. Incrociò le braccia al petto e agitò una gamba, attirando il mio sguardo sullo strappo dei jeans neri all'altezza del ginocchio sinistro.

«Sapete che il mio obiettivo è quello di aiutarvi nella vostra crescita professionale e artistica. Tengo a ognuno di voi come se foste miei figli. Credo fortemente nella vostra musica, credo nel vostro talento e credo che farete un sacco di strada in questo settore, ma così non ci siamo.» Victor scosse la testa e osservò tutti noi. Le sue parole suonarono come un rimprovero inaspettato.

«Che intendi?» gli domandai. I suoi occhi neri terminarono la loro lunga ispezione del gruppo, fermandosi su di me.

«Le case discografiche esigono serietà, qualità e professionalità, soprattutto dalle band emergenti», riprese a parlare. «Voi avete raggiunto dei risultati incredibili postando le vostre prime esibizioni su YouTube. Il vostro canale conta un numero spropositato di iscritti e ogni video circa un milione di visualizzazioni. Sui social siete già delle star. I fan vi amano, vi imitano, vi desiderano. Gli hater vi temono, vi offendono, vi invidiano. Il successo è sempre un'arma a doppio taglio. Su questo vi avevo già preparati.» Ci guardò in cerca di un assenso che non arrivò. Preferimmo ascoltarlo in silenzio. «Il problema però è che non mi sembrate in forma. Non mi sembrate pronti ad affrontare l'onda del vero successo: quella potente, travolgente, ma spesso anche difficile.»

«Non ti sembriamo in forma?» ripeté Andy, con un sorriso di scherno, in evidente disaccordo.

«Esatto. Partiamo proprio da te.» Victor colse l'occasione al volo. «Quante volte a settimana bevi e assumi droghe, Andy?»

«Che dici? Non faccio uso di droghe», si difese il cantante.

«Saresti pronto a sottoporti a delle analisi per darmene la prova?» lo istigò. Andy serrò la mascella e si grattò un sopracciglio, eludendo la domanda scomoda. «Tuo padre è preoccupato per te e francamente lo sono anch'io. Capisco la pressione dei fan, capisco lo stress, capisco l'impegno delle prove, capisco anche la tua giovane età. Non capisco invece perché stai infangando la tua immagine ancor prima di diventare un cantante affermato. Questo non ti giova.» Victor ci guardò. «Non giova a nessuno di voi. Le case discografiche non hanno bisogno di ragazzini viziati e irresponsabili che all'esordio della loro carriera credono di essere i Rolling Stones, quando sono soltanto i Bright Demons», ci ammonì, scuotendo il capo con vigore.

«Okay, lo confesso, è successo solo qualche volta. Sono andato ad alcune feste di amici. A ventidue anni cosa ti aspetti che faccia il fine settimana?» Andy allargò le braccia rassegnato, cercando un modo per giustificarsi, ma Victor rimase irremovibile.

«Mi aspetto che tu ti diverta, ma nei giusti limiti. Non sei un ragazzo come gli altri. Sei Andy Taylor, adesso. Le ragazzine smaniano per infilarsi nel tuo letto, i ragazzini ti imitano.» Victor si alzò in piedi e indicò ognuno di noi. «I fan cantano le vostre canzoni, vi seguono sui social, sul vostro canale. Siete solo all'inizio e vi state già facendo abbagliare dai riflettori puntati addosso. Questa è la fase più difficile per una band emergente e voi state dimostrando di non essere pronti a ciò che vi aspetta.»

«Perché continui a parlare al plurale? È Andy quello che trasgredisce le regole», si intromise Jimmy, scaricando la responsabilità sul leader del gruppo.

«Io?» Andy balzò in piedi con irruenza. Gli era sempre difficile trattenere l'istinto, non aveva peli sulla lingua. «Ti ricordo che quello che continua a tardare alle prove perché deve accudire i suoi fratellini sei proprio tu!»

Jimmy lo fronteggiò. «Mia madre lavora e io sono il maggiore!»

Steve scattò dalla poltrona e si interpose tra i due per evitare il peggio.

«Esistono le fottute baby-sitter!» inveì Andy.

«Scusa tanto se la mia famiglia non è ricca sfondata come la tua, Taylor. Mia madre non potrebbe permettersi di pagare una baby-sitter!»

«Ragazzi!» Victor cercò di ammansirli. «Così non va.» Si avvicinò ad Andy e lo attirò a sé per impedirgli di avventarsi sul batterista. «Adesso datevi una calmata, tutti e due», li ammonì.

Andy si sedette con un'imprecazione sommessa. Io rimasi impassibile; d'altronde ero abituata ai loro battibecchi tanto da non impressionarmi più.

«Jimmy, concordo con te sul fatto che Andy stia esagerando con i vizi in questo periodo, ma concordo anche con Andy sul fatto che tu non abbia preso abbastanza seriamente gli impegni della band», lo redarguì.

Jimmy si lasciò cadere sulla poltrona e si passò una mano sul viso. Steve, resosi conto che la situazione era di nuovo sotto controllo, tornò a sedersi sul bracciolo con una smorfia seccata.

«Per quanto riguarda te, Jensen.» Victor spostò l'attenzione su di me, che fino a quel momento avevo preferito starmene zitta. Non mi piaceva impicciarmi negli affari altrui, tra l'altro non condividevo le cattive abitudini di Andy e finalmente qualcuno, oltre a me, le aveva notate.

«Dimmi pure.» Distrattamente accavallai una gamba e il suo sguardo indugiò sulla mia coscia lasciata scoperta dalla gonna; Andy lo fissò torvo.

«Ciò che è accaduto nelle ultime due esibizioni ha fatto il giro del web.» Victor si infilò le mani nelle tasche dei pantaloni scostando sui fianchi i lembi della giacca elegante. «Molti credono che tu sia svenuta per l'effetto di qualche droga, altri che fossi ubriaca perché non riuscivi neanche a reggerti in piedi. Quelle immagini terribili sono apparse su tutte le testate giornalistiche.»

Abbassai lo sguardo al pensiero di ciò che era successo. Ricordavo vagamente la sensazione di calore che mi si era propagata fino alla testa, offuscandomi la vista, il tremolio improvviso delle braccia che mi aveva impedito di suonare, le ginocchia che non avevano più retto il peso del mio corpo, il freddo che mi aveva percorso la spina dorsale e infine il buio.

Un buio tetro nel quale ero crollata davanti a tutti in quelle due esibizioni.

Un buio nel quale ero sprofondata da più di un anno.

Da quel terribile 18 agosto.

«Si è trattato solo di un calo di pressione, nulla di grave.» Determinata a non lasciarmi intimidire, mantenni lo sguardo impenetrabile, la voce ferma, le spalle dritte e il petto in fuori.

«E cosa mi dici dei tuoi continui malori? Della perdita di peso? Della mancanza di concentrazione, Thea?» Victor fece una pausa per darmi il tempo di rispondere. Nella mia testa si susseguirono varie giustificazioni da propinargli, ma non riuscii a esternarne nemmeno una. «Sei tu che scrivi le canzoni per Andy, o insieme ad Andy. Ti ho chiesto un nuovo testo circa tre mesi fa. Dov'è la bozza? Dov'è l'idea? Dov'è l'arrangiamento musicale? Dovresti essere la chitarrista del gruppo, ma ultimamente sembri più un automa che tenta di muovere le dita sulle corde della propria chitarra senza proporre nulla di originale!» esplose brusco. A volte Victor sapeva essere gentile e amichevole, altre davvero stronzo e crudele.

Il suo repentino cambio d'umore era sempre capace di turbarmi.

«Victor, è anche colpa mia. Non le sono stato molto d'aiuto ultimamente.» Andy posò i gomiti sulle ginocchia e puntò lo sguardo sul pavimento.

«Oh, ci credo. Smettila con l'alcol e le droghe, Andy, o sarò costretto a fare una lunga chiacchierata con tuo padre», lo minacciò. «Per giunta, voi due avete perso l'intesa che avevate un tempo. La vostra storia d'amore ha fatto sognare molti fan, ma adesso è finita e dovete essere in grado di scindere la vita privata dalla vita professionale. Il pubblico ha bisogno di nuovi testi, di nuove canzoni, di nuova energia, di nuove proposte. Nessuno verrà a bussare alla vostra porta per darvi un'occasione se continuate così. Le case discografiche non hanno bisogno di un cantante che fa parlare di sé per le sue bravate, di una chitarrista che manifesta segni visibili di malessere fisico, di un batterista che non si impegna abbastanza e di un bassista che...» Victor si fermò e guardò accigliato Steve, seduto in silenzio al suo posto a braccia conserte, con il codino disposto su una spalla. «Steve, ragazzo mio, tu sei l'unico al quale finora non ho nulla da dire», decretò, facendoci giungere a un'immediata conclusione: eravamo una band in declino.

«Victor...» Andy cercò di parlare, ma l'uomo gli intimò di tacere.

«Santo cielo, ragazzi! Avete le potenzialità per ricevere una proposta discografica. Quel giorno arriverà, vi esibirete in veri concerti live e uscirete dall'underground. Avete tutte le carte in regola per diventare famosi nel mondo: giovinezza, bellezza, talento, creatività. Ma fate in modo di risolvere adesso i vostri problemi... Qualsiasi essi siano, risolveteli subito!» berciò. «Il tempo è prezioso e là fuori ci sono un sacco di giovani band talentuose che competono con voi, che possono essere persino migliori di voi e che possono essere selezionate al vostro posto. Cosa credete? Che io sia il genio della lampada? Non posso esaudire i vostri desideri per magia. Datemi la dimostrazione che credete in questo sogno, altrimenti sarò il primo a mollare tutto!» chiarì senza alcuna incertezza. Un silenzio assordante calò nel salotto mentre Maria posava un vassoio sul tavolino con cinque tazze fumanti di caffè e un piatto di biscotti che guardai con disgusto. «Grazie, Maria.» Il nostro manager tentò di calmarsi. Le rivolse un sorriso cordiale e si strinse la base del naso con due dita, inspirando a fondo. «Riflettete su ciò che vi ho detto, ragazzi. Il tempo è prezioso», ripeté, facendoci intuire che ci stava concedendo un'altra possibilità.

Probabilmente l'ultima...

Dopo avermi reso il cellulare, Andy si offrì di accompagnarmi a casa con il suo autista; Steve invece andò via con Jimmy.

Per quel giorno, avevamo subito a sufficienza l'ira del nostro manager, quindi non potevamo far altro che meditare e trovare una soluzione efficiente affinché Victor tornasse ad avere fiducia in noi.

Con una schiettezza brutale, ci aveva suggerito di risolvere i nostri problemi.

Ma quali erano i miei, esattamente?

In piedi nella camera da letto, con solo la biancheria intima addosso, cercavo di scacciare via dalla mente il fracasso provocato dalle sue parole.

Fissavo il riflesso del mio corpo da un tempo indefinito, vorticando in una spirale di dubbi tormentosi.

Lo specchio mi dava risposte confuse.

Era mio nemico.

Mi era avverso.

Mi deformava, mi opprimeva, mi giudicava, mi imprigionava.

Vedevo solo forme imprecise e curve sbagliate: troppo piccole in alcuni punti, troppo formose in altri.

Inclinai lievemente il capo di lato per osservarmi meglio: le braccia paffute, le gambe sbilenche, le ginocchia imprecise, le caviglie sottili.

I seni piccoli e distanziati, la pancia asciutta, modellata dai solchi degli addominali.

Trattenni il fiato e la tirai dentro, poi mi girai di profilo.

Il mio peso non sembrava essere aumentato.

Avevo il pieno controllo di me.

Eppure… non ero soddisfatta.

Provavo sempre lo stesso senso di ripudio, di sdegno verso me stessa.

Ogni giorno mi scontravo con il riflesso di una ragazza che non riuscivo più a riconoscere.

Il disordine nella mia testa non si placava.

L'umore non migliorava.

La mia anima non cambiava colore.

Non era facile per me stabilire quando fosse cominciato tutto.

I ricordi a volte erano nitidi, altre volte troppo sbiaditi anche solo per catturarne un frammento.

Sentivo che quel *demone* aveva messo radici profonde dentro di me da un anno, o forse di più.

Condizionava la mia vita, plasmava a suo piacimento una nuova identità, la stessa che quando emergeva schiacciava la vecchia Thea, imponendole di perdere il controllo e di precipitare nel baratro di un malessere schiavistico.

«Ah, vaffanculo!»

Mi incamminai verso l'armadio e, ancora umida per via della doccia, mi coprii con una t-shirt dei Pink Floyd e un paio di jeans neri.

Il mio stato d'animo si rabbuiava sempre più.

Da piccola riuscivo ad apprezzare maggiormente l'essenza della vita, da adulta invece assaporavo solo l'amarezza di una routine che non avevo scelto e che non sapevo come cambiare.

Ero pessimista, ma anche molto realista, e questo mi permetteva di non ancorarmi mai a false illusioni.

Non sarei mai diventata una chitarrista famosa, non avrei mai potuto ascoltare le urla di una folla in delirio a un enorme concerto, non avrei mai visto i Bright Demons scalare le classifiche mondiali e aggiudicarsi il primo posto.

Non avremmo mai venduto milioni di dischi.

Saremmo rimasti quattro ragazzi con una bolla di sapone tra le mani che, anziché levarsi in cielo, presto ci sarebbe scoppiata in faccia.

Si dice che il destino procede sempre su una strada indipendente, fregandosene altamente dei desideri individuali.

Perché con me avrebbe dovuto fare un'eccezione?

Con un sospiro angosciato, raggiunsi la cucina e mi sedetti su una sedia.

Osservai la nonna ai fornelli.

Stava sculettando sulle note di *My Sharona* dei The Knack proveniente dallo stereo del salotto.

Indossava un paio di pantaloni scuri e una maglietta rossa con l'enorme stampa: NO STRESS. HAVE SEX.

Aveva circa sessant'anni, ma lo spirito di una ventenne. I capelli ingrigiti erano tinteggiati da bizzarre mèches blu sulle punte corte, i lobi erano ricoperti di orecchini, i polsi pieni di bracciali di cuoio e le unghie pennellate di lilla.

Lizzie Curtis era quel tipo di donna che tutti definivano *stravagante*.

Il rock le scorreva nelle vene, aveva sempre il sorriso stampato sul volto, un passato pieno di esperienze memorabili e un debole per i cani.

Spadellava a ritmo di musica e scuoteva le spalle come se fosse una ragazzina impazzita al concerto della sua band preferita.

«Oh, santo cielo! Quest'assolo mi distrugge!» urlò, ignara della mia presenza. Per un attimo vidi i due hamburger strabordare dalla padella per poi tornarvi nel mezzo.

La nonna era solita combinare pasticci in cucina, le uniche attività nelle quali dava il meglio di sé erano il giardinaggio, il bricolage e l'arredamento della casa.

Mi guardai attorno per cogliere qualche nuovo acquisto, e nel salotto adocchiai subito un quadretto bianco con incisa la scritta blu: IT'S ONLY ROCK & ROLL.

Scossi la testa e sorrisi.

«Nonna», la chiamai. Lei continuò a ballare e a parlare tra sé di quanto le mancassero gli anni Settanta. «Nonna», ritentai, senza alcun risultato. Alzai gli occhi al cielo. «Nonna!» gridai.

Finalmente sussultò e si voltò a guardarmi con una mano sul petto.

«Thea! Porca miseria! Vuoi farmi morire d'infarto?» Sospirò teatralmente, facendosi aria.

«Non pensi che in casa abbiamo fin troppe cianfrusaglie?» Girai il pollice dietro le mie spalle per indicarle il nuovo quadretto affisso sul vecchio giradischi. Insomma, il nostro appartamento non passava inosservato agli ospiti: il pavimento aveva una composizione a scacchi bianca e nera, le pareti erano colorate con tinte fluorescenti, ornate da oggetti vintage di ogni tipo. In salotto c'era un'enorme cornice di dischi in vinile che decorava un grande poster dei Beatles. A un angolo era appesa la mia prima chitarra elettrica come se fosse un trofeo di particolare importanza, accanto vi erano alcuni quadri moderni in stile pop art con il primo piano di artisti famosi come David Bowie, Freddy Mercury e Micheal Jackson.

L'arredamento era molto esuberante, sprigionava un'energia rock e suggestiva tale da ricordare a chiunque entrasse qual era la grande passione delle padrone di casa.

«Oh, non potevo fare a meno di comprarlo. Lo sai. È il cosiddetto richiamo dello shopping.» Con una mano agitò la spatola facendo schizzare qualche goccia d'olio sul pavimento.

«Sicura che non si tratti della sindrome d'acquisto compulsivo, nonna?» Inarcai un sopracciglio. Avevo il vago sospetto che la sua fosse una vera dipendenza, ma lei sosteneva fermamente che mi sbagliassi.

«Mi piace soltanto dare un tocco personale al nostro piccolo appartamento. Cosa c'è di male?» Si voltò per controllare la cottura degli hamburger.

«Oh credimi, sono certa che chiunque abbia messo piede qui dentro l'abbia notato», ridacchiai. La vidi spignattare tra i fornelli per quindici minuti abbondanti mentre canticchiava un'altra canzone dei The Knack, poi prese due piatti per servire a entrambe il suo gustoso pranzetto: agli hamburger aveva aggiunto insalata con avocado.

«Cos'è quel faccino triste, Milla?» La nonna era solita chiamarmi con il diminutivo del mio secondo nome: Ludmilla. Sapeva che non mi piaceva, ma sosteneva si addicesse molto al mio viso fanciullesco. Mi presi del tempo prima di risponderle. Con la forchetta spostai l'insalata da destra a sinistra, poi piegai una gamba sotto l'altra per assumere una posizione comoda.

Non era da me sedermi composta a tavola.

«Stamattina Victor ci ha convocati per dirci che le cose vanno male.»

Brava, Thea... Via il dente, via il dolore!

La schiettezza era sempre stata una mia peculiarità, a qualcuno piaceva, a qualcun altro no, tuttavia odiavo i giri di parole. La nonna, più di qualsiasi altra persona al mondo, mi conosceva talmente bene da accorgersi subito delle mie bugie, pertanto sarebbe stato inutile mentirle.

Lei si accomodò di fronte a me e mi fissò con i suoi occhi piccoli, ma dalla grande capacità persuasiva.

Riuscivano a farmi rivelare le più intime confidenze anche quando non volevo.

«In che senso le cose vanno male?» Si rigirò uno dei bracciali di cuoio per scaricare il nervosismo. La notizia non l'aveva di certo entusiasmata.

«Nonna...» Con un sospiro afflitto abbandonai la forchetta. «Victor sostiene che io e i ragazzi non siamo pronti, che ognuno di noi ha dei problemi da risolvere. Andy deve smetterla di fare l'idiota in giro, Jimmy deve essere più presente alle prove e trovare un accordo con sua madre per la gestione dei fratelli minori, Steve è l'unico stronzo che, a quanto pare, risulta troppo perfetto per far parte della band», brontolai. Non mi piaceva esprimermi così riguardo a un membro del gruppo, ma al lato più infantile di me dava fastidio l'idea che il bassista fosse stato il solo a non aver deluso Victor.

«E tu?» La nonna allungò una mano per accarezzare la mia. «Milla, non ti vedo scrivere da tanto. Per giunta suoni poco in questo periodo.»

Era vero. Non riuscivo più a trovare la voglia di esternare le emozioni.

La mia mente era rinchiusa in una prigione.

Stavo annegando nelle mie stesse lacrime, ogni giorno stavo peggio e il peggio era che non riuscivo a fare nulla per cambiare la situazione.

Mi lasciavo sommergere dai pensieri sbagliati.

Ogni minuto che passava si portava via un pezzo di me.

Della vecchia Thea restavano solo piccoli frammenti sparsi su un tappeto di sofferenza.

Il demone stava banchettando indisturbato.

Mi stava mangiando, divorando boccone dopo boccone e io non riuscivo più a fermarlo.

«Noi artisti siamo anime dannate, destinate a essere infelici. Potrei abbattere la malinconia solo se perdessi la memoria...» lasciai parlare il dolore dei ricordi. La nonna sapeva bene a cosa mi stessi riferendo: il 18 agosto lo ricordava anche lei quanto me.

Quel giorno era stato l'epicentro di tutti i miei problemi.

D'istinto allontanai il piatto, rifiutandomi di mangiare.

«Cosa n'è stato della piccola Milla che mi diceva: 'Nonna, la musica mi aiuta a domare i miei demoni?'» mi domandò con un sorriso amorevole.

«Non esiste più. Forse la musica non ha più il potere di aiutarmi…» sussurrai, fissando la sua mano appoggiata sulla mia. Volevo smettere di mentire a tutti, persino a me stessa. La nonna era l'unica persona della quale davvero mi fidassi, l'unica alla quale potessi confessare cosa provavo.

Volevo smettere di fingere almeno con lei.

«Invece ti sbagli, Milla», dissentì. «Ognuno di noi ritrova la speranza in qualcosa: in un oggetto, in un libro, in una canzone, negli occhi di qualcuno, in una forma d'arte… La musica è sempre stata un rifugio sicuro per la tua anima. Esattamente come la pittura lo era per l'anima di tua madre.» Guardò il ritratto di David Bowie, in salotto, e mi voltai ad ammirarlo anch'io.

Mia madre lo aveva realizzato circa tre anni prima. Aveva capito che la pop art era la sua vocazione quando, da bambina, aveva cominciato a riprodurre qualsiasi aspetto della realtà, celando il male dietro un'esplosione di colori vivaci. In ogni opera creava un vero spettacolo visivo senza lasciar trapelare alcun giudizio. Aveva il potere di trasformare in arte tutto ciò che la circondava, di assorbirne l'essenza e la meraviglia.

«Pensi che lei, se fosse qui oggi, sarebbe fiera di me?» Con una mano accarezzai il bracciale che mi aveva regalato il giorno del diploma: da esso pendeva una piccola chiave d'argento, dalla quale non mi separavo mai.

La portai alle labbra e le diedi un bacio, come d'abitudine.

«Ne sono sicura.» La nonna mi sorrise con la voce velata dalla commozione. «E credo anche che sarebbe d'accordo con me sulla decisione che ho preso», aggiunse senza prepararmi a ciò che stava per rivelarmi.

«Che intendi?» Mi misi in guardia. Conoscevo la nonna e le sue iniziative, con le quali spesso ero in disaccordo.

Lei si schiarì la voce e tamburellò le dita sul tavolo, guardando il suo hamburger ancora intatto.

«Be'… Te lo dirò solo se non ti arrabbierai», stabilì con un indice in alto.

«Nonna…» la ripresi. «Che hai combinato?»

«Milla», mi fece eco, sorniona.

«Parla, avanti.» Lasciai perdere il ciondolo e incrociai le braccia al petto, incitandola a non temporeggiare oltre.

«Ecco…» Agitò una mano come se stesse scacciando via un moscerino. «È possibile che io abbia contattato un dottore per…»

«Un dottore?» mi allarmai.

Oh, no… Iniziai a pregare che non avesse fatto ciò che temevo.

«Sì, un dottore. Sai, uno di quelli che si occupa di disturbi alimentari e…»

«Un fottuto strizzacervelli?» Balzai in piedi inorridita. «Sul serio, nonna?»

Di nuovo.

Aveva di nuovo incominciato con la storia che avessi un rapporto problematico con il cibo, soltanto perché negli ultimi mesi, a causa dello stress, avevo iniziato una dieta ferrea, aumentato l'attività fisica e adottato dei modi alquanto discutibili per mantenere stabile il mio peso.

«Milla, non chiamarlo strizzacervelli», cercò di tranquillizzarmi. «È uno…»

«Psichiatra? Psicologo? Che diavolo è, nonna?» Indietreggiai, scuotendo la testa. Mi sentivo profondamente delusa dalla sola persona di cui mi fidassi. «Credevo che almeno tu stessi dalla mia parte!» le urlai contro, con tutto il mio disappunto. Lei sgranò gli occhi preoccupata.

«E lo sono, Thea. Lo sono, altrimenti non avrei preso una decisione così importante. Si tratta solo di un colloquio. Nulla di più.» Si alzò e tentò di avvicinarsi; io le intimai di non farlo.

«No.» Serrai gli occhi e mi strofinai le palpebre con le dita. «No. Non se ne parla. Non incontrerò nessun dottore.» Tentai di gestire la rabbia, tentai di non permettere al demone dentro di me di alterare il mio umore. Tentai di non mostrare alla nonna l'altra mia identità, quella sofferente, danneggiata, malata.

Ancora una volta soffocai il grido d'aiuto della vecchia Thea per ascoltare la nuova me, la stessa che non voleva guardare la realtà per quella che era, la stessa che mi stava distruggendo, inducendomi a lottare e a combattere contro il mio corpo.

«Si trova qui, a West Hollywood. Nella sua clinica segue passo dopo passo ogni paziente ottenendo dei risultati strabilianti», continuò nel vano tentativo di convincermi. «Mi hanno detto che è bravissimo. Ho prenotato un appuntamento per te tre mesi fa», confessò di getto, lasciandomi completamente interdetta.

«Tu… Cosa?» Quasi persi fiato nel porle quell'insulsa domanda.

La nonna incurvò le spalle e sospirò mortificata. «Mi dispiace, Thea.

Avrei dovuto avvisarti, lo so. Ma la sua agenda era talmente piena che l'assistente non poteva concedermi il tempo di decidere. Dovevo dirle alla svelta se accettavo di fissare l'appuntamento e...»

«Avresti dovuto parlarne prima con me, cazzo!» sbottai furente.

Come aveva potuto farmi un torto simile?

Mi passai le mani tra i capelli con la voglia di strapparmeli, poi digrignai i denti e iniziai a camminare per la cucina, agitata.

«Milla, calmati, okay? È per il tuo bene. Io voglio soltanto...»

«Cosa?» Mi fermai, fissandola negli occhi. «Che uno strizzacervelli mi faccia davvero impazzire? Disdici l'appuntamento. Subito!» Le puntai un dito contro. Non avrei ammesso alcuna obiezione a riguardo. Avevo vent'anni, la vita era mia e decidevo io per me e per la mia salute.

Lei scosse la testa e increspò le labbra; le rughe sul mento si accentuarono. «Potremmo rischiare di aspettare un intero anno prima che si liberi un altro posto. Te ne rendi conto?»

«Non me ne frega niente! Non ci andrò, né ora né mai. Chiama la sua maledetta assistente e annulla tutto, nonna, o giuro che non ti rivolgerò più la parola!» la minacciai.

Avevamo discusso spesso per lo stesso motivo.

L'ultima volta era successo appena qualche mese prima, e in quell'occasione credevo che avesse capito di non insistere.

Ero testarda, esattamente come mia madre, perciò non avrei cambiato idea.

Avrei continuato a nascondermi dietro delle bugie di comodo.

Avrei continuato ad annullare me stessa.

Avrei continuato a fuggire, a farmi sommergere dalla mia oscurità.

Restando per sempre incatenata a un ineluttabile destino.

2
Thea

È una bella prigione, il mondo.
WILLIAM SHAKESPEARE

ERO un'eterna contraddizione.
Amavo il sole, ma odiavo l'estate.
Amavo la solitudine, ma odiavo non avere qualcuno di cui potermi fidare.
Amavo suonare, ma non sopportavo l'idea di farlo per fama e soldi.
Amavo scrivere canzoni, ma non riuscivo più a esternare le mie emozioni e a metterle su carta.
Amavo e odiavo tutto.
Allo stesso tempo.
Allo stesso modo.
Da più di trenta minuti non facevo altro che fissare il foglio bianco mentre agitavo nervosamente una matita sulla mia coscia. Seduta sul divano del locale che Andy aveva adibito a sala prove, con le gambe incrociate, l'espressione pensierosa e mille distrazioni attorno a me, cercavo di abbozzare qualche riga o strofa per una nuova canzone, ma la mia mente era subissata di dubbi e tormenti.
Non avevo idee, non avevo ispirazione, non avevo alcun interesse a trovare dentro di me una motivazione che facesse riemergere un esiguo brandello di creatività.
Non sapevo più chi ero.
Con l'indice mi sfregai la cuticola del pollice, poi rivolsi lo sguardo a Steve che, stravaccato sulla poltrona, faceva roteare il collo della sua birra con due dita e nell'altra mano reggeva il cellulare, sul quale con disinvoltura scorreva varie pagine web senza porvi particolare attenzione. Alle sue spalle, Jimmy camminava avanti e indietro con le cuffie collegate

all'iPod, intento ad ascoltare una canzone rock che gli faceva oscillare il capo energicamente; Andy invece…

«Hai buttato giù qualcosa?» Si appoggiò con i gomiti sullo schienale del divano e mi alitò sul collo facendomi trasalire.

«Non ne sono più capace.» Mi portai un dito alle labbra e iniziai a mangiucchiarne l'unghia.

Che brutto vizio!

Andy aggirò il divano e si posizionò di fronte a me con le mani sui fianchi, pronto a rompermi le scatole. «Che cazzo stai dicendo, Thea?»

Ecco, appunto.

«Non riesco a scrivere, okay?» Scattai, guardandolo dal basso. «E se mi stai così addosso è anche peggio.»

«Oh, scusa tanto», mi sbeffeggiò. «Forse hai dimenticato cosa ci ha detto Victor: il tempo è prezioso. E tu lo stai sprecando», mi accusò come se fosse in diritto di parlarmi così.

«Io?» Con la matita indicai dapprima me stessa, poi lui. «O forse tu? Che pensi solo a divertirti e a scopare?»

«Sei gelosa, per caso?» Inarcò un sopracciglio con un sorrisetto insidioso; gli occhi brillarono di soddisfazione.

«Figurati.» Liquidai la sua assurda supposizione con un cenno della mano.

Non sapevo neanch'io come definire il sentimento che nutrivo nei suoi confronti. Eravamo cresciuti insieme, eravamo sempre stati migliori amici, poi una notte d'estate, quando avevo diciott'anni, era successo l'irreparabile. Avevamo scoperto di essere attratti l'uno dall'altra, che la nostra non poteva definirsi una semplice amicizia, così avevamo iniziato una relazione seria, conclusasi bruscamente un anno dopo.

«Sei stata tu a lasciarmi», aggiunse; percepii un forte risentimento nelle sue parole.

«Esatto. Quindi non ha senso che sia gelosa di te, non credi?» Sfoggiai un ghigno insolente. Lui fece scorrere gli occhi magnetici lungo la mia figura, indugiando qualche istante sulla maglietta bianca che mi aderiva ai seni. Potei giurare che stesse cercando di indovinare il colore del mio reggiseno, d'altronde era un giochetto che amava fare sempre, ma quella volta non parve dello spirito adatto perché incurvò le spalle e scosse la testa.

«Spesso le tue azioni non hanno senso, Thea.» Si passò una mano tra i capelli biondo platino e li scompigliò. «E la tua presenza mi innervosisce.»

«Oppure ti eccita?» lo stuzzicai, lanciandogli un'occhiata fuggevole alla cerniera dei jeans. Andy sospirò pesantemente. Non sopportava che tentassi di corromperlo con i miei modi maliziosi.

«Thea, smettila», mi avvertì, ma ostinatamente allungai la matita e cercai di sfiorargli la patta dei pantaloni.

«Vediamo l'uccellino che nascondi qui sotto», lo schernii, proprio come accadeva da ragazzini, quando giocavamo al parco mentre mia madre e la sua baby-sitter Tracy parlottavano tra loro, o quando andavamo a scuola, armati di coraggio, pronti a tener testa ai bulli che osavano prenderci in giro per il nostro look estroso.

Andy scacciò via la mia mano e arretrò. «Uccellino?» ripeté, pungolato nell'orgoglio.

«Sì», scrollai le spalle con aria birichina.

«Devo fartelo rivedere, dolcezza? Forse non lo ricordi più.» Si portò le mani sul bottone dei jeans e attese di ricevere un consenso che non arrivò.

D'istinto lanciai il foglio sul divano, balzando in piedi per fronteggiarlo. Odiavo il suo atteggiamento da sbruffone, soprattutto perché Steve e Jimmy avevano smesso di dedicarsi a qualsiasi altra attività per guardare noi.

«Non parlarmi così», lo minacciai. «Non metterti in mostra davanti ai nostri amici. E 'dolcezza' chiamaci qualcun'altra, non me.» Dalla mia misera altezza riuscii comunque a sortire l'effetto che speravo. Andy si adombrò e fece un passo indietro. Sapeva perfettamente quando scherzavo e quando ero sul punto di prenderlo a schiaffi.

«Allora non provocarmi.» Si allontanò per recuperare dal tavolino il pacchetto di sigarette di Jimmy e uscì a fumare. Eravamo peggio di due bambini: discutevamo di continuo, non c'era più l'armonia di un tempo tra noi e questo ci induceva a punzecchiarci sempre, a offenderci a vicenda e a non essere produttivi nel lavoro.

«Arriverà mai il giorno in cui la finirete di litigare, voi due?» Halima, con la sua sgargiante chioma rosa pastello, avanzò nel locale, posando la borsa su una delle vecchie poltrone dell'ingresso. Nessuno l'aveva sentita entrare dato che Steve, il suo ragazzo, le aveva regalato una copia delle chiavi apposta per raggiungerci anche durante le prove e assistervi indisturbata. Nata a Dodoma, in Tanzania, ma cresciuta in America, sfoggiava un viso sofisticato che le donava la delicatezza di una bambola, un paio di labbra carnose, l'incarnato scuro e due meravigliosi occhi bruni, caldi come la terra bruciata. Bella come il sole, il suo fisico provocante era un insieme di linee e curve sulle quali anche Jimmy e Andy fantasticavano spesso.

«Mai», borbottai. Lei raggiunse subito il fidanzato e si sedette sulle sue ginocchia. Dopo averlo salutato con un dolce bacio, si voltò nella mia direzione.

«Non potresti semplicemente ignorarlo?» mi suggerì con un tono ilare.

«Pensi che uno stronzo come Andy Taylor sia facile da ignorare?» Mi lasciai cadere sul divano, senza distogliere lo sguardo dalle sue tette prosperose. Ogni volta che le guardavo mi chiedevo se anch'io, tra cinque anni, avrei potuto vantare una taglia più abbondante della mia imbarazzante seconda.

Il seno piccolo era sempre stato uno dei miei tanti complessi fisici.

«Che cos'hai, Thea? Ti sei incupita.» Halima si preoccupò. Lei per me era come la sorella maggiore che non avevo mai avuto e alla quale avrei potuto confidare tutto, ma c'erano cose del mio passato che preferivo non rivelare a nessuno.

«Niente.» Scossi la testa, forzando un sorriso di circostanza. «Tu, piuttosto, hai trovato un nuovo lavoro?» decisi di cambiare discorso.

«No», sospirò mentre Steve le accarezzava l'esterno coscia lasciato scoperto dalla minigonna di pelle. «Alla fine, ho deciso di rimanere a lavorare al *Fuzzy Bar* per quello stronzo di Max. La paga non è alta, ma almeno mi assicuro la possibilità di non restare indietro con l'affitto, finché qualcuno qui non deciderà di sposarmi.» Rivolse uno sguardo pieno d'aspettativa a Steve e lui si schiarì la voce, inquieto.

«Tra qualche anno, però», specificò frantumando, in pochi secondi, il sogno della sua ragazza, che alzò gli occhi al cielo.

«Che carini. Mi darete dei nipotini», intervenne Jimmy con l'iPod ancora acceso. Si era sfilato dalle orecchie soltanto una cuffia per origliare i nostri discorsi.

«Questo posto comunque è un porcile.» Halima si guardò attorno. Il tavolino era pieno zeppo di fumetti, posaceneri ricolmi di mozziconi, lattine di birra vuote, buste di vari snack e di patatine alla cipolla. Su quest'ultime, mostrò la lingua disgustata. «Chi le mangia quelle?» le indicò come se da lì a poco potessero fuoriuscirne dei vermi pruriginosi.

Io e Steve rispondemmo all'unisono: «Jimmy».

«Che c'è? Che volete? Qual è il problema?» si intromise lui, sentendosi chiamato in causa. Si fermò in un punto a caso del locale e ci osservò mentre continuava a far oscillare il capo sulle note di un'altra canzone rock.

«Ecco perché non hai una ragazza.» Halima inclinò la testa all'indietro per guardarlo meglio, tuttavia Jimmy non capì a cosa si stesse riferendo. Si passò una mano tra i ricci biondi e riprese a dedicarsi alla sua musica, in totale disinteresse. Halima gli sorrise e tornò a guardare me, indagatrice. «No, merda. È successo un'altra volta.» Allarmata, si scostò di dosso la mano di Steve e si alzò per sedersi accanto a me.

«Cosa?» le domandai confusa. Sentii subito il suo buon profumo floreale e, di nuovo, pensai a quanto fosse bella e soprattutto femminile. Io, a paragone, sembravo una bambina. Per questo esageravo spesso con il make-up, indossavo sempre stivali alti e capi audaci. Mi piaceva dare di me un'immagine sicura e intraprendente: volevo apparire una donna, possibilmente più adulta.

«Ti sei incupita. Lo sai che mi accorgo di tutto. Sei come una sorellina per me.» Halima si attorcigliò all'indice una ciocca dei miei capelli biondi. Li adorava: sosteneva che erano folti, morbidi e lunghissimi. Quando non li raccoglievo in due *space buns*, ne approfittava per accarezzarli.

«Non è vero.» Abbassai lo sguardo sui miei jeans chiari.

«Thea», mormorò con un tono quasi materno. «Non dirmi bugie. Sono o non sono la tua migliore amica?» Mi rivolse uno sguardo affettuoso, talmente sincero da creare un'intima connessione tra noi.

Certo che lo era, l'unica che avessi mai considerato tale.

Sbuffai e mi arresi. «La nonna vuole che io veda uno psicologo, psichiatra, o quel che è», brontolai visibilmente infastidita.

Halima sollevò entrambe le sopracciglia, riflettendoci qualche istante. Pensavo che stesse per dirmi che era una pessima idea, invece annuì tra sé e mi smentì subito con un: «Io penso sia una buona idea».

Cosa? Stava scherzando?

Da quando era un'alleata di nonna Lizzie?

«Maledizione, Halima!» sbottai con i miei modi poco eleganti. «Hai appena detto che sei la mia migliore amica!» Schiaffeggiai via la sua mano malamente.

Lei trasalì. «E lo sono, ma questo non vuol dire che debba sempre assecondarti.»

«È per la questione degli improvvisi malori?» chiese Steve, che fino ad allora aveva ascoltato tutto in silenzio senza lasciarsi sfuggire nulla.

«Io sto bene!» Mi alzai dal divano urlando, come se ciò potesse aiutarmi a rendere più vere le mie banali scuse e a mascherare la cupa realtà che nascondevo persino a me stessa.

«Non è vero, Thea.» Halima mi si avvicinò per posarmi le mani sulle spalle. Nei suoi occhi lessi una compassione tacita che mi ferì.

Arretrai, scuotendo il capo.

D'improvviso avvertii dei forti crampi allo stomaco, ci posai una mano e compressi le labbra in una smorfia dolente.

Halima spostò l'attenzione sul mio addome. «Da quanto non mangi?»

«Non sono affari tuoi», sibilai.

Avevo imparato a ignorare i sintomi, avevo imparato a non sentirli, a conviverci. Riuscivo a eclissare con la mia indifferenza la terrificante verità con la quale prima o poi avrei dovuto fare i conti. Era piuttosto facile mentire, dato che non avevo nessuno nella mia vita, a parte la nonna, che davvero si preoccupasse per me e per la mia salute. Nascondevo a chiunque il viaggio di sola andata verso l'Inferno che avevo intrapreso due anni prima, tuttavia, negli ultimi tempi, più persone avevano notato che in me c'era qualcosa che non andava. Le bugie non sarebbero state sufficienti a reggere il castello di carte dietro il quale mi nascondevo.

Posai distrattamente lo sguardo sul tavolino.

C'era un motivo preciso per cui non avevo mai insinuato la mano in una di quelle bustine di snack.

Conoscevo a memoria l'apporto calorico di ognuna di esse.

E soltanto guardarle mi provocò un'ondata di nausea terribile.

«Thea...»

«Ho bisogno di fumare.» Ignorai Halima e scappai.

Scappai perché era la cosa che sapevo fare meglio.

Mi rifugiai nell'unico posto in cui nessuno sarebbe venuto a disturbarmi.

Scavalcai la vecchia finestrella aperta che precedeva il bagno e raggiunsi le scale antincendio, accovacciandomi su uno dei gradini.

Il lieve venticello primaverile mi smosse i capelli.

In totale solitudine, estrassi il pacchetto di Lucky Strike dalla tasca dei jeans e infilai una sigaretta tra le labbra.

Avvicinai all'estremità l'accendino rosso corallo, decorato con un teschio brillante, e con la mano chiusa a conca feci vari tentativi prima di accenderla.

La prima boccata mi concesse subito una sensazione di pacatezza.

La seconda attenuò completamente i miei nervi.

La terza scacciò via qualsiasi pensiero negativo.

Dall'altezza del quinto piano, mi soffermai a osservare le strade luminose della meravigliosa West Hollywood.

Non era un caso che fosse considerata la città dei lustrini e della movida, nonché la più glamour della California.

Sembrava un dipinto pieno di colori, luce e toni caldi.

Bastava guardarla per immergersi in un'atmosfera splendente, piena di vita, di lussuria, di sregolatezza.

Era il posto perfetto per liberare i propri istinti, per esplorare i desideri più reconditi, per sfogare le pulsioni che, troppo spesso, a causa della moralità o del pudore, venivano ignorate o represse.

Se ci fosse stata mia madre, accanto a me, ne avrebbe sicuramente tratto ispirazione per una delle sue creazioni.

Feci un altro tiro e fissai le varie insegne al neon dei locali notturni, alternate a qualche boutique di lusso e club rock nei quali mi ero esibita più volte negli ultimi anni.

Probabilmente era stato un segno del destino che fossi nata proprio in una città creativa, nella quale la musica imperava incontrastata.

Tuttavia, non godevo appieno di tutta quella ricchezza artistica.

Non riuscivo a condurre una vita spensierata come quella dei miei coetanei.

Avrei potuto dare sfogo a ogni eccesso, bere e portarmi a letto ragazzi diversi con i quali fare esperienza, invece continuavo a camminare in un mondo che non mi apparteneva alla ricerca ostinata del posto giusto, perché la verità era che mi sentivo fuori luogo ovunque.

E se me ne fossi andata?

Se avessi abbandonato questo mondo?

A chi sarei mancata?

Chi avrebbe notato la mia assenza?

«Sapevo che ti avrei trovata qui, Puffetta.» Andy scavalcò la finestra e si riassettò i jeans prima di appoggiarsi di schiena al muro, a braccia conserte.

«Non sopporto quel nomignolo», mi venne naturale redarguirlo, ma lui non si mostrò offeso.

«Alla mia *migliore amica* piaceva», alluse ai tempi lontani, nei quali esistevano un'altra me, un altro Andy e un altro *noi*. «Poi la mia *ragazza* ha preferito Diavoletta, ma adesso la mia *ex* non vuole che la chiami in nessuno dei due modi.» Piegò le labbra in un broncio infantile e io accennai un sorriso lieve.

Sapeva essere tenero, dopotutto.

Aspirando un altro po' di nicotina dalla mia Lucky, lasciai scorrere gli occhi sul suo fisico snello e alto.

Andy aveva un aspetto ribelle che ostentava con disinvoltura e fierezza.

Chissà come sarebbe diventato da grande, a trenta o quarant'anni.

Probabilmente non avrebbe perso il suo fascino, magari sarebbe addirittura aumentato, e sua moglie, sempre che ne avesse avuta una, ne sarebbe stata terribilmente gelosa.

«Hai fatto un sunto impeccabile», gli risposi dopo qualche minuto di silenzio.

Le iridi blu, con delle sfumature di grigio intenso, non smisero un solo istante di fissarmi.

«Però continuerò a chiamarti Puffetta, che ti piaccia o no.» Estrasse dalla tasca quella che sembrava una canna e se l'accese con nonchalance. Un forte aroma di erba pervase subito l'aria fondendosi al tabacco che ardeva nel mio filtro.

«Perché sei qui?» Era inutile chiedergli come avesse fatto a trovarmi: lui sapeva sempre dov'ero, mi conosceva benissimo.

Sul suo viso apparve un'espressione preoccupata. «Ho sentito ciò che dicevi a Halima. La questione dello strizzacervelli…»

«E allora?» Con i gomiti posati sulle ginocchia, iniziai nervosamente ad agitare la gamba sinistra.

«Cosa pensi di fare?» azzardò, stringendo le palpebre mentre inalava l'essenza dello spinello.

«La nonna avrà probabilmente già disdetto l'appuntamento come io le ho imposto.» O almeno lo speravo, altrimenti avremmo discusso di nuovo.

«Perché non fai un tentativo?»

«Perché invece voi non la smettete di rompermi le palle?» inveii. «Io sto bene», scandii rabbiosa. «Anzi benissimo.» Gettai via il mozzicone e mi alzai. Andy mi si parò davanti per intralciarmi e, con la canna fumante tra le labbra, mi bloccò per il braccio. Non sapevo cosa volesse ancora da me, ma il baluginio nei suoi occhi mi permise di intuirlo.

«Anche se non stiamo più insieme, io ci tengo a te.» Il suo sguardo rimbalzò sulle mie labbra più e più volte. Avrebbe voluto baciarmi e forse io gliel'avrei permesso per alleggerire un attimo il vuoto che sentivo dentro, ma sapevo che sarebbe stato sbagliato ricascarci. I motivi che ci avevano indotti a iniziare una relazione, due anni prima, erano stati completamente diversi: lui provava qualcosa di forte per me, io non conoscevo nessun altro al quale concedere il mio cuore e allora avevo scelto lui.

Non meritava un'altra delusione da me.

«Anch'io ci tengo a te, ma non come tu vorresti. E so che è una fottuta contraddizione, soprattutto dopo che ho rovinato la nostra amicizia per...» Mi rifiutai di ricordare cos'era accaduto tra noi quella notte. Se entrambi fossimo stati capaci di controllarci, probabilmente il nostro rapporto non sarebbe cambiato e saremmo rimasti i ragazzini che eravamo un tempo: i migliori amici di sempre, quelli che contavano le stelle sdraiati in giardino o ascoltavano i Pink Floyd imparando a memoria i loro testi.

«Mi dispiace per com'è andata...» Mi accarezzò una guancia con le nocche, ricordandomi quanto fosse bello sentire il suo tocco dolce e rassicurante. Essere la ragazza di Andy era stato un privilegio che io non avevo apprezzato e che, probabilmente, non avrei saputo apprezzare neanche se ci avessimo riprovato.

«Non è stata colpa tua», sospirai, «ma mia.» Mi sottrassi al suo contatto, ritenendolo ormai inopportuno.

«Perché dici così?» Lui cercò di non mostrarsi ferito; si celò dietro un finto atteggiamento impassibile, anche se immaginavo quanto stesse soffrendo.

«Perché sono incapace di amare», ammisi. Era la prima volta che lo dicevo a qualcuno.

Per anni l'avevo confessato solo a me stessa, soprattutto nelle notti tormentate in cui, da sola, mi fermavo a pensare al perché non riuscissi a legarmi a un ragazzo.

Andy scosse la testa con un sorriso serafico. «Ti sei solo convinta di questa stronzata, Thea.»

Come avrei potuto fargli capire che non mentivo?

«Io vivo su un pendolo che oscilla, Andy.» Sollevai un indice davanti ai suoi occhi e ne imitai il movimento lento da destra a sinistra. Lui seguì il mio gesto, con la fronte aggrottata. «E ci resto aggrappata con tutta me stessa per non cadere. Osservo dall'alto la sofferenza, la noia, la gioia, ma cerco di non farmi coinvolgere da niente.» Sapevo che era un discorso contorto, forse difficile da capire, ma era l'esatta descrizione della prigionia nella quale vivevo tutti i giorni.

«Quindi non mi hai mai amato?» Il suo tono si fece tagliente come una spada acuminata che voleva perforarmi e distruggere l'oscurità che mi imbrattava l'anima.

«Non ho mai amato nessuno perché nessuno è riuscito a salire su quel pendolo accanto a me.» Deglutii l'amarezza che mi pervase dopo quella terribile confessione.

Andy trasalì come se lo avessi colpito con un pugnale.

«Vuoi davvero buttare nel cesso il nostro anno di relazione?» Si passò le dita tra i capelli e li tirò appena, dando sfogo a un'improvvisa frustrazione che non sapevo come attenuare, dato che ero stata io stessa a provocarla.

«Sei bello, giovane e attraente, Andy. Dovresti trovare qualcuno che ti ami.» Il mio fu un misero tentativo di persuasione. Volevo confortarlo, ma il mio ex migliore amico, nonché ex ragazzo, mi guardò come se non stessi facendo altro che girare il coltello in una ferita già inferta.

«Sei assurda. Pensi che me ne freghi qualcosa delle altre? Io voglio te, cazzo!» si infervorò. «Ho sempre voluto te!» Andy arretrò e mi fissò sconvolto poiché non amava mettersi a nudo con una ragazza. Respirò a fatica e digrignò i denti, pentendosi all'istante di avermelo detto.

«Io non posso darti ciò che vuoi.» Una parte di me si sentiva in colpa per la sua sofferenza, l'altra era convinta che lo stesse salvando da me e da ciò che ero.

Un giorno mi avrebbe persino ringraziata.

Andy scosse il capo, riflettendo su qualcosa che preferì non espormi, poi gettò via la canna e indietreggiò.

«Chiunque ti veda sostiene che tu sia bella e dannata…» Mi scrutò a fondo alla ricerca delle crepe che mi laceravano il cuore, poi ghignò deluso, «… e credo di aver capito quanto sia vero.»

3
Thea

A quanto possiamo discernere,
l'unico scopo dell'esistenza umana
è di accendere una luce
nell'oscurità del mero essere.
CARL GUSTAV JUNG

ME ne stavo nascosta, come una ladra, dietro la porta della cucina mentre origliavo la conversazione telefonica della nonna.

La sbirciai dall'uscio socchiuso.

Seduta al tavolo, con la testa posata sulla mano come se pesasse quanto un macigno, scarabocchiava qualcosa su un vecchio taccuino e annuiva a ciò che le stava dicendo il suo interlocutore.

«Purtroppo sì», rispose.

Cavolo, avrei tanto voluto sapere con chi stava parlando.

Forse stava uscendo con un uomo a mia insaputa?

Mi aveva raccontato di un certo Roger Winky incontrato in uno dei rock club che frequentava il sabato sera.

Tra loro c'erano stati alcuni appuntamenti all'insegna di battute piccanti, birre e partite a biliardo, ma la nonna era una donna difficile in amore e, dopo la morte del nonno, mi aveva giurato di non aver amato più nessun altro, pertanto non ero certa che potesse trattarsi di quel tipo.

Come una manna dal cielo, il mio desiderio di scoprirne di più a riguardo parve realizzarsi.

La nonna posò il cellulare sul taccuino, coprendo il foglio ormai pasticciato, e impostò il vivavoce per reggersi la testa con entrambe le mani.

Sembrava avvilita.

«Quindi, signora Curtis, ne è sicura?» A discapito di ciò che pensavo, la voce dall'altro capo del telefono non apparteneva a Roger, bensì a una donna. Indubbiamente giovane e anche molto professionale. «Signora Curtis, è ancora in linea?»

La nonna si ridestò dai pensieri e annuì, come se la ragazza potesse vederla. «Sì, signorina. Mia nipote è stata chiara.»

Compresi a cosa si stesse riferendo: aveva davvero chiamato lo studio del dottore al quale si era rivolta per disdire l'appuntamento preso. Per un attimo mi sentii incerta, un senso d'angoscia mi pervase il petto. Iniziai a dubitare che quella non fosse la decisione giusta; lo sapevamo entrambe, ma la nonna stava rispettando la mia volontà pur di accontentarmi.

Anche se la vecchia Thea intravedeva in lontananza un'àncora di salvezza alla quale aggrapparsi per riemergere dall'Inferno, la nuova faceva di tutto per farla soccombere, per soffocarla e per convincerla a starsene buona nel suo angolino maledetto, perché ormai non aveva più alcun potere.

«Sa che potrebbe non liberarsi un altro posto in tempi brevi, vero?» le ribadì quella che supposi fosse l'assistente del medico. La nonna sospirò, poi prese la penna e cominciò di nuovo a scarabocchiare sul foglio del taccuino.

«Sì, me ne rendo conto.»

«Se non sono indiscreta, signora Curtis, quanti anni ha sua nipote?» insisté la donna.

«Venti.»

«Oh, è maggiorenne.» D'un tratto parve rassegnata. Mi chiesi per quale motivo fosse importante conoscere la mia età e quale tipo di rilevanza avesse in situazioni come quella.

«Esatto, è proprio questo il problema. Mi capisce?» La nonna fu volutamente vaga, lasciando intuire alla donna qualcosa che poi compresi anch'io: se fossi stata minorenne, avrebbe potuto decidere lei per me e per la mia salute, ma purtroppo ciò non era possibile data la mia capacità di scegliere in totale autonomia cosa considerassi giusto o sbagliato per me stessa.

«La capisco. D'accordo, allora ho cancellato l'appuntamento come da lei richiesto.»

«La ringrazio e mi scusi con il dottor Fester», rispose cortese la nonna. Mi fu impossibile non riflettere sul cognome del medico. Pensai subito allo zio Fester del film *La famiglia Addams* e mi coprii le labbra per non scoppiare a ridere.

Quello era un segno del destino.

Lo strizzacervelli poteva essere uno squilibrato, un serial killer o un terrificante mostro dall'aspetto cadaverico, calvo e sdentato.

Nel giro di pochi secondi, la mia fervida immaginazione attribuì a quell'uomo vari aspetti, tutti spaventosi.

Mai come allora pensai di essere stata davvero fortunata.

Sghignazzai. *L'avevo scampata.*

«Si figuri, lui è un uomo molto comprensivo.» Tornai alla realtà quando la voce della donna si addolcì, elogiando il dottore. Sembrava una di quelle sottoposte infatuate del loro capo, bello e irraggiungibile. Non potevo guardarla in viso, ma l'intonazione diversa instillò proprio quel dubbio. «Per qualsiasi cosa sa dove trovarci, il nostro studio è sempre a disposizione dei pazienti.»

Recitò una delle frasette di circostanza che con ogni probabilità ripeteva meccanicamente a chiunque.

Alzai gli occhi al cielo.

La nonna la ringraziò e chiuse la chiamata.

Soddisfatta per essermi finalmente liberata di quella tediosa faccenda del dottore, mi allontanai dalla porta con un sorrisetto sghembo e tornai in salotto per iniziare la mia rigorosa sessione di addominali.

Mi distesi supina sul tappeto, proprio sotto l'enorme quadro di David Bowie, e appena percepii i passi della nonna rimbombare sul pavimento, seguiti dal cigolio della porta della cucina, recitai la mia parte prima di quanto avessi previsto.

«... Ventidue, ventitré, ventiquattro...» Finsi di essere affannata mentre sollevavo e abbassavo le spalle per contrarre l'addome. Le mani incrociate dietro la nuca, le ginocchia piegate, la finta espressione sfinita... Insomma, sembravo abbastanza credibile. Tuttavia, nonna Lizzie mi conosceva meglio di chiunque altro, perciò si avvicinò con fare sospetto.

«Milla.» La sua voce severa sferzò l'aria come un dardo.

«Che c'è, nonna?» Ansante, simulai la fatica. «Non vedi che mi sto allenando?» continuai, imperterrita, a fingere.

La nonna inarcò un sopracciglio prima di incalzarmi ancora. «So che hai ascoltato tutto. Origliare dietro le porte è un vizio che hai sin da piccola.»

Avevo fallito.

Smisi di recitare e mi abbandonai di schiena sul tappeto. La trama morbida mi avvolse le braccia nude lasciate scoperte dalla canotta sportiva che indossavo. Inclinai di poco la testa all'indietro e guardai la nonna da una prospettiva del tutto nuova. Partii dagli anfibi neri, parecchio inusuali per una sessantenne, poi risalii sui jeans stretti, leggermente strappati sulle ginocchia, fermandomi sulla maglietta grigia con la stampa di tanti satelliti e la scritta: MOON ROCKET.

«Dorothea Ludmilla Jensen!» Usò il mio nome completo per irritarmi. Amava punzecchiarmi in quel modo e rammentarmi il pessimo gusto dei miei genitori.

Cosa avevo fatto di male per chiamarmi *Dorothea Ludmilla*?

Associati, poi, non avevano alcunché di melodioso.

«Secondo te, se fossi nata maschietto mi avrebbero chiamata *Genoffio Boveglio*?» Esposi quel futile pensiero per cercare di distrarre la nonna. Lei piegò il capo di lato e mi fissò accigliata. «Sai che ho sognato che mi chiamavano davvero così?» Mi girai a pancia in giù, con le caviglie a mezz'aria e il mento posato su entrambi i palmi come una bambina pestifera.

«È un nome che neanche esiste», brontolò. «E so che stai cercando di cambiare discorso per non ammettere che…»

«Sì, va bene, ho origliato.» Sbuffai, rimettendomi in piedi con uno slancio energico. Era inutile continuare quella stupida farsa. «E hai fatto la cosa giusta, nonna, tanto non ci sarei andata da quel Foster.» Agitai una mano nell'aria con fare scorbutico.

«Fester!» mi corresse.

«Sì, quello lì.» La superai diretta in camera mia per cambiarmi.

Non avevo nient'altro da dirle. La questione dello strizzacervelli era ormai sistemata.

«Thea! Torna immediatamente qui!»

«Nonna, adesso ho da fare. Devo prepararmi per stasera.»

Non persi altro tempo.

Con la band avrei dovuto esibirmi in uno dei pub rock più in voga di West Hollywood.

Solitamente ero emozionata all'idea di salire sul palco.

Ogni volta che suonavo ero libera.

Libera di sopprimere la mia inesorabile malinconia e di essere me stessa.

Soltanto con la chitarra tra le mani sentivo l'adrenalina.

La follia pura.

L'eccitazione mistica.

Eppure… quel giorno ero nervosa.

Percepivo una strana inquietudine dentro di me, una forza oscura che cercava di contrastare i miei sogni.

Quei sogni che la musica tentava in tutti i modi di elargire.

Pensierosa, entrai in camera.

Evitai accuratamente di guardarmi allo specchio e mi scrollai di dosso le sensazioni negative che sentivo serpeggiarmi lungo la schiena.

Feci una lunga doccia e mi vestii, poi controllai il cellulare per leggere il messaggio ricevuto:

Andy: *Scendi, Puffetta.*

«Avete ancora dieci minuti di tempo, ragazzi», ci avvertì uno dei tecnici.

Dieci minuti e saremmo saliti sul palco dell'enorme locale nel quale ci saremmo esibiti per la terza volta nell'ultimo anno.

Con Andy e i ragazzi ci eravamo confrontati a lungo e avevamo raccolto varie idee per rendere lo spettacolo memorabile. In quel momento eravamo riuniti nei camerini per darci supporto a vicenda e affrontare l'ansia da palcoscenico che investiva irreparabilmente ognuno di noi.

Soprattutto me.

Ero agitata, malgrado mi stessi preparando da circa mezz'ora.

Nervosamente, continuavo i miei esercizi di stretching per sciogliere i polsi e gli avambracci mentre Andy camminava avanti e indietro scaldando la voce.

La scaletta di quella sera prevedeva come canzone d'apertura una delle più complicate alle quali avessimo mai lavorato. Le parti della chitarra erano impegnative e ciò richiedeva un'enorme concentrazione da parte mia: il minimo errore avrebbe potuto compromettere l'intera esibizione.

«Che dite? Ce lo facciamo un goccetto?» Jimmy, con le bacchette della batteria infilate in una tasca dei jeans scuri, ci mostrò una bottiglia di Jägermeister.

Era nostra abitudine bere un po' di quell'amaro tedesco prima di esibirci.

Dopo essersi sistemato i capelli in una coda morbida, Steve si voltò a guardarci ed esordì con un euforico: «Sì, cazzo. Ne ho proprio bisogno!»

Qualche istante dopo, ci radunammo in cerchio e, con i bicchierini sollevati in aria, trangugiammo il liquore liscio in un solo sorso. Strinsi gli occhi quando sentii il sapore di erbe e spezie avvolgermi la lingua e scivolarmi bruciante lungo l'esofago finché quel leggero fastidio non fu sostituito da una piacevole leggerezza.

«Sei pronta?» Andy mi puntò addosso i suoi occhi vitrei, così grigio-blu con le luci artificiali da sembrare di ghiaccio. I capelli biondo platino, selvaggiamente spettinati, si addicevano alla sua carnagione chiara, contraddistinta da un pallore naturale, priva di sfregi o difetti, come se fosse neve candida. Lo ammirai qualche istante: il suo abbigliamento era rigorosamente scuro come quello degli altri membri della band. Dalla canotta nera, con qualche strappo qua e là, spuntavano le braccia magre ma definite, colme di numerosi tatuaggi che, intersecandosi tra loro, creavano un gioco di linee stravagante ed enigmatico.

«Sì, prontissima, ma…» Mi accigliai a causa della sua espressione incantata.

Osservò la mia figura per intero, poi accennò un sorriso di apprezzamento.

«Sei una gran figa, chissà come impazziranno i ragazzini lì fuori.» Indicò la minigonna di pelle con le calze a rete che mi fasciavano le gambe, mentre gli anfibi mi regalavano qualche centimetro in più d'altezza. Il top rosso pieno di borchie mi avvolgeva i seni, accentuandone la rotondità. Il trucco nero, pesantemente marcato sugli occhi, rendeva il mio sguardo aggressivo. Il collarino di pizzo, con una pietra nera sulla gola, era un vero richiamo per la libido maschile.

Lo avrei ringraziato se qualcuno non ci avesse bruscamente interrotti.

«Cazzo, ragazzi. Andiamo!» Victor si sporse dalla porta semiaperta, agitato quanto noi, e con un cenno della mano ci incitò a sbrigarci.

Tutti e quattro ci scambiammo sguardi complici.

Era arrivato il momento di indossare le nostre bandane punteggiate da diamanti colorati che incorniciavano la testa di un demone, coprendoci metà volto.

Non a caso eravamo i Bright Demons.

Carichi e pieni di adrenalina, saltammo letteralmente sul palco.

I fan urlarono a squarciagola appena Andy impugnò il microfono, inclinò l'asta nella sua direzione e si rivolse direttamente al pubblico per salutarlo.

Aveva una padronanza scenica e un carisma da frontman eccezionali.

Jimmy batté le bacchette in alto a ritmo per fomentare la folla.

Steve, con il basso stretto in una mano, sollevò l'altra simulando con le dita il gesto delle corna; i fan lo imitarono, pronti a scatenarsi con la nostra musica.

Io collegai la chitarra elettrica all'amplificatore e feci qualche passo avanti, sculettando appena. Mi cimentai in una breve sfilata, volutamente baldanzosa, suscitando le urla dei ragazzi, poi mi fermai accanto ad Andy, assunsi una posa spocchiosa e attesi l'attacco di Jimmy prima di iniziare.

Il primo accordo, grosso e potente, della mia Gibson mandò in estasi i fan.

Il suono metallico si diffuse tra le pareti del locale, grintoso come il ruggito di un leone.

Le luci disposte sui bordi del palco cambiavano tonalità a ogni oscillazione delle mie corde.

Le vibrazioni emesse mi facevano formicolare le gambe.

Il cuore pompava nella gabbia toracica.

Ogni impulso elettrico creava una connessione incredibile tra noi e la folla adorante.

Amavo catturare ogni applauso, assorbire tutte quelle grida per portarle con me nei momenti di dolore e colmare il vuoto che sentivo dentro.

Andy iniziò a cantare.

La sua voce era un'onda altalenante, graffiante e delicata, che cavalcava versi d'amore struggenti e drammatici.

La marea di teste sotto di noi scattò a ritmo di musica.

Ed eccolo lì il nostro popolo.

Il popolo del rock.

Rumoroso, energico, ribelle, trasgressivo.

Pronto a osannarci come se fossimo gli adepti del Diavolo.

Sul palco ci trasformavamo sempre in bestie difficili da domare, mentre i fan ci mostravano la loro totale devozione.

Ci accettavano anche così: imperfetti, viziosi, carnali, *sconfitti*.

La musica tentava di curare le ferite di ognuno di noi, comprese le mie.

Sapevo che il rock era la mia strada, la mia seconda pelle come un vestito che ti calza a pennello, con il quale ti senti te stessa e che ami indossare sempre.

Era il mio stile di vita.

Le emozioni che provavo in ogni esibizione mi velavano gli occhi di commozione.

Suonare era il mio personale angolo di paradiso nel quale mi rifugiavo per scappare da una vita infernale che non avevo scelto.

Proprio io che ero sempre stata restia alle lacrime, sentivo il pianto della disperazione risalirmi dal cuore ogni volta che con il plettro toccavo le note più profonde della mia anima.

Quelle più oscure e maledette.

Quando suonavo o scrivevo una canzone, ogni emozione riemergeva mostrandomi il riflesso di chi ero davvero. La musica mi conduceva con sé nella sua dimensione dannata; io le permettevo di trascinarmi nel suo pauroso abisso e di affrontare, faccia a faccia, tutti i miei demoni.

Inutile dire quanti ce ne fossero…

Smisi di pensare troppo e mi concentrai a suonare.

Non erano ammessi errori e io non potevo deludere la gente che credeva in noi.

Guardai Andy, al centro del palco, appoggiarsi la base dell'asta sul bacino e puntarla contro un gruppetto di fan. Lasciò scorrere la mano su e giù in un chiaro gesto allusivo. Le ragazze urlarono estasiate – si sarebbero strappate i capelli se avessero potuto – e lui si abbassò la bandana sul collo per tirare fuori la lingua come un selvaggio.

Bello, indemoniato e padrone della scena: Andy era questo e molto di più.

Si voltò a cercarmi e scossi la testa a ritmo di musica per incoraggiarlo.

Stava andando benissimo.

La nostra empatia sul palco era sempre stata molto forte.

Con le ginocchia flesse e la schiena incurvata in avanti, le mie dita presero fuoco sulle corde.

La sequenza di accordi creò un suono più sporco e pesante, incendiando gli animi rock della folla.

Tutto era perfetto, tutto stava procedendo per il meglio…

Ogni strofa avvolgeva col suo torpore il cuore dei fan.

La voce sublime di Andy incantava.

Le vibrazioni ampie della mia chitarra si insinuavano negli anfratti delle menti e scuotevano gli spiriti ribelli.

Le percussioni di Jimmy erano imponenti.

Il suono di Steve era pulito e cadenzato.

Sì, tutto era magnifico, finché avvenne qualcosa di insolito.

Nei muri circostanti si crearono delle profonde crepe dalle quali iniziò a sgorgare copiosamente del sangue vivo.

Rallentai i miei movimenti e sbattei le ciglia convulsamente.

È un'allucinazione, Thea, è un'allucinazione.

Non cascarci!

Le tenebre decisero di riemergere per imbrattarmi con la loro malvagità.

Oscure, sudice, infide…

Riuscivo a sentirle.

Riuscivo a vederle.

Un rivolo di sudore freddo mi colò dalla tempia fino alla bandana.

Guardai le tante teste di fronte a me, adesso coperte tutte da passamontagna neri.

I fan continuavano a saltare, euforici, a ritmo di musica, ma c'era qualcosa di diverso in loro…

Mi sentii relegata in una dimensione surreale, demoniaca.

«Che diavolo…» Mi immobilizzai completamente, con la Gibson ferma tra le mani.

I suoni divennero ovattati, la vista annebbiata…

I crampi allo stomaco mi colsero fulminei, accartocciandomi come un pezzo di carta.

Tutto iniziò a ruotare.

Sentii una voragine aprirsi sotto di me, pronta a inghiottirmi.

Barcollai.

Barcollai senza fiato.

La sensazione di instabilità mi provocò terribili conati di vomito.

Qualcuno iniziò a fischiare, qualcun altro a gridarmi di riprendere subito a suonare e qualcun altro ancora a gettarmi della birra addosso, tuttavia non reagii.

D'improvviso le gambe cedettero.

Sentii una mano afferrarmi per il braccio, ma fu troppo tardi.

Chiusi gli occhi e mi spensi.

Lo spettacolo terminò.

Dietro le palpebre vidi solo lacrime non versate.

Ricordi dolorosi.

Sogni infranti.

La vecchia Thea che mi prendeva a pugni e mi urlava di liberarla.

Poi il buio.

Il buio totale…

4
Thea

Non è nelle stelle che è conservato
il nostro destino, ma in noi stessi.
WILLIAM SHAKESPEARE

SPESSO è necessario toccare il fondo per renderci conto di aver bisogno d'aiuto.

E io, quel fondo, lo avevo toccato, ignara delle conseguenze.

Mi ero spinta oltre i limiti pur di disgelare l'apatia perenne che mi governava; non riuscivo più a sentire niente, o forse percepivo le emozioni in un modo talmente intenso da comprimerle e combatterle per preservare me stessa.

Non lo avevo ancora ben compreso.

Era tutto troppo confuso.

La mente non voleva collaborare, non voleva aiutarmi ad affrontare il dolore e a diventare una persona migliore. Preferiva trincerarmi, impedirmi di prendere in mano la vecchia Thea e riscuoterla dalla vita maledetta che stava conducendo.

Mi stavo facendo del male.

Ormai da più di un anno.

Come un coniglietto disperato correvo attorno al perimetro della mia gabbia senza trovare alcuna via di uscita, sebbene più persone tentassero ogni giorno di darmi il loro supporto.

Non capivo che cosa ci fosse dentro di me che non andava.

Mi tormentavo e mi lasciavo tormentare, senza lottare per estirpare ciò che aveva messo radici nell'anima, e ancor di più nella testa.

Il male peggiore stava infettando la mia testa.

Quella era la verità.

Ammetterlo mi provocava sempre una sensazione di soffocamento, come se avessi un filo spinato attorno al collo.

Per colpa mia l'esibizione era stata un disastro, la band aveva deluso le aspettative del pubblico e questo aumentava il malessere che mi convogliava dentro.

Avrei dovuto assumermi la responsabilità di quanto successo; Victor avrebbe dato di matto e preteso una spiegazione.

Cosa avrei dovuto dirgli?

La preoccupazione mi provocò una forte emicrania.

Sospirai.

Ero distesa sul letto di un'anonima camera d'ospedale nella quale mi ero risvegliata da qualche ora.

Pensierosa, ripresi a fissare le pareti asettiche, testimoni per la terza volta del mio fallimento.

Una piccola finestra permetteva al bagliore del sole di lambire tenuemente il pavimento di linoleum e il tavolo da pranzo accanto al muro.

Non sapevo che ora fosse né per quanto tempo avessi dormito. Indossavo ancora gli abiti della sera precedente, a eccezione degli anfibi che erano adagiati sul pavimento.

Mi guardai l'incavo del gomito sinistro dove l'ago cannula, coperto da un cerotto, era collegato al tubicino di una flebo per metà vuota. Il farmaco, o qualsiasi altra cosa ci fosse lì dentro, continuava a gocciolare per alimentare il mio corpo spossato.

Mi girava tutto, ma sentivo l'esigenza di alzarmi e sgranchirmi le gambe.

Senza pensarci troppo, feci leva sulle braccia e mi misi seduta.

I miei sforzi furono evidenti, tuttavia tenni duro.

«Dove credi di andare?»

Sussultai quando Andy invase la camera con la potenza di un uragano.

Il passo svelto, l'espressione dura e i pugni chiusi lungo i fianchi mi anticiparono il suo pessimo umore, pertanto mi preparai a sorbire una bella ramanzina.

«Ho bisogno di alzarmi, Andy.» Tentai ancora di muovermi, ma lui si fermò accanto al letto, socchiudendo le palpebre in un'espressione di rimprovero. D'istinto sollevai la testa per guardarlo e non ebbi il coraggio di provocarlo.

Era davvero furioso.

«Hai la vaga idea di quanto mi sia preoccupato per te?» esplose, incurante di chi lì fuori potesse sentirlo.

«Sì, e mi dispiace.» Non sapevo cos'altro dirgli se non che ero sinceramente mortificata. Tutti mi definivano una stronza menefreghista, ma della mia band mi importava. Eravamo una famiglia, un gruppo, una squadra e non ero affatto fiera di me quando si verificavano imprevisti inopportuni come quello della sera precedente.

«Ti dispiace? Ti dispiace?» Andy era fuori di sé. Si passò una mano tra i capelli e imprecò qualcosa sottovoce. «Victor ti aveva avvertita. Ti aveva detto di risolvere i tuoi problemi, ma come al solito te ne sei fottuta!»

Mentre lui sbraitava, io tastavo il letto e il comodino alla ricerca delle sigarette. I miei movimenti erano cauti a causa della flebo, ma niente mi avrebbe fermata o fatto desistere dal fumare.

Ne avevo bisogno.

«Dov'è il mio pacchetto di Lucky Strike?» Non mi permisi di guardare Andy, che comunque udì la mia domanda: me ne accorsi dal suo sbuffo seccato.

«Fai sul serio? Ti sto parlando di una questione di gran lunga più importante delle tue maledette sigarette!» Andy mi afferrò il braccio destro. Avrei voluto dirgli di non toccarmi e di non imporsi in quel modo, ma, per evitare di peggiorare la nostra discussione, mi limitai a divincolarmi dalla sua presa. «Hai ragione, ma credevo che fossi in grado di esibirmi, non immaginavo che…»

«Non lo immaginavi?» Incombette su di me con il suo fisico slanciato nella chiara intenzione di interrompere le mie futili giustificazioni. «Ti è successo ben due volte di avere un malore sul palco, avresti dovuto considerare la possibilità che potesse ricapitare!» continuò imperterrito a inveirmi contro.

Smisi di cercare le sigarette e inchiodai i miei occhi nei suoi, spazientita quanto lui. «Be', scusa tanto se non ho una sfera magica con la quale prevedere il futuro.»

«Non scherzare, Thea. Non c'è nulla che tu possa dire per pararti il culo!»

«No, infatti. Tanto a te ciò che importa è la pessima figura davanti ai tuoi fan, non di certo la mia salute!»

Quella constatazione sospese per un attimo il nostro battibecco.

Andy rimase con le mani sui fianchi, il respiro inferocito e la fronte aggrottata in un'espressione crucciata.

La mia risposta l'aveva spiazzato.

Schiuse le labbra per dire qualcosa, poi scosse la testa con un ghigno derisorio.

«Sei incredibile, Thea.» Rise sardonico. «Ti corro dietro da più di un anno, ti resto vicino anche quando frequenti un altro ragazzo, mi lascio calpestare da te e dalla tua enorme strafottenza nella speranza che i tuoi sentimenti per me possano cambiare, e tu insinui che non mi importi nulla della tua salute?» Fece una pausa enfatica. «Ma colleghi il cervello alla bocca quando parli? Porca puttana!» Si picchiettò energicamente l'indice alla tempia e temetti che fosse sul punto di spezzarsi una falange.

«Ehi, giovanotto!» La voce severa di mia nonna calamitò la nostra attenzione su di lei. Nessuno di noi si era accorto prima della sua presenza.

Da quanto stava assistendo alla nostra discussione?

Senza indugiare oltre, avanzò a passo accelerato, come un toro che vede rosso, e con lo sguardo adirato puntò subito Andy.

«Salve, signora Cur…»

«È questo il modo di rivolgerti a mia nipote? Brutto disgraziato che non sei altro!» La nonna iniziò a prenderlo a schiaffi. Lo colpì ripetutamente al bicipite mentre Andy si parava senza alcuna difficoltà, nascondendo un sorriso divertito. Era circa tre spanne più alto di lei: se avesse voluto fermarla, avrebbe potuto farlo, invece la lasciò sfogare senza sfuggire al suo spietato assalto.

«Mi perdoni signora Curtis, io…» tentò di dire, soffocato dalle risate.

«Sta' zitto, mascalzone!» inveì la nonna. «Impara a trattare le donne con il dovuto rispetto. Tua madre non ti ha insegnato l'educazione?» Continuò a colpirlo finché Andy indietreggiò e urtò le spalle al muro.

«Okay, okay, ho capito. La prego, la smetta!»

Scoppiai a ridere.

Era buffo vedere uno spilungone come lui così indifeso dinanzi a una sessantenne tutto pepe e rock.

Improvvisamente la nonna si fermò per riprendere fiato; Andy sbatté le palpebre e rimase immobile, valutando quale mossa sarebbe stata la meno rischiosa.

Avrebbe dovuto scusarsi oppure rimanere inerte ad attendere che la rabbia di nonna Lizzie si placasse?

«Sia chiaro, giovanotto…» Gli puntò il dito a un centimetro dal naso, tanto che Andy dovette incrociare gli occhi per guardarlo. «… La prossima volta ti colpirò ai piani bassi e allora sì che la tua voce sarà come quella di un usignolo. Mi sono spiegata?»

«Sissignora», ribatté Andy con i palmi aperti in segno di resa.

«Molto bene», borbottò la nonna. Con l'aspetto attempato, rinvigorito quotidianamente dal suo spirito frizzante ed energico, si avvicinò a me per sedersi sul bordo del letto, decidendo così di porre fine a quella pantomima. «Milla…» Mi prese una mano tra le proprie. «Come stai?» Il suo gesto amorevole riuscì a risultare così confortante da farmi dimenticare il motivo per il quale mi trovavo lì.

«Bene, nonna, è stato solo un capogiro.»

«Stronzate», si intromise Andy, con tono sprezzante. La nonna gli lanciò un'occhiata di ammonimento e lui tornò cheto nel suo angolino di silenzio.

«Milla, voglio sapere la verità.»

L'intervento del mio amico l'aveva chiaramente insospettita. Mi guardai attorno, mordendomi l'interno della guancia, mentre sentivo incombere su di me gli occhi inquisitori della nonna. Conoscendola, non si sarebbe arresa finché non le avessi confessato cos'era accaduto davvero.

«Sono svenuta. A un certo punto non mi è stato più possibile controllare il mio corpo. Ho sentito l'energia defluire lentamente fino a perdere del tutto i sensi», ammisi. Andy incrociò le braccia al petto, aspettando che aggiungessi l'altra parte della verità, quella più scomoda, legata al mio rapporto problematico con il cibo, ma non era opportuno. Non volevo che la nonna si preoccupasse per me più del dovuto.

«Scusate se vi disturbo.» Due colpi di nocche contro la porta socchiusa rivelarono la presenza di un medico. Resosi conto della conversazione in corso, l'uomo attese un cenno di assenso prima di entrare. Nonna Lizzie si alzò dal letto e con un sorriso cortese lo invitò a raggiungerci.

«Buongiorno, dottore», lo accolse.

«Buongiorno a voi.» Il medico si avvicinò e con un dito si aggiustò gli occhiali da vista sul naso camuso, prima di volgere lo sguardo alla cartellina che stringeva in mano. «Dorothea», lesse. «Come ti senti stamattina?» Gli occhi marroni, di un denso tenné, mi scrutarono a fondo per valutare probabilmente il mio stato di salute.

«Molto meglio, la ringrazio.» Non stavo mentendo. Certo, non mi sentivo pienamente in forma, ma di sicuro più in forze della sera precedente.

«Ne sono felice. Volevo informarti che ho analizzato i risultati delle tue analisi.» Freddo, diretto, come solo un medico sa essere, fu subito esaustivo. «Da esse è emerso un evidente squilibrio elettrolitico. Il tuo corpo risulta disidratato e malnutrito. L'elettrocardiogramma ha registrato una frequenza di battiti pericolosamente bassa, quindi…»

«Cosa sta cercando di dirci, dottore?» Il volto della nonna impallidì terribilmente. In quell'istante, come una furia, ci raggiunse anche Victor, ma nessuno si accorse di lui eccetto me. Affannato, si fermò sulla soglia e si posò allo stipite della porta con una spalla. Sembrava che avesse corso a perdifiato e che soltanto in quel momento potesse finalmente chetarsi. Per fortuna ebbe il buon senso di non interrompere il medico, conscio che stesse per darci delle informazioni importanti.

«Potrei sottoporre sua nipote a una valutazione estensiva, ma questa ci indurrebbe a perdere troppo tempo. Ritengo più utile procedere diversamente.» Il dottore estrasse dalla cartellina un foglio e me lo consegnò. «Dorothea, vorrei che tu mi compilassi questo modulo.» Lo presi in mano e con la fronte aggrottata lessi le domande alle quali avrei dovuto rispondere segnando con una crocetta sì o no. «Tornerò tra venti minuti per ritirarlo, dopodiché vi spiegherò tutto.» Il medico mi porse anche una penna, poi uscì dalla camera.

Attratta dalle domande elencate, non ascoltai ciò che Victor iniziò a blaterare contro Andy.

In quel momento non mi importava di nient'altro se non di affrontare tutte le mie paure.

Ti piace il tuo corpo?

Pensi che il cibo ti sia nemico?

Credi di essere grasso/a?

Ti pesi più volte al giorno?

«Cosa cazzo vi ho detto nella nostra ultima riunione?» Sentii la voce del nostro manager rombare tra le pareti, ma tenni lo sguardo su quel maledetto foglio mentre segnavo con una x le risposte che ritenevo corrispondenti ai miei pensieri.

Sei ossessionata/o dall'allenamento fisico?

Ti induci il vomito spesso?

Fai uso di lassativi?

«Thea, sto parlando anche con te.» Il forte odore di patchouli di Victor mi indusse a sollevare il viso dal questionario. Dopo circa dieci minuti, avevo già risposto a tutte le domande, tuttavia girai il foglio sul lenzuolo per nasconderlo a occhi indiscreti.

Non volevo che qualcuno sbirciasse la mia verità.

Osservai l'uomo adirato, in piedi accanto al letto, come se fossi alienata dal mondo.

Fare i conti con la realtà, vederla incidersi su un pezzo di carta mi aveva visibilmente destabilizzata.

Mi sentivo divisa a metà: la vecchia Thea mi stava ringraziando per averle permesso di confessare tramite delle banali crocette ciò che a parole non aveva il coraggio di dire a nessuno; la nuova avrebbe voluto uccidermi per averla tradita.

«Che diavolo ti è saltato in mente, Thea?» proseguì il mio manager. «Se non eri nella condizione adatta per esibirti, non avresti dovuto salire su quel palco!»

«Cerchi di non essere così brusco. Mia nipote non può sostenere una discussione con lei, adesso.» La nonna avanzò in mia difesa, inducendo l'uomo ad arretrare.

«Lo so benissimo, signora Curtis», la rimbrottò Victor, con viva irritazione. «Ed è proprio per questo che le avevo consigliato di risolvere tutti i suoi problemi prima di dedicarsi alla band, perché così non può andare avanti.» Si passò una mano tra i capelli corti, trattenendola lì come se volesse tirarseli, poi mi inchiodò con i suoi occhi scuri. Le sopracciglia si arcuarono in una linea minacciosa. «Per il momento non potrai suonare. Per i Bright Demons troveremo qualcuno che possa sostituirti», decretò.

Andy fece un passo avanti pronto a contraddirlo. «Ma Victor…»

«Tu sta' zitto!» lo sgridò con un indice sollevato. Io non ribattei. Non avrei dato allo stronzo del nostro manager la soddisfazione di vedermi piangere, star male o crogiolarmi nel dolore per aver ricevuto un calcio nel didietro senza troppi preamboli.

«Per me va bene», risposi, con un sorriso ostile che catturò lo sguardo di Victor. «D'altronde non hai perso tempo a prendere la tua decisione. Da quanto la covavi dentro? E potrei anche indovinare il motivo.» Strinsi la penna nel palmo per trattenermi dal tirargliela in faccia.

«E quale sarebbe il motivo? Sentiamo.» Si posò le mani sui fianchi con tono di sfida.

«Vuoi che lo dica davanti alla nonna?» Feci fiorire sul volto un'espressione poco amichevole. «O davanti ad Andy?»

Victor socchiuse le palpebre meditando sulla mia allusione: aveva compreso chiaramente di cosa stessi parlando. Era da tempo che assumeva atteggiamenti lascivi, che ci provava con me quando rimanevamo soli, pensando che fossi una ragazza facile, una di quelle che si sarebbe concessa al primo di turno, o chissà, proprio a lui. Mi ero accorta sempre più spesso delle continue occhiatine al mio sedere, delle battute piccanti rivolte al mio corpo, del modo in cui, ogni volta che mi dava un bacio sulla guancia, ci indugiava per inspirare l'odore della mia pelle o del modo in cui, quando mi abbracciava, le sue mani seguivano la curva della schiena, fermandosi poco sopra le natiche per sfiorarle con i polpastrelli.

«Puoi dire ciò che ti pare. Non starò a giustificarmi per le assurde fantasie di una ragazzina indisponente.» Si allontanò infastidito. Andy lo seguì con lo sguardo, restando in un'immobilità spaventosa. Conoscevo benissimo il mio migliore amico e, da come stava stringendo i pugni, avrebbe voluto sferrargliene uno dritto sulla mascella.

«Dorothea, hai concluso?» Il medico entrò in camera marciando spedito verso di me, senza perder tempo in convenevoli. Di sicuro aveva percepito la tensione tra Victor e Andy che permeava pesantemente l'aria, ma con la massima professionalità ignorò qualsiasi faccenda secondaria e, dopo un mio cenno di assenso, prese il questionario compilato. Inforcò gli occhiali da vista estratti dal taschino del camice e si concentrò sulle risposte che avevo annotato.

Attesi il suo responso, cercando di intuirne l'esito dalle espressioni facciali. I tratti del medico però rimasero rigidi, gli occhi profondamente attenti, le labbra serrate in una linea dura.

Non fu affatto facile capire cosa stesse pensando.

«Allora, dottore? Cos'è quel questionario? A cosa le serve?» La nonna mi posò una mano sulla spalla per trasmettermi tutto il suo conforto. C'era sempre stata per me, sapevo che non mi avrebbe mai lasciato affrontare nessun problema da sola.

«Mi aspettavo un risultato del genere.» Si sfilò gli occhiali e abbassò il foglio, rassegnato.

«Cosa intende?» gli domandò Victor, che si ostinava a gravitarmi attorno con la sua presenza snervante.

«Sospetto che la condizione fisica della paziente sia dovuta a un disturbo alimentare che purtroppo esula dalla mia esperienza clinica. I sintomi riscontrati non sono da sottovalutare. Le risposte date al questionario confermano un'anomalia di tipo psicologico. Prescriverle dei semplici integratori sarebbe del tutto riduttivo…»

«Dunque come suggerisce di procedere?» La nonna si sforzò di mostrarsi tranquilla, ma, dentro di lei, la voce della coscienza le stava urlando che aveva avuto sempre ragione sui propri sospetti, infatti non sembrava sorpresa dalla diagnosi del medico. Io invece ascoltai tutto senza emettere una sola sillaba. La segretezza e la vergogna erano come un enorme bavaglio che mi impediva di parlare o urlare.

Costretta al riserbo assoluto, tutelavo un demone che ormai mi aveva in pugno.

«Suggerirei di rivolgervi a un professionista», considerò il medico.

«No, non è necessario», intervenni, fiutando il pericolo. «Con un po' di riposo tornerò come prima. Credetemi.» Scrollai le spalle, porgendogli la penna nella speranza che andasse via quanto prima.

«I disturbi alimentari sono patologie egosintoniche. I pazienti non li considerano mai dei problemi, anzi, ci convivono come se fosse tutto normale.»

«È tutto normale», ruggii, con le lenzuola strette nel palmo.

«Milla», mormorò la nonna.

«Quindi, secondo lei, qual è la soluzione?» Andy, come al solito, era impaziente di sapere.

«Informare un centro di riferimento specializzato nei disturbi alimentari. In tal modo, lo psichiatra potrà valutare la situazione psico-fisica della paziente e indicarle il percorso riabilitativo più idoneo.»

«Non voglio avere contatti con uno strizzacervelli. Non se ne parla», mi intestardii, esattamente com'era accaduto con il dottor Fester, Foster, o come diavolo si chiamava. Non avrei permesso a nessuno di condurmi in una clinica, imbottirmi di farmaci e indurmi a perdere del tutto la ragione. A vent'anni non avrei rinunciato alla mia vita né alla mia libertà.

«Temo sia necessario», insisté il medico.

«Thea non è una ragazza come le altre. È nota, è la chitarrista di una rock band d'esordio molto conosciuta tra i giovani», intervenne Victor calandosi nei panni del perfetto manager professionista. «Se la notizia trapelasse dalle mura di quest'ospedale, l'impatto mediatico sarebbe devastante», lo informò.

Il medico corrugò la fronte e mi guardò con una consapevolezza diversa. Non avrebbe mai immaginato che, di fronte a lui, ci fosse una piccola rockstar, come amava definirmi mia madre, anche se io non mi consideravo affatto tale.

«Allora la clinica Asklepios potrebbe fare al caso vostro», propose il dottore.

«La clinica As… che?» borbottò Victor.

«La clinica Asklepios», ripeté con un sorriso genuino.

«E che diavolo sarebbe?» Andy incrociò le braccia al petto.

«Una clinica privata, la più esclusiva di Los Angeles, adatta a persone molto riservate o famose, spesso mediaticamente esposte, che vogliono tutelare la propria immagine.»

Gli occhi di Victor brillarono di felicità: forse avremmo potuto evitare la strada che ci avrebbe condotti alla rovina ancor prima di raggiungere la fama.

«Ciò che i pazienti apprezzano maggiormente dell'Asklepios è proprio la garanzia della privacy», continuò il medico, alimentando sempre di più la nostra curiosità. «Il paziente, i dipendenti e l'équipe medica firmano un contratto particolarmente severo finalizzato a mantenere segreta qualsiasi informazione, anche l'identità dei pazienti.» Il suo sguardo arcigno passò in rassegna ognuno di noi soffermandosi su Victor. «In questo modo, Dorothea potrebbe affrontare i suoi problemi senza compromettere la propria carriera né quella della band. Nessun giornalista verrebbe a sapere del suo percorso riabilitativo.»

Victor si accarezzò il mento, sfregandosi la barba con il palmo ruvido, poi si voltò verso Andy. «Tu che ne pensi?»

Il cantante rifletté qualche istante.

Sperai che manifestasse il proprio disappunto a riguardo, ma quando i suoi occhi chiari valicarono i miei, con estrema desolazione compresi che avrebbe appoggiato quella follia, conscio che lo avrei odiato per sempre.

«No...» sussurrai; la mano della nonna si strinse più saldamente sulla mia spalla.

«Ha detto che si tratta di una clinica privata...» notò lei bonariamente. «Quanto... be', quanto...» Si fermò, valutando che forse con i suoi risparmi non avrebbe potuto permettersela.

«Mi accollerò io tutte le spese», convenne Victor senza consentirci di decidere con la dovuta calma. «Ciò che ci interessa è la salute della nostra Thea e la tutela della sua immagine. Al resto ci penserò io.»

«Ehi, io sono qui, a qualcuno interessa la mia opinione?» Sollevai il braccio destro per farmi notare. «Non andrò in nessuna clinica. Cazzo!» Persi la pazienza, incurante di risultare maleducata e irruente. Guardai la flebo con l'intenzione di strapparmela e scappare via, ma Andy fu più veloce. Si avventò su di me e mi bloccò i polsi, serrandoli contro il materasso. Con il busto si protese così tanto da coprirmi interamente, il suo naso mi sfiorò la guancia, una ciocca biondo platino mi solleticò la tempia, il respiro caldo mi lambì la tenera carne del lobo.

«Non fare stronzate», sussurrò, affinché lo sentissi solo io.

«Sei stato tu a farne una gigantesca, appena un minuto fa», bisbigliai minacciosa.

Andy si scostò dal mio orecchio e tornò a concedermi le sue iridi glaciali. «È per il tuo bene, lo capisci?»

«Vaffanculo!» Furiosa, mi divincolai da lui e mi premetti contro i cuscini alle mie spalle. Tentai di placarmi, di tenere a bada la rabbia. Ero debole, confusa, delusa, non avevo la forza di far valere le mie ragioni.

Quali ragioni, poi? Ormai mi avevano smascherata.

Il mio problema era talmente evidente che non avrei potuto dire o fare nulla per dissuaderli.

«Può procedere.» Victor incitò il medico a fornirgli tutti i contatti della clinica Asklepios, soppiantando la mia volontà.

Non avevo più alcuna chance né alcuna via di fuga.

Ero in trappola.

5
Thea

Prendi l'aspetto del fiore innocente,
ma sii il serpente sotto di esso.
William Shakespeare

Dopo che fui dimessa dall'ospedale, Victor informò la band che avrei dovuto prendermi un periodo di pausa e che avrebbe trovato qualcuno in grado di sostituirmi alle prossime esibizioni. Jimmy e Steve si opposero a quella decisione e stabilirono, in accordo con Andy, di attendere il mio ritorno per riprendere a suonare.

Non si sarebbero esibiti senza di me.

I Bright Demons non sarebbero stati gli stessi senza uno di noi.

Pertanto, Victor fu costretto ad accettare la loro condizione e ad aiutarli a gestire ogni canale social per mantenere attiva l'interazione con i fan, rispondere alle domande e sponsorizzare le nostre canzoni.

Non comunicò che la band sarebbe scomparsa dalle scene. Preferì affidarsi al fato. Sperava che quel periodo passasse il più velocemente possibile e che il pubblico pensasse che eravamo impegnati in qualche nuovo progetto, una motivazione abbastanza credibile che Victor avrebbe divulgato pubblicamente solo se qualcuno avesse iniziato a sospettare che, in fondo, nascondevamo altro.

Risolti i problemi con il gruppo, seppur temporaneamente, trascorsi circa due settimane a pregare che il giorno in cui mi sarei recata alla clinica Asklepios non arrivasse mai.

In men che non si dica, però, quel giorno giunse, frantumando il tempo e vanificando ogni mia speranza.

Trascorsi la notte insonne a rigirarmi tra le lenzuola profumate, in preda ai pensieri tormentosi, finché il baluginio del sole che filtrava dalla finestra mi indicò che era l'ora di alzarsi e di affrontare il primo incontro con un vero strizzacervelli.

Cosa avrei dovuto indossare?
Come avrei dovuto rivolgermi a lui?
Sarei stata capace di nascondergli i miei più impervi segreti?
Sarei stata in grado di comunicargli il mio dolore?

Mi sentivo inquieta.

L'unica alternativa plausibile per dissipare l'ansia consisteva nell'affidarmi al mio impeccabile spirito di adattamento. Ero sempre stata molto brava a far fronte a qualsiasi difficoltà. Avevo sopportato numerose sconfitte, trovando dentro di me il coraggio di ricominciare da capo, a testa alta. Percepivo gli imprevisti come una sfida da cogliere per mettere alla prova me stessa, per sentire l'adrenalina in circolo nelle vene e per far sì che, qualunque fosse stato l'esito di quella prova, io potessi trarne insegnamento, considerarla un'opportunità di crescita.

Sopraffatta da un'ondata di coraggio, insieme alla nonna percorsi la strada del mio destino, la stessa che mi avrebbe condotta alla clinica Asklepios.

Il cielo divenne improvvisamente plumbeo.

Una piacevole brezza marina pervase l'abitacolo dal finestrino semiaperto della Cadillac gracchiante di nonna Lizzie. In passato, più volte le avevo consigliato di cambiare quella carretta, ma lei sosteneva che, finché avesse adempiuto il suo dovere di scorrazzarla in giro per West Hollywood, ne sarebbe rimasta la proprietaria.

Evitai di tediarla ulteriormente sui rumori poco raccomandabili del motore. Nel peggiore dei casi non saremmo arrivate a Los Angeles, avremmo accostato fuori dalla carreggiata e la nonna avrebbe chiamato qualche anima pia affinché venisse pazientemente a recuperarci.

Per tutto il tragitto ascoltammo un vecchio CD dei Beatles regalatole da uno dei suoi spasimanti mentre io, sommersa dalle mie riflessioni, fissavo all'orizzonte il mare stagliarsi come un quadro suggestivo, spaventoso e affascinante al contempo.

Le onde si infrangevano violentemente contro gli scogli, le nubi grigiastre mutarono il colore cristallino nel quale si rispecchiavano, il vento ululava, l'aria era torrida, pesante.

Sembrava che il tempo stesse preannunciando un diluvio universale.

Tuttavia, la buona sorte fu dalla nostra parte.

Riuscimmo a raggiungere la clinica Asklepios senza particolari intoppi, arrivando all'indirizzo che ci era stato fornito da Victor. Il mio manager avrebbe voluto presenziare a quell'incontro, ma per un problema improvviso era stato costretto a rinunciarvi. Ci aveva ribadito che si sarebbe accollato lui le spese della mia eventuale permanenza nella struttura, pertanto, appena fossimo state informate della somma, Victor avrebbe provveduto al pagamento.

Giunte dinanzi a un enorme cancello di ferro, la nonna arrestò l'auto con una frenata brusca che mi fece sobbalzare in avanti.

«Nonna!» urlai.

«E adesso?» Lei si sfilò gli occhiali da sole, sebbene quel giorno fossero inutili, e li lanciò sul parabrezza.

Ci guardammo attorno per capire come avremmo fatto a entrare. Il cancello era chiuso, probabilmente per vietare l'accesso ai non autorizzati. L'Asklepios era la clinica dei privilegiati, di coloro che differivano dal resto della società per ricchezza o fama. Tuttavia questo non escludeva la sua vera natura: era pur sempre un centro finalizzato alla cura dei disturbi mentali, di qualunque tipologia.

Figurarsi nella mente, per ben quindici giorni, quel posto alquanto singolare non fu minimamente paragonabile alla concreta possibilità di mettervi piede. La sensazione terrificante che mi attraversò la spina dorsale rafforzò la consapevolezza di ciò che avrei dovuto affrontare.

«Scusate, giovanotti!» La nonna abbassò il finestrino e, senza alcun imbarazzo, richiamò l'attenzione di due uomini dei quali non mi ero accorta. Entrambi si avvicinarono alle sbarre e ci guardarono in all'erta. Mi sporsi appena per osservarli meglio: erano abbigliati con delle divise grigie, berretti sul capo e cinturoni attorno ai fianchi. Dai passanti penzolavano tre grossi mazzi di chiavi e una fondina. Mi soffermai su quest'ultimo dettaglio inequivocabile: doveva trattarsi di uomini addetti alla sicurezza, forse dei vigilanti.

«In cosa possiamo esserle utile?» domandò uno dei due, appoggiando la mano a una delle sbarre. Fu insolito interagire in quel modo, ma era palese che i due uomini non si fidavano di noi.

Di sicuro tra i loro doveri rientrava quello di accertarsi che non fossimo una minaccia.

«Abbiamo un appuntamento», lo informò la nonna.

L'uomo non parve intenzionato a superare la barriera inferriata che ci osteggiava e si limitò a un semplice: «Con chi?»

La nonna corrugò la fronte. In quel momento non rammentava il nome esatto del medico.

«Milla, apri il vano portaoggetti. Dovrebbe esserci un foglietto sul quale ho appuntato il suo nome.» Me lo indicò con l'indice e, dopo averlo aperto, ci frugai all'interno per qualche secondo. Trovai un piccolo pezzo di carta spiegazzato e glielo porsi.

«Vediamo un po'.» Con le dita raggrinzite dall'età, ma valorizzate da lunghe unghie di un luminoso color magenta, se lo portò sotto il naso e socchiuse gli occhi per mettere a fuoco la sua stessa grafia. «Che diavolo c'è scritto?» brontolò. Avrebbe dovuto indossare gli occhiali da vista, ma considerò di non avere tempo a sufficienza per cercarli nella borsa. Le due guardie avrebbero potuto perdere la pazienza e cacciarci via. «Oh, sì, dovrebbe essere il dottor Brumer!» urlò dal finestrino.

Uno dei due uomini rise, l'altro si adombrò. Dalla mia distanza non mi era possibile scorgere con precisione i tratti del loro viso, ma l'uomo al quale la nonna si stava rivolgendo pareva avere un'espressione davvero contrariata.

«Vuole prenderci in giro, per caso? Non c'è nessun dottor Brumer qui. Andate via.» Fu sul punto di allontanarsi dalle sbarre del cancello, ma desistette quando la nonna parlò ancora.

«Veniamo da West Hollywood. Il manager di mia nipote, Victor Donovan, ha contattato questa clinica per...»

L'uomo scosse il capo e inspirò a fondo, probabilmente stava pensando che la nonna fosse una povera anziana che aveva sbagliato indirizzo, oppure...

Le strappai il biglietto di mano e lessi cosa c'era segnato.

Merda!

«Krugher! È il dottor Krugher!»

Fu la mia voce urlante a calamitare le guardie verso di me.

La nonna invece imprecò sottovoce, massaggiandosi l'orecchio destro. «Sei impazzita, Milla?»

Io le agitai il foglietto davanti agli occhi. «Riferisci il cognome corretto. Il medico che cerchiamo non si chiama Brumer, nonna!»

Lei sbatté le palpebre, realizzando di aver commesso un errore. «Oh, santi numi! Non ci vedo più!» In fretta sporse ancora la testa oltre il finestrino per comunicare il cognome del medico. «Ha ragione mia nipote, è il dottor Krugher!»

«Quale dei due?» Diffidente e spazientito, fu il secondo uomo a risponderle, con le mani sui fianchi e le dita ferme sul cinturone che gli reggeva i pantaloni.

«Ehm... Quale dei due?» ripeté la nonna in cerca del mio aiuto.

«E io che ne so?» Rivolsi i palmi al cielo. «Da quando ce ne sono due?»

Entrambe ci fissammo attonite per qualche secondo: evidentemente Victor non ci aveva fornito tutte le informazioni di cui necessitavamo. Si era limitato a indicarci l'indirizzo del posto, il cognome del medico di riferimento, ma non aveva minimamente accennato alla possibilità che avesse un omonimo.

Accidenti!

Furiosa, decisi di scendere dall'auto.

Mi ersi come una valorosa guerriera in tutto il mio metro e sessanta d'altezza e sbattei con forza la portiera.

Il colpo inflitto fece oscillare la povera carretta della nonna.

«Ascoltatemi bene.» Incedetti verso i due uomini, bloccandomi solo a qualche centimetro di distanza dal cancello. Le suole dei miei stivali stridettero sul pietrisco. «Mi chiamo Dorothea Jensen e ho un appuntamento con il dottor Krugher. Ho atteso questo momento per ben quindici lunghissimi giorni. Non ho mangiato, non ho dormito. Mi sono tormentata all'idea di dover affrontare quell'uomo. Non so neanche se riuscirò a esporgli i miei problemi e, nel caso in cui lo facessi, se lui possa essere in grado di risolverli. E sapete cosa vi dico? Neanche mi importerebbe!» Presi fiato prima di proseguire. «Sono qui solo per la donna che vedete alle mie spalle. È lei che ci tiene alla mia salute, non io. Perciò non voglio deluderla. Le ho già procurato fin troppi casini. Non potete cacciarmi via. Chiamate l'assistente di questo maledetto dottore, controllate l'elenco dei suoi appuntamenti. Sono certa che troverete il mio nome e che aprirete questo fottuto cancello per farmi entrare!»

Gli uomini rimasero in silenzio a osservarmi. Nessun'emozione valicò i loro sguardi arcigni. Non erano facilmente impressionabili né corruttibili. Il mio monologo avrebbe potuto intenerire chiunque, ma non le guardie di fronte a me. A quella vicinanza, potei distinguere i loro tratti somatici: il primo era più alto del collega, aveva le guance incavate, un naso aquilino e la mascella pronunciata; il secondo aveva la carnagione molto chiara e la barba ispida, interrotta da una cicatrice evidente che gli deturpava il lato destro del mento.

Entrambi avevano un aspetto rozzo e intimidatorio.

Feci qualche passo indietro, chiedendomi da dove avessi preso il coraggio di affrontarli.

«Per quanto ci riguarda, potresti essere anche una giornalista a caccia di scoop. L'Asklepios non è una clinica come le altre.» Il primo uomo indicò la struttura lontana. A dividerla dal cancello c'erano circa tre o quattro chilometri di viale alberato. Ciò indicava la grandezza di quel posto, circondato da una muraglia di notevole imponenza che, eretta a sua difesa, terminava chissà dove. «Ospita persone importanti», cercò di essere vago, ignaro che conoscessi benissimo il genere di persone al quale si stava riferendo.

«Io sono una di loro.» Mi indicai con l'indice. «Sono una rockstar», dissi fieramente.

L'uomo mi scrutò dall'alto al basso, poi fissò la carretta malandata di nonna Lizzie e inarcò un sopracciglio, lievemente ombreggiato dalla visiera del berretto.

«Certo, e noi siamo i fratelli di Will Smith», mi irrise l'altro, dando una pacca alla spalla dell'amico che, dopo qualche secondo di riflessione, lo sostenne con una risata di scherno.

Mi stavano spudoratamente sbeffeggiando.

Offesa, mi posai le mani sui fianchi. «Non mi credete? Sono la chitarrista di una band nota: i Bright Demons.» Ecco, forse così avrebbero cominciato a prendermi sul serio.

«Ascolta, ragazzina.» Fu ancora il primo uomo a rivolgersi a me, quello che tra i due dedussi fosse il più autoritario. «Ci hai fatto perdere abbastanza tempo, noi qui lavoriamo. Se autorizziamo l'ingresso a gente sbagliata, la responsabilità è nostra e le conseguenze ricadono su di noi. Né io né Thomas vogliamo correre alcun rischio. Ti è chiaro?»

Non mi importava; non mi sarei data per vinta.

Assolutamente no.

Avrebbero dovuto passare sul mio cadavere per schiodarmi di lì.

«Chiamate il dottor Krugher e chiedetegli di me», proposi, coinvolgendo anche Thomas nella speranza che potesse mostrarsi più comprensivo dell'amico.

«Non è così semplice.» Ottenni proprio la sua attenzione. «Esigono da noi estrema precisione. Devi dirci con chi dei due dottori hai fissato l'appuntamento, sempre se è vero che tu ne abbia uno.» Anche lui si mostrò sospettoso. I miei sforzi si stavano rivelando del tutto inutili. Intanto la nonna iniziò a suonare il clacson per incitarmi a tornare da lei a spiegarle cosa stesse succedendo.

Mi voltai e alzai l'indice nella sua direzione. «Un minuto, nonna! Un minuto!»

«Torna a casa, ragazzina.» La prima guardia decise di finirla lì, ma l'amico lo afferrò per il gomito.

«Alf, e se stesse dicendo la verità?» Finalmente un segno di cedimento. Mi parve di sentire il canto di un coro angelico attorno a me.

Alf sbuffò e si liberò della sua presa, senza cambiare idea. «Mandiamole via e basta.»

Thomas reagì. «Ascolta, io potrei contattare l'assistente di Markus, tu quella di Efrem, e chiedere se nella lista di uno dei due è stato annotato l'appuntamento con…»

«Dorothea Jensen», gli suggerii a braccia conserte.

Thomas registrò l'informazione e la comunicò. «Dorothea Jensen. Almeno fughiamo ogni dubbio e non rischiamo di sbagliare. Immagina se questa tizia avesse davvero un appuntamento registrato. Passeremmo dei guai seri.»

«Oh, sì, li passereste», commentai, annuendo con enfasi.

Alf mi lanciò un'occhiata sinistra; Thomas invece estrasse il telefono dalla tasca della divisa, mostrandosi propenso a seguire la via più logica: accertarsi che non stessi mentendo.

«Okay, facciamo a modo tuo. Contattiamo prima l'assistente di Markus.» Alf gli strappò di mano il telefono, scorse con il pollice sul display, poi dopo qualche secondo si portò l'aggeggio all'orecchio. «Pronto, Avice. Sono Alf Meyer, addetto alla sorveglianza dell'ingresso. Posso rubarti un minuto?» Mi guardò con fare sprezzante. «Qui, davanti a me, c'è una certa Dorothea Jensen che sostiene di avere un appuntamento con il dottor Krugher, potresti controllare?» Iniziò a camminare avanti e indietro oltre l'enorme cancello mentre Thomas attendeva impaziente quanto me una risposta. Alf gli si fermò accanto, rivolgendogli un ghigno divertito. «Non risulta alcun appuntamento a suo nome? Molto bene, ti ringrazio. Scusa se ti ho importunato, buon lavoro.» Chiuse la chiamata e sbatté il telefono sul petto del collega. «Che cazzo ti ho detto? Questa ragazzina deve essere una giornalista sotto copertura che sta cercando di fottere entrambi. Fidati di me.»

Certo, aveva davvero un fiuto impeccabile!

Alzai gli occhi al cielo e mi avvicinai di qualche passo. «Contattate l'altro medico. Avete detto che sono due, giusto?» riuscii a celare la disperazione nella mia voce. D'altronde l'appuntamento doveva pur essere segnato in qualche agenda, e se non era quella del dottor Markus…

«Chiamo l'assistente di Efrem, dopodiché, se neanche con lui risulterà il suo nome, la manderemo via.» Thomas, per fortuna, volle fare un ultimo tentativo. Gliene fui grata. Alf borbottò qualcosa sottovoce e riprese a camminare nervosamente. Attesi che Thomas avviasse la chiamata e, quando lo sentii parlare, incrociai le dita. «Pronto, Melanie...» L'uomo pose alla donna la medesima domanda che, poc'anzi, avevo udito dal suo collega. Trascorsero vari minuti d'angoscia prima di veder apparire sul viso di Thomas un sorriso fiducioso. «Quindi risulta che abbia un appuntamento con il dottor Efrem Krugher?» Guardò Alf che, con entrambe le mani sulla cintura, evitò di voltarsi nella mia direzione per non concedermi la soddisfazione di ridergli in faccia. «Alle undici? Dunque, tra...» Thomas controllò l'orario. «Trenta minuti. Perfetto, la lascio passare. Certo, ti ringrazio... Buona giornata.» Una volta concluso, sbatté il telefono contro il petto del collega, ripetendo volutamente il suo stesso gesto, e lo fronteggiò con fare minaccioso. «Una giornalista sotto copertura, eh? La ragazza deve entrare. Subito. Oppure ci faranno il culo, imbecille!» Scosse la testa e si voltò verso di me. «Ci perdoni per l'inconveniente, signorina Jensen, raggiunga pure la sua auto. E benvenuta alla clinica Asklepios.»

Rimasi colpita dal suo immediato cambiamento.

Avrei voluto ringraziarlo, ma lo stupore del momento mi impedì di articolare qualsiasi parola.

Thomas estrasse un telecomando dal taschino superiore della divisa e azionò l'apertura del cancello. La grande barriera di ferro si mosse, il rumore stridulo dei cardini mi infastidì e con un balzo arretrai.

«Milla!» urlò vittoriosa la nonna dal finestrino dell'auto.

Di sicuro non si era persa neanche un minuto della diatriba con le guardie, ma saggiamente aveva deciso di non intromettersi e di lasciarmi agire da sola, conscia di quanto fossi determinata a ottenere ciò che volevo.

La raggiunsi e richiusi la portiera.

Restai in silenzio per tutto il tempo in cui, durante il nostro ingresso, potei osservare dal finestrino gli sguardi degli uomini puntati sulla nostra vettura.

Concessi a Thomas la mia muta gratitudine con un sorriso spontaneo mentre ad Alf riservai un bel dito medio al quale rispose con una professionale indifferenza.

«Sei stata brava, Milla.» La nonna guidò lungo il viale alberato mentre la residenza, a ogni lenta svolta, sembrava diventare sempre più grande e imponente. A intervalli incantati, una piacevole uggia avvolgeva il tettuccio della Cadillac. Le cicale frinivano, il sole giocava a nascondino dietro le nuvole, i vigorosi rami degli arbusti si ergevano fin sopra al cielo.

«Con gli uomini cocciuti è necessario imporsi», commentai. Una vaga agitazione mi si propagò lungo le membra ed esplose nel petto quando la nonna arrestò l'auto nei pressi di un'enorme scalinata, anticipata da un giardino curato e una fontana circolare.

Un uomo azzimato si accostò alla vettura e bussò gentilmente sul finestrino. La nonna lo abbassò e lui si chinò: «Buongiorno e benvenute alla clinica Asklepios. Dovreste lasciarmi le chiavi dell'auto. Mi occuperò personalmente di condurla nel parcheggio privato, intanto Hunberct…» Indicò un altro uomo che, con le mani congiunte in grembo, ci aspettava sul portico, «… vi guiderà all'ingresso.»

Senza alcuna opposizione, scendemmo dalla vecchia Cadillac.

Come delle marionette, non potevamo far altro che attenerci alle rigide regole di quel posto nel quale tutti sembravano ricoprire un ruolo ben preciso, con mansioni e doveri inderogabili da adempiere nei confronti di chiunque giungesse dal mondo esterno.

La nonna mi affiancò e, insieme, volgemmo lo sguardo alla sontuosa residenza che troneggiava sull'enorme distesa verdeggiante. Linee complesse si intrecciavano a fregi scolpiti a bassorilievo in modo flessuoso ed elegante, conferendole un aspetto nobile.

Un senso di vertigine mi fece vacillare le gambe quando dovetti inclinare il collo per guardare fin dove si innalzava.

Più che una clinica moderna, sembrava un castello ristrutturato.

«Santi numi, non ho mai visto nulla di più bello in tutta la mia vita.» La nonna si posò una mano sul petto, sbalordita.

«Neanch'io.» Spostai lo sguardo sul portico monumentale e notai che un uomo in abito scuro ci stava osservando.

Accortosi di noi, sollevò appena il braccio destro. «Prego, signore, raggiungetemi.»

Salimmo le scale, entrambe imbarazzate dalla grandezza che ci circondava.

Quando fummo così vicine all'uomo da poterne scrutare i capelli brizzolati, gli occhi grigi e il sorriso rassicurante, questi si presentò: «Io sono Hunberct. Il maggiordomo dell'Asklepios. Benvenute».

Io e la nonna rimanemmo sospese in un silenzio meditabondo che suscitò un lieve rossore di disagio sulle guance dell'uomo.

La nonna aveva uno sguardo talmente assente che dovetti darle una leggera gomitata al fianco per riportarla alla realtà.

«Oh, ehm… Piacere nostro. Io sono Lizzie Curtis, lei è mia nipote Dorothea Jensen», biascicò.

L'uomo riassunse un'espressione diligente. «Sono stato informato del vostro arrivo. Vi prego, non indugiate oltre qui fuori. Entriamo.»

Quando si girò verso l'immenso portone, mi soffermai ad ammirare il disegno inciso nel legno: un serpente in oro attorcigliato a una ciotola nella quale immergeva la lingua biforcuta.

Poiché ero rimasta qualche istante esterrefatta, Hunberct si voltò a guardarmi intuendo che quel decoro mi aveva particolarmente impressionata.

«Le piace?» domandò con un'intonazione curiosa.

Ci pensai su. «È spaventosamente bello, anche se i serpenti, da quel che so, hanno una connotazione abbastanza negativa.»

«Oh, no, signorina Jensen», confutò. «Oggi si tende ad associarli solo al veleno e si ignora completamente il significato simbolico che avevano per i nostri antenati.» Hunberct colse la confusione che trapelava dal mio viso, e probabilmente anche da quello della nonna, quindi seguitò: «Il serpente indica la saggezza. La coppa alla quale è avvolto appartiene a Hygieia, la dea della salute, figlia di Asclepio, il dio della medicina», spiegò, sempre più coinvolto dall'argomento. Compresi il motivo per il quale alla clinica fosse stato attribuito proprio il nome Asklepios e ne rimasi affascinata.

«Perché la lingua del serpente è immersa nella ciotola?» Decisi di approfittare della disponibilità di Hunberct per saperne di più.

L'uomo sorrise, mostrandosi a proprio agio nel discorrere di divinità e simbologia. «Per bere il medicinale che può curare la sua salute e permettergli di risorgere. Il fine ultimo della medicina è quello di salvare l'essere umano, e l'essere umano deve riporre massima fiducia nel potenziale dei medici per aspirare alla salvezza.»

«È un grande messaggio di speranza.» La nonna mi posò una mano sulla spalla con fare accorto.

Voleva chiaramente che me ne ricordassi nei momenti in cui credevo che non mi sarei mai liberata di ciò che mi ottenebrava l'anima.

«Lo penso anch'io», la sostenne Hunberct, poi spinse in avanti l'anta socchiusa del portone voltandosi mansueto nella nostra direzione. «Vogliamo entrare?»

Deglutii il nodo di spine che avvertivo in gola.

Un'improvvisa incertezza mi indusse a non muovermi.

Realizzai che, una volta varcato quel confine, niente sarebbe stato più lo stesso.

Io non sarei stata più la stessa.

Mancava sempre meno all'incontro con il dottor Efrem Krugher e la paura, che per tutto quel tempo avevo scaltramente represso, celandola persino alla nonna, si riappropriò della mia coscienza.

Il cuore cominciò a battere forte.

Volevo scappare, tornare dalla band, tornare da Andy, da Halima e dai miei amici, ma sapevo che avrei deluso la nonna e, in fondo, anche me stessa, se avessi ignorato ancora una volta il mio grido d'aiuto.

Allora presi la decisione giusta, o forse la più sbagliata.

Mi lasciai alle spalle ogni timore e, con il coraggio che pullulava dentro di me, camminai verso l'ignoto…

6
Thea

Se sapessi scrivere la bellezza dei tuoi occhi.
E cantare in nuovi metri tutte le tue grazie,
il futuro direbbe: questo poeta mente;
mai un volto sulla terra ebbe tratti così celesti.
WILLIAM SHAKESPEARE

LA cura e la ricercatezza dell'arredamento interno della clinica Asklepios non smentirono il lusso che ci aveva accolte all'esterno.

Sul pavimento di marmo rifulgevano le luci delle plafoniere che, soffusamente, illuminavano l'ambiente rendendolo ospitale e confortevole.

Le pareti, di un tenue color avorio, si addicevano alle poltrone chiare, in velluto, e al lungo Chester disposto accanto a una vetrata che concedeva il panorama del giardino.

La sala d'attesa sembrava la hall di un albergo di lusso.

Hunberct ci suggerì gentilmente di accomodarci mentre una donna, seduta oltre uno spazioso bancone da reception, consultava l'agenda, rispondeva alle chiamate e registrava qualcosa sul suo computer.

«Il dottor Krugher vi riceverà tra poco, gradite qualcosa da bere?» Il maggiordomo alternò galantemente lo sguardo da me alla nonna. Quest'ultima declinò, e con lei anch'io. L'ansia e l'agitazione che imperversavano nel mio stomaco non mi avrebbero permesso di immettere cibo o bevande finché non avessi affrontato il medico che, da qualche parte in quella residenza, attendeva proprio di fare la mia conoscenza.

Quando Hunberct si congedò, restando comunque nei dintorni, ripresi a osservare la sala.

Soltanto in quell'istante notai un uomo seduto di fronte a noi, dall'altro lato del tavolino che ci separava.

Con una gamba accavallata, sfogliava lentamente una rivista, alternando qualche sospiro profondo a fugaci occhiate rivolte all'ingresso di un corridoio.

Con una certa insofferenza, sembrava stesse aspettando qualcuno: forse un'amica, un parente o un dottore dell'équipe medica.

Indugiai su di lui più a lungo di quanto avrei voluto.

Con una mano si massaggiò il collo, sotto una cortina di capelli dorati lunghi sino alla nuca. Una ciocca gli solleticava la tempia mentre l'uomo, pazientemente, la riportava dietro l'orecchio, dal quale però evadeva ancora per ricadergli sull'angolo dell'occhio sinistro. Le mascelle erano velate da un leggero strato di barba chiara, le labbra seducenti e virili.

Il completo elegante, di un blu cobalto, gli fasciava il corpo possente avvolgendo, in modo quasi proibito, la muscolatura definita delle braccia e del torace.

Ogni suo movimento, lento e misurato, sprigionava una sensualità innata, difficile da riscontrare in altri uomini.

Resosi conto di essere osservato, improvvisamente mi guardò.

Ebbi un fremito quando le sue iridi, assimilabili all'azzurro di un cielo estivo, si posarono su di me.

Qualsiasi ragazza avrebbe distolto la vista e sarebbe arrossita, incapace di sostenere l'impassibilità con la quale mi stava scrutando. Io, invece, continuai a fissarlo, spinta dalla curiosità di cogliere qualcosa di più oltre la coltre di freddezza che lo schermava.

La nonna, seduta accanto a me, mi si avvicinò all'orecchio e sussurrò un: «Milla, finiscila».

Temeva che stessi importunando quell'uomo, anche se avevo l'impressione che fosse piacevolmente intrigato dal nostro scambio di sguardi.

«Nuova ospite?»

Fu proprio lui a rivolgermi la parola, mostrandosi a proprio agio ad avviare una conversazione con una perfetta sconosciuta. Sembrava una situazione confacente alle sue abitudini.

Mi raddrizzai sulla poltrona, sedendo composta per non apparire troppo sciatta. «Sì, primo giorno.» Fui contenta del modo in cui mi aveva definita: ospite e non paziente. Dopotutto non ero ancora una paziente, poiché non alloggiavo lì.

«Quindi è la prima volta che venite all'Asklepios?» Si rivolse a entrambe, includendo nel discorso anche la nonna, che l'osservò con estrema diffidenza.

«Sì», rispose lei, laconica.

L'uomo chiuse la rivista e si sporse in avanti per adagiarla sul tavolino.

Tornando ritto, con le mani incrociate sulla coscia, riprese a parlarci. «Avete un appuntamento con Efrem, suppongo.»

Chiamare il medico per nome risultò molto informale, pertanto dedussi subito che tra i due ci fosse un rapporto confidenziale e che quello di fronte a me non fosse assolutamente un paziente.

«Esatto.» Di nuovo, fu la nonna a concedergli una risposta.

«Avvocato Ryke!» ci interruppe la donna alla reception, reggendo il telefono accanto all'orecchio. Lui si girò appena per guardarla. «Stiamo stampando il suo contratto, a breve glielo farò avere per controllarlo», lo informò.

Quindi era un avvocato.

Cosa ci faceva un uomo di legge in una clinica psichiatrica?

«Si figuri, faccia con calma», le ribatté con un'espressione sarcastica correlata a un lieve sorriso. Era infastidito dalla lunga attesa, ma riuscì a celarlo con lauta discrezione.

«Avvocato, eh? Brutta gente quella come lei...» commentò la nonna con una smorfia infesta.

Lui tornò a concederci la sua attenzione e parve addirittura compiaciuto. «Come mai ha una considerazione così negativa della 'gente come me'?» Pronunciò le ultime parole con tono enfatico.

Ero pronta a scommettere che la nonna avrebbe iniziato un'astrusa arringa per mettere alla prova le capacità dialettiche dell'uomo, infatti non perse tempo a rimbeccarlo. «Perché gli avvocati sono disposti a fare qualsiasi cosa pur di vincere una causa, anche mentire.»

Fu irriguardosa e schietta: inutile chiedersi da chi avessi ereditato il mio carattere.

L'uomo corrugò la fronte, poi sogghignò. «Non è forse un buon avvocato colui che è capace di far ottenere al proprio cliente giudizi di non colpevolezza anche quando questo è indiscutibilmente colpevole?»

La nonna si posò una mano sul cuore, sbigottita. «Che giovanotto impertinente. Quindi non nega quello che ho appena detto?»

«Perché dovrei?» Il suo avversario era abbastanza bravo a tenerle testa.

La nonna lo scrutò dalle spalle larghe fino ai pantaloni che si raggrinzivano nell'esatto punto in cui la gamba era elegantemente accavallata, poi emanò la sua sentenza: «Quanti anni avrà? Trenta o forse trentacinque? È così giovane eppure già traviato dalla società».

Ancora una volta l'uomo incassò il colpo con invidiabile impassibilità. «Sa cosa mi ha detto il mio mentore, durante gli anni di tirocinio? Signora...»

«Curtis», soggiunse la nonna.

«Signora Curtis», ripeté lui. «Il lavoro di un avvocato talvolta è comparabile, per fine e diletto, a quello di una prostituta: entrambi fottono per soldi.»

La nonna era abituata al mio linguaggio indecoroso, ma udirlo da uno sconosciuto, soprattutto con un timbro così basso e intenso, sortì su di lei, quanto su di me, un effetto poco morigerato. «L'opinione che ha del suo mestiere è degradante.»

«È la semplice realtà», dissentì lui.

La nonna si rigirò un bracciale di cuoio, inabissata nelle riflessioni indotte da quelle risposte spigliate, dopodiché tornò all'attacco. «E la giustizia, allora? Non dovrebbe ricoprire un ruolo fondamentale nella vostra professione?»

L'uomo ammirò la sua determinazione e parve divertito da quell'assurdo scambio di opinioni. «Platone sostiene che il capolavoro dell'ingiustizia sia di sembrare giusta senza esserlo. Se cerca la verità, signora Curtis, non entri mai in un'aula di tribunale.»

La nonna nascose subito la sua sorpresa dietro una smorfia sdegnosa. «Non prova compassione per la povera gente sulla quale si ripercuotono le conseguenze di un'ingiustizia?» insisté; sperava di cogliere un po' di bontà in quell'animo vuoto, rivestito solo da un involucro avvenente.

«È un'abilità dell'avvocato non curarsene. Per le debolezze umane, di qualsiasi natura esse siano, esistono i dottori.» Entrambe cogliemmo la frecciatina beffarda scoccata con una sicurezza disarmante.

Tutti gli avvocati erano così sciolti e scaltri nell'interagire con le persone che tentavano in ogni modo di metterli in difficoltà?

«Ha una risposta, apparentemente lecita, a ogni cosa che le dico, vero?» La nonna parve leggermi nel pensiero.

L'avvocato Ryke guardò un punto in alto, poi socchiuse gli occhi e li riabbassò su di noi. «Il dibattito è il mio pane quotidiano.»

«Mi rattrista percepire tutto questo cinismo da parte sua.»

La nonna credeva ancora che nel mondo esistesse gente buona, in grado di provare vere emozioni umane verso i propri simili, e forse aveva ragione, ma solo in parte. Io avevo appurato da tempo che la società nella quale vivevamo poteva essere apatica, ingannevole, meschina ma mai buona. Non a caso, attraverso le canzoni che scrivevo, spesso crude o sprezzanti, cercavo di mettere in risalto l'imbarbarimento degli uomini.

No, non stavo esagerando.

Consideravo gli uomini dei veri barbari.

E avevo dei validi motivi per farlo.

«Ho semplicemente imparato a scindere i problemi altrui dai loro traumi emotivi. Il mio lavoro implica che io mi faccia carico dei primi, non dei secondi.» L'uomo sospirò, poi spostò lo sguardo su di me che, in silenzio, avevo ascoltato attentamente tutto ciò che si erano detti, soprattutto l'ultima parte del discorso: traumi emotivi. Un giorno era stato proprio Andy a chiedermi se il motivo del mio evidente cambiamento potesse essere dipeso da un trauma emotivo. In quell'istante mi ero impietrita, incapace di rispondergli.

Insomma... cosa significava esattamente la parola trauma?

Ed emotivo?

A quale momento della mia vita avrei potuto, o dovuto, associare quell'espressione?

«Sei agitata per l'incontro con Efrem?»

La voce dell'avvocato Ryke mi riscosse dai ricordi foschi che stavo cercando di rispolverare nella mente.

«Come?» Sembrava che non riuscissi più a comprendere l'americano.

L'uomo piegò il collo di lato, prima di correggersi. «L'incontro con il dottor Krugher...»

«Oh, no. Non sono agitata», mentii. «Spero solo che non sia uno stronzo.» Mi morsi la lingua troppo tardi. Non riuscivo proprio a tenere a freno i pensieri e a evitare che tracimassero dalla mia bocca.

Lui sorrise, lanciando un'occhiata alla nonna. «Adesso ho capito a chi somiglia sua nipote.»

«Può dirlo forte», affermò lei, orgogliosa.

«Signorina Jensen.» La donna alla reception aggirò il bancone per avvicinarsi. Soltanto in quel momento mi soffermai sui capelli ramati, acconciati in uno chignon ordinato, e sulla camicetta castigata abbinata a un paio di pantaloni più larghi della sua reale taglia. Sembrava che qualcuno le avesse espressamente chiesto di adottare un abbigliamento emendato, conforme al posto e al ruolo che ricopriva.

«Mi dica.» Balzai in piedi come se avessi avvertito delle pietre roventi sotto le natiche.

«Il dottor Krugher mi ha chiesto di farla accomodare nel suo studio.»

Ci siamo, pensai.

Ascoltare i discorsi dell'avvocato Ryke mi era stato utile a distrarmi per qualche minuto, finché la realtà non tornò ad afferrarmi per il collo e a trascinarmi con sé, nell'abisso dei miei tormenti.

Uno dei quali, oltre a un nome, tra poco avrebbe assunto anche un volto.

«Posso accompagnare mia nipote?» La nonna mi affiancò, decisa a non lasciarmi sola.

Melanie acconsentì e ci invitò a seguirla.

«In bocca al lupo.» L'uomo, ancora seduto sul divano, sventolò una mano in segno di saluto, dandomi il suo personale buona fortuna.

Non stavo andando ad affrontare una battaglia pericolosa o una sfida mortale, ma la sensazione che provavo era simile a quella di un soldato che parte in guerra, incerto di poter tornare in patria sano e salvo.

«Il lupo riceverà un bel calcio nel culo», gli risposi, con una formula decisamente meno raffinata.

L'avvocato Ryke arricciò il naso, poi mi fece l'occhiolino.

Era strano che avessimo instaurato una tale confidenza.

Lo conoscevo da appena dieci minuti, non sapevo neanche se ci saremmo rincontrati, tuttavia avrei preferito di gran lunga restare in sala ad ascoltare la sua discussione con la nonna piuttosto che affrontare un uomo che avrebbe fatto di tutto per insinuarsi nella mia testa e manipolarne gli ingranaggi.

Non avevo ancora ben compreso se il dottor Krugher fosse uno psicologo o uno psichiatra; in entrambi i casi sarebbe stato comunque uno strizzacervelli da tenere alla larga.

Impensierita, seguii Melanie mentre ci faceva strada lungo un corridoio al termine del quale si dipanavano due enormi scalinate di marmo.

A ogni mio passo, vedevo scorrere sulle pareti quadri decorativi e capitelli stilizzati sui quali erano poste delle statue che richiamavano la mitologia greca.

Supposi che la famiglia Krugher avesse una peculiare passione per il culto degli dèi, tanto da aver denominato persino la clinica come uno di loro.

La nonna coglieva ogni dettaglio di quel posto con la mia stessa perplessità.

Un arredamento simile, seppur ricercato e conturbante, risultava abbastanza insolito e criptico.

Iniziò a essermi chiaro il motivo per il quale Alf, la guardia all'ingresso, avesse considerato l'Asklepios una clinica diversa dalle altre e, molto probabilmente, non solo per gli ospiti che vi alloggiavano.

«Questo è lo studio del dottor Efrem.» Melanie si fermò di fronte a una porta in legno pregiato. La targhetta d'oro indicante il nome del medico imperava vistosa proprio sulla parete accanto. Lessi in cosa era specializzato e mi ci vollero pochi secondi prima di impallidire: *psichiatria.*

Bene, l'illustre dottor Krugher era uno psichiatra a tutti gli effetti.

Sarebbe potuta andarmi peggio di così?

Melanie si congedò informandoci che il medico ci avrebbe raggiunte il prima possibile, nel frattempo io e la nonna avanzammo nell'ampio studio.

Nell'aria permeava un odore piacevole di legno, carta e un accento fresco di profumo maschile, tuttavia fu l'arredamento a suscitare in me vivo stupore.

Il soffitto a cassettoni era munito di faretti che, posizionati in punti strategici, illuminavano ogni minuzia e ne evidenziavano l'eccelsa eleganza: dalle poltrone capitonné alla scrivania in palissandro con un'eminente superficie di pelle decorata in oro.

A destra due enormi librerie a parete troneggiavano fin sopra il soffitto, con scaffali ricolmi di libri in lingue diverse, accuratamente ordinati. A sinistra, un mobile a quattro ante, finemente intarsiato, anch'esso dalle linee classiche e lussuose, fungeva da piano d'appoggio di cartelline e documenti vari, allineati con maniacale attenzione, come se nessuno di essi potesse sporgere oltre il bordo.

Tutto era perfettamente armonico, in equilibrio, proporzionato all'ampiezza della stanza.

Il lusso, seppur ostentato, risultava raffinato, altamente distinto, tanto da suscitare più riverenza che ammirazione.

«Secondo te, possiamo sederci?» Tentennai, indicando alla nonna una delle due poltrone poste dinanzi all'enorme scrivania. Lei ne sfiorò il tessuto con i polpastrelli e si sentì inadeguata quanto me.

Notando le rifiniture dorate che ornavano i braccioli, entrambe ci guardammo sconcertate. La nonna però, tenace com'era, riassunse subito la sua sicurezza. «Penso di sì. Dai, Milla. Non mettermi in imbarazzo.» Senza indugiare oltre, si accomodò per prima stringendo sulle ginocchia la borsa nera con la stampa dei Nirvana.

«Noi non c'entriamo un cazzo con tutto questo sfarzo», commentai.

La nonna sussultò come se avessi appena bestemmiato. «Santi numi! Non dire parolacce e comportati bene.»

«Okay, okay.» Occupai la poltrona accanto, consapevole che ormai ero lì e non avrei potuto tirarmi indietro.

Con le mani posate sulle ginocchia, ripresi a osservarmi attorno per non cedere alla sensazione di agitazione che minacciava di scombussolarmi ancora una volta. Fissai i numerosi attestati appesi alla parete, tutti ben incorniciati e intestati alla stessa persona; il nome Efrem Krugher, inciso con caratteri statici ed eleganti, conferiva loro un tocco più solenne.

Di sicuro un uomo alle prime armi non avrebbe potuto conseguire così tante qualifiche, a meno che non avesse avuto una mente particolarmente brillante, pertanto compresi che avrei dovuto approcciarmi a un dottore molto più vecchio di me. Vecchio nell'aspetto e persino nell'anima, a giudicare dal gusto classico dell'arredo che vantava ben pochi accenni moderni, fatta eccezione per il computer e un portapenne di pietra sul quale era intagliato un serpente con due brillanti come occhi.

Un altro serpente, pensai.

Un simbolo che in circostanze diverse mi avrebbe inquietata, invece in quel caso si conformava alla clinica Asklepios, soprattutto all'accezione con la quale era adoperato.

«Non c'è neanche una finestra qui dentro», la nonna notò un dettaglio di cui mi ero accorta anch'io.

Lo studio era ben aerato da due condizionatori e non presentava alcun collegamento con l'esterno, nessuno spiraglio di luce naturale, come se questa non fosse la benvenuta.

«Magari il dottore è un vampiro», ironizzai; la nonna borbottò qualcosa in tono sommesso, mostrandosi in disaccordo con il mio ostile sarcasmo. «Dico sul serio», seguitai. «Forse è un vampiro appartenente a una famiglia medio-borghese del Novecento reincarnatosi nel corpo di un medico cinquantenne con la passione per i serpenti.» Le indicai il portapenne. «Potrei scriverci persino una canzone.»

«Milla, smettila.» La nonna non faceva altro che spostare la borsa da una gamba all'altra, innervosita quanto me dall'attesa. Io invece parlavo, dando voce a una marea di baggianate, per distrarmi ed evitare di precipitare nel suo stesso stato di tensione.

«Oppure potrebbe essere un...» La voglia di scherzare venne meno quando sentii i cardini della porta cigolare e dei passi sostenuti riecheggiare alle mie spalle.

D'istinto mi aggrappai ai braccioli della poltrona. Una brezza fredda mi attraversò la nuca e scese lungo la spina dorsale, filtrando sotto i vestiti.

Il cuore iniziò a strepitare in modo inconsueto, come se mi stesse urlando di scappare.

E subito.

«Oh, buon… buongiorno, dottor Krugher.» La nonna fu la prima ad alzarsi per salutare educatamente l'uomo che con la sola presenza stava provocando un subbuglio di emozioni dentro di me. D'un tratto lo studio mi parve troppo piccolo per contenere tutti e tre e l'assenza di una finestra da scavalcare non fu mai tanto angosciante come in quella situazione.

«Buongiorno a voi. E perdonatemi per il ritardo.»

Mi si attorcigliò lo stomaco quando udii la sua voce reboante, matura e fortemente maschile. Non sembrava appartenere a un cinquantenne, piuttosto a un uomo nel pieno del suo vigore.

«Si figuri, dottore.» La nonna mi diede un leggero pizzicotto sul braccio per costringermi ad alzami. Con finto garbo, mi voltai verso di lui e inclinai vertiginosamente la testa per guardarlo. Mi sovrastava di più di trenta centimetri, considerando il mio discreto metro e sessanta d'altezza.

Stupita, indugiai sul suo aspetto.

Persino l'avvocato Ryke, che possedeva indubbiamente una bellezza fuori dal comune, sarebbe apparso mediocre accanto al dottor Krugher, che invece incarnava una divinità dell'Olimpo al cui passaggio chiunque avrebbe dovuto prostrarsi.

Che fosse lui il dio Asclepio in persona?

Un completo nero, di alta sartoria, valorizzava la potenza del suo fisico nerboruto, con linee e muscoli simmetrici, marcati nei punti giusti, come se fossero stati modellati ad arte da uno scultore.

Il viso, dai lineamenti spigolosi e particolarmente virili, era incorniciato da una capigliatura corvina che rievocava le tenebre: ciocche scure, ordinatamente disposte all'indietro in una piega morbida e naturale, che avrebbero potuto scatenare i desideri più dissoluti delle donne.

La carnagione era brunita, come se il sole, soggiogato da tanta perfezione, non avesse mai smesso di lambirla.

Tuttavia, ciò che spiccava maggiormente in quell'eccentrico e incantevole nido di dettagli erano gli occhi.

Le sue iridi avevano depredato le acque cristalline dell'Oceano Indiano.

Sprazzi di celeste si fondevano a vivaci riflessi verde smeraldo, dando vita a uno spettacolo variopinto.

Il più sorprendente che avessi mai visto.

Difficile stabilire quale dei due colori preponderasse sull'altro.

Sembravano due ragazzini superbi e vanitosi, consci della loro bellezza incomparabile, che, alternandosi sul palcoscenico con movenze seducenti, suscitavano in me turbamento e meraviglia.

«Tu devi essere Dorothea.» Gentilmente mi porse la mano. Era stato già informato di noi e sicuramente anche del motivo per il quale eravamo lì.

Esitai qualche istante.

Un rivolo di sudore freddo mi scivolò sul collo, poi con un lento movimento del braccio ricambiai il suo gesto.

«Sì, piacere di conoscerla.» Lasciai che intensi brividi, come tante formichine, brulicassero dal mio palmo fin sopra la spalla. La sua stretta fu calda e decisa ma leggera, tipica di un uomo consapevole della propria forza e capace di dosarla. Troppo presto, il dottor Krugher pose fine al nostro breve contatto e mi superò, lasciando al suo passaggio la scia di una fragranza fresca, con note speziate e una leggera essenza di bergamotto, cedro e lavanda.

Aggirata la scrivania, ci invitò ad accomodarci con un cenno eloquente.

Evidentemente non aveva voglia di perdere tempo in convenevoli, mentre io avrei volentieri temporeggiato per evitare che mi psicanalizzasse o che sfoderasse qualsiasi altra tattica appresa dal suo mestiere.

«Mi hanno informato dell'inconveniente che si è verificato all'ingresso. Ne sono rammaricato. Provvederò personalmente a richiamare le due guardie che vi hanno accolto in malo modo.» Il dottor Krugher, sedutosi come un sovrano sul proprio trono, sprigionava una misteriosa potenza che, sebbene si manifestasse con dosata parsimonia, riusciva comunque a riempire di torbida inquietudine lo spazio attorno a me.

«Non si preoccupi. In realtà, è stata colpa mia. Ho sbagliato il suo cognome. Non ho più una memoria florida, mi deve perdonare. Le guardie hanno semplicemente svolto il loro dovere.» La nonna si fece carico di una parte della colpa mentre l'uomo la guardava con scrupolosa concentrazione. Si soffermò dapprima sulle mèches blu che donavano un tocco di colore alla chioma ingrigita, poi sul pesante trucco magenta che le contornava gli occhi, spiccando sull'incarnato scialbo.

«In realtà, è stata colpa di Alf. Si è comportato come un vero coglione.» Il mio intervento attirò lo sguardo del dottore su di me. La forza con cui mi inchiodò alla poltrona mi indusse a stringermi nelle spalle come una bambina capricciosa alla quale non era ammesso dire parolacce in presenza di un adulto.

«Milla!» mi rimproverò la nonna.

«Che c'è? Ho detto solo la verità.»

Lei sospirò intuendo che sarebbe stato inutile intimarmi di non esprimermi come preferivo. Io ero sempre me stessa e non mi importava nulla dei giudizi altrui.

«No, stia tranquilla.» Il dottor Krugher posò i gomiti sulla scrivania mostrandosi particolarmente interessato al discorso. «Cosa ti ha infastidito di Alf?» Le sue iridi, a quella distanza ridotta, parvero due quarzi traslucidi, limpidi ma impenetrabili. Cercai di non incantarmi su di esse né sulla bocca carnosa, sensualmente contornata da un accenno di barba scura.

«Il fatto che mettesse in dubbio ciò che gli dicevo. L'ho informato che avevo un appuntamento con lei e non mi ha creduto, gli ho confessato che ero la chitarrista di una rock band e neanche a questo ha creduto. Insomma, mi ha trattata come se fossi una nullità!» Strinsi i pugni, tanto che le nocche sbiancarono inducendo l'uomo a notarle.

«La scusi, dottore. Thea è sempre molto nervosa e...» La nonna cercò di giustificare il mio atteggiamento.

«Non sono nervosa», l'aggredii. «Sto solo esponendo come sono andati i fatti!»

La nonna si rivolse al dottore, con evidente disagio. «Mia nipote spesso ha sbalzi d'umore incontrollabili. Mi dispiace...»

«Va tutto bene, non si preoccupi.» Il dottor Krugher adottò un tono rassicurante. «La gioventù per natura è quasi sempre tumultuosa, ribelle, libera. Non amo porre vincoli ai giovani, d'altronde loro hanno il coraggio di essere ciò che noi adulti non siamo più.» Mi sorrise e una seducente fossetta gli solcò la guancia sinistra. Per la prima volta nella mia vita non mi sentii oggetto di giudizi avventati o fuorvianti. Le barriere della diffidenza, che ormai da anni avevo erto per proteggermi da chiunque tentasse di avvicinarsi a me, vacillarono appena, sebbene fossero ancora troppo forti per crollare così facilmente.

«Concordo con lei, ma non ammetto la maleducazione.» La nonna si mostrò irremovibile, non tollerava che usassi termini scurrili in presenza di altra gente. Sulle buone maniere era sempre stata intransigente, più della mamma.

«Sua nipote ha utilizzato un semplice improperio, non è stata maleducata. Non nei miei confronti perlomeno, ma ad Alf non diremo nulla.» Il dottor Krugher cercò la mia complicità con un'occhiata amichevole che mi infuse uno strano calore nel petto. Era assolutamente sbagliato provare quelle sensazioni per un uomo che, con ogni probabilità, non avrebbe mai compreso né ricambiato l'interesse di una ragazzina come me.

Quale interesse, poi, avrei mai potuto sviluppare nei confronti di una persona così diversa dal mondo al quale appartenevo?

Associai la mia improvvisa vulnerabilità alla situazione che stavo affrontando e alla scarsa lucidità con la quale mi stavo lasciando condurre dagli eventi delle ultime settimane. Ero turbata e, in fondo, anche spaventata, pertanto era abbastanza comprensibile che fraintendessi le mie emozioni scambiandole per un'attrazione che non potevo provare e che non avrei mai realmente provato per un uomo come lui. Insomma, il mio ideale di ragazzo rispecchiava Andy Taylor, non il dottore signorile, colto e fin troppo irreprensibile con il quale stavo discorrendo da pochi minuti.

«Come preferisce. La ringrazio per la comprensione.» La nonna si acquietò.

«Nella mia professione è quasi sempre necessaria, signora Curtis.» Il dottor Krugher doveva essere alquanto abituato a sfoderare la sua capacità non solo d'intendere gli altri, ma anche di valutarli sul piano intellettivo e giustificarli sul piano emotivo. «Dunque, Dorothea...» Tornò a concedermi la sua totale attenzione e io mi irrigidii come un soldatino dinanzi a un superiore.

«Mi chiami Thea», mi permisi di correggerlo, ma lui non lo apprezzò, poiché socchiuse gli occhi in un'espressione austera, nettamente differente dall'indulgenza manifestata poco prima.

«Dorothea...» ripeté, calcando il tono sul mio nome in un tacito rimprovero che ebbe il potere di ammutolirmi. «Sai perché sei qui?» Congiunse le mani, intrecciando le lunghe dita maschili. Fu allora che notai una fede nuziale ornargli l'anulare sinistro, che, come un veto assoluto, poneva un grande limite a qualsiasi mio pensiero licenzioso.

Il dottor Krugher era sposato.

«Sì.» Sollevai gli occhi dall'anello al suo volto. «Perché la gente crede che io abbia qualche problema, ma non è così.»

«Sono d'accordo con te», affermò con risolutezza. Sbattei le ciglia, visibilmente spiazzata dalla sua risposta, mentre la nonna lo guardava con circospezione per capire dove volesse arrivare. «Spetta a me stabilire se sussiste o meno un problema. La gente può ipotizzare, supporre, credere o non credere, ma senza una mia anamnesi le loro considerazioni sono per lo più inconcludenti. Nei casi più comuni addirittura errate.»

«Percepisco una certa presunzione da parte sua, o sbaglio?» Mi adagiai allo schienale della poltrona, respirando una piacevole aria di sfida tra noi. Solitamente quelle situazioni stuzzicavano la voglia di conoscere qualcuno senza che la noia prendesse il sopravvento.

Il dottor Krugher non tardò a ribattere. «Io la definirei competenza.»

«Allora sono davvero curiosa di scoprire quanto lei possa essere… competente», lo provocai.

Non lo avrei aiutato a comprendere quale fosse il mio problema né gliel'avrei rivelato apertamente. Se era davvero capace di orientarsi nel suo campo e di analizzare un paziente, sarebbe stato in grado di giungere a una diagnosi senza alcun ausilio, anche se dubitavo che un medico così giovane potesse avere la grande esperienza che ostentava. «Le anticipo che non risponderò alle sue domande di protocollo del tipo: come stai, cosa ti affligge, ti va di parlarmi di te e cazzate simili. Per giunta non voglio che lei annoti su qualche taccuino ciò che le dirò.» Sancii così le condizioni che mi avrebbero indotta a collaborare, senza che scappassi per la paura di essere denudata dagli occhi acquamarina di un uomo che non conoscevo.

Il dottor Krugher rimase imperscrutabile. «Ogni caso trova riscontro in modi di operare completamente diversi, per di più non ho bisogno di annotare ciò che mi esporrai. Posso decodificare i segnali del tuo corpo e del tuo stato d'animo, coglierli e soprattutto accoglierli dentro di me in qualsiasi momento.»

«Cosa… cosa significa?» Improvvisamente mi sentii disorientata, in bilico su un dirupo invisibile nel quale sarei rovinosamente precipitata se non mi fossi aggrappata alla speranza di poter sostenere quel dialogo con lui.

«Significa che non ti costringerò a disvelare la tua anima, finché tu non sarai pronta.»

«Anima?» La nonna intervenne, giustamente stupita dall'utilizzo di quel termine.

Il dottor Krugher la guardò di sbieco, restando con la testa immobile. «Sì, signora Curtis. Anima. Non può esistere vera guarigione se il paziente non trascende il suo Io interiore per comprendere le cause della propria sofferenza. Essendo uno psichiatra, dopo un'attenta analisi clinica, ho la facoltà di prescrivere farmaci ai miei pazienti, ma spesso intraprendo questa via soltanto in *extrema ratio*…» La confusione aleggiò sulle nostre espressioni, perciò il medico ritenne opportuno spiegarsi meglio. «Il mio è un tipo di approccio *olistico* al problema: alternativo e al contempo integrativo alla medicina. Dovete immaginare l'essere umano come un organismo unitario, nel quale ogni parte è valutata globalmente, poiché dal benessere di ognuna dipende il buon funzionamento delle altre. Al più tradizionale dualismo mente-corpo, la psichiatria olistica associa anche altri fattori come quelli spirituali, emozionali, culturali o sociali in un processo graduale finalizzato alla cura dell'anima.»

La nonna non celò il suo scetticismo. «Quindi lei considera inutili le terapie farmacologiche?»

Il dottor Krugher le rispose senza indugio: «No, non le ritengo inutili, piuttosto un rimedio estremo, una soluzione ultima da considerare solo nei casi indispensabili. Con i miei pazienti ricorro alla prescrizione di psicofarmaci quando è strettamente necessario, ossia nel momento in cui il disturbo mentale non può essere trattato diversamente».

«Ma molti suoi colleghi…»

Nonna Lizzie fu interrotta dal dottore, che non esitò a contraddirla.

«Molti miei colleghi subiscono le pressioni delle multinazionali del farmaco, oppure, dopo aver effettuato una grossolana diagnosi, esercitano il loro potere in modo smodato, ricorrendo in maniera inopportuna alla prescrizione farmacologica.»

La nonna intuì quanto quell'uomo ci tenesse al suo lavoro, probabilmente si prendeva cura dei propri pazienti discostandosi da chi li considerava dei malati privi di emozioni. Dalle sue parole traspariva un grande rispetto; sembrava che avesse davvero a cuore le loro problematiche.

«Lei ci tiene molto a quello che fa», lo lusingò.

Il dottor Krugher non si scompose, rimase algido e serio. «Appartengo alla classe di medici che nella psichiatria segue questo paradigma rivoluzionario. E ne sono fiero. Ho sempre amato perseguire i miei ideali, molto spesso in modo del tutto indipendente. Non mi sono mai subordinato alle opinioni altrui, a meno che non fossero affini alle mie.»

«Ha le idee chiare, dottor Krugher. Per giunta, mi permetta di dirle che è un uomo parecchio caparbio. Mi pare di aver capito che sta andando contro i dogmi della psichiatria tradizionale.» In poche ore la nonna era riuscita a comprendere la teoria sulla giustizia di un avvocato scaltro dal sorrisetto irriverente e le trasgressioni concettuali di uno psichiatra intelligente e astruso, mentre io faticavo a seguire la loro conversazione, facendo rimbalzare gli occhi come palline di ping-pong dall'uno all'altra.

«Ne sto semplicemente sperimentando di nuovi che, spesso, per quanto possano apparire avulsi dalla realtà, si prospettano come i più sorprendenti e risolutivi.» L'uomo accennò un sorriso soddisfatto e, ancora una volta, la fossetta spuntò sotto la barba per assoggettarmi al suo fascino.

Aveva lo stesso effetto anche sulle altre donne?

Non riuscivo a capire perché, come una ragazzina insolente, mi incantassi a osservarla smarrendomi in riflessioni del tutto inadatte al contesto in cui ero.

Come se avesse percepito i miei pensieri indecenti, il dottor Krugher volse lo sguardo nella mia direzione e osservò il modo in cui strofinavo i palmi sudati sulle cosce serrate dal nervosismo.

«Queste cogitazioni, troppo prolisse, ti staranno annoiando…»

Sussultai quando mi parlò, ponendo fine al dialogo con la nonna. «In realtà sto aspettando che lei mi faccia le sue domande di protocollo», gli rammentai.

«Hai detto che non vuoi che te le ponga, Dorothea. Quindi mi limiterò a conoscerti in altro modo.» Aveva davvero preso in considerazione la mia richiesta di saltare la prassi iniziale, forse per assecondarmi o forse per non mettermi a disagio più di quanto già non fossi. «Mi consentirai almeno di visitarti?» Si scostò dalla fronte una ciocca nera deviandola elegantemente all'indietro.

Mi stava concedendo il potere di decidere, mostrandosi paziente e soprattutto disposto a rispettare la mia volontà. Se fossi stata più ingenua, avrei potuto pensare che il dottor Krugher fosse un uomo cortese, affabile ed educato, invece tenevo bene a mente il suo ruolo: era un medico, uno psichiatra per l'appunto, esperto e capace di rapportarsi alle persone per scorgerne intimamente le debolezze.

«Se ci tiene tanto…» acconsentii con un sospiro arrendevole.

Il medico invitò gentilmente la nonna a lasciarci soli, con la promessa che in meno di mezz'ora avrebbe rivisto sua nipote, dopodiché mi indicò un lettino in pelle marrone che, stranamente, non avevo notato al mio ingresso, e mi incitò a raggiungerlo. Con il cuore che tamburellava nel petto a un ritmo forsennato, mi avvalsi di uno sgabellino di legno per salirci. Il dottor Krugher invece si pulì le mani con un gel disinfettante, prima di avvicinarsi a passi lesti. Le movenze sicure correlate alla postura autoritaria manifestavano una solerte abitudine all'espletamento dei suoi compiti.

«Allora, Dorothea. Quanti anni hai?» L'uomo scostò il poggiapiedi che gli osteggiava il passaggio, rendendo quasi nulla la distanza tra noi. Con calcolata delicatezza, mi prese una mano tra le proprie per analizzare le abrasioni evidenti sulle nocche.

Infossai la testa nelle spalle, con l'istinto di ritrarmi, ma il calore dei suoi palmi, fuso al riguardo con il quale mi stava toccando, mi incitò a restare ferma. «Venti.»

«Studi?» Mi prese l'altra mano, notando le stesse escoriazioni anche su di essa.

«Al momento no. Mi sono diplomata, ma non ho mai avuto alcuna intenzione di iscrivermi all'università.»

La nonna non era stata felice quando, dopo il liceo, le avevo confessato di non voler proseguire gli studi, tuttavia aveva compreso la mia passione per la musica e il desiderio di continuare a suonare con i Bright Demons, così, dopo un abbraccio comprensivo, mi aveva esortata a non rinunciare ai miei sogni perché, esattamente come la mamma, necessitavo di credere in qualcosa per essere felice.

«Come ti sei procurata queste ferite?» Le domande repentine del dottor Krugher mi costringevano a saltare mentalmente da un argomento all'altro mentre torreggiava su di me, con un'espressione volitiva e meditabonda. Inclinai di molto il collo per incrociare i suoi occhi.

La luce artificiale dei faretti gli dilatava e restringeva, a fasi alterne, le pupille, rendendo le iridi a tratti più appariscenti. Le ciglia, lunghe e nere, le incorniciavano con spregiudicata maestria come se fossero due diamanti preziosi da esibire con gloria.

Erano talmente abbaglianti che faceva male guardarle troppo.

«Ehm…» Iniziai a far dondolare le gambe, mordicchiandomi il labbro inferiore prima di propinargli una scusa che non sembrasse troppo banale. «Soffro di una strana allergia da contatto. La mia pelle è molto delicata, perciò anche un semplice detergente profumato la irrita in questo modo.»

Il dottor Krugher arretrò appena, soffermandosi ancora sulle mie nocche. Socchiuse le palpebre, poi annuì con un lieve cenno del capo.

«Adesso ti controllerò la schiena», mi informò. «Solleva leggermente la maglietta.»

Aggirato il lettino, si posizionò alle mie spalle. Con dita leggere iniziò a premermi una vertebra alla volta, risalendo lentamente fino al gancetto del reggiseno. Mi fu impossibile non arrossire al pensiero che stesse notando la mia biancheria intima, malgrado non fosse il primo uomo al quale la mostravo. «Dorothea, voglio che tu mi dica subito se provi dolore.» Schiacciò i polpastrelli su un punto centrale della spina dorsale, laddove vi erano lividi scuri e dolenti. Strinsi i denti e scossi la testa in un fasullo diniego. «E qui?» Ritentò su un altro lembo di pelle, ma con più forza.

Mi aggrappai al bordo del lettino, negando ostinatamente.

Il dottor Krugher tornò dinanzi a me e io abbassai la maglietta prima che scorgesse il mio petto. Con un piede riposizionò lo sgabello dov'era in precedenza per consentirmi di scendere, ma rimasi seduta con il respiro irregolare a causa del bruciore che sentivo ancora riverberare lungo la schiena.

«Ora dovrò pesarti. Ho bisogno che tu tolga le scarpe e quella congerie di bracciali e collane, per favore.» Si espresse con metodica serietà e rigida professionalità, incurante della sofferenza che avevo sul volto.

Inspirai profondamente e mi umettai le labbra secche. «Può aspettare qualche minuto?» *Ho la schiena a pezzi, dottore, proprio come il cuore, anche se lei non può vederlo.* «E poi non mi chieda di togliere le scarpe, sarei troppo bassa accanto a lei.» Sin da bambina vivevo la mia statura come un grande limite, mi sentivo inferiore a chiunque e, al suo cospetto, troppo piccola e inadeguata.

Il dottor Krugher accennò un sorriso indulgente, quasi paterno. «Il mondo può essere osservato da varie prospettive, Dorothea. L'altezza è solo una di esse.» Il suo fu un modo gentile per rincuorarmi, per elargirmi un intervallo di pace dai tormenti che mi attanagliavano dentro. In poco tempo avevo capito che quell'uomo non parlava mai a vanvera e che a me piaceva ascoltarlo.

«Lei quant'è alto?» Mi rivolsi a lui come avrei fatto a un compagno di scuola, a un membro della band o a un mio coetaneo, nonostante ogni minima parte del suo vigoroso corpo mi rimembrasse che era molto più grande di me.

Il dottor Krugher storse la bocca, pensandoci. «Da quel che ricordo… un metro e novantatré.»

Santo cielo!

Avrebbe potuto usarmi come ciondolo, portachiavi o qualsiasi altro ornamento di insulse dimensioni.

«E quanti anni ha? Sembra giovane per essere un medico già affermato.» Con le dita accarezzai il tessuto morbido del lettino mentre l'uomo restava a debita distanza da me, in attesa che fossi pronta a scendere.

La situazione era alquanto buffa: aveva incrociato le braccia al petto per concedermi il tempo che gli avevo chiesto e rispondeva alle mie domande fin troppo invadenti senza battere ciglio.

«Più di quanti ne dimostri, meno di quanto pensi», rispose vago.

Ne dimostrava circa trentasei, ma pensavo ne avesse almeno quaranta.

Ragionai qualche istante prima di tentare. «Quindi trentotto?»

Il dottor Krugher fece oscillare la mano destra in un tacito *quasi*.

Mi ero avvicinata alla sua reale età senza indovinarla.

«Trentasette», affermai con una certa sicurezza. Lui annuì, poi riassunse la sua postura formale e mi si avvicinò.

«Adesso, direi che è il momento di salire sulla bilancia, Dorothea. Non credevo fossi così loquace. Il tempo scorre.» Batté due colpi sull'orologio da polso in un eloquente invito a sbrigarmi. Con un saltello sgraziato scesi dal lettino, planando sugli stivali a tacco alto. La gonna scozzese, con sgargianti quadretti neri e viola, svolazzò nell'aria insieme alla lunga chioma bionda che morbidamente ricadde oltre il girovita. «Le scarpe», mi avvertì.

Avrei dovuto necessariamente toglierle.

Evitando di alzare gli occhi al cielo, mi chinai in avanti per abbassare la cerniera di entrambi i gambali. Mi disfeci degli stivali riponendoli accanto al lettino e, quando mi sollevai, mostrando timidamente la mia naturale altezza, il dottor Krugher mi parve ancora più imponente.

Un uomo irraggiungibile del quale, una volta uscita da quello studio, non sarebbe rimasto nient'altro che il brandello di una candida illusione.

Esattamente come un sogno.

Per la prima volta da quando ci eravamo conosciuti, mi osservò con temperata prudenza e un pizzico di curiosità. Non ero certa di aver adottato il look giusto per un incontro simile. La t-shirt scura, con un appariscente teschio brillante, denotava la mia passione per tutto ciò che era macabro e che richiamava, in qualche modo, i demoni e la morte, tematiche ricorrenti nelle mie canzoni. La gonna era eccessivamente corta, retta in vita da un cinturone con tre fibbie di metallo. Le calze a rete, solitamente, facevano storcere il naso a chiunque le guardasse, provocando spesso commenti offensivi. Infine, il pesante trucco nero corrompeva i miei occhi ambrati, rendendoli scandalosi come quelli di un Diavolo.

Il dottor Krugher non si mostrò impressionato da niente di tutto ciò.

Data l'assenza di qualsiasi traccia di malizia, non fu attratto dal mio aspetto, ma neanche disgustato.

«Dorothea.» Il mio nome gli fece battere la lingua due volte contro i denti e il fatto che lo avessi notato significava che gli stavo fissando le labbra.

Imbarazzata, mi schiarii la voce. «Sì?»

Lui indicò due punti del mio corpo. «Togli i bracciali e le collane, per favore.»

Rimediai subito, evitando di farmelo ripetere ancora una volta. Adagiai le varie cianfrusaglie sul lettino, poi mi diressi verso il medico. Quello era il momento della visita che più temevo, soprattutto perché il mio peso era qualcosa di estremamente intimo che non amavo rivelare agli altri.

Avevo sempre paura che potesse variare, sfuggire al mio controllo e vanificare tutti i miei sforzi.

Mi fermai accanto al dottor Krugher che, stoicamente, attese che salissi sulla bilancia.

«Sai qual è il metodo più efficace per affrontare la paura, Dorothea?» Posandomi una mano sulla base della schiena mi incitò ad avanzare di due passetti.

«No, qual è?» Sollevai la testa per guardarlo. Mi era talmente vicino che, di nuovo, quell'effluvio pregiato, aromatico, tornò a solleticarmi le narici.

«Accettarla. La paura è ancestrale, strettamente connessa all'origine della vita. Non esiste uomo che non l'abbia provata. È foriera di problemi, ma anche di libertà. Può privarti di ogni possibilità di redenzione oppure permetterti di raggiungere l'ottimistica consapevolezza che, malgrado lei ci sia, tu sei più forte. Sta a te stabilirlo», spiegò con tono fermo.

«Ho tentato più volte di affrontarla, dottore, e ho sempre fallito. Ha un metodo alternativo da suggerirmi?» Gli rivolsi un sorriso malinconico, tergiversando prima di pesarmi.

Il medico tolse la mano dalla mia schiena e io sentii freddo in quell'esatto punto. «Allora volgi i tuoi pensieri a qualcos'altro. Qualcosa che possa destarti stupore, meraviglia o semplice interesse.»

Mi guardai attorno, passando velocemente in rassegna tutto ciò che avevo già attentamente notato dell'ampio studio, finché mi soffermai su un quadretto di legno affisso alla parete, proprio di fronte a me, con una strana frase incisa.

«Cosa significa *Nosce te ipsum*?»

Il dottor Krugher afferrò gentilmente il mio gomito e mi sospinse in avanti mentre con gli occhi restavo concentrata su quella scritta. Le gambe si mossero automaticamente, nonostante la mia volontà di restare immobile.

«È la versione latina di una massima religiosa rinvenuta nel tempio di Apollo. Significa: *conosci te stesso*.» Regolò lo statimetro della barra verticale per misurare anche la mia altezza; le lancette dell'altimetro invece oscillarono tra i miei piedi nudi con un clangore tenue ma insistente, prima di arrestarsi del tutto su numeretti che non volli vedere. «*E non presumere di essere di più*.» Si sporse sfiorandomi la spalla sinistra con il suo addome che appurai essere sodo oltre che immane.

«In che senso?»

«Nel senso che l'uomo deve essere consapevole della propria limitatezza e al contempo evitare di sconfinare, di uscire da se stesso. La verità risiede nel profondo del suo animo. Non c'è nessun'altra dimensione in cui cercarla.»

«Non credo che il concetto di limitatezza possa associarsi a uno come lei.» Sapevo poco del dottor Krugher, ma avevo già intuito quanto il suo intelletto trascendesse la normalità.

«La saggezza è complementare alla moderazione, Dorothea. Non esiste l'una senza l'altra.» Socchiuse gli occhi per mettere a fuoco l'esito di quel tedioso controllo. «Sei in normopeso», constatò con fare rassicurante.

Lo guardai sgomenta. «Sul serio?»

«Sul serio.» Arretrò per consentirmi di indossare nuovamente gli stivali e i miei accessori.

«Quindi non ho nessun problema!» Mi trattenni dall'esultare a squarciagola. Rigirai i bracciali borchiati sul polso sinistro, accertandomi di averli agganciati bene, mentre il dottor Krugher, in piedi dinanzi alla scrivania, sfogliava scrupolosamente dei documenti.

«Nell'ultimo anno si è mai verificato un periodo di amenorrea?»

Mentre mi avvicinavo, percepì la mia perplessità.

Non sempre riuscivo a capire cosa dicesse; era successo anche nel momento in cui aveva spiegato alla nonna di essere uno psichiatra olistico.

Avviai una ciocca di capelli biondi dietro l'orecchio, rimuginando sulle sue parole senza venirne a capo.

Lui intuì la mia difficoltà perché posò i documenti sulla scrivania con un sospiro profondo. «Dorothea, sono consapevole che a volte il mio modo di esprimermi possa creare dei problemi comunicativi con le persone, soprattutto se queste non appartengono al mio ambiente. È necessario che tu mi dica sempre quando qualcosa non ti è chiara affinché io possa spiegarti cosa intendo e arrivare con te a un punto d'incontro, d'accordo?» Mi limitai ad annuire, come se niente di ciò che mi stesse passando per la testa fosse degno di essere esposto. «Dunque, l'amenorrea indica l'assenza del ciclo mestruale. In alcuni casi è un'informazione aggiuntiva che consente, a noi medici, di diagnosticare un disturbo piuttosto che un altro, pertanto vorrei sapere se…»

«Non ho il ciclo da tre mesi», risposi, irrequieta. «Cioè… non è regolare.»

Il dottor Krugher dilatò le narici, terribilmente infastidito, anche se non mi fu possibile comprenderne il motivo. «Dorothea, quando ti parlo devi lasciarmi terminare senza interrompermi», mi redarguì.

Non avevo mai avuto un padre e in quel momento pensai di essere stata fortunata a crescere solo con mia madre e con la nonna, perché di sicuro non avrei mai tollerato un uomo che dettasse legge con tanta arroganza.

Sfrontatamente, mi posai le mani sui fianchi. «Avevo già intuito la sua domanda, sa? Era inutile che continuasse. Lei non è nessuno per rimproverarmi come se fossi una bambina!»

«Questo non è l'atteggiamento adatto», ribatté mortalmente calmo. «Il posto in cui ti trovi mi conferisce un'autorità che probabilmente non hai ancora colto. Per di più gradirei che non alzassi la voce con me.» Furono sufficienti il tono d'avvertimento e lo sguardo glaciale per avvertire una bruma fredda nell'aria che, in pochi istanti, mi costrinse a tacere.

Mi sedetti sulla poltrona che in precedenza aveva occupato la nonna, come se le sue parole avessero avuto la forza di spezzarmi le gambe. Inclinai il capo per osservarlo dal basso. Mi sentii prostrata da un torpore umiliante che poco dopo incendiò le mie guance. Le schiacciai con i palmi sudaticci, forse per attenuare quel cremisi acceso o forse per celarle a lui.

«Vorrei che la nonna rientrasse», biascicai in modo infantile.

«Sono d'accordo con te, soprattutto perché dovrò parlarle. Contatto subito Melanie.»

Fece quanto detto senza perder tempo.

Chiamò la sua assistente e in pochi minuti la nonna entrò nello studio, con eccessiva preoccupazione.

«Allora, dottore? Cos'ha mia nipote?» Si sedette sulla poltrona accanto come colta da un improvviso capogiro.

Il dottor Krugher, dopo aver preso posto dietro la scrivania, lesse un foglio che riconobbi subito: era il questionario che avevo compilato in ospedale. Stava analizzando le mie risposte, quelle maledette crocette che rivelavano molto di me e dei miei segreti.

«Sua nipote pratica sport?» le domandò a bruciapelo, senza distogliere la vista dal documento. Avrebbe potuto chiederlo a me, ma per mantenere la parola data pensò bene di ricavare le informazioni necessarie dalla persona a me più vicina.

La nonna gli rispose con impulsiva sincerità: «Sì, molto. Si allena ogni giorno, a volte anche per tre ore di seguito».

D'istinto iniziai a mangiucchiarmi le unghie, guardandola in tralice. Aveva detto la verità e fu la cosa più sbagliata che potesse fare.

Il dottor Krugher mugolò pensieroso, prima di sottoporla a un'ulteriore domanda. «Dal punto di vista alimentare, invece? Nessun nipote riesce a resistere alle abilità culinarie delle proprie nonne...»

«A quanto pare, allora, solo la mia non le apprezza, perché spesso digiuna per un'intera settimana», confessò e io avrei voluto sotterrarmi fuori in giardino o sprofondare nella poltrona sulla quale sedevo. Non sapevo più di che colore fosse diventata la mia faccia, ma dal bruciore che sentii irradiarsi sulle guance, e persino sul collo, doveva essere di una tonalità indiscutibilmente rivelatrice del mio disagio.

Il dottor Krugher abbandonò il foglio sulla scrivania e si accarezzò le labbra con il dorso dell'indice, meditando silenziosamente.

«Come ho già detto, io non ho nessun problema. Non faccia caso alla nonna», intervenni nella vana speranza di persuaderlo a lasciarmi andare. La sua espressione assorta metteva i brividi.

«Sai, Dorothea...» Congiunse le mani in modo ossequioso, fissandole. «Ogni menzogna è una grave offesa al mio intelletto.» Sollevò gli occhi su di me. Quell'amalgama eccezionale di scintillante verdeazzurro non poté celarmi la sua astuzia, innescando un conflitto di emozioni che mi fece perdere la capacità di ribattere a tono. «Le abrasioni sulle tue nocche non sono provocate da una semplice allergia da contatto, come hai scaltramente cercato di farmi credere.» Le indicò. «Ma rappresentano il segno di Russell, ovvero delle ferite causate dal ripetuto sfregamento degli incisivi superiori durante l'introduzione delle dita nel cavo orale per l'induzione del vomito.»

«Che diavolo sta dicendo?» Mi allarmai, affondando le unghie nei palmi serrati.

Lui proseguì come un automa, pilotato dai riflessi di una razionalità efferata. «La secchezza della tua pelle indica un evidente stato di disidratazione corporea. L'eccessivo esercizio fisico, il digiuno che ti imponi, la mania di controllare il tuo peso non sono scelte personali né segni di debolezza, bensì manifestazioni del disturbo stesso. I tuoi sbalzi d'umore, la rabbia e l'aggressività, che molto spesso si ripercuotono sulle relazioni interpersonali, derivano dall'incapacità di gestire le emozioni negative che tenti in ogni modo di sopprimere.»

«La smetta!» Balzai in piedi, arretrando di pochi passi.

In quel momento, l'immaginazione mi esortò a paragonare il dottor Krugher a un mostro con artigli affilati, denti avvelenati come quelli di un serpente e grandi ali nere dispiegate ai lati della sua maestosa figura.

Una creatura perversa e infida che voleva torturarmi per raggiungere le mie paure più recondite e cibarsene in modo oltraggioso.

«Dinanzi al cibo quelle emozioni negative riemergono associandosi ai sensi di colpa che inevitabilmente ti incitano a ricorrere a condotte di eliminazione come il vomito autoindotto o l'uso di lassativi.»

Strapparmi il cuore dal petto avrebbe fatto meno male.

«Sta dicendo un mucchio di stronzate. La smetta, ho detto!» urlai, fregandomene del suo ammonimento precedente. Se gli dava fastidio che alzassi la voce, allora lo avrei fatto di proposito.

Il dottor Krugher si erse in tutta la sua altezza, con le dita tese sulla scrivania, imperando su di me. «Il signor Donovan mi ha informato della tua scarsa concentrazione alle prove della band e dei malori avvenuti durante le esibizioni. Molto probabilmente a esse si aggiungono insonnia, repentini mal di testa, attacchi di nausea e crampi allo stomaco. L'irregolarità del ciclo e il normopeso riconducono a una psicopatologia molto rara, diversa dalla comune anoressia nervosa. Sto parlando dell'anoressia nervosa atipica o, come spesso la definisco io: *anoressia nascosta*, poiché si verifica quando il paziente ha un peso corporeo perfettamente nella norma.»

«Vaffanculo!» sbottai, premendomi le mani sulle orecchie per attutire la sua voce greve che sentivo echeggiare nelle tempie.

La nonna, agitata dalla mia reazione, tentò di afferrarmi per un braccio, ma fui in grado di respingerla.

«No, signora Curtis. È tutto sotto controllo.» Il dottore aggirò la scrivania per venirmi incontro. I suoi passi erano lenti e misurati, avrei osato dire timorosi se non avessi scorto la severità soverchiante che trasmetteva con ogni parte di sé.

«Non è niente sotto controllo, bastardo!»

In quell'istante, per me, non esisteva più alcuna gerarchia tra noi, nessun rapporto implicante la mia subordinazione: non ero una sua paziente e lui non era il mio medico, ma soltanto un nemico.

Il peggiore che avessi mai incontrato.

«Dorothea...» Sollevò i palmi con cautela. «La tua anima, in questo momento, ti sta mostrando chi sei. Vuole che attraverso la coscienza tu possa vedere oltre l'oscurità. L'autoconoscenza implica che tu conosca il tuo vero *io* e ciò che ti provoca così tanta sofferenza. Provare dolore o rabbia in questa fase è assolutamente normale. Io sono qui per aiutarti.»

«Non voglio il suo fottuto aiuto!» Due lacrime distillarono dagli occhi, rigandomi le guance. Non avevo mai pianto davanti a nessuno. Mostrarmi così fragile in presenza di un uomo fu del tutto inaspettato per me.

Il dottore le seguì con lo sguardo e i suoi tratti alteri si ammorbidirono. «Temo che dovrai accettarlo, se desideri stare meglio.»

«Lei non immagina quanto mi stia facendo male...» sussurrai affranta.

A ogni suo passo avanti io ne compivo uno indietro, finché incespicai e rovinai al suolo. Sobbalzai con un guaito quando una scossa dolente si irradiò dalle natiche fino alle anche.

Il dottor Krugher si fermò, ma non fece nulla per tirarmi fuori dal baratro in cui mi aveva gettata.

«Dorothea, il mio compito non è quello di risollevarti dalle tue angosce, bensì di mostrartele, viverle con te e insegnarti a condividerle con me.» Si piegò sulle ginocchia, posandoci sopra i gomiti, e mi osservò senza alcun margine di biasimo. In lui vi erano solo una crudele freddezza e una spiccata predisposizione a rivelare ai suoi pazienti la realtà per quella che era, senza indorarla in nessun modo. «Nel tuo caso ritengo necessaria una permanenza all'Asklepios di almeno sedici settimane. Sarai monitorata ogni giorno e seguita dalla mia équipe medica. Ti garantisco che farò il possibile per restituirti il sorriso che hai perso, dovrai soltanto fidarti di me.»

Fu con quelle ultime parole che suggellò il suo impegno: a differenza di Caronte, il traghettatore che conduceva le anime all'Inferno, il dottor Efrem Krugher avrebbe disceso gli inferi, girone dopo girone, per trovare la vecchia Thea, prenderla per mano e condurla insieme a lui verso la salvezza, ignaro dei demoni che avrebbe incontrato sul cammino...

7
Thea

Possiamo chiudere con il passato,
ma il passato non chiude con noi.
William Shakespeare

Anoressia nervosa atipica.

Quelle ventitré lettere, ammassate tutte insieme, erano state capaci di gettarmi in un limbo di mutismo e ostilità verso chiunque tentasse di rivolgersi a me.

Il dottor Krugher mi aveva permesso di uscire dal suo studio, concedendomi il tempo necessario per metabolizzare quanto successo.

Ciò che più mi turbava non era semplicemente l'idea che quell'uomo avesse svelato alla nonna il mio terribile segreto, quanto che, da quel momento in poi, mi sarei sentita sempre nuda dinanzi a lui, spogliata di ogni difesa, incapace di impedirgli di scavare dentro di me.

Per tutta la durata della visita aveva finto di credere alle mie menzogne, mi aveva infuso la speranza che potessi vincere una partita che, sin dal principio, ero destinata a perdere perché lui sapeva già tutto.

Sapeva di me, della nonna, della mia vita privata, poiché Victor aveva fatto molto di più che fissare un appuntamento e assumersi la responsabilità di pagare i costi del mio eventuale alloggio in clinica: lo aveva spudoratamente informato dei problemi che avevo manifestato negli ultimi mesi.

Iniziai a sospettare che l'imprevisto del quale aveva parlato con me e la nonna fosse stato uno strategico espediente per non accompagnarci a Los Angeles e non sorbirsi le mie imprecazioni quando la verità sarebbe venuta a galla.

Stronzo di un Donovan!

Innervosita, trangugiai altra acqua per riempire il buco allo stomaco con qualcosa che non fosse cibo.

Strinsi la bottiglietta nel palmo e mi leccai le labbra finalmente rinvigorite.

La gola bruciava meno, in compenso il macigno sul cuore divenne addirittura più pesante.

Nella sala d'attesa, seduta sul lungo Chester di velluto, sentivo gli occhi di chiunque puntati addosso come se avessi un cartello luminoso affisso sulla fronte con scritto a caratteri cubitali: EHI, GENTE, IO SOFFRO DI ANORESSIA NERVOSA ATIPICA.

Me ne vergognavo così tanto che il solo pensiero minacciò di farmi scoppiare di nuovo a piangere.

Persino l'avvocato Ryke, in piedi con un gomito posato sul bancone di Melanie, aveva evitato di farmi qualsiasi domanda quando mi aveva vista correre via dallo studio del dottor Krugher completamente sconvolta, tallonata dalla nonna che ancora non si era ripresa dalla notizia scioccante.

A tal proposito, lanciai un'occhiata nella sua direzione: con lo sguardo perso, fissava il tavolino basso sul quale erano disseminate varie riviste d'intrattenimento senza soffermarsi su nessuna di esse.

Avrei voluto chiederle scusa, ma mi scoraggiai all'idea che qualsiasi cosa le avessi detto non sarebbe stata sufficiente a rimediare quella situazione incresciosa.

«Allora, *nuova ospite*, è andata come ti aspettavi?»

Sollevai la testa quando l'avvocato Ryke mi porse gentilmente un fazzoletto di carta. Non compresi subito a cosa potesse servirmi, poi mi resi conto che le lacrime mi avevano sporcato di trucco le guance e che il mio aspetto doveva essere davvero pessimo.

L'accettai con un sorriso triste. «È sempre così devastante parlare con… *lui*?»

Fui volutamente vaga; temevo che pronunciare il suo nome avrebbe potuto farlo materializzare di fronte a me.

Non ero sicura di poterlo affrontare ancora nell'arco della giornata.

L'avvocato Ryke si infilò le mani nelle tasche dei pantaloni eleganti, fissandomi dall'alto. «Efrem ha sempre un impatto molto forte sulle persone, a prescindere dalla professione che svolge.»

«Quindi è deleterio non solo come medico, ma anche come uomo. Fantastico.» Mi tamponai gli zigomi per raccogliere i residui del mascara rappreso.

L'avvocato colse la mia pungente ironia, tuttavia non contraccambiò con lo stesso sarcasmo, come se nutrisse un rispetto smisurato per il dottor Krugher, tanto da non voler scherzare sul suo modo d'essere. «Le prime volte ti sembrerà difficile approcciarti a lui, quasi nocivo per la tua salute. Col tempo invece noterai che ascoltarlo ti farà bene, risulterà curativo, come un unguento magico sulle tue ferite interiori.»

Indugiai sul fazzoletto il cui candore era stato macchiato da chiazze scure, le stesse che vedevo attorno a me e, soprattutto, dentro di me. «Lei lo stima molto e sembra avere anche una certa confidenza nei suoi confronti.»

L'uomo si mordicchiò l'interno della guancia, accentuando le lievi rughette agli angoli della bocca. «Ci conosciamo da vent'anni. Sarebbe inappropriato il contrario, non pensi?»

«Quindi siete coetanei?»

«No, io sono due anni più giovane», ci tenne a sottolineare con gioviale compiacimento.

«Sei più giovane e sei suo amico», intuii, poi mi resi conto di aver commesso una terribile gaffe. «Mi… mi scusi…»

«Stai tranquilla, puoi darmi del tu. Sono meno severo di Efrem», ammiccò. «Chiamami Mitchell.» Poi mi tese la mano e ricambiai.

«Dorothea, ma per tutti sono Thea.» La sua stretta fu delicata per non sgretolare le mie esili dita che rispetto alle sue sembravano quelle di una bambina.

«Efrem ti chiamerà sempre Dorothea, ma non prenderla sul personale. Per motivi deontologici, deve mantenere un rapporto formale con tutti i suoi pazienti, come faccio anch'io con i miei clienti.»

«Lo avevo immaginato.» E non mentivo. Avevo compreso subito che il dottor Krugher fosse incline a una ferrea moralità, condita da tanto raziocinio e coscienziosa diligenza. Non sembrava neanche un essere umano come gli altri, piuttosto una misteriosa divinità dalla bellezza spudoratamente ombrosa, tanto perfetta da risultare inquietante.

Chissà se celava anche delle debolezze sotto quell'orpello di sapienza e cultura…

Scrollandomi dalla mente la sua voce penetrante, tornai a concentrarmi su Mitchell. «Tu lavori per lui?»

L'avvocato corrugò le sopracciglia come se non si aspettasse una domanda simile. «Io lavoro per me stesso», chiarì con una certa arroganza che, anche se sembrava essere intrinseca della sua persona, emergeva solo in alcuni momenti. «Ma ogni clinica, l'Asklepios più delle altre, necessita di essere legalmente tutelata. Efrem è un uomo molto diffidente, pertanto delega a me ogni questione giuridica che riguarda il suo lavoro o la struttura.»

Riflettei su quanti avvocati potessero esserci a Los Angeles. «Ha scelto te… È un grande atto di fiducia.»

«Una fiducia che ho dovuto guadagnare duramente», commentò beffardo. «Dopo anni che svolgo il mio lavoro in maniera ineccepibile, mi chiede ancora di leggere i contratti tre volte per accertarmi che non ci siano errori. Dovrai abituarti al suo essere esageratamente preciso e puntiglioso.»

«Lo aggiungerò alla lista dei suoi difetti.»

Entrambi ridemmo e, grazie all'avvocato Ryke, mi sentii un po' più leggera. Era piacevole conversare con lui. Dimenticai i miei problemi, anche se erano lì, a orbitare attorno a me, per ricordarmi che c'erano e che niente e nessuno li avrebbe debellati totalmente.

«Quindi, Thea…» D'improvviso divenne serio. «Qual è stata la sua diagnosi?»

Non ero pronta a condividere il mio disturbo con qualcuno che non fosse esclusivamente il dottor Krugher, pertanto decisi di non rivelarlo ad altri.

«Ritiene necessario che io resti qui per almeno sedici settimane.» Mi limitai a confessargli la parte della verità apparentemente meno importante.

Lui aggrottò la fronte. «Sedici settimane? Allora ha delle aspettative davvero alte sul tuo percorso riabilitativo.»

Stropicciai il fazzoletto umido nel palmo, più tesa del previsto. «Che intendi?»

«Non accade spesso che stabilisca una permanenza così breve per un paziente», considerò.

Schiusi le labbra manifestandogli il mio sconcerto. «Dici davvero?»

«Sì. In te deve credere molto. Ed Efrem non sempre è così fiducioso dopo il primo colloquio.»

Il che significava che il dottor Krugher voleva liberarsi di me il prima possibile e che io, in brevissimo tempo, avrei dovuto combattere il demone più grande della mia vita.

Senza conoscermi, lui aveva riposto in me la speranza che potessi farcela, mentre io non mi sentivo affatto così forte e ottimista.

Di sicuro lo avrei deluso, come avevo deluso Andy, la mia band e, adesso, anche la nonna.

Mi girai verso di lei per accertarmi che stesse meglio e la colsi a osservare l'avvocato Ryke con malcelata diffidenza.

«Mia nipote ha solo vent'anni.» Raddrizzò la schiena, aguzzando lo sguardo. «E lei è un uomo adulto, di sicuro parecchio smaliziato. Non è opportuno che le stia così vicino.»

Sperai non lo avesse detto sul serio, mi stava trattando alla stregua di una mocciosa inesperta e ingenua, nonostante fossi molto più sveglia di quanto immaginasse.

«Nonna!»

«Volevo solo confortarla.» Mitchell, anziché offendersi, tentò di chiarire i motivi del suo comportamento. «Penso che una donna debba versare lacrime di gioia, di piacere, anche di dolore se questo è consensuale...» sorrise allusivo, «... ma quando piange a causa di una sofferenza gratuita mi provoca sempre un forte malessere, tuttavia mi rendo conto che ci conosciamo a malapena. Capisco il suo turbamento, signora Curtis.»

La nonna si alzò dalla poltrona, mettendosi in spalla la borsa borchiata. «Il Diavolo ha sempre due facce, avvocato Ryke. E ho la sensazione che lei, al momento, ne stia mostrando solo una.»

«O può darsi che sia questa l'unica faccia che possiedo. Non sia prevenuta», si difese con lauta impassibilità.

«Sono semplicemente protettiva e Thea, nonostante sia maggiorenne, è ancora sotto la mia responsabilità.» Mi fece un cenno con la mano, intimandomi di alzarmi. Dove voleva andare? Mi accorsi di Melanie, in piedi all'ingresso del corridoio, che ci attendeva pazientemente. Compresi che forse ci aveva chiamate e che, distratta da Mitchell, avevo del tutto ignorato la sua voce.

«Avvocato Ryke, venga anche lei», aggiunse l'assistente. La nonna emise un sospiro seccato. Credeva che si sarebbe liberata della presenza ingombrante dell'uomo, ma puntualmente il fato rimescolò le carte in tavola costringendo entrambi a condividere ancora per un bel po' lo stesso spazio.

«Prego, dopo di voi.»

Come richiedeva la regola del galateo, Mitchell ci fece passare per prime e insieme raggiungemmo lo studio del dottor Krugher.

Di nuovo, l'ansia iniziò a propagarsi in ogni parte di me diradando la mia momentanea tranquillità. Assunsi una camminata pesante, le spalle si ingobbirono e i miei movimenti divennero così lenti da sembrare goffi. Dopo aver bussato per annunciare il nostro ingresso, Melanie spalancò la porta e io mi bloccai sulla soglia quando notai, accanto al medico, due figure in piedi, abbigliate di camice. Mitchell mi venne addosso urtandomi con il torace e mi afferrò per le braccia prima che perdessi l'equilibrio.

«Chi... chi sono quelli?» domandai più a me stessa che a lui. In pochi attimi pensai a un piano di fuga: se Mitchell si fosse tolto di mezzo, senza ostacolarmi, avrei potuto correre a perdifiato fino al cancello d'ingresso. Arrivata lì, avrei chiesto alla guardia Thomas di aiutarmi a uscire e ad Alf di dimenticarsi per sempre del mio bel faccino, tuttavia la stretta dell'avvocato Ryke, troppo forte e decisa, dissolse quella piacevole illusione.

Non sarebbe stato così corruttibile.

«Non hai nulla da temere. Efrem ti spiegherà tutto.» Gentilmente mi lasciò andare per superarmi e salutare i presenti. In quel momento il dottor Krugher sollevò lo sguardo da una pila di fogli che stava leggendo.

Con gli occhi cristallini, talmente luminosi da irradiarsi in tutto l'ambiente, scrutò con attenzione me e la nonna, poi ci invitò nuovamente a prendere posto sulle due poltrone.

Nonna Lizzie obbedì, mostrandosi subito accomodante; io invece mi chiusi in un abbraccio angosciato, strofinando i palmi sui bicipiti tesi. Preferii restare in piedi, come se mantenere le distanze da lui potesse permettermi di ragionare lucidamente.

«Come stai adesso, Dorothea?» Avevo memorizzato così bene il suo timbro di voce che avrei potuto riconoscerlo anche tra mille.

«Male, e solo per colpa sua», lo accusai. Fu strano rivolgermi a lui in maniera formale, serbando un rancore che sarebbe stato più adeguato a due ex amanti.

Il dottor Krugher si alzò con la rigida compostezza che in poco tempo avevo imparato a temere; di riflesso feci due passi indietro spaventata da una possibile reazione negativa che inaspettatamente non arrivò.

«Permettimi di presentarti il dottor Adrian Nørgård, dietologo specializzato in scienza dell'alimentazione, con documentata esperienza in nutrizione, attualmente operante nella dietetica e nella dietoterapia.» Alla sua destra un uomo sulla trentina, sicuramente il più giovane fra tutti, spiccava per i suoi enormi occhi bronzei e i capelli ricci, di un intenso color ebano, contrastanti con la pelle lattea. Slanciato ma particolarmente smunto, sollevò la mano per salutarmi senza avvicinarsi.

«Piacere di conoscerti, Dorothea.» La voce era delicata e sofisticata, esattamente come il suo aspetto.

Non gli risposi, improvvisamente priva di reattività come se qualcuno mi avesse cucito le labbra e legato gli arti con delle corde invisibili.

Il dottor Krugher proseguì, fingendo di non aver notato la mia immobilità. «Lei invece è la dottoressa Nina Ruiz, psicologa e psicoterapeuta specializzata nei disturbi del comportamento alimentare.»

La donna che magistralmente affiancava Nørgård mi osservò con perizia, sottoponendomi a un esame valutativo del quale non ero tenuta a conoscere l'esito. Gli occhi tondi, di un verde cinabro, spuntavano da sotto la frangetta che le copriva interamente le sopracciglia. Il caschetto rosso, luminescente come un falò nel buio fitto di una notte estiva, le lasciava scoperto il collo sinuoso e femminile. Inevitabilmente, analizzai il suo corpo, soffermandomi sulla camicetta blu. La stoffa sottile si tendeva sul seno prosperoso come se i bottoni faticassero a restare incastrati nelle fragili asole. Il camice avrebbe dovuto svelare poco della sua fisicità, eppure non mi fu difficile constatare che avesse forme prorompenti, capaci di far perdere la testa a qualsiasi uomo.

«Finalmente ti conosco, Dorothea. Ho sentito molto parlare di te. Benvenuta.» Anche lei, come il collega, non mostrò alcuna intenzione di accorciare la distanza tra noi. Rimase con le mani infilate nelle tasche del camice, limitandosi a rivolgermi un sorriso accogliente che le incurvò le labbra scarlatte.

«Voi fate parte dell'équipe medica?» si intromise la nonna, che, come una spettatrice seduta in prima fila, osservava lo spettacolo senza parteciparvi.

«Esattamente», le rispose il dottor Krugher, primeggiando sugli altri per importanza e austerità, poi volse lo sguardo su di me. «Come potrai immaginare, Dorothea, il trattamento che ho previsto per te esulerà dall'utilizzo di psicofarmaci. Intendo sottoporti a una terapia cognitivo-comportamentale transdiagnostica, ossia finalizzata ad analizzare i comportamenti implicati nel tuo specifico disturbo alimentare. Il programma prevederà quattro fasi differenti: nella fase uno, comprenderai il disturbo e conoscerai i processi che si innescano per mantenerlo. Imparerai a gestire la tua preoccupazione attraverso la misurazione settimanale del peso e il dottor Nørgård ti aiuterà a regolarizzare la tua alimentazione.» Indicò l'uomo al suo fianco che annuì lieto. «Nella fase due valuteremo i progressi raggiunti nella fase uno», seguitò il dottor Krugher, imperterrito. «Nella fase tre analizzeremo gli eventi e le emozioni che influenzano i tuoi stati d'animo, che ti inducono all'eccessiva restrizione dietetica o al totale rifiuto del cibo. In questo sarà la dottoressa Ruiz la tua compagna di squadra.» La donna fece un passo avanti per rimarcare la sua presenza, ma non intervenne. «Infine, la fase quattro prevederà il termine della terapia, con un'ultima procedura implementata per minimizzare il rischio di ricaduta a breve e a lungo termine.»

Come se mi avesse lanciato addosso numerose granate, mi sentii distrutta da quelle informazioni e ferita dal rigoroso distacco con il quale me le aveva fornite.

Mi massaggiai la fronte, poi le tempie, sospirando per il lieve sollievo che i polpastrelli freddi infusero alla pelle bollente. Nella stanza calò il silenzio, in attesa che io dicessi qualcosa, qualsiasi cosa purché manifestassi un piccolo segno di ricettività.

«E lei?» Guardai il dottor Krugher con morbosa insistenza. «Lei che ruolo ricopre in tutto questo?»

In piedi, dietro la scrivania, nulla tradì il suo stoico contegno.

«Dorothea…» mi ammonì a causa del mio tono astioso.

«No, non mi rimproveri e non ricominci a parlarmi in maniera meccanica come un fantoccio senza cuore.» Gli puntai un dito contro seppur a distanza. Lui si limitò a socchiudere le palpebre, in un lento movimento di ciglia nere che, come ventagli di seta, gli infittirono lo sguardo. «Io sono venuta qui da West Hollywood per lei, per essere seguita da lei, non dai suoi colleghi dei quali, con tutto il rispetto, non me ne frega un cazzo!»

«Milla!» La nonna tentò di alzarsi, ma esitò quando con la mano le feci segno di stare ferma.

«Non può scaricarmi agli altri. È lei che deve assumersi il dovere di curarmi se vuole che resti qui. È lei che si è preso l'impegno di riportarmi il sorriso che ho perso. Non se lo ricorda più? Me l'ha detto circa un'ora fa.» Risi con sdegno mentre tutti mi ascoltavano senza emettere parola. «Mi ha chiesto di fidarmi. Io lo farei, ma lei sembra non meritare la mia fiducia perché, da quel che ho capito, non farà parte di questo programma. Mi sta affidando a gente che non conosco. Il mio manager pagherà lei, dottor Krugher, non può infischiarsene come se niente fosse!»

Nel momento in cui pensavo di aver ottenuto una piccola vittoria, l'uomo si mosse con un portamento felpato, simile a quello di una pantera che aveva appena individuato nella sottoscritta una succulenta preda. Superò la scrivania, sotto gli sguardi attoniti di coloro che avevano assistito al mio sfogo, e si diresse verso di me.

D'istinto girai la testa a destra e a sinistra, alla ricerca di una via di fuga. Individuai la porta, ma distava troppi metri da me per essere raggiunta in breve tempo. Angosciata, tornai a guardare l'uomo che avanzava volutamente piano. Mi ritrassi così tanto da sembrare ancora più piccola di quel che ero mentre il profumo del dottor Krugher mi arrivò in faccia come una sferzata violenta.

Deglutii in maniera impercettibile.

Gli osservai il torace ampio, il modo in cui la giacca scura fasciava le spalle larghe, poi risalii sulla gola maschile fino alla linea del mento perfettamente arrotondato.

«Dorothea...»

A comando, portai gli occhi nei suoi, lievemente ottenebrati. Il verde smeraldo parve, per un attimo, prevalere sull'azzurro mare, ma ben presto quest'ultimo, con uno spaventoso ribaltamento di colore, tornò a rubargli la scena, rendendomi difficile stabilirne la tonalità.

Era tanto rara quanto spettacolare.

«Mi hai definito... 'Fantoccio senza cuore'?» Inclinò appena il capo di lato, in un'espressione interrogativa. Non era arrabbiato, soltanto sorpreso.

Sbattei le palpebre, riflettendo sulla possibilità di negare, ma c'erano circa quattro testimoni in stanza con noi, quindi confermare sarebbe stata la mossa più saggia. «Sì», sussurrai.

Il suo petto vibrò.

Una risata dolcemente gutturale lasciò fiorire, sulle labbra carnose, un sorriso seducente al quale seguì l'amabile fossetta.

«Non c'è motivo di arrabbiarsi, Dorothea. Il tuo programma sarà gestito da me. Il mio intento non è mai stato quello di affidarti esclusivamente ai miei colleghi, ma di farmi coadiuvare da loro per un fine unico: la tua salute.»

Mi resi conto di aver fatto una figuraccia e di essere giunta a una conclusione affrettata, eccedendo i limiti dell'educazione.

Il dottor Krugher si accarezzò la mascella mentre la fede sull'anulare scintillava sotto le luci artificiali dei faretti. «Comunque, al di là di questo malinteso, gradirei che evitassi di usare con me epiteti di ogni genere, offensivi o esornativi che siano. Non li apprezzo. Non voglio sentirli tra le mura di questa clinica: né rivolti alla mia équipe medica né a me.» La sua non fu una gentile richiesta, bensì un ordine in piena regola.

Arrossii a causa di quel monito inflittomi come uno schiaffo inaspettato e biascicai un «mi dispiace» imbarazzato.

Sebbene il medico non alzasse mai la voce, non mostrasse segni di rabbia o delirio, era parecchio avvezzo ai rimproveri. Non gli importava nulla se qualcuno lo sentiva o se la persona alla quale li rivolgeva moriva dalla vergogna. Avevo ben compreso che la sua severità emergeva soprattutto quando riceveva una mancanza di rispetto di particolare rilevanza o sulla quale non poteva transigere.

Dopo avermi rimesso in riga con la sua innata eleganza, mi diede le spalle per avviarsi verso la scrivania.

«Mitchell, dovresti illustrare il contratto alla signora Curtis e a sua nipote. Sono certo che abbiate già fatto conoscenza, pertanto suggerirei di arrivare al dunque.»

Mentre il dottor Krugher raggiungeva il proprio posto, i suoi colleghi arretrarono subito come dei sottoposti che al passaggio del loro padrone cercano di non intralciarlo. Intanto l'avvocato Ryke si avvicinò alla nonna, fermandosi in un punto abbastanza centrale della stanza per poter guardare sia me che lei.

«Come già saprete, l'Asklepios è la clinica più esclusiva di Los Angeles. Uomini illustri, stelle del cinema e celebrità di ogni tipo scelgono questa struttura non solo per usufruire dei servizi lussuosi che offre, passeggiare nell'enorme parco privato o dormire tra le lenzuola pregiate di un letto neoclassico...» esordì con un'esuberanza particolarmente diversa dalla pragmaticità con cui si esprimeva il dottor Krugher che preferiva essere breve e conciso. «Uno dei motivi più importanti che incita gli ospiti a rivolgersi a questa struttura è la rigorosa privacy con la quale si utilizzano i loro dati personali, incomparabile a quella di residenze similari.» Si passò una mano tra i capelli dorati mentre con l'altra reggeva il contratto. «Qualsiasi cosa accada dentro l'Asklepios, resta nell'Asklepios. Le comunicazioni esterne non riconducono mai all'identità dei pazienti. Ogni forma di corrispondenza dalla quale si evincono fatti privati, problematiche inerenti alla propria salute o al periodo riabilitativo è criptata, pertanto inintelligibile a persone non autorizzate. Qualsiasi dispositivo elettronico – cellulare, tablet o computer – è munito di un codice segreto che garantisce la massima protezione delle chiamate effettuate, delle e-mail e dei messaggi. Per giunta, l'ulteriore garanzia di cui un ospite può beneficiare è il contratto di riservatezza che i dipendenti e i medici stessi firmano a tutela del proprio paziente.» I suoi occhi azzurri, splendenti come due zaffiri, si posarono su di me, ancora ferma in un angolino della stanza. «L'accordo di non divulgazione, che ho redatto personalmente, è un negozio giuridico con il quale le parti si impegnano a mantenere segrete tutte le informazioni necessarie. Nel caso di violazione dell'accordo stesso, si applicheranno specifiche clausole penali in esso previste», spiegò con incisiva professionalità. «In sostanza, il contratto ha lo scopo di creare un rapporto confidenziale tra le parti che vicendevolmente salvaguarderanno ciò che non vogliono diventi di dominio pubblico.»

«Per quanto tempo?» intervenne la nonna, dimostrando una certa conoscenza delle dinamiche contrattuali.

«Il termine è di cinque anni. Di conseguenza gli effetti del contratto non cesseranno con la fine della terapia della paziente.» L'avvocato Ryke fu chiaro: anche qualora fossi tornata a casa entro i quattro mesi successivi, tutti, compresa io, avremmo dovuto rispettare gli obblighi dell'accordo fino alla sua definitiva scadenza. Ciò mi avrebbe garantito che nessuno venisse a conoscenza del mio problema e del periodo trascorso in una clinica riabilitativa. «È chiaro che Thea, essendo maggiorenne, potrà scegliere liberamente se firmarlo o meno. In caso affermativo, alla sua sottoscrizione seguirà quella dell'équipe medica.»

Senza rendermene conto, mi avvicinai a Mitchell per prendere il contratto che gentilmente mi porse.

Lo sfogliai e sbirciai quanto scritto, anche se non ne sapevo molto di legge.

«Sembra accurato», fu il solo commento che, umilmente, potei esprimere.

«Visionalo con calma, Thea, e non esitare a espormi le tue perplessità se qualcosa non ti convince.» Afferrò lo schienale dell'unica poltrona libera e mi invitò a sedermi. Come se fossi una bambolina nelle sue mani, acconsentii. L'avvocato Ryke posò il palmo sulla scrivania e si sporse su di me alla mia sinistra. In quell'attimo ne avvertii la calda vicinanza; la fragranza della sua colonia maschile si rivelò più esotica di quella del dottor Krugher, ma meno avvolgente.

«Dorothea.» La voce dell'uomo più tenebroso che avessi mai conosciuto fendette l'aria, catturando la mia attenzione sui suoi occhi opalescenti. «Non essere troppo avventata, pondera attentamente la tua decisione», mi suggerì.

L'eccessivo autocontrollo del dottor Krugher, ostentato in maniera esemplare, mal si addiceva al mio istinto spropositato e questo, fin dal principio, era stato chiaro sia a me che a lui, a giudicare dal modo callido in cui riusciva a percepire i miei pensieri, come se questi evocassero i suoi saggi consigli.

«Non ricominci a dirmi cosa devo fare», protestai; non riuscivo proprio a tenere la lingua a freno con lo psichiatra più fastidioso che esistesse al mondo.

Lui rimase indifferente, come se niente potesse scalfire la corazza che lo adornava. Era perfettamente consapevole di essere tanto potente quanto avveduto e oltremodo attraente, come lo sarebbe stato un dio incorruttibile dal tempo: pieno di vigore nell'aspetto e di valori morali nell'animo.

La rigogliosa bellezza eguagliava le sue capacità intellettive, conferendogli un alone di accentuata virilità.

«La tua insubordinazione sta diventando intollerabile, Dorothea.»

Non mi feci intimidire dal suo ennesimo ammonimento. «Be', si abitui perché non sarò mai ubbidiente.»

Il suo sguardo si incupì, al suo interno si levarono delle fiamme ardenti capaci di bruciare e distruggere qualsiasi cosa ci fosse attorno. Restando serio, quasi smarrito in un oblio profondo, cercò subito l'avvocato Ryke, che ricambiò con torbida complicità e un pizzico di divertimento. Intercorse tra loro una comunicazione silente ma talmente vibrante da coglierne l'energia nell'aria. Fui sopraffatta da un imbarazzo sconveniente. Qualcosa aveva messo in all'erta Mitchell e qualcos'altro aveva turbato il medico, molto probabilmente la mia ultima affermazione. Lo avevo sfidato ancora, in presenza dei colleghi, sminuendone l'autorità o, meglio, ignorandola del tutto. La corda della sua pazienza era resistente, ma prima o poi si sarebbe spezzata, se non avessi smesso di tirarla.

«Thea, concentrati su queste clausole.» L'avvocato recise per primo il contatto visivo con l'amico, indicandomi due pagine alle quali avrei dovuto prestare la massima attenzione.

Scacciando dalla mente qualsiasi cosa si fossero detti senza parlare, feci varie domande e lui si mostrò disponibile a fornirmi ogni chiarimento.

La nonna intervenne più volte, guardando in cagnesco Mitchell, verso il quale non riusciva proprio a nutrire un briciolo di simpatia.

Trascorsero circa quindici minuti logoranti, tra tentennamenti e sbuffi pensierosi, prima che giungessi a una decisione, certa di non poter tornare più indietro.

Furono l'espressione fiduciosa della nonna e la voce interiore della mamma a incitarmi a stringere la penna e puntarla sull'estremità del foglio indicante lo spazio per la mia firma.

Esitante, guardai un'ultima volta il dottor Krugher, che, con i palmi posati sui braccioli, osservava meticolosamente ogni mio movimento, poi il dottor Nørgård e la dottoressa Ruiz, che non osarono influenzare la mia volontà.

«Ricorda che lo fai per te stessa», mi incoraggiò l'avvocato Ryke, con un sorriso fugace.

Firmai e a seguire si appose, sotto il mio nome, anche quello dei tre medici della clinica Asklepios, sancendo così l'inizio di una nuova tappa di vita o forse della mia peggior condanna...

8
Thea

La vita è un'ombra che cammina,
un povero attore che si agita
e pavoneggia la sua ora sul palco
e poi non se ne sa più niente.
È un racconto narrato da un idiota,
pieno di strepiti e furore, significante niente.
WILLIAM SHAKESPEARE

TRASCORSERO tre giorni dall'incontro con il dottor Krugher.

Tornare a West Hollywood, sebbene per poco tempo, mi aveva concesso non solo di salutare i miei amici, ma anche di riassaporare una parvenza di normalità, dissoltasi subito con la consapevolezza che non avrei più potuto condurre una quotidianità ordinaria per almeno quattro mesi.

Troppo presto feci ritorno alla clinica Asklepios, con due enormi valigie e la mia inseparabile chitarra, pronta all'inizio del percorso riabilitativo.

Quella volta Victor si propose di accompagnare me e la nonna con il suo suv e ci suggerì di lasciare la carretta malandata al proprio posto.

Durante il tragitto gli raccontai del colloquio con il medico, della sua diagnosi e del disturbo che mi aveva riscontrato.

Il mio manager si scusò per averlo informato, senza il mio consenso, dei malori verificatisi durante le esibizioni, tuttavia aggiunse di aver agito in tal modo per me, per il mio bene, poiché era necessario che lo psichiatra al quale mi sarei rivolta avesse un quadro ben preciso della situazione.

Non mi risparmiai di sbraitargli contro, di aggredirlo con imprecazioni e turpiloqui vari, dandogli ingiustamente la colpa di ciò che stavo vivendo, ma Victor fu paziente, persino mortificato per ciò che avrei dovuto affrontare.

In cuor suo aveva sperato che il colloquio con il dottore si potesse concludere con la prescrizione di qualche farmaco poco invasivo e un breve periodo di riposo, pertanto rimase del tutto sconvolto quando, con la potenza di una randellata, gli sbattei in faccia la triste verità che soffrivo di una rara forma di anoressia, definita atipica.

Alle undici di un banale lunedì, abbastanza uggioso, varcai l'ingresso della famosa clinica per la seconda volta nella mia vita. Fummo accolti benevolmente dal maggiordomo Hunberct e dal dottor Nørgård mentre non vi era alcuna traccia della dottoressa Ruiz e del dottor Krugher.

L'assenza di quest'ultimo, in particolar modo, suscitò in me una strana sensazione di smarrimento, come se mancasse la pedina più forte di una partita a scacchi appena cominciata.

Malgrado il mio evidente malumore, Hunberct ci offrì un tour della residenza di circa un'ora, durante il quale ci mostrò diverse parti della struttura: la sala ricreativa, provvista di un pianoforte a coda, un tavolo da biliardo, un enorme schermo al plasma, un bar e un divano angolare che avrebbe potuto accogliere circa venti persone; una biblioteca classica e sofisticata, adatta agli amanti della lettura o a coloro che prediligevano attività solitarie e taciturne; la sala pranzo nella quale gli ospiti si riunivano per banchettare e interagire tra loro; infine le camere da letto, ben distanziate e ciascuna grande quanto l'intero appartamento della nonna. A sorprenderci oltremodo furono soprattutto l'adorno parco privato e il laghetto, circondato da un curatissimo giardino inglese nel quale le celebrità amavano concedersi una piacevole passeggiata o semplici momenti di relax.

Hunberct ci chiarì che quelle erano soltanto le zone più importanti della clinica e che non sarebbero bastate neanche ventiquattro ore per mostrarcela tutta.

Le mura spesse, la generosa altezza del soffitto, le porte inaccessibili, gli innumerevoli corridoi, le scale infinite che il maggiordomo, con destrezza, eluse per non affaticarci troppo, conferivano all'Asklepios la misteriosa bellezza di un tempio antico e stuzzicavano la curiosità di scoprirne ogni minimo anfratto.

Ritornati nella hall, attraversammo di nuovo il corridoio nel quale era situato lo studio del dottor Krugher. Passandoci accanto, lanciai un'occhiata riverente alla targhetta col suo nome, ma mi costrinsi a non sostare dinanzi alla porta chiusa.

Cosa mi importava della sua presenza o meno?

Eppure, niente era lo stesso senza i suoi fastidiosi rimproveri o i suoi meravigliosi occhi, folgoranti come due berilli turchini.

«Questa sarà la sua camera, signorina Jensen.»

Dopo essere giunti in fondo al corridoio e aver percorso una lunga rampa di scale, Hunberct si fermò davanti a una stanza. L'uscio aperto mi permise di notare la presenza di una ragazza seduta a gambe incrociate sul proprio letto. Con un libro tra le mani, parve essere troppo concentrata nella lettura per accorgersi di noi.

«Juliette!» la chiamò il maggiordomo.

Lei sollevò il capo e, con un sorriso raggiante, abbandonò il romanzo per alzarsi e raggiungerci.

Era alta circa un metro e cinquantacinque con un corpo molto gracile, eccessivamente magro. I lunghi capelli castani erano raccolti in una coda alta con un vistoso fiocco rosa, intonato al suo vestitino fiorato. Gli occhi a mandorla, di un denso color nocciola dalle sfumature écru, rivelavano un animo puro come pochi. Le labbra piene, di un rosso naturale, ben si intonavano al nasino grazioso mentre le guance, dalla tonalità pesca, rievocavano quelle di una bambola.

«Oh, santo cielo! Tu… tu sei Thea Jensen!» esordì, fermandosi a pochi passi da me con le mani sulla bocca. «Correva voce che saresti arrivata! Io… io…» Annaspò. «Sono una grande fan dei Bright Demons.» I suoi zigomi si colorarono di viva emozione. «Sono così felice! Oddio, Hunberct!» Afferrò il maggiordomo per le spalle, scuotendolo appena. L'uomo arcuò le sopracciglia bianche, mantenendo la sua aria seria. «Lei sarà davvero la mia compagna di stanza?» Quasi ci perforò i timpani. Lui annuì e la ragazzina saltellò sul posto, voltandosi verso di me. «Sarai la mia compagna di stanza! Oh, cavolo, Nasha non ci crederà!» Si fermò per riprendere fiato. La sua eccessiva euforia mi aveva infastidita. Non ero la Thea Jensen che credeva: amichevole, sorridente e propensa a fare amicizia.

Ignorandola, spostai lo sguardo sulla camera sfarzosamente arredata con un mobilio in stile neoclassico. Le pareti erano rosa cipria, i due letti a baldacchino sfoggiavano una maestosa testiera principesca e una montagna di cuscini soffici. Il lampadario di cristallo, i tessuti pregiati, la preziosità di ogni dettaglio… L'ambiente sarebbe stato più gradevole in assenza di un unico, grande, difetto: il colore.

«È tutto schifosamente rosa.» Il mio commentò sprezzante raggelò il sorriso della ragazza che rimase immobile a fissarmi. «Davvero devo restare qui?» Mi voltai verso Hunberct che, con una professionale serietà, annuì.

Alle mie spalle, la nonna e Victor trascinarono le valigie oltre la soglia fino al secondo letto della stanza, posizionato di fronte a quello di Juliette, ma più vicino alla vetrata che dava sul balcone.

«Milla, cerca di essere gentile.» La nonna osservò con tenerezza la ragazzina. «È giovanissima come te e sembra anche beneducata. Dalle una possibilità.» Conosceva benissimo la mia ritrosia nei rapporti umani. Ero un lupo solitario, avevo pochi amici e l'unica persona con la quale andassi d'accordo, al di fuori della band, era Halima.

«Io dovrei parlare con il dottor Krugher. Sa dirmi dov'è?» intervenne Victor, disinteressato alle questioni superflue. Il maggiordomo non fece in tempo a rispondergli che un'altra voce lo anticipò.

«Proprio di fronte a lei.»

Come se fosse stato evocato dal mondo ultraterreno degli dèi, il dottore apparve sulla soglia della camera, con le mani nelle tasche del camice, del quale era privo all'incontro precedente.

Per la prima volta lo vidi con addosso la sua tenuta professionale che ne rimarcava, lautamente, il ruolo di psichiatra. Abbigliato in quel modo suscitava più soggezione che fascino, e non fui l'unica a subirne l'effetto. Juliette si sedette sulla sponda del letto, col capo chino e le spalle incurvate, come se una forza invisibile l'avesse spintonata fino a farla cascare con le natiche sul materasso.

Intanto il dottor Krugher avanzò, salutando tutti con spontanea gentilezza, poi strinse la mano di Victor che, timorosamente, arretrò di qualche passo.

Non l'aveva mai visto prima; ero certa che anche lui, come me, si aspettava una persona di tutt'altro aspetto.

«Finalmente la conosco. Ho sentito così tanto parlare di lei che averla davanti a me sembra quasi un miraggio.» Fu strano vedere il mio manager così a disagio con un uomo poco più giovane di lui. La rilevante notorietà del dottor Krugher, insieme alla sua autorevolezza, provocava un evidente senso di imbarazzo non solo nelle donne ma anche negli uomini.

«Lei è il signor Donovan?»

«In carne e ossa.» La voce di Victor risultò alterata a causa dell'inclinazione del collo alla quale era costretto per guardare il medico, molto più alto di lui.

«Bene», asserì quest'ultimo, atono. «È meglio convenire nel mio studio, se lei è d'accordo.»

«Come preferisce.»

Entrambi si avviarono verso la porta, prima che Juliette scattasse dal letto per rivolgersi al dottor Krugher, il quale si fermò, dandole la sua attenzione.

«Ho bisogno di parlarle», lo pregò concitata.

«Non ora, Juliette. Parleremo oggi alle sedici, al nostro colloquio», la gelò lui. «Tra un'ora accompagna Dorothea in sala pranzo, insieme alle altre. Vi raggiungerò lì.»

Stabilito questo, riprese a camminare senza degnarmi di alcuna considerazione. Sapeva che c'ero anch'io nella stanza, ma non se ne curò affatto. La sua indifferenza mi infastidì e non poco, anche se non vi era alcun motivo plausibile che giustificasse la mia irritabilità. Il medico era professionale e trattava chiunque con la stessa freddezza, inclusa me.

«Milla.» La nonna si avvicinò cautamente. Mi accarezzò i capelli, il volto, poi mi strinse in un abbraccio affettuoso che racchiudeva tutto il suo amore per me e la paura di sapermi così lontana da lei. Dalla morte della mamma non era mai successo che ci dividessimo per un tempo lungo come quello che ci attendeva.

«Nonna, starò bene», tentai di rassicurarla.

Lei raccolse in fretta una lacrima argentea dallo zigomo. «Ne sono certa.»

«Non voglio vederti piangere. Lo sto facendo per te, per ringraziarti di tutto ciò che tu hai sempre fatto per me.» Le presi il viso tra i palmi. «Sei l'unica persona che mi resta al mondo, non voglio deluderti. Ti prometto che mi impegnerò, che guarirò il prima possibile.»

«Canteremo ancora le canzoni dei Nirvana nel nostro appartamento, vero?» Mi sistemò una ciocca bionda dietro l'orecchio, simulando lo stesso gesto della mamma.

«Certo», confermai. «E continuerò a rimproverarti quando acquisterai oggetti vintage inutili e orrendi.»

«Ti comprerò interi pacchi di Skittles», aggiunse, riferendosi alle mie caramelle preferite.

«E io ti preparerò gli Whoopie pie che adori tanto.» La guardai negli occhi ambrati, identici ai miei, con delle deliziose sfumature dorate e ramate.

«Quei biscotti hanno davvero un nome buffo», commentò divertita.

«È vero.» Il mio sorriso fu il riflesso del suo: complice, genuino, malinconico.

La nonna si fece triste, intingendo di amarezza le sue parole. «Milla, io ti aspetterò. Non farmi brutti scherzi. Ho già perso tua madre, non perderò anche te.»

«Non accadrà», le promisi, con un bacio sulla fronte.

In quell'istante udimmo un singhiozzo disperdersi nell'aria, poi un altro e un altro ancora. Insieme ci voltammo verso Juliette, che, seduta sul letto, ci osservava commossa, letteralmente in lacrime.

«Scusate...» biascicò. «Sono molto emotiva.»

«Oh, che carina. Non giustificarti, cara.» La nonna le andò incontro per offrirle un pacco di fazzoletti estratto dalla tasca dei jeans. La ragazzina ne sfilò uno e la ringraziò, soffiandosi rumorosamente il naso.

Sbuffai. Era assurdo che dovessi convivere quattro mesi con una persona così diversa da me.

«Signora Curtis.» Victor entrò nella camera con l'andatura sicura. La porta non era chiusa ma, dato il momento delicato, avrebbe dovuto bussare ugualmente. Lanciò un'occhiata rapida alla mia compagna di stanza e, sebbene si fosse accorto che stava piangendo, si concentrò su nonna Lizzie. «Ho appena terminato di parlare con il dottor Krugher. Ho risolto tutto. Adesso dovremmo andare, se non le dispiace.»

La nonna non poté far altro che acconsentire, seppur controvoglia.

Ci salutammo un'ultima volta con la promessa che sarebbe venuta a trovarmi.

Le visite dei parenti si tenevano un giorno a settimana, pertanto le sarebbe bastato contattare l'assistente Melanie per prendere un appuntamento e incontrarmi, ma le chiesi di non raggiungermi da sola, con la sua vecchia carretta. Avrei preferito che venisse con Victor, o con Andy.

La rassicurai per lunghi minuti, dicendole che l'avrei chiamata tutti i giorni e che l'avrei informata di qualsiasi cosa, dopodiché mi abbracciò forte, ancora restia ad allontanarsi da me.

Il mio manager dovette intervenire e prenderla gentilmente per un gomito; allora la nonna fu costretta a indietreggiare e, con un ultimo bacio, lo seguì fuori dalla camera.

Rimasta sola o meglio, in compagnia della piagnucolona Juliette, sollevai una delle due valigie sul letto e iniziai a disfare la mia roba.

La ragazzina, sentendosi ignorata, si limitò a fissarmi.

«Perché mi stai guardando?» le chiesi bruscamente mentre riponevo alcuni vestiti nell'ampio armadio a sei ante che, per fortuna, non avrei condiviso con lei, poiché la grandezza della stanza ci permetteva di averne uno ciascuna.

«Tu sei Thea Jensen», farfugliò come se lo stesse ancora razionalizzando.

«Sì, sono io. Fattene una ragione.» Lanciai il pacchetto di Lucky Strike sul letto; presto mi sarei accesa una sigaretta e avrei tentato di smussare il dolore pungente che avvertivo nel petto al pensiero che la nonna non fosse con me.

«Ti immaginavo diversa.» Abbassò gli occhi lucidi sulle mani, aggraziate quanto lei.

«Più amichevole, scommetto, magari una principessina come te», la irrisi mentre sistemavo la biancheria intima nel primo cassetto di un mobile di legno. Ero molto disordinata, quindi iniziai a riporre la mia roba in maniera confusa, senza seguire un preciso criterio logico.

«Non capisco cos'hai contro di me», si lagnò.

«Niente.» Sospirai, con uno slip di pizzo stretto fra le dita. «Semplicemente non amo le persone. Ne accetto poche nella mia vita.» Sistemai le mutandine alla rinfusa le une sulle altre, poi richiusi il cassetto, lasciandone strabordare alcune.

«Noi, però, dovremo convivere per molte settimane», considerò Juliette.

Mi costrinsi a mantenere la pazienza e le risposi con tono moderato: «Questo non vuol dire che io ti sarò amica, quindi...» Ragionai sulla sua affermazione, socchiudendo le palpebre. «Aspetta... Tu che cazzo ne sai di quanto tempo trascorrerò qui?»

Sussultò a causa dell'irruenza della mia domanda.

Portandosi la coda di lato, iniziò a giocherellare con le punte dei capelli, imbarazzata. «Il dottor Krugher sa che sono una tua grande fan, perciò mi ha chiesto se ti volessi come compagna di stanza e io ho accettato senza remore. In quel momento mi sono sentita la ragazza più felice di tutta Los Angeles», confessò con uno sconcertante atteggiamento da bambina.

In che diavolo di posto ero finita?

«Quanti anni hai?» Dirottai il discorso su qualcos'altro che non fosse la sua immotivata ammirazione nei miei confronti. La ragazzina si rattristò, comprendendo quanto fossi poco suscettibile alle adulazioni.

«Diciotto.»

Riflettei sul fatto che fossimo quasi coetanee, ma con modi di fare del tutto differenti, e giunsi alla conclusione che non saremmo mai andate d'accordo.

Quando mi girai di spalle per farle intuire che non avevo intenzione di conversare oltre, lei proseguì: «Tu ne hai venti. Sei nata il 24 ottobre e il tuo segno zodiacale è lo scorpione».

Appesi una t-shirt a una gruccia dell'armadio e, reggendola tra le mani, mi voltai sorpresa.

«In un'intervista con i Bright Demons, hai detto che ti piacerebbe tatuarti proprio lo scorpione. In realtà ami molto i tatuaggi, ma solo se hanno un significato. Ne hai già tre: una rosa trafitta da un pugnale sul lato esterno del polso destro, una piccola sirena seduta su una semi luna all'altezza del rene sinistro, infine il terzo…» sorrise tra sé, «… si trova in un punto troppo intimo del tuo corpo e nessuno sa qual è perché non l'hai mai mostrato.»

Lodevole, la piagnucolona si era ben documentata…

«Stai cercando di impressionarmi, principessa?» Tornai alla valigia per estrarre altri indumenti.

«Sto cercando di farti capire che ti stimo molto.»

«Per cosa, esattamente?» Lanciai un top striminzito sul letto anziché riporlo nell'armadio. «Per aver fatto schifo nelle ultime esibizioni?»

«No.» Si affrettò a scuotere il capo. «Per essere la chitarrista di una delle band più talentuose degli ultimi tempi», farfugliò, impaurita. Gli occhioni da cerbiatta erano talmente sinceri che non avrei mai potuto mettere in dubbio le sue parole, ma la vita mi aveva insegnato a non fidarmi delle persone, soprattutto di quelle apparentemente innocenti come lei.

«Ascolta…» Mi passai una mano tra i capelli biondi che presto avrei legato in due *space buns*, o codini alla Minnie, come li definiva la nonna. Pensarla riaccese un barlume di felicità nel mio onnipresente malumore. «… non sono venuta qui per cercarmi delle nuove amiche o per lasciarmi riempire di complimenti da una ragazzina che, a quanto pare, ha una strana ossessione per me», esagerai. «Perciò…» A passo svelto mi avvicinai alla sua toeletta e raccolsi un rossetto a caso. Sfilai il tappo e mi chinai sul pavimento di marmo per tracciare una lunga linea da un lato all'altro della stanza. «Per essere più chiara, piagnucolona: non devi oltrepassare questo limite. Tu devi restare nel tuo spazio e io nel mio.» Indicai la striscia imprecisa color vermiglio, poi le resi il rossetto con la punta ormai rotta. «E questo buttalo.»

Dapprima la ragazzina osservò la mia espressione seccata, poi il cosmetico che prese tra le dita con una smorfia contrariata.

Con le punte degli anfibi ferme a un millimetro dal confine tracciato, fui la prima a rispettare la regola stabilita per dimostrare a Juliette che stavo facendo sul serio.

«Dobbiamo…» Con spiazzante pacatezza, si alzò dal letto per riporre il rossetto malridotto al proprio posto. «Dobbiamo raggiungere la sala pranzo. Il dottor Krugher non ama la disubbidienza.» Non fece accenno al mio gesto, preferì preoccuparsi del medico e della sua reazione se non gli avessimo dato ascolto.

«Secondo me, lo temi troppo.»

Lei volse appena la testa, con il visetto angelico che delineava un profilo armonioso. «Presto imparerai a temerlo anche tu.»

Non approfondii l'argomento.

Avrei voluto rimarcarle che io non avevo paura di niente e che sarebbe stato alquanto difficile intimorirmi, tuttavia ripensai alle lacrime versate il primo giorno, alla facilità con la quale quell'uomo aveva insinuato le mani nel mio petto per stringermi il cuore e spremerlo di ogni emozione.

Avevo promesso a me stessa che non gli avrei più mostrato le mie fragilità né avrei pianto ancora davanti a lui.

Il dottor Krugher non mi conosceva affatto, pertanto avrebbe dovuto fare attenzione a non ottenere, con i suoi modi autoritari, l'effetto pericolosamente contrario: interesse e desiderio.

Mentre Juliette mi osservava visibilmente pensierosa, disfeci una delle due valigie e neanche del tutto. Avrei avuto bisogno di più tempo per occuparmene; i vestiti giacevano in disordine sul letto, sparpagliati come tanti pezzi di stoffa raggrinziti.

Sbuffando, decisi di cambiarmi e di rendermi quantomeno presentabile agli ospiti con i quali avrei dovuto condividere i successivi quattro mesi.

La ragazzina attese che terminassi di ritoccarmi il trucco, che solitamente prevedeva soltanto l'ombretto e il mascara. Raccolsi il pacchetto di Lucky Strike, lo infilai nella tasca degli shorts sfilacciati, poi seguii Juliette fuori dalla stanza.

Il corridoio nel quale erano situate le camere da letto si snodava, in fondo, in altre due lunghe scalinate. D'istinto avrei svoltato a sinistra se la piagnucolona non mi avesse fatto strada nella direzione opposta.

Seguendola a qualche passo di distanza, avvertii il buon odore che emanava la sua pelle, assimilabile a quello dolcissimo del gelsomino. «Quanti siete attualmente?»

Juliette guardò dritto davanti a sé, udendo però la mia domanda. «Soltanto in cinque.»

Erano in pochi per un posto così prestigioso e considerevolmente grande.

«E per quale motivo l'Asklepios è così enorme? Sembra che tutto quest'eccesso sia inutile…»

«Con 'cinque' mi riferisco ai pazienti che soffrono di disturbi alimentari. Dal piano superiore in poi ce ne sono altri...»

Quella confessione mi incuriosì.

La struttura, quindi, non ospitava solo persone che avevano in comune disturbi della stessa categoria, ma anche altre, con varie patologie legate a problemi di natura psichiatrica.

«Sono in molti?» insistei, osservando i magnifici quadri pittoreschi che abbellivano le pareti, tutti raffiguranti scene della mitologia greca; nessuno di essi era protetto dal vetro.

«Non lo so, per privacy non ci è possibile vederli. Noi siamo quelli che soffrono di anoressia, bulimia o disturbo da alimentazione incontrollata, pertanto dobbiamo condividere le stesse sale. Nella clinica, però, ci sono numerosi reparti, con diversi pazienti e alloggi, nei quali hanno accesso soltanto il dottor Efrem e suo padre.»

«Quest'atmosfera da film horror, con poliedrici richiami alla Grecia antica, è davvero interessante», commentai sarcastica.

Juliette si fermò per voltarsi verso di me, indispettita come se avessi offeso lei anziché la struttura in cui alloggiava. «Non siamo in un manicomio, Thea. Siamo in un centro psichiatrico nel quale persone con problemi più o meno gravi cercano di raggiungere il proprio benessere fisico e mentale.»

«Ti rammento la parte che hai dimenticato, principessa: è un centro nel quale persone ricche e viziate nascondono, a chiunque sia al di fuori di queste mura, di avere degli ingranaggi malfunzionanti nel proprio cervello...» Girai un dito all'altezza della tempia, «... e rifilano la banale scusa di essere in vacanza cosicché, una volta usciti di qui, la loro immagine possa tornare linda senza diventare oggetto di gossip.»

«Non ci sono solo celebrità, ma anche uomini di cultura come scienziati, politici, ricercatori... L'Asklepios offre vaste opportunità a persone che appartengono a qualsiasi ambiente.»

«Ma non a qualsiasi ceto sociale», la rimbeccai. «Io sono qui perché il mio manager si è accollato il pagamento di tutte le spese, altrimenti la nonna non avrebbe potuto permetterselo.»

Negli anni, nonna Lizzie aveva svolto tanti tipi di lavoro, molti dei quali abbastanza umili e faticosi. Aveva racimolato un bel po' di risparmi, ma, ahimè, insufficienti a ricoprire l'ingente somma di denaro richiesta dalla clinica. D'altronde, lei, come me e la mamma, aveva sempre condotto una vita dignitosa senza eccessi, non era sua abitudine sperperare il denaro, pertanto non le avrei mai chiesto di spendere per me ciò che si era guadagnata con estrema fatica e costante dedizione.

Ciononostante, in quella situazione, Victor si era rivelato una fortuna quasi provvidenziale, giunta nel momento più propizio.

Senza di lui non avrei potuto concedere a me stessa l'opportunità di guarire.

Arrestai il flusso dei miei pensieri quando Juliette riprese a camminare.

«Ognuno di noi compie uno o più sacrifici per stare qui.»

Avrei voluto chiederle quale fosse il suo, di sacrificio, ma chiusi il discorso con una semplice e indifferente scrollata di spalle.

Mi limitai a seguirla finché ci fermammo dinanzi a un'ampia arcata, priva di porta, che anticipava la sala pranzo.

Questa, a differenza delle altre, si rivelò più semplice ma non meno mozzafiato. Un grande balcone che si affacciava sul giardino ne illuminava l'ambiente dalle tonalità avorio, adornato da linee lussuose, ricche di sfarzo. Nella sua sontuosa magnificenza, la sala prevedeva un lungo tavolo rettangolare in legno massello circondato da sedie con schienali alti, capitonné, una vetrina a due ante con meravigliosi decori dorati e un mobile buffet i cui dettagli erano impreziositi da lavorazioni complesse ed elaborate, simili a ellissi e spirali, anch'esse rivestite in oro. La cucina invece era moderna e funzionale, ma non priva di richiami allo stile neoclassico, con dettagli di indiscusso pregio, a dir poco regali.

All'Asklepios, tutto era finalizzato a suscitare delle reazioni, non importava che fossero di sconcerto o stupore, purché turbassero gli animi di chi ne ammirava le forme grandiose e monumentali.

Ogni cosa sprigionava un'energia oscura, dal pavimento in marmo nero con venature di un brillante color champagne, al lampadario a sospensione dal quale distillavano gocce di cristallo.

«Vieni, Thea, ti presento le altre.» Juliette mi indicò le ragazze che stavano facendo il loro ingresso nella stanza.

Con un atteggiamento affabile ma cauto, conobbi ognuna di loro riconoscendone subito non solo il volto, ma anche la carriera: Akemi Joshida, di origine giapponese, era la primogenita di un illustre biologo, sulla cui vita era stato girato un documentario andato in onda su tutte le piattaforme digitali e su tutti i canali americani; Nasha Jones, figlia di un famoso manager discografico afro-americano, era diventata in pochi anni l'idolo dei più piccoli grazie al suo ruolo da protagonista in numerose serie tv di gran successo; Riley Adams, una cantante solista che aveva ottenuto un'invidiabile fama con il suo primo album, Bad Girl, si era aggiudicata la seconda posizione della Billboard 200 scavalcando popstar mondiali, tuttavia l'anno successivo al suo coming out era stata costretta a ritirarsi dalle scene a causa dell'esasperante pressione mediatica; infine Sophie Queen, conosciuta per aver interpretato l'antagonista in note commedie americane, era considerata una delle attrici più belle di Hollywood: con i suoi occhi verde giada e i lucenti capelli color cannella, eguagliava in fascino e talento le colleghe del cinema, anche se era di gran lunga più giovane.

«Tu devi essere la nuova arrivata… la metallara», esordì Sophie, squadrandomi con superbia.

Il suo intento era di schernirmi, ma in risposta ottenne un sorrisetto di sufficienza prima che la rimbeccassi a tono: «Non sono una metallara, ma, anche se lo fossi, non mi sentirei offesa».

Con un sopracciglio inarcato, la bellissima attrice si soffermò sul mio abbigliamento scuro, particolarmente incuriosita dalla stampa di Lucifero sulla maglietta nera.

«Oh, già, pardon», finse di scusarsi. «Sei una satanista.»

Al suo fianco, Riley incrociò le braccia al petto con indifferenza. Sotto la canotta sportiva indossava un reggiseno a fascia che comprimeva le sue forme, accentuandone l'aspetto androgino.

«Sophie, non cominciare a importunarla.» Nasha scosse la folta chioma riccioluta intervenendo in mia difesa, anche se non era necessario. Avevo trascorso l'intera adolescenza a scontrarmi con i bulli che sbeffeggiavano me e Andy per via del nostro look o dei nostri gusti musicali, pertanto non avrei fatto altro che aggiungere Sophie Queen alla lista degli idioti che ricorrevano a comportamenti violenti o vessatori pur di sentirsi più forti degli altri.

«Ho letto parecchi articoli su di te e sul tuo essere esageratamente stronza, Sophie. Non ti conviene sottovalutarmi», l'avvisai.

Akemi, con un colorato kimono di seta sul corpo macilento, le si avvicinò per sussurrarle qualcosa all'orecchio e l'attrice ghignò divertita.

«Anch'io ho letto vari articoli su di te, Thea Jensen, e non tutti gloriosi. A tal proposito, come procede la tua relazione con Andy Taylor? Mi chiedo ancora come abbia fatto a stare con una…» mi osservò con una smorfia ostile, «… come te.»

«Probabilmente ero una fidanzata soddisfacente sotto vari punti di vista», ribattei con arroganza. «Ma credo che i tuoi neuroni siano troppo sottosviluppati per capire di cosa sto parlando.»

Juliette si trattenne dal ridere, invece Akemi posò un braccio sulle spalle di Sophie, rincuorandola.

«Oltre che satanista, sei anche sgarbata e irrispettosa.» L'attrice, con fare terribilmente altezzoso, andò a sedersi a tavola. Credeva che potesse importarmene qualcosa della sua inutile considerazione, d'altronde era abituata a essere lodata e assecondata da gente che la trattava come una regina.

«Detto da te non può che essere un complimento, fiorellino», la sbeffeggiai mentre si guardava le unghie pennellate di rosa, ignorandomi con nonchalance.

«Signorine.» Hunberct ci raggiunse con il suo portamento elegante e la solita espressione imperturbabile. Si fermò a pochi passi da noi e con un cenno eloquente annunciò l'ingresso del dottor Nørgård. In breve tempo, le mie nuove compagne, compresa Juliette, si sedettero ai loro posti. Io invece rimasi in piedi, ancora estranea alle regole interne della clinica.

«Buongiorno a tutte. Come avrete già capito, Dorothea Jensen è una nuova ospite.» Il medico mi si avvicinò, con le mani nelle tasche del camice e un sorriso benevolo. «E in quanto tale, avrà bisogno non solo della vostra accoglienza, ma anche del vostro totale supporto.»

Sophie brontolò qualcosa, con gli occhi rivolti al cielo, Akemi tentò ancora di rassicurarla con una carezza sul braccio; le altre non parvero infastidite dalla mia presenza.

«Thea.» Il dietologo si rivolse direttamente a me, con i suoi grandi occhi bronzei e l'atteggiamento affabile. «Come ha stabilito il dottor Krugher, mi occuperò personalmente della tua alimentazione. Domani dovrai sottoporti a degli esami clinici necessari affinché io possa studiare un regime alimentare conforme alla tua condizione di salute. Dopodiché definirò una sequenza di pasti regolari, associata a un programma di attività fisica non eccessiva. Ti peserò ogni settimana e monitorerò i tuoi progressi. Sarà un'esperienza educativa per te, non hai nulla da temere.» Mi espose gli obiettivi del nostro percorso terapeutico con un tono particolarmente amichevole. In effetti il suo aspetto giovanile, il fisico da atleta e i capelli ricci gli conferivano un'aria sofisticata, ma meno temibile di quella del dottor Krugher, al quale bastava sondare qualcuno con i suoi occhi lucenti come due gemme d'amazzonite per suscitare un'ossequiosa soggezione.

«Il dottor Nørgård è il medico più bravo dell'intera équipe, soprattutto perché mi concede di mangiare due dessert ogni weekend», intervenne Nasha, che, essendo l'unica in sovrappeso, probabilmente stava lottando contro il *binge eating*. Un altro male terribile che, quanto l'anoressia e la bulimia, schiavizzava la mente della propria vittima e ne distruggeva l'anima, inducendo chi ne soffriva ad abbuffate di cibo compulsive, seguite da sensi di colpa e vergogna. Stati d'animo che provavo anch'io quando mangiavo oltre il limite che mi imponevo o quando assaggiavo alimenti che consideravo troppo calorici.

«Non parlate a nessuno della mia eccessiva indulgenza», scherzò il dottore, sollevando un indice in segno di monito.

«Tanto so che prima o poi mi priverà anche di quelle piccole concessioni...» La ragazza si abbandonò contro lo schienale della sedia, ormai rassegnata.

«Avverrà tutto in maniera graduale, Nasha», la rassicurò il medico.

Improvvisamente Hunberct si schiodò dalla sua postazione e si affrettò a chiudere sulla vetrata l'ampia tenda, raffinatamente decorata. Scorrendo da un lato all'altro come il sipario di un teatro, il pregevole drappo dissipò l'accecante luce del sole, che in pochi attimi smise di rifulgere sul pavimento e su ogni superficie che ne intensificasse il bagliore. A sostituirla, vi furono subito le gocce di cristallo dell'imponente lampadario che, con la loro illuminazione decisamente meno aggressiva, accompagnarono l'ingresso nella sala del dottor Krugher.

A passi lenti e intimidatori, l'uomo apparve da una zona d'ombra.

Con la chioma corvina e ordinata, i lineamenti maschili e alteri, tanto da provocare in me un implacabile senso d'inquietudine, analizzò la situazione. Le sue iridi verdeazzurre, due pietre preziose incastonate sotto le sopracciglia nere, spiccavano notevolmente sulla carnagione brunita emanando vibrazioni intense ovunque si posassero.

«Grazie, Hunberct.» Sorrise al maggiordomo, prima che quest'ultimo tornasse in un angolo della stanza, riassumendo una postura rigida.

«Efrem...» Il dietologo, nonostante lo avesse chiamato per nome, non gli mostrò meno deferenza di Hunberct. Malgrado fossero colleghi e svolgessero funzioni diverse ma di equa importanza, Nørgård riconosceva nel dottor Krugher un'autorità superiore.

«Adrian, hai già spiegato a Dorothea il regolamento?»

«Ancora no», rispose il dietologo. «Ritengo più opportuno che lo faccia tu.» Vi fu un margine di assoggettamento in quell'ultima affermazione, come se il dottor Krugher non avesse bisogno di ostentare la sua sovranità poiché questa gli era ampiamente attribuita dalla condotta di chiunque lavorasse con lui all'interno della clinica.

Esattamente come il primo giorno in cui lo avevo visto, mi incantai sul corpo vigoroso che, con eccessivo charme, superava il metro e novanta d'altezza. La camicia bianca, con tre asole sbottonate sul torace, lasciava intravedere un petto sodo, ben delineato e lievemente villoso, all'apice della sua mascolinità. Le maniche arrotolate sui gomiti esibivano una leggera peluria scura sul dorso degli avambracci i quali, disseminati da nervi e vene sporgenti, sprigionavano una forza incredibilmente peccaminosa. I pantaloni blu, di un'eleganza ricercata, gli fasciavano le lunghe gambe, dai polpacci definiti ai quadricipiti tesi. Infine, le lievi rughette agli angoli degli occhi, che denotavano chiaramente i suoi trentasette anni, anziché assopirne il fascino, sembravano accentuarlo come se fossero indice di una maturità suadente che ammaliava non solo donne adulte, ma anche tenere fanciulle.

La freschezza giovanile, sfiorita col tempo, aveva lasciato sbocciare un'ardente virilità capace di scatenare i desideri più sfrenati e corrompere i limiti della moralità.

In quel momento non indossava il camice, pertanto sia io che le ragazze presenti nella sala potemmo piacevolmente apprezzarne l'aspetto.

Persino Sophie Queen, che più volte nella sua carriera era apparsa sui tabloid con attori e modelli di invidiabile bellezza, era oltremodo affascinata dal dottor Krugher, tanto da non riuscire a mascherare la lussuria nei suoi atteggiamenti, a partire dal modo in cui si mordeva il labbro inferiore.

«Dorothea.» Sobbalzai quando l'unico uomo che era in grado di farmi rabbrividire mi coprì interamente la visuale con la sua figura mastodontica. Reclinai la testa per guardarlo e incrociai il suo sguardo, concentrato su di me.

Come sempre, ebbi qualche difficoltà a coordinare le parole, perciò risposi in ritardo con un semplice: «Mi dica».

Il dottor Krugher osservò il trucco pesante che mi marcava le palpebre e che, al contempo, ombreggiava il colore intenso delle mie iridi. Per un attimo, sembrò interessato a coglierne le sfumature calde che, con moto ondoso, fluttuavano dall'ambra piena ai riflessi dorati, risultando rare come quelle di mia madre.

«Nella clinica Asklepios ci sono delle regole da rispettare», iniziò, arretrando di pochi passi; il suo profumo di cedro e bergamotto aveva talmente riempito l'aria da sovrastare il buon odore che proveniva dalla cucina. «I parenti possono fare visita agli ospiti in orario pomeridiano, ogni venerdì.» Camminò davanti a me, guardando le ragazze sedute attorno all'ampio tavolo, come se volesse rammentare le regole anche a loro. «Agli ospiti non è consentito accedere ai reparti diversi dal proprio. È severamente vietato fumare in camera, introdurre farmaci non autorizzati e bevande alcoliche di qualsiasi tipo. Altresì, non è consentito utilizzare oggetti taglienti, contenitori di vetro ed eventuali detersivi ad alto contenuto chimico.»

Corrugai la fronte, pensando subito ai miei abiti intrisi di fumo. «E il bucato?»

Il dottor Krugher arrestò i propri passi accanto a Sophie che, con espressione languida, sbatté le ciglia nella sua direzione. «Per il bucato c'è la lavanderia della quale si occupa la signora Magda. Sarà sufficiente porgere a lei i tuoi indumenti.» Riprese a camminare mentre l'attrice si sbilanciò all'indietro per ammirarne il sedere maschile che, nonostante appartenesse a un intellettuale, vantava la notevole muscolatura di uno sportivo. «È raccomandabile spegnere qualsiasi dispositivo elettronico entro la mezzanotte per non disturbare gli altri ospiti e favorire un lungo riposo. È permesso spostarsi per la clinica, nei suoi spazi interni ed esterni, nella misura in cui questi siano accessibili e non vi sia espresso divieto di intrusione.» Aggirò il tavolo, sotto gli sguardi ammaliati delle ragazze che nutrivano più interesse per lui che per il suo discorso. «È permesso uscire dalla clinica solo se accompagnati da un operatore e solo con vetture le cui targhe siano appositamente irrintracciabili affinché, come pattuito dal contratto, sia tutelata la privacy di chiunque alloggi nell'Asklepios.» Si fermò dinanzi a una sedia vuota, poi si inclinò leggermente in avanti per appoggiare le mani sullo schienale alto e stringerne l'imbottitura, lasciando tendere al massimo gli avambracci e i bicipiti che, sotto la camicia semiaderente, parvero straordinariamente possenti, ma non muscolosi all'eccesso. Erano esattamente come li apprezzavo in un uomo. Per un momento, pensai che il dottor Krugher stesse del tutto stravolgendo i miei gusti i quali, soltanto fino a qualche giorno prima, corrispondevano al ragazzo irriverente, tatuato e avvezzo alle cattive abitudini come Andy.

Che diavolo mi stava succedendo?

«Akemi, qual è la regola numero otto?» D'un tratto si rivolse alla figlia del famoso biologo. Colta alla sprovvista, la ragazza rifletté sulla domanda che richiedeva un elevato sforzo mnemonico.

«Ehm...» Si schiarì la voce. «È vietato avere rapporti sessuali nelle proprie camere e in qualsiasi altra sala dell'Asklepios.»

Oh, cavolo!

Questa mi era stata servita su un piatto d'argento...

«E nel giardino? Che ne so... magari dietro un cespuglio o un albero?» mi finsi interessata.

Avevo notato che, nelle iridi bicolore del celeberrimo dottor Krugher, le mie provocazioni accendevano sempre una strana scintilla di vulnerabilità che reprimeva subito con il massimo autocontrollo. In quell'istante, si soffermò a fissarmi e fece saettare la lingua tra le labbra, leccandosi l'angolo della bocca in un gesto totalmente spontaneo e privo di malizia, anche se nella mia mente fu sufficiente ad avviare un lungometraggio di scene indecenti.

«Mi accerterò che tu non abbia nessun disturbo parafiliaco, Dorothea. Nel caso contrario, vedremo di risolverlo.»

La sua risposta mi incendiò le guance.

Sophie sghignazzò con Akemi e Riley, mentre Juliette e Nasha seguivano il discorso con ingenua curiosità. Anche il dottor Nørgård accennò un sorrisetto divertito; Hunberct e io fummo gli unici a mantenere le nostre espressioni serie, sebbene per motivi diversi.

«Che...» Mi fermai prima di dire: stronzo. Qualcosa mi indusse a non esagerare e a non sfidarlo ulteriormente, dato che era capace sia di sbeffeggiarmi con grande eleganza sia di rimproverami con sottile intemperanza. In ogni caso riusciva a vincerla lui, facendomi sentire una bambina incapace di tenergli testa. «Che succede se, per esempio, ho un ragazzo che viene a farmi visita ogni venti giorni? Non può neanche avvicinarsi a me o baciarmi?» Incrociai le braccia al petto, inclinando il capo di lato, in attesa di sentirgli fuoriuscire un diniego categorico dalle labbra carnose e spudoratamente sensuali.

Il dottor Krugher socchiuse le palpebre, intuendo che avrei voluto dire ben altro e tornò ritto, con un atteggiamento autorevole. «La regola numero otto vieta lo scambio di baci, abbracci o effusioni cordiali senza fini provocatori?»

Ragionai sulla formula che Akemi aveva enunciato poco prima. «Mi sembra che faccia riferimento solo al sesso.»

«Allora non pormi domande futili, Dorothea.» Dal suo tono parve spazientito, eppure nessun segno di nervosismo valicò i muscoli del corpo o quelli del volto. Tutto in lui rimase perfettamente algido e composto. «Juliette, qual è la regola successiva?»

La mia compagna di stanza, seduta accanto a Riley, sollevò la testa. «È vietato indossare capi inappropriati. Si chiede a tutti gli ospiti di adottare un abbigliamento adeguato all'ambiente in cui alloggiano», recitò a memoria. Era a dir poco sconvolgente che ognuna di loro ricordasse il regolamento come se fosse l'elenco dei sette vizi capitali. Qualcuno le aveva costrette? Il dottor Krugher celava dentro di sé un animo tiranno del quale non ero a conoscenza? Eppure, nell'Asklepios tutti sembravano rispettarlo, e non di certo perché suscitasse paura, piuttosto perché era un uomo degno di stima sia per il ruolo che ricopriva sia per i modi di fare irreprensibilmente distinti.

«Bene, noto con piacere che avete imparato il regolamento inserito nei vostri contratti.» Mentre il dottor Krugher si mostrava soddisfatto dell'ubbidienza dei suoi ospiti, io ne ammiravo il profilo lineare. Il naso dritto, lievemente alla francese, donava ai suoi tratti spigolosi un'armonia estetica eccellente. «Dorothea, anche tu sarai così diligente da leggerlo e impararlo a memoria?» Con una punta di ironia nella voce stentorea, si voltò a guardarmi in attesa di una mia reazione. Rabbrividii per la forza dominante che trasmetteva il suo sguardo, come se non fosse ammesso alcun rifiuto o segno di ribellione.

«Se avrò tempo, gli darò un'occhiata», risposi con sfacciata noncuranza.

Avrei letto il regolamento, ma non volevo dargliene la certezza. Avevo capito che il dottor Krugher non sopportava il mio atteggiamento perché era diverso da quello delle altre. Io non lo compiacevo né lo lusingavo; la sua bellezza indiscussa, correlata al fascino raffinato, non avrebbe cambiato il mio modo d'essere. Era necessario che lo comprendesse.

Lui mi si avvicinò mentre piccoli lapilli di sfida gli facevano brillare gli occhi. «'Se avrai tempo'?» ripeté con un sorriso che gli sollevò appena l'angolo delle labbra. La fossetta spuntò sulla guancia sinistra, ma con meno evidenza.

Quando si fermò di fronte a me, fui costretta a guardarlo in viso e a lasciarmi inebriare dal suo profumo maschile. «Esatto. Non lo leggerò soltanto perché lei vuole che lo faccia. Lo leggerò quando ne avrò voglia.»

«L'ubbidienza è una virtù, Dorothea, non è solo sinonimo di sottomissione all'autorità altrui, come credi. È una disciplina, è la capacità di ascoltare il prossimo, è un'arma con la quale combattere le convinzioni che, anche in presenza di dubbie ragioni, vietano all'essere umano di superare i confini della propria rigidità mentale, spesso limitante. Leggere il contratto serve a te, non a me. Io non ho alcun interesse a esercitare una qualsivoglia forma di dominio sui miei ospiti. Voglio che questo ti sia chiaro.» Inconsciamente, o forse consciamente, mi aveva rimproverata di nuovo. E, quella volta, non davanti all'avvocato Ryke o ai colleghi, bensì dinanzi a cinque ragazze che conoscevo a malapena e che mi stavano osservando con pietà.

Col mento alto, lo fronteggiai per esprimere la mia opinione: «Mi dispiace, ma non sembra dai suoi atteggiamenti».

«C'è una bella differenza tra ciò che sembra e ciò che è, Dorothea. Dovresti approcciarti allo studio di Parmenide per comprenderla fino in fondo.»

Non ero mai stata brava in filosofia e il dottor Krugher colpì proprio uno dei miei peggiori punti deboli.

«Non ne ho bisogno», lo rimbeccai. «Credo di aver capito cosa intende.»

«Bene, allora spiegami cosa significa per me ubbidire.» Il dottore non si allontanò né smise di fissarmi. Rimase fermo, in attesa che dicessi qualcosa, ma non ne fui capace. Il silenzio si fece perforante. Nørgård osservava la scena con impassibilità, Hunberct era immobile come una statuetta di cera, le ragazze emettevano respiri lenti e intimiditi.

Intuendo che nessuno di loro sarebbe intervenuto in mio aiuto, inspirai profondamente e abbassai lo sguardo. L'ansia che mi permeava il petto era simile a quella che provavo da ragazzina, quando, alle interrogazioni delle materie che non mi piacevano e per le quali non avevo aperto libro, non potevo far altro che tacere, sorbendomi la ramanzina dei docenti.

Percepito il mio evidente disagio, il dottor Krugher sospirò pazientemente e decise di tirarmi fuori dalla situazione imbarazzante nella quale lui stesso mi aveva messa. «Vuol dire scegliere, Dorothea. Scegliere se seguire solo ciò che ti suggeriscono le tue convinzioni ferree oppure se valutare nuovi principi intellettuali. Spesso, ubbidire ci permette di uscire dai limiti che la mente ci impone, di crescere dal punto di vista sia emotivo che psicologico. Ritengo che interrogarsi costantemente sulle certezze che consideriamo indiscutibili sia la scelta più intelligente, soprattutto alla tua giovane età.»

Quando sollevai il capo, colsi un meraviglioso luccichio fiducioso nei suoi occhi color acquamarina. Non mi stava infliggendo un monito con intenzioni perfide, piuttosto voleva insegnarmi qualcosa. Ero capricciosa, ma non così sciocca da non accorgermi della cattiveria o della bontà di un uomo, seppur così formale e severo.

«Okay, farò tesoro del suo consiglio.» Sorpresa dalla mia stessa arrendevolezza, tossicchiai imbarazzata. Quell'uomo era capace di manipolare la mia volontà con una delicatezza persuasiva.

«Ne sono felice.» Il dottor Krugher si allontanò senza aggiungere altro, ma prima di uscire dalla sala indirizzò la sua attenzione alla mia compagna di stanza. «Juliette, ti ricordo l'appuntamento di oggi alle sedici. Esigo che tu non faccia tardi.»

Juliette sussultò senza ribattere. Notò che il medico stava andando via e si alzò da tavola per seguirlo.

Le altre ragazze iniziarono a scambiare qualche parola con il dietologo; io, spinta da una forte curiosità che avrei dovuto reprimere, attraversai l'arcata dell'ingresso, guadagnandomi un'occhiata sbieca del maggiordomo, e mi fermai prima di imboccare il corridoio.

Non erano affari miei, avrei dovuto tornare indietro, invece...

Rasente al muro, con il respiro trattenuto nei polmoni e una mano sul petto, mi sporsi appena oltre l'angolo per sbirciare.

«Lei è sicuro che Thea debba rimanere in camera con me?»

Con evidente mortificazione, Juliette stringeva un lembo del vestitino tra le dita e guardava il dottor Krugher con le guance arrossate. Quel tenero imporporarsi degli zigomi tondi era causato non solo dalla sua timidezza, ma anche dalla presenza del medico la cui aura enigmatica inglobava chiunque gli stesse vicino.

«Devi soltanto concederle il tempo di ambientarsi. È tutto nuovo per lei. Ricordi che all'inizio è stato difficile anche per te?»

Lei annuì, sbattendo le lunghe ciglia castane, poi abbassò il capo e con esso anche le esili spalle. «Io temo di non piacerle.»

Facendo un passo avanti, il dottore le sollevò il mento con un indice. Fu un gesto confidenziale che celava una dolcezza, non appassionata o amorosa, bensì tenera, volta a provocare un ingenuo abbandono di Juliette, che avrebbe potuto fidarsi ciecamente di lui. «Non permettere mai alla paura di impedirti di vivere nuove conoscenze...»

La ragazza si accigliò. «Ma io...»

«Hai detto 'temo', Juliette», argomentò lui, ponendo fine al loro breve contatto. «Non devi avere timore di non piacere agli altri. Ciascuno di noi ha un intero mondo dentro e i nostri interlocutori non possono coglierlo in un'ora o in un giorno. Bisogna essere pazienti. Permetti a Dorothea di conoscere il tuo mondo e vedrai che ti capirà.» Le rivolse un sorriso affascinante; lei si mordicchiò il labbro inferiore, con impaccio. Il dottor Krugher si accorse di quella reazione e dell'eccessiva soggezione di Juliette, quindi arretrò. «Ci vediamo più tardi. Sii puntuale.» Riassunse un'espressione dura, la voce divenne più pesante tanto da ottunderne la gentilezza.

Il suo cambiamento fu immediato.

Una folata di vento gelido mi percorse la pelle sostituendo il tenue calore che avevo avvertito al basso ventre nell'immaginare quella piccola carezza su di me e non su Juliette.

Con impeccabile garbo, il dottore si girò di spalle e se ne andò, trascinando con sé un'empia oscurità e un fascinoso mistero dal quale mi sentii inspiegabilmente attratta.

Sconvolta, mi appoggiai contro il muro e ricacciai indietro le sensazioni che stavo provando.

Erano inadatte, confuse, ma soprattutto… immorali.

Qualsiasi cosa stesse accadendo dentro di me, avrei dovuta fermarla, subito.

Prima che fosse troppo tardi…

9
Thea

La nostra vita non è più che un corto circuito di luce
tra due eternità di oscurità.
VLADIMIR NABOKOV

IL giorno dopo il mio arrivo alla clinica Asklepios, il dottor Nørgård mi sottopose a un check up generale per delineare il mio preciso quadro clinico.

La procedura, sebbene fosse lunga e tediosa, risultò necessaria per iniziare il percorso che avrei seguito nei successivi quattro mesi.

Nel nostro primo colloquio fu paziente e comprensivo.

Mi rivolse numerose domande sulle mie abitudini alimentari, sulle variazioni del peso, sulle patologie famigliari e sui meccanismi che si innescavano nella mia mente quando digiunavo o quando dovevo riappropriarmi del controllo con il vomito o altre condotte compensatorie, come lo sport eccessivo e l'uso di lassativi. Con fare confidenziale, Nørgård mi consigliò di liberarmi di qualsiasi sostanza o composto evacuante nascosto in valigia, altrimenti, se lo avesse scoperto il dottor Krugher, avrei passato guai seri.

«È un uomo indulgente, ma abbastanza severo quando qualcuno trasgredisce le regole. Ricordalo», aveva detto mentre annotava tutto ciò che rispondevo ai suoi quesiti. Quell'avvertimento avrebbe dovuto spaventarmi, invece ebbe la forza di provocare strane fantasie nella mia testa. Mi sarebbe piaciuto vedere il dottor Krugher privo del suo eccessivo autocontrollo, come un uomo capace di liberare le proprie emozioni e di svelare ciò che nasconde dietro un volto così perfetto e metallico. D'altronde io amavo spingermi oltre i limiti e al contempo indurre gli altri a seguirmi. Poiché avrei trascorso quattro mesi in un posto lontano da casa, convissuto con star viziate e seguito un percorso faticoso con un'équipe medica di alto livello, dovevo trovare un modo per divertirmi e per rendere la mia permanenza all'Asklepios più interessante.

Il fatto che non mi importasse nulla che il dottor Krugher fosse un medico, per di più sposato, mi fece giungere a un'unica e preoccupante consapevolezza: mi piaceva, ma non nel modo in cui sarebbe piaciuto a una donna della sua età. Io non avrei mai fantasticato su una storia d'amore con lui né su una relazione a lungo termine. Non ero come le mie coetanee, non avevo il loro smodato sentimentalismo né il desiderio di crearmi una famiglia con pargoletti urlanti che mi saltellavano attorno. A me sarebbe bastato ottenere l'attenzione di quell'uomo: parlargli, provocarlo, ascoltarlo mentre mi esponeva i suoi concetti psichiatrici o filosofici, persino discuterci sarebbe stato un buon escamotage per distrarmi dagli ostacoli che avrei dovuto affrontare.

Se ci fosse stato Andy con me, avrei di nuovo chiesto il suo aiuto per gestire il mio malessere nel modo più sbagliato che conoscessi, invece in quel periodo mi ero totalmente cristallizzata sul dottore più affascinante che avessi mai incontrato.

Quell'uomo sarebbe stato un'elettrizzante ruota panoramica nel mio personale luna park di sofferenza.

Piacevole ed effimera.

Nient'altro.

«Quindi? Com'è andato il tuo secondo giorno?»

Con il cellulare incastrato tra l'orecchio e la spalla, stavo cercando di sistemarmi uno dei codini, arrotolandolo per bene nel palmo come se fosse una palla di neve. Ci avevo impiegato circa tre anni per imparare ad acconciare i capelli in due *space buns* dignitosi e, ciononostante, avevo ancora qualche difficoltà a renderli perfettamente tondi, dissimili da due dischi spaziali informi.

«Benone. Mi hanno fatto un sacco di esami e controlli. Per fortuna non mi drogo, a differenza tua.» Il grande specchio sulla parete, l'unico oggetto d'arredo che condividevo con Juliette, rimandava il riflesso di una ventenne vestita con indumenti che la regola numero nove della clinica avrebbe del tutto vietato. La t-shirt era abbastanza corta da mostrare un sottile lembo di pelle sul ventre e così aderente da evidenziare i piccoli seni. Gli shorts neri, sfilacciati sui bordi, stringevano le cosce tornite e si incuneavano troppo nel solco dei glutei, tanto da non lasciare nulla all'immaginazione sulla forma del mio sedere.

«Puffetta, io non mi drogo», dissentì Andy mentre mi sedevo sul bordo del letto per infilare gli anfibi scuri.

«Certo, e io sono alta un metro e ottanta.» Feci una smorfia beffarda anche se lui non poteva vederla.

Ci fu qualche secondo di silenzio, prima che Andy riprendesse a parlare: «Che stai facendo? Perché hai questa strana intonazione di voce?»

«Sono piegata in avanti», risposi, allacciandomi una delle due scarpe con le costole completamente schiacciate contro una gamba.

«Mmh...» mugolò malizioso. «La mia posizione preferita.»

«Ma se non l'abbiamo mai provata, non dire stronzate!» Mi rimisi in piedi e tirai verso il basso la maglietta, per quanto possibile.

«Perché tu volevi sempre stare sopra e io ti accontentavo. Ti assicuro, però, che è la mia posizione preferita», ripeté, con un tono lievemente arcigno finalizzato a imporsi. Non avevo mai avuto paura di Andy, neanche quando lanciava in aria spartiti e strumenti in preda alla rabbia dopo una turbolenta discussione con il padre. Era un ragazzo piuttosto vivace, ribelle e testardo. Amante del rock, dei tatuaggi vistosi, dello stile estroso ed eccentrico, in fondo aveva un cuore buono e un'anima pura. A me aveva donato il meglio di sé sperando che io potessi ricambiare, invece non ero mai stata capace di dichiarargli il mio affetto né di amarlo come meritava.

«Non mi lascio domare da nessuno, dovresti saperlo.» Con una mano mi strinsi il bicipite e torsi il collo per vedere quanto distavano i polpastrelli prima di congiungersi. La circonferenza del braccio non corrispondeva alle mie aspettative. Iniziai a temere di aver preso qualche chilo, l'urgenza di salire su una bilancia mi assalì come uno sciame di api.

«Prima o poi arriverà qualcuno che riuscirà a metterti sotto. In tutti i sensi.» Andy continuò a sbeffeggiarmi mentre con entrambe le mani, e il telefono ancora incastrato nella curva del collo, valutavo la rotondità di una coscia cercando di unire tra loro le ultime falangi di tutte e dieci le dita. Ci riuscii, tranne che per i pollici. Probabilmente avevo preso qualche centimetro sulle gambe. Lontana da casa, senza la possibilità di gestirmi come meglio potevo, stavo perdendo il controllo del mio corpo. «Thea? Ci sei?»

Mi grattai nervosamente sul viso, tanto da graffiarmi la guancia, poi iniziai a tremare e dovetti appoggiarmi all'armadio per non dare di matto e rompere qualsiasi cosa avessi attorno. «Sì.»

«Stai bene?» Andy aveva la capacità di accorgersi di ogni mio cambiamento d'umore. Era difficile nascondergli ciò che mi riguardava. Conosceva benissimo le mie problematiche; in parte, prima che ci lasciassimo, le aveva vissute con me.

«Sì», mentii. «Parlami, Andy...» *Fallo, perché ho bisogno di non pensare.*

Lui non se lo fece ripetere e riprese il nostro discorso da dove l'avevamo interrotto. «Com'è la tua compagna di stanza?»

Concentrandomi sulla sua domanda, socchiusi le palpebre e mi imposi di isolarmi da qualsiasi pensiero negativo. «Hai presente Ariana Grande? Sembra il suo clone.»

«Cazzo, quindi sarebbe il mio tipo», commentò con l'atteggiamento da mattacchione che alla nonna avrebbe fatto alzare gli occhi al cielo.

«Come potrebbe esserlo, se è totalmente diversa da me?» Mi allontanai dall'armadio e presi il pacchetto di Lucky Strike dal comodino, sfilando con i denti una sigaretta.

«Io ho bisogno di una ragazza diversa da te, Thea.» Andy tacque, rendendosi conto che fosse tardi per ritrattare quanto detto. Sapevo che prima o poi l'avrebbe confessato, non a me, piuttosto a se stesso. Avvicinai l'accendino all'estremità del filtro, ma la voce profonda, a tratti dura, del dottor Krugher riecheggiò nella mia mente. Qual era la regola che vietava di fumare nelle camere? Forse la numero tre? Non lo ricordavo, tuttavia fu sufficiente immaginare la sua espressione terrificante su quei lineamenti ineffabili, le labbra carnose strette in un muto rimprovero, per farmi abbassare il braccio e rinunciare alla mia Lucky.

«Finalmente l'hai capito», risposi ad Andy o forse a me stessa. Avevo capito che non dovevo contraddire quel medico né sfidarlo, com'era già successo. Era inappropriato pensare a lui mentre parlavo con Andy, eppure avevo dormito nella camera della *sua* clinica. Ogni cosa in quella struttura gli apparteneva: dal pavimento di marmo che calpestavo all'enorme parco che circondava la residenza. Difficile credere che potessi muovermi nel suo ambiente senza considerare le conseguenze che avrebbe provocato un mio passo falso.

«Imparo dalle esperienze, Thea. Mi sono annullato come un coglione soltanto una volta nei miei ventidue anni, e l'ho fatto solo per te. Non accadrà più. Con nessun'altra.» Andy era ancora amareggiato, ma in maniera diversa rispetto al passato. La delusione iniziale aveva ceduto il posto a una profonda rassegnazione contro la quale stava lottando con tutte le forze. Finché fossi rimasta nella sua vita, sarebbe stato impossibile dimenticarmi e io non volevo che accadesse.

Non volevo che si allontanasse da me.

Andy, dopo nonna Lizzie, era tutto ciò che avevo, tutto ciò che non potevo permettermi di perdere.

«Arrabbiati quanto vuoi, ma non odiarmi mai.» Volsi lo sguardo oltre la finestra. I fulgidi raggi del sole mi scaldarono i graffi sul viso, lambendo piano la pelle escoriata. Mi massaggiai la guancia e pensai a una scusa da inventare qualora l'équipe medica mi avesse chiesto come me li fossi procurata. Sperai che il dottor Krugher, per primo, non mi ponesse domande scomode né mi tediasse a riguardo.

Andy sospirò. «Ti odio e ti amo in ugual misura, Puffetta.»

Ogni volta che si dichiarava innamorato scuotevo il capo nostalgica. Da quando non stavamo più insieme me lo ripeteva spesso, ma non riuscivo mai a capire se dicesse sul serio.

«Ancora?» domandai scettica.

«Direi… da sempre.»

Con l'indice iniziai a tracciare sul vetro la sagoma di una nota musicale. Anche se era invisibile, io la vidi apparire come se possedessi un pennarello magico. «E mi ami anche mentre vai a letto con le altre?»

Andy era solito scherzare sulle mie provocazioni, invece quella volta fu serio. «È solo sesso, Thea. Non implica sentimenti, lo sai.»

Sorrisi, con la sigaretta ancora spenta tra le labbra. «Ciò che so per certo è che dopo di me ho perso il conto di quante ce ne siano state.»

«Non hai bisogno di contarle perché ho fatto l'amore soltanto con te.»

Picchiettai il polpastrello sul vetro e sospirai, incapace di dire altro. Non conoscevo la differenza tra il sesso e l'amore, d'altronde ero stata a letto solo con Andy senza comprendere cosa davvero ci fosse stato tra noi. Mi aveva chiesto più volte se lo amassi, se mi piacesse stare con lui, se avessi dato importanza alla mia prima volta. A ogni domanda avevo sempre risposto: *non lo so*.

E malgrado fosse trascorso un anno da allora, la risposta sarebbe stata ancora la stessa.

«Com'è lo strizzacervelli che ti segue?» Per fortuna decise di spostare l'argomento su qualcos'altro, o meglio, su qualcun altro. Strinsi appena gli occhi e riflettei sulla bellezza sconfinata del dottor Krugher.

Come avrei potuto definirlo a parole?

«È vecchio», asserii, remando contro la corrente dei miei reali pensieri. «Stempiato, goffo...»

Andy scoppiò a ridere. «Scommetto che non gli funziona neanche l'uccello...»

«Temo di no.»

Stavo sbeffeggiando un uomo attraente, colto e sicuro di sé per preservare il rapporto che c'era con il mio ex. Eravamo ancora molto gelosi l'uno dell'altra. Se lui mi avesse confessato che aveva cominciato un percorso terapeutico con una bellissima dottoressa non ne sarei stata affatto felice, pertanto considerai che mentirgli gli avrebbe impedito di preoccuparsi per me o di temere il dottor Krugher.

Sperai che non ci fosse mai occasione per Andy di incontrarlo, perlomeno non in tempi imminenti, altrimenti avrebbe scoperto la mia enorme menzogna e sarebbe andato su tutte le furie.

«Mi auguro che non sia un anziano depravato che prova a calare le mani sul tuo culo sferico. In tal caso, avvisami così vengo lì a tagliargli le palle.»

«Ti ricordo che il mio culo non è più di tua proprietà.» Ridendo, ripercorsi nella mente i nostri momenti d'intimità, tutti piacevoli eppure non così sorprendenti come mi aspettavo.

«Non lo è mai stato...» ribatté allusivo.

Immaginai sul suo volto delicato una smorfia di disgusto; Andy non era avvezzo a determinate pratiche: le considerava estreme e inutili. Nonostante avesse vissuto numerose esperienze con altre ragazze, c'erano aspetti del sesso che non avrebbe mai voluto sperimentare. Quello, oltre al sentimento indefinito che provavo nei suoi confronti, era stato un altro grande ostacolo tra noi. Avevo sempre represso i miei veri desideri, non ne avevo mai parlato con nessuno per arginare la paura di essere giudicata. C'era stato sempre uno spettro nella nostra storia, uno spettro che da un lato limitava la mia passione, dall'altro accresceva la sua. Mi fidavo di Andy, gli avevo donato me stessa, ma avevo capito che eravamo diversi, che vivevamo il rapporto fisico in maniera opposta e che io ero sbagliata.

Del tutto sbagliata.

Tolsi la sigaretta dalle labbra e la rinfilai nel pacchetto. «Lo so. Sei troppo dolce, tu, mio caro usignolo.»

Andy sospirò infastidito. «Ci sono cose che gli uomini non amano fare semplicemente perché non rientrano nelle loro preferenze.»

«E poi ci sono quelli che fanno tutto...» Mi appoggiai di schiena alla finestra, ignorando il lieve calore che iniziò a propagarsi in un punto troppo intimo del corpo. «... *davvero* tutto.»

«Ecco, quelli sono dei gran pervertiti, spesso anche bastardi o pericolosi. Hanno fantasie assurde. Sono tizi da tenere alla larga.»

La vera assurdità era pensare che un ragazzo come Andy, apparentemente ribelle e trasgressivo, fosse un cultore del sesso romantico, condito di coccole, carezze e baci soffusi. Il suo tocco era sempre stato parsimonioso, le sue labbra avevano più volte reclamato le mie in modo affrettato, impaziente, lascivo, ma mai dannoso, mai brutale, mai doloroso.

Scossi la testa per frenare la fantasia di un godimento diverso con qualcuno che avrebbe potuto comprendere e accettare i miei reali bisogni. «Be', a me piacciono.»

«Hai letto troppi libri erotici, Thea», borbottò lui, con pungente irritazione. «Oppure Halima ti ha influenzata negativamente. Devo ancora capirlo.»

«O forse sono nata così.» Scrollai le spalle.

«Ancora con questa storia? Fino a due anni fa eri vergine e non avevi mai visto un pene in tutto il suo splendore», ridacchiò. Come al solito mi stava sottovalutando, era troppo giovane per rendersi conto delle necessità di una ragazza. Andy pensava che bastasse baciarla, spogliarla e farla sua per provocarle un orgasmo, ignaro che io, il culmine del piacere, lo avessi raggiunto più volte da sola, nella mia camera, a fantasticare su un uomo che fosse come io desideravo.

Con uno sbuffo seccato, iniziai a camminare per la stanza. «Ho già scoperto cosa mi piace e cosa non mi piace.»

«Ne riparleremo quando uno stronzo ti sbatterà contro il muro fino a farti male e vedremo se sarai così propensa a condividerci il letto. Ho sempre pensato che tu fossi matta, ma non mi pentirò mai di averti trattata con riguardo.»

Sorrisi per il tono malinconico con il quale aveva pronunciato le sue parole. Andy mi rispettava così tanto da temere di rompermi ogni volta che mi toccava, ma non aveva mai considerato che, quando sgattaiolavo via dalla sua auto o dalla sua camera, avrei voluto sentirmi proprio in quel modo: rotta, distrutta, disintegrata.

«Non è questione di rispetto, soprattutto se c'è il consenso della donna e...»

«Thea, basta», mi fermò con severità. «Non mi va di immaginarti con un altro mentre ti fai scopare in un modo che non approvo.»

Mi scostai dal viso una ciocca bionda evasa dal codino destro mentre fissavo la libreria di Juliette, colma di romanzi rosa. «Come siamo arrivati a parlare di questo?»

«Non lo so, ma è un argomento che mi innervosisce e che non mi va di proseguire.»

Non volevo discutere con lui, quindi non potei far altro che acconsentire. «Okay, hai ragione. Scusami, io...»

«Ricordo ciò che mi hai detto quel giorno, a West Hollywood.» La sua voce mutò, una pioggia di tristezza intrise ogni sillaba. «La metafora del pendolo... Non ti riferivi soltanto ai sentimenti. Ti riferivi al desiderio di trovare un ragazzo che fosse come tu vorresti: più simile a te e diverso da me.»

Non mi sarei mai aspettata che Andy riuscisse a comprendere così a fondo ciò che non gli avevo confessato apertamente; ne fui sorpresa tanto da non sapere cosa dirgli per attenuare il dolore che gli avevo provocato, ancora una volta. «Andy...»

«Thea, ti conosco più di chiunque altro», seguitò con agghiacciante serietà. «Anzi, sono l'unico che ti conosce... da quel punto di vista.» Non fu necessario specificare di cosa stesse parlando, lui era stato il primo e il solo per me. «E, purtroppo, ho capito cosa si agita dentro di te. Un'indole che non ho mai riscontrato in una ragazza, un'indole che ho tentato di domare, ma che non corrisponde molto alle mie abitudini. Per me sei ancora la bambina di dieci anni con la quale giocavo al parco, con la quale sono cresciuto, con la quale condivido la mia vita, la mia band, la mia musica e che, a differenza delle altre, ho amato anche dopo essere stato dentro di lei, anche dopo averla avuta nel mio letto, perché... sei tu. Non riuscirei mai a smettere di toccarti come se fossi ancora quella bambina, come se fossi ancora vergine. Ho sempre temuto di farti male anche con una carezza, figuriamoci con altro... Non ti nego che mi preoccupano i tuoi desideri, ma so che non posso fare nulla per cambiare la tua natura.»

«Un artista non deve mai reprimere la propria oscurità, anche quando questa può far paura.»

«Lo dicevi sempre durante le prove...» rammentò dopo qualche istante di riflessione.

Mi fermai prima di oltrepassare il confine che avevo delineato con il rossetto il mio primo giorno, anche se sul pavimento non vi era più traccia della striscia vermiglia. «Adesso sai perché.»

Conclusi così quella lunga conversazione con Andy.

Non eravamo soliti parlare molto al telefono, ma quel giorno, la distanza, le circostanze che stavamo vivendo e le varie consapevolezze che stavano affiorando dentro di noi ci spinsero a confrontarci a cuore aperto, a toglierci ogni maschera per permettere alla verità di unirci ancora di più.

Non ero mai stata chiara con lui, ma il mio migliore amico aveva compreso tutto senza che gli spiegassi niente. Ci tenevo a lui anche per questo: aveva una sensibilità incredibile. Non era solo il cantante idolatrato dalle ragazzine, viziato e spesso scandaloso sul palco, era anche un ragazzo pieno di sentimenti, di intuito e di un'acuta capacità di intendere le emozioni degli altri.

Per me era speciale, e lo sarebbe stato per sempre.

Con un lieve sorriso sulle labbra, il primo dopo tanti giorni di agonia, mi diressi ancora di fronte allo specchio e allacciai il collarino di pizzo dietro la nuca. Con l'indice accarezzai la pietra nera sulla gola. La mia amica Halima era solita realizzare a mano vari girocolli per me che indossavo a ogni esibizione. Diceva che mi conferivano l'aspetto di una bambina insolente e che, con il loro tocco malizioso, erano un accessorio particolarmente sexy.

Amavo sfoggiarli, soprattutto perché molte mie fan avevano iniziato a emularmi, riconoscendo e apprezzando il mio look *grunge* spesso originale e anticonformista.

Mentre contemplavo il soffice merletto che mi aderiva alla pelle, Juliette entrò rapidamente in camera e si piegò carponi per estrarre qualcosa da sotto il letto. I lunghi capelli castani le scivolarono su una spalla insieme ai nastri del fiocchetto fiorato con il quale li aveva semiraccolti ai lati.

«Oddio, ma dove l'ho messo?» Con il braccio esile, tastò a lungo il pavimento. Per fortuna il vestito azzurro le copriva gran parte del sedere, altrimenti, nella posizione in cui era, avrei visto le sue grazie senza volerlo.

Mi avvicinai, incuriosita dall'estrema agitazione che traspariva da ogni suo movimento, e incrociai le braccia al petto, esaminandola dall'alto. «Piagnucolona, cosa cerchi?»

Juliette sussultò e sollevò il capo, restando con mani e ginocchia per terra. «Oh, ciao, Thea, cioè… buongiorno. Cosa hai fatto alla guancia?» Con gli occhi sgranati mi fissò la parte sinistra del volto. Sapevo che se ne sarebbe accorta, pertanto rimasi tranquilla e le ripetei la mia domanda.

«Ti ho chiesto: cosa cerchi?»

Lei comprese che non avrebbe dovuto insistere, quindi decise saggiamente di lasciar perdere «Oggi è la giornata del Tèichos.»

Aggrottai la fronte. «La giornata di cosa?»

«La giornata del Muro dei pensieri. Lo facciamo ogni mercoledì.» Tornò a frugare sotto il letto finché estrasse un piccolo diario dalla copertina rosa con la stampa di un tulipano bianco.

Alzai gli occhi al cielo. «E cosa sarebbe il 'Muro dei pensieri'?»

«Nessuno ti ha parlato del Tèichos?» Alzandosi in piedi, Juliette si scrollò un po' di polvere dalle ginocchia e ammirò sorridente l'oggetto tanto agognato.

«Questo è soltanto il mio terzo giorno qui, piagnucolona. E direi di no. Non parlo con nessuno, a parte te...» brontolai. «... per ovvie ragioni di convivenza», specificai prima che si facesse illusioni su un eventuale rapporto d'amicizia che non avevo alcun interesse a instaurare.

Juliette sospirò e si diresse alla scrivania. Si chinò in avanti, poi aprì il diario e strappò un foglio per scriverci sopra qualcosa. Odiavo ficcanasare negli affari altrui, ma il suo atteggiamento era talmente strano che non potevo fare a meno di osservarla con evidente perplessità. Non sapevo da quanto tempo alloggiasse all'Asklepios, ma di sicuro conosceva la residenza meglio di me, soprattutto ciò che avveniva all'interno. Come se fossi una matricola al suo primo anno di università, avrei dovuto affidarmi a lei per orientarmi, per memorizzare le varie sale, per imparare le regole, gli orari e qualsiasi iniziativa si svolgesse nella clinica.

«Seguimi, adesso te lo mostro.»

Uscendo dalla stanza, mi lasciai condurre da Juliette lungo scale e corridoi per scendere al piano inferiore e raggiungere il retro della struttura.

Nel rigoglioso giardino, si estendeva un laghetto dall'imprecisa forma a clessidra, circondato da ciottoli di marmo e granito. Vari pesci colorati sguazzavano vivaci tra numerose ninfee galleggianti che, con i loro petali ampi, ombreggiavano il fondale garantendo una lauta riservatezza dall'invadente bagliore del sole. Da un'elegante anfora greca e sbilenca, posta su delle pietre irregolari, zampillavano leggeri fiotti d'acqua che si rimestavano nella distesa limpida sottostante. Tutt'attorno un tripudio di petunie e arbusti variopinti conferiva all'ambiente un aspetto fiabesco, di notevole raffinatezza.

Tra le siepi verdeggianti, ornamentali e dalla forma lineare, si ergeva un incantevole arco in ferro ricoperto da piante rampicanti che, con le sue sembianze favolistiche, fungeva da ingresso all'enorme parco privato.

Tuttavia, ciò che Juliette mi indicò con enfasi fu un muro bianco, alto circa due metri, composto da varie sequenze orizzontali di mattoncini finti. Tra le fughe vi erano dei gancetti dai quali pendevano dei cestini di vimini ricolmi di bellissime fresie. Posizionato in un angolo del giardino, in quel panorama mozzafiato, il muro parve essere il protagonista indiscusso dell'originalità scenica, l'unico che avesse un valore davvero ragguardevole.

«Questo è il Tèichos», annunciò Juliette quando fummo abbastanza vicine per ammirarlo. Fui colpita non solo dal suo candore splendente, come se qualcuno tutti i giorni si occupasse di pulirlo con devoto rispetto, ma anche dal profumo inebriante dei fiori che destava ancor più meraviglia. «Lo sai che il dottor Krugher è in parte ebreo?»

Spostai lo sguardo verso Juliette.

Avrei voluto porle molte domande, invece le concessi il tempo di sfamare la mia curiosità, soprattutto dal momento in cui aveva citato il nome dell'unico medico che avesse davvero suscitato il mio interesse. Mi limitai a scuotere il capo.

Lei sorrise. «Il padre ha origini tedesche, ma i nonni materni erano ebrei. Il Tèichos è molto importante per il dottor Krugher, per crearlo si è ispirato alla tradizione della sua famiglia.» Sollevò la testa per guardarlo. «Ha stabilito che possiamo inserire i nostri biglietti contenenti pensieri, desideri, paure o sogni in quei cestini, tra i fiori, esattamente come amava fare sua madre con lui quando era bambino.»

«Wow...» Per la prima volta nella mia vita rimasi completamente senza parole.

«Dicono che sia un uomo strano, io lo considero semplicemente formidabile», aggiunse Juliette con immensa ammirazione. «È uno psichiatra olistico, lo sapevi?»

Annuii. «Sì, questo sì. Ne ha parlato con me e la nonna al nostro primo incontro.» Anche se non avevo ancora ben compreso la differenza tra la branca olistica e la psichiatria tradizionale.

«Ha una visione stravagante del mondo, delle persone e anche dei metodi da adottare per affrontare i nostri disturbi. Dovresti sentirlo parlare... Ti incanta.» La mia compagna di stanza sospirò sognante, del tutto affascinata da lui e da qualsiasi ricordo le avesse pervaso la mente.

«Incanta anche quando non parla», confessai senza riflettere.

Juliette ridacchiò, approvando tacitamente la mia affermazione; io arrossii e digrignai i denti. Mi infastidiva l'idea che fossi attratta da un uomo così diverso da me e capace, con il solo timbro di voce, di provocarmi un garbuglio assurdo di emozioni al centro dello stomaco.

«Hai ragione», assentì Juliette.

«Cazzo, no! Non ho ragione!» Mi passai una mano sul viso visibilmente turbata e mi allontanai dal muro, pestando l'erbetta soffice con gli anfibi. «Non è neanche il mio tipo, non capisco perché io pensi certe cose, maledizione!»

Juliette mi guardò camminare avanti e indietro di fronte a lei. «Se ti può consolare, Thea, pensiamo tutte cose proibite su di lui», sghignazzò. «Credo che il dottor Krugher sia oggettivamente irresistibile. Persino Riley lo considera parecchio interessante e lui, come avrai capito, non rientra del tutto nelle sue preferenze.»

«Ho provato a sedurlo per cinque mesi, ma non ha ceduto», si intromise una voce civettuola. «Non ha tradito la moglie per me e di certo non lo farà neanche per te… satanista.»

Mi bloccai in un punto imprecisato del giardino.

Sotto la luce folgorante del sole, Sophie Queen brillava come un frutto apparentemente invitante ma di scarsa qualità, proprio come la mela marcia della strega di Biancaneve. Senza alcun dubbio, oltre a una sovrabbondante perfidia, possedeva anche un innato charme e una sofisticata bellezza, qualità tipiche di un'attrice di Hollywood. Gli occhi verdi emanavano lampi di gelosia, le labbra piene si increspavano in un sorrisetto infido e arrogante. La guardai dall'alto al basso, valutando la postura che aveva assunto: spalle dritte, una mano sul fianco e una gamba tesa verso l'esterno come una star sul red carpet in procinto di essere immortalata da numerosi fotografi.

«È inutile che mi mostri il tuo stacco di coscia. Ho altri gusti», la sbeffeggiai, ignorando la gonna decisamente corta grazie alla quale esibiva le lunghe gambe ben definite.

Sophie inarcò un sopracciglio. «So bene che hai altri gusti, Jensen. Dopo aver tradito Andy Taylor con due ragazzi, adesso miri a uomini sposati e impossibili da conquistare?»

Akemi, al suo fianco, alzò il mento, come un suddito che approva qualsiasi sconcertante stupidità dica la propria regina.

Perché erano sempre insieme?

Sbuffando, feci un passo verso Sophie. «Non ho mai tradito Andy. Non dovresti credere a tutte le cazzate che leggi sui tabloid, altrimenti dovrei anch'io ricordarti quante notizie scandalose ho letto sul tuo conto.»

«Non eri tu quella che stava parlando del dottor Krugher, poco fa?» Finse di non rammentarlo e guardò il Teìchos con aria superba. «Non sei tu la mangiatrice di uomini?»

«Non sei tu quella che lo ha sedotto per cinque mesi?» la rimbrottai con un'espressione di scherno.

Sophie si voltò pensierosa verso Akemi, che sollevò le spalle con impacciata incertezza, poi tornò a sfidarmi.

«Io, di sicuro, posso ambire a un uomo come lui. Non sono una rammollita che sviene durante le esibizioni, non adotto un abbigliamento vomitevole, non acconcio i miei capelli in modo ridicolo. Per di più, non indosso collarini volgari che richiamano quelli utilizzati nel bondage.» Fece una smorfia disgustata. «Lo sai almeno che sono associati alla prostituzione?»

Senza concedermi il tempo di ribattere, Juliette, infervorata come non l'avevo mai vista prima, le puntò un dito contro, pronta a darle una bella lezione. «A quanto pare non sei abbastanza informata: i girocolli, simili a quello di Thea, sono stati indossati da ballerine, nobildonne e principesse sin dall'Ottocento. È un accessorio amatissimo, ancora molto in voga, persino tra le dive del cinema. Negli anni Settanta furono indossati anche da rockstar come Jimi Hendrix o Mick Jagger, con borchie, perline colorate e addirittura piume. In un'intervista, Thea ha dichiarato che una sua cara amica crea i collarini apposta per lei e che ciascuno di essi, con colori e pietre diverse, rappresenta un portafortuna in ogni esibizione. Quindi taci, Sophie!»

L'attrice restò sgomenta dinanzi alla formidabile dimostrazione di coraggio della piccola Juliette; Akemi tentò di controbattere, ma Sophie sollevò una mano e scosse il capo.

«Adesso potresti levarti dalle palle», intervenni. «Io e la mia compagna di stanza abbiamo dei pensieri molto profondi da scrivere al nostro dottor Krugher.» Indicai con il pollice il muro immacolato alle mie spalle, enfatizzando la parola *nostro*.

Sophie avrebbe voluto protestare, ma considerò che non era una buona idea, così girò i tacchi e andò via insieme ad Akemi, borbottando un ineducato: «Stupide, mocciose».

«Santo cielo, è insopportabile», esordì Juliette, con una mano sulla fronte come se avesse affrontato una delle sette fatiche di Ercole.

Voltandomi verso di lei, non potei fare a meno di concederle un sorriso di gratitudine. «Sei in gamba, piagnucolona.»

Lei trasalì, sorpresa dalla mia improvvisa gentilezza. «Ricordo a memoria tutte le tue interviste. Ne concedi poche, ma dichiari cose davvero interessanti», mi lusingò, poi si voltò verso il Tèichos e rifletté su ciò che avevo detto a Sophie. «Quindi… vuoi scrivere anche tu un biglietto?»

Cosa avrei dovuto riferire al dottor Krugher?

Per un attimo pensai che avrei potuto raccontargli di quel tremendo 18 agosto, di com'era morta la mamma, di cos'era successo a me dopo; oppure di quanto mi mancava la nonna, del perché non avessi mai conosciuto mio padre e di quanto soffrissi all'idea che non avrei mai avuto alcun legame con lui.

Con un palmo aperto mi schermai gli occhi dai raggi del sole che, come tanti fili incantati, ciondolavano tra le nuvole, ravvivavano il giardino con la loro luce splendente e penetravano nelle ossa provocando una piacevole lassezza.

«Tu cosa gli hai scritto?» domandai a Juliette.

«Il contenuto dei biglietti è segreto, lo legge soltanto lui.» Raggiunto l'imponente muro, si allungò sulle punte dei piedi e infilò il foglietto ripiegato in uno dei cestini, tra le corolle campanulate di un luminoso giallo vivo. «Ovviamente, essendo la tua prima volta, se non hai voglia di esporgli situazioni o pensieri troppo intimi, puoi scrivergli qualsiasi altra cosa.»

«Mmh…» mugolai meditabonda. «Allora, gli scriverò qualcosa di poetico», decisi.

Juliette strappò un foglio dal diario che aveva portato con sé senza neanche che me ne accorgessi, poi me lo consegnò insieme a una penna. Con un movimento dell'indice, le feci segno di voltarsi e di concedermi la sua schiena come piano d'appoggio per scrivere. Ci impiegai pochi minuti prima di mettere nero su bianco alcuni versi alquanto poetici, ignorando le vertebre che mi premevano contro il polso e l'avambraccio a causa dell'eccessiva magrezza di Juliette.

«Devo firmare?» le chiesi prima di ripiegare il foglietto.

«Sì, altrimenti come fa a capire chi l'ha scritto?» osservò scaltramente.

«Giusto, anche se non sono sicura che lo apprezzerà.» Apposi la mia firma sull'estremità inferiore del pezzo di carta, poi lo chiusi e mi sporsi per infilarlo in uno dei cestini, tra un mucchietto di fresie.

Juliette si voltò e inclinò la testa, crucciata. «Perché non dovrebbe apprezzarlo?»

«Perché sicuramente io e lui abbiamo un concetto diverso di… poesia.»

Ghignando, ripensai a ciò che avevo appuntato. Il dottor Krugher avrebbe potuto ridere e comprendere che si trattava di un semplice scherzo, oppure infuriarsi e convocarmi nel suo studio per farmi una bella ramanzina.

Rabbrividii a quest'ultima eventualità.

«Thea, è il nostro dottore. Che diavolo gli hai scritto?» Juliette iniziò a preoccuparsi.

Con aria innocente, mi morsi il labbro inferiore e giocherellai con il bracciale regalatomi dalla mamma. Il ciondolo con la chiave era sempre con me. «Qualcosa di abbastanza compromettente.»

«Oh, santo cielo!» si allarmò lei. «Non avrai mica…»

Le sorrisi malandrina. «Conosci la differenza tra l'erotismo e la noia?»

10
Thea

L'amore non lo si può considerare altro
che l'effetto risultante dalle qualità di un bell'oggetto
su di noi: certi effetti ci trasportano, c'infiammano!
Se noi possediamo quell'oggetto, siamo contenti;
se non è possibile averlo, piombiamo nella disperazione.
Ma qual è la base di questo sentimento*? Il* desiderio.
Quali le conseguenze? La follia.
MARCHESE DE SADE

ANDREW Vince Taylor, meglio noto come Andy Taylor.

Per quanti anni il suo nome mi aveva ossessionata?

C'era sempre stato lui nella mia vita, sin dalla tenera età di dieci anni.

Lo incontrai in un giorno particolarmente soleggiato di maggio mentre rincorrevo un grazioso scoiattolo tra gli arbusti di un enorme parco boschivo. L'abitino turchese che mi cingeva stretto la vita, con una gonnellina che scendeva morbida sui fianchi, si sollevava maliziosamente a ogni saltello, lasciando intravedere le mutandine con i cuori colorati.

«Sei davvero carina.»

Sussultai quando udii una voce sconosciuta.

Non mi ero accorta che ci fosse qualcuno a guardarmi, né che quel qualcuno fosse proprio un ragazzino.

Con il respiro rotto dall'affanno e l'espressione spaventata, scorsi la sua figura rannicchiata ai piedi di un'ampia sequoia. I capelli erano lucenti come l'oro e la pelle chiara come l'alabastro.

I suoi occhi, di un ammaliante grigio ardesia, rimbalzavano su e giù dalle mie gambe nude al petto ancora acerbo in un modo che mal si addiceva a un bambino.

«Chi… chi sei?» gracchiai, impaurita.

Il ragazzino si alzò in piedi e si tolse qualche residuo di erbetta dai pantaloni blu. Avanzò verso di me e io iniziai a guardarmi attorno in cerca di una via di fuga. Mi ero allontanata troppo dalla mamma; speravo ancora di trovarla alla panchina sulla quale sedeva sempre.

«Io sono Andrew, ma tu puoi chiamarmi Andy.» Quel mascalzone non smetteva di guardarmi il petto. Ingenuamente pensai che stesse ammirando il fiocchetto nero che decorava la lieve scollatura del vestito, ma sapevo che i maschi, soprattutto dopo i nove anni, iniziavano a pensare cose abbastanza sconce sulle bambine.

Arretrando, mantenni la guardia alta. «Da quanto tempo sei qui?»

Andy si fermò a qualche metro da me e sorrise furbescamente. «Da un bel po'. Come ti chiami?»

Il primo istinto fu quello di rivelargli il mio nome, ma subito dopo pensai che non avrei dovuto fidarmi degli estranei, allora desistetti. «Non te lo dirò.»

Il ragazzino si avvicinò ancora e mi osservò con profonda curiosità. «Allora ti chiamerò *Puffetta*», decretò tutto contento.

Sgranai le palpebre. «Cosa? E perché?»

«Perché sei bionda e bassa come lei. Ti manca solo la pelle blu», mi sbeffeggiò.

Sciocco ragazzino arrogante!

Imbarazzata, mi sistemai dietro l'orecchio una ciocca di capelli e arrossii teneramente. «Non avvicinarti.»

«Ti sei offesa?» Si esibì in un broncio grazioso.

«Macché!»

«Invece sì, però sei bella anche arrabbiata, sai?»

Accidenti, era un rubacuori persino a quell'età!

Quando mi accorsi della sua eccessiva vicinanza, urlai e indietreggiai.

Andy si fermò con le mani in alto. «Ehi, non voglio farti del male. Davvero.»

«Non ti conosco», ammisi l'ovvio.

Il ragazzino allora si sedette sul prato a gambe incrociate. Il corpo magro era avvolto da abiti costosi e le scarpe erano pulite, accuratamente lucidate. Sembrava appena uscito da un negozio nel quale io e la mamma non saremmo mai potute entrare. Conscia della nostra evidente diversità, mi guardai il vestitino vecchio, rattoppato più volte in vari punti, e arretrai a disagio.

Mi sentii inadatta, pronta a essere schernita per il mio aspetto, sdrucito come un vecchio libro.

«Perché ti stai allontanando? Mi sono seduto per non spaventarti.» Andy non capì cosa mi fosse preso.

«Non sei di West Hollywood?» Fantasticai che provenisse da un mondo lontano, incantato. Forse era un principe.

Non avevo mai visto bambini abbigliati come lui e con quella pelle così candida.

«Sì che lo sono.» Annuì, una ciocca lucente gli solleticò l'occhio sinistro. «Ma non vengo quasi mai al parco, i miei genitori lavorano troppo e non hanno tempo per me.»

«E oggi chi ti ha accompagnato?» Diedi per scontato che non fosse solo. Un bambino non avrebbe potuto aggirarsi per la città senza un adulto che badasse a lui.

«La mia baby-sitter, Tracy.» La indicò in un punto lontano, ma, malgrado i miei sforzi, non riuscii a individuarla.

«Perché mi stavi spiando?»

«Voglio che tu sia mia amica. Per i miei genitori neanche esisto e non ho fratelli con cui poter giocare.» Si avvolse all'indice un filo di erbetta e lo tirò, poi spostò lo sguardo su di me. «Siediti.»

Esitai qualche istante, infine cedetti e mi posizionai di fronte al ragazzino, che tentò di sbirciare le mutandine.

«Smettila di guardarmi le gambe.» Con un gesto d'infantile pudore, abbassai la gonna fin sotto le ginocchia.

Andy scrollò le spalle. «Sono un maschio.»

«Ma sei piccolo!»

«Non così tanto», ridacchiò. «Ho dodici anni.»

«Io dieci, ma sei comunque piccolo.»

«Be', sono più grande di te.»

Sospirai e decisi di porre fine a quel battibecco che, in caso contrario, sarebbe andato avanti per molto tempo. Avevo sempre l'impressione che i bambini fossero più testardi delle femminucce e che, in qualche modo, volessero lasciar emergere precocemente la loro dominanza per fare colpo.

«Allora, Puffetta… cosa ti piace fare?» Cercò di alleviare la tensione, parlando di altro. Sembrava a suo agio, chissà a quante bambine si approcciava in quello stesso modo.

«Suonare, ma la mia chitarra è rotta e la mamma non ha i soldi per comprarmene una nuova», confessai mestamente.

«Vai a una scuola di musica?» Il ragazzino si mostrò entusiasta della mia rivelazione, ma si rattristò quando scossi la testa. «Perché?» insisté.

«Sempre per lo stesso motivo: non abbiamo i soldi per pagarla.»

«Pff…» Scacciò qualcosa nell'aria con una mano. «Papà ne guadagna tanti, ma a me non interessano. Tra qualche anno scapperò di casa per fare il cantante.»

«Tu?» Lo guardai accigliata. «Il cantante?» ripetei scettica. «Come quei tipi tutti sporchi di tatuaggi, che fumano, bevono e fanno tante cose brutte?» gli domandai affascinata.

«I tatuaggi non sono sporchi e sì, proprio come quelli.» I suoi occhi splendevano d'eccitazione.

«A me piacciono molto», ammisi. «Però, ehm… non sembri un bambino rock, tu.»

«Un bambino rock?» Andy scoppiò a ridere, con un palmo sull'addome. «Sei davvero simpatica, Puffetta. Se un giorno canterò, tu potrai suonare con me, sai?»

«Non dire stupidaggini.»

«Dorie! Dove sei?» Appena udii la voce della mamma che mi cercava, balzai in piedi, lisciandomi il vestito in modo nervoso e impacciato.

Andy inclinò il capo per guardarmi dal basso e sogghignò. «Quindi è questo il tuo nome?»

«Scusa, bambino rock. Ma devo andare.» Scappai via, con il cuore galoppante e le mani tremolanti.

«Ti rivedrò?» urlò fiducioso.

«Non lo so», risposi con il fiatone; le parole si dissolsero nell'aria come tanti piccoli pulviscoli.

Quel ragazzino era stato capace di far librare in volo un milione di farfalle.

Da quando le farfalle volavano nella pancia?

«Spero di sì. A presto, mia bellissima Puffetta…»

Guardai Juliette mentre era sdraiata sul letto a pancia in giù, con il mento sui palmi e lo sguardo sognante.

«Quindi vi conoscete da quando eravate bambini?» mi domandò dopo aver ascoltato il racconto del mio primo incontro con Andy.

«Esatto.» Alla mia risposta seguì un accordo di chitarra. Seduta a gambe incrociate, sul letto di fronte al suo, reggevo tra le braccia la mia Gibson alternando colpi di corda a vecchi ricordi che per qualche strano motivo stavo condividendo con Juliette.

«Dunque la vostra storia d'amore non è mai stata una farsa. Non è stata architettata da qualcuno per far parlare di voi. Stavate davvero insieme!» Sbatté le lunghe ciglia, realizzando che nessuno di noi due avesse mai mentito circa la nostra relazione.

«Andy è sempre stato un ragazzo abbastanza libertino. Se non mi avesse amata, non avrebbe mai finto di stare con me.» Un altro accordo di chitarra, più distorto del precedente, sorprese Juliette, che schiuse le labbra sbigottita.

«Cos'era questa?» domandò con un sorriso raggiante.

«La pentatonica di *la* minore.» Strinsi meglio il plettro fra le dita e cercai di non deconcentrarmi; odiavo parlare mentre suonavo, ma la mia compagna di stanza non ne era al corrente, soprattutto perché, per la prima volta dal mio arrivo alla clinica, avevo deciso di conoscerla meglio nonostante fossi intenzionata a non diventarle amica.

Non amavo stabilire legami con le persone, pertanto non sarebbe successo neanche con lei.

«Cavolo, non me ne intendo di musica, ma sei davvero brava!»

«Conosci la canzone che sto per suonare?» Diedi inizio a una piccola esibizione privata con una nota lunga, seguita da un *double stop* tipico degli assoli rock. Juliette si mise seduta sui talloni con le mani posate sulle ginocchia, intenta ad ascoltare. Le note iniziarono a diffondersi nell'aria, le ruotarono attorno, scivolarono tra le pareti, rimbalzarono sul pavimento e i suoi occhi brillarono di meraviglia, come due lucciole luminose.

«Sì, la conosco!» urlò. «È *Dont't cry* dei Guns N' Roses.»

Mi limitai ad annuire mentre le dita si muovevano sulle corde come se avessi tra le mani il corpo di un uomo da venerare. In quell'istante pensai al dottor Krugher e a quanto sarebbe stato sensazionale ammirarlo nudo, privo di barriere fisiche e psicologiche, per osservarlo con massimo rispetto, come si farebbe con una scultura intoccabile della quale si intende cogliere ogni preziosa linea e rilievo muscolare. Avrei potuto scrivere una canzone per lui nella quale esponevo le emozioni e i pensieri che avrebbe suscitato la sua presenza a un passo da me, così desiderabile e vulnerabile, eppure ugualmente irraggiungibile.

Lo avrei elogiato, come un tempo accadeva ai re o ai principi.

Gli avrei elargito, con versi passionali e note drammatiche, le lodi di ogni essere vivente e di tutte le cose del creato.

Umilmente, mi sarei inginocchiata al suo cospetto, avrei riconosciuto in lui l'essenza di una divinità e ne avrei accolto la spaventosa potenza.

«Cos'è successo, dopo, fra te e Andy?» La voce di Juliette mi riportò alla realtà. A volte non mi rendevo conto delle strane fantasie che rivolgevo a quell'uomo. Erano impossibili da comprendere persino per me.

Smisi di suonare e accarezzai il plettro con il pollice. «Vuoi sapere il resto della storia?»

«Sì.» Annuì curiosa.

Con un sorrisetto insolente scossi il capo e mi alzai dal letto per riporre la chitarra nella custodia. «Continuerò a parlartene un altro giorno», annunciai. «È già abbastanza strano che io abbia risposto alla tua domanda su come ho incontrato Andy, e guarda lì...» Le indicai l'orologio sulla parete. «... è passata un'ora.»

Lei sbuffò; per fortuna non insistette e preferì dirottare l'argomento su qualcos'altro. «Ricordi ciò che mi hai chiesto ieri, di fronte al Tèichos?»

Sfilai una sigaretta dal pacchetto di Lucky Strike e la portai alle labbra. «La differenza tra l'erotismo e la noia?» Di nuovo, non l'accesi, conscia che se avessi trasgredito la regola avrei sentito fra le tempie l'eco della voce del dottor Krugher che mi ammoniva per avergli disobbedito.

Era assurdo che dessi più ascolto a un uomo che conoscevo a malapena anziché alla nonna.

«Esatto.» Juliette piegò una gamba sotto di sé e si afferrò la caviglia. Non riusciva mai a stare ferma, sembrava sempre agitata quando mi parlava. «Scrivi tu le canzoni per i Bright Demons, vero?»

«Alcune volte le scrivo io, altre volte le scriviamo io e Andy insieme.» Giocai con la sigaretta, picchiettando con la lingua la base del filtro.

«Molte di esse si riferiscono al sesso e, per l'appunto, all'erotismo», asserì, aggrottando le sopracciglia. «Ti annoia parlare d'amore?»

Pensierosa, appoggiai la spalla alla parete. «L'erotismo *è* amore, Juliette.» Per la prima volta pronunciai il suo nome. Lei si mostrò stupita e inspiegabilmente arrossì. «È l'unica forma d'amore con la quale non mi sento in trappola.»

«Spiegati meglio.» Si mosse nervosamente, interessata ad ascoltare l'astrusa esplicazione del mio pensiero.

«L'erotismo rende l'amore vivo. Incendia il corpo e stimola la mente. Spesso provoca sorpresa, incertezza, piacere... dolore.» Le mie labbra si riempirono di desiderio sull'ultima parola. «Non è solo istinto sessuale, ma coinvolge anche il piano psicologico e affettivo. Lo si condivide con chi si ama, ma non si può amare qualcuno senza condividerlo. Per me è importante, altrimenti mi annoio.»

Juliette sbatté le palpebre, udendo con attenzione tutto ciò che le stavo esponendo. «Qual è allora la differenza tra erotismo e noia, secondo te?»

Tolsi la sigaretta dalle labbra e accavallai una caviglia. «L'erotismo è una forma estatica, la noia una forma di malattia. E io cerco di non ammalarmi.»

La noia era una delle *malattie* contro le quali lottavo da quando era morta la mamma.

Avevo un costante bisogno di stimoli, ogni giorno volevo guardare il mondo con occhi nuovi e prospettive diverse. Dovevo fare qualsiasi cosa per abbattere lo stato di demotivazione che, spesso, mi induceva a credere che l'unica percezione che avessi della vita fosse la vacuità. Perciò me ne stavo indisturbata sul mio pendolo, a oscillare da un lato all'altro, lottando contro il tempo per non lasciarmi pervadere dalla passività della routine.

«Dovresti parlarne con il dottor Krugher», mi consigliò Juliette, con un atteggiamento eccessivamente brioso.

Feci una smorfia sospettosa. «Di sesso?»

«Certo.» Annuì convinta. «Non lo sai che si occupa anche dei disturbi sessuali?»

«Dici sul serio?» D'improvviso mi diressi verso di lei, calamitata dalla curiosità di saperne di più. Sentire il nome di quell'uomo accresceva la mia sete di informazioni.

«Sì. Disturbi della sessualità, disturbi della personalità, disturbi schizofrenici, disturbi dissociativi e...» Si grattò la nuca sforzandosi di rammentare. «E altre categorie che non ricordo.»

«Cazzo», commentai con evidente sbigottimento.

Aveva un curriculum vitae invidiabile.

A che età aveva cominciato a studiare?

Aveva mai alzato il naso dai libri?

Quanti anni aveva quando si era laureato?

Come faceva a essere così giovane ed erudito?

Erano tutte domande che avrei voluto porre a lui, in una conversazione privata nella quale avremmo finalmente potuto dialogare in beata solitudine, ma il dottor Krugher non sembrava propenso a esporsi troppo con i propri ospiti. E, di sicuro, non sarebbe successo neanche con me.

«Già, incredibile, vero?» Juliette si alzò dal letto.

Prima che potessi ribattere, qualcuno bussò alla porta e l'aprì impazientemente, senza attendere il permesso. Con la sua espressione seria, il maggiordomo Hunberct avanzò nella camera e osservò entrambe, in piedi l'una di fronte all'altra.

«Il dottor Krugher vi ha convocate urgentemente», comunicò, con tono neutro.

«Cos'è successo?» gli domandai, ma dal modo in cui strinse le labbra non ebbe intenzione di dirmelo.

Con un flebile sospiro si diresse verso l'uscita e si fermò. «Vi prego di seguirmi.»

Non potemmo far altro che acconsentire e, per qualche minuto, ci lasciammo condurre lungo il corridoio.

Juliette si torturò nervosamente le dita per tutto il tragitto; io, al suo fianco, cercai di non farmi assalire dall'agitazione e di prepararmi a subire le conseguenze del mio pasticcio.

«Che diavolo vorrà?» mi bisbigliò Juliette all'orecchio. Scrollai le spalle con evidente cinismo ma, quando Hunberct ci invitò a entrare nello studio, mi bloccai sull'uscio.

Era la terza volta che mettevo piede nell'ambiente in cui il dottor Krugher trascorreva la maggior parte del suo tempo. Una forza oscura parve oppormi resistenza, come se stessi per profanare un tempio sacro.

Inspirai a fondo per darmi coraggio.

Feci un passo avanti, poi un altro finché notai la presenza dell'avvocato Ryke che camminava avanti e indietro, assorto nei pensieri.

«Mitchell», mormorai. Lui udì la mia voce e si fermò, puntando gli occhi azzurri come due lapislazzuli luminosi su me e Juliette, che tremò per l'imbarazzo.

«Ragazze…» Ci sorrise. «Che avete combinato?» Piegò di lato il nobile capo; alcune ciocche bionde gli sfiorarono il colletto della camicia sulla nuca. Non avevo mai apprezzato gli uomini con i capelli lunghi, ma all'avvocato Ryke conferivano un fascino sofisticato e virile.

«In realtà, niente», risposi per prima.

«Se ha convocato anche me che sono il legale dell'Asklepios, credo abbiate fatto qualcosa di grave.» Incrociò le braccia muscolose al petto e ci guardò sfilare, a testa bassa, davanti a lui.

Ci sedemmo sulle eleganti poltrone dinanzi alla scrivania e per un istante mi persi a fissare il portapenne in pietra decorato con un lussuoso serpente. Su quel piano in palissandro, il dottor Krugher leggeva, studiava ed esaminava le cartelle dei pazienti.

Non mi ero mai sentita così vicino a qualcuno anche in sua assenza.

«Allora, bambine, vi do un consiglio.» Mitchell attirò la nostra attenzione, chinandosi appena verso di noi. «Ascoltate ciò che vi dirà senza contraddirlo. Siate sincere perché odia le bugie. Scusatevi se avete commesso un errore, tacete se non ne siete pentite, ma non sfidatelo.»

Juliette sussurrò un «sì» sommesso; io schiusi le labbra per controbattere, ma rimasi in silenzio quando percepii dei passi alle mie spalle. Una piacevole essenza calda di cedro e bergamotto invase l'aria, il mio olfatto ormai aveva imparato a riconoscerla. Il pavimento di marmo vibrò al cupo rimbombo di un paio di scarpe. Avevo memorizzato anche il suo modo di camminare: leggero, ma talmente intenso da risultare intimidatorio.

Mitchell arretrò, ponendosi dietro la poltrona che avrebbe accolto il medico; Juliette smise di respirare.

Irrigidita come una delle corde della mia chitarra, tentai di frenare il lieve tremore delle mani e di ignorare il battito accelerato del cuore.

«Buongiorno», esordì.

Entrambe trasalimmo, incredule che ci avesse concesso un saluto cortese.

Forse la situazione non era così irreparabile come pensavo.

Inaspettatamente il dottor Krugher, anziché accomodarsi dietro la scrivania, si appoggiò al bordo; piegò elegantemente un ginocchio mentre l'altra gamba rimase semiflessa a causa della sua eccessiva altezza.

Sollevando di più il capo, potei finalmente guardarlo interamente.

I capelli ordinati e neri, il viso simmetrico e altero, la pelle brunita... Non avevo mai visto un uomo come lui prima d'allora.

Nessuno che possedesse una bellezza così feroce, uno charme così conturbante.

«Salve», riuscii a dire, seppur a voce bassa.

Le sue iridi verde acqua, colpite dalla luce dei faretti del soffitto, ostentavano un'eccentrica colorazione piena e bicromatica. Sembrava che al loro interno ci fossero due pianeti giustapposti che orbitavano l'uno attorno all'altro. Insieme, effondevano la stessa meraviglia dell'aurora boreale.

Il corpo, scolpito e vigoroso, era avvolto da un completo scuro; la camicia blu, sbottonata oltre le clavicole, esibiva sensualmente il collo robusto.

Involontariamente paragonai i due uomini presenti: malgrado l'avvocato Ryke vantasse una consistente muscolatura, il suo aspetto celestiale suscitava attrazione, desiderio, ma non timore; il dottor Krugher, invece, più alto e poderoso, era capace di piegare diabolicamente chiunque con la sola forza dello sguardo.

«Sapete perché vi ho convocate qui?» Dal suo timbro non trasparì alcuna crudeltà, ma neanche una confortante clemenza.

Juliette scosse il capo, io mi limitai a fissarlo: era seduto in maniera del tutto informale, con le spalle lievemente incurvate verso il basso in uno stato di placida rilassatezza fisica e con l'addome perfettamente disteso, tanto da non tendere il tessuto della camicia. Nessun muscolo era flaccido o meno sodo degli altri; sembrava che la sua vigoria maschile aumentasse di giorno in giorno, denotando una vita dinamica e piena di esperienze.

«Vuole dircelo lei?» gli risposi con incredibile sfrontatezza. Per fortuna, lo studio era talmente ampio da garantire un'adeguata distanza tra noi, cosicché potessi respirare senza che il suo profumo seducente mi provocasse insoliti capogiri.

«Ieri è stata la giornata del Teìchos», iniziò con tono calmo e serio. «Mi fa piacere che, incoraggiata da Juliette, tu abbia partecipato, Dorothea, ma sono abbastanza deluso dal contenuto del tuo biglietto.»

D'istinto spostai lo sguardo sull'avvocato Ryke, in cerca di un aiuto che non sarebbe arrivato. «Mitchell, accomodati alla mia poltrona», gli propose il dottor Krugher, per impedirmi di ricevere qualsiasi supporto dall'amico.

«Il mio messaggio non è stato di suo gradimento?» Provocai quel medico presuntuoso, spingendo la schiena contro la morbidezza della poltrona. Il mio atteggiamento tradì l'ansia che mi stava attanagliando lo stomaco.

«Se permetti, vorrei leggerlo in presenza dell'avvocato e della tua compagna di stanza.» Con un sorriso arrogante, si tese per estrarre il pezzetto di carta dalla tasca anteriore dei pantaloni. Lo aprì con le dita lunghe ed eleganti, poi lasciò scorrere i suoi luminescenti occhi sulle poche righe trascritte e lesse: «Soave bocca e santa, che piano piano vai sfogliando la liquida schiuma del piacere in muto rito, lenta-leccante-lecchillusoriamente legata alla forma eretta quasi fossero la bocca il frutto, e il frutto la bocca, no, basta, basta, basta, basta bermi, uccidermi e, da morto, vivermi. So già cos'è l'eternità: è puro orgasmo. Carlos Drummond de Andrade».

Ogni parola pronunciata dalle labbra del dottor Krugher, con la voce reboante e profonda, mi si insinuò nei timpani, scosse le mie membra e provocò un viluppo di caldi desideri al centro delle cosce.

Quelle sensazioni divennero talmente penetranti da indurmi a stringere forte le gambe mentre un tormento occulto gravava, col suo peso, sul basso ventre.

Lui si accorse della mia strana reazione e, lentamente, abbassò lo sguardo sui miei shorts.

Il leggiadro movimento delle foltissime ciglia nere ebbe la potenza di spostare l'aria attorno a me.

L'eterno silenzio che ne seguì mi concesse il tempo di afferrare qualsiasi emozione intollerabilmente impudente e di seppellirla lontano.

Il dottor Krugher tornò a guardare i miei occhi che, sfacciatamente, gli svelarono la perdizione viziosa dalla quale ero stata vinta; i suoi erano glaciali, criptici ma intriganti. Non riuscivo a smettere di ammirarli. Mi chiedevo quali fossero i segreti che nascondeva e se mai, un giorno, li avrebbe condivisi con me.

«È una poesia erotica...» sussurrai, con un gemito represso.

Lui rimase apatico, circondato da una pungente freddezza che mi fece formicolare la pelle. «Ti ringrazio per la sorprendente delucidazione, Dorothea.»

«Mi sta prendendo in giro?» Stentavo a credere che un uomo come lui celasse anche un lato sarcastico come quello.

«Né io né l'avvocato Ryke avevamo intuito che fosse una poesia erotica», proseguì, cercando l'approvazione dell'amico. «Vero, Mitch?»

Mitchell sorrise salace prima di accavallare una gamba. «Vero.»

Ovviamente anche lui mi stava sbeffeggiando con grande gaudio.

«Almeno ti rendi conto della gravità del tuo gesto, Dorothea?»

Sobbalzai quando il tono del dottor Krugher mutò improvvisamente. Non fu gentile né indulgente.

Era arrivato il momento di pagare per l'errore che avevo commesso.

Tentennai sulla risposta; sarebbe stato più opportuno che tacessi, proprio come mi aveva consigliato l'avvocato Ryke.

«Pensi di poter sedurre un uomo come me con metodi così banali?» Sollevò tra l'indice e il medio della mano destra il piccolo pezzo di carta ripiegato.

«Era soltanto uno scherzo», mi difesi; non gli avrei permesso di mettermi in ridicolo davanti ad altre persone ancora una volta.

«Uno scherzo di pessimo gusto», ribatté sdegnato.

«Si rilassi. Non ho mai visto qualcuno reagire così male a una proposta allettante come quella», indicai il bigliettino con un cenno del mento.

Aveva capito qual era la proposta sottintesa?

Il dottor Krugher corrugò le sopracciglia e, quando abbassò il braccio, percepii il suo inconfondibile profumo speziato.

«È una tua abitudine provocare gli uomini più grandi di te?» Socchiuse le palpebre circospetto, assumendo un fastidioso atteggiamento paterno.

«Può essere.»

Alternai lo sguardo da lui a Mitchell mentre quest'ultimo tamburellava le dita sul ginocchio e seguiva attentamente la conversazione in corso.

«Spesso nella vita tendiamo a credere che tutto ciò che possiamo donare all'altro sia soltanto il mero atto fisico. Erroneamente, si è convinti che un rapporto carnale sia più importante della nudità emotiva. Sai perché, Dorothea?»

Il dottor Krugher riuscì di nuovo a rapire la mia attenzione. Non era necessario che narcisisticamente si imponesse sugli altri, bastava che parlasse per manifestare la sua austerità e indurre chiunque a rispettarlo come uomo e come medico.

«Perché un rapporto carnale è meno impegnativo, immagino.»

«Esatto», confermò. «La nudità emotiva richiede fiducia, totale dedizione ed energia. Non tutti gli uomini hanno la pazienza di conoscere il loro partner e di farsi conoscere a loro volta. Sai chi preferisce l'effimero piacere sessuale a un legame empatico e speciale? Soltanto chi non è abbastanza forte da svelare la propria anima e snodarla dalle vicissitudini del passato per guardare al futuro. Io sono un uomo esigente, un uomo che dà tanto e pretende tanto da una donna. Sedurmi con una poesia erotica, per quanto possa apparire un'idea originale, o 'allettante', come sostieni tu, è un'offesa alla mia dignità e alla tua.» Si alzò, e, con tutto il suo metro e novantatré di imperiosità, incombette su me e Juliette.

Reclinai la nuca sullo schienale alto della poltrona per mantenere allacciati i nostri sguardi.

«Non sono una poco di buono, se è questo che intende...»

«Non ho mai pensato che tu lo fossi.» Ci tenne a mettere in chiaro. «Voglio soltanto farti capire che dovresti dare più valore a te stessa. Tra due persone esiste un fattore molto più intimo del sesso ed è la capacità di instaurare un legame indissolubile nel quale confidi all'altro le tue debolezze e gli permetti di comprenderle, di supportarti e soprattutto di amarti. Prova a concedere il tuo corpo a un uomo che sia bravo non solo a spogliarti, ma anche a leggerti nell'anima, e vedrai che le emozioni che proverai saranno incomparabili.» Si infilò il foglietto nella tasca dei pantaloni, senza strapparlo o buttarlo via.

«Non esiste un uomo così», mormorai disillusa, anche se una strana sensazione che mi crepitava attorno indicò esattamente il contrario. Quell'uomo esisteva, con la sua bellezza tenebrosa, lo spirito indomito e la mente brillante, ed era proprio di fronte a me.

«Supponiamo che tu abbia ragione. Cosa farai?» Mi pose una domanda abbastanza difficile.

Cosa avrei dovuto rispondere?

Sarei sopravvissuta senza qualcuno che mi amasse?

Avevo perso già mia madre e non avevo nessun altro oltre alla nonna. Da anni avevo sposato un concetto di solitudine perenne al quale mi ero già abituata: se avessi perso nonna Lizzie, sarei rimasta sola.

Per un momento fui pervasa da una forte angoscia.

«Io… io… non lo so.»

«Amerai te stessa, Dorothea. Metterai *te* al primo posto e ti lascerai raggiungere solo da chi ti meriterà», stabilì con un'autorità che non ammetteva obiezioni.

Avrei dovuto tremare dalla paura, ma un debole sorriso mi incurvò le labbra. «Suona come un ordine.»

«Infatti lo è», precisò in maniera pedante: era un medico indiscutibilmente dispotico, oltre che meticoloso.

Incrociai le braccia al petto e alzai il mento. «Lei non può dirmi cosa devo fare.»

«Ne sei sicura?» Il dottor Krugher prese a camminare davanti a me e Juliette; i miei occhi percorsero inevitabilmente le gambe robuste, i glutei ben modellati e la schiena tonica alla quale la camicia aderiva in maniera seducente. «A causa del tuo gesto, questa settimana non riceverai visite.»

«Cosa?» Quasi saltai dalla poltrona, debellando qualsiasi altro pensiero. «Non può farlo!»

«Certo che posso», confutò con un'occhiata severa.

«No!» Strinsi i braccioli pregiati, fregandomene di lasciarvi le incisioni delle unghie.

Il dottor Krugher si fermò e abbassò il capo per guardarmi. «Vogliamo stabilire due settimane? Che ne pensi?»

Sgranai gli occhi, avvertendo una velata minaccia nella sua proposta. «Non dirà sul serio?»

«Allora tre. Per tre settimane non riceverai visite. Più ti opporrai, Dorothea, più la fine della punizione sarà prorogata. Ti conviene ascoltarmi e arginare il tuo animo eccessivamente ribelle.»

«Lei è proprio un arrogante figlio di…» Mi interruppi quando lui si posò le mani sui fianchi in una posa autoritaria, talmente intimidatoria da non necessitare di un monito verbale. Mi sfidò a concludere ciò che stavo per dirgli, ma ero già parecchio nei casini, perciò, se non volevo davvero indurlo a perdere la pazienza, la mossa più scaltra era arrendermi. «Okay, okay», sbuffai. «Comunque che lei sia arrogante lo penso davvero», borbottai, rilassandomi contro la poltrona.

Lui si sfregò il labbro inferiore con il pollice, pensandoci su. «Sì, ogni tanto lo sono.»

L'avvocato Ryke sorrise prima di intromettersi. «Solo ogni tanto, Efrem? Direi quasi sempre.»

«*Stillschweigen!*» ribatté il dottor Krugher in un'altra lingua, con tono assertivo.

Le pareti tremarono; Juliette sobbalzò e con lei anch'io.

Confusa, osservai Mitchell che intuì subito la domanda che gli avrei posto. «Ha detto: silenzio. In tedesco. Ahimè, si arrabbia quando intervengo contro di lui.» Scrollò le spalle; sembrò piuttosto divertito dalla reazione dell'amico, come se aizzarlo fosse uno dei suoi passatempi preferiti.

In quel momento pensai ai numerosi libri in lingua straniera che avevo adocchiato nello studio il mio primo giorno. D'istinto mi girai per osservare le imponenti librerie che si ergevano lungo le pareti e individuai alcuni titoli in francese, danese, inglese, russo e anche tedesco.

«Sa cosa le dico?» Tornai ritta, con gli occhi puntati su quelle iridi che rievocavano l'Oceano Indiano. «Dovrebbe cercare un manuale che le dia indicazioni su come correggere il suo caratteraccio.»

Il dottor Krugher inspirò fortemente, tediato dalla mia insolenza. «La poesia che hai trascritto parla di una *fellatio*, Dorothea.» Arrossii per la disamina alla quale mi stava sottoponendo. Quindi aveva compreso il preliminare celato dalle righe poetiche, ma, a differenza di Andy, che l'avrebbe definito volgarmente «pompino», il dottor Krugher aveva preferito la parola *fellatio*. Chissà se usava, ogni tanto, termini triviali e se nell'intimità il suo comportamento fosse meno improntato al massimo rigore. «L'hai annotata su un biglietto prendendoti gioco di me e delle regole di questa clinica», proseguì, inflessibile. «Non solo pensi che io sia un uomo superficiale, facile da abbindolare o da sedurre. Hai anche profondamente sminuito il significato del Tèichos», precisò, restando algido e serioso.

«Non era mia intenzione», mormorai con un filo di voce, ma lui parve disinteressato a ogni futile giustificazione.

«Poiché è evidente che non ti rendi abbastanza conto della gravità dell'azione che hai commesso, permettimi di ricordarti che valicare i limiti professionali che ci sono tra medico e paziente costituisce una grave violazione deontologica», mi informò. «L'avvocato Ryke è qui in veste di supervisore e di testimone della mia buona fede nella situazione in cui, purtroppo, mi hai coinvolto.»

Guardai Mitchell che, dopo aver raccolto una penna dalla scrivania, iniziò a rigirarsela tra le dita, osservandomi con meticolosa attenzione. Non avrei mai immaginato che potesse essere così minaccioso pur restando taciturno al proprio posto.

«Quindi adesso lei è nei guai?» Mi mostrai sinceramente preoccupata per lui. Non avrei mai voluto che subisse dei danni all'immagine o alla carriera a causa mia.

Il dottor Krugher, ancora fermo nella stessa posizione, non smise un solo istante di fissarmi. Le sue iridi mi strapparono con violenza dalla realtà per gettarmi in un oblio tormentoso. Avrei dovuto evitare di incrociare il suo sguardo, invece non riuscivo a farne a meno.

«No», dissentì con tono solenne. «Non lo sarò finché il tuo errore resterà circoscritto a un unico episodio. Qualora tu dovessi nuovamente contravvenire alle regole – provocandomi, seducendomi, inviandomi biglietti o messaggi con riferimenti sessuali espliciti o impliciti – allora sì. Saremmo nei guai entrambi. È chiaro?»

Annuii con mestizia, poi guardai di sbieco Juliette che non aveva proferito parola per tutto il tempo. Sembrava impaurita dai due uomini.

«Bene.» Il dottor Krugher si passò una mano sul volto stanco. Una ciocca nera gli scivolò sulla fronte, ma non la sistemò. Per quanto possibile, era ancora più attraente quando i suoi capelli non erano ostinatamente ordinati in una piega statica. «Juliette.» D'un tratto si rivolse alla mia compagna di stanza. «La prossima volta cerca di convincere la tua amica a non compiere gesti di ineccepibile sconsideratezza», le suggerì; lei si limitò a chinare il capo con disarmante mortificazione. Non c'entrava nulla in quello che era successo, ma poiché avevo trascritto la poesia sul biglietto in sua presenza, l'avevo involontariamente resa mia complice.

«Mitchell, qual è la tua opinione a riguardo?» seguitò il dottor Krugher, posizionandosi in un'angolazione diversa per allargare il suo campo visivo e includervi anche l'avvocato Ryke.

Quest'ultimo si alzò in piedi e si infilò le mani nelle tasche dei pantaloni.

«*Ignorantia legis neminem excusat*: sai cosa significa, Thea?»

Scossi il capo.

Ormai non sapevo cos'altro fare se non esprimere consenso o diniego.

«Significa che l'ignoranza della legge non discolpa nessuno, ma oggi voglio essere comprensivo con te. Sei qui da pochi giorni, devi affrontare un percorso impegnativo ed è evidente che non hai ancora letto il regolamento incluso nel contratto. Per ora ritengo che non sia necessario agire legalmente. Tuttavia, per il futuro confido nel tuo buon senso.»

Riflettei sull'espressione: agire legalmente.

Che diavolo di provvedimenti avrebbero voluto prendere?

Per un attimo mi ritenni fortunata ad aver subito soltanto una moraleggiante paternale senza gravi conseguenze.

«Adesso tornate in camera. Tutte e due», ordinò il dottor Krugher, scocciato da quell'alterco durato fin troppo.

Raccolsi tutta la dignità rimastami e, insieme a Juliette, mi diressi verso l'uscita.

«Dorothea.»

Mi fermai quando udii la voce profondamente tonante dell'uomo più severo e desiderabile della clinica.

Mi voltai con alterigia e lo fissai, in attesa.

Immobile, al centro della stanza, sembrava una divinità imperante alla quale tutti dovevano rivolgersi con un rispetto e una devozione quasi trascendentali.

«Leggi il regolamento, per favore. Non farmelo ripetere ancora.»

«Altrimenti?» lo sfidai, posando una mano sul pomello d'oro della porta.

«Altrimenti ti mostrerò gli aspetti meno piacevoli del mondo degli adulti...»

11
Thea

L'uomo padrone di sé pone fine a un dolore
con la stessa facilità con la quale improvvisa una gioia.
OSCAR WILDE

ERA il primo venerdì che trascorrevo nell'Asklepios.

Il giorno dedicato alle visite.

Ricordavo bene la regola di riferimento, era la numero uno: i parenti possono fare visita agli ospiti in orario pomeridiano, *ogni venerdì*.

Come mi era stato suggerito dal dottor Krugher, avevo letto il contratto attentamente, soffermandomi sul regolamento che mi era parso simile a una serie di norme scolastiche, alla cui inosservanza conseguiva la convocazione immediata nell'ufficio del preside.

Per una pacifica convivenza nella clinica avrei dovuto tenere a mente circa cinquanta regole; mi sarebbe stato impossibile memorizzarle come avevano fatto le mie coinquiline, tuttavia non volevo più ripetere l'esperienza di commettere errori e di pagarne a caro prezzo le conseguenze, perciò, qualora non le avessi ricordate, le avrei rilette più e più volte fino alla nausea, e mi sarei impegnata a rispettarle.

La sera precedente, il pensiero di non poter vedere la nonna a causa della mia negligenza mi aveva gettato in uno stato di sconforto tale da farmi saltare la cena.

Alle due del mattino, mentre Juliette dormiva con il cuscino stretto al petto, ero scivolata dal letto a causa dei forti crampi addominali causati dai morsi della fame.

Uscita dalla camera, avevo raggiunto la cucina per frugare nella dispensa e trovare qualcosa da mettere sotto i denti, ma l'idea di ingerire cibo e di pentirmene l'istante dopo mi aveva indotta a resistere e a digiunare, attendendo pazientemente che la fame si placasse con litri d'acqua.

Ero precipitata nel baratro.

Non accettavo di perdere il controllo di me stessa e l'unico modo per evitarlo era quello di non cedere alla tentazione di mangiare.

Angosciata, con lo stomaco sottosopra, avevo trascorso circa due ore nel bagno a controllare che la mia pancia fosse piatta, che le cosce non si fossero arrotondate troppo, che le guance fossero sempre le stesse.

Poi ero scoppiata a piangere, in totale solitudine, stringendo al petto il bracciale della mamma e chiedendole perdono per ciò che ero diventata dopo la sua morte.

Un mostro.

«Allora, Thea, come stai?» Era la seconda volta che la dottoressa Ruiz mi poneva la medesima domanda. Da quando, dieci minuti prima, ero entrata nel suo studio, non avevo emesso una sola parola. Con totale impassibilità, preferivo starmene seduta a fissare fuori dalla finestra. Almeno lì dentro ce n'era una e la sensazione di claustrofobia era abbastanza lieve rispetto a quella che avvertivo nello studio del dottor Krugher.

«Come vuole che stia?» le risposi senza neanche guardarla. Non ero truccata, gli occhi erano gonfi e arrossati, i capelli sciolti e annodati sulle punte, l'incarnato era pallido, a dir poco spaventoso. Sulla lingua percepivo uno strano sapore acidulo come se provassi disgusto verso me stessa.

La donna sospirò prima di ribattere. «So che stanotte sei uscita dalla stanza. Eri spaesata e visibilmente barcollante. L'équipe medica è stata informata subito questa mattina.»

Sorrisi notando un colibrì con il dorso rosso e le ali color ruggine appoggiarsi al parapetto del balcone. «Qui ci sono altre ragazze che soffrono di disturbi alimentari, cosa le fa pensare che fossi io?»

La dottoressa picchiettò la penna sul ripiano di legno della scrivania; anche se ero voltata da un'altra parte, il ticchettio acuto era inconfondibile. «Ci sono telecamere di sicurezza in ogni sala. Hunberct le ha visionate prima di comunicarci il tuo nome.»

«Giusto. Non ci avevo pensato.» Avrei dovuto considerare la possibilità che in una clinica così lussuosa e ben attrezzata, con un sistema particolarmente tecnologico, venisse registrata ogni minima mossa degli ospiti. D'altronde nessuno di noi era lì in vacanza. «È colpa del suo collega, sa?» Soltanto in quel momento le rivolsi uno sguardo talmente rabbioso che la dottoressa smise di agitare la biro.

«Thea, se ti stai riferendo al dottor Krugher, ha agito solo per il tuo bene.»

«Impedendomi di ricevere visite?» Indicai l'orologio alle sue spalle.

«Sono le cinque del pomeriggio. Le altre ragazze sono in compagnia di un parente o un amico mentre io sono qui, a rispondere alle sue stupide domande!» La rabbia mi fece tremare le mani.

La dottoressa Ruiz si scostò di lato la frangia, mostrando le sopracciglia chiare. Strano che non fossero rosse come il suo caschetto. «Gli hai mancato di rispetto, Thea. Col tempo capirai che è un uomo magnanimo, ma anche molto intransigente. Le sue decisioni, spesso categoriche, sono finalizzate a dare un insegnamento a ognuno di voi.»

«Lei è di parte», l'accusai. «Lo difenderebbe a prescindere da tutto.» Mi sporsi in avanti malgrado la scrivania che ci divideva. «Sa, ho visto come lo guarda.» La fissai negli occhi grandi, di un verde cinabro, che esprimevano una forza inattaccabile ma custodivano anche qualcosa di torbido. «Lei lo teme, eppure freme dalla voglia di scoparselo, vero?»

La donna scosse il capo con un sorriso scaltro. «Ho capito cosa stai cercando di fare, Thea: tenti di deviare il discorso su di me per non parlare di te. Conosco benissimo questi trucchetti; per di più l'adorazione che provo nei confronti dei miei colleghi è sempre stata di natura professionale. È inutile discorrere di questioni inesistenti quando invece potremmo affrontare argomenti più importanti.»

«Per esempio? Che il cibo mi fa schifo?» la provocai. «A proposito... i miei pasti potete darli ai gatti. Ho visto che ce ne sono vari in giro.»

La donna rimase fredda, aggrappata saldamente alla sua imperscrutabilità. «Sì, nel parco. E Hunberct si occupa di loro su ordine del dottor Krugher.»

Alzai gli occhi al cielo. «Certo, è anche un animalista.»

«Esatto», annuì lei seria, senza cogliere la mia ironia. «Adora gli animali.»

«E odia me, dato che mi sta rompendo le palle da quando ho messo piede in questa maledetta clinica.» Infilai un dito nello strappo dei jeans neri e lo allargai, attenta a non impigliare l'unghia nelle calze a rete.

«Non ti odia, vuole solo farti capire che parole e azioni rivolte a noi medici hanno sempre un peso. La terapia non è un gioco. Noi siamo qui per aiutarti, Thea, e vogliamo solo che tu stia meglio.» La dottoressa incrociò elegantemente le mani. «Vuoi dirmi cosa ti ha spinta, questa notte, a star male?»

Di nuovo volsi la testa verso la finestra.

Il colibrì era volato via, il sole si era nascosto tra le nuvole e il cielo era diventato plumbeo. Quell'opprimente cupezza non si confaceva al mese di aprile. L'approssimarsi della primavera, soprattutto in California, avrebbe dovuto regalare giornate di piacevole arsura, invece ogni alba sembrava cospargere sul mondo il mio umore tetro.

«No», le risposi con voce flebile.

Lei continuò, determinata a cavarmi di bocca qualche informazione. «Thea, ti è stata diagnosticata un'anoressia nervosa atipica. 'Nervosa' significa che la causa del disturbo ha origine psicologica. 'Atipica' che, pur presentando le medesime complicazioni fisiche e cognitive della più comune anoressia nervosa, tu non sei in sottopeso. Tuttavia, il tuo rapporto con il cibo è abbastanza problematico da indurti a perdere circa un quarto del tuo peso corporeo causando gravi conseguenze cardiache e non solo. Ti rifiuti di mangiare oppure ti imponi quantità di cibo insufficienti all'apporto calorico di cui necessiti. Solitamente cosa fai dopo che ti concedi un pasto? Con quale condotta compensatoria combatti i sensi di colpa?»

Le condotte di eliminazione che mettevo in pratica erano sostanzialmente tre: i lassativi, il vomito oppure…

«Mi alleno per molte ore», confessai; nell'aria si cosparse l'angoscia delle mie parole.

«Ricorri allo sport per attenuare il malessere che avverti dentro di te, provocato da quel poco che ingerisci, e immagino che tu ti senta bene in quei momenti, giusto?» mi domandò, con tono comprensivo.

«Sì», mormorai mentre fissavo una nuvola dalla strana forma a orsetto.

«Sai dirmi perché hai un rapporto alterato con il cibo?» La dottoressa Ruiz era più insistente del dottor Krugher, di quest'ultimo apprezzavo proprio il silenzio, gli sguardi eloquenti e la capacità di decifrare anche le mie non risposte senza costringermi a ribattere.

«A volte subisco vessazioni sui social.» Mi umettai le labbra screpolate. «Molta gente offende la mia band, offende il mio aspetto o la mia persona. Mi chiamano troia e drogata.» Un brivido di tensione mi percorse la schiena. «Non lo sono, o forse sì. A volte metto in dubbio persino chi sono.»

«Quindi ti preoccupa la tua reputazione?» La dottoressa Ruiz cercò di analizzare la mia confessione. «Sei un personaggio esposto e questo ti crea ansia e malessere. È corretto?»

«Le persone ci impiegano poco a distruggere gli altri», continuai, senza incrociare il suo sguardo invadente che cercava in ogni modo di scrutare dentro di me. «È sufficiente qualche chilo di troppo, un capello fuori posto, le occhiaie evidenti, sbagliare a esporre un concetto in un'intervista, uscire con qualche ragazzo, per far sì che la gente si arroghi il diritto di giudicare, spesso in modo davvero crudele.»

«E questo ti incita a controllare assiduamente il tuo peso, ad avere un aspetto impeccabile, a gestire la relazione con il cibo in maniera ossessiva nonostante tu abbia un corpo ben proporzionato e sia molto bella», constatò, annotando qualcosa sulla sua agenda. «Quando si sono verificati i primi episodi in cui rifiutavi o rigettavi il cibo?»

La guardai attentamente, facendo scorrere nella mente i ricordi della mia adolescenza, molti dei quali legati alla mamma e alla musica. «Non ricordo con precisione. Più di un anno fa, credo...»

Lei annuì, appuntando anche questo dettaglio. «Da quanto tempo esiste il vostro gruppo musicale?»

Sospirai e ripensai al lontano dicembre di quattro anni prima.

Io e Andy eravamo seduti al tavolino del solito bar nel quale ci riunivamo con Steve e Jimmy.

Quel giorno, Steve indossava una sciarpa particolare, con la testa di un demone brillante, abbinata a un giubbino di pelle abbastanza consunto dal quale non si separava mai, malgrado tutti gli ripetessimo di comprarne uno nuovo.

Il cantante ci aveva convocati per scegliere il nome della band, qualcosa che potesse differenziarla dalle altre. Andy aveva osservato a lungo la stampa eccentrica del demone finché, con un rumoroso pugno sul tavolo, aveva stabilito orgogliosamente che da quel momento in poi saremmo stati i Bright Demons.

«Avevo sedici anni quando io e Andy, il cantante, fondammo ufficialmente la band: era il 20 dicembre.» Nervosamente, avvertii il freddo glaciale di quel mese e mi strofinai le braccia nude. Regredire in maniera così realistica nel passato mi induceva a viverne anche le sensazioni.

La dottoressa Ruiz si accorse della mia reazione, ma non indagò a riguardo. «C'è stato un particolare evento della tua vita che, in qualche modo, ti ha fatta soffrire o ti ha segnata nel profondo? Magari, durante o dopo quel famoso 20 dicembre...»

Riflettei qualche minuto, avrei dovuto cominciare sin dal principio e raccontare la mia spaventosa storia alla donna che mi stava analizzando; alcune verità non erano facilmente percepibili neanche da una psicologa. «Sì, dottoressa. Ho vissuto situazioni tremende, direi... da quando sono nata.»

Un sottile tremore delle palpebre mi fece intuire che la mia risposta l'aveva turbata. «Vuoi parlarmene, Thea? Potresti anche solo accennarmele, se ti va.»

«No», mi rifiutai, perentoriamente.

«Prova a ricordare», insisté lei. «Quale di questi eventi tremendi che hai vissuto ti ha...»

Iniziai ad agitarmi e non mi preoccupai di mostrarglielo. «Non voglio ricordarli, dottoressa.»

«Ti chiedo solo di fare un piccolo sforzo, Thea.» Con l'agenda tra le mani, riprese a scrivere qualcosa che non riuscii a leggere. «Fai solo un...»

«La prego di smetterla», sibilai a denti stretti, poi mi alzai in piedi. Volevo andare via, porre fine a quella conversazione invadente che come un doloroso pugnale mi stava perforando il petto per lasciar fuoriuscire il marciume che avevo dentro.

«Thea. Perché non vuoi fare accenno alla tua famiglia? Parlare di loro sembra quasi un tabù per te. Cos'è successo ai tuoi genitori?»

Spinta agli estremi della disperazione, mi tappai le orecchie e scossi il capo, attutendo le voci che iniziarono a sovrapporsi nella mia mente.

Il buio, i passamontagna, la mamma...

«Per favore, faccia silenzio...» farfugliai confusa. Il battito cardiaco accelerò, un'improvvisa sudorazione mi inumidì la fronte e ogni parte del corpo. Sembrava che qualcuno mi avesse dato fuoco e che stessi letteralmente bruciando.

«Dalla tua cartella clinica risulta che tua madre è morta il 18 agosto e che tu, quel giorno, eri con lei. Cosa...»

Non riuscii a controllare la forza nelle mie braccia né la rabbia che, come lava ardente, si riversò su una donna che stava semplicemente cercando di aiutarmi. Non le diedi il tempo di prevedere le mie mosse. L'aggredii: l'agenda volò a terra, il portapenne di vetro si frantumò sul pavimento, alcuni libri caddero al suolo aprendosi l'uno sull'altro in maniera disordinata. Le strattonai i capelli, le graffiai le guance. Percepii le escoriazioni sotto le unghie, un liquido rosso amaranto mi inumidì i polpastrelli.

Era sangue.

La dottoressa cercò di divincolarsi, di afferrarmi i polsi per fermarmi, ma non ci riuscì. Protestava, mugolava di dolore e urlava parole che non comprendevo o che forse non volevo comprendere.

Quando i suoi occhi verdi divennero due pozzi neri colmi di paura, capì che era inutile resistermi. In quell'istante considerò che avrebbe potuto arrendersi e lasciarsi distruggere da me oppure che avrebbe dovuto fare qualcosa per salvarsi, e alla svelta.

Fu allora che allungò un braccio sotto la scrivania e pigiò il pulsante d'emergenza. Un allarme assordante si diffuse in tutta la clinica. Passi veloci e pesanti accorsero nel corridoio. Con irruenza qualcuno spalancò la porta chiusa fino a farla sbattere contro la parete e mi afferrò per le braccia per allontanarmi dal corpo malconcio della donna.

Urlai, strepitai, scalciai per tutto il tempo in cui, con la forza, fui condotta fuori dallo studio.

Completamente imbestialita, senza rendermi conto di ciò che stavo facendo, conficcai le unghie anche nell'avambraccio dell'uomo che mi teneva stretta.

Doveva essere uno degli operatori che era intervenuto in difesa della dottoressa Ruiz.

Poi qualcosa mi punse sul braccio, forse una siringa.

Qualsiasi farmaco mi fosse stato iniettato mi provocò un bruciore intenso nelle vene, finché i muscoli furono invasi da una fiacchezza inaspettata.

Il battito del cuore decelerò lentamente.

Gli occhi divennero pesanti.

Non distinsi più nulla.

Tutto divenne incolore.

Caddi nelle tenebre e mi abbandonai al vuoto.

L'anoressia nervosa atipica giustificava le mie azioni?

Giustificava che avessi aggredito una donna?

O che mi fossi comportata in maniera del tutto spregevole?

No, assolutamente no.

La mamma non sarebbe stata fiera di me, non mi avrebbe neanche riconosciuta.

Io non ero mai stata così.

Non ero così.

Una lacrima distillò lungo la guancia.

Sentirla scivolarmi sulla pelle significava che ero di nuovo cosciente, perciò schiusi le palpebre e la tenue luce di un lampadario mi colpì le pupille sensibili.

Una coperta in puro cashmere mi avvolgeva il corpo debole.

Con la testa posata su un bracciolo morbido, mi risvegliai distesa sull'enorme divano angolare della sala ricreativa. Malgrado l'avessi vista soltanto una volta, ricordavo perfettamente ogni minuzia dell'arredamento: il pianoforte a coda, il tavolo da biliardo, l'enorme televisore al plasma affisso al muro, i quadri suggestivi, le decorazioni in stile neoclassico. I colori sfolgoranti, di uno scintillante avorio e argento, le conferivano un'eleganza similare alle altre stanze della clinica. Girando gli occhi verso il bar lussuoso e illuminato da lampade a sospensione in cristallo, pensai che non mi sarebbe dispiaciuto farmi un goccetto di Jägermeister, uno dei migliori liquori tedeschi, al quale io e i ragazzi della band affidavamo la nostra sorte prima delle esibizioni, come se fosse un rituale sacro con cui scacciare via ogni negatività.

Di sicuro, anche il dottor Krugher l'aveva assaggiato qualche volta.

D'improvviso, percepii una presenza nella sala.

Dalla mia posizione non potevo accertarmi che ci fosse davvero qualcuno con me, ma istintivamente controllai l'ampia finestra vetrata coperta da un drappeggio pesante che impediva ai raggi del sole di filtrare nell'ambiente. Allora ne fui assolutamente certa: *lui* era lì.

L'uomo che avrebbe maledetto la luce a favore dell'oscurità.

Custode di tutti i misteri.

«Sento il suo profumo», mormorai, inspirando l'effluvio fresco e assolutamente virile che mi invase i sensi.

«E io sento la tua paura, Dorothea.»

Tremai quando una voce potente mi lambì la pelle come una carezza minacciosa, insinuandosi sotto la coperta, in posti reconditi che avrebbero svelato molte delle mie debolezze.

Mi misi a sedere, con la testa ancora vorticante, e mi guardai attorno per individuarlo, finché vidi una sagoma seduta di fronte al maestoso pianoforte a coda.

Il dottor Krugher se ne stava lì, a fissarmi intensamente.

Le spalle larghe erano avvolte da una giacca nera con accurata raffinatezza, la chioma scura con una ciocca abbandonata sulla fronte gli conferiva un'aura solenne e torva, gli occhi così singolari sprigionavano un'energia tanto splendida quanto inquietante.

Con un movimento leggero, sollevò il coperchio della tastiera e con dita gentili sfiorò i tasti bianchi e neri.

Quando cominciò a suonare, intonando una melodia lenta e armoniosa, lo strumento parve assumere un'anima propria, come se quel tocco provenisse da Dio.

Ogni parte di me iniziò ad ascoltare le note carezzevoli che aleggiavano tutt'attorno come leggiadre farfalle.

Sospesa tra una divina beatitudine e un inebriante desiderio, posai i piedi sul pavimento e schiusi le labbra.

Interdetta, rimasi immobile a frenare i pensieri prima che sbocciassero in adulazioni o complimenti sciatti.

Provai un piacere sensuale nel vedere il modo in cui le dita lunghe e maschili scivolavano morbidamente da destra a sinistra, con classe e padronanza.

Tutto il mondo tacque con lauto rispetto per non interrompere il suono vellutato che, autorevolmente, soverchiava ogni cosa animata e inanimata, uomini e donne, come se fosse magico.

Nondimeno, il dottor Krugher esercitava un'influenza inevitabile anche su di me.

Avrei voluto avvicinarmi e passargli le dita tra i capelli per appurare se fossero setosi come sembravano, avrei voluto afferrargli le mani e, con la musica ancora pullulante nella sala, portarle alla bocca e baciarne il dorso liscio. Avrei voluto assaporare le sue labbra per scoprire se fossero così erudite anche nell'arte dei baci mentre stuzzicavano le corde della brama più occulta. Poi avrei voluto spogliarlo per esplorare ogni minimo angolo del suo corpo. Mi sarebbe bastato un cenno di assenso per inginocchiarmi ai suoi piedi e accogliere con ardore il membro turgido finché, dopo incessanti colpi di lingua, non avessi bevuto la sua linfa vitale fino all'ultima goccia.

Immaginare un momento così intimo rese il mio respiro più agitato e temerario.

Quell'uomo era una figura tragica ed eroica, capace di scatenare una rabbia cieca con la sua acuta arroganza e di risvegliare una bieca libidine con la sola bellezza provocatrice che, tutt'altro che idilliaca, ispirava le peggiori passioni.

«Hai mai sentito parlare della musicoterapia, Dorothea?» Il dottor Krugher smise di suonare, lasciando zampillare nel mio cuore l'eco di un'ultima nota. Si voltò e, accortosi della mia eccitazione, socchiuse gli occhi sulle guance rosate. D'istinto mi posai una mano sul petto, temendo che potesse avvertire anche il battito cardiaco eccessivamente frenetico.

«No.» La modulazione della mia voce fu diversa, leggera e incerta.

Lui coprì la tastiera e si girò con tutto il corpo nella mia direzione, restando seduto. «Perché stai tremando?»

«Non sto tremando.» Scostai i capelli dalle spalle, lasciandoli cadere selvaggiamente fino alla base della schiena. Li sentivo solleticarmi la pelle nuda oltre il top bianco che indossavo.

«Devo ricordarti cosa ti ho detto al nostro primo colloquio?» Mi studiò a fondo con le iridi sapienti e io annegai in quell'oceano verde smeraldo. «Ogni menzogna...»

«... 'è una grave offesa al mio intelletto'», proseguii per lui, che mi concesse un lieve sorriso compiaciuto. La fossetta spuntò sulla guancia sinistra, valorizzando il suo fascino ottenebrante. Allora non potei controllare le mie emozioni e sragionai. «Dovrebbe sorridere più spesso, mi piace la sua fossetta.» Mi pentii all'istante di quella confessione, svergognata e infantile. Mi posai un palmo sulla bocca e pregai qualcuno lassù affinché potessi ritirare ciò che avevo detto.

Il dottor Krugher rimase impassibile, non apprezzò il mio complimento né lo rifiutò, semplicemente preferì ignorarlo. «Mi fa piacere che rammenti i concetti basilari», asserì, riferendosi all'inutilità di mentire perché con le sue penetranti intuizioni mi avrebbe sempre smascherata.

Mi arrotolai una ciocca bionda all'indice; avevo il vizio di toccarmi continuamente i capelli quando ero nervosa. «Credevo che mi sarei alzata con una camicia di forza, in una stanza isolata, magari con due o tre operatori a sorvegliarmi.»

«Qui non siamo così eccentrici, Dorothea», ribatté dileggiato.

Notai l'assenza di altre persone; c'eravamo solo noi due, quindi gli esposi la mia curiosità. «Lei non si è fatto accompagnare da nessuno? Non ha paura che possa aggredirla?»

A quel punto il dottor Krugher si alzò, stirandosi sulle gambe i pantaloni neri che scivolarono fino a coprirgli gli stinchi definiti. La sua presenza sembrò ancora più ingombrante, troppo maestosa per essere sopraffatta da me. «*Nein*», rispose in tedesco: supposi fosse un no. «La mia forza non è minimamente paragonabile alla tua. Se fossi stato al posto della dottoressa Ruiz, avrei saputo come fermarti. Con ogni probabilità, ti avrei bloccata per i polsi e saresti stata tu a farti male.»

«Arrogante», borbottai; lui sentì e mi lanciò un'occhiata poco gioviale.

Quando si diresse verso di me con passo felpato ma deciso, svanì ogni residuo di bonaria ironia.

Piegai le ginocchia al petto e mi rannicchiai sul divano, spaventata dalle sue intenzioni.

Mi aveva già vietato di ricevere visite, cos'altro aveva in mente?

Il dottor Krugher notò il mio tremore evidente e si arrestò a poca distanza da me. Un lampo di apprensione gli attraversò lo sguardo: sembrava preoccupato.

«Stai tranquilla, Dorothea», mormorò, con tono rasserenante. Riprese a camminare e si sedette accanto a me, sull'immenso divano che parve troppo piccolo per accogliere un uomo dalla corporatura così massiccia. A quella vicinanza, osservai meticolosamente ogni dettaglio del suo volto: dalle rughette che gli solcavano gli angoli degli occhi alla forma della bocca che sembrava disegnata da un pittore. «Sai perché ho suonato per te?»

«P-per me?» Arrossii di più; non avevo mai parlato con qualcuno che suscitasse tanta riverenza.

Lui annuì. «Sì, per te. La musica, spesso, è utilizzata come strumento terapeutico poiché riesce a comunicare direttamente con il nostro inconscio. Ci nutre di emozioni. Quando siamo tristi ascoltiamo canzoni malinconiche, quando siamo felici ascoltiamo canzoni vivaci, quando siamo carichi ascoltiamo canzoni energiche. La musica è lo specchio di ogni stato d'animo, la nostra fonte di nutrimento. Ho eseguito una sinfonia di Beethoven perché eri tesa, impaurita... avevi bisogno di rilassarti. Il suono stimola la produzione di serotonina e genera una sensazione di benessere in tutto il corpo.»

Quella volta fui io a sorridere, con le braccia ancora strette attorno alle ginocchia. «Be', ha funzionato.»

Il dottor Krugher osservò con prudenza la mia posizione schiva. «Stai ancora tremando, dunque sospetto di no.»

«Tremo per altri motivi, forse.» Gli fissai con insistenza il colletto aperto della camicia bianca nobilmente posata sulla pelle bruna. Nessuna nudità era esposta, eppure potei sbirciare i pettorali tonici sotto il tessuto pregiato. Lui comprese cosa stessi guardando, ma mantenne un contegno inamidato, come sempre. Smisi di pensare ad altro e decisi di comportarmi in maniera matura, così gli rivolsi la domanda che mi stava più a cuore: «Come sta la dottoressa Ruiz?»

«Se la caverà con qualche graffio», affermò serafico. «Ha commesso un errore. Le ho sempre detto che ci sono tanti modi per evocare i ricordi e che non è necessario esercitare delle pressioni psicologiche sul paziente.»

«Lei non è arrabbiato con me. Come mai?» osai con timore; la sua apparente calma mi destabilizzava.

Il dottor Krugher si adagiò contro lo schienale e accavallò una gamba, guardandomi profondamente. «Il dolore spesso sfocia nella perversa volontà di nuocere agli altri e per questo manovra le azioni dell'essere umano. Non è giustificabile, ma è comprensibile. Paradossalmente, viverlo ti permette di liberarti dalla sofferenza e di smettere di scappare da ciò che non intendi ascoltare: la tua anima.»

Involontariamente, sedetti composta e tirai la coperta sulle cosce. «Ci saranno delle conseguenze per ciò che ho fatto?» insistei, tracciando con un indice il ricamo sul tessuto di cashmere.

Il medico si mosse per estrarre qualcosa dal taschino interno della giacca: era una raffinata stilografica Montblanc, in resina nera, con un diamante luminoso sull'estremità superiore. L'ammirai affascinata; persino con le penne aveva buon gusto.

Fissò un punto a caso della sala, riflettendo su qualcosa prima di tornare a guardarmi. «Cos'è questa, secondo te?» Mi mostrò l'oggetto che reggeva tra le dita.

«Una penna?» risposi con ovvietà.

Lui inarcò un sopracciglio, insoddisfatto. «È un'opportunità, Dorothea. Voglio che esterni la tua sofferenza con delle canzoni. Voglio che scrivi per me, così come io ho suonato per te: con la stessa intenzione. Non ti farò domande, non scaverò nel tuo passato, non ti sottoporrò a nessuna pressione. Dovrai soltanto condividere con me il tuo dolore.»

Per la prima volta si sporse verso di me e mi prese il polso con una mano. Rabbrividii a quel contatto inaspettato. Le dita lunghe e calde mi avvolsero la pelle delicata per girare il mio palmo verso l'alto. Il dottor Krugher si chinò e il profumo di pulito, così potente e distinto, si cosparse nell'aria. La catturò, se ne impadronì, esattamente come aveva fatto lui con me.

«Esistono tre tappe importanti nel rapporto tra medico e paziente.» Posò la punta della penna sulla linea della vita e, senza alcuna sbavatura, tracciò un'accuratissima *e*. «La prima riguarda l'*empatia*: ossia la capacità di elargire la fiducia a qualcuno e permettergli di 'entrare' nella nostra sofferenza», mormorò, guardando la lettera che aveva inciso con l'inchiostro nero, alla quale subito dopo seguì un'effigiata *s*. «La seconda riguarda la *simpatia*, che etimologicamente significa 'patire insieme', provare gli stessi sentimenti. Se me lo consentirai, non sarai più sola nella guerra che stai combattendo.» La pelle, troppo sensibile, iniziò ad arrossarsi. Non curandosene, delineò un'altra lettera, altrettanto precisa come le precedenti. Era una *c*. «L'ultima tappa consiste, invece, nella *compassione*. Il suo significato è più nobile di quanto si possa immaginare. Molti pensano che voglia dire pietà o pena, ma, stando alla sua origine, indica una comunione di sentimenti profondi che lega due persone, qualsiasi sia il loro rapporto.» Soffiò sul palmo aperto per alleviare il tenue fastidio provocato dalla pressione della penna.

Il fiato leggero mi provocò intensi brividi in ogni parte del corpo. Nessuna malizia invase l'intimità di quel gesto, soltanto un'innata sensualità.

Rapita dalla bellezza dilaniante del suo viso, restai imbambolata a fissarlo mentre lui mi lasciava andare per riassumere una postura rigida.

Le ciglia nere, così folte, incorniciavano due smeraldi eccentrici che, con fierezza, mi avvertirono di non azzardare troppo.

Azzardare cosa?

Cercai di riprendermi dal nostro effimero contatto. Il palmo bruciava e, similmente, parve esserci una sorgente di fuoco acceso anche nel punto esatto in cui le sue dita si erano avvolte a me, con gentilezza e tenacia.

Impensierito, osservò la mia mano. «Fa male?»

Scossi il capo e la chiusi a pugno. «Stranamente, preferisco il dolore fisico a quello emotivo», mi lasciai sfuggire. Lui assorbì le mie parole, le razionalizzò, le fece sue.

E infine comprese.

In religioso silenzio, si alzò dal divano e lasciò la lussuosa stilografica accanto a me.

Preoccupata che se ne fosse dimenticato, l'afferrai e gliela porsi. «La sua penna.» Lo guardai dal basso come una bambina che rendeva al proprio padrone l'oggetto smarrito.

Lui mi rivolse un sorriso scaltro. «Scrivi, Dorothea.»

Poi andò via.

Con la stilografica ancora a mezz'aria, mi accorsi dell'emblema E.K. dorato che brillava sulla resina nera.

La mente di quell'uomo era infinita come un universo immenso nel quale realtà e perfezione si incontrano e scontrano dando vita a uno spettacolo inspiegabile, repleto di meraviglia, onniscienza e associabile a un unico nome…

Efrem Krugher.

12
Thea

Abbiamo bisogno di più consapevolezza
della natura umana, perché l'unico pericolo reale
che esiste è l'uomo in se stesso.
Carl Gustav Jung

Mi strinsi il polso destro con le dita della mano sinistra.

Una, due, tre, quattro volte…

Non provai niente.

Nessun bruciore, nessun brivido, nessuna scossa di piacere.

Senza di lui, la sorgente di fuoco che mi aveva incendiato il corpo si era spenta.

Com'era possibile che a quell'uomo fosse stato sufficiente sfiorarmi per farmi sentire come un pesciolino nelle fauci di un pericoloso squalo?

Non avrei mai capito a fondo il dottor Krugher.

La sua anima era chiusa in una teca di vetro; sapevo che una parte di essa era pura, ma non riuscivo a scorgere l'altra, quella più tenebrosa, quella cesellata dai segreti inconfessabili di un uomo apparentemente integerrimo.

Non riuscivo a ottenere delle risposte, soltanto dubbi che tessevano attorno a me altri dubbi.

Percepivo la sua enigmaticità, avvertivo delle vibrazioni negative quando indugiava con lo sguardo su di me come se volesse analizzarmi, ma impedirmi di analizzarlo a mia volta.

Mi aveva chiesto di fidarmi di lui, di permettergli di *entrare* nella mia sofferenza, di condividere con lui il mio dolore, tuttavia era un medico, uno psichiatra.

Quanta manipolazione c'era nelle sue parole?

Erano davvero sincere le sue intenzioni?

Il giorno successivo, nella sala pranzo, non toccai cibo.

Per tutto il tempo mi limitai a girare il cucchiaio nella zuppa mentre le altre ragazze, acquattate ai loro posti, mi osservavano con attenzione, intimidite dalla mia presenza.

La notizia di ciò che era accaduto con la dottoressa Ruiz era giunta alle loro orecchie prima del previsto; la sensazione di vergogna mi serrava lo stomaco in una morsa dolorosa. A testa bassa, cercai di ignorare i pettegolezzi di Sophie e Akemi che mi definivano borderline o schizofrenica.

Riley e Nasha, invece, si dissociarono dalle amiche, ma non del tutto, poiché nei loro sguardi avevo colto la medesima intenzione di inquisirmi e condannarmi per ciò che avevo fatto.

L'avvocato Ryke sarebbe intervenuto?

Ci sarebbero state delle conseguenze legali per me?

L'unica che mi stette accanto e tentò in ogni modo di confortarmi fu Juliette.

Per tutto il giorno, non feci altro che ripetere quanto fossi stata stupida e irragionevole. Non c'era giustificazione al mio gesto. Non riuscivo a controllare gli sbalzi d'umore che troppo spesso mi annebbiavano la ragione e mi inducevano ad agire d'impulso. La dottoressa Ruiz aveva cercato, in modo intrusivo, di scoprire il mio passato, di farmi ripercorrere i vecchi ricordi e questo aveva provocato in me una reazione sbagliata, connessa al disturbo di cui soffrivo.

La rabbia e l'aggressività, sentimenti che accomunavano l'anoressia e la bulimia, erano una manifestazione estrema dello stato psicologico in cui versavo ormai da tempo.

Il dottor Krugher l'aveva intuito sin dal primo giorno, per questo la sera precedente aveva preferito suonarmi una melodia piuttosto che arrabbiarsi. Quell'uomo incuteva timore anche senza alzare la voce, sbraitare o manifestare collera. Era incredibilmente rigoroso, sembrava che le debolezze umane non gli appartenessero, che niente potesse spezzare o anche solo piegare l'asse dei suoi principi morali.

«Sali sulla bilancia, Thea.» Il dietologo, con un sorriso genuino, mi carpì dalle mie torbide riflessioni per incitarmi a non temporeggiare oltre. Erano le sei del pomeriggio, avevo raggiunto il suo studio da soli cinque minuti e già volevo scappare via.

Sospirai. «Non voglio. Io…»

«So che ti fa paura», mi interruppe. «Ma ti avevo promesso che avremmo controllato il tuo peso due volte a settimana. Da lunedì prossimo inizierai a seguire il programma che ho accuratamente studiato per te. Con i nostri colloqui periodici capirai che il cibo non è tuo nemico, che qualche chilo in più non determina alcuna variazione significativa nel tuo corpo o nella tua persona.» Mi sospinse gentilmente in avanti e, quando salii sul tedioso strumento che, da lì a poco, avrebbe indicato il mio peso, puntai lo sguardo sulla parete chiara.

Il dottor Nørgård si sporse per guardarlo e lo annotò su un foglio. «È stabile. Stai assumendo lassativi in questo periodo?»

«No.» Scesi dalla bilancia e infilai le scarpe che avevo abbandonato accanto alla scrivania.

Lui mi osservò sospettoso. «Sai che è vietato introdurli nella clinica, vero?»

«Sì, lo so.» Cercai di non sbuffare.

Li avevo assunti contravvenendo alle regole, ma non avevo alcuna intenzione di confessarlo.

«Thea…» Il dietologo si passò una mano tra i ricci castani, alquanto inquieto.

«Mi creda, dottore. Non sto prendendo nulla.»

«Se lo scoprisse Efrem…» Resosi conto di aver usato il suo nome, si affrettò a correggersi. «Cioè il dottor Krugher, non la passeresti liscia.»

«So anche questo.» Terminai di allacciare gli anfibi e mi raddrizzai.

L'uomo, più giovane dei colleghi e con un aspetto oltremodo benevolo, si diresse verso di me e infilò il foglio in una cartellina con sopra il mio nome. «Vorrei che martedì pomeriggio partecipassi all'incontro collettivo che terremo personalmente io e la dottoressa Ruiz. Parleremo dei fattori di rischio delle condotte di compensazione che riguardano sia l'anoressia che la bulimia.»

Mi irrigidii quando mi figurai nella mente una psicologa furiosa che avrebbe potuto denunciarmi per i danni che le avevo arrecato.

Nørgård intuì i miei pensieri e si appoggiò alla scrivania, con le braccia incrociate al petto. «Non ti accadrà nulla, Thea. Le aggressioni all'équipe medica, purtroppo, si verificano spesso nel nostro lavoro, soprattutto in una clinica che accoglie ospiti con evidenti disturbi psico-fisici. Sappiamo che non volete ferirci intenzionalmente, altrimenti non sareste qui.»

Abbassai il capo, avvertendo addosso il peso delle mie azioni. «Sono mortificata, vorrei scusarmi con la dottoressa.»

«Potrai farlo e lei accetterà le tue scuse. Nina è una donna comprensiva, conosce i pericoli della professione che svolge. Oltretutto sa che tu non avevi premeditato nulla e che non avresti voluto farle del male», tentò di rassicurarmi. «Perdona la mia curiosità: in seguito all'episodio verificatosi, il dottor Krugher ha deciso di prescriverti una terapia farmacologica?» Pensieroso, riaprì la mia cartellina e controllò i documenti per verificare se ci fossero informazioni che avrebbero potuto anticipargli la mia risposta.

«No.»

«Immaginavo...» Si soffermò su un foglio in particolare, poi lo ripose ordinatamente insieme agli altri. «Lui è l'unico, tra noi, che può prescrivere farmaci, ma a differenza di altri psichiatri non ricorre ad antidepressivi o a psicotropi con tanta facilità, eccetto in casi estremamente necessari.»

«Sì, me lo ha detto. Ricorre alla terapia farmacologica solo in...» cercai di ricordare. «Cavolo, aveva usato un'espressione latina.» Mi grattai il mento con evidente difficoltà.

Nørgård si voltò ridente. «*Extrema ratio.*»

«Sì, esatto, quella roba lì...» brontolai. «Il latino non è il mio forte.»

«Immagina se ti avesse parlato in tedesco», ironizzò.

Sbattei le ciglia pensosa. «Lo parla spesso?»

«Sì, e anche molto bene.» Il medico aggirò la scrivania e si chinò sulle ginocchia per infilare la cartellina tra le altre in un apposito archivio. «È nato in Germania, ma vive in America da tanti anni.»

«Avrei dovuto intuirlo subito che era tedesco.»

«Lo è fino alle punte dei capelli.» Il dottor Nørgård tornò ritto e si voltò, unendo le mani con un colpo enfatico che indicò la conclusione del nostro breve colloquio. «Adesso devo occuparmi di altri pazienti, Thea. Goditi questo fine settimana di libertà. Da lunedì voglio che tu sia carica e pronta per il nostro programma.»

Alzai gli occhi al cielo. «Dovrò mangiare tutti i giorni, vero? Niente più digiuno prolungato.»

«Immagina che il cibo sia come un vecchio fidanzato che per tanto tempo hai odiato, ma che, in fondo, ami ancora. Ecco... io vi aiuterò a tornare insieme.» Aprì galantemente la porta per me.

«Non avevo mai sentito un paragone simile, dottor Nørgård. Ora capisco perché Nasha stravede per lei», lo elogiai con un occhiolino amichevole.

Lui rise e scosse il capo. «Forza, va' e medita sul tuo incontro amoroso con il nuovo programma alimentare che ti presenterò lunedì.»

«Non vedo l'ora», bofonchiai, con tono sarcasticamente annoiato.

Percorsi il corridoio e scesi le scale per raggiungere la mia camera.

Mentre annotavo sul cellulare l'appuntamento del martedì pomeriggio per evitare che me ne dimenticassi, a ogni passo percepivo una voce maschile, abbastanza famigliare, farsi sempre più nitida finché giunsi dinanzi all'uscio aperto e mi fermai.

«Puoi chiedermi tutti gli autografi che vuoi, dolcezza.»

«Ehm… Oddio, grazie. Sono troppo emozionata», ribatté Juliette, in totale imbarazzo.

Sorpresa, infilai il telefono in tasca ed entrai, notando accanto al letto della mia compagna di stanza un Andy Taylor felice e spensierato, mentre riconsegnava la biro alla ragazzina dopo averle scarabocchiato la sua firma sul foglio di un quaderno.

Che diavolo ci faceva alla clinica di sabato?

Non era il giorno dedicato alle visite.

Accortosi della mia presenza, dapprima mi osservò sbalordito poi mi mostrò un enorme sorriso lezioso. «Puffetta!»

Non ci pensai due volte prima di corrergli incontro e fiondarmi tra le sue braccia.

Andy mi strinse forte e mi sollevò da terra di qualche centimetro, non che fosse difficile data la mia piccola statura rispetto al suo metro e ottantacinque di altezza. Mi lasciai avvolgere da un vezzoso profumo aromatico con un accenno pungente di tabacco che evocò, in pochi istanti, tutto il nostro mondo: West Hollywood, la sala prove, la band, la musica…

Inspirai l'odore della sua pelle a pieni polmoni, trattenendo a stento le lacrime.

Dopo soli sei giorni di permanenza all'Asklepios sentivo la sua mancanza come se fossimo stati distanti per un'eternità.

Gli strofinai la punta del naso sul collo e mormorai parole confuse.

Gli domandai come mai fosse lì e chi lo avesse fatto entrare. Senza ragionare, gli dissi anche che avevo aggredito una dottoressa, che ne ero pentita, che ero una pessima persona e che mi era stato vietato di ricevere visite.

«Ehi… frena, Thea.» Andy mi rimise giù e mi ghermì il viso con i palmi. «La receptionist mi ha avvisato che non era possibile incontrarti, ma cocciuto come sono le ho urlato contro che dovevo vederti. Alla fine, ho ottenuto il permesso», confessò, sfregando i pollici sulle mie guance accaldate.

Guardai alle sue spalle: oltre a Juliette, seduta sul bordo del letto ad assistere alla scena, non vidi nessun altro. «Dov'è la nonna?»

Andy piegò le labbra in un'espressione avvilita. «Quando ho contattato l'assistente del tuo medico per chiederle a che ora avrei potuto raggiugerti lei mi ha categoricamente proibito di portare con me tua nonna. Le ho chiesto il motivo e mi ha risposto semplicemente: 'ordini dall'alto'.»

Ringhiai come un animale selvatico, sapendo bene da chi provenissero. «Ma certo, è stato *lui*. Mi aveva detto che per tre settimane non avrei ricevuto visite, senza specificare che si stesse riferendo esclusivamente alla nonna.» Scaltramente, il dottor Krugher mi aveva colpita nel mio unico punto debole: nonna Lizzie.

Vietarmi di vedere lei mi avrebbe ferita più di qualsiasi altra cosa al mondo.

E lui lo sapeva; per questo era stato volutamente elusivo.

Andy aggrottò la fronte. «Lui chi?»

«Il proprietario di questo posto.» Gli ripetei ciò che mi aveva riferito Juliette qualche giorno prima. «È uno psichiatra ed è anche uno stronzo.» Mi passai una mano tra i capelli per riordinarli. Erano lunghi, folti e indisciplinati. Con le dita incontrai qualche nodo che tentai di districare, poi lasciai perdere.

«Il tizio vecchio di cui mi hai parlato al telefono?» Andy mi guardò incuriosito.

Il dottor Krugher non era affatto vecchio, ma ricordavo ciò che gli avevo comunicato nella nostra chiamata e mantenni fede a quelle parole, seppur menzognere.

«Sì», confermai. «Comunque oggi è sabato, non dovrebbero consentire incontri con amici o parenti. Come hai…»

«Ho insistito.» Andy lanciò una rapida occhiata panoramica alla camera. Di sicuro stava notando l'eccesso di rosa che pennellava le pareti e il nauseante arredamento principesco. Camminò a passo lento per non perdersi alcun dettaglio e si fermò in prossimità dei poster dei Guns N' Roses che avevo affisso al muro accanto alla finestra. L'unico tocco rock della stanza, insieme ai vestiti neri abbandonati su una poltrona. «Alla fine… Melanie? Mi pare si chiami così, mi ha consentito di raggiungerti. Tua nonna è molto preoccupata per te. Ha detto che non hai mantenuto la promessa di telefonarle tutti i giorni. Per questo, quando le ho riferito che non avrei potuto portarla con me, si è raccomandata di accertarmi che tu stia bene.» Sfiorò con le dita affusolate uno dei miei collarini di pizzo, distrattamente posato accanto al MacBook spento: un tempo diceva sempre che mi preferiva senza troppi fronzoli addosso.

Rattristata, gli accarezzai un gomito per indurlo a voltarsi. «I primi giorni sono stati difficili. Sto ancora cercando di ambientarmi e…»

«Lo so.» Andy mi guardò con gli occhi costellati da taciti pensieri. «Però avresti dovuto farle almeno una telefonata.»

«Ultimamente non ne combino una giusta, bambino rock.» Dopo anni utilizzai di nuovo il suo nomignolo; le iridi grigio ardesia luccicarono per lo stupore.

«Non sono più tanto 'bambino', adesso.» Maliziosamente, mi osservò dall'alto al basso. Non ero preparata al nostro incontro, sebbene Andy mi avesse già vista spettinata, struccata e anche sconvolta in varie occasioni. Tuttavia, quel giorno indossavo un girocollo scuro con una pietra blu sulla gola e una semplice maglietta monospalla a manica lunga infilata in una gonna corta rigorosamente a vita alta. Ciò che però non sfuggì alla sua attenta analisi, fu la giarrettiera di pelle nera, ornata da un cuore di metallo, che mi avvolgeva la coscia destra sulle calze a rete. «Porca miseria, te ne vai in giro per la clinica con quella *cosa* in bella vista?» La indicò con una mano, facendo una smorfia di disappunto.

Buffamente, mi guardai la gamba e annuii. «È un semplice accessorio.»

«È un accessorio sexy, Thea», mi contraddisse, pronto a manifestare la sua soffocante gelosia.

«Non è sexy. Fa semplicemente parte del mio look, come gli *space buns* o i collarini.» Come al solito, nonostante mi conoscesse da quando avevo dieci anni, dovevo rammentargli che il mio abbigliamento era sempre stato stravagante e appariscente.

«Non ti rendi conto che risulti provocante, vero? Qui dentro ci sono degli uomini, Thea, non voglio che…»

«Non sono un vestito, un'acconciatura e neanche un fottuto *choker*…» Infilai l'indice tra la sottile striscia di velluto e la gola, «… a rendere una donna una poco di buono o una provocatrice. Mi vesto così perché mi piace, non per attirare l'attenzione. Non ragionare come un troglodita, per favore.» Non mi aspettavo che avremmo discusso di nuovo per le stesse questioni, ma d'altronde io e Andy ci eravamo lasciati anche per questo.

«Non sono un troglodita», si difese seccato. «Ho soltanto paura che le persone possano fraintenderti.»

«Che fraintendessero, allora, non cambierò la mia personalità o il mio look per loro.» Recuperai il pacchetto di Lucky Strike dal comodino, ma Andy mi fu addosso e mi costrinse a rimetterlo al proprio posto. «Che diavolo stai…»

«Te ne offro io una buona, Puffetta.» Mi fece l'occhiolino prima di estrarre dal giubbino di pelle un contenitore scuro decorato dalla stampa di un teschio con fluorescenti fiamme rosse. Lo aprì e prese una sigaretta, porgendomela con gentilezza.

«Ehm, scusate se vi interrompo… Qui non si può fumare», si intromise Juliette. La sua vocina delicata ci raggiunse con una musicalità soave: quella ragazza avrebbe potuto diventare una cantante ed emulare la popstar alla quale somigliava.

Andy la perscrutò, tenendo la sigaretta tra le dita. «Tu non fumi, dolcezza?»

Lei scosse freneticamente il capo, con le guance arrossate come due gustose ciliegie.

«Se fumassimo sul balcone lo diresti a qualcuno, piagnucolona?» Presi la Philip Morris dalla mano di Andy e la portai alle labbra.

La ragazzina mi fissò riflessiva per qualche secondo, poi sospirò. «No, ma dovete sperare che nessuno vi veda.»

«Nessuno ci vedrà.» Andy mi guidò fino al balcone, muovendosi con l'agilità di chi era stato in quella camera svariate volte. Sin da bambino, era sempre stato capace di adattarsi rapidamente alle situazioni e agli ambienti, come se fosse una sua naturale abilità. Persino con le persone riusciva a stabilire una forte confidenza dopo averci parlato per pochi minuti.

Tuttavia, la gente conosceva solo l'animale da palcoscenico, il ragazzo trasgressivo e immorale; io conoscevo il ragazzo dall'animo sensibile, con una famiglia ricca e cinica alle spalle, un padre che avrebbe voluto diventasse un avvocato, una madre che odiava i suoi numerosi tatuaggi e un'ex fidanzata che, nonostante lo avesse deluso, riceveva ancora, immeritatamente, il suo affetto.

«Sai che mi stai mettendo nei guai?» Mi strinsi nelle spalle quando l'aria frizzante della primavera mi pungolò la pelle esposta.

«C'è mai stata una volta in cui io e te non ci siamo messi nei guai?» Dopo aver acceso la sua sigaretta, si chinò verso di me e con una mano chiusa a conca accese anche la mia.

Scossi la testa e feci il primo tiro. «No, ma qui è diverso. Il 'tizio', come lo chiami tu, è uno di quelli fissati con le regole che fa paura anche quando non parla.»

Andy espirò il fumo dalle narici, ridendo. «Nel senso metaforico o letterale?»

«Letterale.» Volsi lo sguardo al crepuscolo. Nuance di intenso arancione fuse a lucenti tonalità dorate si mescolavano tra loro all'orizzonte, in una silenziosa danza di colori. Gli ultimi raggi del sole colpivano debolmente l'enorme distesa verdeggiante, vegliando ancora un po' sul mondo prima del totale imbrunirsi del cielo.

«Questo posto sembra una di quelle enormi tenute inglesi, incredibilmente eleganti… hai presente?» Andy posò i gomiti sul parapetto, decorato da complesse linee che richiamavano l'architettura neoclassica.

Mi posizionai al suo fianco e continuai a fissare il tramonto. «Sì, è strepitoso.»

«Cosa c'è lì?» Andy si soffermò su un dettaglio lontano. «Un parco?»

Erano ben riconoscibili gli enormi pini che, sotto un'uggia fresca, offrivano riparo alle numerose panchine circondate da siepi e fiori ornamentali in mezzo ai quali un lussureggiante viale lastricato si dipanava, in vari viottoli, a dimostrazione di quanto fosse grande lo spazio naturale.

«Sì. Direi che la sobrietà e l'Asklepios non vanno molto d'accordo.» Continuai ad aspirare il fumo, sentendo sul palato un sapore strano, terribilmente invasivo, differente dal tabacco.

«No, infatti», ridacchiò lui.

Allontanai il filtro dalle labbra e lo analizzai. «Andy, cos'hai messo nella sigaretta?»

Lui mi guardò di sbieco, fumando con nonchalance. «Non è erba.»

«No, non lo è…» Sapevo distinguerla e da un lato avrei sperato che lo fosse.

Andy indugiò nel silenzio; non aveva il coraggio di dirmi ciò che avevo già intuito.

«Non avrai mica…»

Lui scrollò le spalle. «Cosa ti ho insegnato tempo fa? Ci sono vari tipi di droghe che si possono fumare.»

Sgranai gli occhi, barcollando all'indietro. «Sei completamente fuori di testa!» Gettai a terra la sigaretta contraffatta e la pestai rabbiosamente, poi la scalciai via. «A me fa schifo questa roba! E tu dovresti smettere di farne uso!»

«Calmati.» I suoi bulbi oculari erano diventati già rossi, le pupille spaventosamente dilatate. «Capita raramente.»

«Certo, così raramente che hai voluto coinvolgere anche me anziché farmi una semplice visita di cortesia, stupido!» Non potei fare a meno di insultarlo. La testa cominciò a girarmi e arretrai sulle gambe malferme, maledicendolo in ogni modo possibile. Sbattei le palpebre più volte per mettere a fuoco la sua figura. Le emozioni iniziarono a riaffiorare colpendomi il cuore come onde impetuose. Scoppiai a piangere, come una bambina, farfugliando quanto mi mancassero la mamma, la nonna e anche la vita che conducevo prima di quel 18 agosto, poi tra le lacrime iniziai a ridere.

Risi di me stessa, risi di me e Andy, e risi anche del dottor Krugher…

Chissà quale sarebbe stata la sua faccia se mi avesse vista in quelle condizioni.

«Penso di essere fatta», farfugliai all'idiota del mio migliore amico.

Lui si stropicciò un occhio, poi, dopo un ultimo tiro, spense la sigaretta, strofinando il punto di combustione sul muro. Alcuni lapilli incandescenti si dissolsero nell'aria e la cenere cadde sulle sue scarpe. «Anch'io.»

Pervasa dai sensi di colpa, congiunsi le mani in segno di preghiera e mi rivolsi al cielo ormai scuro. «Mamma, non mi sono mai drogata in questo modo, devi credermi. Ho solo fumato qualche canna da ragazzina. Ti prego di perdonarmi. Non accadrà più.» Fissai una stella luminosa, il suo bagliore aumentò come se la mamma avesse percepito il mio messaggio e mi stesse inviando un segnale.

Andy mi circondò i fianchi con un braccio e mi attirò a sé, dandomi un bacio sul collo. «Non dire stronzate, Thea. Tua madre sa che sei una brava ragazza, non hai nulla di cui farti perdonare.»

Mi lasciai avvolgere dal tepore del suo abbraccio. «È tutto sbagliato, Andy. Tu hai bisogno di aiuto.»

Lui mi mordicchiò il lobo dell'orecchio. «Ti ho detto che non accade sempre, non ho nessuna dipendenza. Se l'avessi, mio padre mi avrebbe già ammazzato», sussurrò divertito. Con un mugolio eccitato, continuò a baciarmi il collo in un modo del tutto inappropriato per un ex. «Adesso, che ne dici di tastare la morbidezza del tuo letto?»

Scossi energicamente la testa. Piantai le mani sul suo petto sodo e tentai di respingerlo, seppur debolmente. «No. Non stiamo più insieme.»

Andy mi morse la spalla nuda e rabbrividii mentre mi bloccava nella stretta ardente del suo abbraccio. «Non bisogna necessariamente essere fidanzati per fare sesso.»

«Tra noi è diverso…» Di nuovo provai a respingerlo, ma la forza mi abbandonava a ogni secondo che passava a favore di una leggerezza annichilente. Appoggiai la fronte contro il suo torace e cercai di respirare, di contrastare gli effetti devastanti della sostanza che avevo aspirato e che stava circolando troppo rapidamente nel mio organismo.

«Da quanto non lo fai, Thea?» Andy scese a palparmi il sedere da sopra la gonna. Non avrebbe atteso tanto prima di intrufolarsi anche al di sotto.

«Cosa?» Sollevai la testa e lo guardai, stralunata.

Ero certa che i suoi occhi alterati fossero il riflesso dei miei.

«Da quanto non scopi con qualcuno?» ritentò, scendendo con i palmi sull'esterno coscia. Con le dita sfiorò le calze a rete e percorse lentamente la giarrettiera di pelle.

«Lo sai già...» Lo lasciai fare, conscia che ribellarmi non sarebbe servito a nulla. Il mio corpo non rispondeva ad alcun comando. Mi arresi e mi limitai a godere del suo tocco impaziente e frettoloso.

«Voglio sentirtelo dire...» La sua voce era colma di desiderio. Andy fremeva dalla voglia di spogliarmi, ma percepiva la mia incertezza e allora, ogni volta che tentava di spingersi oltre, rallentava nell'attesa di una mia reazione.

«Da quando ho lasciato te», ammisi.

Lui non ne fu sorpreso. «Quindi da undici mesi?»

«Sì.» Malgrado fosse già al corrente della mia scarsa attività sessuale, il dubbio che fossi stata a letto con altri ragazzi lo tormentava così tanto da renderlo paranoico.

Contento della mia risposta, mi afferrò il viso e mi diede un bacio a fior di labbra. «Mi piace l'idea che tu sia stata solo mia.»

Risi di gusto e lo provocai. «Dicono che il grande amore di una donna non sia il primo ma l'ultimo.»

Lui corrugò le sopracciglia, in un'espressione avversa. «E se fossi io il primo e l'ultimo?»

«Sarebbe un bel casino sopportarti, bambino rock.»

«A me piacerebbe sopportarti, Puffetta.» Strinse il bordo della mia gonna e provò a sollevarla, ma con impeto balzai indietro e scossi un indice da destra a sinistra in un chiaro rifiuto.

Lui grugnì come un selvaggio al quale era stata sottratta la sua preda preferita. «Thea, ce l'ho duro. So che l'hai sentito. Non fare la stronza.»

«Oh, sì, l'ho sentito.» Arretrai fino ad aprire la vetrata dietro di me. «Ma ci sono vari modi per soddisfarlo, giusto?» Chiusi la mano a pugno e simulai un gesto esplicito.

«Questa me la paghi. Comincia a correre», mi avvertì.

Non me lo feci ripetere e mi fiondai nella camera.

Juliette sobbalzò sul letto portandosi al petto il romanzo che stava leggendo; io uscii in corridoio e continuai a correre mentre Andy mi inseguiva a un ritmo incalzante. Avrebbe potuto acciuffarmi in qualsiasi momento se non fosse stato per il piacere malsano che nutriva a giocare al gatto e al topo, concedendomi vari metri di vantaggio.

Il rumore dei miei anfibi rimbombava tra le pareti della clinica e il silenzio spettrale di certo non giovava a nostro favore, poiché qualcuno avrebbe potuto scoprirci da un momento all'altro.

Le varie statue mitologiche mi scorrevano accanto come tante divinità che, incuriosite dalla giocosa caccia, sbirciavano il leone che rincorreva la sua gazzella; beffardamente salutai Poseidone e Ares prima di imboccare la lunga rampa di scale.

Con il fiatone che mi gonfiava il petto, entrai nella sala ricreativa totalmente buia a eccezione delle luci esterne della residenza che, dalla portafinestra, si irradiavano con i loro fili luminosi sul pavimento di marmo. Andy mi raggiunse e mi afferrò per un fianco, facendomi sbattere di schiena contro il suo torace ansante.

«Presa», decretò vittorioso.

Mi adagiai contro il suo corpo e tentai di respirare. «Ops.»

Ormai stufo di aspettare, Andy mi girò nella sua direzione e mi baciò con impeto. Non gli importava dove fossimo, non gli importava delle conseguenze. Il suo era lo spirito ribelle e giovanile di un ventiduenne che divorava la vita attimo dopo attimo, che viveva ogni giorno come se fosse l'ultimo, che cedeva ai vizi, al piacere, alla trasgressione senza prefissarsi alcun limite morale.

Toccare le sue labbra dopo quasi un anno fu come riassaporare un vino imbottigliato: dolce, buono, di qualità, ma non forte quanto un liquore. *Non forte quanto un goccetto di Jägermeister.*

Ricambiai con la stessa sfrontatezza, gli infilai le dita nei capelli biondo platino e mi alzai sulle punte per raggiungerlo meglio. Andy mugolò e mi spinse a indietreggiare finché insieme cademmo sull'enorme divano angolare, lo stesso sul quale, il giorno prima, mi ero risvegliata dopo essere stata sedata.

Accolsi il suo bacino tra le gambe mentre il petto premeva contro i miei seni.

«Se non vuoi che vada avanti, dimmelo...» bisbigliò tra uno schiocco e l'altro, completamente sopraffatto dall'effetto della sigaretta truccata.

«In realtà, non so neanch'io cosa stiamo facendo...» Gli strattonai sulle braccia il giubbino di pelle e lui se lo sfilò, gettandolo a terra. «Lì c'è un pianoforte a coda.» Iniziai a divagare mentre le sue labbra scendevano sul collo e le mani palpavano ovunque. «Un uomo l'ha suonato per me, ieri.» Riascoltai la sinfonia nella mente e chiusi gli occhi. La sentii circondarmi, illanguidirmi e accarezzarmi tra le cosce, anche se erano le dita di Andy a sfregare contro le mie mutandine.

«Thea, non è il momento di raccontarmi cazzate. Prova a dirmi qualcosa di sporco se non vuoi che faccia cilecca», mi prese in giro, infilando i polpastrelli tra i rombi delle calze a rete. «E queste, anche se mi fanno impazzire, devo sfilartele altrimenti non riesco a toccarti come vorrei.»

«Ha detto che si trattava di Beethoven», proseguii in trance, fissando il soffitto buio. «Non sarà un caso che abbia scelto un compositore tedesco, giusto?»

Andy si puntellò su un gomito mentre l'altra mano rimase ferma sulla mia coscia, posata sul suo fianco. «Che cazzo stai farneticando, Thea?» Il suo respiro era irregolare, l'erezione dura spingeva contro la mia gamba in attesa di ricevere attenzioni.

«Ha gli occhi di due colori, Andy.» Gli accarezzai il bicipite teso, lasciato nudo dalla t-shirt a maniche corte. «Si fondono tra loro e non riesci a distinguerli, come se un mago, con un colpo di bacchetta, si divertisse a mescolarli per confonderti.» Tremai quando mi figurai nella testa quell'immagine onirica. «Tu sei stato alle Maldive con la tua famiglia. Ricordi le foto che mi hai inviato dell'Oceano Indiano? Ecco, quegli occhi hanno la stessa tonalità.»

Andy riprese a frugare sotto la gonna per cercare l'elastico delle calze e tirarlo giù. «Thea, ti prego. Per quanto sia poetico quest'assurdo paragone degli occhi e dell'Oceano Indiano, in questo momento ho bisogno di scoparti e basta.»

«Hai un preservativo, almeno?» chiesi disinteressata, soltanto per accertarmi che non corressimo rischi.

«Sì. Come sempre.» Armeggiò con la cintura dei pantaloni. «Sai che non voglio figli per i prossimi dieci anni», borbottò prima di sbottonarsi i jeans e abbassarsi la cerniera; nella penombra ero ricettiva a ogni minimo rumore. Seccato dal mio ciarlare a vanvera, mi afferrò la mano e se la posò sui boxer, lasciandomi percepire la sua durezza. In passato, era successo tante volte di condividere con lui un'intimità del genere, non ero di certo inesperta, eppure le mie dita rimasero ferme attorno allo spessore che, anche attraverso il tessuto, emanava un calore talmente intenso da scaldarmi il palmo freddo.

«Non ricordi più come si soddisfa un cazzo?» mi stuzzicò Andy. «Per fortuna non ti ho chiesto di prenderlo in bocca», continuò, con uno sbuffo ironico. Non controbattei come sperava, perciò, preoccupato dal mio mutismo, smise di scherzare e divenne serio. «Thea, che ti prende? Se non ti va, ci fermiamo.»

Riuscii a sentire i suoi capelli solleticarmi la fronte e il torace schiacciarmi i polmoni. Si era chinato su di me per incontrare il mio sguardo anche se nell'intensa oscurità nessuno dei due poteva avere una visuale limpida dell'altro.

«Niente, è solo che...» Spostai la mano sul suo addome e gli conficcai le unghie nella pelle, sotto il bordo della maglietta. «Mi gira la testa, ho il cuore a mille. Sono eccitata sì, ma credo di non essere lucida e...»

Inaspettatamente una forte luce rischiarò la sala buia.

Entrambi serrammo gli occhi che, cullati dall'oscurità, furono impreparati all'inatteso bagliore del lampadario; le decorazioni dell'arredamento e le venature raffinate del pavimento di marmo scintillarono come onde elettromagnetiche.

Quando avvertimmo dei passi incedere verso di noi, capimmo che non eravamo soli.

Spintonai via Andy affinché si togliesse di dosso e lui scese dal divano, con i pantaloni slacciati e una brama ardente a imporporargli il volto.

Maledizione, persino a un cieco sarebbe stato palese ciò che stava accadendo!

«E tu chi cazzo sei?» Andy squadrò l'uomo che, con una spaventosa serietà, ci guardò attentamente per secondi che mi parvero infiniti.

Non aveva bisogno di annunciarsi né di presentarsi.

La sua autorevolezza rendeva ben chiara la supremazia che esercitava nella clinica.

Fermo a pochi metri da noi, fregiato da un completo blu con un'elegantissima camicia bianca, il dottor Krugher studiava la situazione con soverchiante perizia. I capelli neri, mai eccessivamente laccati, erano sistemati con maestria. Un ciuffo liscio, più lungo degli altri, gli cadeva sensualmente sul sopracciglio sinistro, sfiorandogli la palpebra. Gli occhi brillavano sotto il baluginio della luce artificiale, contornati da selvagge ciglia scure che ne indurivano la bellezza. Le labbra, di un rosato chiaro, si piegarono in una smorfia compassionevole mentre osservava il mio ex ragazzo dall'alto della sua inestimabile magnificenza.

«Non mi hai sentito, per caso?» insisté Andy.

D'istinto mi misi a sedere, sbattendo le palpebre in uno stato confusionale che intensificò la mia paura. Impallidii a causa di un'improvvisa ondata di nausea; mi posai una mano sull'addome e mi piegai in avanti, respirando a fatica.

Il dottor Krugher, accortosi del mio malessere, dirottò la sua attenzione su di me.

«Dorothea...» Il mio nome gli riempì il petto, colmo di preoccupazione. La sua voce si incrinò e mi indusse a sollevare il capo per cercarlo. Condividemmo un'inspiegabile intimità nel nostro breve scambio di sguardi, prima che si muovesse per raggiungermi.

«Dove pensi di andare? Ti ho chiesto chi sei!» Andy lo spintonò malamente. Il dottor Krugher arretrò, colto impreparato da quell'assalto. «Allora? Mi stai ignorando? Ti piace fare lo stronzo?» Andy inclinò il capo di lato per analizzarlo come se fosse un animale selvatico di dubbia natura.

Il dottor Krugher serrò la mascella e aguzzò la vista sugli occhi del giovane.

Come un astuto predatore, gli fissò le pupille dilatate che avevano ridotto a due sottili anelli le iridi color argento. Corrugò la fronte in un'espressione riflessiva, poi giunse a una sconcertante consapevolezza e comprese l'amara verità.

«Hai assunto droghe, ragazzo?»

Andy scoppiò in una risata isterica e si scompigliò il ciuffo. «Ecco... abbiamo solo fumato una sigaretta.»

«'Abbiamo'?» ripeté il medico, guardando di nuovo me in cerca di un qualsiasi segnale. Non sapevo da quanto avessi cominciato a sudare e a respirare in maniera affannata. Provai a parlargli, ma non ci riuscii. La pressione che avvertivo sul petto stava diventando sempre peggiore, la lingua impastata mi impedì di articolare le parole. «Dorothea, ti senti bene?» Tentò ancora di raggiungermi, ma Andy lo fronteggiò.

«Le ho offerto una sigaretta, tutto qui. Sta bene. Adesso, dimmi chi diavolo sei e non ti azzardare a fare un altro passo verso di lei!» Gli puntò un dito contro in segno di avvertimento.

Il dottore lo sovrastava in altezza e possanza, di sicuro se avesse reagito sarebbe stato in grado di difendersi, ma si limitò a sfidarlo, con calcolata freddezza. «Ragazzo, ti consiglio di levarti di mezzo.»

Andy gli sbuffò in faccia un sorriso di scherno. «Pensi di farmi paura?»

A una distanza quasi nulla, l'uomo lo soppesò a lungo prima di ribattere: «Spesso, sottovalutare chi non si conosce può essere un errore fatale del quale ci si pente troppo tardi…»

Andy si leccò un angolo delle labbra, incurvate ancora in un sorriso beffardo. «Stai parlando di me o di te?»

«Di te.» La voce del medico divenne tagliente. «Prima che tu commetta un errore del quale possa pentirti, spostati e lasciami passare, per favore.»

«Altrimenti? Mi prendi a pugni?» Andy si mostrò ostinato a vincere quel duello maschile privo di senso, ma il dottor Krugher, con superba indifferenza, lo superò per avanzare verso di me.

A quel punto il cantante, infastidito dalla strafottenza e dalla sicurezza dell'uomo, decise di affrontarlo. Gli strinse bruscamente la camicia tra i pugni e lo strattonò ancora indietro, facendolo traballare sulle lunghe gambe.

«Non solo sei entrato in questa sala senza alcun invito», lo irrise. «Ti permetti anche di fare l'altezzoso con me? Hai idea di quanto sia fastidioso essere interrotti sul più bello?» Si toccò volgarmente il cavallo dei pantaloni ancora slacciati. Fu un gesto sbagliato. Sbagliatissimo, che scandì l'ultimo frammento di tempo prima che questo si fermasse.

Ecco il suo errore fatale…

Privato di ogni brandello di pazienza, il dottor Krugher gli andò incontro con una rabbia funesta, sollevò il braccio e gli diede un violento manrovescio in faccia.

Colto di sorpresa, Andy non riuscì a schivarlo e cadde a terra, scioccato.

Il medico rimase fermo a fissarlo con un distacco inflessibile.

Non parve pentito del suo gesto, ma crudelmente compiaciuto; d'altronde lo aveva avvertito e Andy, pervaso dall'istinto di rivalsa, lo aveva sottovalutato ricevendo subito dopo una prova tangibile della sua potenza.

Confuso e stordito, il cantante arrossì per l'umiliazione.

Il dottor Krugher lo aveva punito brutalmente sia per il modo in cui gli si era rivolto sia per avergli impedito di avvicinarsi a me.

Era stato crudo, diretto, deciso, per niente esitante.

«Ma che diavolo…» Sulla pelle d'alabastro di Andy, così candida da sembrare neve soffice, iniziarono a formarsi i segni delle cinque dita che, come un marchio rovente, gli si incisero sulla guancia. «Neanche mio padre si è mai permesso di darmi un ceffone del genere!»

«Infatti la violenza non serve a educare», ribatté il dottor Krugher con voce greve e altisonante, «ma tuo padre avrebbe dovuto insegnarti almeno le buone maniere.»

Andy digrignò i denti. «Mi hai quasi spaccato la mascella, stronzo!»

Il dottor Krugher chinò il capo con un'eleganza regale per osservarlo attentamente. «Se avessi voluto provocarti delle fratture mandibolari, in questo momento non potresti neanche parlare. Dovevo farti rinsavire in qualche modo. Adesso alzati», ordinò placido in attesa che l'altro gli obbedisse.

Andy si toccò le narici per accertarsi che non stesse sanguinando, poi si passò i polpastrelli sulla bocca intatta. Non c'erano tagli né rivoli di sangue. Il medico aveva volontariamente dosato la sua forza per non procurargli ferite, tuttavia non osavo immaginare cosa sarebbe successo se avesse perso il controllo.

«Mi hai picchiato! Ti denuncerò. Aspetta che parli con il mio legale!»

Ormai contrariato, il dottor Krugher lo afferrò per la nuca e lo sollevò da terra con una presa virile. «Smettila di frignare. Su, cammina.» Lo spinse in avanti senza lasciarlo andare come se stesse trattenendo dalla collottola un animaletto innocuo, anziché un ragazzo alto e in ottima forma. Giunto dinanzi al divano, lo spintonò e Andy cadde al mio fianco con un'acuta paura nello sguardo. «Sei sotto effetto di droghe, Andrew.» Lo chiamò con il suo nome di battesimo. «Ti ho sorpreso nella mia clinica, sul corpo di una delle mie pazienti, dopo che le hai offerto una sigaretta contenente chissà quale sostanza stupefacente. Cosa avevi intenzione di farle?» domandò indagatore. «L'ipotesi più accreditata potrebbe essere: violenza sessuale. Qualcuno ti ha mai spiegato la rilevanza penale di questo reato?» gli chiese retorico mentre Andy fremeva di rabbia. «Suppongo di no. Quindi va' pure dal tuo legale, io andrò dal mio e vedremo chi subirà le gravi conseguenze della tua giovanile imprudenza», concluse con tono flemmatico.

Andy non demorse e mi posò una mano sulla caviglia per tranquillizzarmi. «Non le avrei mai fatto del male. Thea è la persona più importante della mia vita. Tu non sai un cazzo di me e lei!»

Il dottor Krugher sollevò un angolo delle labbra, con meschina ironia. «La consideri talmente importante da trascinarla con te nel limbo degradante della droga, giusto?»

«No.» Andy si sistemò sul bordo del divano, ma non si alzò. «Stai prendendo le mie parole e le stai rigirando a tuo favore!»

«Sto semplicemente analizzando ciò che vedo: un moccioso che si diverte a fare l'adulto e che invita la ragazza a cui sostiene di tenere nel corrosivo mondo della tossicodipendenza.» Il medico si mostrò più pertinace del previsto. «Sai, ragazzo, anch'io ho commesso degli errori nella mia vita, ma con l'esperienza ho imparato che quando si decide di fare un bel viaggio all'Inferno è necessario scegliere con astuzia quale girone visitare. Avrei preferito sorprendervi a copulare anziché vedere Dorothea, disorientata e turbata, sotto di te mentre la incitavi a toccarti.»

Provai un torbido disagio quando mi resi conto che aveva assistito personalmente a ciò che stavamo facendo senza che noi ce ne accorgessimo. Lui mi lanciò un'occhiata sollecita. Mi ero accorta che non aveva smesso un solo istante di controllarmi anche mentre discorreva con Andy, ma per fortuna il mio respiro era tornato regolare e l'ondata di nausea si era momentaneamente dissolta.

«Ci hai spiati?» chiese velenoso il cantante.

Il dottor Krugher torreggiò su di lui senza alcun senso di colpa a turbarne la sicurezza. «Ho soltanto ascoltato l'ultima parte, imbarazzante, della vostra conversazione.»

«Imbarazzante?» Andy strinse più forte la presa sulla mia caviglia.

«Non per il contenuto, sia chiaro», ci tenne a sottolineare. «Quanto per la distorsione cognitiva della ragazza: se lei fosse stata lucida, sarebbe stato tutto meno squallido.»

«Vuoi piantarla di dire cazzate? Thea ricorda ogni cosa.» Andy inspirò spazientito. «Ed è inutile che mi fai questa ramanzina, okay? Non sei mio padre. Se proprio vuoi saperlo, lei era eccitata. Le ho anche chiesto se voleva che mi fermassi, quindi non la stavo costringendo!»

Il dottor Krugher inarcò un sopracciglio con finta contrizione. «Oh, allora scusami, Andrew. Mi correggo: è imbarazzante che tu abbia offerto della droga a una ragazza per incrementarne la libido.»

«Cosa?» Andy trasalì. «Io, non...» Tacque e mi guardò mortificato. In quel momento si rese conto di aver davvero commesso un errore. Io non sapevo cosa ci fosse nella sigaretta che mi aveva offerto. L'avevo accettata fidandomi ciecamente di lui e, per la prima volta, iniziai a credere che il ragazzo che conoscevo sin dall'infanzia potesse essere un pericolo per me. «Non volevo, Thea.» Si passò una mano tra i capelli, tremando.

«Credimi, non volevo. L'ho fatto per gioco senza darci alcun peso. Sai quanto ci tengo a te, non ti farei mai del male. Non volontariamente.»

Neanch'io avevo dato peso al suo gesto: mi ero lasciata coinvolgere dalla situazione, dall'euforia del momento, dall'eccitazione del nostro bacio. Andy aveva cominciato a ricorrere all'alcol e alla droga a causa delle pressioni dei fan, della sua famiglia, di Victor. Non era assolutamente sua abitudine abusarne, pertanto speravo che, qualora ne fosse diventato dipendente, si decidesse a parlarne con qualcuno, a uscirne definitivamente e a percorrere una strada diversa, migliore, come avrei dovuto fare anch'io con l'anoressia nervosa atipica.

«Bene, comprendere e ammettere a te stesso l'errore che hai commesso è già un primo passo», esordì il dottor Krugher speranzoso. «Riflettere ed evitare di ripetere lo stesso errore sarà il successivo.»

Andy si sfregò una guancia per alleviare il bruciore cocente che ancora avvertiva sulla pelle. «Posso andarmene?»

«No.» Il medico lo guardò dall'alto con sfacciata tracotanza. «Resterai qui per la notte. Non posso permetterti di guidare una vettura in questo stato.»

«Ma...»

«Adesso sei nella mia proprietà, sotto la mia responsabilità, Andrew. Farai ciò che ti dirò io e tornerai a casa domattina.»

Andy osservò l'imponente figura dell'uomo stagliata di fronte a lui come una divinità ancestrale dalla bellezza sorprendente e dall'oscurità minacciosa. *Com'era possibile che potesse apparire affidabile e temibile al contempo?* «Si può sapere chi diavolo sei?» Indugiò a fissarlo, soffermandosi su ogni minimo dettaglio estetico, finché una lampante intuizione dissipò ogni dubbio. «Il medico vecchio, stempiato e goffo, eh?» Ripeté le mie parole, voltandosi verso di me. «Il tizio fissato con le regole. Gli occhi come l'Oceano Indiano, l'uomo che ha suonato per te...» Si alzò in piedi, sconvolto da tutto ciò che gli avevo confessato. «Mi hai parlato di lui anche mentre ti stavo baciando e toccando. È lui il tuo medico!» lo indicò, incollerito.

Sobbalzai per la sua rabbia tonante, che mi colpì le tempie. «Andy...»

«Cazzo, Thea!» sbottò furente. «Mi hai mentito per non farmi ingelosire, vero?»

Massaggiandomi la fronte, rimasi sul divano con la schiena posata contro il bracciolo. «Ho mal di testa, non è il momento di...»

«Andrew, l'orario delle visite è terminato.» Il dottor Krugher comprese che la situazione ci stava sfuggendo di mano, ed essendo il più ragionevole decise di intervenire. «Hunberct», chiamò il maggiordomo fermo sulla soglia della porta ad assistere da chissà quanto tempo alla penosa scena. «Accompagna il ragazzo in una delle nostre stanze e accertati che abbia tutto ciò di cui ha bisogno», ordinò, poi si rivolse ad Andy, allungando un braccio di fronte a lui. «Gradirei che mi consegnassi le chiavi della tua auto.»

Il cantante lo guardò dubbioso. «Cosa devi farci con la mia macchina?»

«Voglio soltanto assicurarmi che non ti venga la felice idea di metterti al volante e attentare alla tua vita. Dammi le chiavi, Andrew.»

Il suo tono di voce, rigoroso e algido, non ammetteva replica o discussione.

Andy decise saggiamente di non controbattere; svogliato, raccolse il giubbino di pelle dal pavimento, cercò nelle tasche e gli consegnò ciò che voleva. «È una Bugatti, vedi di farmela ritrovare così come l'ho lasciata.»

Il dottor Krugher strinse nel palmo la chiave e gli rivolse un sorriso divertito ma crudele. «Se ti comporterai bene, te la renderò in ottime condizioni, ragazzo.»

Hunberct si avvicinò e fece cenno ad Andy di andare; a quel punto non poté far altro che seguirlo, non prima di avermi lanciato un ultimo sguardo profondamente deluso. Presto avremmo parlato delle mie menzogne e avrei dovuto scusarmi con lui, ma sperai che quel momento arrivasse il più tardi possibile.

Rimasta sola, mi crogiolai nella vergogna.

A testa bassa, sbirciai il medico che mi stava fissando con fastidioso compatimento. Notò il collarino che indossavo attorno alla gola, poi la maglietta monospalla dalla quale era evidente il segno di un morso accanto alla clavicola scoperta, infine la gonna che si era sollevata sui fianchi rivelando troppo le calze a rete e la giarrettiera nera che Andy aveva definito *sexy*.

Agitata, mi mordicchiai il labbro inferiore e tentai di darmi una sistemata. «Non mi giudichi, per favore.»

Il dottor Krugher sospirò e avanzò cautamente. «Come ti senti? Riesci ad alzarti?»

«Sto bene. E sì, riesco ad alzarmi.» Posai gli anfibi per terra e feci leva sulle mani per sollevarmi. Quando fui in piedi, il movimento troppo baldanzoso mi provocò un forte capogiro e il medico si avventò su di me per afferrarmi da sotto le ascelle, come una bambina. In un attimo che considerai magico gli strinsi i bicipiti e mi ritrovai ad ammirare, a una distanza ravvicinata, i preziosi diamanti verdeazzurri incastonati nelle sue iridi, che sembravano avere molto da svelare.

«Certo, Dorothea… lo vedo come stai bene», mi ammonì, poi si chinò sulle ginocchia e, senza perder tempo, mi prese in braccio. In un istante, mi ritrovai sospesa nel vuoto, a un'altezza ragguardevole, sorretta da una forza maschile invidiabile, con le gambe penzoloni e il capo posato contro il suo torace marmoreo.

«Sono pesante…» sussurrai stanca.

«Non per me.» Si mosse verso l'uscita, portandomi con sé. A ogni passo, sobbalzavo contro di lui mentre i lunghi capelli aurei oscillavano nell'aria. Mi incantai sulla camicia sbottonata e sulla pelle liscia che riluceva sul petto lievemente villoso. Ci avvicinai il naso e ne inspirai l'odore di cedro e lavanda, pieno di sensualità. «Dorothea…» La sua voce divenne sospettosa, pronta a pormi un freno.

Sorrisi birichina. «Posso aggrapparmi a lei?»

Dalla lieve rigidità della sua schiena dedussi che stessimo scendendo le scale. «L'importante è che tieni a mente i limiti che già conosci.»

Ridacchiai. «Non posso toccarla altrove in questa posizione, anche se le confesso che mi piacerebbe…» Dal basso mi soffermai sulla mascella volitiva, la barba curata, il naso dritto con la punta alla francese che gli aggraziava i tratti taglienti.

«Non sei in te, fingerò che tu non l'abbia detto», ribatté arcigno. Il suo cuore batteva a un ritmo tranquillo. Mi concentrai ad ascoltarlo: quell'uomo non era una sfinge inanimata priva di sentimenti, era un essere umano con un organo pulsante nel petto.

Il sangue gli pompava forte nelle vene, trasmettendo un'energia inesorabile che mi attraversava il corpo; il respiro era regolare, profondo ma privo di affanno. Mi stava trasportando senza alcuna fatica, senza alcuno sforzo fisico.

Era alto, robusto e impeccabile tanto da farmi sentire piccola e leggera.

D'istinto gli avvolsi un braccio attorno alla nuca e mi sollevai un po', sfiorandogli il mento con la fronte. «Così va bene?» domandai con premura.

Lui rimase impassibile mentre percorreva il corridoio diretto alla mia camera. «Sì, ma non di più.»

«Non di più», ripetei annuendo, anche se avrei voluto molto di più. *Diamine!*

Tacqui qualche istante, sbattendo le ciglia sul pomo d'Adamo ben visibile, poi ripresi a parlare: «Sembro una scimmietta appesa al ramo di un albero gigantesco».

Finalmente un suono gutturale riverberò attorno a me e *su* di me. Una risata intensa, virile e seducente. Avrei voluto registrarla per sentirla ogni volta che desideravo. Prontamente sollevai la testa per cogliere la fossetta sulla guancia sinistra e potei vederla in tutta la sua graziosa avvenenza.

Il dottor Krugher stava miracolosamente ridendo.

Persino le statue degli dèi parvero esserne sorprese.

«Da chi ha ereditato la fossetta?» Forse gli stavo chiedendo qualcosa di stupido, ma ero davvero curiosa di saperlo.

«Da mia madre.» Lanciò una veloce occhiata a una finestra coperta da un tendaggio spesso, poi si concentrò sul tragitto di fronte a sé.

Evidentemente, concedermi anche un rapido sguardo non era tra le sue prerogative.

«Quindi lei assomiglia più a sua mamma che a suo padre?» insistei, senza rifletterci troppo.

Lui storse la bocca da un lato all'altro. «No, direi a entrambi.»

Giunti dinanzi alla mia camera, si piegò appena per aprire la porta. Il nostro effimero momento di chiacchiere stava per terminare, ma ero intenzionata a prolungarlo ancora un po'. «Ha schiaffeggiato Andy. Non credevo nascondesse un lato così burbero.»

Il dottor Krugher avanzò nella stanza. Juliette dormiva nel suo letto, rannicchiata teneramente su un fianco; lui mi condusse al mio giaciglio e, reggendomi con un solo braccio, scostò con l'altro le coperte per depositarmi delicatamente sul materasso.

«Ogni tanto, anche all'uomo più virtuoso girano in senso antiorario...»

La gonna si sollevò sulle anche; il medico non ci fece caso e provò a slacciarmi gli anfibi.

«Ha appena fatto una battuta sulle sue... palle?» Inclinai il capo di lato mentre mi teneva alta una gamba per sciogliere il nodo dei lacci. Proprio lui che soppesava ogni parola che diceva si era lasciato sfuggire qualcosa di ironico in maniera spontanea e scherzosa.

«Sì.» Mi sfilò la scarpa destra, poi quella sinistra, posandole sul pavimento, accanto al comodino.

Dopodiché mi rimboccò le coperte fino al collo e, prima che andasse via, lo afferrai per la giacca e lo trattenni con me, chinato sul mio corpo in quel modo buffo. I suoi palmi premevano ai lati della mia testa, affondando nel morbido tessuto delle lenzuola.

Indugiai a lungo sui capelli corvini, le lunghe ciglia e le labbra carnose. Il cuore tamburellava forte nelle orecchie, nella pancia e persino tra le cosce. Non volevo rovinare il momento di pace che stavamo condividendo, pertanto mi sforzai disperatamente di non sbagliare, di dosare le parole. Catturai il conglomerato di stelle che aveva nelle iridi, ne ammirai il fascino oscuro come se fossi distesa sotto un cielo notturno al quale l'immenso oceano faceva da specchio, infine mi rilassai colpendogli la bocca con il respiro caldo.

«Grazie…» sussurrai assonnata, abbandonandomi a un leggiadro sbadiglio.

Lui mi accarezzò il capo, come un tempo avrebbe fatto la mamma, e mi concesse un dolce bacio sulla fronte.

O forse l'avevo sognato?

«Sappi che domani parleremo della tua punizione. *Gute Nacht*, Dorothea…»

13
Thea

Nell'impossibilità di poterci veder chiaro,
almeno vediamo chiaramente le oscurità.
SIGMUND FREUD

Il sole gettava i suoi pallidi raggi qua e là tra le fronde degli alti pini mentre ero seduta su una panchina del parco, in totale solitudine, con la chitarra tra le mani e il torpore della giornata primaverile a scaldarmi la fantasia.

Con la stilografica moderna del dottor Krugher stretta tra le dita, annotavo su un logoro foglio frasi confuse, alcune convincenti, altre meno. Insoddisfatta, cancellavo, scarabocchiavo, effigiavo disegnini inutili, poi sbuffavo e portavo la penna alle labbra, lambendone il diamantino con i denti.

Il medico mi aveva chiesto di scrivere per lui così come lui aveva suonato la sinfonia di Beethoven per me: *con la stessa intenzione*.

Che diavolo significava?

Mi massaggiai la fronte intorpidita; nonostante l'effetto della droga fosse svanito, ricordavo poco di ciò che era accaduto il giorno precedente.

Appena sveglia, avevo trovato un messaggio di Andy sul cellulare col quale mi informava di essere rientrato a West Hollywood con una guancia rossa e un terribile mal di testa a strepitargli fra le tempie. Mi aveva specificato che non gli era stato permesso di avvicinarsi a me e che non avrebbe potuto più raggiungere la clinica Asklepios per almeno un mese. Quella era stata la punizione che il dottor Krugher aveva stabilito per lui e, in qualche modo, anche per me, poiché, in un periodo così difficile e impegnativo, mi sarei dovuta accontentare di sentire Andy telefonicamente, come se fossi rinchiusa in un carcere di massima sicurezza.

«Te la sei cercata, Thea», mormorai a me stessa.

A piccoli frammenti, alcuni ricordi mi abbagliarono la memoria, riportando in luce gli eventi della sera prima: io e Andy che fumavano una sigaretta, poi correvamo nella sala ricreativa, totalmente buia e…

«Il bacio…» Avvertii sulla lingua il suo sapore aspro, le mani frettolose, il respiro impaziente. «Santo cielo, stavi per fare sesso con lui, razza di idiota.» Mi strofinai la mano sul viso e la insinuai tra i capelli disordinati.

Era da tanto che non mi riducevo in quello stato pietoso.

Credevo che fossero finiti i tempi delle feste selvagge, delle sregolatezze e del sesso passionale con Andy, invece era bastata la sua presenza per lasciar riemergere la vecchia me, la ragazzina che agiva con spropositata impudenza, che si lasciava sopraffare dall'istinto e alla quale non importava niente che le proprie azioni potessero procurare guai anche agli altri.

«Stupida, stupida, stupida.» Mi battei la mano sulla fronte nello stesso punto in cui il dottor Krugher mi aveva posato un tenero bacio della buonanotte. Era chiaro che lo avevo sognato. Non solo continuavo a incasinarmi con i sentimenti che, ancora, provavo nei confronti di Andy, ma mi stavo infilando anche nella tana di un pericoloso serpente a sonagli, tanto affascinante quanto spaventoso. «Smettila, Thea. Prova a crescere un po'», mi dissi, ripetendo i rimproveri della mamma. Spesso sosteneva che fossi una bambina immatura e che, erroneamente, sottovalutassi la vita, prendendola per gioco e mai sul serio.

Il rumore di un ramoscello che veniva spezzato da qualcuno interruppe il fragore dei miei pensieri.

Sollevai la testa dal foglio malridotto e mi guardai attorno.

Nel silenzio della natura, tra il frinire delle cicale e il pigolare degli uccelli, non c'era nessun altro.

Il vento stormiva tra le foglie degli arbusti, i fiori catturavano il sole schiudendo i loro petali colorati, i pini disseminavano punti d'ombra per garantire un piacevole rifugio dalla calura di aprile.

Probabilmente si era trattato di un micetto nascosto tra i cespugli.

Prima di tornare a dedicarmi al testo della canzone che stavo cercando di scrivere, un fruscio sospetto, provocato da quello che sembrava essere un animale più grande di un semplice gatto, mi incitò ad alzarmi.

Qualcuno mi stava spiando.

«Chi c'è?» domandai circospetta. «Avanti, vieni fuori!» In lontananza, individuai una nuvola di capelli castani nascosta dietro un tronco e a passo svelto mi incamminai proprio in quella direzione. Quando l'intruso, ormai colto in flagrante, iniziò a scappare, potei scorgerne l'aspetto bambinesco «Ehi!» lo inseguii, correndo tra l'erbetta del parco. Il ragazzino si muoveva con agilità, come una lepre scattante e veloce. Io invece mi affannai quasi subito, indebolita dalle poche energie che avevo in corpo. Non sarei sopravvissuta se non mi fossi impegnata a sconfiggere il demone che stava banchettando nella mia anima. «Aspetta...» biascicai. «Non sono in salute come te.» Bisognosa di riprendere aria, mi piegai in avanti, con le mani sulle ginocchia. Strinsi gli occhi per attenuare le improvvise fitte alla testa, poi mi riscossi e ripresi a correre.

Il ragazzino mi aveva attesa, divertito dalla bizzarra situazione.

«Guarda che stronzetto che sei!» Non vedeva l'ora che lo raggiungessi, ma scappava per ritardare il momento. «Basta, ragazzino! Non riuscirò a starti dietro ancora a lungo!» Inspirai l'odore della terra e dei sempreverdi attorno a me. Le foglie lobate creavano un bellissimo mosaico naturale con gli oleandri, i tulipani e i narcisi, evocando un'atmosfera bucolica. Lungo il viale che stavamo attraversando, le sagome degli imponenti esemplari arborei, alcuni senescenti, provocavano un meraviglioso effetto chiaroscuro mentre il sole si dileguava come un fuggiasco dietro i lunghi rami multiformi.

Quando il ragazzino incespicò a causa di un cespuglio che ne rallentò la corsa, riuscii ad acciuffarlo per una spalla e a sbatterlo contro la corteccia di un albero. Lui emise un rantolo di dolore, poi mugolò cercando di divincolarsi.

«Eh no, ormai ti ho preso», sentenziai risoluta. Il ragazzino schiuse le palpebre – poco prima serrate a causa dello spavento – e mi mostrò lo spettacolo che celava al di sotto. Le sue iridi erano incredibilmente diverse l'una dall'altra: quella sinistra di un caldo marrone chiaro, quella destra di un lucente verde muschio. Avevo sentito parlare dell'eterocromia, ma non avevo mai incontrato nessuno che ne fosse contraddistinto. Sorpresa, osservai anche il viso ovale, il nasino alla francese costellato da tenere lentiggini, il taglio degli occhi così particolare, identico a quello del...

Mi schiarii la voce e continuai a tenerlo fermo. «Adesso non parli? Hai paura di me?»

Il ragazzino smise di agitarsi e, con un sospiro rattristato, si abbandonò contro il ruvido fusto. Abbassò lo sguardo e le lunghe ciglia castane gli ombreggiarono gli zigomi fanciulleschi. Certa che si fosse calmato, decisi di lasciarlo andare, arretrando di pochi passi. Lui parve pensare alla mia domanda, prima di scuotere lentamente il capo.

Mi accigliai. «No? Non parli?»

Respirava in maniera accelerata, in compenso non vi era alcun rossore sul volto dovuto allo sforzo della folle corsa; io invece mi sentivo sudaticcia sullo sterno e sulla schiena, oltre che affannata.

Dopo qualche istante di esitazione, scosse il capo di nuovo.

«Quindi sei muto?» gli domandai a bruciapelo, senza alcuna delicatezza.

Il ragazzino trasalì e tornò a guardarmi con un piglio riflessivo. Mi squadrò da capo a piedi, chiedendosi come mai fossi stata così poco carina.

Con un cenno della testa, confermò la mia intuizione.

«Bene, quindi non puoi spiegarmi perché mi stavi spiando… Fantastico.» Sbuffai e il piccoletto ridacchiò. *Cosa diavolo c'era da ridere?* Incrociai le braccia al petto. «Mi trovi buffa, per caso?»

Il ragazzino inclinò il collo di lato, osservò la stampa di un demone rosso sulla mia t-shirt bianca e, con tutta l'ironia possibile, annuì.

Schiusi la bocca sorpresa. «Lo ripeto: sei davvero uno stronzetto.»

Lui increspò le labbra e sghignazzò.

«Sicuramente qualcun altro te lo dice, vero?»

Il bambino guardò a destra poi a sinistra e scrollò una spalla come a dire: *Sì, ma a me non importa.*

«Quanti anni hai?»

Lui si fissò le mani, le sollevò e aprì tutte e dieci le dita, poi le chiuse e alzò solo l'indice. Undici. Aveva solo undici anni ed era già alto e grazioso.

«E qual è il tuo nome?» insistei, ormai certa che non sarebbe stato difficile comprenderlo.

Con la giusta attenzione ai gesti, agli sguardi e agli atteggiamenti, le parole non erano necessarie.

Il bambino si allontanò dalla corteccia e mi venne incontro. Avanzò a passo incerto; notai la camicia blu abbottonata fino al colletto che gli copriva interamente la gola, abbinata a un paio di pantaloni marroncini ben stirati. Sembrava uno studente modello, pronto a varcare l'ingresso dei più prestigiosi college americani, nonostante la giovane età.

Giunto dinanzi a me, mi prese delicatamente il polso e sul palmo rivolto verso l'alto mosse un polpastrello, segnando due lettere: *J-o*.

«Ti chiami Jo?» gli chiesi. Non Joe, ma *Jo*.

Lui indietreggiò, incamminandosi verso una delle panchine.

Chiusi la mano a pugno e lo seguii, conscia che volesse mostrarmi altro.

Si sedette, con un sospiro annoiato, e prese un libro picchiettando la mano sulla copertina affinché ne leggessi il titolo: *Iperione* di Friedrich Hölderlin.

Calamitata da quel misterioso bambino, mi accomodai accanto a lui per osservare meglio il volume che stringeva tra le mani: la copertina era consunta, le pagine sbiadite, logorate dal tempo, il testo scritto in un'altra lingua.

«A undici anni, leggi un libro così vecchio, per di più… in tedesco?» Indicai alcune parole che ebbi difficoltà sia a pronunciare che a tradurre. Il ragazzino confermò con un cenno di assenso. «Non dovresti leggere, che ne so, fumetti sui supereroi e roba del genere?» Una lieve folata di vento mi smosse i capelli. Non li sistemai, troppo presa dalla conversazione inusuale che stavo affrontando con Jo, come se volessi risolvere un complicato cruciverba. Lui si adagiò allo schienale della panchina, con un sospiro rassegnato, lasciandomi intuire che fosse costretto a leggere o studiare volumi così complessi.

«La cultura non è innata, signorina Jensen, l'intelligenza sì. A ogni modo, è doveroso valorizzarle entrambe.»

Mi voltai verso la voce dell'uomo che aveva ammorbato l'aria con il suo tono saccente. Abbigliato di camice, un medico che non avevo mai visto prima incedette verso di noi con falcate lunghe e decise, piantando gli occhi vitrei sul bambino. «Spero che mio nipote non l'abbia importunata.»

Alto, con un portamento regale e un'eleganza distinta, si fermò a pochi passi da noi, alternando lo sguardo da me a Jo. Un reticolo di rughe su alcuni punti del suo viso ne accentuava l'età, oscillante tra i sessanta e i sessantacinque anni, ma non ne diminuiva il fascino pretenzioso. L'aspetto ieratico incuteva timore, sembrava un uomo rispettabile contro il quale nessuno avrebbe dovuto compiere, neanche per sbaglio, mosse false.

«Oh, no, stavamo solo parlando.» Mi morsi il labbro e guardai il piccolo Jo a disagio quando mi lasciai sfuggire un'affermazione del tutto imprecisa.

L'uomo sorrise sciente. «Joël è soltanto un bambino molto taciturno. Sa parlare, ne è perfettamente in grado. Il suo è un mutismo selettivo: si manifesta solo in determinati contesti o con determinate persone», mi spiegò e d'istinto accarezzai il braccio di Joël, felice di sapere che potesse usare le parole ma che scegliesse di non farlo, tuttavia lui arretrò spaventato dal mio tocco e guardò il medico con il fiato sospeso. «Lei è una paziente, giusto?»

Mi voltai verso l'uomo che, con atteggiamento compassato, osservò dapprima me, poi il bambino, intimandogli tacitamente di fare qualcosa che non riuscii a comprendere.

«Sì, Dorothea Jensen, piacere di conoscerla.» Gli tesi la mano, fintamente interessata a fare la sua conoscenza, anche se la mia concentrazione rimase focalizzata su Joël e sulla sua improvvisa agitazione.

Con fare sostenuto, l'uomo rimase fermo e non ricambiò il gesto cortese.

«Markus Krugher», si limitò a ribattere.

Mi ci vollero pochi secondi per capire chi fosse e abbassai il braccio, incredula. «Il padre di...»

«Efrem», mi anticipò, tenendo le mani nelle tasche del camice. «Sa, signorina Jensen, mi hanno informato dell'alterco avvenuto con le guardie, il suo primo giorno, pertanto dovrebbe già sapere che la clinica appartiene a me oltre che a mio figlio.» Qualcuno gli aveva detto ciò che era successo con Alf e Thomas e ci tenne a rammentarmelo con una fastidiosa alterigia.

«Non lo sapevo», confessai. «In realtà credevo che il dottor Krugher, cioè E-Efrem Krugher...» Stranamente balbettai. «... avesse un fratello che esercitava la sua stessa professione o addirittura che si trattasse di un semplice caso di omonimia...»

«Un semplice caso di omonimia», ripeté l'uomo, farcendo di ostilità ogni singola sillaba. «Non si è neanche documentata sull'Asklepios né su chi l'ha fondata né sull'équipe medica che la gestisce, dico bene?»

«Esatto», ammisi, gonfiando il petto di coraggio. Quell'uomo riusciva a risucchiarlo con la sola presenza, ma non mi sarei lasciata intimorire. «Avrei dovuto?»

«Se non sappiamo chi o cosa ci circonda, non possiamo riconoscerne il prestigio, dunque sì. Avrebbe dovuto.» Socchiuse gli occhi su di me, analizzando la mia figura come un detective intento a svolgere un'accurata indagine per cercare indizi su un crimine che non avevo commesso. «Mi è giunta voce di quanto sia indisponente nei confronti del regolamento della clinica, signorina Jensen», soggiunse, con un sopracciglio inarcato a rimarcare la contrarietà nei miei confronti. «E vedo che persevera nel contravvenire alla regola numero nove.»

Non gli domandai a quale regola si stesse riferendo poiché la sua attenzione, catturata dalla gonna corta a scacchi rossi e neri, mi fece intuire che stesse giudicando il mio abbigliamento. D'istinto serrai le gambe e cercai di tirarla in basso, ma il bordo arrivava a stento a metà coscia.

A nulla sarebbe valso coprirmi.

«Dovrò parlare con Efrem, ricordargli che deve esortare gli ospiti a rispettare maggiormente le regole. La sua connaturata indulgenza è inadatta al lavoro che svolge. Quel giovanotto non mi dà mai retta.» Sospirò visibilmente seccato. «Proprio come te.» Si rivolse a Joël che sussultò, stringendo al petto il romanzo di Hölderlin. «Spero che tu l'abbia terminato, Joël», lo avvertì. «Mi hai chiesto del tempo per studiare, te l'ho concesso e ti trovo nel parco a bighellonare con una...» Mi lanciò un'occhiata altezzosa, cercando di trovare il termine adatto per definirmi. «Cantante?»

«Chitarrista», lo corressi. «Sono la chitarrista di una rock band.»

L'uomo affilò lo sguardo sulla stampa della mia maglietta. «Certo, chitarrista rock, lo vedo...» affermò con tono supponente.

Era totalmente diverso dal figlio: il dottor Efrem dimostrava un'autorevolezza acuta, un'intelligenza così pervasiva da assoggettare inconsapevolmente chiunque gli stesse accanto, ma al contempo toccava con gesti semplici o parole flautate le corde profonde dell'animo umano; il dottor Markus, invece, vantava un'esperienza maggiore, ma un senso di umanità inferiore. Consapevole del suo potere, non aveva alcun problema a esercitarlo sugli altri con una sdegnosa superiorità e uno sguardo talmente machiavellico da suscitare inquietudine.

«Ha finito di guardarmi come se fossi feccia o vuole continuare a biasimarmi per aver scelto la musica a una laurea in psichiatria?»

Il medico non si aspettava un affronto così diretto, forse nessuno si era mai permesso di rivolgersi a lui in quel modo, tuttavia fu abile a celare la sua improvvisa incredulità dietro un muro di placida apatia. Joël si trattenne dal ridere con una mano sulla bocca; io mi alzai guardando dal basso l'uomo che, in quel momento, mi parve ancora più intimidatorio, proprio come il figlio.

Perché erano tutti così alti nella famiglia Krugher?

Al suo cospetto sembravo uno scoiattolo tenero, coraggioso ma per niente temibile.

«Ho sempre preferito un sincero biasimo a una lode illusoria, ma sovente la suscettibilità della gente impedisce di coglierne la differenza.» Il venticello leggero gli scompose la chioma ingrigita; un tenue raggio di sole, che timidamente si insinuò tra i rami di un arbusto, gli colpì gli occhi che brillarono di un intenso verde edera.

«Mi considera suscettibile solo perché trovo irrispettoso che mi guardi con disgusto da quando mi ha vista?»

«La considero suscettibile perché lei si arrabbia con lo specchio se rimanda il riflesso di una crepa, ma non si chiede da dove proviene...»

Aggrottai la fronte con un velo di imbarazzo provocato dalla sua glaciale risposta. «Non riesco a seguirla...»

«Lei è qui, signorina Jensen, nelle mani di un'équipe medica di alto livello, ma sta sprecando la sua occasione. Trasgredisce le regole, si fa sorprendere con il suo ragazzo in atteggiamenti inappropriati in una delle sale interne, sminuisce mio figlio e il suo lavoro con comportamenti irriverenti e provocanti.» Un sorrisetto consapevole gli incurvò l'angolo delle labbra. Fu sufficiente la sua sicurezza a farmi arretrare tanto che sbattei l'incavo delle ginocchia contro il bordo della panchina. «Sa...» Ammirò tutt'attorno la bellezza ampollosa del parco. «Anche se lei non mi vede, mi informano di qualsiasi cosa accada nella clinica, di qualsiasi cosa facciano i dottori, compreso mio figlio. Il consiglio che le do, se ha davvero intenzione di stare meglio, è quello di concentrarsi su se stessa e di affidarsi a Efrem. Gli ho insegnato a essere un buon medico, se lei glielo permetterà saprà come aiutarla a ritrovare il suo equilibrio interiore. Se invece ha intenzione di fargli perder tempo, di giocare, di sbeffeggiarlo e di ignorare l'importanza dell'Asklepios, allora sarò il primo ad accompagnarla al cancello d'ingresso.» Tornò a inquisirmi con i suoi occhi duri, consentendomi qualche minuto per ragionare su ciò che aveva detto. «Ora capisce perché non riesco a concederle alcuna lode ma solo biasimo?»

L'avevo compreso e non sapevo in quale modo giustificarmi. La nonna mi avrebbe rivolto le stesse parole se avesse scoperto tutto ciò che avevo combinato nella mia breve permanenza in clinica. «Quindi non è per il mio abbigliamento, o meglio, non solo.»

«Non principalmente. Al momento il problema maggiore è un altro e credo di averle dato uno spunto di riflessione abbastanza esauriente...» Tese una mano verso Joël e lo invitò ad alzarsi. Il bambino rimase fermo e mi tirò la gonna per indurmi a guardarlo. *Cosa voleva che facessi?* «Joël, forza, andiamo», gli intimò il dottor Markus. Il bambino cercò il mio sguardo; forse avrebbe voluto che lo trattenessi lì con me, che inventassi una motivazione per farlo restare. Gli strinsi la manina nella mia e mi scusai per l'impossibilità di intervenire, di intromettermi nel rapporto tra lui e il nonno. Non avevo alcuna voce in capitolo. «Joël!» ruggì il medico. «Non farmelo ripetere. Ho detto: andiamo.» Iniziò a spazientirsi e il bambino fu costretto ad alzarsi, seppur controvoglia. Raccolto il libro, si diresse a testa bassa verso l'uomo che gli posò saldamente una mano sulla spalla per accertarsi che non tornasse indietro. «Poiché mi hai disobbedito, trascorreremo le prossime tre ore in biblioteca. Mi spiegherai com'è stata l'esperienza di Iperione in Grecia e in Germania, quali sono le tue riflessioni sull'uomo moderno tedesco e sul culto degli dèi, pensi di esserne capace?»

Grecia, culto degli dèi...

Di nuovo riecheggiarono concetti predominanti in tutta la clinica Asklepios, concetti attorno ai quali ruotavano la vita del dottor Efrem e del figlioletto Joël. Concetti trasmessi a entrambi da una figura che li accomunava, una figura presente nella loro quotidianità: il dottor Markus Krugher.

Perché tanta ossessione per la mitologica greca?

Perché imporne lo studio al figlio e al nipote?

Il bambino annuì più per dovere che per reale volontà; al che il nonno sorrise e lo indusse a voltarsi per incamminarsi con lui verso la clinica.

«Le auguro una buona giornata, signorina Jensen», mi salutò, con il lungo camice svolazzante a ogni passo, la postura fiera e un tappeto di mistero a srotolarsi al suo passaggio.

Pensosa, mi lasciai cadere sulla panchina espirando tutta l'aria che avevo inconsapevolmente trattenuto nei polmoni. Nella disperata solitudine del momento, indugiai a riflettere sul dottor Efrem Krugher: aveva un figlio.

Un figlio, santo cielo!

La notizia sconvolgente che avevo cercato con tutta me stessa di non razionalizzare tornò a ronzarmi nella testa. Mi costrinsi ad accettarla anche se sentivo il cuore pesante, trafitto da numerose spine dolorose.

Lo conoscevo a malapena, eppure metabolizzare che fosse padre mi provocò una strana stilettata al petto. Quell'uomo era irraggiungibile.

Non sarebbe stato altro che l'origine e la fine di una meravigliosa utopia.

Sul serio avevo pensato, anche solo per una frazione di secondo, di poter avere una chance con lui?

Che sciocca!

Ci dividevano diciassette anni d'età, un matrimonio e, da quel momento in poi, anche un figlio.

Era un uomo decisamente fuori dalla mia portata, adulto, troppo impegnativo, con responsabilità talmente grandi che non avrebbe potuto considerarmi niente di più che una semplice ventenne, fanatica del rock.

Tra quattro mesi si sarebbe persino dimenticato della mia esistenza.

Angosciata, mi mossi sulla panchina sentendo qualcosa pungolarmi una natica.

Torsi il collo e sfilai da sotto i glutei un foglietto accartocciato.

«Che cosa…» Lo ressi tra le dita e lo dispiegai per leggerlo.

Il nonno mi ha detto che le ninfe esistono.
E io ne ho vista una correre allegra,
vestita di fiori e di capelli dorati,
con una bellezza agreste e una voce melodiosa.
Non ti stavo spiando, volevo solo che non fossi triste.
Hai bisogno di un amico.
E io di un'amica.
Ho solo undici anni, parlo poco ma so ascoltare.
Ci vediamo domenica prossima.
Stessa ora.

Joël

14
Thea

Quella sera ebbi d'un tratto l'impressione di percepire nettamente il lento avvitarsi del mondo nell'oscurità.
WINFRIED GEORG SEBALD

«COME può un bambino esprimersi in quel modo? Ha solo undici anni!»

L'indomani, camminavo agitata per la camera mentre raccontavo a Juliette cos'era accaduto il giorno prima al parco. Non eravamo diventate amiche, ma lì dentro era l'unica persona con la quale potevo confidarmi.

«Joël è un bambino speciale», rispose mentre si sistemava i capelli in una lunga treccia. Quella ragazzina era davvero il mio opposto: quando sorrideva era tutta denti e fossette, indossava spesso abiti floreali e colorati, mostrava poco le gambe e le sue movenze erano sempre aggraziate e leziose. Io invece ero tutt'altro che graziosa. Con la sigaretta accesa tra le labbra, vestita solo con l'intimo e un paio di sneaker bianche, mi aggiravo come un toro furioso davanti allo specchio, lanciando spesso occhiate furtive al mio riflesso. «Thea, non riesco a capire come mai ti sei svegliata così nervosa stamattina...» commentò, attorcigliandosi l'elastico sulle punte per fissare l'acconciatura.

Da dove avrei dovuto cominciare per spiegarle i motivi del mio pessimo umore?

«Oh, vediamo...» Feci un profondo tiro dalla Lucky Strike e rigettai il fumo nell'aria. «Sono chiusa in una clinica psichiatrica da circa una settimana, non mi alleno in una palestra da altrettanto tempo, ieri ho incontrato un ragazzino che mi spiava mentre tentavo di scrivere una fottuta canzone, non potrò vedere Andy per un mese, nonna Lizzie per tre settimane e... il dottor Efrem ha un figlio!»

Mi maledissi per la mia ultima affermazione impetuosa quando Juliette, seduta dinanzi allo specchio della toeletta, si voltò a guardarmi perplessa. «Cosa c'entra il dottor Krugher adesso?» mi domandò confusa.

Già, cosa c'entrava il nostro medico in tutto ciò?

«Non lo so. Semplicemente non mi aspettavo che fosse padre.» Al solo pensiero rabbrividii. Tornai a sfogarmi sulla mia sigaretta e mi avvicinai alla scrivania per gettare la cenere nel portapenne, l'unico oggetto nel quale potevo nasconderla senza che qualcuno scoprisse che stavo trasgredendo la regola numero tre. «Non può essere lui la mia ruota panoramica...» Giunsi a quella spiacevole conclusione: non avrebbe potuto essere lui l'uomo con il quale cercare di alleggerire la permanenza nell'Asklepios, l'oggetto delle mie segrete fantasie o l'amante passionale che avrebbe soddisfatto le mie esigenze più viziose.

«La tua ruota panoramica?» Juliette sbatté le lunghe ciglia infoltite dal mascara. «È una metafora?»

«Sì, piagnucolona.» Alzai gli occhi al cielo. «È una metafora. E non ho intenzione di spiegartela.» Mi girai nella sua direzione e, a giudicare dal modo in cui sussultò, in quel momento la mia espressione non doveva essere delle più amichevoli.

«Cerca di calmarti, per favore.» Tentò di tranquillizzarmi, poi osservò il mio corpo seminudo soffermandosi sulla scritta stilizzata che, come un gioiello, mi ornava l'inguine destro. Corrugò le sopracciglia e rifletté su qualcosa. «Quello... è il terzo tatuaggio del quale non hai mai parlato?»

L'elastico del tanga non lo copriva a sufficienza da impedirle di notarlo, avrei dovuto pensarci prima. Juliette era una ragazzina piuttosto curiosa, oltretutto fan dei Bright Demons, perciò più scopriva parti della mia vita, più ne era contenta, mentre a me dava terribilmente fastidio raccontarle situazioni del passato che preferivo rimanessero private.

«Sì.» Socchiusi le palpebre quando le ondate del fumo si levarono verso l'alto, confondendosi col profumo di gelsomino che permeava tra le pareti.

«E cosa c'è scritto?» Si alzò per avvicinarsi e sporgersi sul mio pube.

D'istinto arretrai e le puntai un dito contro. «Ehi ehi, piagnucolona. Resta oltre il limite stabilito, okay?» Le indicai la linea invisibile sul pavimento. Juliette mi guardò rattristata, indietreggiò e incurvò le spalle, conscia che sarebbe stato impossibile che mi affezionassi a lei. «Tra pochi mesi torneremo a essere due estranee. Non legarti a me, non considerarmi tua amica», le ripetei, come avevo fatto ogni giorno, ogni volta che tentava un qualsivoglia approccio nei miei confronti. Lei annuì, aveva capito quanto le mie incresciose convinzioni fossero talmente incise nell'anima da non poterle cancellare, esattamente come un tatuaggio indelebile.

«Perché ti comporti così con me?» Piegò le labbra in un broncio delizioso, uno di quelli che ispirava frasi di conforto e abbracci affettuosi, poi si sedette sul bordo del letto, sollevando il capo per guardarmi.

Portai ancora la sigaretta alle labbra e decisi di spiegarle il mio punto di vista. «Perché viviamo in un mondo nel quale la gente non sa restare. Entra nelle vite altrui e se ne va come se niente fosse. Calpesta sogni, ferisce cuori, infrange promesse...» Schiacciai il mozzicone nel portapenne, con un ultimo schiocco di labbra espirai il fumo e tornai dinanzi allo specchio, spinta dal malsano bisogno di controllare la mia forma fisica.

C'erano imperfezioni... imperfezioni ovunque.

A partire dalle piccole striature tortuose sull'esterno coscia, le cosiddette smagliature, che non risparmiavano nessuno, neanche una scheggia esile come me, fino ad arrivare ai tanti fastidiosi avvallamenti di carne che invadevano la zona sottostante ai glutei: cellulite.

Era proprio cellulite.

Nervosamente, il demone che da più di un anno mi tormentava tornò a farsi beffa di me; lo vidi contaminare il mio riflesso, schernirmi per il malessere che mi provocava. Mi suggerì di mangiare di meno, di pesarmi di più e soprattutto di non rinunciare mai all'estenuante esercizio fisico.

«Thea...» Qualcosa si incrinò nella voce di Juliette quando i suoi occhi caddero su un punto preciso del mio corpo. Insospettita, mi voltai appena per capire cosa l'avesse sconvolta. Tante ecchimosi nere segnavano in senso verticale la linea della schiena terminando alla base, sulle fossette di Venere. Durante il nostro primo incontro, il dottor Krugher si era accorto di quei segni, li aveva sfiorati con i polpastrelli, poi premuti con forza per indurmi a confessargli se provassi dolore, ma a denti stretti avevo negato pur di non rivelargli la verità. «Forse dovresti evitare di fare gli addominali distesa sul pavimento, non credi?» Juliette non mi tolse lo sguardo di dosso neanche quando aprii l'anta dell'armadio per sfilare una t-shirt e indossarla.

«Metterò una pomata per attenuarli, sono soltanto lividi.» Presi anche dei pantaloncini neri, strappati sotto le natiche, e li infilai, saltellando goffamente prima su una gamba, poi sull'altra.

«Dovresti mettere qualcosa anche sulle abrasioni delle no...»

«Quelle sono provocate da un'allergia», ribattei evasiva. Mi diressi alla scrivania e aprii uno scrigno di legno nel quale custodivo tutti i miei girocolli, dai più semplici ai più sfarzosi. Solitamente le donne indossano gemme preziose, collane di perle o diamanti luminosi; a me bastavano il braccialetto con la chiave che mi era stato regalato dalla mamma e un collarino di velluto o di pizzo per sentirmi perfettamente vestita di ogni ricchezza.

Juliette sospirò, proseguendo la nostra fastidiosa conversazione. «Uhm, sospetto che sia una bugia.»

«Vuoi che ti organizzi un incontro con il mio dermatologo? Così chiedi direttamente a lui.» Scelsi un girocollo grigio, con un ricamo in stile gotico e una chiusura a moschettone sul retro. Lo lasciai aderire alla gola e mi voltai verso la mia compagna di stanza mentre con le dita cercavo di agganciarlo sulla nuca.

Juliette fece una smorfia scettica. «Ci crederei se non sapessi che ti autoinduci il vomito, sai?»

Mi sedetti sulla poltrona sulla quale erano sparpagliati molti dei miei indumenti; a differenza di Juliette, io prediligevo il disordine. Sbuffando, li spostai per farmi spazio, poi mi piegai in avanti per cambiare le scarpe e sostituirle con i soliti anfibi. «Sono la regina delle menzogne, mia cara.»

Lei si alzò, roteando gli occhi al cielo. «Purtroppo l'ho capito.»

Qualche minuto dopo, uscimmo insieme dalla camera, pronte a iniziare la settimana in maniera diversa: Juliette doveva sostenere un colloquio con la dottoressa Ruiz, io invece avrei dovuto incontrare il dottor Nørgård. Percorremmo il lungo corridoio illuminato dalle finestre a bovindo che a fasi alterne facevano sbrilluccicare l'ambiente lussuoso; non vi era nessun tendaggio pesante a coprirle, segno che il dottor Krugher, amante dell'oscurità, non era nei paraggi. Scendemmo le scale finché Juliette si fermò dinanzi allo studio della donna alla quale, presto, avrei dovuto porgere le mie scuse.

«Thea...» mi chiamò, spostando le iridi écru dalla targhetta dorata della psicologa a me.

«Uhm?» le risposi con indifferenza.

«Se pensi che viviamo in un mondo nel quale la gente non sa restare, prova a darle un buon motivo per non andarsene...» mormorò con un impeto di eccessiva fiducia nei confronti della vita; quella ragazzina era fin troppo ottimista per i miei gusti.

Pensierosa, osservai una delle tante statue mitologiche che decoravano la clinica; poco distante da noi, sotto un quadro bucolico, vi era un capitello dorico sul quale si ergeva un giovane alato che brandiva una spada. La didascalia sottostante ne riportava nitidamente il nome: THÁNATOS - DIO DELLA MORTE.

«Che motivo avrei potuto dare alla morte per evitare che mi portasse via chi amavo?» Tornai a guardare Juliette facendole intendere da dove provenisse il mio inesorabile dolore. Ci sono cose che l'essere umano non può governare, forze supreme che hanno il potere di valicare la volontà dell'uomo, di minarne la sopravvivenza e di lasciarlo annegare nei rimasugli di una sofferenza corrosiva. Quello era ciò che stava accadendo dentro di me da quando avevo perso la mamma, da quando degli orchi privi di anima, armati di piccone e crudeltà, l'avevano strappata a me, sancendo così l'inizio del mio lento disfacimento. La ragazzina comprese di aver introdotto un discorso che mi feriva nel profondo, tentò di schiudere le labbra per rincuorarmi con frasi di consolazione che avevo già sentito numerose volte, tuttavia preferì non ribattere. Nell'aria si diffuse una caligine di malinconia che, per un attimo, ricoprì l'intero corridoio e avvolse i nostri corpi, non abbastanza distanti da impedirci di cogliere il malessere l'una dell'altra. «Adesso è meglio che io vada, Juliette...» Mi allontanai il più in fretta possibile da lei.

Parlare della mamma mi provocava sempre un terribile sbalzo d'umore che mi incitava a chiudermi nel mio silenzio; tutto diventava difficile da tollerare, da affrontare e superare, per questo non riuscivo a mangiare, rifiutando categoricamente il cibo. In quei momenti la sofferenza sembrava ingestibile, la mancanza della mamma insopportabile e la fine della mia esistenza sempre più vicina poiché, inconsapevolmente, mi facevo del male cadendo in un vortice interiore di intensa disperazione e rabbia.

Quando raggiunsi lo studio del dottor Nørgård, vi entrai con meno entusiasmo del solito.

La tensione che mi pervadeva dovette essergli subito chiara poiché mi indicò la poltrona per invitarmi a disquisirne con lui.

«Buongiorno Thea, come stai oggi?» si affrettò a domandarmi. Avrei potuto mentirgli, ma il mio malumore era talmente evidente che fui sincera.

«Di merda.»

Il giovane uomo mi osservò con un sorriso premuroso. «Spero non a causa mia.»

Apprezzavo quel lato ironico del dietologo, riusciva a rischiarare i momenti foschi che mi tormentavano sempre più spesso.

«Glielo farò sapere dopo che mi avrà presentato il programma alimentare», lo informai, stringendo tra i palmi le ginocchia nude.

«A tal proposito...» Il dottore estrasse da una pila di fogli un documento e me lo porse. «Eccolo qui, leggilo pure. È importante che tu mi dica come ti sembra.»

Stringendola fra le dita, scorsi lentamente la tabella che suddivideva i vari pasti giornalieri per quantità e orari. Erano completi, ricchi di vitamine, proteine e carboidrati. Vi erano anche alcuni spuntini che, in qualche modo, avrebbero dovuto attenuare il senso della fame.

«Non è troppo? Dovrò mangiare tutti i giorni tanta roba?»

Il dottor Nørgård percepì una sfumatura d'ansia nel mio tono di voce, dunque si affrettò ad acquietarmi. «Il cibo è di vitale importanza per l'essere umano, Thea. Porre le basi di un corretto regime alimentare è indispensabile per la salute e il benessere psico-fisico. È sbagliato mangiare troppo, tanto quanto lo è mangiare troppo poco. Bisogna trovare il giusto equilibrio tra cibo e quantità affinché siano apportate al nostro organismo le sostanze nutritive e funzionali delle quali necessita.» Fissò il documento. «Il vomito autoindotto provoca problemi di stomaco come bruciore, reflusso o digestione rallentata, detta anche ipocloridria, pertanto ho dovuto evitare di inserire alcuni alimenti ricchi di grassi, dolciumi o bevande gassate. Chiaramente ogni mese il programma sarà rivisto e modificato in base ai tuoi progressi.»

Abbassai il foglio sulle gambe senza distogliere gli occhi dalla tabella. «E se non dovessero esserci?»

«Perché sei così pessimista, Thea?»

«Perché ormai da due anni non c'è nulla che vada per il verso giusto.» Osservai, alle sue spalle, le varie qualifiche incorniciate in maniera elegante, numericamente inferiori a quelle del dottor Krugher, ma altrettanto rivelatrici di una vasta conoscenza.

Nørgård si alzò dalla propria postazione, aggirò la scrivania e mi si avvicinò, sfilandomi dalle mani il programma personalizzato poiché, in quel momento, desiderava che gli prestassi tutta la mia attenzione. Si appoggiò al bordo di legno e incrociò i palmi all'altezza del basso ventre.

«Da adolescente soffrivo di obesità», confessò di getto, lasciandomi per un istante sgomenta. «Avevo solo quindici anni. Non riuscivo a capire come mai le ragazze mi guardassero in modo diverso dai compagni ben allenati, con fisici tonici e soprattutto in salute. Riuscivo a malapena ad allacciarmi le scarpe, eppure ignoravo il mio problema dando al cibo il potere di schiacciarmi e di annullare la mia vita. Mi chiedevo tutti i giorni cosa ci fosse in me di sbagliato o quale fosse la soluzione per stare meglio, ma la risposta non arrivava mai e intanto continuavo a mangiare, a ingrassare, a star male…» Sul volto sbarbato dell'uomo vidi incidersi i ricordi della sua adolescenza e con essi anche un dolore troppo grande per un ragazzino. «A sedici anni mia madre mi costrinse a recarmi da uno psicologo, ma mi ribellai in ogni modo possibile. Le urlai contro, la insultai con termini spregevoli, ignaro che lei stesse agendo soltanto per il mio bene. Quando, dopo mesi, decisi di seguire il suo consiglio, dalla diagnosi del medico risultò che la causa della mia patologia era di natura psicologica: non avevo accettato la separazione dei miei genitori né che entrambi avessero deciso di crearsi una nuova famiglia con due persone diverse, pertanto avevo trovato rifugio nel cibo: l'unica certezza che mi era rimasta.» Deglutì, abbassando il capo sulle mani congiunte. D'istinto provai a consolarlo con una banale carezza sul braccio, ma il medico si scostò prima ancora che riuscissi a sfiorarlo. Fu sufficiente uno sguardo di gentile ammonimento per comprendere che la sua etica professionale non prevedeva alcun tipo di contatto con i pazienti. *Forse per questo il dottor Krugher era improntato a un tipo di approccio sempre freddo e distaccato?* «Scusami, Thea…» Nørgård si allontanò, dirigendosi verso l'ampia finestra che illuminava lo studio come se stesse scappando da me. «Nel nostro lavoro il tatto è uno dei sensi che non utilizziamo mai. So che nell'opinione comune è una modalità comunicativa affettuosa e istintiva, ma nella nostra professione non è ammesso, a meno che…» Gli intensi riflessi castani dei suoi ricci sfavillarono sotto la sublime fulgidezza che valicava la vetrata. Con le spalle rigide, fissò un quarzo di cielo, assorto. «… A meno che non sia necessario arginare una reazione aggressiva degli ospiti. Purtroppo, io e i miei colleghi dobbiamo attenerci a delle regole molto severe. Il dottor Markus non ammette errori di alcun tipo.»

Frenai la voglia di dirgli quanto non sopportassi quell'uomo, specialmente dopo averlo incontrato di persona. Mi costrinsi a tacere senza assumere atteggiamenti sbagliati o irriverenti: non ero abituata a ragionare su ogni cosa dicessi o facessi, ma avrei dovuto imparare. «Mi dispiace allora. Non volevo metterla in difficoltà.»

«Non preoccuparti, Thea.» Si voltò verso di me con un'espressione serena. «Sei qui da poco tempo, pian piano comprenderai appieno come funzionano le relazioni umane nella nostra clinica.»

«Spero presto perché sbaglio continuamente come un'idiota», ironizzai, agitando appena la gamba sinistra. Il medico non era in vena di scherzare, pertanto tornai seria e, dopo qualche minuto di esitazione, proseguii il nostro discorso. «Come ha superato il suo problema di obesità?»

Nørgård sospirò, abbandonandosi contro il davanzale in legno massello. «A diciassette anni arrivai al limite», mormorò angustiato. «Perciò avevo soltanto due alternative: affrontare la situazione subito, oppure...» Quando si fermò, sentii sul palato l'amarezza di ciò che stava per rivelarmi. «Morire prima di compiere diciott'anni.»

Mi portai una mano sulla bocca per reprimere un rantolo di sconcerto. «E... Cos'ha fatto?»

Il dietologo accennò un sorriso debole; le labbra sigillate faticarono a elargirlo. «Ho scelto di vivere.» Una carezza famigliare mi lambì la schiena, nell'aria si cosparse un'energia celestiale, un odore di more vellicò le mie narici. Era lo stesso che sentivo spesso sulla pelle della mamma. «Ho deciso di curarmi», seguitò l'uomo. «Di superare ogni ostacolo fisico e mentale. Ho promesso a me stesso che, se ne fossi uscito, avrei studiato i disturbi alimentari per aiutare altra gente a conoscerne le cause e a sconfiggerle. Adesso, a trent'anni, sono qui, in buona salute, a parlare con te e a concederti il mio totale sostegno perché nessuno può capirti più di me, Thea.» Un bagliore di saggia consapevolezza guizzò nelle sue iridi enee. Il dottor Nørgård svolgeva il proprio lavoro con immensa dedizione e passione, esattamente come il dottor Krugher. La sua delicatezza, l'atteggiamento sempre indulgente e gentile, la sensibilità con la quale cercava di approcciarsi a ognuna delle ragazze, soprattutto a Nasha che soffriva del medesimo problema, provenivano dall'immensa sofferenza che lui stesso aveva provato quando, troppo giovane, aveva dovuto lottare tra la vita e la morte, compiendo una scelta difficile prima che fosse troppo tardi.

Mi alzai dalla poltrona, prendendo dalla scrivania il programma che aveva stilato per me. Lo strinsi fra le dita e lo portai al petto; stabilii tacitamente che mi sarei impegnata a rispettarlo. «Farò del mio meglio per non deluderla, dottore. Non sarà facile, ma ci proverò.»

Nørgård annuì, mostrandosi intimamente convinto che sarei stata in grado di soddisfare le sue aspettative. «Ne sono certo. Confido molto in te.»

Per un istante, il dietologo riuscì a sgravare la mia coscienza dal peso dell'anoressia nascosta.

Mi convinsi che sarei stata davvero capace di debellarla, ma troppo presto quella, come un fantasma maledetto, tornò a schiantarmisi addosso con un urlo selvaggio, sbrindellando la speranza che l'uomo mi aveva donato e trascinandomi con sé in un'atmosfera di tetra rassegnazione.

Dopo circa un'ora, con l'umore cupo e il viso pallido, uscii dal suo studio, camminando tra i corridoi come uno spirito errante, in preda a un groviglio di emozioni negative.

Il dietologo mi aveva chiesto di dare il programma alla cuoca Monique, la quale, quella mattina, era stata informata dallo stesso Nørgård che, anch'io come le altre, avrei dovuto seguire un'alimentazione specifica per il mio disturbo.

Prostrata da un'angoscia che non sapevo abbattere, riuscii a raggiungere la sala pranzo.

Porsi a Monique il foglio; la cuoca lo prese e mi studiò a lungo con i suoi occhi nocciola. I folti capelli ricci erano raccolti in una coda bassa e la pelle scura spiccava a contrasto con la divisa bianca, munita di grembiule e cuffietta. Per un istante mi parve infastidita da qualcosa, ma senza rivolgerle alcuna parola mi accomodai al tavolo attorno al quale già sedevano le altre ragazze.

Le osservai con lo sguardo spento.

Ognuna di loro mi somigliava più di quanto pensassi: circondate dalle proprie ombre, con le paure cucite addosso, i pensieri che orbitavano attorno all'ostilità per il cibo, combattevano contro il loro riflesso, contro i loro difetti, contro se stesse. La bellissima Sophie faceva roteare svogliatamente il cucchiaio nella zuppa fumante; al suo fianco Akemi premeva il polpastrello sui rebbi della forchetta; Nasha valutava con attenzione il pasto previsto nella sua dieta, infine Riley piluccava un tozzo di pane lanciando le briciole nel bicchiere come se stesse intraprendendo una personale partita di basket.

Abbassai gli occhi sul mio piatto vuoto.

Ero arrivata in ritardo, pertanto avrei iniziato a pranzare quando loro avrebbero già finito, ma non mi dispiaceva; d'altronde mi imbarazzava mangiare davanti agli altri perché temevo che avrebbero notato il modo in cui spezzettavo il cibo o lo sdegno con il quale lo rifiutavo, assaggiandone solo una piccolissima quantità.

«Thea...» Juliette, seduta accanto a me, mi diede una leggera gomitata per indurmi a voltarmi verso Monique.

«Tra poco sarà pronta anche la tua minestra. Avresti dovuto essere qui dieci minuti fa.» Dal retro dell'ampia penisola a vista, la donna indicò l'orologio a muro che segnava il mio ritardo.

Ecco cosa l'aveva infastidita.

«Non sono io a decidere quando posso uscire dallo studio del medico», la rimbrottai senza preoccuparmi di risultare sgarbata.

Sophie smise di dedicarsi alla sua brodaglia e inarcò un sopracciglio, pronta a intromettersi. «Te lo sei scopata sulla scrivania? Anche se credo che Nørgård non sia il tuo tipo, vero?»

«Troppo bravo per lei.» Akemi si sistemò il *kanzashi* fiorato con il quale aveva raccolto i lunghi capelli neri in uno chignon raffinato, poi assunse una posa alquanto vanitosa.

«Perché ce l'avete con questa ragazza? Io non vi capisco.» Nasha scosse il capo, muovendo la sua montagna di riccioli.

«Tu pensa agli affari tuoi e mangia meno cioccolatini», la rimbeccò l'attrice che sporse la testa oltre l'amica per poter vedere bene chi aveva osato difendermi.

«Sei proprio una stronza!» Nasha sbatté la posata nel piatto, facendo schizzare qualche goccia oleosa sull'elegante copritavolo bianco, poi si alzò per abbandonare di corsa la sala.

Juliette incurvò le spalle; per un attimo considerò di seguirla, ma qualcosa la spinse a restare ferma, forse per evitare di lasciarmi da sola con le due vipere di fronte a noi.

Riley, come sempre, era l'unica che osservava scaltramente tutto ciò che accadeva attorno a lei senza interagire con nessuno, eppure, malgrado il suo silenzio cupo, ostentava una sicurezza intimidatoria. I capelli corti, con un ciuffo nero calante sullo zigomo sinistro, le conferivano un look mascolino ma adatto al suo volto scarno, gli occhi opalini scrutavano ogni cosa senza lasciar trapelare nulla dei suoi pensieri. Sedeva rilassata al proprio posto, le braccia erano cosparse di tatuaggi colorati, un reggiseno stretto le appiattiva il petto, un gilet di pelle, slacciato, con delle borchie argentate le avvolgeva le spalle esili. Nella sua bellezza androgina, ambigua e oscura, risultava altamente seducente, la fusione magnifica di due opposti, un essere unico nel quale tutto confluiva raggiungendo una completezza che trascendeva la bieca separazione dei generi: lei era semplicemente due metà che combaciavano, incastrate tra loro con una misteriosa delicatezza.

La cantante si accorse del mio sguardo e ricambiò con malcelato fastidio.

Non fui impaurita dai lampi di sfida che le scintillarono nelle iridi, pertanto mantenni il contatto visivo affinché comprendesse che non avrei chinato la testa tanto facilmente.

«Qualcuna di voi ha visto il dottor Krugher, oggi?» Sophie si tamponò un tovagliolo sulle labbra armoniosamente disegnate, rompendo la momentanea quiete della stanza con la sua voce stridula.

Akemi infilzò un'oliva con uno stecchino e se la portò alla bocca. «Io, no.»

«Forse sarà in uno dei reparti del piano superiore, tra gli schizofrenici.» Riley, appallottolò tra i polpastrelli un'altra briciola di pane prima di lanciarla nel suo bicchiere.

Scoccai un'occhiata confusa a Juliette, che si sporse per sussurrarmi all'orecchio: «Ti ho detto che si occupa anche di altri disturbi, ricordi?»

Annuii e tornai a osservare Sophie, visibilmente annoiata dall'assenza del suo medico preferito.

Avrei voluto ignorarla, sapevo che stava cercando un modo per provocarmi, ma scioccamente caddi nella sua trappola. «In che modo hai tentato di sedurlo?» Non avevo dimenticato ciò che mi aveva confessato in giardino, dinanzi al Tèichos, in presenza anche di Juliette.

L'attrice, compiaciuta all'idea che me ne fossi rammentata, si adagiò comodamente alla sedia con un sorriso fallace. «Perché vuoi saperlo, Jensen?»

«Curiosità», mi limitai a ribattere.

«Sicura?» mi stuzzicò. «Non mi stupirei se mi dicessi che ti piace. È impossibile non notare quell'uomo, a meno che tu non preferisca le tette della dottoressa Ruiz, come Riley.»

«Se parlassi di meno, anche le tue non sarebbero male.» La ragazza le guardò il seno stretto in una t-shirt rossa con la stampa di una fragola tempestata di glitter luminosi e Sophie sbuffò.

«Sono qui da una settimana. Penso che la mia curiosità sia lecita», mentii con l'esperienza di una vecchia volpe, abituata a propinare bugie a chiunque. La nonna sosteneva che fossi davvero brava a mentire e che all'occorrenza sapessi assumere un atteggiamento ingenuo, capace di risultare convincente e spontaneo.

Sophie, malgrado sospettasse della mia sincerità, si scostò dalla spalla i capelli color cannella e si accarezzò il collo, con fare malizioso. «Vuoi sapere quant'è grosso?»

«Come al solito, pensi sempre a quello», protestò Juliette, imbarazzata.

«Attenta a ciò che dici, Queen.» Riley continuò a lanciare palline di pane mentre ascoltava il discorso in corso. «Rischi di fare insinuazioni sbagliate e di essere sbattuta fuori dalla clinica.»

«Non sto inventando niente, mia cara», la liquidò l'attrice con un gesto della mano.

«Sappiamo che hai cercato di sedurlo, ma lui non ha mai ceduto. È una persona seria.» Juliette lo difese a spada tratta come avrebbe fatto una figlia con il proprio genitore. Si animò così tanto che le sue guance presero fuoco, valorizzandone l'aspetto da bambina.

«Giusto, Obrien», le rispose Sophie usando il suo cognome. «Ma questo non significa che non abbia reagito alle mie provocazioni. È pur sempre un uomo.»

«Che intendi?» Nervosamente iniziai a giocherellare con il braccialetto della mamma, stringendone tra le dita la chiave. Akemi sghignazzò dietro il bicchiere che reggeva con una raffinatezza che mal si adattava al suo atteggiamento infido.

«Intendo dire che ho visto cosa nasconde ai piani bassi. In realtà, con quei pantaloni eleganti, si nota parecchio...» Diede un colpetto di spalla all'amica che sorseggiava l'acqua trattenendosi dal ridere. «Immagina quando è eccitato.» Mi fece un occhiolino provocatorio.

«Ti ha rifiutata», osservò Riley, mettendosi a braccia conserte. «Te ne rendi conto? O sei ancora convinta che tutti gli uomini del mondo debbano necessariamente cadere ai tuoi piedi?»

Sophie sospirò teatralmente, come se le costasse una gran fatica spiegarle il suo punto di vista. «Il dottor Krugher non cederebbe neanche se all'Asklepios si presentasse la donna più sexy del mondo. Perciò credo che mi abbia respinta per altri motivi e non perché non mi trovasse attraente.»

«Ti ha respinta perché è fedele alla moglie», intervenne Juliette, sbattendo il tovagliolo sul tavolo. «Per fortuna esiste ancora chi rispetta il sacro vincolo del matrimonio, sai?»

«Fedele?» la schernì Sophie. «Ascolta i discorsi privati tra lui e l'avvocato Ryke, così vedremo se la tua opinione sul dottorino resterà la stessa...»

Juliette strinse i denti, chiudendosi in un silenzio meditabondo.

Io invece non credetti molto alle parole di Sophie; d'altronde era una ragazza che, dopo essere stata categoricamente rifiutata dal dottor Krugher, tentava di infamarne la professionalità – fino ad allora considerata insindacabile da tutti – con accuse gravemente vituperose.

Insomma, se il medico avesse voluto portarsela a letto, l'avrebbe fatto.

Non ero mai uscita con uomini più grandi di me, tutto sommato sospettavo che ragionassero più o meno come i miei coetanei: il sesso era sesso anche per loro.

Sophie l'aveva provocato per molto tempo e anche se, a suo dire, il dottor Krugher aveva mostrato una reazione fisica alle continue avances, era riuscito a non tradire la moglie, dimostrandosi non solo un buon marito, ma anche un padre esemplare per il piccolo Joël.

Per quanto possibile, ai miei occhi era unico nel suo genere, soprattutto diverso da coloro che, pur di trascorrere una notte con la bellissima attrice, avrebbero ignorato qualsiasi responsabilità e soppiantato la propria serietà per soddisfare gli impulsi più bramosi.

La mia ammirazione nei suoi confronti crebbe ulteriormente, tanto da desiderare di vederlo e di parlargli, soltanto per conoscerlo meglio e comprendere davvero se fosse un uomo di assoluta rettitudine morale come sembrava.

Il mio interesse nasceva dall'istinto di sapere qualcosa in più sulla sua persona, nient'altro.

Dovevo tenerlo a mente per frenare invece i pensieri osceni che, silenziosamente, dilagavano in me ogni volta che eravamo insieme, correlati da voglie disdicevoli che non avevo mai rivolto a nessun altro prima.

Per fortuna Sophie smise di parlare del dottor Krugher rassegnata all'idea che non avrebbe mai ottenuto nessuna reazione turbolenta da parte mia. Andò via, seguita da Akemi, mentre Riley decise di uscire in giardino per fumarsi una sigaretta.

Juliette restò con me, attendendo pazientemente che terminassi di pranzare, dopodiché tornammo insieme in camera.

Travolta da un'ondata di ispirazione, trascorsi il pomeriggio a suonare alcuni brani dei Bright Demons mentre lei, particolarmente trasognata, se ne stette ad ascoltarmi e ad applaudirmi come se fosse a uno dei nostri concerti.

Le ore passarono in fretta, cenai, controllai il mio profilo Instagram, feci una doccia e inviai un messaggio ad Andy chiedendogli di ricontattarmi quanto prima poiché, da quando il dottor Krugher ci aveva sorpresi nella sala ricreativa, non aveva mai risposto alle mie chiamate.

Sicuramente era arrabbiato con me per le bugie che gli avevo detto circa l'aspetto estetico dell'uomo con il quale avevo cominciato il mio percorso riabilitativo. A volte, Andy assumeva atteggiamenti infantili; la sua gelosia trascendeva i limiti della normalità, provocando discussioni inutili che, spesso, dovevo veicolare sulla strada della comprensione. Per lui era più facile litigare che trovare un punto d'incontro. Inoltre era insopportabile quando, per attirare la mia attenzione, spariva per giorni spingendomi a cercarlo di continuo.

Quello era il suo personale modo di affrontare un problema.

Innervosita dal suo comportamento irragionevole, a tarda sera preferii chiamare nonna Lizzie e scusarmi per non essermi fatta viva per così tanto.

«Milla!» urlò furibonda dall'altro capo del telefono, dopo appena due squilli. Lanciai un'occhiata a Juliette che, seduta sul letto, picchiettava le dita sulla tastiera del suo MacBook e lei, con un sorriso dolce, mi incoraggiò a fronteggiare la furia della nonna. «Hai idea di quanto mi sia preoccupata per te?»

«Sì, nonna, lo so.» Con i capelli ancora umidi, infilai un paio di leggings neri sotto un top bianco, con le bretelline, che mi scopriva l'ombelico. «Non ho avuto tempo. È stato difficile adattarmi a questa nuova realtà. Anzi lo è a tuttora.» Mentre mi sistemavo l'elastico dei pantaloni sui fianchi, Juliette sollevò un pollice come a dire: *brava, stai andando bene*. Mi mordicchiai il labbro inferiore e girai per la camera alla ricerca delle mie sneaker.

«Possibile che tu non abbia avuto neanche un minuto per me? Mi avevi fatto una promessa, Milla!» mi rimproverò ancora. Nel frattempo, adocchiai una scarpa sotto il letto e con il piede tentai di spingerla fuori.

«Hai ragione, nonna», bofonchiai trafelata. «Non accadrà più, te lo prometto.»

«Non farmi promesse che non sai mantenere», proferì, arrabbiata.

«Le mantengo sempre invece, eccetto questa volta, ma farò più attenzione.» Riuscii a infilare la scarpa destra e zoppicai per individuare quella sinistra.

Lei sospirò profondamente prima di proseguire. «Ti stai comportando bene?»

«Assolutamente sì.» Mi fermai accanto al comodino, calzando anche la sneaker smarrita. «Sono un angioletto.»

Juliette si trattenne dal ridere e io le lanciai un'occhiata in tralice.

«Milla, vedi di non combinare guai, intesi? Victor sta pagando per noi, il minimo che tu possa fare per mostrargli la tua gratitudine è impegnarti seriamente nella terapia e uscire di lì fra quattro mesi. Non vedo l'ora che torni a casa da me.» La sua voce carezzevole si incrinò, tingendosi di emozione e malinconia.

Arrestai i miei passi di fronte allo specchio, notando i capelli biondi sciolti e ondulati fino alla base della schiena, poi mi osservai, con la solita insoddisfazione che avvertivo ogni volta che incontravo il mio maledetto riflesso. «Spero presto, nonna.» Qualcosa nel mio tono cupo tradì la spensieratezza che avevo manifestato nei minuti precedenti. Strinsi il cellulare nel palmo, cambiai più volte angolazione per trovarne una che potesse mostrarmi delle linee fisiche migliori, ma fu tutto inutile.

Non riuscivo a piacermi né ad accettarmi.

«D'accordo. È molto tardi, va' a letto e spegni il cellulare. Odio che resti sveglia con quell'aggeggio fino al mattino.» Sentii un fruscio di lenzuola e volsi lo sguardo all'orologio. Erano soltanto le dieci di sera, ma per la nonna era già ora di dormire.

«Leggo i commenti dei follower, lo sai.» Avvicinai il viso allo specchio: non mi ero truccata, perciò mi accorsi di un piccolo foruncolo che sbucava sulla fronte, sotto l'attaccatura dei capelli. Avevo atteso i vent'anni proprio per sbarazzarmi dell'acne adolescenziale, invece mi tormentava ancora, immancabilmente. «Cazzo!» sbottai, irritata. «Che palle!»

«Milla!»

«Ho un brufolo sulla fronte, nonna. Per quale diavolo di motivo succede solo a me? Dovresti vedere le foto che circolano sui social. Le tipe che le postano sono perfette.» Lo sfiorai con l'indice, recuperando subito un po' di correttore per coprirlo.

«Forse perché ritoccano le loro immagini fino a cambiarsi i connotati?» commentò lei. «Non lasciarti influenzare dalla perfezione artefatta che vedi attorno a te, Milla. Tu sei bellissima così, con le tue naturali imperfezioni. Oltretutto sei ancora troppo giovane per sbarazzarti dei brufoletti.» Ridacchiò divertita. «Sei la mia bambina, anche se stai crescendo troppo in fretta.» La immaginai con una mano sul petto e gli occhi rammaricati all'idea che la fanciulla di un tempo stesse, pian piano, lasciando il posto a una donna più consapevole e matura. Io mi sentivo sempre la stessa, la Thea sconsiderata, istintiva, permalosa e amante dei pericoli, eppure qualcosa dentro di me mutava giorno per giorno senza che potessi far nulla per arrestare quel flusso incontrollabile di cambiamenti fisici e mentali che, in fondo, mi rendeva diversa. Dovevo soltanto conviverci pacificamente e attenderne il risultato.

«Sì, certo. Nonna, per te sarei bellissima anche se fossi uno scarafaggio.» Alzai gli occhi al cielo mentre Juliette, alle mie spalle, rideva di gusto. «Comunque ti lascio dormire. Ti chiamerò più spesso, okay?»

«Me lo auguro, Milla. Ti voglio bene.»

Al suono di quelle tre semplici parole, il cuore parve uscirmi dal petto per volare a West Hollywood, nel nostro appartamento, e scoccarle un bacio sulla guancia.

«Anch'io, nonna.»

Terminata la conversazione, con un'ingombrante nostalgia a gravarmi addosso, mi voltai verso Juliette, indaffarata con il suo pc.

«È andata bene, hai visto?» Sorrise al monitor, la cui luce le illuminava il volto armonioso.

Mi diressi verso di lei, senza superare il confine del nostro reciproco spazio. «Che stai facendo?»

«Cerco una serie su Netflix.» A gambe incrociate, con il busto proteso in avanti, sembrava ancora più minuta di quel che era.

«L'hai detto anche un'ora fa», considerai, incredula che stesse cercando qualcosa da vedere da ben sessanta minuti. «Lo so, ci metto un bel po'. Solitamente controllo la trama, gli attori, la regia, il numero degli episodi per quantificare quanto tempo ci impiegherei a vederli.» Gesticolò con una mano, senza distogliere l'attenzione dalla pagina del sito.

«Sei strana, piagnucolona, lo sai?»

«Sì», rispose fieramente. «Ho dei limiti precisi da non superare: non guardo le serie che abbiano più di due stagioni.»

Inclinai la testa di lato, sbattendo le ciglia. «Perché?»

«Perché ci sono tante serie interessanti, non posso impiegare mesi interi a guardarne solo una, capisci?»

«E se a causa di questi limiti perdessi l'occasione di scoprirne qualcuna davvero bella?»

Lei rimase con le dita sospese sulla tastiera e socchiuse gli occhi su un punto del muro, sovrappensiero. «In effetti è un rischio.»

«Io invece corro rischi senza pormi limiti, di sicuro è più divertente.» Sogghignando, mi avviai verso la porta dopo aver raccolto il pacchetto di Lucky Strike dalla scrivania.

«Thea, dove stai andando?»

«A fare due passi.»

Uscii dalla camera, ricordando mentalmente le regole che avevo letto nel contratto: la numero sei stabiliva che fosse permesso spostarsi per la clinica, nei suoi spazi interni ed esterni, nella misura in cui questi fossero accessibili e non vi fosse espresso divieto di intrusione.

Pertanto avrei potuto gironzolare anche a tarda sera, purché non mi introducessi in zone non autorizzate ai pazienti.

Fischiettando, percorsi il corridoio e scesi le scale, sfiorando il corrimano in massello con un palmo. Sugli ultimi gradini feci un saltello goffo, provocando un pesante tonfo con le scarpe e sperai che nessuno mi avesse sentito. Agitata, mi guardai attorno per accertarmene, ma nei paraggi non vi era anima viva, perciò tornai pacatamente a camminare per imboccare il corridoio principale.

A ogni passo, osservai le varie statue che si ergevano lungo le pareti mentre mi scorrevano accanto con i loro dèi alati o armati, bellissimi e imponenti, nudi o coperti solo da brandelli di tessuto. La posa naturale e la riproduzione di ogni minimo dettaglio anatomico denotavano una grande maestria tecnica da parte dell'artista, che era stato in grado di renderle identiche alle originali.

Oltretutto, ognuna di esse riportava il nome della divinità di riferimento, riempiendo l'aria di mistica adorazione e torrido mistero.

Le ombre proiettate da sprazzi di luce lunare che filtravano dalle ampie finestre a bovindo parvero mutarne i tratti del volto, come se di notte prendessero vita, assumendo espressioni umane.

Dalle applique di cristallo, distanti pochi metri tra loro, proveniva un bagliore soffuso che illuminava il pavimento di marmo, indicando il cammino a chiunque lo percorresse.

Colta da un'inspiegabile tensione emotiva, mi strofinai le braccia procedendo incerta verso le statue di Zeus e di Dioniso che, poste l'una di fronte all'altra, vegliavano sullo studio del dottor Krugher come due affascinanti guardiani.

D'istinto mi fermai a destra, dinanzi a Zeus, il padre di tutte le divinità, capo dell'Olimpo, dio del cielo e dei fulmini. La sua statua ne esprimeva appieno la regalità: era rappresentato con una barba folta, un fisico robusto e uno scettro dal quale, negli antichi miti, faceva saettare fulmini distruttivi. L'espressione austera e la prorompenza del corpo erano simili a quelle del dottor Krugher, tanto che sorrisi per l'assurdo paragone.

Sempre più curiosa, mi voltai a sinistra per ammirare invece Dioniso: dio del vino, della follia, del caos, della spensieratezza e dell'estasi. Lui aveva tratti più effemminati di Zeus, capelli lunghi che gli cadevano sulle spalle definite e un corpo da uomo correlato al volto di un ammaliante fanciullo. In una delle mani stringeva il tirso, un bastone con in cima una pigna. Allungai un braccio per arrivare a sfiorarlo, ma essendo troppo bassa riuscii a lambirne soltanto l'addome, ritrovandomi con il naso a pochi centimetri dal pene nudo.

Sgranai gli occhi sul dettaglio indecente.

Sconcertata, lo fissai per qualche minuto come se non ne avessi mai visto uno in tutta la mia vita, poi stupidamente arretrai di poco e lo toccai, muovendo il palmo dall'alto al basso per sentirne sotto i polpastrelli le rifiniture della forma.

«Dorothea… C'è un particolare motivo per il quale stai ispezionando l'organo riproduttivo di Dioniso?»

Sobbalzai quando una voce cupa e virile mi vellicò la schiena come se l'aria fosse cosparsa di tanti petali di rosa, nera e selvatica. Il timbro enigmatico dell'uomo fu accompagnato da una nota di sarcasmo che acuì la mia immensa vergogna. Restai immobile. Una vampata di calore mi incendiò il petto e le guance.

Il respiro rimase incastrato nei polmoni.

Sopraffatta dall'imbarazzo dilaniante, pensai velocemente a una giustificazione logica che potesse dare un senso al mio comportamento buffo e irrazionale, ma non mi venne in mente nulla di credibile. Arresa, mi voltai lentamente, notando il dottor Krugher appoggiato allo stipite del suo studio, con le braccia incrociate al petto. In quella posizione magnificamente spavalda la camicia bianca, arrotolata sui gomiti, si tendeva sensualmente sui bicipiti gonfi scoprendo gli avambracci tesi. Gli occhi, scintillanti di divertimento, si posarono su di me e scesero sull'abbigliamento sportivo che lasciava ben poco all'immaginazione. Non tralasciò neanche un piccolo lembo di pelle. Per la prima volta, anziché riservarmi una fredda indifferenza mi squadrò con un'espressione seriosa, come se non approvasse qualcosa e non vedesse l'ora di farmelo presente.

«S-salve», biascicai con un suono simile al gracidio di una rana.

Il dottor Krugher socchiuse le palpebre, imperturbabile e fermo nel medesimo punto. Le ciocche nere disposte all'indietro incorniciavano un viso fiero e riverente mentre le folte ciglia color pece fregiavano uno sguardo a dir poco severo. In quell'uomo c'erano tenebre e luce in costante lotta tra loro, un disordine tumultuoso compresso da un ordine apparente, una perfezione assoluta che celava un'oscurità crescente, ancora incompiuta.

«Credevo che…» Feci qualche passo avanti, portandomi i capelli sciolti sui seni. Ero certa che dal top bianco fossero ben visibili i capezzoli sensibili che avevano immediatamente risposto al suo tacito richiamo maschile, ergendosi come due obelischi. «... che lei non fosse qui.» Mi fermai quando mi accorsi che stava fissando il modo in cui i leggings aderivano alla mia parte più intima e per un attimo mi pentii di averli indossati.

«Io sono qui tutti i giorni, Dorothea. Eccetto la domenica.» Riportò l'attenzione sul mio viso, velato da un rossore evidente che non potei in alcun modo nascondergli.

«Oh, ecco, non lo sapevo.» Dondolai sui talloni con un atteggiamento scioccamente impacciato. Incapace di reggere il suo sguardo, fissai la statua di Zeus e strinsi nel palmo il pacchetto di sigarette in preda all'agitazione totale.

«Come mai gironzoli per la clinica a quest'ora?» La sua voce impregnò l'aria di una voluttà conturbante che mi contorse le viscere. Benché non dicesse mai nulla di malizioso, ogni sillaba emessa dalle sue labbra carnose appariva sempre un po' insidiosa. Come in trance, rimasi qualche istante in silenzio prima di liberare un unico e inconfondibile sospiro tremolante.

«Io...» Fissai ancora l'imponente muscolatura del dio dei fulmini, desistendo dal volgere lo sguardo verso un uomo il cui volto era esente da qualsiasi imperfezione estetica e la cui presenza era quasi soffocante. «Mi annoiavo.»

«Ti annoiavi», ripeté in un sussurro udibile più a lui che a me. «E come mai contemplavi i genitali di Dioniso? Per interesse o pura curiosità?»

Riflettei sulla sua domanda, sperando che non ci fosse dietro alcuna insinuazione velata. «Forse entrambe, ma...» Mi morsi il labbro prima di continuare, non sapevo se fosse opportuno dirgli la verità. Dal modo torvo in cui mi stava fissando dedussi che, qualora gli avessi mentito, lo avrebbe di sicuro capito. «Cercavo proprio lei», confessai di getto, drizzando la schiena per armarmi della sicurezza di cui quell'uomo riusciva a privarmi, inspiegabilmente.

Lui accennò un sorriso consapevole, per niente stupito. «Immaginavo.»

«Posso, ecco...» Poiché non riuscii a dire: *entrare*, mi limitai a indicargli lo studio, il cui ingresso era interamente occupato dalla sua figura che, con un'altezza spropositata, arrivava quasi all'estremità superiore della porta.

Il dottor Krugher guardò l'orologio sul polso sinistro e increspò la bocca in una smorfia dubbiosa. «Non ricevo nessuno nel mio studio oltre l'orario prestabilito, ovvero dalle sedici alle diciannove. Deduco che tu non abbia ancora memorizzato le regole della clinica. Vero, Dorothea?»

Con uno sbuffo insolente, spostai il peso da una gamba all'altra. «Sto cercando di impararle, glielo assicuro, ma non me lo ripeta ogni volta, okay?»

I tratti dell'uomo si indurirono senza perdere la loro compostezza misurata. «Torna in camera.» Sciolse le braccia pronto a darmi le spalle, ma avanzai determinata a trattenerlo ancora un po'.

«Aspetti, vorrei parlarle.» Allungai una mano davanti a lui attirando il suo sguardo sul mio gesto quasi supplichevole.

Il dottor Krugher serrò la mascella e si mostrò infastidito. «Non stasera.»

Quando lo avrei rivisto?

E soprattutto, quando avrei potuto cogliere l'occasione di restare da sola con lui?

Mi feci coraggio e con il fiato corto, come se lo avesse incanalato tutto verso di sé, non demorsi. «Mi creda, è urgente.»

Lui arretrò prima ancora che potessi sfiorargli il braccio. Non era ammesso nessun contatto fisico tra medico e paziente, Nørgård era stato chiaro, ma, a differenza del dietologo che mi aveva fornito un'esaustiva spiegazione con la sua innata gentilezza, il dottor Krugher mi guardava come se stessi per commettere un reato imperdonabile.

Con un sopracciglio inarcato, mi soppesò scettico. «Quanto urgente?»

«Molto urgente.» Sorrisi insolente.

«Dorothea…» mi avvertì.

«Glielo giuro.» Sfoggiai l'espressione più convincente che potessi.

Lui rimase impassibile, poi si posò i palmi sui fianchi in una posizione diffidente. «Tenti ancora di raggirare uno come me, per caso?»

Accidenti!

Chi mi aveva detto che gli uomini erano tutti facili da abbindolare?

Forse Halima.

Evidentemente non aveva mai incontrato uno come il dottor Krugher. Un uomo di polso, con il potere di spogliare la gente di ogni certezza e di coglierne le più intime intenzioni con una forza invisibile ma brutale.

«Cosa va a pensare? Certo che no!» protestai, mantenendo una certa distanza da lui.

«Dai tuoi comportamenti traspare questo», mi incalzò, poi si sfregò stancamente la mascella. «Oltretutto, oggi è stata una giornata impegnativa per me, adesso non ho molto tempo da dedicarti. Potremmo incontrarci giovedì pomeriggio, alle…»

«No. Devo parlarle adesso.» Passai il pacchetto di Lucky Strike nell'altra mano, soltanto perché avvertivo i palmi sudaticci e avevo bisogno di scaricare la tensione in qualche modo. «Per favore, poi non la disturberò più. Promesso.» Gli sorrisi con innocenza.

Si concesse qualche attimo per riflettere su quale alternativa fosse la migliore: avrebbe potuto rispedirmi a calci nel sedere in camera, rischiando che tornassi a importunarlo dieci minuti dopo, oppure avrebbe potuto accettare di ascoltarmi e di sorbirsi la seccatura di avermi attorno. D'altronde era divertente notare quanto fosse paziente, padrone di un autocontrollo quasi eccessivo.

Senza rispondermi, si voltò per entrare nello studio.

Esitai pochi istanti: non si era opposto, quindi significava che potevo seguirlo.

Trionfante, lo raggiunsi e mi girai per chiudere la porta.

«Lasciala aperta, per favore», ordinò prima ancora che toccassi la maniglia.

Senza obiezioni, gli rivolsi un sorrisetto esuberante. «Così tutti possono vedere cosa facciamo?»

Il medico, in piedi di fronte a una delle grandi librerie, si voltò nella mia direzione reggendo un grosso tomo tra le mani.

«Così tutti possono vedere cosa *non* facciamo.» Tornò a scrutare la libreria mentre si accarezzava la barbetta scura che gli adornava il mento. Mi incamminai verso di lui a piccoli passi; il cuore incominciò a scalpitare tumultuosamente nel petto. Approfittai della sua distrazione per concedermi un momento tutto mio e ammirare il modo in cui gli indumenti eleganti aderivano ai muscoli tonici. Immersa in recondite fantasie lussuriose, sognai di accarezzarli, di tracciarli, di sentirli sensualmente contrarsi sotto i polpastrelli. Sarebbe stato incredibile avvertirlo dentro di me, con la sua forza annichilente. L'impellente bisogno di colmare un vuoto tra le cosce acuì le fitte di atroce desiderio nel mio basso ventre. Fu strano, non era mai accaduto con nessun altro di sentirmi pervasa da una tale insoddisfazione e morbosa necessità. Illanguidita, gli osservai i pantaloni, dal taglio regolare, che attorniavano le gambe lunghe e robuste, retti sul bacino da una cintura di cuoio con una fibbia in metallo. Con una punta di malizia, instillata dalle allusioni di Sophie, mi ritrovai sfacciatamente a fissargli i cosiddetti piani bassi, senza riuscire a scorgere molto dalla mia postazione. Tuttavia, era sufficiente la sua rigorosità, correlata a un'innata raffinatezza, per innescare una miriade di pensieri deliranti nella mia mente.

«A cosa devo la tua insistenza, Dorothea?» Con una freddezza assoluta, continuò a osservare i titoli dei volumi che, in quell'istante, parvero interessargli più di me. Chissà a cosa stava pensando, quali discorsi arzigogolati avrebbe sfoderato e, soprattutto, quale rimprovero mi avrebbe riservato per provare a conformarmi al suo ideale di rettitudine.

«Non abbiamo più parlato della mia punizione...» L'atmosfera tra noi era tesa, cosparsa di una lieve eccitazione e di una punta d'ansia che creavano dentro di me un solitario struggimento. Il dottor Krugher, invece, si muoveva adagio mentre cercava qualcosa tra le ampie scaffalature di legno.

«Non ho permesso ad Andrew di salutarti, per di più non lo vedrai per le prossime quattro settimane. Quale altra punizione vorresti?» Sporse un braccio in avanti per prendere un tomo, ogni fibra muscolare si tese lentamente, la camicia gli si strinse attorno alla schiena come una dea irrequieta e smaniosa di possederlo; dovetti respirare per non perdere la concentrazione sul nostro discorso.

«È meglio che lei non lo sappia...»

Il dottor Krugher rimise il libro al suo posto, lasciando che il bicipite si rilassasse dopo averne retto il peso, poi si girò verso di me. Mi scrutò a fondo, oltre il top corto e i leggings indecenti, oltre il girocollo che mi avvolgeva la gola, oltre la muraglia di spregiudicatezza dietro la quale mi nascondevo.

Mi scrutò nell'anima, colse la mia allusione e rimase impassibile.

«Tra circa mezz'ora dovrò tornare a casa, Dorothea, pertanto vorrei sapere qual è la cosa urgente che devi dirmi.»

«Mi dispiace per ciò che è successo sabato», confessai compunta, con una docilità che solitamente non mi apparteneva.

Il medico camminò di fronte alla libreria, rivolgendole di nuovo la sua attenzione. «A vent'anni è relativamente facile commettere errori. Sei giovane, spesso confondi il tuo senso di smarrimento con l'incoscienza, ma io credo che tu stia solo cercando la tua strada. A volte sbagliare ci permette di ottenere delle risposte.»

Abbassai il capo, fissandomi le punte delle scarpe, e ripensai a ciò che era accaduto con Andy. «Non mi drogo mai. Non è una mia abitudine. Per giunta, con Andy...»

«È il tuo ragazzo, avete agito d'impulso.» Si chinò appena in avanti e socchiuse le palpebre su un titolo in lingua russa. «L'impulsività non è un difetto, Dorothea, lo diventa solo quando si pensa che sia l'unica soluzione a un problema o quando troppo spesso si sovrappone alla razionalità.»

«Andy non è il mio ragazzo, o meglio… Non più», ci tenni a specificare. Forse pensavo che mettere in chiaro che fossi libera da qualsiasi vincolo amoroso avrebbe cambiato le cose.

Ma quali cose esattamente?

L'uomo di fronte a me mi guardava a malapena, in compenso mi ascoltava e si mostrava propenso a parlarmi. Insomma, adempiva egregiamente il suo dovere come avrebbe fatto qualsiasi altro psichiatra, nulla di più.

L'attrazione struggente che provavo nei suoi confronti sarebbe rimasta la fonte di una terribile, gigantesca cotta infantile che speravo potesse risolversi nel giro di pochi giorni come un semplice raffreddore.

«Non è il tuo ragazzo, ma ci tieni molto a lui», affermò con certezza. Gli era bastato poco per comprendere il legame che mi univa ad Andy, nonostante non gli avessi mai parlato della mia vita sentimentale.

«Sì…» Tornai a fissare il pavimento di marmo, sul quale speravo potessero incidersi le parole giuste da usare per interagire con il dottor Krugher; ero sempre nervosa quando conversavamo, non riuscivo a reggere un dialogo con lui, sebbene non facesse assolutamente niente per mettermi a disagio, anzi, solitamente ero io a tediarlo con i miei atteggiamenti.

«Quindi qual è il problema?» Il medico si concentrò su un altro libro, lo sfilò e lo aprì per sostenerlo con una mano e sfogliarlo con l'altra. Le lunghe dita maschili si mossero leggiadre sulla carta della quale percepii l'odore erboso fuso a una leggera nota di stantio.

«Posso farle una confessione?» Fui sconcertata dalla mia stessa proposta. Quell'uomo era talmente intelligente e pacato che, in qualche modo, sentivo di potermi confidare con lui e di poter imparare tanto dalle sue esperienze.

Per un attimo, mi lanciò un'occhiata vacua, calamitato dall'improvvisa serietà del mio timbro, poi annuì. «Puoi dirmi tutto ciò che vuoi, Dorothea. Sei qui per questo.»

Feci un profondo sospiro, mi sfregai un palmo sui pantaloni e…

«Se fossi stata lucida, probabilmente avrei fatto sesso con Andy», ammisi con un'impetuosa sincerità. Un calore improvviso sugli zigomi mi incitò a spostare lo sguardo sulla scrivania perfettamente in ordine. Malgrado non lo stessi guardando, sentii addosso la potenza dei suoi occhi smeraldini mentre analizzava non solo ciò che gli aveva rivelato, ma anche i piccoli segnali che il mio corpo traditore gli lanciava.

«Non è qualcosa che è già accaduto tra voi, in passato?»

Mi voltai per fissarlo; quel calore si propagò fino alle orecchie. «Sì, ma un tempo era diverso.»

«Perché stavate insieme?»

«Perché credevo di esserne innamorata. Adesso so di non esserlo, eppure…»

Tacqui quando il dottor Krugher avanzò deciso verso di me. La sicurezza della sua andatura e la serietà che traluceva nel suo sguardo ebbero la forza di farmi indietreggiare. Ogni angolo dello studio fu occupato dalla sua immensa presenza. Inconsapevolmente smisi di respirare come se ne temessi la vicinanza, ma al contempo fosse tutto ciò a cui anelavo di più.

Non riuscivo proprio a capirmi.

Mi superò, investendomi con una funesta ondata di dopobarba e profumo maschile, e con un cenno della mano mi indicò una delle due poltrone di fronte alla scrivania.

Il discorso aveva preso una piega più importante, per cui ritenne necessario concedergli il giusto valore.

Mi accomodai ove, tempo prima, si era seduta la nonna e strinsi il pacchetto di sigarette tra i palmi, dando un tocco drammatico alla situazione nella quale io stessa mi ero cacciata.

«Stai tranquilla, Dorothea.» Il dottor Krugher, stranamente, occupò la poltrona accanto alla mia. Accavallò una gamba e incrociò le mani con una serena imperturbabilità. «Non faremo nient'altro che parlare, come sempre. Prometto di non psicanalizzarti e di non porti nessuna domanda indiscreta.» Mi rivolse un sorriso rassicurante e io indugiai sulla fossetta che gli segnava la guancia sinistra.

«Se sorride più spesso, forse potrei considerarla meno temibile.»

Cavolo!

Dovevo tacere, ragionare prima di lasciar traboccare i miei pensieri, invece l'impeto giovanile mi induceva a provocare quell'uomo e a lodarne i dettagli fisici dimenticando del tutto i limiti che non avrei mai dovuto superare.

«Mi consideri temibile?» Lui sbatté le lunghe ciglia, osservando per un secondo fuggevole il collarino bianco. Fu discreto, tanto veloce da non darmi il tempo di comprendere se ne fosse intrigato o semplicemente incuriosito.

Mi schiarii la voce e strinsi le gambe a causa di un riflesso d'insicurezza. «Be', sì.»

Il dottor Krugher se ne accorse e si strofinò il dorso dell'indice sul labbro inferiore. «Eppure non dovresti. Qui dentro sono molto più innocuo di quanto non sia nella vita privata.»

Mi mossi sulla poltrona; avrei voluto adagiarvi la schiena, ma restai dritta come il gambo di un tulipano in un campo di fiori. «Quindi... Nella sua vita privata lei è diverso?»

Il medico scese ad accarezzarsi il mento; i suoi erano gesti semplici e spontanei, ma contaminati da una carica erotica della quale era di sicuro consapevole. «Lo siamo tutti», rispose schietto. Avrei voluto conoscerlo più a fondo. Schiusi la bocca pronta a porgli altri interrogativi, ma gli bastò un astuto sguardo per troncare sul nascere la mia curiosità e riportare la nostra conversazione al suo argomento iniziale. «Dunque... Cosa ti turba del tuo rapporto con Andrew?»

«Gliel'ho già detto...»

«Non darmi risposte ovvie, Dorothea. Cerca di sorprendermi.»

Sgranai le palpebre. «Vuole che io la sorprenda?»

Lui sorrise di nuovo, in modo caldo e virile. «È difficile che qualcuno ci riesca, ma ti sto concedendo l'opportunità di provarci.»

Non ero sicura che stessimo viaggiando sulla stessa lunghezza d'onda; la sua risposta ambigua poteva essere interpretata in vari modi. Il dottor Krugher intuì la mia difficoltà e ne fu compiaciuto; un lampo di inatteso piacere valicò le sue iridi luminose.

«Mi sta prendendo in giro, vero?»

«Rifletti.» Si indicò una tempia a sottintendere l'intelligenza, la seduzione della mente e non del corpo. «Adesso ti rifarò la stessa domanda: cosa ti turba del tuo rapporto con Andrew?»

Non riuscivo a capire dove volesse arrivare, tuttavia ripetei il concetto. «Il mio desiderio di fare sesso con lui malgrado non ne sia innamorata.»

Il medico mi fissò in modo sciente e scaltro, come se sapesse molto di più di quello che gli esponevo. «Nient'altro?»

«Nient'altro», confermai.

«Pensavo che almeno tu saresti stata in grado di sorprendermi, Dorothea», dichiarò con un'intonazione annoiata. «Ho stabilito per te una permanenza di sedici settimane perché credo molto nel tuo potenziale, ma ci impiego poco tempo a ricredermi. Fa' in modo che non accada…» mi avvertì, cambiando atteggiamento. Un'austerità minacciosa aveva del tutto dissolto il leggero divertimento manifestato poco prima.

«Non la capisco.» D'improvviso ebbi timore di lui e mi appiattii completamente contro la poltrona, sprofondandoci dentro.

Il dottor Krugher parve notarlo, ma rimase freddo a osservarmi. «Hai mai sentito parlare di Sigmund Freud, Dorothea?»

Annuii timidamente. «Sì, certo.»

«Bene.» Dondolò appena una gamba, ammorbando l'aria di una strana inquietudine. «Saprai allora che oltre a essere un neurologo e un filosofo, fu anche un'importante psicanalista. A undici anni, mi approcciai a un'interessante opera sociopolitica intitolata *Das Unbehagen in der Kultur*», affermò con un tedesco impeccabile. «*Il disagio della civiltà*», tradusse, intuendo che non capivo la sua lingua d'origine. «In questo saggio, Freud si occupa della tensione tra civiltà e individuo. Sebbene io non condivida la sua visione totalizzante secondo cui la libido sia l'unica forza psichica che determina i comportamenti degli esseri umani, reputo un valido spunto di riflessione la disamina degli istinti primitivi come l'aggressività o la ricerca dell'appagamento sessuale. Nell'uomo è insita la necessità di sfogarli, senza che questi sfocino in azioni dannose verso se stesso o verso la comunità. A tal fine, l'individuo necessita di un guinzaglio, di leggi e punizioni che possano frenare i suoi impulsi innati provocati dal *Lustprinzip*, il principio del piacere.» Si fermò per accertarsi che stessi comprendendo ogni cosa. «Ti starai chiedendo cosa c'entri tutto questo con te e con Andrew, vero?» Un sorriso velato da una pacata sapienza affiorò sulle sue labbra.

«Sì», sussurrai, restando aggrappata al filo invisibile del suo discorso.

«La ricerca istintiva del piacere nasce dal bisogno di sopprimere un dolore, di dirottare le esigenze psicologiche e fisiche su qualcos'altro che non sia la sofferenza collegata a un ricordo, a una persona o a un evento presente», mi spiegò. «Il Principio del piacere guida l'Es, un'istanza intrapsichica che rivela all'uomo la sua vera natura. Devi immaginarlo come una grande stanza contenente le pulsioni erotiche che spesso reprimiamo o semplicemente ignoriamo, tutte connesse al sesso, ovviamente.» Posò entrambi i gomiti sui braccioli, restando con la gamba accavallata in una posizione sicura, capace di stuzzicare i miei più impervi capricci. «Non devi colpevolizzare, giudicare o giustificare te stessa per gli impulsi che avresti rivolto ad Andrew qualora fossi stata perfettamente capace di lasciarti andare. È un ragazzo che conosci bene, del quale ti fidi e che rappresenta una delle varie porte d'accesso al tuo Es: un mezzo che possa attenuare il dolore e consentirti di provare una soddisfazione immediata. Tuttavia, col passare degli anni, quest'abitudine può causare un conflitto inconscio o, spesso, la perdita di contatto con la realtà, poiché è soltanto il tentativo malriuscito di risolvere un problema più grande.» Il dottor Krugher riuscì a cogliere il fuoco che avevo dentro e a maneggiarlo abilmente come se fosse un elemento naturale di cui non avrei mai dovuto vergognarmi, piuttosto accettarlo e imparare a gestirlo.

Sgomenta, recuperai da qualche parte la voce, vibrando sulle corde di un assoluto stupore. «Come ha fatto a capirlo?»

Lui osservò i miei capelli biondi i cui riflessi scintillavano sotto i faretti del soffitto. «Chiamala esperienza.»

Imbarazzata, abbassai lo sguardo sui leggings stretti ripensando alla mia storia con il frontman dei Bright Demons. «Credo che Andy non abbia conosciuto tutti i miei 'impulsi'. Soltanto una volta gli ho esposto alcune delle mie...» Mi mordicchiai l'angolo della bocca. «... fantasie e mi ha detto che ero strana, che non dovevo più parlargliene perché lo innervosivano.»

«La stranezza spesso suscita timore solo perché rappresenta un'apparente difformità dai contesti o dalle idee che consideriamo normali, ciò però non significa che sia condannabile. Ognuno, con i propri comportamenti sociali, le scelte di vita o le propensioni sessuali, determina una libertà che deve essere rispettata, a prescindere dalle preferenze o dagli ideali personali. Si tratta di abilità cognitiva o più comunemente di flessibilità mentale.» Percepii una strana tensione in lui, come se affrontare un argomento simile rivangasse qualcosa di torbido che, un tempo, gli aveva creato parecchi problemi.

«Mi sono sempre sentita sbagliata nell'intimità.» Evitai di sollevare il capo, come se un enorme macigno mi pesasse sulle spalle. «Oltre all'insicurezza associata al mio corpo, penso che dentro di me ci sia qualcosa che non va...»

«Ti ho promesso che non ti avrei rivolto domande indiscrete, perciò non ti chiederò quali sono queste fantasie né in quale circostanza tu ti sia accorta di loro. Tuttavia, anche le fantasie più segrete hanno un loro profondo significato.» Il suo tono divenne morbido, comprensivo, tanto che mi sentii incoraggiata e sollevai la testa per guardarlo negli occhi. «Non devi comprimere la tua vera personalità solo perché temi che gli altri possano non accettarla. Dalla pubertà in poi il desiderio sessuale cresce, cambia e si evolve. Diventa una parte fondamentale della vita di tutti noi con la quale, prima o poi, dobbiamo fare i conti. Hai vent'anni, Dorothea, stai affrontando questo cambiamento, stai raggiungendo le tue consapevolezze, ma non vuoi approfondirle per paura di essere giudicata. I piaceri proibiti si scontrano ancora con il moralismo, con i tabù, con le restrizioni mentali, e questo genera un conflitto interiore tra ciò che vorresti essere e ciò che gli altri potrebbero pensare di te.»

Incredibilmente era stato capace di intuire tutto quello che non avrei potuto spiegare meglio. Senza alcuna fatica, il dottor Krugher riusciva a creare con le sue parole un meraviglioso mosaico di stabili certezze. Mi rilassai, sentendo dentro di me il pistillo di una nuova confidenza che pian piano avrebbe sfaldato le barriere della nostra distanza. Un'intesa familiare gettò uno spiraglio di luce sulla foschia della nostra freddezza, come se avessimo scoperto di poter comunicare con una complicità sorprendente, sebbene fossimo del tutto diversi l'uno dall'altra.

«È la prima volta che mi sento capita…» mormorai confusa, quasi violata dalla sua capacità di indagare così a fondo nella mia anima.

Il medico sorrise, soddisfatto di avermi sconvolta. *Non era stato lui a chiedermi di sorprenderlo?* E invece aveva ribaltato tutto in pochi attimi. «Devi solo imparare a guardarti dentro, Dorothea, senza alcun timore. Imparerai col tempo a conoscerti e ad accettare tutto ciò che nascondi nelle tue stanze.»

Mi accigliai. «Le mie stanze?»

«Ogni essere umano ne ha più di una.» Si scostò dalla fronte una ciocca nera e il movimento del braccio gli tese la camicia sui pettorali, evidenziandone le mezzelune definite. Dal colletto sbottonato oltre le clavicole potei sbirciare il torace ampio sul quale la peluria rada marcava la sua dirompente virilità.

Da quando ero affascinata più dal corpo di un uomo che da quello di un ragazzo?

Mi sforzai di scacciar via quei pensieri inopportuni. «Quali sono le altre?»

«Per oggi può bastare l'Es, Dorothea», ribatté ironicamente.

«Be', in effetti è quella più dissoluta. Le dico già che è la mia preferita.» Ridacchiai spostando la folta massa di capelli su una spalla, scoprendo il top bianco. Dimenticai che non indossavo il reggiseno e che i capezzoli avrebbero potuto calamitare la sua attenzione. Del resto, mi ero convinta che lui avesse accanto una moglie bellissima e che, prima di lei, fosse uscito con donne altrettanto attraenti, perciò non avrebbe mai notato una come me, invece, quando il suo sguardo calò sul mio petto, qualcosa mi si annidò nello stomaco; dei fremiti lampanti mi contrassero il ventre. Avvertii uno strano formicolio in tutto il corpo, un calore crescente nella pancia, il respiro inspessirsi e il cuore battere così forte da sentirlo pulsare tra le gambe.

Il dottor Krugher socchiuse le palpebre per la reazione fisica che mi investì come lava ardente.

Il ticchettio dell'orologio a muro scandì quel silenzio tormentoso, nel quale entrambi rimanemmo sospesi a studiarci a vicenda.

In guardia. Attenti l'uno all'altra.

Io ero l'animale indomabile che avrebbe potuto attaccarlo, lui la preda che avrei divorato e che in posizione di difesa cercava di prepararsi ad arginare qualsiasi mia reazione.

Eppure, delle strane onde tumultuose mitigarono improvvisamente la quiete nelle sue iridi cristalline. Il verde smeraldo contaminò l'azzurro oceano, rendendone la tonalità più scura, minacciosa. Le pupille quasi sparirono, diventando un tutt'uno con le tenebre che, come un branco di demoni, mi sfidarono ad avvicinarmi con la promessa che mi avrebbero masticata, umiliata e poi sputata via.

Persuasa da un impulso incosciente, ne fui tentata, talmente soggiogata che puntellai un gomito sul bracciolo e mi sporsi in avanti, rapita dai suoi occhi.

Quei demoni apparvero più nitidamente in tutta la loro crudeltà.

Si agitavano, affamati, leccando le sbarre della gabbia nella quale il loro padrone li aveva imprigionati.

Di riflesso mi umettai la bocca, spaventata e fragile, ma anche curiosa e temeraria di scoprire cosa sarebbe successo se li avessi liberati.

Un freddo terrore mi percorse la schiena; parve calare il gelo nella stanza, ma non mi fermai.

Il dottor Krugher rimase immobile, seduto con una composta spavalderia, conscio della sua potenza, conscio che mi avrebbe rosolata a fuoco lento e poi mangiata come un succulento pezzo di carne.

Mi ero terribilmente sbagliata: non ero io l'animale indomabile.

«Dorothea…» mi avvisò senza distogliere lo sguardo dal mio.

Con un sorrisetto diabolico, continuai a protendermi verso di lui, spostando tutto il mio peso su un solo braccio. Riuscii a sentire il suo profumo speziato, con quella punta di bergamotto che mi dava alla testa.

Non l'avevo mai visto così da vicino.

Era più bello del panorama di Los Angeles quando da piccola con la mamma salivo sul Mount Lee per osservare le luci della città mentre la notte gettava il suo drappo di stelle sul mondo.

Prima che potessi raggiungerlo, un cellulare squillò, vibrando anche rumorosamente sulla scrivania.

Il dottor Krugher assorbì il mio respiro caldo e libidinoso a pochi centimetri dalle sue labbra, poi con un battito di ciglia dissipò le nubi attorno a noi, risvegliandosi da un sogno che per lui fu più un incubo nel quale avvicinarci era la cosa più sbagliata che potessimo fare.

Recise il nostro contatto visivo e si alzò, recuperando il telefono che continuava a trillare incessantemente. Guardò il nome del mittente lampeggiare sul display e aprì la chiamata, portandosi l'iPhone all'orecchio.

«*Ma chérie*», rispose con un raffinato francese. Dal tono gentile, quasi suadente, supposi subito si trattasse della moglie. Non era americana? Malgrado fossi ancora sconvolta da ciò che era appena avvenuto tra noi, fui dileggiata da una punta di immotivata gelosia. «*Oui*», aggiunse, lanciando un'occhiata all'orario: forse avrebbe dovuto tornare per cena, dopotutto erano le dieci e mezzo, e magari lei lo stava aspettando. «*Je suis désolé.*» Riordinò alcuni fogli sulla scrivania già perfettamente impilati tra loro, poi da un piccolo vassoio di cristallo, del quale non mi ero accorta prima, raccolse due caramelle al limone. Si voltò nella mia direzione e me ne offrì una. Confusa, sollevai la testa per incontrare il suo sguardo. In piedi, a poca distanza da me, era talmente alto che guardarlo mi provocò forti vertigini. Alternai gli occhi dal suo viso al palmo aperto e accettai, solo per educazione.

«Crede che io sia una bambina da mettere a tacere in questo modo?» mi lagnai, fissando il bastoncino duro avvolto nella carta giallognola.

Santo cielo, mi stava trattando come una vera marmocchia!

Il dottor Krugher, con un indice teso sulla bocca, mi fece segno di fare silenzio, poi riprese a parlare. «Sì, me ne rendo conto. In realtà ho perso tempo a cercare un libro che sembra sparito. Domani chiederò a Melanie di aiutarmi.» Tornò a un americano fluido e preciso, dimostrando la grande abilità di passare da una lingua all'altra. Quante ne conosceva? Pensierosa, l'osservai mentre aggirava la scrivania per spegnere la lampada e raccogliere la giacca. Anziché indossarla, decise di piegarla nell'incavo del gomito, poi dalla poltrona agguantò una valigietta di pelle marrone impugnandone il manico. Mi fece capire di alzarmi con un cenno del mento e gli obbedii frastornata. «Sì, certo. Penso che sarò a casa tra un quarto d'ora.» Si avviò alla porta. Come una marionetta, gli stetti dietro infilando la caramella nel pacchetto di sigarette. L'avrei mangiata quando lo stomaco fosse stato liberato dalla corrosiva morsa che lo stava stringendo in quel momento. «Joël dorme?» Si fermò sull'uscio per lasciarmi passare avanti in maniera galante. Uscii in corridoio e mi irrigidii al pensiero che ci saremmo separati, tornando ognuno alle proprie vite: io nella mia camera, da brava paziente; lui nel letto con sua moglie, da bravo marito. Chiuse a chiave lo studio, poi si girò verso di me. Si leccò il labbro inferiore, prestando attenzione alle parole della donna, e dopo qualche altra chiacchiera riagganciò.

Non fu infastidito all'idea che la moglie avesse interrotto qualsiasi cosa fosse successa tra noi, perciò non attesi molto prima di sfogare l'insolito nervosismo che avvertivo dentro. «Le ho fatto perdere tempo, vero?»

Il dottor Krugher si infilò il cellulare in tasca e passò la giacca da un braccio all'altro. «No, non preoccuparti. Stasera mi sono trattenuto più del solito per altri motivi. Non è colpa tua, Dorothea.»

Quando si incamminò verso la hall, lo affiancai per catturare ogni piccolo istante di tempo che ci era rimasto. «Sicuro?»

«Sicuro. Stai tranquilla.» Frattanto scartò la sua caramella. Gli arrivavo a stento alla spalla, ma potei vederlo portarsela alla bocca e gustarsela infossando appena le guance.

Imitare la sua andatura per non restare indietro fu faticoso, ma ci riuscii. «Mi ha… Mi ha fatto piacere parlarle», gli dissi, con il fiatone. Per una ragazza non in ottima salute come me, anche una camminata accelerata risultava sfiancante quanto la scalata di una montagna.

Lui si fermò accanto al bancone di Melanie e si accorse della mia evidente astenia, oltre che delle gote arrossate per lo sforzo. Sbatté le palpebre con aria riflessiva, poi accennò un sorriso. «A me ha fatto piacere ascoltarti.»

Avrei memorizzato quella risposta, evitando a riguardo infantili vagheggiamenti.

Senza aggiungere altro, il medico si diresse verso le porte d'ingresso; estrasse una tessera dalla tasca che gli avrebbe permesso di uscire senza innescare l'allarme del sistema di sicurezza, ma l'impulso di trattenerlo fu più forte della volontà di lasciarlo andare. «Dottor Krugher!»

Lui si voltò nella mia direzione, restando con la scheda stretta fra le dita e un'espressione ben disposta a sentire cos'altro avessi da dirgli. «Lei... È entrato nella stanza del suo Es?»

Analizzò la mia domanda, meditò in silenzio; i lineamenti perfetti si corrugarono rendendolo ancora più bello e altero. «Sì, molti anni fa.»

Avanzai di poco, racimolando un po' d'aria. «E cosa ha scoperto?»

Non ci fu esitazione né alcuna titubanza quando, con tono arcigno e gli occhi sfacciatamente lucenti, rispose: «Ho scoperto la mia vera natura...»

15
Thea

Esistono due specie di pulsioni: una di tipo erotico
che tende a unire e una di tipo distruttivo
che tende a dividere.
O si è sotto l'influenza dell'una o dell'altra.
SIGMUND FREUD

IL giorno prima, il dottor Krugher mi aveva parlato della stanza dell'Es, delle pulsioni erotiche, del Principio del piacere e della scoperta della sua vera natura, tutte tematiche connesse a Sigmund Freud.

Avevo vagato a lungo sulle pagine di Google per cercare delle informazioni in più sul suo conto, delle risposte alle mie domande per chetare in qualche modo la curiosità, ma non avevo trovato null'altro che semplici riferimenti alla biografia, scarne riproduzioni del pensiero o delle concezioni psicanalitiche sufficienti a fornirmi brevi accenni della sua astrusa personalità e non ampie argomentazioni circa la scoperta dell'inconscio, della psiche umana o della libido.

Un piccolo crepitio dentro di me mi suggeriva che il mio medico si rispecchiasse molto in Freud, il padre della psicanalisi, e che probabilmente sin da bambino avesse improntato i propri studi sulle sue teorie scientifico-filosofiche manifestando delle particolari attitudini intellettive nel comprendere appieno la sua mente.

Forse erano simili tra loro?

Considerai che internet non fosse la fonte adeguata a carpire tutto ciò che riguardava il mondo dei processi psico-fisici, inerenti soprattutto alla sessualità, aspetto verso il quale manifestavo un grande interesse, pertanto avrei avuto bisogno di approcciarmi a libri e testi specifici di cui non disponevo e che, di sicuro, erano riposti con cura nella libreria del dottor Krugher.

Tuttavia, la clinica Asklepios, tra le ampie sale lussuose, prevedeva anche una biblioteca che, posta a disposizione dei pazienti, avrebbe potuto essermi d'aiuto. Il discorso del dottor Krugher aveva acceso il bisogno di dare un nome alle esigenze che mi scalpitavano dentro, agli strani ghiribizzi che mi affollavano la testa durante la notte quando immaginavo di muovermi sotto il corpo di un uomo che, con violento ardore, mi annullava, rendendomi schiava, sottomessa, oggetto dei suoi torvi desideri.

Non ero certa che quelle fantasie segrete e dissolute fossero affini a quelle delle altre donne, per questo la vergogna mi impediva di parlarne apertamente all'unica persona che fosse davvero capace di capirmi. Malgrado avessi compreso che il dottor Krugher fosse diverso dagli altri, soprattutto poco incline ai giudizi, non ero ancora del tutto pronta a confessargli ciò che di oscuro e intimo mi trascinavo dentro e della cui esistenza mi ero accorta grazie alla relazione con Andy, il solo ad aver scorto qualcosa di torbido nel mio animo: una belva che con una spaventosa voracità necessitava di essere domata da qualcuno che ne fosse in grado.

Qual era, dunque, la mia natura?

Quale nome avrei potuto darle?

Era uguale a quella del dottor Krugher o diversa, opposta, complementare?

Non riuscivo a fare ordine nella mia testa né a destreggiarmi tra le varie ipotesi caotiche che tentavano di suggerirmi una soluzione.

Dovevo parlare con lui. Di nuovo. Ancora e ancora.

Come avevo fatto la sera precedente.

Era lui l'unico al quale avrei potuto concedere me stessa, l'unico che vantava tutte le capacità idonee a gestire una persona confusionaria come me. L'unico che potesse fungere da bussola sul sentiero solitario lungo il quale procedevo senza meta, come una bestiola smarrita. Era lui l'unico che desideravo, l'unico che, con estrema intelligenza, raffinata eleganza e pacata saggezza, riusciva a intrufolarsi nella mia mente con l'intenzione di esercitare un tipo di seduzione al quale, a causa della mia giovane età, non ero abituata, ma che aveva un effetto devastante su di me.

L'eccitazione che provavo quando eravamo insieme non era provocata soltanto dalla sua infinita bellezza, bensì dal suo modo d'essere: così distante da me e per questa ragione sorprendente.

«Thea, cavolo! Siamo in ritardo!» Juliette saltellò da una parte all'altra della camera, con i capelli raccolti in una lunga coda e uno svolazzante abitino giallo *chartreuse*, alla ricerca del cellulare. Avremmo dovuto raggiungere, già un quarto d'ora prima, il dottor Nørgård e la dottoressa Ruiz per l'incontro collettivo sulle condotte di compensazione, ma avevamo perso tempo in chiacchiere dimenticandoci completamente del nostro imminente impegno. Non eravamo diventate amiche, continuavo a ribadirglielo sempre, eppure tra noi era nata una strana e inaspettata sintonia che aveva attenuato, almeno un po', la mia costante burberità.

Divertita, mi appoggiai con una spalla al montante del letto a baldacchino, e la guardai agitarsi.

«Cerchi qualcosa, piagnucolona?» Attirai i suoi occhioni su di me che si sgranarono sull'oggetto che stavo sventolando con una mano.

«Da quanto ce l'hai tu?» Si incamminò furiosa verso di me, convinta di potermi spaventare. L'attesi immobile e le permisi di afferrarlo, scoppiando a ridere.

«È incredibile quanto tu sia ingenua. L'ho sottratto dalla scrivania mentre riponevi in libreria il tuo adorato romanzo. Chi altro avrebbe potuto prenderlo se non io? Non c'è nessuno, oltre a me e te, in questa stanza.»

Juliette sbuffò rumorosamente infilandosi il telefono nel taschino del vestito. «Non sei simpatica, sai? Forza, andiamo!» Marciò in fretta verso l'uscita della camera e la seguii con ancora un residuo di sorriso sulle labbra.

Percorremmo il corridoio con un umore del tutto differente: io ero serena malgrado rischiassi di sorbirmi un bel rimprovero da parte dell'équipe medica, invece la ragazzina accanto a me sembrava che avesse il Diavolo alle calcagna per il modo in cui si stava affannando.

Iniziai a canzonarla con battutine sarcastiche finché, distratta dalla sua reazione infastidita, finii per sbattere contro qualcosa, o qualcuno, di fronte a me. Strizzai le palpebre e mi massaggiai la fronte; due mani grandi mi avevano stretta saldamente per le braccia e impedito di cadere a terra.

«È sempre un piacere incontrare delle tenere ninfette che scorrazzano per la clinica.»

Mi ci volle un secondo per riconoscere la voce dell'avvocato Ryke mentre mi fissava con i suoi brillanti occhi azzurri, che come nastri di raso mi si avviticchiarono addosso.

«Mitchell», proferii, pervasa dalla confusione dovuta al colpo subito. «Sicuro di non avere una corazza metallica sotto quella camicia?» Continuai a sfregare il palmo sulla fronte, indicando il suo torace ampio e sodo come quello di un uomo dedito a un assiduo allenamento fisico.

«Mi stai paragonando a un oplita, Thea?» Mi resse ancora, preoccupato dall'instabilità delle mie gambe. Non compresi la sua domanda e lui sorrise, conscio che avrebbe dovuto spiegarsi. «L'oplita era un soldato della fanteria pesante dell'antica Grecia che solitamente indossava un'armatura a piastre per difendere il proprio corpo dagli scontri bellici.» Una ciocca bionda minacciò di cadergli sulla fronte, restando in bilico su un ciuffo di capelli.

«Allora sì, sei duro come un oplita.»

L'avvocato chinò appena il volto su di me e coprì qualsiasi cosa ci fosse attorno a noi per impormi soltanto la visuale dei suoi lineamenti maturi. «Attenta. Non addentrarti in argomenti poco appropriati a una bambina», sussurrò con un tono lascivo. Mi irrigidii, divenni bianca come un cencio; lui dovette notarlo perché poté sentire i muscoli delle mie braccia tendersi sotto le sue mani ancora aggrappate a me. Schiusi la bocca per ribattere, ma le parole vennero meno lasciando fuoriuscire soltanto un piccolo soffio di fiato, sufficiente a fargli intendere quanto fossi a disagio. «Scherzo, Thea.» Mitchell mi lasciò andare, accertandosi che avessi capito le sue buone intenzioni. Tornai a respirare quando fui libera di compiere un passo indietro per riappropriarmi del mio spazio vitale. In passato, alcuni ragazzi mi avevano rivolto insinuazioni peggiori e ben più esplicite, eppure udirle da un uomo adulto mi intimidava maggiormente, forse perché temevo di non essere capace di tenergli testa come avrei fatto con un coetaneo.

«Salve, avvocato Ryke», si intromise Juliette, alquanto perplessa.

Mitchell parve accorgersi di lei soltanto in quel momento: diede una lunga occhiata alle parti più esposte del suo esile corpo e le apprezzò. «Dove andavate così di fretta?» considerò di saltare qualsiasi saluto per chiederle direttamente ciò che più gli interessava.

Juliette arrossì. Sovrappose un piede all'altro e infilò un indice nel pugno dell'altra mano, proprio come avrebbe fatto una dodicenne. Mitchell calò lo sguardo su quel gesto innocente, ma non fece nulla per smussare il suo imbarazzo, anzi sembrava piacergli.

«Siamo in ritardo per un incontro importante», replicò sbrigativa, con voce bassa e tremolante.

L'avvocato alternò lo sguardo da me a lei, come se stesse prendendo una decisione, poi si rivolse alla ragazzina con tono cordiale. «Potresti concedermi qualche minuto con la tua amica? Ti raggiungerà tra poco.»

Juliette mi guardò, indecisa sul da farsi.

«Va' pure, arrivo tra un attimo.» Non sapevo cosa volesse da me l'avvocato Ryke, non mi fidavo di lui. Tuttavia, la curiosità ebbe la meglio sull'eventuale pericolo di restare da sola con un uomo di gran lunga più furbo di me.

Juliette si congedò con un'occhiatina sospettosa, io invece attesi che Mitchell mi parlasse.

Quando si voltò di nuovo nella mia direzione, assunse un'espressione particolarmente seria. Mi afferrò per un gomito e mi sospinse accanto a una delle tante statue della clinica per ritagliarsi un momento di assoluta privacy con me.

«Thea», esordì, abbassando la voce. «So che eri con Efrem, ieri sera, nel suo studio, ben oltre l'orario stabilito per ricevere i pazienti.»

Appoggiai la schiena contro la colonna dorica dietro di me, appesantita dalla situazione che stavo affrontando, e mi figurai nella mente la conversazione avvenuta con il dottor Krugher il giorno prima. «Sì, e allora?»

«E allora non va bene», mi ammonì con una punta di rabbia che sembrava aver represso per troppe ore. «Ho capito qual è il tuo scopo. Non puoi averlo: è sposato. Oltretutto ci sono delle regole che vietano relazioni intime tra medici e ospiti. Non costringermi a prendere provvedimenti.»

«Non c'è stato niente. Niente», scandii bene le mie parole affinché le memorizzasse; era assurdo che stessimo discutendo di una questione così personale. «Abbiamo solo parlato. Mi tratta come una normale paziente. Nulla di più. Qual è il problema, Mitchell?»

Lui si guardò attorno per accertarsi che non ci fosse nessuno a udire il nostro discorso, poi tornò a chinarsi su di me; le punte dei capelli biondi, ben lisciati all'indietro, si arricciarono sul colletto della giacca scura. «Il problema è che, da quando sei arrivata, non fai altro che trasgredire le regole. Così facendo esponi a gravi rischi lui, la sua posizione, il suo lavoro, te stessa e anche me. Avrei dovuto agire sin dal principio, sin dalla poesia erotica che gli hai dedicato, ma ho preferito essere clemente e darti una seconda possibilità. Capisci cosa significa?»

No. Non riuscivo a capirlo, forse perché ero troppo sconsiderata o semplicemente abbagliata dal fascino ipnotico del dottor Krugher, tanto da non rendermi conto delle mie azioni.

«Non voglio mettere in pericolo nessuno, Mitch.» Mi permisi di usare un diminutivo in maniera del tutto spontanea. Era palese a entrambi che, dato il nostro modo di comunicare, fosse nata già una confidenza che avrebbe reso inutile qualsiasi formalità.

Lui non accennò ad abbandonare il mio braccio e io rimasi incastrata tra il suo corpo e la dea Afrodite, eretta su di noi mentre lasciava cadere la sua veste su un vaso antico.

«Efrem ha delle grandi responsabilità sulle spalle. Non è un ragazzino sul quale sfogare le tue passioni giovanili, tantomeno un uomo che cede facilmente al piacere della carne dimenticandosi quali sono i suoi doveri.»

«Non è mia intenzione indurlo a…»

«Ti sei presentata seminuda nel suo studio, Thea», mi sopraffece, senza attendere che terminassi di ribattere. «In quanto rappresentante legale di questo posto, tra i miei oneri vi è quello di sapere tutto.»

Un calore ardente mi infuocò le guance, ma non ostacolò la mia intemperanza. «Non ero nuda, cazzo!»

«Vuoi davvero tentare di contraddirmi o addirittura negare la verità?» mi sfidò, stringendo la giuntura del gomito per intimarmi di non sottovalutarlo. «Sei una ragazza molto giovane e, credimi, non vorrei turbarti, ma è necessario che tu sappia quanto la situazione adesso sia delicata. Se il dottor Markus dovesse accorgersi del tuo sconveniente interesse nei confronti del figlio, non esiterebbe un solo istante a mandarti via.»

Mi venne voglia di piangere; solitamente non accadeva mai eccetto quando avvertivo la necessità di liberare il malessere esasperante che mi corrodeva dentro. Riflettei sul discorso che era avvenuto tra lui e la nonna al loro primo incontro e decisi di stuzzicarlo usando la sua stessa teoria. «Quanti uomini colpevoli hai difeso? E quanti innocenti hai mandato in galera?»

Una foschia di pensieri adombrò gli occhi brillanti dell'avvocato. «Thea, c'è differenza tra giustizia e saggezza. In questo momento sto cercando di darti un consiglio saggio.»

«Non tentare di manovrarmi fingendoti un uomo onesto. Tu stesso hai fatto intendere alla nonna che non agisci mai secondo il valore dell'onestà, pertanto supponiamo che il tuo caro amico, in un attimo di follia o debolezza, voglia concedersi una notte di sesso con una paziente, non saresti capace di dirottare altrove ogni sospetto pur di difenderlo?»

Mitchell abbozzò un sorriso mendace, farcito di potere e astuzia. «Certo che ne sarei capace.»

«E allora di cosa ti preoccupi, Mitch?» Lo spazio tra noi si ridusse ulteriormente. Sembrava che non volesse lasciarmi andare; la sua presa manifestava una forza così ferina che in un'altra circostanza l'avrei considerata eccitante.

«Cercherò di essere più chiaro.» Il timbro gli divenne bieco e graffiante;

si piegò così tanto da allacciare i nostri sguardi. Mi sentii imprigionata dalla sua mole immensa, intimorita dalle iridi torbide come il fondo dell'oceano. «Conosci il significato intrinseco della parola 'passione', Thea?»

Trafitta nello stomaco da una sensazione di pungente irrequietezza, mi limitai a scuotere il capo mentre Mitchell riprendeva a parlarmi in modo lento e carezzevole. «Stando alla sua provenienza etimologica significa soffrire, patire. Ogni uomo lotta costantemente contro due dimensioni contrapposte: la ragione e le passioni. Quest'ultime, molto spesso, sono il fulcro di tutto ciò che sfugge al controllo umano. A volte condizionano la nostra psiche e il nostro comportamento, inducendo la ragione a giustificarle o a condannarle...» Il suo palmo risalì piano dal mio gomito lungo il profilo del braccio fino a tracciare l'esile curva della spalla. «Le passioni, i sentimenti, le pulsioni fanno parte della personalità di ognuno. C'è chi le reprime e le combatte oppure c'è chi le analizza e le accetta...» Giunse al collo, circondandomi la nuca, e con un leggero tocco del pollice mi accarezzò il mento, attento alle mie reazioni. Ero guardinga, tesa, agitata, eppure non pensai neanche per un istante che la sua carezza fosse spiacevole, soltanto inaspettata. «Per molto tempo, gli uomini hanno creduto che le passioni fossero il male e che ostacolassero il bene, finché hanno scoperto che esse provocano un piacere che la ragione ottunde. L'uomo che riesce a gestirle, che riesce a tenere in perfetto equilibrio ragione e pulsioni, risulta molto pericoloso. Sai perché?» I polpastrelli ruvidi seguirono la linea della mia mascella, poi lambirono la pelle accaldata della guancia e la piccola carne del lobo ornato da un orecchino argentato a forma di teschio.

Trattenni il respiro; avvertii in maniera invasiva la sua baliosa vicinanza prima di sussurrare un flebile: «Perché?»

«Perché è completo, Thea.» Si concentrò sul mio viso, incantato dai tratti fanciulleschi. «Possiede tutto: razionalità e istinto, la bontà di un essere umano e la ferocia di un animale. Due armi che, se presenti nell'animo di un unico uomo, lo rendono invincibile.» L'alito fresco, con un leggero olezzo di fumo, mi vellicò il viso mentre il cuore cominciò a battermi in maniera impetuosa. Nessuna donna sarebbe stata indifferente a quegli occhi chiari e tempestosi o al corpo giovane e forte, che suscitava la voglia di appoggiarvisi contro in un'inconsueta resa. «Secondo te, quanto ci impiegherebbe a distruggere una graziosa ventenne infatuata e la sua ingenua attrazione per lui?» Giocò con una ciocca dei miei capelli rigirandosela attorno all'indice. Attese una risposta che, a causa dello sconcerto, non arrivò subito. Pensava di avermi spaventata abbastanza da incitarmi a fare attenzione su come avrei dovuto approcciarmi al dottor Krugher. Tuttavia, quando si allontanò deponendo la ciocca bionda sul seno, alzai il capo con insolenza, pronta a stupirlo.

«E se anche nell'anima della graziosa ventenne coesistessero la bontà di un essere umano e la ferocia di un animale?»

A differenza di ciò che credevo, Mitchell non si mostrò sorpreso, piuttosto affascinato e divertito dalla mia domanda. Si sistemò la giacca grigia che, abbinata ai pantaloni, gli conferiva una classe distinta e raffinata, poi mi squadrò da sottinsù notando le gote arrossate, la grinta ostinata nelle iridi d'ambra, infine la chioma selvaggia e scarmigliata. «Allora potrebbe essere la donna giusta.»

L'avvocato Ryke aveva capito che non ero così debole come pensava e che non vi era ragione per cui mettermi in guardia.

Non potevo vantare alcuna esperienza in fatto di uomini, a eccezione di Andy, e questo era sicuramente un elemento a mio sfavore, ma ero forte, scaltra, intuitiva, perfettamente abile nel capire di chi fidarmi e soprattutto conscia che il dottor Krugher stesse diventando un allettante rebus da risolvere.

Il timore che suscitava in me era un'enorme fonte di eccitazione, un segreto troppo intimo da rivelare a Mitchell, poiché non mi avrebbe compresa o, nel peggiore dei casi, mi avrebbe considerata pazza.

Pervasa da una nuova ondata di entusiasmo, lo salutai con un sorrisetto vittorioso e mi diressi verso la sala nella quale era già cominciato l'incontro sulle condotte compensatorie.

Quatta quatta, vi entrai cercando di non fare rumore mentre il dottor Nørgård, in piedi dinanzi a una lavagna multimediale, lasciava scorrere degli schemi riassuntivi dei concetti che stava spiegando.

Individuai Juliette seduta vicino all'ampia finestra che illuminava l'intero ambiente provvisto di numerose sedie disposte l'una accanto all'altra e decisi di occupare il posto al suo fianco.

«Tutto okay?» bisbigliò, appena mi sedetti.

Mi limitai ad annuire, lanciando un'occhiata alla dottoressa Ruiz, vestita impeccabilmente con dei pantaloni a vita alta neri, una maglietta bianca e un camice lungo fino al ginocchio. Per un istante fugace incrociai i suoi occhi verdi; la sensazione di disagio tornò a graffiarmi l'anima e a ricordarmi cosa le avevo fatto. Sul suo viso era sparito qualsiasi segno che potesse essere associato alla mia aggressione, tuttavia sapevo che anche lei rammentava ogni raccapricciante dettaglio del nostro incontro e che, da quel momento in poi, il suo atteggiamento nei miei confronti sarebbe cambiato.

«Dunque, come ben sapete, le condotte compensatorie consistono in un insieme di azioni volte a rimediare la violazione di una regola alimentare che solitamente il soggetto ammalato infrange. In quale modo? Cedendo a momenti di debolezza emotiva nei quali il cibo sembra essere la sua unica via di fuga…» Intanto il dietologo proseguiva la spiegazione con un tono rigorosamente accademico. Seguii il suo andirivieni attentamente: come un diligente professore, osservava le ragazze presenti e indicava loro i contenuti proiettati sullo schermo interattivo. «Per rimediare, quindi, alla sua trasgressione attua dei comportamenti, chiaramente lesivi, con i quali eliminare le quantità di cibo ingerito. Il primo è il vomito autoindotto.»

Nervosamente, iniziai a rigirarmi il bracciale della mamma, stringendo tra pollice e indice il pendente a forma di chiave. Mi guardai attorno per accertarmi che nessuno stesse fissando proprio me, poiché io stessa facevo ricorso a quel tipo di condotta per liberarmi dal peso dell'angoscia. In quell'attimo temetti che la mia inesorabile colpa potesse essere visibile a tutti, ma nessuno badò a me: Nasha giocherellava con la carta di un cioccolatino che aveva appena mangiato; Riley, seduta a gambe divaricate con aria annoiata, sbuffava e di tanto in tanto spostava la sua attenzione sulla dottoressa Ruiz; Akemi e Sophie invece ciarlavano, commentando probabilmente le parole del dietologo o qualsiasi altra cosa potesse essere oggetto dei loro futili pettegolezzi.

«Questa pratica, attuata sia dalle pazienti anoressiche che dalle pazienti bulimiche, appaga la mania di controllo che ognuna esercita sul proprio peso. All'inizio risulta essere una strategia potente, soddisfacente, funzionale, ma a lungo andare determina gravi limiti per l'organismo.» Nørgård si umettò le labbra secche a furia di parlare, poi si scostò un ricciolo bruno dalla fronte prima di riprendere il discorso senza arrestare la sua passeggiata: quando arrivava alla porta tornava indietro, si girava e ripercorreva a ritroso lo stesso breve tragitto. «Oltre a provocare una forte dipendenza, come un atto necessario da compiere, rende meno tollerabili le emozioni negative e produce notevoli danni fisici, come la corrosione irreversibile dello smalto dei denti e la lacerazione dei tessuti dell'esofago…»

Qualcuno mi posò una mano sulla spalla, distraendomi.

Mi voltai e vidi la dottoressa Ruiz accomodarsi dietro di me con un sorriso genuino. Le guardai il viso lievemente truccato, ben disteso a eccezione delle piccole rughe d'espressione che le si formavano sulla fronte o sulle tempie. Ragionai velocemente sulla possibilità di scusarmi e d'istinto lasciai traboccare il mio rammarico: «Mi dispiace, dottoressa Ruiz. Io non…»

Lei scosse il capo con fare assertivo. «No, Thea. Non è successo nulla. So che non avevi intenzione di farmi del male.»

«Per me non è facile parlare della mia famiglia», usai un tono di voce appena udibile, anche se ero certa che il dottor Nørgård si fosse accorto del nostro chiacchiericcio sommesso e che volutamente ci stesse ignorando per consentirci di chiarire la situazione.

La psicologa si fece più vicina, sporgendosi in avanti. «Lo so, Thea. Approfondiremo la questione con calma e soprattutto con i tuoi tempi. Mi piacerebbe che ci conoscessimo meglio e che tu imparassi a fidarti di me.»

Torsi di più il busto e appoggiai il gomito sullo schienale della sedia; la mia titubanza si tramutò in speranza. «Mi auguro anch'io di riuscire a fidarmi di lei.»

La donna annuì a qualcosa a cui stava pensando. «Vedrai che accadrà. Io mi impegnerò affinché tu sia a tuo agio con me; ho sbagliato, d'ora in poi eviterò di farti pressioni», promise fidente.

Non mi sembrava vero che stesse mostrando così tanta comprensione nei miei riguardi. Sentivo di non esserne meritevole, avevo immaginato il nostro confronto in maniera del tutto diversa, eppure lei stava dimostrando di non necessitare di tante giustificazioni per comprendere il mio pessimo comportamento. In quel momento mi aveva dato ampiamente prova di quanto fosse sensibile e professionale.

Nessun tipo di rancore contaminò il tentativo di concedermi una seconda possibilità.

«Quante di voi praticano esercizio fisico?» Il dottor Nørgård alzò il tono di voce per attirare l'attenzione. D'istinto volsi lo sguardo nella sua direzione, cessando di conversare con la psicologa. Varie braccia si levarono verso l'alto mentre il giovane uomo osservava le pazienti con grande scrupolosità. Quando arrestò i propri passi dinanzi a Nasha, increspò le labbra in un tenero sorriso. «Signorina, tu non pratichi sport.

Non mentire.» Fece oscillare l'indice da destra a sinistra in un sarcastico segno di diniego che mise in imbarazzo la ragazza.

«Uffa, dottore», brontolò lei, abbassando il braccio. «Non può smentirmi con così tanta facilità.»

Il medico riprese a camminare senza preoccuparsi di celare la sua espressione divertita. «Ti conosco fin troppo bene, cara.» Nel mentre si fermò davanti a me e Juliette, notando la mia scarsa partecipazione all'incontro. Imbrigliata in un improvviso stato di esagitazione, iniziai a graffiarmi la pelle nuda dell'avambraccio, poi la pizzicai ripetutamente. In qualche modo, il dolore mi era amico. Riusciva a sovrastare i ricordi che sempre più spesso si inerpicavano dentro di me per inghiottirmi in un'oscurità straziante.

Il dottor Nørgård colse il mio gesto e, con un impeto inconsulto, mi bloccò il polso per impedirmi di farmi del male. «Thea», mormorò con la voce smorzata dalla compassione. Mi imposi di riacquistare il controllo e di non lasciar trapelare l'irrequietezza che mi aveva del tutto assorbita, riducendomi a un esile acervo di carne e ossa, privo di anima.

Rilassai le spalle; sotto le unghie un cremisi luminoso, quasi porpora, mi imbrattava i polpastrelli a causa dei graffi che mi ero provocata. La mano rimase pendula, stretta tra le dita sottili del medico.

«Mi scusi…» esalai, mortificata.

Il dietologo mi lasciò andare, comprensivo. «Non devi scusarti. Cerca solo di essere attenta alle informazioni che vi sto fornendo. Conoscere il proprio disturbo è importante per comprendere come affrontarlo e sconfiggerlo.»

Annuii mestamente mentre l'uomo si allontanava per riprendere il discorso interrotto. Fu chiaro che non volle focalizzarsi troppo su ciò che era appena successo, probabilmente per non mettermi in una condizione di eccessivo disagio.

«È tutta matta.» Sophie non si preoccupò di celare il suo commento sprezzante, volutamente espresso a voce alta; Akemi ridacchiò prima di sussurrarle qualcosa all'orecchio, indicando il mio braccio malconcio. La maglietta a maniche corte non mi permetteva di coprirlo, pertanto lo lasciai in vista, come prova di ciò che ero capace di diventare quando la ragione si rabbuiava a favore di nugoli di follia e dissennatezza.

«Dunque…» Nørgård passò accanto all'attrice e le lanciò un'occhiata ammonitoria sufficiente a riportarla alla disciplina. «L'eccessiva attività fisica spesso sfocia in un comportamento compulsivo, soprattutto se l'allenamento risulta spropositato rispetto all'apporto calorico assunto giornalmente. Al di là di ciò che si crede, questa condotta di eliminazione tende a peggiorare la situazione: produce un consumo eccessivo di calorie e genera l'impulso della fame al quale poi conseguono ansia, sensi di colpa, pensieri negativi...»

Smisi di ascoltarlo quando notai un grazioso colibrì posarsi sul davanzale della grande finestra a bovindo. Cinguettò e picchiettò il becco appuntito contro il vetro mentre sbatteva le ali variopinte, il cui piumaggio era un tripudio di colori e sprazzi di arcobaleno. Mi incantai a osservarlo. Era luminoso come una pietra preziosa, un piccolo fiore volante, una creatura minuscola e dal grande fascino incantatore. Con i raggi del sole, dava la sensazione di essere ammantato da riflessi metallici, quasi iridescenti.

Accortasi della mia distrazione, Juliette mi chiese che cosa ci trovassi di così interessante in un semplice colibrì, ma decisi di ignorarla, poiché ero troppo concentrata a collocare quel piccolo volatile in uno dei miei ricordi lontani.

«L'attività fisica richiede una maggiore quantità di cibo, perciò il paziente entra in un circolo vizioso nel quale il pensiero di aver mangiato, sia piccole che abbondanti quantità di cibo, suscita l'esigenza di compensare con lo sport...» Intanto Nørgård proseguiva la disamina sui disturbi alimentari anche se i miei occhi erano rivolti altrove. Un'insidiosa sensazione di malinconia mi abbrancò il petto come se fosse un mostro dagli artigli affilati, il respiro accelerò, i palmi cominciarono a sudare. Le pareti della sala parvero accartocciarsi su se stesse, come l'involucro di una caramella appena scartata, il sole si nascose dietro le nuvole mentre la psicologa e il dietologo mutavano aspetto divenendo degli esseri spregevoli, con due passamontagna neri a celare i loro volti benevoli.

Un'allucinazione.

È un'allucinazione.

Lo ripetei più e più volte prima che le tenebre mi subissassero di sofferenza, prima che la vecchia Thea tornasse a reclamare il proprio posto, prima che la paura offuscasse la realtà per lanciarmi rovinosamente in un passato che avrei voluto dimenticare anziché rivivere.

Non mi capacitavo del perché succedesse sempre più spesso di ritrovarmi catapultata in una dimensione surreale e crudele.

Persino l'aria assumeva un sentore diverso, di sangue e morte.

Lo stesso che avevo percepito sul corpo privo di vita della mamma. Sconvolta, mi alzai dalla sedia e corsi via, sotto gli sguardi confusi di tutti.

Corsi tra le statue che, disposte gloriosamente lungo le pareti, furono spettatrici silenti della mia disfatta.

Salii le scale con una rapidità sorprendente, impaziente di raggiungere la camera che condividevo con Juliette.

Una volta varcata la porta, la cosa giusta da fare sarebbe stata tirare un sospiro di sollievo, infilarmi a letto, al calduccio, sotto le coperte morbide e meditare su me stessa per cercare di ritrovarmi, di riconoscermi, di tornare ad amarmi almeno un po', ma preferii dirigermi in bagno e riempire la grande vasca, abbastanza profonda da poter accogliere un corpo minuto come il mio.

Non mi premurai di spogliarmi; mi limitai soltanto a sfilare gli anfibi e le calze per lanciarli in un angolo lontano.

Vestita di rabbia e angoscia, privata dell'ultimo brandello di lucidità, vi immersi prima un piede poi l'altro, distendendomi supina con le mani saldamente ancorate ai bordi di ceramica, finché bacino, petto, collo furono completamente sommersi. Prima di affondare come una nave in mare aperto, raccolsi l'ultimo soffio d'aria, trattenni l'ossigeno nei polmoni e gonfiai le guance, poi andai giù, restando con gli occhi aperti a fissare il nulla e ad attendere che accadesse qualcosa.

Qualsiasi cosa.

Gli abiti divennero di piombo.

I capelli nastri solleticanti attorno a me.

I rumori ovattati appartenenti a un mondo che avrei voluto salutare.

Avevo sempre bisogno di arrivare al limite per combattere contro le tenebre che avevo dentro. Dovevo rischiare, giungere sull'orlo del precipizio per poter sentire la voce di mia madre, per poterla vedere o per poterne percepire il tocco delicato. In passato, era accaduto più volte che venisse a farmi visita proprio quando offrivo la mia vita al Diavolo e gli chiedevo di strapparmela via.

Desideravo vedere la mamma ancora una volta.

Non ero mai stata capace di dirle quanto l'amassi, di ringraziarla quando ogni sera mi rimboccava le coperte, di sorriderle quando mi schioccava il bacio della buonanotte sulla fronte o di apprezzarla quando mi tediava con le ramanzine, spesso severe e oppressive, con le quali cercava di dimostrarmi il suo affetto.

Avevo perso la persona più cara.

Avevo perso la mia stella polare.

Il mio punto di riferimento.

La mia unica forza.

Ero stata una pessima figlia, non avevo mai eccelso a scuola, le avevo procurato un sacco di guai, non avevo mai fatto nulla che potesse renderla fiera di me e, cosa peggiore, non ero riuscita a rimediare alla sua delusione neanche prima che morisse.

Mi piacerebbe raggiungerti, pensai, *così avrò un'altra occasione per scusarmi, mamma.*

Restai ferma, sott'acqua.

Le forze pian piano iniziarono ad abbandonarmi, il cuore a rallentare i battiti.

Rilassai le dita, staccandole dai bordi; le percepii anchilosate, fredde come il gelo che mi stava penetrando nella pelle, fin dentro le ossa.

L'arco di un sorriso mi effigiò le labbra: forse quella volta avrei portato a termine la mia deprecabile iniziativa.

Chiusi le palpebre quando la pressione nel petto aumentò; fu inequivocabile il segnale degli ultimi rimasugli di ossigeno, ma neanche in quel piccolo e vitale frangente cambiai idea.

L'acqua cominciò a tracimare, bagnando il pavimento mentre continuava a sgorgare dal rubinetto aperto.

Trattenni l'istinto di dimenarmi e di riemergere per alimentarmi d'aria come un'affamata.

Tutto stava per finire, davvero.

Non conoscevo nessun modo per accelerare le cose; dovetti solo attendere.

Aspettai, aspettai, aspettai… finché qualcuno chiuse il rubinetto e, con una forza madornale, mi agguantò per i fianchi per tirarmi su, fuori dal mio personale limbo, fuori dall'Inferno al quale mi ero condannata.

Lontano dalla morte che presto mi avrebbe resa sua prigioniera.

Tossii e annaspai prima di aggrapparmi a delle spalle grandi, così grandi da poter reggere, insieme a me, la follia che troppo spesso mi induceva a ignorare qualsiasi criterio di giudizio, soprattutto il buon senso.

Quando aprii gli occhi, orlati dalle ciglia bagnate, incontrai due iridi verdeazzurre nelle quali imperversavano i sentimenti più contrastanti: pietà, sollievo e rabbia.

Fui travolta da un fremito infuocato quando mi accorsi che era *lui*.

Il dottor Krugher mi permise di avvolgergli al collo le braccia, mi sollevò e scivolò sul pavimento portandomi con sé. Gli caddi addosso, sul grembo; il corpo poderoso, evocante la vigorosa potenza di una divinità, attutì l'urto parando il mio, piccolo e infreddolito. Adagiò la schiena contro il muro mentre gli posavo il capo sul torace in cerca di un attimo di conforto. Mi concentrai sul suo ritmo cardiaco, accelerato. Sembrava spaventato e sollevai la testa per accertarmene. Aveva una mano a coprirgli il viso, una ciocca nera stagliata sul dorso venoso, come se stesse realizzando che io fossi lì, con lui, e che fosse giunto in mio soccorso appena in tempo. L'altra invece mi stringeva con tenacia un fianco per ostentare un'autorità maschile che non avrei mai dovuto ignorare o sottovalutare.

«Lei non avrebbe dovuto...»

«Fa' silenzio, Dorothea», mi rimproverò prima ancora che formulassi il mio pensiero. Era arrabbiato o deluso, non seppi interpretarlo con certezza, tuttavia il suo tono fu abbastanza aspro da indurmi a tacere. Appoggiai la tempia al suo petto e mi raggomitolai su me stessa, come una bambina.

Il dottor Krugher allungò un braccio sulla propria destra, aprì l'anta di un mobile, tendendosi sotto di me, ed estrasse un asciugamano che mi posò sulle spalle. Frizionò la pelle per attenuare il tremore convulso e involontario dei miei arti, poi me l'avvolse attorno come se si stesse prendendo cura di un gattino bagnato raccolto dalla strada. Mi cullò lentamente mentre, intrappolandomi tra le sue braccia, mi accarezzava la schiena nel tentativo di acquietarmi e scaldarmi. Avrei dovuto sfilarmi la maglietta e i pantaloncini fradici che mi aderivano alle cosce, ma era chiaro a entrambi che la situazione sarebbe diventata equivoca se qualcuno ci avesse sorpresi insieme, avvinghiati l'uno all'altra, nel bagno della mia camera.

Quello fu il nostro primo vero contatto e decisi di vivermelo appieno, anche se, in cuor mio, avrei preferito associarlo a un momento diverso.

Sfregai la guancia contro il tessuto della sua camicia bianca, ne inspirai il buon profumo speziato, erotizzante, poi mi allungai appena per strofinargli la punta del naso sulla base del collo, tra le asole aperte, ove mi era concesso bearmi di un lembo di carne. Considerai l'idea di posarci un bacio o di torturarlo con un morso, ma mi trattenni, arrossendo al solo pensiero.

Quell'uomo incarnava tutte le mie brame, tutti i desideri più dissoluti; era impossibile resistergli.

«Non credevo che fossi così incosciente…» Il medico spostò la testa per impedirmi di avvicinarmi troppo; le sopracciglia gli si corrugarono in un'espressione adirata che non occultò il suo fascino virile, ma lo rese più selvaggio.

Mi accasciai su di lui e sospirai angustiata. «Si è spaventato?»

«Secondo te?» Percepii nitidamente una sfumatura di rimprovero nel suo timbro cavernoso.

«Sì», assentii contro il mio ostinato orgoglio.

Con l'indice profilai il contorno di un bottone all'altezza dei pettorali, poi seguii la cucitura del cannoncino, sfruttando l'occasione per tastare con una lieve pressione dei polpastrelli la muscolatura imponente.

Il dottor Krugher mi guardò con occhi arguti; un'incisiva severità gli contrasse i lineamenti del volto. Sebbene esprimesse terribili minacce con il solo sguardo, fosse oscuro come un cielo imbrunito e troppo evasivo per essere compreso, ero intrigata e attratta dal profondo mistero che celava dietro una condotta e un'eleganza inappuntabili.

«Hai idea di cosa sarebbe successo se non ti avessi seguita fin qui per accertarmi che stessi bene?»

«Avrei raggiunto mia madre e…»

«Non dire fandonie, Dorothea. Arrendersi non è un'opzione valida. Anzi, per quanto mi riguarda, non è neanche un'opzione», contestò infastidito. Le vibrazioni del suo torace si estesero fino alle mie membra, provocando una piacevole intimidazione.

Deglutii un nodo di spine e incontrai le sue iridi solenni ma dure come blocchi d'acciaio. «È arrabbiato con me?»

«Sono deluso da te», confessò senza mezzi termini. Doveva essere abituato a dire ciò che pensava senza preoccuparsi di risultare, spesso, parecchio spiacevole. Mi mossi su di lui nervosamente. Sedevo sulla coscia robusta mentre le sue gambe erano distese in avanti, leggermente scostate. Avevo le natiche contro il muscolo del quadricipite; sarebbe bastato che mi spingessi più al centro per finire sul suo pube, ma nonostante fossi tentata da quella maliziosa fantasia, la possibilità di concretizzarla mi terrorizzò.

«Ognuno è libero di fare ciò che vuole, no?»

«Non nella mia clinica», mi contraddisse, autorevole.

Accennai un sorriso quando avvertii la determinazione con la quale, sin dal nostro primo incontro, si era rivolto a me. «A volte il dolore spinge le persone a compiere atti dannosi. Lei stesso mi ha detto che non è giustificabile ma comprensibile, non lo ricorda?»

«Lo ricordo, ma ci sono vari modi per gestirlo. Uno dei tanti è quello di dissociare l'oggetto che provoca dolore dal dolore stesso.» Inaspettatamente, mi scostò i capelli appiccicati a una guancia per portarli dietro la spalla. Rabbrividii e fui certa che lui l'avesse notato. Bastava che parlasse per esercitare uno strano controllo sulla mia volontà, ma il suo tocco alimentava quel potere, annichilendo qualsiasi pensiero o capacità di reazione.

«Come?» Battei appena i denti; non sapevo se per il freddo o per la situazione in cui mi trovavo.

«Devi considerare il dolore non solo come un'esperienza sensoriale spiacevole o traumatica, ma come una delle tante strade che puoi intraprendere per conoscere te stessa. Esso è strettamente personale e soggettivo. Può permetterti di approdare a una realtà diversa, di superare la dipendenza che provi nei confronti delle persone che hai perso in passato, o che ti stanno attorno nel presente, perché sei convinta che la loro presenza riempia la tua vita. Arriva per tutti il momento in cui bisogna tagliare il cordone ombelicale che ci lega a qualcuno e, purtroppo, questo momento non combacia quasi mai con la nascita.» Il dottor Krugher insinuò le dita tra i miei capelli bagnati e li pettinò adagio, come se volesse consolarmi dopo avermi inflitto un'amara verità.

Sconvolta, mi raddrizzai per guardarlo in faccia. «Mi sta dicendo che devo dimenticarmi della mamma?»

Lui corrugò la fronte e inclinò il capo mentre osservava il movimento lento della sua mano; gocce d'acqua distillavano dai miei indumenti bagnando i suoi, ma non parve curarsene. «Ti sto dicendo che prima o poi dovrai accettarne l'assenza. Nessuno può evitare il dolore di un lutto, ma si può evitare la sofferenza che proviene dall'impossibilità di impedire certi eventi della vita.»

«Lei ha il cuore di pietra», protestai. «Non ha mai perso nessuno se ha il coraggio di parlarmi in questo modo di un lutto così importante.»

L'uomo accennò un sorriso nostalgico, spostando gli occhi su di me. Sbavature di oscurità miste al fulgore di una cupa sapienza si confondevano nelle gemme smeraldine, rendendo difficile identificare quale fosse la sua reale indole. Era pressoché impossibile definirla, come se fosse protetta da una muraglia di placida freddezza, rafforzatasi col tempo.

«Ti assicuro che nel corso degli anni ho perso tante persone a cui tenevo. Sia dentro che fuori da queste mura.»

«Allora dovrebbe capirmi…»

«Io ti capisco, Dorothea, più di quanto immagini.» Smise di accarezzarmi i capelli e guardò lo stato in cui versava il pavimento, poi noi, entrambi fradici. La sua camicia, nei punti in cui mi ero posata su di lui, era diventata trasparente aderendo ai solchi ben definiti dell'addome. Allungai una mano per sfiorarlo e nel farlo l'asciugamano scivolò verso il basso scoprendomi una spalla. Tuttavia, prima che potessi toccarlo, il medico mi abbrancò il polso e lo strinse nella sua morsa. Le dita parvero tenaglie pericolose attorno alla mia pelle sensibile. La presa aggressiva fu sufficiente a rendermi inerme. Ignorò il mio verso di lamento e girò l'avambraccio per analizzare attentamente i graffi che mi ero inferta. Un lampo di consapevolezza gli attraversò lo sguardo, scurendo ancor di più i suoi tratti austeri. «Cos'è successo?»

«Se le dicessi che è opera di un gatto selvatico ci crederebbe?» Sminuii con un ghigno ironico ciò che era accaduto dinanzi al dottor Nørgård.

Il medico mi fissò torvo senza attenuare la forza con la quale mi stava stringendo; la sua intenzione era quella di punirmi e di imprimermelo bene nella testa.

«Il dolore non può essere relegato in un angolo della tua anima, ma va accolto e affrontato. Affinché ciò avvenga è necessario condividerlo con chi ha più esperienza di te. Questo blando tentativo di ferirti ti ha procurato sollievo ma non piacere, vero, Dorothea?» Il suo volto si avvicinò al mio, mormorando quella domanda con un tono tutt'altro che innocuo. Un'inconsueta scossa erotica mi percorse la spina dorsale mentre le sue labbra si esibivano in un sorriso scaltro che evidenziò la fossetta sulla guancia sinistra.

«Io…» sussurrai esitante. «… È l'unica alternativa che conosco per sentirmi meglio.»

«Ce ne sono altre.» Afferrò l'orlo dell'asciugamano per riposizionarlo sulla mia spalla e compresi il motivo per il quale si fosse avvicinato fino a far sfiorare i nostri nasi. «Per iniziare, devi imparare a distinguere il dolore somatico sano da quello insano.»

Aggrottai la fronte e sbattei le palpebre. «Qual è quello sano?»

Senza indugiare in alcuna spiegazione, il dottor Krugher mi strinse il fianco così forte che mi irrigidii e gli agguantai la camicia nel pugno tirandolo verso di me. Sembrava che l'osso dell'anca si stesse incrinando fino a rompersi del tutto. Il respiro venne meno; le sue dita mi si conficcarono nell'infossatura del bacino come tanti pugnali dolorosi, pronti a farmi sanguinare. La potenza che gli scorreva nel braccio diede forma ai muscoli che si definirono sotto il tessuto della camicia; due vene emersero sul collo accentuandone la mascolinità.

D'istinto gli avvolsi la nuca e mi ci aggrappai, schiacciando la fronte contro la sua mascella; la barba mi graffiò come se fosse carta vetrata.

Il mio corpo si adattò morbidamente al suo, con un'arrendevolezza così evidente da dimostrare a entrambi chi fosse il più forte.

Il dottor Krugher dominò le mie sensazioni e le assaporò come un raffinato sommelier.

Restando con una mano attanagliata al fianco, decise di infilare l'altra sotto la maglietta per accarezzarmi gentilmente e lenire il dolore acuto che mi stava provocando. Le sue dita erano calde a contatto con la mia pelle fredda. D'istinto contrassi l'addome quando, con un polpastrello, disegnò piccoli cerchi attorno all'ombelico, raccolse una goccia d'acqua e scese lentamente verso il bordo degli shorts. Un brivido di tensione mi percosse il ventre. Lo guardai con le labbra schiuse, incapace di emettere parola, mentre un piacevole formicolio mi incendiava il centro delle cosce, che ben presto divenne pulsante e fremente d'ardore.

L'ardore che una ragazzina non avrebbe dovuto provare. Non per lui.

Non sapevo cosa stesse facendo, tutto ciò che avvertii fu dolore e piacere in ugual misura.

Quando introdusse la punta del mignolo sotto le mutandine e tracciò l'impronta merlata lasciata dall'elastico stretto, gemetti rumorosamente al pensiero che avrebbe potuto spingersi oltre, insinuarsi tra le mie gambe e toccarmi dove più lo desideravo; il mio soffio d'aria gli lambì il collo provocandogli un sussulto che lo indusse a ritrarre la mano e a risvegliare entrambi dalla catarsi che ci aveva pervaso.

«Ricorda che se vuoi ricorrere al dolore per scappare da altro dolore, questo deve essere sano, deve provocarti brividi incontrollabili, fremiti di lussuria, pianti di frustrazione o di appagamento.» La sua voce mi riportò alla realtà, sebbene faticassi a concentrarmi. «Deve avvenire in un ambiente sicuro, con un uomo di cui ti fidi, mai quando sei sola e mai come soluzione ai problemi. Sul piano neurobiologico il dolore è persino curativo. Condividerlo con me, parlarmene, permettermi di ascoltare ciò che *senti* e lasciar fluire le emozioni, stabilire una connessione tra anima e realtà: questo è sano. Ciò che invece hai tentato di fare in quella vasca è assolutamente insano.» Dopo avermi irretita, mi prese per il girovita e mi spostò per alzarsi e allontanarsi da me.

Ancora intontita e ansimante, strisciai contro il muro, guardandolo dal basso.

Poco prima, quando mi aveva permesso di accoccolarmi su di lui come un padre attento e premuroso, mi ero sentita piccola e indifesa, finché non mi aveva toccata per risvegliare istinti profondi che non provavo da tempo. Nondimeno, in quel momento, serio e in piedi, il dottor Krugher sortiva un effetto persino più impetuoso.

Sembrava un gigante dal quale sentirsi protetti e minacciati.

Un uomo algido e passionale.

Calmo e veemente.

Un'antitesi insanabile.

«Lei non può decidere per me cosa è sano o no.» Mi sfiorai la pancia sulla quale percepivo ancora l'eccitazione provocata dal suo tocco fugace e intenso, poi il fianco che avvertivo sensibile e dolente.

Quel medico era capace di spezzare una persona a mani nude, il che era terrificante.

Il dottor Krugher notò il suo completo bagnato. I pantaloni blu avevano assunto una tonalità più scura. Con un sospiro paziente, liberò i gemelli dorati dei polsini e arrotolò la camicia fin sopra i gomiti. «Non deperire per il dolore: non puoi disfartene, ma solo combatterlo. Se provassi a condividerlo con me, potrebbe essere più facile.»

Non incrociò il mio sguardo; preferì osservarsi attorno e soffermarsi sulla vasca ancora colma d'acqua.

«Perché?»

Il dottor Krugher si voltò nella mia direzione, imperante con la sua ombrosa figura. «Perché da una vita intera non faccio altro che assorbire il dolore psichico ed emotivo dei miei pazienti. Ho imparato a sentirlo, a renderlo inamovibile, a ospitarlo ma a proibirgli di mettere radici dentro di me e, nei rari casi in cui ciò accade, so come liberarmene.»

Avanzò verso di me e si chinò, poi mi prese da sotto le ascelle per farmi alzare.

L'asciugamano cadde al suolo e le trasparenze della maglietta furono evidenti, tanto da mostrare il reggiseno nero di pizzo che indossavo al di sotto. Il medico non si fece tentare dalle mie forme. Con una mano sulla schiena mi sospinse verso il lavandino mentre i piedi nudi lasciavano piccole impronte al mio passaggio.

«Dovrebbe insegnarlo anche a me, sa?»

«Se ci fossimo conosciuti in un altro contesto, ti avrei impartito già una bella lezione», proferì con una vaga intonazione lussuriosa che represse subito schiarendosi la gola.

«Cioè?» Mi voltai curiosa, ferma dinanzi allo specchio che rimandava la nostra immagine: la sua immensa, la mia troppo piccina a confronto.

Lui inarcò un sopracciglio, per niente disposto a darmi ulteriori spiegazioni. «Cambiati e va' in stanza ad asciugarti i capelli. Manderò qualcuno qui a pulire, intanto ti aspetterò fuori.»

Prima che uscisse dal bagno, lo afferrai per il polso. Il medico osservò il mio gesto con un rigore inflessibile, comunicandomi che non avrei dovuto, pertanto ritirai la mano prima che si alterasse.

«Per cederle parte del mio dolore, ho bisogno di fidarmi di lei.» Fissai le punte delle sue scarpe tirate a lucido, di gran lunga più grandi del mio umile trentasette.

«Attenderò che tu sia pronta.»

Con il pollice raccolsi una goccia che mi stava solleticando lo spazio tra i seni e incrociai il suo sguardo intransigente puntato su di me. «Ci sono delle cose che devo dirle…»

«Credo di averle già intuite, ma ti ascolterò appena vorrai confidarmele.» Abbassò gli occhi sui miei graffi, poi sui pantaloncini che mi avvolgevano le cosce e risalì lentamente fino alla maglietta madida che mi aderiva al petto evidenziandone ogni minimo dettaglio, infine indugiò sul collo scoperto. «Dov'è finito il tuo *choker*?»

Sfregai un piede sul pavimento; ignorai la pelle d'oca che mi increspava le braccia. «L'ho dimenticato.»

«C'è una cosa che non dovrai mai dimenticare, Dorothea: tu sei una ragazza combattiva e voglio che mi mostri quel coraggio che ho scorto dentro di te la prima volta che ti ho vista.» Indicò la stanza con un lieve cenno. «Ti concedo mezz'ora per sistemarti, oggi non resterai sola.»

Arrossii mentre la sua espressione divenne così profonda da marcare maggiormente le rughette attorno agli occhi. «Una persona combattiva non avrebbe agito in quel modo…» Guardai la vasca e mi resi conto della sciocchezza che avevo commesso.

Il dottor Krugher, con un portamento nobile, si incamminò verso la porta e prima di uscire si girò un'ultima volta. «Si è trattato solo di un attimo di debolezza. Ne parleremo con calma. Capitano a tutti i momenti in cui si pensa che mollare sia la decisione migliore, finché non arriva qualcuno a tenderti la mano per farti comprendere che la vita ha un valore e che, malgrado le difficoltà, merita di essere vissuta. La prossima volta che il dolore ti sottopone ad angherie del genere, corri da me.»

Il mio volto si illuminò di speranza; sbattei le ciglia e lo fissai sorpresa. «Potrò?»

Lui annuì, con un sorriso carico di benevolenza. «Ogni volta che vorrai, a patto che eviti di annusarmi, sfiorarmi o tentare un qualsivoglia approccio inadeguato.»

Avrei dovuto aspettarmi uno dei suoi avvertimenti, era strano che non fosse successo prima.

Chissà quanti me ne avrebbe riservati nelle ore seguenti...

Con una smorfia disinvolta, appoggiai il fianco al lavabo di marmo e scossi il capo. «Purtroppo non posso accettare questo patto, mi spiace.»

Il brillio nelle sue iridi assunse un'intensa luce minacciosa, talmente inquietante da congelarmi sul posto senza che lui facesse nient'altro per intimorirmi. «Allora potrei smettere di essere clemente e, a quel punto, sarà peggio per te...»

16
Thea

Colui che è atteso, poiché è atteso,
è già presente, già padrone.
PAULINE RÉAGE

CI sono posti nei quali trascorri una vita intera e posti che invece, per tutta la vita, occupano soltanto i tuoi ricordi.

Il parco era uno di quelli.

Proprio come una ninfa, amavo correre in un mondo verde e incontaminato, amavo far volare i pensieri, osservare le nuvole, credere che mi stessero inseguendo, profilarne i contorni con un dito e immaginare che potessero rappresentare delle figure straordinarie: a volte nel cielo compariva una chitarra, altre volte un grande palco con le sagome di quattro ragazzini che si improvvisavano rockstar, altre volte ancora un teschio, un'aquila o un volto umano con un vistoso taglio alla Mohawk.

Volteggiavo su me stessa, cosparsa di sogni e musica, vestita di vecchi stracci, con le scarpette logore e i capelli annodati.

Non avevo nulla e nessuno, eccetto la mamma.

Eravamo solo io e lei, eppure mi bastava per essere felice.

Felice come se avessi il sole tra le mani.

Era uno dei tanti pomeriggi di aprile mentre scorrazzavo tra la fulgida luce e le ombre anguste degli alberi, attenta a non cadere tra i ceppi.

La mamma se ne stava seduta su una delle panchine a guardarsi attorno per cogliere ogni sfumatura e meditare su cosa riprodurre sulla tela bianca.

Dipingere *en plain air*, come diceva lei, le permetteva di sperimentare se stessa e di lasciar affluire tutta la propria creatività. Sosteneva che, spesso, aveva bisogno di trarre energia dalla natura, di ispirarsi ai suoi colori sfolgoranti e di allontanarsi dalla caotica movida di West Hollywood per ritrovare la pace interiore alla quale anelava; così finivamo per trascorrere intere giornate al parco: lei a disegnare o a dipingere, io a rincorrere farfalle o scoiattoli, ad ascoltare musica rock con delle cuffiette o a improvvisare canti e melodie fantasiose finché il crepuscolo non segnava l'ora di tornare a casa.

«Dorie, smettila di correre a destra e a manca. Guarda le tue ginocchia. Sono tutte sbucciate!»

La mamma era solita indossare una sgargiante bandana a quadretti che le reggeva la frangia per evitare che le cadesse sulla fronte. Aveva dei folti capelli biondi, proprio come i miei, lunghi e ondulati sulle punte e due occhi d'ambra che avevano il potere di incantare.

«Mamma, non solo mi costringi a stare qui con te per ore, vuoi anche che me ne stia ferma? A fare cosa? A fissare i vecchietti laggiù?» Sbattei un piede a terra, indicando un anziano barbuto con un grosso naso bitorzoluto che leggeva un quotidiano mentre, più in là, una seriosa sessantenne rimproverava e strattonava il guinzaglio del proprio barboncino che scalpitava per correre dal lato opposto al suo.

«Sono un'artista e sto cercando di trarre ispirazione da ciò che mi circonda, Dorie, ma se continui a distrarmi resteremo qui per tutto il giorno.» Si sistemò una bretella della salopette, poi sbuffò e riprese a picchiettare sul mento la punta linda del pennello, nella speranza di essere travolta da nuove idee.

«Okay, vado a fare una passeggiata, così mi levo di torno e ti lascio in pace», borbottai.

«Non allontanarti troppo, resta dove posso vederti!»

Iniziai a camminare verso una direzione del tutto ignota, con una brutta espressione in viso: il tipico broncio di una bambina capricciosa che alternava momenti mansueti a momenti di intrepida ribellione.

Scalciai un sasso, brontolando parolacce che la mamma non avrebbe voluto ascoltare, poi ne scalciai un altro e un altro ancora, mentre il vento primaverile mi accarezzava la pelle nuda delle braccia. Tutt'attorno vi erano solo panchine deprimenti, una distesa verdeggiante di arbusti, fiori variegati e qualche passante che pareva non far caso a una ragazzina arrabbiata che vagava alla ricerca di un passatempo interessante. Se quel giorno ci fosse stato Andy con me, probabilmente avrebbe saputo come intrattenermi, ma non lo vedevo da due settimane e la sua assenza mi rendeva sempre più triste.

«Che palle.» Il mio non era proprio il linguaggio che si addiceva a una signorina di appena dieci anni, tuttavia l'idea che fossi sola e che nessuno potesse sentirmi mi induceva a ripetere i vocaboli sconci che, in varie occasioni, avevo udito dagli adulti.

In quel breve frangente, un gruppetto di bambine, all'incirca della mia età, mi passò di fianco con schiamazzi e urletti giocosi. Due di loro erano alte e robuste con delle chiome raccolte ordinatamente in due codini; le altre due, più basse e mingherline, avevano lo stesso aspetto e un naso camuso, costellato da numerose lentiggini: di sicuro erano gemelle. Fissandole incuriosita, scalciai l'ennesimo sassolino che, involontariamente, colpì una gamba accavallata fasciata da un paio di jeans scuri.

Potei percepire il rumore della piccola pietra collidere con lo stinco semiscoperto.

«Ops… Scusa!» Mi portai una mano alla bocca, colpevole di quell'imprevisto spiacevole.

Seduto placidamente su una panchina, l'uomo interruppe la lettura di un vecchio libro per vedere chi l'avesse disturbato. Permeato da un effluvio floreale, sembrava che si fosse estraniato da tutto e che soltanto in quel momento avesse preso coscienza della realtà che lo circondava.

Rimasi immobile davanti a lui; malgrado non potessi vedere le sue iridi, fui certa che mi stesse scrutando attentamente dalle lenti scure degli occhiali da sole. Una strana sensazione di disagio mi percorse la schiena mista a una terribile fitta di paura nella pancia.

«Fa niente, ma va' a giocare un po' più in là…» Con una mano mi fece segno di allontanarmi, come se fossi un esserino fastidioso, un moscerino che gli ronzava attorno e del quale avrebbe voluto liberarsi in fretta.

«Non stavo giocando, signore.»

Signore? Aveva l'età giusta per essere chiamato così?

Avrei dovuto andarmene: la mamma mi aveva insegnato a non dare confidenza agli sconosciuti, oltre che a non accettare le caramelle, eppure, forse per noia o per incoscienza, mi portai le manine dietro la schiena e dondolai sui talloni restando a fissare quel ragazzo gigante, più grande di Andy, ma non così vecchio come gli anziani che passeggiavano in quel parco.

«Va bene», mi liquidò, prima di tornare alla sua lettura, seccato da me e dalla mia presenza. Dovetti leggermente inclinare la testa per cogliere il titolo del libro che aveva catturato tutta la sua attenzione: *Histoire d'O* di Pauline Réage.

«Cosa stai leggendo?» insistei, fissandogli i capelli neri lucenti come l'ossidiana che contornavano un volto dai tratti duri ma armoniosi. Una barbetta bruna gli ricopriva la mascella, una t-shirt bianca gli avvolgeva il busto ampio, lasciando in vista le braccia modellate.

L'uomo sospirò infastidito e posò il libro sulle proprie gambe. «Ascolta, bambina, cosa ti serve? Ti sei persa?»

Avrei voluto che si sfilasse gli occhiali per guardarlo meglio, ma dovetti accontentarmi delle abbondanti grazie messe in risalto dall'abbigliamento semplice e sbarazzino.

«No.» Scossi il capo; i capelli biondi oscillarono da una parte all'altra. «Mia mamma è lì.» Indicai un punto lontano, a circa dieci panchine di distanza. «E sta dipingendo, o meglio sta cercando qualcosa da dipingere. E io mi annoiavo.» Feci un passo avanti e lui sollevò una mano per fermarmi.

«Ti accompagno da lei? O sai arrivarci da sola?» Socchiuse il libro, con un indice infilato tra le pagine per tenere il segno.

«Saprei arrivarci da sola, ma adesso non posso disturbarla.» Mi misi una mano accanto alla bocca come se stessi per confessargli un gran segreto. «Sai, lei è un'artista e dice che ha bisogno di trovare… l'*aspirazione*.»

L'uomo che, fino a quell'istante, mi era parso rigido e tutto d'un pezzo, accennò finalmente un sorriso. «Intendi l'ispirazione.»

Sbattei le ciglia confusa. «E io che ho detto?»

«L'aspirazione.»

«E non è la stessa cosa?»

«No, bambina. Non è la stessa cosa.»

«Non mi chiamo 'bambina'.» Sbattei un piede per terra. «Mi chiamo Dorothea, o Dorie, se preferisci.»

Il signore, ragazzo, o quel che era, rimase in silenzio, finché espirò l'aria dalle narici ancor più seccato. «Io non preferisco nulla. Ti accompagno da tua madre.» Tentò di alzarsi, ma lo anticipai simulando una reazione che avrebbe spaventato qualsiasi adulto: con il mento tremolante finsi di stare per scoppiare in un pianto disperato. «Oh, no», mormorò lui. «No, no, no, non piangere, okay?»

«Sei cattivo.» Persino la mia voce fu ingannevole.

«Oh, santo cielo.» L'uomo si strofinò la barba con un palmo. «Non sono cattivo. Voglio solo riportarti da tua madre.»

«E io non voglio andarci!» gli urlai contro, in preda a uno dei miei soliti capricci.

«La mamma non ti ha insegnato a diffidare degli sconosciuti? Io sono uno sconosciuto, e se fossi davvero cattivo o pericoloso?»

«E se invece non lo sei?»
«Non lo fossi», mi corresse.
Sembrava non riuscire a farne a meno.
Diamine, era proprio puntiglioso!
«Come?»
«Lascia stare.» Decise di non darmi lezioni di grammatica. «Ascolta, quanti anni hai?»
«Dieci, ne compio undici il 24 ottobre», specificai, almeno potevo apparire un po' più grande.
«Bene.» La sua voce era bella, come il suono di una melodia rilassante e corroborante che mi faceva formicolare le piante dei piedini e contorcere lo stomaco. «Sai che a dieci anni non dovresti andartene in giro, sola, per un parco così grande a parlare con persone che non conosci?»
«Ma io sto parlando solo con te e un po' ti conosco.» Insomma, c'era un margine di logica nella mia considerazione: stavamo battibeccando da qualche minuto, quindi non era più uno sconosciuto.
«Devi imparare a non fidarti di chiunque incontri o potresti incorrere in situazioni davvero brutte», mi redarguì, con fare paterno.
Con un'infantile ingenuità, proseguii l'assurda conoscenza dell'uomo misterioso, ignorando i suoi rimproveri. «Tu quanti anni hai?»
Lui si abbandonò contro lo schienale della panchina, posando una caviglia sul ginocchio opposto. Mi piaceva quella posa da duro, esprimeva una virilità che in Andy non avevo notato. «Più del doppio dei tuoi.»
Sollevai una manina per provare a contarli; lui attese sereno il verdetto. «Quindi venti?»
«Ho detto più del doppio.» Riprese il libro e lo aprì sull'ultima pagina che aveva letto.
«Cavolo! Allora sei vecchio!» Non avevo mai visto un vecchio così bello: niente barba bianca, niente chioma brizzolata, niente pelle raggrinzita e niente muscoli flaccidi.
Era davvero molto attraente, alla mamma sarebbe piaciuto.
«Per te, sicuramente. Ora, bambina, se ti sono stato utile a colmare momentaneamente la noia, potresti tornare da tua madre. Che ne dici?» Percepii una punta di fiduciosa aspettativa nella sua domanda: non vedeva l'ora che me ne andassi. Non gli piacevano i bambini, non aveva alcuna voglia di diventare mio amico, a differenza di Andy.
In silenzio, notai una farfalla posarsi sul petalo di un fiore che ornava un cespuglio al suo fianco, poco distante dalla panchina sulla quale aveva

ripreso la lettura. Avanzai di un passetto e lui, attento a ogni minimo stimolo esterno, sollevò la testa. Mi fermai.

«Cosa leggi?» La prima volta mi aveva ignorata, sperai non lo facesse di nuovo. Non ero un'amante dei libri, odiavo persino andare a scuola, ma volevo capire come mai fosse così preso da quelle pagine un po' consunte.

«Un libro sicuramente non adatto ai bambini.»

«Perché?»

«Perché lo dico io.» Sfogliò un'altra pagina, senza mai sfilarsi gli occhiali da sole. «Adesso potresti andare a giocare da qualche altra parte, per favore?»

Guardai l'intera panchina libera, coperta da un'uggia fresca, e sorrisi agognante. «Posso sedermi accanto a te?»

«Assolutamente no!» Mi puntò un dito contro che palesava una forza spaventosa. Senza neanche toccarmi, arretrai e per poco non incespicai nei miei stessi passi.

Dovetti fare appello a tutto il mio orgoglio per non piangere. «Perché?»

Lui si infilò due dita sotto gli occhiali e strofinò le palpebre; sembrava essere sull'orlo di una crisi di nervi.

«Perché io sono un uomo adulto e tu una minorenne. Non sei mia figlia, né mia nipote, né la figlia di un amico. Non ci conosciamo e, in questo momento, la tua insistenza, oltre a tediarmi, risulta essere anche molto sconveniente per chi dovesse passare di qui e vederci insieme.»

Non capivo perché gli adulti si agitassero così tanto e spesso alzassero la voce per rimarcare dei concetti che ritenevano importanti; inclinai la testa di lato trovando buffo quel modo di fare.

«Come ti chiami?»

Lui sbatté una mano sulla propria coscia, spazientito. «Non ho mai incontrato una bambina così testarda.»

«Sì, me lo dice anche nonna Lizzie.» Alzai gli occhi al cielo.

«Allora facciamo così, poiché hai deciso di non darmi ascolto e di essere alquanto assillante, resta pure lì, io ti ignorerò.» Ormai rassegnato, con il libro in grembo e la gamba accavallata, chinò il viso per leggere. Trascorsero i minuti; per tutto il tempo in cui fummo circondati soltanto dai nostri respiri e dai suoni della natura, ammirai quel corpo aitante, dalle forme ben forgiate. Un pallido raggio di sole gli colpì il bicipite, facendo scintillare la pelle brunita e la lieve peluria scura che ricopriva l'avambraccio senza celarne il reticolo di vene grosse e sporgenti. Anche nell'aspetto era diverso da Andy: il bambino rock era di gran lunga più smunto e meno minaccioso. «Hai intenzione di fissarmi ancora a lungo?»

Sussultai quando mi parlò senza degnarmi di alcuno sguardo.

La sua voce parve essere una corda stretta attorno alla mia gola, tanto che faticai a rispondere.

Avvertendo le gambe appesantite, decisi di sedermi sull'erbetta soffice di fronte a lui, a qualche metro di distanza cosicché non suscitassi nessuna reazione sgarbata.

L'uomo se ne accorse e, di nuovo, abbassò il libro per osservarmi. «Cosa stai facendo?»

«Siedo ai tuoi piedi… cioè qui giù… perché lì non mi vuoi.» Indicai l'angolo vuoto della panchina che avrebbe potuto concedermi riparo dalla calura che, man mano, mi rendeva sempre più accaldata.

Cominciai a sudare, ma non diedi a vedere lo sforzo fisico che stavo facendo a non cercare una fontana fresca che potesse concedermi un po' di sollievo.

Lui guardò l'orologio sul polso, poi tornò a scrutare me. «Sono le tre e mezzo del pomeriggio e la temperatura è alta, vuoi farti venire un'insolazione?»

«No.» Mi passai il dorso della mano sulla fronte umidiccia. «Ma mi piace discutere con te, così non mi annoio.»

«Io non discuto con i bambini.»

Mi mossi sulle anche; l'erba mi pungolò le natiche e le cosce a malapena coperte dagli shorts sfilacciati. Incrociai le gambe e mi afferrai le caviglie con le mani, dondolando appena.

«Allora… cosa leggi?»

Lui fece un sospiro pesante e si spostò più al centro per ripararsi dal sole che, pian piano, stava cambiando angolazione. «Non demordi, vero?»

Scossi la testa in modo energico tanto che mi assecondò.

«Un'opera letteraria particolarmente esplicita ma illuminante.»

Non avevo compreso nulla di ciò che aveva detto, mi limitai solo ad annuire. «Che significa 'esplicita'?»

«Significa che tu potrai leggerla quando sarai grande.»

«Grande come te?»

Ci pensò un attimo, riuscii a scorgere solo le sopracciglia scure aggrottarsi oltre l'arcata superiore della montatura degli occhiali. «No, è sufficiente che tu abbia l'età per bere.»

«L'età per bere?»

«Sì, ventun anni.»

«Quindi tra…»

«Undici anni», prevenne, chiarendo ogni dubbio.

«Accidenti, dovrò aspettare tanto!»

«Proprio così.»

«Che palle.»

«Ehi, signorina!» mi ammonì come un padre autoritario.

Sussultai e lo fissai supplice; speravo non mi cacciasse via. «Non è una parolaccia, anzi voi adulti la dite sempre…»

«Noi possiamo.»

«È ingiusto», bofonchiai sottovoce, poi sentii qualcosa brulicarmi sulla gamba. Vidi che si trattava di una formichina e la schiacciai col polpastrello; la guardai appiccicata alla mia falange e, schifata, mi ripulii con un filo d'erba.

«Dovresti toglierti dal sole o ti brucerai. Hai le guance troppo rosse», mi avvisò, dandomi conferma che mi stesse osservando il viso. Stranamente il calore che percepivo sulle gote aumentò ed ero certa che il sole non c'entrasse nulla. Imbarazzata, mi sistemai una ciocca di capelli dietro l'orecchio. Erano così lunghi che le punte mi solleticavano la base della schiena, lasciata nuda dalla magliettina corta. Piegai un braccio dietro e mi sfiorai le reni, raccogliendo qualche goccia di sudore. Se avessi continuato a starmene lì seduta, così esposta, mi sarei sciolta come un ghiacciolo.

«Sto bene», borbottai; odiavo quando tutti mi dicevano cosa dovevo fare.

L'uomo scrollò le spalle e tornò a leggere. Mi aveva dato un consiglio che non avevo intenzione di seguire, pertanto si era nuovamente chiuso nel suo indifferente mutismo, lasciando che mi assumessi la responsabilità della mia decisione. Tuttavia, io non ero una bambina timida e taciturna, amavo chiacchierare e mettere a dura prova la pazienza di chiunque incappasse nel mio cammino.

Mi guardai attorno, cercando qualche spunto per intavolare un nuovo argomento con l'affascinante sconosciuto, e quando notai un bellissimo colibrì svolazzare davanti a me per poi esibirsi tra i sempreverdi e le corolle dei fiori in magnifiche acrobazie, decisi di raccontargli qualcosa della mia vita. «Sai, alla mamma piace dipingere i colibrì», mormorai con un tono bambinesco, evitando di spostare gli occhi su di lui. Se avessi ricevuto un altro rimprovero, non sarei riuscita ad andare avanti. «Dice che le trasmettono tanta gioia e che, nonostante siano piccoli, gli uccelli più piccoli del mondo…» specificai, «… hanno una forza incredibile nelle ali. Raggiungono una velocità anche superiore a quella di altri volatili.»

Quando mi voltai, lo sorpresi a osservarmi.

In quella posizione – io seduta sul prato, lui sulla panchina – sembrava che stessi venerando una divinità alla quale, *un giorno*, mi sarei volontariamente prostrata offrendogli corpo, anima e ubbidienza.

Come se il destino, una potenza superiore all'essere umano, avesse già prescritto l'immutabile corso degli eventi e io non potessi far nulla per osteggiarlo. Dal fuoco infernale che percepivo addosso, la corda stretta che dalla gola mi avviluppò anche il petto e, più profondamente, il cuore, ebbi la sensazione che la sorte stesse pianificando, per il nostro futuro, imprevedibili e oscure vicende.

Attratto dalle mie parole, chiuse il libro e rivolse la sua totale attenzione alla bambina pestifera che non aveva smesso un solo istante di importunarlo.

«È considerato il Guerriero del Sole.» Non ammirò il grazioso colibrì, rimase concentrato su di me mentre il mio corpo fu pervaso da strane emozioni alle quali non sapevo dare un nome. «Nessuno resiste al suo incanto: è piccolo, aggressivo, tenace, soprattutto bellissimo. Un frammento di arcobaleno che fluttua nell'aria. Secondo alcune leggende rappresenta la reincarnazione di valorosi guerrieri caduti in battaglia e la rappresentazione del Dio del Sole, da qui deriva la denominazione 'Guerriero del Sole', appunto.»

«Wow…» Con l'indice tracciai dei cerchietti sulla pelle nuda della caviglia mentre mi lasciavo cullare dalla sapienza dell'uomo. «Secondo te, anche se è piccolo, può essere forte come gli altri volatili?»

Lui si lisciò all'indietro i capelli neri, anche se una ciocca ribelle minacciava sempre di scivolargli sulla fronte. «Anche di più. Non c'è nessun'intemperia che non possa affrontare. Si affida a se stesso, alla potenza delle sue ali. È solitario e indipendente. Non sempre la struttura fisica è comparabile alla forza che una creatura contiene dentro di sé.»

I miei occhi brillarono di entusiasmo, quell'entusiasmo attorno al quale ruotava la vita di una bambina e di cui nessuno avrebbe mai dovuto privarla. «Allora mi piacerebbe essere come un colibrì. Piccola e forte come lui.» Sollevai un pugno all'altezza della spalla a mo' di sfida, ma presto l'incontenibile grinta scemò a favore di una riflessione più rammaricante. «Riesce a sfuggire anche ai predatori, vero?»

L'uomo si accorse della mia espressione rattristata e si concesse qualche secondo prima di ribattere. «Bambina, c'è solo un grande predatore nel mondo che supera chiunque altro. Non dispone né di becco né di piumaggio, pelliccia o squame.»

«Oh», sussurrai pensierosa, figurandomi nella testa qualcosa di grande e mostruoso. «E chi è?»

Un sorriso intrigante, velatamente intimidatorio, profilò una mezzaluna sulle sue labbra carnose. Si sporse in avanti, posando i gomiti sulle ginocchia per guardarmi dritto in faccia. Le lenti scure fungevano da barriera, ma insufficiente a proteggermi dalle forti vibrazioni interiori che riusciva a innescare il suo sguardo inaccessibile. «È l'essere umano.»

Raggelai a quella rivelazione.

Non avevo la maturità né la malizia per poter comprendere appieno le sue parole, pertanto rimasi immobile, seduta sull'erba, a fissarlo con le manine strette attorno ai piedi, distesi in avanti. Lui notò il velo d'ombra e paura che mi era calato sul viso, notò la mia bocca serrata e gli occhi appena sgranati, perciò si affrettò a riassumere una posizione rilassata. «Non voglio spaventarti. Capirai cosa intendo quando diventerai una donna e, proprio come un colibrì, dovrai armarti di forza e coraggio per affrontare le difficoltà della vita, i problemi lavorativi, i capricci degli uomini, le tentazioni esasperanti e tanto altro…»

Il pensiero che fossi ancora troppo giovane per preoccuparmene rallegrò il mio umore. «Ho tempo, vero?»

«Sì, ne hai molto. Quindi goditi la tua infanzia e non avere fretta di crescere.» Si sistemò gli occhiali e indugiai in un'osservazione sciocca: aveva proprio un bel naso, una bella bocca, dei bellissimi zigomi, perfetti per il suo volto virile. Sarebbe stato un modello meraviglioso per un quadro della mamma. «Bambina?» mi sollecitò per risvegliarmi dall'incanto di quelle fattezze piacevolmente eleganti.

Cos'aveva detto?

Oh, sì… che avevo fretta di crescere.

«Ti sbagli», balbettai, in preda a una strana emozione che mi fece battere il cuore nella pancia.

Lui inarcò un sopracciglio, alquanto sospettoso. «Dici? Il fatto che tu stia qui a parlare con me denota il contrario.»

«Sono qui perché sei simpatico.»

L'uomo sospirò e divenne ancor più serio. «Si è fatto tardi, ti riporto da tua madre.»

Mi misi in ginocchio, seduta sui talloni; lo guardai con la testa inclinata di lato per capire come mai fosse tornato così rigido e contrariato. «Perché?»

«Perché sì. Forza.» Si alzò in piedi e per poco non ricaddi all'indietro per lo spavento. Era davvero gigantesco. Non avevo mai visto nessuno così alto, un uomo immenso che sprigionava un'inconsueta grandiosità, un'invidiabile maestosità.

Un concentrato di torbida sapienza e nobile bellezza.

«No, uffa!» mi lagnai.

«Sono stato fin troppo paziente con te. Basta ora.»

A salvarmi dal suo affronto scortese fu la suoneria di un telefono che iniziò a squillare. Di malavoglia, l'uomo lo estrasse dalla tasca dei jeans e, dopo aver lanciato una rapida occhiata al display, si allontanò qualche metro per rispondere. Considerata la sua tenacia, fui certa che al ritorno mi avrebbe rispedita dalla mamma e chissà quando avrei potuto rivederlo. Mi sarebbe piaciuto conservare un ricordo del nostro incontro, portare qualcosa con me che potesse ravvivarlo quando, col tempo, sarebbe sbiadito insieme agli anni della mia infanzia.

Dominata da un'inspiegabile angoscia, vidi il libro che giaceva abbandonato sulla panchina ed ebbi poco tempo per pensare. Con l'agilità di un cerbiatto scattai in avanti per afferrarlo, conscia che quel gesto avrebbe potuto mettermi nei guai.

Quando l'uomo chiuse la chiamata e tornò da me, si accorse subito del cimelio, vecchio e un po' consumato agli angoli, che stringevo tra le mani e scosse appena il capo; di rimando gli mostrai un sorriso furbesco.

«Hai sul serio intenzione di rubare il mio libro?» Si mise le mani ai fianchi nella stessa posa che assumeva la mamma quando stava per ammonirmi con una delle sue ramanzine.

«Non lo sto rubando. Me lo hai regalato.»

«Ah, sì? E quando?»

«Adesso.» Arretrai di qualche passo, nascondendo il bottino dietro la schiena.

Lui avanzò di poco, con discrezione; poiché gli arrivavo a stento alle cosce dovette piegare di molto il collo per guardarmi. «Bambina, fa' la brava e ridammelo.»

«No, ora è mio.» Inciampai su un sasso, ma per fortuna non caddi. Mi ricomposi subito, tenendo gelosamente il libro lontano dagli artigli del mostruoso gigante, al quale sarebbe bastato poco per afferrarmi e riprenderselo, tuttavia per qualche strano motivo non sembrava avere intenzione di agire.

«Dorothea.»

«Torno dalla mamma se mi lasci portare con me questo...» Non ricordavo come l'avesse definito quando ne avevamo parlato, «... *coso vecchio*.»

A un mio passo indietro ne seguiva uno in avanti dell'uomo. L'adrenalina del pericolo mi scorse nelle gambe tanto che vacillai, buttando fuori l'aria e raccogliendone altra con un certo affanno.

«Quel *coso vecchio* è il romanzo che stavo leggendo.» Si fermò, valutando se continuare a battibeccare con me o se lasciar perdere. «Mi appartiene e, come richiede l'educazione che a una bambina dovrebbe essere stata insegnata, dovresti rendermelo.»

«Perché è tanto importante?» Strinsi le dita attorno alla copertina ruvida. Forse avevo tra le mani qualcosa di davvero prezioso del quale non conoscevo il valore.

Avanzando ancora verso di me, lo sconosciuto uscì dal confine d'uggia che l'enorme quercia gettava sul terreno verdeggiante e il sole gli lambì la pelle sfumata di miele, valorizzandone il contrasto con la t-shirt bianca. «Non posso spiegartelo.»

«Allora lo terrò per scoprirlo.»

Lui si accarezzò con il palmo dalla bocca al mento, più volte, come se fosse un tic nervoso, poi chinò le spalle. «Okay, hai vinto. Sei testarda, è inutile proseguire», si arrese, tuttavia non cantai vittoria troppo presto perché, dai suoi oltre centonovanta centimetri d'altezza, mi puntò un dito sul quale incrociai gli occhi, determinato a stabilire un limite invalicabile. «Potrai leggerlo solo quando...»

«... 'avrò l'età per bere'», lo canzonai, febbricitante all'idea di possedere un nuovo gingillo con il quale dilettarmi.

«Esatto. Ora vai. Fila da tua madre.» Arretrò e quella corda invisibile che sentivo legarmi a lui si tese, per poi stringersi attorno a me in maniera soffocante. Stranamente non volevo che ci separassimo, anche se la mia angoscia, illogica e infantile, non aveva alcun senso. «E cresci», mormorò, prima di darmi le spalle e incamminarsi, con un'algente sicurezza, per il sentiero opposto al mio.

Sperai che si girasse, almeno un'ultima volta, come accade nei libri d'amore o nei film romantici in cui spesso i due innamorati non riescono a smettere di cercarsi neanche per un istante.

Ma quell'uomo non ebbe alcun ripensamento.

Non aveva un animo avvezzo al banale sentimentalismo né l'intenzione di donarmi l'illusione di sogni appassionanti.

Se ne andò e, dopo quel giorno, non lo incontrai più.

Distesa prona sul mio letto, con una sigaretta fumante tra le labbra, stavo leggendo proprio *Histoire d'O*, lo stesso libro di cui mi ero appropriata all'età di dieci anni e che non avevo mai letto prima per tener fede alla parola data a un perfetto sconosciuto.

Perché quel vecchio e polveroso romanzo era così importante per quell'uomo?

Non avevo più alcun interesse a scoprirlo; all'epoca ero stata soltanto una bambina curiosa, con l'incontenibile voglia di sapere e di conoscere il mondo, al di là di tutto ciò che vedevo o toccavo, ma a vent'anni le cose erano cambiate.

Io ero cambiata.

Ciononostante, il ricordo di quell'incontro, di quell'uomo e delle emozioni che avevo provato in sua presenza era ancora, dentro di me, nitido, elettrizzante, bruciante come la storia scandalosa ed erotica narrata nel romanzo che gli avevo sottratto e che aveva prodigiosamente migliorato il mio pessimo umore.

Probabilmente nessun'altra ragazza avrebbe considerato la storia di O amabile e interessante, soprattutto per le tematiche brutali trattate al suo interno: sadomasochismo, violenza, ubbidienza, sottomissione e amore. Un amore diverso da quello convenzionale che, spesso, non ammette trasgressioni particolari, considerate troppo difformi dalle regole o lesive del buon costume.

Non potei fare a meno di chiedermi quali fossero i principi morali da seguire nel sesso, se davvero il buon costume dovesse essere considerato anche in camera da letto o se fossero sufficienti la fiducia reciproca, il rispetto e il consenso per poter liberamente sfogare le proprie turbe sessuali, di qualsiasi natura esse fossero.

Furono domande alle quali, forse per la mia giovane età, non seppi trovare risposte esaustive anche se mi ripromisi che, presto, avrei indagato a fondo, magari con qualcuno che ne sapesse più di me.

«Leggi ancora quel libro?» Juliette si strinse attorno al girovita un cinturino di perle abbinato a un coloratissimo abito a palloncino. I capelli castani erano sollevati in due lunghi codini, le ciglia voluminose le incorniciavano due iridi color cappuccino, espressive e ammalianti. Quella ragazzina sembrava essere uscita da una favola con tanto di carrozza e castello incantato; le mancava solo il principe azzurro.

Soffiai il fumo verso l'alto, poi riportai gli occhi sul romanzo. «Sì.»

«Uhm… Credevo che non ti piacesse leggere. È bello sapere che anche tu ami i libri.»

«È meglio che tu non sappia che tipo di libri…» Ironicamente allusi al genere erotico di cui Juliette, forse, non conosceva neanche l'esistenza.

«Non importa che libri tu legga, Thea, importa che essi siano capaci di farti vivere la storia che raccontano.» Con nonchalance, si incamminò verso l'ampia portafinestra aperta che aerava l'intera stanza con una piacevole brezza. Uscì sull'ampio balcone e appoggiò i gomiti al parapetto, intenta a guardare qualcosa o qualcuno, come faceva ogni giorno, alla stessa ora.

Incuriosita, chiusi il romanzo e mi alzai per raggiungerla.

Con il mento posato sui palmi, Juliette era completamente incantata: lo sguardo assorto in chissà quali fantasticherie e la bocca incurvata in un sorriso sognante.

Per qualche minuto cercai di scorgere l'oggetto dei suoi segreti desideri, finché notai Mitchell Ryke scendere da una sportiva e lussuosa Bmw serie 8, splendente come un diamante. Richiuse la portiera lasciando l'auto al posteggiatore che il primo giorno aveva accolto anche me e la nonna, poi con il portamento di un perfetto gentiluomo sfilò a passo sicuro fino all'arcata dell'ingresso principale sparendo dalla nostra visuale.

«Oh, è così allora?»

Colsi di sorpresa Juliette che sussultò al suono della mia voce, poi si voltò e sbatté le palpebre agitata. «Cosa?»

«Ti piace l'avvocato Ryke.» Ridacchiai, con la sigaretta accesa tra le labbra mentre nugoli di fumo si condensavano nell'aria.

«Che dici, Thea!» si animò. «Assolutamente no!»

«No? Eppure hai un po' di bava. Proprio qui.» Le indicai l'angolo della bocca che Juliette si toccò immediatamente per accertarsi che non ce ne fosse. Al che scoppiai a ridere e lei si imbronciò, irritata.

«Sei davvero tremenda.» Si portò sul seno uno dei codini per giocare con le punte sottili, come faceva sempre quando era in imbarazzo. «È un uomo troppo grande per me e…»

«Ti ha notata.» Appoggiai una spalla al muro mentre aspiravo altra nicotina. «Ricordi l'ultima volta che l'abbiamo incontrato in corridoio? Per almeno cinque secondi si è soffermato sulla scollatura del tuo vestito.»

Lei sgranò gli occhi come se le avessi detto che avrebbe voluto possederla contro la statua di qualche divinità. «Non ti credo. Lui non potrebbe mai notarmi e poi...» Prese coraggio prima di seguitare: «... non mi interessa».

«Sì, certo...» la canzonai. «Se non ti interessa perché non fai altro che attendere le undici del mattino per vederlo arrivare?»

«Thea, per piacere.» Cercò di superarmi, ma mi interposi tra lei e la vetrata per intralciarla. La ragazzina sollevò la testa. Era più bassa di dieci centimetri, più graziosa e molto più esile di me. Tuttavia, godeva di una bellezza così pura e raffinata che non riuscivo a spiegarmi come mai fosse caduta nella spirale dell'anoressia, dalla quale stava tentando di uscire. Non ne avevamo ancora parlato, volutamente non le avevo mai posto domande a riguardo per evitare che lei le ponesse a me. Sapevamo di soffrire di un grave problema, simile e diverso al contempo, ma non era semplice condividerne la turbolenta fase di consapevolezza e la consequenziale accettazione.

Ognuna restava relegata nella propria sofferenza e l'affrontava come meglio poteva.

«Se ti piace, provaci. Mi pare sia single e poi somiglia a Thor, cazzo!»

Il mio commento dissipò la sua amarezza, che fu sostituita da un dolce sorriso. «Lo pensi anche tu?»

«Sì.» Era impossibile non notare quanto fosse simile al Dio del tuono: dal corpo muscoloso ai capelli biondi che portava semilunghi sulla nuca fino agli occhi azzurri che rievocavano un mare in tempesta. «E chissà com'è il martello che ha sotto...»

«Thea!» Juliette arrossì violentemente tanto da coprirsi le guance con i piccoli palmi. «Dai, non voglio pensare all'avvocato Ryke in quel... in quel modo...»

«Intendi dire nudo?»

«Esatto.»

«Invece pensalo. Sarebbe meraviglioso, prestante, forte, virile, passionale e...»

«Oh, santo cielo!» interruppe l'elenco dei generosi aggettivi dedicati a Mitchell. «Non sono mai stata con un uomo, okay?» Riuscì a superarmi ed entrò in camera, per sfuggire da me e dal mio sarcastico assalto.

«Be', neanch'io, piagnucolona.» Sebbene a differenza sua fossi sempre stata intrigata dalla possibilità di vivere una relazione con un uomo adulto e scoprire quali differenze ci fossero con la storia che avevo condiviso con Andy, non mi ero mai spinta oltre con nessuno eccetto che con il dottor Krugher.

«Intendo dire proprio con… con…» Gesticolò al centro della stanza, circuita da un'agitazione immotivata. «Con un maschio», strascicò l'ultima parola malvolentieri come se fosse un peso confessarlo.

Espirai un altro po' di fumo e rimasi a fissarla dal balcone, in piedi di fronte alla vetrata aperta. «Neanche con un tuo coetaneo?»

Lei abbassò il capo, rifuggendo il mio sguardo. «No.»

«Quindi sei vergine?» Rimasi impassibile di fronte alla rivelazione che per lei parve essere scottante, ma per me no: l'avevo intuito sin dal nostro primo incontro.

Juliette si mordicchiò l'interno della guancia e incrociò le braccia al petto per proteggersi da un mio eventuale giudizio. «Sì.»

«Cosa c'è di male? Io l'ho persa alla tua età.» Dopo un'ultima boccata di fumo, gettai la sigaretta di sotto sperando che non colpisse qualche ospite e, soprattutto, che nessuno se ne accorgesse, poi entrai in camera.

«Be', credo di essere l'unica a non aver mai fatto sesso.» Rassegnata, si sedette sul bordo del letto, sprofondando nell'ampia gonna dell'abito.

«Forse in questa clinica, ma non nel mondo.» Afferrai il romanzo che stavo leggendo e, con un segnalibro strappato infilato tra le pagine, lo deposi sul comodino con l'intento di finirlo più tardi.

«Tu sì che sai rincuorare le persone», mi irrise mentre con lo sguardo seguiva ogni mio movimento.

«Visto? Ho molte doti nascoste.» Frugai qua e là nell'infinito disordine che regnava nel lato della stanza che occupavo. Da un mucchietto di indumenti ammassati sulla poltrona presi una canotta rossa con le bretelle borchiate e la infilai sopra a una gonna a quadretti, grigi e neri, abbastanza corta.

«Tu… L'hai fatto con Andy Taylor?» A Juliette tremava la voce. Forse era la prima volta che parlava di sesso con qualcuno e questo la metteva a disagio.

«Sì, sui sedili posteriori della Range Rover di suo padre.» Mi sforzai di scacciare dalla mente il ricordo di me e del frontman dei Bright Demons, avvinghiati l'uno all'altra, in una banale serata estiva. Ero rimasta a cavalcioni su di lui per tutto il tempo, con le ginocchia che gli stringevano i fianchi e le unghie che gli graffiavano la nuca e le spalle.

Gli avevo chiesto di farmi sua in quella posizione; avevo insistito affinché si intrufolasse tra le mie gambe e si prendesse da me ciò che volevo cedergli. Andy si era rifiutato più volte, persino infuriato. Mi aveva chiesto di distendermi sotto di lui e di permettergli di procedere con calma perché non avrebbe voluto farmi male, ma io avevo respinto ogni sua rimostranza. Con determinazione, gli avevo afferrato il membro turgido, proteso oltre i jeans slacciati, per guidarlo nel fulcro del mio piacere, ignorando cosa fosse scomodo o doloroso per una vergine.

Lui era rimasto sorpreso quando avevo accolto con bramosia i sussulti di dolore, le stoccate energiche e le mani che, impazienti, mi avevano scostato le cosce per aumentare l'irruenza della nostra unione libidinosa. Tra gemiti e mugolii, piccole proteste e incitamenti, mi ero goduta la voluttà del momento, senza pentirmi di non aver dato peso alla mia prima volta, d'altronde sapevo che non sarebbe stata il massimo. Come non lo erano state le volte successive, nelle quali avevo preteso disperatamente di più, ma quel *di più* Andy non aveva mai saputo darmelo.

«E com'è andata?» Juliette tentò di spillarmi altre informazioni, pervasa dalla curiosità di approfondire – almeno in teoria – un'esperienza che non aveva condiviso con nessuno, ma che bramava di vivere.

«Ero un po' brilla, quindi non ricordo tutti i dettagli», mentii, per non rivelarle ciò che avevo scoperto nella più profonda intimità fisica e mentale.

«Oh...» Per un istante si ammutolì, soppesando la domanda successiva. «Ne eri innamorata?»

Mi voltai a guardarla, con in mano un paio di calze a rete che avevo pescato da un cassetto. «Se attendi di innamorarti per fare sesso, allora potresti rimanere vergine per tutta la vita.»

Lei si posò un palmo sul petto, sconcertata. «Quindi non lo amavi?»

«Non lo so», ammisi, con noncuranza. D'altronde avevo esposto lo stesso dubbio anche ad Andy, ripeterlo a Juliette non mi creava alcun problema.

Lei si guardò le cosce congiunte e i sandali alti che le fasciavano i piedi graziosi, persa nelle sue riflessioni. «Io non riuscirei mai a farmi toccare da qualcuno senza prima esserne coinvolta sentimentalmente...»

«Tu sei diversa da me, ma non per questo sei sbagliata.» Mi infilai le calze a rete, a seguire gli anfibi scuri e un collarino di velluto nero con una pietra luminosa a forma di goccia.

«Neanche tu sei sbagliata.»

Dopo essermi sistemata i capelli, lasciandoli sciolti e vaporosi, lanciai un'occhiata al romanzo che sporgeva dall'angolo del comodino. Rilessi il titolo e il nome dell'autrice, poi piegai le labbra in un sorriso sardonico. «Me lo auguro...»

Quel giorno era il secondo mercoledì che trascorrevo all'Asklepios, e non avevo dimenticato che ogni paziente avrebbe potuto sfruttare l'occasione per infilare un biglietto in uno dei cesti di vimini appesi al Teìchos ed esprimere un desiderio, un pensiero o qualsiasi fardello del quale avrebbe voluto liberarsi.

Dopo aver pranzato con le altre, Juliette mi domandò se avessi scritto qualcosa per il dottor Krugher, ma considerando ciò che era successo la settimana precedente con la poesia erotica, e la situazione imbarazzante che avevamo condiviso io e lui nel bagno della mia camera, non ero in vena di mettere le mie emozioni su carta. Erano talmente confusionarie che non avrei saputo esprimerle.

Trascorsi il pomeriggio con l'elegante stilografica stretta fra le dita e la chitarra in grembo per provare ad abbozzare il testo di una canzone, ma ogni riga che scrivevo, ogni parola che utilizzavo sembravano non essere mai abbastanza giuste, mai abbastanza a effetto o adatte per poter anche lontanamente pensare di imbastirci attorno una melodia. Al calar del sole, arresa all'idea che non avessi alcuna ispirazione, riposi la chitarra nella custodia e feci una lunga doccia rilassante mentre Juliette leggeva uno dei suoi romanzi rosa, distesa a letto. Non era una grande compagna di stanza: solitamente amava rinchiudersi nel proprio angolo di paradiso, in mezzo ai libri, dimenticandosi persino della mia esistenza. Per abbattere la noia, anziché contare su di lei, dovevo sempre trovare qualcos'altro da fare che, possibilmente, non implicasse l'infrangere le regole del posto, così, per tenermi lontana dai guai, stetti circa due ore al telefono con nonna Lizzie; la rassicurai sul mio soggiorno in clinica e le dissi che, se tutto fosse andato per il meglio, dopo quattordici settimane sarei tornata a casa.

Giunte le nove di sera, mi aggiravo per la camera come un'anima in pena mentre Juliette cominciava a irritarsi.

La ragazzina, distesa supina, con i piedi sul cuscino e il capo ciondolante dal bordo inverso del materasso, sbuffò seccata. «Thea, vuoi stare ferma? Guardarti mi fa venire il mal di testa.»

«Allora non guardarmi.» Soffiai il fumo nell'aria e fissai la cenere che consumava lentamente il filtro. Avevo quasi terminato il pacchetto di Lucky Strike; al suo interno rimanevano soltanto sei sigarette, perciò avrei dovuto farmele bastare per l'intera notte, soprattutto se l'avessi trascorsa insonne. «Ti va se usciamo a fare un giro?»

Lei inclinò buffamente il capo, torcendo appena il busto. «A quest'ora?»

«Non mi sembra ci siano divieti.» Anche quel mozzicone finì nel portapenne appoggiato sulla scrivania, la cui utilità ormai si era ridotta ad accoglierne circa dieci al giorno.

«Dove vorresti andare?» Si sedette a gambe incrociate e raccolse i folti capelli in uno chignon alto.

«Se resto ancora chiusa tra queste quattro mura, impazzisco. Ho bisogno d'aria.» E dicevo sul serio. Vivevo già una terribile situazione di instabilità emotiva, vedere il dottor Krugher, l'équipe medica e altre persone che non fossero il maggiordomo Hunberct e Juliette avrebbe dissipato la strana sensazione di soffocamento che avvertivo nel petto.

«Okay, fammi indossare le scarpe e usciamo.»

Dieci minuti dopo, io e Juliette stavamo percorrendo l'ampio corridoio, eccessivamente lussuoso e illuminato, per lo più vuoto a eccezione di alcuni addetti alle pulizie che avevano appena terminato le loro mansioni e ci passavano accanto con dei carrelli ricolmi di tutta l'attrezzatura che utilizzavano: stracci, secchi, scope, scalette. Chissà quanto personale era necessario per pulire una struttura così grande. Concedemmo un cortese «buonasera» a un uomo e a una donna prima di imboccare le scale per scendere al piano inferiore.

«Sai che ci stiamo dirigendo verso lo studio del dottor Krugher, vero?» Juliette non avrebbe dovuto neanche chiedermelo.

Per tutto il giorno avevo cercato tra i corridoi, le sale aperte e persino in giardino la presenza del medico, ma a volte sembrava si dileguasse nel nulla, come se fosse l'effimera proiezione di un sogno a occhi aperti. In alcuni momenti di follia, mi domandavo se esistesse davvero o se la mia mente mi giocasse brutti scherzi.

«Sì, lo so.»

La ragazzina mi afferrò per il polso, facendo tintinnare il bracciale della mamma. «Che intenzioni hai, Thea? Non riceve nessuno oltre l'orario stabilito.»

Ci fermammo in un punto imprecisato, poco distante dalla sua porta. «So anche questo. Voglio soltanto controllare se è ancora qui o se è tornato a casa.»

«Che ti importa?» Mi scrutò a fondo, negli occhi, per capire da dove provenisse tutta quella frenesia di vederlo. In realtà, sapevo esattamente cosa dirle, ma l'orgoglio mi impediva di confessarglielo apertamente. Mi schiarii la voce e guardai sulla parete un enorme quadro che rappresentava il famoso dio Pan, una divinità ellenica visceralmente legata alla natura e ai piaceri della carne. Sotto le fronde di una quercia antica, Pan era chinato su una piccola ninfa, distesa di schiena sul terreno, che tentava di sfuggirgli mentre la bestia le stringeva i fianchi manifestando una supremazia spaventosa e affascinante. Con le lunghe corna, le zampe irsute e gli zoccoli vistosi, Pan incuteva paura alla bellissima fanciulla, la cui espressione sul volto etereo tradiva quanto fosse terrorizzata dal suo aspetto ributtante. Tuttavia, un dettaglio abbastanza evidente parve creare una forte contraddizione con quell'ipotesi: le sue cosce erano divaricate, pronte a cedergli, ormai arrese all'imminente atto sessuale. In una lotta primitiva, l'essere caprino e la giovane ninfa erano sul punto di condividere il momento sublime della lussuria. Pan, con le unghie conficcate nella carne della ninfa, trasmetteva un irrefrenabile desiderio che niente e nessuno avrebbe potuto reprimere; la fanciulla, invece, slegata da qualsiasi pregiudizio o principio morale, si inarcava verso di lui pervasa dal panico ma anche da una carica erotica travolgente; ella era una meravigliosa creatura della natura destinata a essere dominata da Pan oltre ogni limite, senza poter sfuggire al proprio destino.

«Thea.» Juliette si accorse della mia distrazione e mi sventolò una mano davanti alla faccia. «Oh, cavolo…» Quando si accorse del mio sguardo illuminato da una genuina cupidigia dedusse ciò che non aveva bisogno di tante spiegazioni. «Lui ti piace? Cioè… il nostro dottore, *quel* dottore, ti piace?» le sfuggì un gridolino.

«Shh… Vuoi che qualcuno ti senta?» Le coprii la bocca per impedirle di urlare. Lei scosse la testa, bofonchiando qualcosa, al che la liberai.

«Oh, perdinci!» esclamò, sorpresa.

Arricciai il naso in una smorfia e tentai di capire che diavolo avesse detto. «È una specie di: 'Oh, cazzo'?»

«Sì», confermò; sembrava trafelata come se avesse corso a perdifiato. Forse la notizia l'aveva talmente scioccata da infonderle troppa agitazione.

«Be', allora dì: 'Oh, cazzo!'» Mi sbattei le mani ai lati delle cosce e lei rise divertita prima che una serietà improvvisa le strappasse via quell'attimo di gaudio.

«È sposato», mi rammentò, come se me ne fossi dimenticata. «Ed è troppo grande per te.»

Sospirai e mi avvicinai a lei per mormorarle il mio pensiero in tono sommesso: «Anche l'avvocato Ryke è troppo grande per te, ma questo non ti impedisce di aspettare sul balcone, come una Giulietta innamorata, in attesa che il suo Romeo si accorga di lei. E sai perché? Perché non stai facendo nulla di male, lo stai solo contemplando da lontano».

Juliette arrossì e strinse le labbra, gonfiando le guance come due palloncini. «E tu vuoi fare questo con il dottor Krugher? Contemplarlo da lontano?»

Trascorremmo vari secondi a fissarci; lei sperava che fossi sincera, ebbe la pazienza di attendere la mia risposta finché decisi di dirle la verità, conscia che l'avrei delusa. «No. Non solo.»

«Oh, cazzo!» Quella volta seguì il mio suggerimento, ma la sua boccuccia lo fece apparire meno aggressivo delle mie solite imprecazioni. «Tu sei folle», sussurrò. «Completamente folle.»

Scrollai una spalla e non negai. «Mi prendo ciò che voglio.»

«Be', non puoi prenderti chiunque. Devi valutare anche i rischi, i pericoli, le conseguenze… Lo conosci come medico, non come uomo, Thea. Non sai chi è o com'è fuori da queste mura, come non lo so neanch'io né nessun'altra ospite.» Indicò attorno a sé l'intera struttura. «Potrebbe essere diverso da come credi.»

«O potrebbe essere migliore.» Mantenni il punto sulla questione; testarda com'ero, sarebbe stato difficile farmi cambiare idea. Avevo bisogno di vivere le situazioni, di vivere le persone e di conoscerle a fondo prima di giudicarle o trarre le mie conclusioni.

«Farò finta di non averti sentita.» Juliette si tappò le orecchie in un gesto dispettoso.

Stavo per ribattere quando entrambe udimmo una voce maschile provenire dalla porta semiaperta dello studio. Mi tesi per sentire meglio, sollevai un indice sulle labbra per intimarle di non parlare e riuscii a distinguere il tono vivace e profondo di Mitchell.

«Oh, c'è anche il tuo amato avvocato», la sbeffeggiai; lei tentò di darmi una gomitata al fianco, ma per sua sfortuna ebbi il riflesso di indietreggiare giusto in tempo. «Andiamo.»

«Cosa? Dove?» bisbigliò con i piedi puntati per terra.

L'afferrai per il polso e la trascinai con me fino alla statua di Zeus dietro la quale ci nascondemmo.

«Fa' silenzio e ascoltiamo.»

Lei impallidì. «Oh, santo cielo. Se ci beccano è la fine.»

«Zitta.» Mi piegai sulle ginocchia e gattonai fino alla porta dal cui spiraglio passava un filo di luce; poi, restando carponi, accostai l'orecchio concentrata.

Dalla spessa barriera di legno percepii dei passi attutiti, come se qualcuno stesse camminando avanti e indietro nervosamente.

«Per poco, ieri sera, non perdevo l'orologio tra le gambe di Vanessa...» L'avvocato Ryke rise, ripensando probabilmente a un momento abbastanza perverso che aveva condiviso con una donna. Feci segno a Juliette di avvicinarsi, poiché l'argomento avrebbe potuto interessarle; lei mi raggiunse con la cautela di un ninja e restò timorosa dietro di me.

«Non potevi sfilartelo?» La voce del dottor Krugher mi colpì direttamente al petto, provocandomi una contrazione alla pancia. Era diversa da quella dell'amico: più intensa, stentorea, a tratti cavernosa, come se appartenesse a un uomo molto più grande della sua età. Aveva la capacità di riempire l'intero spazio, di far vibrare dolcemente il cuore e di artigliare violentemente la carne.

Un contrasto incredibile.

«In certe situazioni mi serve per limitarmi e non spingere troppo. Sai come funziona...»

«Mitchell», lo ammonì bonario, considerando il discorso poco adeguato al suo ambiente lavorativo. In quel momento compresi le insinuazioni di Sophie circa le conversazioni private tra l'avvocato Ryke e il medico. In passato, probabilmente le aveva origliate anche lei, in compagnia di Akemi, e ne aveva colto i contenuti proibiti.

«Che c'è? Non è colpa mia se le donne che incontro amano determinate pratiche...»

«Vuoi dire le stesse pratiche che ami anche tu?» L'intonazione del dottor Krugher fu meno impostata e più morbida, quasi divertita.

«O tu», ribatté l'avvocato, con vivo sarcasmo.

Juliette mi picchiettò un dito sulla spalla e sollevai la testa per guardarla dal basso. «Di quali pratiche stanno parlando?»

«Te lo spiegherò più tardi», mimai con le labbra; lei alzò gli occhi al cielo. Come avrei potuto parlare a una vergine degli aspetti più estremi del sesso senza sconvolgerla? Oltretutto non ero certa di aver davvero intuito l'oggetto del discorso tra i due uomini, ma le affermazioni di Mitchell non lasciavano spazio a molte teorie.

«Te l'ha chiesto lei?» I passi continuavano a susseguirsi, in modo lento e deciso, senza che riuscissi a capire di chi fossero. Avrei dovuto sporgermi di più per vedere chi dei due era in piedi, ma decisi di aspettare e di essere cauta.

«Mi ha chiesto molto altro. Non credevo fosse così audace. La prima sera era timida e riservata. Pensavo che ci avrei impiegato mesi per portarmela a letto, invece...»

«Invece ti ha sorpreso», concluse il dottor Krugher per lui.

«'Sorpreso' ha una connotazione troppo positiva, lo sai che non mi lascio sorprendere più da nulla. Oserei dire che mi ha colto all'improvviso.» La risata di Mitchell fu gioviale e beffarda. «Insomma, fuori dall'*Himeros* è difficile trovare una donna che, mentre sei sul punto di penetrarla, ti chieda di fermarti perché preferisce un *fisting* all'atto sessuale...»

Io e Juliette ci guardammo per una frazione di secondo; lei aveva un'espressione confusa, io invece confermai i sospetti che in quel momento non avrei potuto esporle, anche se la mia curiosità fu catturata principalmente dalla parola *Himeros*.

Che diavolo era?

Sentii formicolare le dita delle mani, posate per troppo tempo sul pavimento freddo, perciò mi sedetti sui talloni per sfregare i palmi tra loro, restando attenta al dialogo in corso.

«Alcune donne hanno una buona predisposizione fisica per certe pratiche, sebbene siano più o meno estreme. Spesso il fatto che vengano considerate molto piacevoli deriva dal bisogno di ascoltare il proprio inconscio o i desideri a esso connessi e di lasciar emergere un senso di sicurezza al quale consegue l'eccitazione sessuale non più inibita. È un bene che Vanessa te l'abbia chiesto. Personalmente ho sempre ammirato le donne che vivono la sessualità in maniera del tutto libera.» Il dottor Krugher la lodò, sperando che l'amico avesse trovato finalmente la sua dolce metà.

«Potresti evitare di psicanalizzare le donne con cui esco, per favore?» Mitchell non sembrava esserne infastidito, eppure colsi un pizzico di irritazione celato dietro un velo d'amichevole ironia.

«Scusami. Deformazione professionale», rispose l'altro con pacato disinteresse, ormai abituato a estendere la propria conoscenza anche alle situazioni che esulavano dal lavoro che svolgeva.

Un silenzio meditativo interruppe per qualche minuto la loro conversazione.

Io e Juliette eravamo pronte a scappare qualora uno dei due avesse raggiunto la porta per uscire dallo studio, ma non udimmo nient'altro che un flebile sospiro.

«Efrem...» Dal tono serio, Mitchell parve essere pronto ad affrontare una questione molto più impegnativa delle semplici trasgressioni della sua amante. «So che quanto sto per dirti non ti renderà felice, ma dovresti tornare all'*Himeros*.»

«Mi sono sposato, Mitchell. Ho fatto una scelta.» Il dottor Krugher mostrò una fermezza imperativa. Che avesse un'indole forte e tenace era molto evidente dai suoi atteggiamenti sicuri, dal timbro inflessibile e dallo sguardo penetrante, spesso imperscrutabile. Sin dal primo momento, la nonna lo aveva definito caparbio e, mai come allora, fui pienamente d'accordo con lei.

«Hai fatto la scelta sbagliata, e lo sai anche tu. Non esistono peccati al mondo che non si possano espiare e la soluzione non è di certo il matrimonio.»

«Sai cosa dice sempre padre Albert a mia moglie? Che la certezza del perdono risiede nel pentimento. E in me non ve n'è traccia, Mitch», affermò cupamente tanto che rabbrividii per la forza oscura che percepii sulla pelle. «Mi conosci da vent'anni. Ero un ragazzino quando ho iniziato...»

«... e non sei più te stesso da quando hai smesso.»

«Provo a non pensarci.» Le parole del medico furono permeate da una calma tensione. «Conosco varie strategie per evitare la deplezione del mio autocontrollo. Ho una grande forza di volontà.»

«La tua forza di volontà non sarà sufficiente, Efrem. Non sei soltanto uno psichiatra, sei anche un uomo. A volte io non ti capisco.» L'avvocato Ryke batté una mano su una superficie solida, forse sul bracciolo della poltrona. «Ti stai punendo ingiustamente. All'*Himeros* non fanno altro che chiedermi di te e, quando dico che ti sei sposato, mi guardano con sgomento. Eri l'unico a capire i loro traumi e le loro esigenze. Eri il loro punto di riferimento. Nel profondo, lo sei ancora...»

«Non provare a persuadermi, Mitch.» Il dottor Krugher alzò la voce per sopraffare l'amico; la sua pazienza stava per esaurirsi. «Ricordi cosa mi ripete sempre Giselle, vero? 'Il Diavolo pensa di essere l'artefice dei più grandi peccati, ma se conoscesse le tue nefandezze cambierebbe idea'. Tornare in quel posto per me sarebbe esiziale, nonché irrimediabilmente dannoso...»

Sussultai e mi mossi turbata sulle ginocchia.

Quali nefandezze aveva commesso?

E chi diamine era Giselle?

Memorizzai quel nome femminile, riflettendo sulla possibilità che fosse sua moglie, anche se ebbi la sensazione che stesse parlando di un'altra donna.

Guardai Juliette in cerca di aiuto, ma lei scrollò le spalle, ignara di tutto quanto me.

«Efrem, non potrai reprimere te stesso ancora a lungo, sebbene ti sia convinto di poter essere un uomo morigerato e un marito perfetto per la francesina che hai sposato...»

«Basta, Mitchell, è stata una giornata intensa. Sono stanco.» Il dottor Krugher trasudava rassegnazione più che stanchezza: le sue parole avevano un significato molto più ampio di ciò che sembrava.

«Cosa accadrebbe se la tua vera natura iniziasse a scalpitare e a esigere di riprendere il dominio su di te come accadeva un tempo? Ci pensi mai?» Sentii un fruscio strano dall'altra parte della porta, come se Mitchell stesse indossando un indumento, forse una giacca o un soprabito.

«Ci penso sempre...»

«E allora, oltre ad ascoltare i tuoi pazienti, inizia ad ascoltare anche te stesso. Credo che tu ne abbia bisogno.»

A causa della mente obnubilata, non mi resi conto dei passi che stavano incedendo proprio verso di noi. Juliette mi afferrò per un gomito per incitarmi ad alzarmi. Il panico ci investì come un'inarrestabile valanga di neve. Sconvolta dalla miriade di domande che mi orbitavano nella testa, non riuscii a issarmi né a fuggire prima di evitare il peggio.

Mitchell spalancò la porta e ci colse lì, col volto cereo e le membra immobili, come due ragazzine ficcanaso e consapevoli di aver commesso un grave errore.

Uno dei tanti.

L'avvocato alternò lo sguardo dall'una all'altra.

Spinta da un impeto di improvviso coraggio, Juliette si voltò verso la statua di Dioniso mentre io rimasi in ginocchio, con un'espressione a dir poco imbambolata.

«Molto bene. Questo sì che è sorprendente», ironizzò l'uomo.

Risvegliandomi dal mio stato di trance, finsi di tastare il pavimento alla ricerca dell'accendino. «Dove diavolo è finito?»

«Oh, Thea! Guarda che bel corpo Dioniso!» Juliette mi indicò la divinità fingendosi stupefatta. «L'artista che l'ha realizzato è stato davvero bravissimo, non credi?»

Nel frattempo, Mitchell aveva incrociato le braccia al petto per godersi il nostro patetico tentativo di salvare il salvabile. D'altronde si dice che la speranza sia l'ultima a morire, ma nel nostro caso neanche un miracolo sarebbe stato sufficiente.

«Sì, sì, eccezionale...» continuai a cercare sul marmo lustro, come se avessi smarrito qualcosa di prezioso finché, per errore, non toccai la punta di una scarpa nera, estremamente lucida ed elegante. Percepii un inconfondibile profumo aromatico, nobile, che in breve tempo saturò l'aria e mi confermò la presenza dell'affascinante uomo a cui avevo pensato per tutto il giorno.

Chiusi gli occhi, presi un ampio respiro, poi li riaprii sollevando il capo su un corpo così vasto da poter competere con quello delle numerose statue della clinica. In piedi, sull'uscio dello studio, accanto a Mitchell, il dottor Krugher gravò pesantemente su di me col suo sguardo duro, tanto da bloccare il movimento dei miei arti e farmi balzare il cuore in gola. Mi rimisi seduta sui talloni, i capelli cascarono ai lati delle braccia seguendo i contorni della mia piccola sagoma e mi sfiorarono la sommità delle natiche coperte dalla gonnellina. Con sfrontatezza, restai a guardarlo per fargli capire che non avevo paura di lui – non troppa perlomeno –, poi accennai un sorrisino tirato per cercare di ammorbidire la sua espressione austera, che rimase terribilmente flemmatica.

Oh, oh... guai in vista!

«Dorothea. Juliette. Cosa state facendo?» I solchi delle sue rughe si accentuarono in maniera torbida, gli zigomi si infossarono per il modo in cui serrò la mascella e le iridi luccicarono di un bagliore sinistro.

«Aspetta.» Mitchell lo fermò dal petto. «Sono sicuro che hanno una spiegazione. Lasciamole parlare...» Dal suo ghigno derisorio, parve interessato alla situazione ridicola nella quale ci eravamo cacciate; non vedeva l'ora di ascoltare con quale banale scusa avremmo provato a raggirarli.

«Be'... ecco...» Juliette tentò di trovare le parole opportune per giustificare la nostra presenza nel corridoio isolato. «Spiegavo a Thea le meravigliose caratteristiche di Dioniso.» Senza guardare la statua, distese il braccio che finì per indicarne il membro nudo. I due uomini notarono il punto incriminato: il dottor Krugher inarcò un sopracciglio, all'apparenza indifferente; l'avvocato Ryke si mostrò più intrigato e colse l'occasione per divertirsi un po'.

«Ah, sì?» Pensieroso, si portò una mano alla bocca per accarezzarne gli angoli. «Quali esattamente?»

Juliette si accorse di aver erroneamente puntato l'indice sui genitali esposti della divinità e ritrasse il braccio, imbarazzata. «Dicevo a Thea che...» Si schiarì la voce per proseguire con meno impaccio. «... Dioniso era l'emblema di tutto ciò che è primordiale: gli istinti, l'estasi, l'ebbrezza. Egli ha uno spirito divino e selvaggio, per questo è considerato l'essenza stessa del creato. Rappresenta l'aspetto istintuale di ogni essere vivente, la parte irrazionale che persiste anche nell'uomo civilizzato, il quale non può sopprimere a lungo il suo vero essere, poiché gli impulsi naturali potrebbero esigere di esplodere in maniera violenta. Dotato di una saggezza provvidenziale e di una potente inclinazione alla sregolatezza, è stato definito il dio della contraddizione e dell'ambiguità per via non solo dell'anima indomita, ma anche delle sue numerose relazioni amorose, sebbene alla fine abbia scelto di sposare Arianna», snocciolò d'un fiato, come se avesse inghiottito un manuale di mitologia, lasciando a bocca aperta il dottore e l'avvocato.

Approfittai del mutismo dei due uomini per sollevarmi in piedi mentre Mitchell rifletteva sulle parole di Juliette e il dottor Krugher ne studiava attentamente la gestualità animata e le espressioni facciali.

«Che descrizione appropriata, non trovi?» L'avvocato Ryke si rivolse all'amico che, nel frattempo, emanava una forza così perturbante da rischiare di far piegare di nuovo le mie ginocchia sul pavimento. Il dottor Krugher ricambiò lo sguardo dell'altro soltanto per pochi attimi, durante i quali i due condivisero un flusso di pensieri indecifrabili, finché io emisi un piccolo sospiro che incitò il medico a girare gli occhi nella mia direzione. La sua sola presenza oscura e imponente bastava per intimorire me e chiunque altro, senza distinzione. Circondato da un contemplante fascino che investiva la realtà di una dualità ancora incomprensibile, ebbe il potere di creare un nodo di temibili emozioni dentro di me, tanto che la tensione mi indusse a schiudere le labbra sulle quali la sua attenzione indugiò più del dovuto.

«Sono curioso di sapere il resto. Cos'altro spiegavi a Thea?» Mitchell continuò a incalzare Juliette, mettendola visibilmente in difficoltà. Sia io che il dottor Krugher volgemmo lo sguardo su di lei mentre si torturava le dita delle mani strette in grembo.

Con un'ostinazione che presagiva ulteriori danni, la ragazzina alzò il capo e tentò di improvvisare: «Le dicevo anche che da Dioniso derivano i cosiddetti misteri dionisiaci, ovvero dei riti finalizzati a celebra...»

«Basta, Juliette!» Il dottor Krugher la interruppe bruscamente, stanco della sua farsa. «Stai mentendo con un'abilità sorprendente, peccato che con me non funzioni. Che ti sta succedendo? Non è da te comportarti in questo modo.» Le si avvicinò e in quel momento vidi tutto il terrore riaffiorare sul visetto dolce della mia compagna di stanza.

«A volte vorrei avere anch'io una laurea in psichiatria, così da decifrare con chiarezza quando le donne sono interessate a me e non al mio portafogli», ironizzò Mitchell, ma il dottor Krugher non parve intenzionato a dargli corda e preferì zittirlo con un'occhiata feroce.

Prima che la situazione precipitasse e che Juliette pagasse ingiustamente a causa mia, decisi di fare un passo avanti e di intervenire.

«In realtà è colpa mia», mi intromisi per fronteggiare l'uomo più intelligente ed enigmatico che avessi mai conosciuto. «Volevo uscire a fumare una sigaretta. So che in camera è vietato, la portafinestra del balcone è bloccata, forse per un guasto momentaneo, quindi ho chiesto a Julie...» usai un nomignolo per risultare più convincente, «... di accompagnarmi fuori.»

Fermo di fronte a Juliette, ma voltato verso di me con le mani sui fianchi, il dottor Krugher esaminò il mio abbigliamento, osservò le ginocchia arrossate visibili dai rombi delle calze a rete, poi i palmi vuoti. «Ma davvero? E dov'è il tuo pacchetto di sigarette, Dorothea?»

Accidenti!

Mi costrinsi a non imprecare a voce alta; indossavo una gonna e non avevo neanche tasche nelle quali fingere di averlo nascosto.

Mi mordicchiai il labbro e mi tenni lo stomaco, presa da un attimo di nervosismo durante il quale temetti di rigettare il poco cibo che avevo ingerito nell'ora di pranzo. «Ascolti, io...»

«Ascoltami tu, Dorothea.» Il suo sguardo divenne penetrante, così pericoloso che ricacciai indietro qualsiasi sciocchezza stessi per dirgli. «La cosa che più odio al mondo, dopo la disubbidienza, è l'essere sottovalutato o preso in giro. Questo è ciò che entrambe state cercando di fare, anziché ammettere umilmente la verità, scusarvi e tornarvene in camera.»

«Infatti volevo…»

«Volevi cosa?» Si girò totalmente verso di me; la sua altezza statuaria incombette sulla mia figura minuta anche a distanza. Se si fosse avvicinato avrei considerato l'idea di scappare come la peggiore delle codarde. «Confessare che avete origliato dei discorsi tra adulti che, in quanto tali, dovrebbero rimanere privati?»

La sua voce rimbombò tra le pareti.

Arretrai fino a sbattere i glutei contro una colonna dorica. «Io non… cioè, non era…»

«Efrem, la stai spaventando.» Mitchell venne verso di me e subito ne approfittai per nascondermi dietro di lui proprio come una bambina bisognosa di protezione.

L'avvocato Ryke mi fece da scudo senza temere alcunché. Il dottor Krugher rimase a osservare la scena, percependo l'atteggiamento dell'amico come una grave mancanza di rispetto, poiché non avrebbe dovuto interferire con ciò che stava accadendo. «Non è successo nulla di grave. Sono certo che non commetteranno più lo stesso errore.»

«Mitchell, non è con l'indulgenza che trasmetto la mia disciplina.» Rannicchiata dietro l'ampio corpo dell'avvocato, feci spuntare la testa di lato mentre quest'ultimo, con una pacifica limpidezza, ribatteva a tono: «Neanche la rabbia o l'eccessiva severità sono una valida alternativa, sai?»

Se Juliette era impietrita, Mitchell non sembrava per niente disposto a mettere fine a quel dibattito divergente. Più basso del dottor Krugher soltanto di due centimetri, ma con una corporatura più muscolosa, tese i nervi e si mise sulla difensiva. Tuttavia, non volevo che discutesse con l'amico a causa mia, perciò mi armai di tutta la determinazione che avevo ereditato dalla nonna e decisi di uscire dal mio momentaneo nascondiglio per affrontare la situazione.

«Allora vuole davvero sapere la verità, dottore?» Superai l'uomo che aveva tentato di proteggermi e mi fermai a pochi passi dal medico; lo fissai negli occhi, quei bellissimi occhi che sembravano ardere di sconvolgenti segreti e che similmente erano capaci di riconciliare il caos alla razionalità. «Volevo vedere lei!» Intinsi di tante emozioni quell'infantile confessione. Mi sentivo confusa, umiliata, attratta e… sedotta. Sedotta dal suo profumo inebriante, dal completo raffinato che gli avvolgeva i muscoli, dai capelli neri sempre così ordinati, dalle labbra scolpite, dalla mascella prominente, dallo sguardo sapiente e severo.

Mi stava seducendo dal primo giorno che mi aveva vista, senza fare nulla, senza finte promesse o false aspettative, eppure non sapevo come contrastarlo, come fermarlo, come impedirgli di insinuarsi dentro di me senza il mio permesso.

Un riflesso di placida vulnerabilità scacciò via le nubi della sua rabbia prima che sospirasse e si toccasse il viso. Non gli andava bene. Non gli andava affatto bene ciò che avevo detto, ma se desiderava la verità allora avrebbe dovuto anche accettarla.

«*Fluch*», mormorò a se stesso. Doveva trattarsi di una parola in tedesco, forse un'imprecazione che aveva preferito non far udire ad altri.

Juliette non osò fiatare; l'avvocato Ryke invece, fermo accanto a me, mi riservò uno sguardo carico di biasimo. Dalla sua compassione compresi che mi considerava soltanto una povera ragazzina che aveva proiettato le proprie fantasie su un uomo del quale non sarebbe mai stata degna. Tuttavia io non volevo la sua pietà né quella di nessun altro, perciò, piena d'orgoglio, riportai in luce la vecchia Thea, la ragazza che non avrebbe mai perso tempo in inutili struggimenti d'amore.

«Volevo vederla perché...» soggiunsi, nel tentativo di rimediare. «Ho bisogno di lei. Mi ha detto che avremmo parlato con calma di ciò che è successo ieri...» Mi riferivo al mio stupido gesto commesso nella vasca da bagno, d'altronde era stato lui a salvarmi da conseguenze irreparabili e fatali.

Il dottor Krugher mi fissò per secondi che mi parvero eterni: voleva capire se stessi mentendo o se davvero ci fosse una giustificazione così importante dietro il mio desiderio di vederlo. Non avrei mai potuto rivelargli che quel desiderio, in realtà, cresceva giorno per giorno, mi tormentava ogni notte e proveniva da un fragore interiore tra libido e ragione che, scontrandosi tra loro, davano vita a una lotta smisurata.

Una pulsione dirompente e selvaggia che lui risvegliava con il minimo battito di ciglia.

No, mi avrebbe cacciata via se glielo avessi detto!

«Bene», rispose con un'intonazione dura ma arrendevole. «Domani, alle tre e mezzo del pomeriggio ci incontreremo davanti al Tèichos. E parleremo. Gradirei che non tardassi, Dorothea.»

Con gli occhi sgranati, le gote illuminate e il sorrisino incredulo di chi aveva conquistato una piccola vittoria contro un uomo così difficile, annuii energicamente tentando con tutta me stessa di non svenire dalla gioia...

17
Thea

La passione della lussuria sarà servita;
essa pretende, essa milita, essa tiranneggia.
MARCHESE DE SADE

ERO elettrizzata.

Mi sentivo come una quindicenne in attesa di incontrare il ragazzo dei propri sogni nei corridoi della scuola, anche se la persona sulla quale, in quel periodo, fantasticavo, e non molto romanticamente, era un uomo di ben diciassette anni più di me, sposato e con un figlio.

Insomma, è vero che al cuore non si comanda, ma il mio era in procinto di generare danni enormi, irreparabili, apocalittici.

Dopo una notte insonne trascorsa a leggere e un'intera mattinata a chiedermi quando sarebbe arrivato il momento di rivedere il dottor Krugher, incapace di tenere a freno l'impazienza ero giunta sul luogo del nostro incontro con circa venti minuti d'anticipo. Malgrado il sole intenso e il caldo asfissiante, avevo le dita fredde, le tempie pulsanti e il volto pallido, scavato da foschi pensieri. Come una qualsiasi fanciulla al suo primo appuntamento – se così potevo definirlo –, stavo annegando in uno stato di torbida agitazione mitigata, a fasi alterne, da un senso di beata eccitazione che mi faceva sorridere ogni due secondi senza alcun apparente motivo. Non mi sarei mai aspettata da parte sua una resa così improvvisa, eppure qualcosa dentro di me mi incitava a stare in guardia perché, in qualche modo, avrebbe potuto riservarmi una terribile punizione per aver fatto l'impicciona il giorno prima.

«Sicura che posso lasciarti sola?» Juliette inclinò il capo a sinistra per lanciarmi un'occhiata complessiva. Mi aveva consigliato di indossare un abitino leggero, categoricamente nero come piaceva a me, morbido sui fianchi e stretto in vita. Orlato da due bretelle sottili, aveva una leggera scollatura che mostrava la congiunzione dei seni, il cui contorno era messo in risalto dall'aderenza del tessuto. Su insistenza della mia compagna di stanza avevo rinunciato alle calze a rete, sostituendole con una giarrettiera di pelle con un cerchio di metallo sulla coscia destra, mentre ai piedi calzavo i miei inseparabili anfibi.

«Sì, certo.»

«Ti stanno tremando le gambe, Thea.» Notò come ciondolavo da una parte all'altra senza riuscire a stare ferma.

«Lo so. Mi capita quando sono nervosa.» Per non parlare dello stomaco che si restringeva attorno al nulla, perché avevo saltato il pranzo a causa delle continue ondate di nausea.

Juliette mi appoggiò le mani sulle spalle per placare i miei movimenti convulsi. «Sta' calma. È soltanto il nostro dottore.»

«Sì, il dottore più attraente, tenebroso e severo del mondo. Pensi che qualcun'altra al mio posto riuscirebbe a rimanere calma?» Forse così avrebbe riflettuto sull'origine della mia eccessiva ansia.

La ragazzina si mise una mano sulla fronte per pararsi dal sole mentre la sua bellissima pelle color cappuccino riluceva sotto l'intenso bagliore. «Be', in effetti è una situazione difficile, ma approfittane. Non succede tutti i giorni di ricevere la sua totale attenzione.»

Spinsi in alto il push-up e le feci l'occhiolino. «Ho preparato l'attrezzatura, anche se è piccola potrebbe tornarmi utile», scherzai.

Juliette puntò gli occhi sul mio petto per una breve valutazione. «Credo che a tutti gli uomini piacciano le tette, a prescindere dalla loro misura.»

«Lo credo anch'io.» Condividemmo un'intima solidarietà femminile finché trascorsero, troppo velocemente, anche quei cinque minuti che ci separavano dalle tre e mezzo: orario in cui il dottor Krugher mi avrebbe raggiunta.

«Forse è meglio che io vada.» Juliette si guardò attorno per individuarlo da qualche parte, ma di lui non vi era traccia.

«Sì. Ti ha già detto che con te parlerà domani, è meglio se non ti trova qui», concordai.

Lei annuì, sorridente e tenera com'era sempre, poi si sporse per darmi un bacio sulla guancia e corse via per il giardino, lasciandomi da sola con il grande Tèichos alle mie spalle.

Una piccola folata di vento smosse i cestini di vimini che oscillarono appena sotto il peso delle coloratissime fresie che spuntavano oltre la bordatura realizzata a mano. Il fruscio delle foglie e il cinguettio degli uccelli riempivano il silenzio della natura; più in là, nel laghetto, l'acqua zampillava dall'àncora sbilenca posta come trofeo su una serie di pietre che, oltre a essere decorative, le fungevano da valido sostegno. Nessun altro rumore parve sovrastare il battito del mio cuore, che, con un ritmo funesto, sembrava agitarsi peggio di una falena impazzita. Mi cinsi il girovita con un braccio, sollevai l'altro per accarezzarmi il collarino viola e tentai di fare dei lunghi respiri per calmarmi. I miei capelli, di un fitto biondo dorato, assorbirono il calore del sole scaldandomi la schiena, mentre una leggera patina di sudore iniziò a farmi luccicare la pelle in vari punti del corpo.

Non sapevo se stessi sudando più per le forti emozioni o per la temperatura primaverile particolarmente alta, in ogni caso sperai di mantenere un aspetto presentabile finché lui fosse arrivato.

Mi mordicchiai la cuticola del pollice, raccolsi due gocce gemelle dal collo e mi immobilizzai quando sul selciato che lastricava una parte del giardino avvertii la presenza di qualcuno. Non era necessario vederlo, percepivo la sua aura oscura, come un potente flusso di energia che mi respingeva e attraeva a sé con una forza incontrastabile. Fissai i mattoncini bianchi del Tèichos, aspettando che lui fosse abbastanza vicino prima di girarmi. Sentii le guance infiammarsi, il petto esporsi maggiormente a causa del respiro incalzante e le gambe indebolirsi tanto che faticai a restare dritta.

«Dorothea.»

Mi voltai quando la sua voce mi solleticò l'anima come una sinfonia inebriante. Era composta, cupa eppure ardente di un'intrinseca virilità. Con la maestosa clinica dietro di lui, il dottor Krugher imperava su un sorprendente sfondo verdeggiante come se fosse un'antica divinità raffigurata da un eclettico pittore; il suo viso, scevro di dettagli spiacevoli e repleto di carisma, surclassava persino la bellezza dei fiori più meravigliosi.

«Finalmente è arrivato. Lo sa che non si fanno aspettare le signore?» Non mi stupii che indossasse gli occhiali da sole; avevo notato da tempo che aveva dei problemi con la luce, soprattutto se troppo intensa o accecante. Avrei potuto chiedergli il motivo, ma considerai di farlo al momento opportuno.

«Le 'signorine', vorresti dire.» Avanzò di qualche passo finché la sua enorme figura riuscì a ombreggiare la mia, fornendomi un fresco riparo dai raggi roventi. «E comunque io sono avvezzo alla puntualità; sono le tre e mezzo precise. Tu da quanto sei qui?»

«Da qualche minuto, circa.» Fui vaga. Non mi sembrava il caso di dirgli che avevo atteso ore intere prima di incontrarlo e che ero giunta all'appuntamento con lauto anticipo.

«Bene.» Con pacato vigore mi porse una pesante felpa di lana, grigia con delle cuciture bianche. «Indossa questa, per favore.»

Guardai il suo braccio teso verso di me e per poco non scoppiai a ridergli in faccia. «Sta scherzando, vero?»

Con il camice bianco che gli copriva le spalle ampie e scendeva inamidato fino alle ginocchia, restò in attesa che accettassi l'indumento mentre nell'altra mano, rilassata oltre il fianco, stringeva una bottiglietta d'acqua. «Ti sembro il tipo di persona che possa prendersi gioco di te?»

«Forse le crea problemi il mio vestito? È troppo corto?» Lo era indubbiamente. Lui vagliò il mio abitino per alcuni secondi. Riuscii a percepire la potenza del suo sguardo e i marchi infuocati che lasciò al suo passaggio, come se la pelle scottasse su ogni minimo lembo; mi feci piccola, talmente piccola che non osai aggiungere altro.

«Reputo che sia troppo corto, ma non mi crea problemi. Non hai niente di diverso che non abbia già visto altrove.»

Non sapevo se essere offesa o delusa dalla sua pessima osservazione. «Non è molto bravo con i complimenti, a quanto vedo.»

Lui parve essere compiaciuto dal mio evidente fastidio. «Potrei esserlo se volessi, ma non è appropriato rivolgerli a una mia paziente.»

«Quindi è questo il motivo?» insistei, sperando di snocciolargli qualcosa di più, magari che mi trovava carina o che anche lui sentiva delle strane sensazioni all'altezza del petto quando eravamo insieme.

«Dorothea.» Dal modo in cui espirò dalle narici, ero certa che non voleva sentire alcun tipo di provocazione da parte mia. «Non farmi pentire di averti proposto di incontrarci, per giunta fuori dall'orario stabilito dalle regole. Mi fa piacere ascoltarti, ma solo nel limite in cui ciò che mi esponi sia pertinente al mio lavoro e alla tua condizione psico-fisica. Chiaro?»

Deglutii l'amarezza derivante dalle sue parole e mi sforzai di non contraddirlo. «Chiaro.»

«Ora indossa la felpa», ingiunse, con fermezza.

Risi con insolenza e sfregai la scarpa su un piccolo mucchietto d'erba come se ne stessi pulendo la suola, poi ragionai sulla sua richiesta assurda. «Quindi non sta scherzando?»

«Nient'affatto», confermò assertivo.

«Siamo in California ed è aprile.» Sollevai i palmi con incredulità.

«Ci sono circa ventisette gradi qui fuori.» Era già tanto che lui riuscisse a sopportare il camice, oltre ai pantaloni scuri e alla camicia elegante, perciò non avrei potuto accettare di coprirmi con una felpa invernale.

Le sue labbra assunsero una piega ancora più dura. «So quanti gradi ci sono, ma ciò non toglie che se vorrai parlare con me, oggi, dovrai indossarla.»

«Lei è completamente fuori di testa, cazzo!» Persi del tutto la pazienza. «Cos'è? Una specie di giochetto mentale al quale vuole sottopormi? Io me ne vado!» Lo superai colpendogli con la spalla l'avambraccio rigido. Era così alto che non avrei potuto raggiungerlo neanche con una scaletta. Marciai verso la clinica, sentendo il cuore pesante a ogni passo che mi allontanava da quell'uomo inflessibile e cocciuto, finché la sua voce arrestò il mio furente atto di ribellione.

«Se te ne andrai, non ti concederò altre occasioni di parlarmi.» Con la solita freddezza, mi espose la conseguenza inevitabile del mio gesto. Mi fermai, chiudendo gli occhi, sopraffatta dalla rabbia, dall'orgoglio e dall'indecisione. Cosa avrei dovuto fare? Ignorare il suo assurdo ordine oppure tornare indietro, stringere i denti e assecondare la sua evidente follia per scoprire dove mi avrebbe condotta? Mi voltai appena per guardarlo da sopra una spalla; lui era fermo lì, fiero, possente, sicuro di sé e padrone della situazione anche quando questa rischiava di sfuggire al suo controllo. Ero troppo giovane per lasciarmi guidare dalla ragione, troppo giovane per resistere al richiamo del pericolo, tanto che mi rigirai e in un batter d'occhio fui subito da lui.

«Okay.» Gli strappai la felpa di mano e la indossai. «Vediamo che tipo di giochetto vuole fare.» Richiusi la cerniera fin sotto il mento. Era larghissima, avrei potuto ballarci dentro; dal profumo sconosciuto non sembrava appartenere al dottor Krugher né a qualcun altro che conoscessi.

«Brava, forse iniziamo a intenderci, io e te.» Mi guardò dall'alto al basso, soddisfatto della mia ubbidienza e del modo in cui la felpa, al limite delle natiche, lasciava visibile l'orlo del vestito e la giarrettiera di pelle che lui osservò senza esprimersi.

«E adesso?» gli domandai con l'irritazione di una bambina capricciosa che aveva ceduto alla forza dell'istinto.

«E adesso andiamo.»

Mi lasciai condurre standogli alle spalle. Insieme varcammo il grande arco di ferro ornato interamente da piante rampicanti. Nonostante l'atmosfera fosse alquanto fiabesca, io e il dottor Krugher eravamo lontani dai perfetti stereotipi del principe e della principessa; non c'era nulla di favolistico in noi, nulla di simile alla realtà fallace e menzognera delle storie d'amore.

Noi eravamo per lo più qualcosa di bizzarro.

Vivevamo una vita di spine, rose nere e satiri spaventosi.

Ninfe fuggitive, bambini con la lingua aggrovigliata e venuste statue punitive.

Segreti nascosti dietro una corona d'alloro e trasgressioni occultate da un tempio dorico.

Il dottor Krugher camminò più lentamente per permettermi di raggiungerlo.

«Allora…» Non sapevo esattamente cosa dirgli, soprattutto perché lui se ne stava in silenzio, con lo sguardo errante su un tappeto di fiori e le labbra sigillate in una quiete idilliaca. «Da quanti anni è sposato?»

Gli occhiali da sole mi impedivano di scorgere le sue iridi verde acqua, tuttavia fui certa che mi avesse lanciato un'occhiata avversa. «Questo non è pertinente al mio lavoro, Dorothea.»

Ovviamente doveva ricordarmelo, anziché mostrarsi disponibile a raccontarmi qualcosa della sua vita privata, ma fui temeraria e decisi di non lasciarmi scoraggiare. «Non può semplicemente rispondere?»

Un sorriso impertinente gli scolpì la bocca. «Vuoi parlare di mia moglie?»

«No!» Soffocai il disappunto, non ero interessata a sapere di lei. Il solo pensiero che esistesse una moglie con cui trascorreva le giornate o giaceva nel letto ogni notte non mi rendeva affatto felice. «Le ho soltanto chiesto da quanto è sposato.»

«Tre anni», rispose con un sospiro compiacente.

Rallentai appena i passi, tentando di non stargli né troppo lontana né troppo vicina. «Solo tre?»

«Ti sembrano pochi?» La sua risata incantevole mi accarezzò la spina dorsale. Infilò una mano nella tasca del camice e guardò una panchina vuota. «Mio padre sostiene che il matrimonio provochi un'unica grande conseguenza.»

«Quale?»

«Una vita di tribolazioni.» Di nuovo sorrise, declamando un evidente pessimismo. «Ecco cosa non dice il prete ai futuri coniugi.»

Avida di curiosità, decisi di porgli un'ulteriore domanda, fin troppo incauta. «Allora se non è felice perché non divorzia?»

Il dottor Krugher mantenne il suo piglio serio e indifferente, per niente scosso dalla mia invadenza. «Non ho detto di non essere felice, Dorothea.»

«Ma è ciò che sembra...» Mi tolsi alcuni capelli dalla faccia mentre un calore intenso iniziò a condensarsi sotto la pesante felpa. «Lei è...» Trattenni il groviglio di desideri che mi si annidava nella pancia quando avvertivo l'essenza del suo profumo, a ogni piccola folata di vento. «Lei è un bell'uomo. Insomma, non sarò la prima a dirglielo, credo che lo sappia già. Potrebbe avere tutte le donne del mondo, divertirsi ogni notte e fare tanto sesso con chi vuole senza preoccuparsi di una moglie a casa ad aspettarla. Ha scelto una vita in catene, quando invece avrebbe potuto essere libero...»

Lui rallentò la camminata e io percepii il suo sguardo attraversare le lenti scure per cercare il mio. «Quindi riduci tutto all'aspetto estetico? Un bell'uomo non dovrebbe sposarsi per non precludersi la possibilità di intraprendere relazioni sessuali con altre donne?»

I gorgheggi degli uccelli che intonavano canti melodiosi cambiando intonazione, le panchine desolate, i fiori vivi e illuminati dal sole... Tutto ci avvolse in una calma solenne e indisturbata nella quale aleggiavano solo le nostre voci.

«Un bell'uomo non è mai fedele.» Ripresi a seguirlo, l'orlo della felpa mi sfiorava le cosce sulle quali iniziò a formarsi un lieve umidore. «Senza offesa, eh.»

«Non mi offendo.» Per un attimo strinse le labbra in una linea pensierosa. «Cosa ti porta ad associare la bellezza all'infedeltà?»

«Non si può amare la stessa persona per tutta la vita, soprattutto nel suo caso. Lei è una specie di divinità dall'aspetto mozzafiato. Se ne rende conto, cazzo? Le basterebbe schioccare le dita per far inginocchiare una donna ai suoi piedi.» Avrei potuto essere più delicata, ma la spontaneità era una mia caratteristica e sperai che al dottore non infastidisse.

«Dorothea...» Puntualmente mi redarguì; non sapevo se per il complimento o per il turpiloquio.

«Non le piace la parolaccia? O la mia considerazione su di lei?» Giocai con le maniche lunghe della felpa che mi coprivano interamente le mani. Frattanto, nel cielo terso si addensarono delle grosse nuvole, curiose anche loro di assistere al nostro buffo dialogo.

«In questo contesto non mi piace l'improperio. Evitalo.»

«Non so se ci riesco.» Sbuffai. «Comunque lei è d'accordo con il mio pensiero o no?»

«Purtroppo no.» Estrasse dalla tasca una caramella al limone, ma avendo l'altra mano occupata dalla bottiglia d'acqua non poté scartarla. «I tradimenti non hanno nessuna attinenza con l'aspetto estetico e coinvolgono tutti in ugual misura. Siamo abituati a credere che si tradisca per appagare il piacere sessuale o quando i sentimenti nei confronti del partner si spengono, ma ci sono tanti altri motivi che inducono una persona a sfogare altrove le proprie pulsioni o esigenze emotive.» Rimise la caramella in tasca e continuò a superare ogni panchina vuota come se la nostra meta fosse ancora lontana.

«Per esempio?» Notai un certo affanno nel mio respiro, ma rimasi attenta a lui, ai suoi movimenti che riuscivano a pizzicare le parti più intime del mio corpo.

«Per esempio l'insoddisfazione nella relazione, che spesso può dipendere dall'incomprensione, dalla mancanza di ascolto o di dialogo, dai modi di vivere o di pensare del tutto diversi...»

Distrattamente iniziai a mangiucchiare l'unghia dell'indice, grattando via con i denti i residui dello smalto nero. «Mi sta dicendo che lei ha tradito sua moglie per questo motivo?»

Il dottor Krugher si fermò in maniera così brusca che mantenni una distanza di sicurezza; i suoi lineamenti si plasmarono in un'espressione avversa. «Non travisare ciò che ti espongo per indurmi a confessarti cose che non ti riguardano.»

Malgrado mi avesse scoperta, tentai ancora di centellinare qualche dettaglio in più della sua vita privata. «Quindi lei è un uomo fedele?»

Lui si guardò attorno, puntò il sentiero che avremmo seguito e riprese a camminare. «Mia moglie conosce a fondo la mia personalità. Esistono uomini a cui il collare e il guinzaglio calzano a pennello, altri a cui invece stanno stretti. Io rientro tra quest'ultimi.»

Dovetti accelerare un po' per non restare indietro. «È una metafora, vero?»

«Oppure una condizione reale. Dipende dai punti vista.» Non mi sfuggì la nota peccaminosa nel suo timbro sonoro, tanto che mi scaldò il ventre.

Mi schiarii la voce e mi sforzai di rimanere impassibile, di non figurarmi nella mente l'immagine di uomini che, carponi come animaletti addomesticati, passeggiavano al guinzaglio accanto a un'affascinante Mistress o a un avvenente Master. «Quindi è fedele o non è fedele?»

Il dottor Krugher si leccò il labbro inferiore, rendendolo più lucido al bagliore del sole. «Ciò che sono oggi è diverso da ciò che ero ieri o da ciò che sarò domani, pertanto non potrei darti una risposta certa. È tutto mutevole.»

Perplessa, scossi il capo e mi asciugai la fronte con una manica; le sue risposte indecifrabili erano esasperanti almeno quanto quel caldo infernale. «Cazzo, lei è proprio bravo a confondere le idee.»

«O a chiarirle.»

«E anche a farmi venire mal di testa.»

«O a metterla a posto, la testa. D'altronde il mio lavoro consiste in questo.»

«Santo cielo, dibattere con lei è impossibile!»

«È difficile, ma non impossibile», mi corresse con fare saccente. «Stiamo dibattendo da ormai… un quarto d'ora», si divertì a prendermi in giro, fin quando notò qualcosa che attirò il suo sguardo. «Aspettami qui.»

Lo vidi allontanarsi per raggiungere un rigoglioso cespuglio di violette e sradicarne una con i petali di una diabolica tonalità borgogna tendente al nero, diversa dalla solita colorazione lilla. Dondolandomi sulle gambe, lo attesi pazientemente sotto l'ombra di un albero finché tornò da me e gentilmente mi mostrò le delicate corolle. «Hai mai visto una violetta nera?»

Mi sporsi così tanto da annusarne il profumo piacevole, ma non sensuale quanto quello dell'uomo che la reggeva. Pensai di abbandonarmi a un'intima dichiarazione per confessargli che la sua essenza, fresca e inebriante, era così forte da sopraffare anche quella del piccolo fiore e così invadente da accarezzarmi dolcemente l'olfatto, ma mi limitai a fissare le lunghe dita maschili, curate ed eleganti, che stringevano il peduncolo. «No, mai.»

«La violetta è il fiore più amato dai greci, un tempo ne esaltavano la delicatezza tanto da renderla uno dei simboli della grandezza di Atene. Un antico mito narra che essa fosse il fiore preferito di Zeus. Il dio era innamorato della ninfa Io, ma per proteggerla dalla gelosia della moglie Era la trasformò in una giovenca bianca. Quando la ninfa pianse per la sorte inflittale, Zeus trasformò le sue lacrime in violette che solo lei aveva il permesso di assaggiare.»

Osservai attentamente il movimento lento delle sue labbra carnose, il modo in cui la lingua ciondolava tra i denti così dritti e bianchi, la mascella volitiva e la pelle brunita sugli zigomi nobili. La bellezza del dottor Krugher era talmente ipnotica che avrebbe soggiogato chiunque.

«Anch'io potrei correre lo stesso rischio della povera ninfa?» Non riuscii a guardare nient'altro che lui. La più grande meraviglia del mondo era lì, proprio davanti a me, tanto che mi fu impossibile volgere gli occhi altrove.

Il medico, chinandosi verso il mio viso arrossato, e non solo per il caldo, accostò la bocca alla mia che, tremula, si schiuse in trepidante attesa di scoprire cosa avesse intenzione di farci. Immaginai che avrebbe potuto vellicarla con la lingua, viziarla con movimenti rudi o indurmi a cedergli con l'appassionante desiderio che mi aveva già infuocato le viscere. Nonostante le terribili conseguenze di quel gesto, gli avrei permesso di spogliarmi anche lì, nel bel mezzo del parco, e di introdursi sotto le mutandine, se solo avesse voluto. Tuttavia, il mio sogno scoppiò come una bollicina di sapone quando, con un sorriso seducente, parve cogliere ogni sfumatura delle mie impudiche fantasie e si limitò a restare fermo, senza avvicinarsi di più. «Se farai la brava bambina, Dorothea, ti spetterà una sorte ben diversa da quella della piccola Io...»

Deglutii rumorosamente, posando lo sguardo sui soffici capelli neri, resi luminosi dagli aculei iridescenti del sole. Una ciocca più lunga gli si adagiò sulla lente sinistra; repressi l'istinto di sistemargliela. Lui intuì i miei pensieri e la pettinò all'indietro con le dita, poi con l'altra mano mi porse la violetta più per liberarsene che non per cerimoniosa galanteria. Ormai sconnessa dalla realtà, l'accettai senza distogliere lo sguardo dal suo volto.

Annusai i petali scuri e sbattei le ciglia con fare lezioso. «Lo sa che non sono una brava bambina, vero?»

Il dottor Krugher rise; la fossetta gli punteggiò la guancia sinistra e a me venne voglia di accarezzargliela. «Con un po' di disciplina lo diventerai.»

«E se non volessi?»

«Nella situazione in cui siamo non conta ciò che tu vorresti, ma ciò che io decido sia meglio per te.»

«E cosa è meglio per me?»

«Comportarti da paziente e affrontare i tuoi problemi.» Di nuovo si allontanò e di nuovo mi ritrovai a seguirlo come se fosse una sorgente di luce che rischiarava il buio tutt'attorno.

«Guardi che mi sto comportando da paziente da quando ho messo piede in questa fottuta clinica!» Mi irritai, sopraffatta da un momento di rabbia e delusione. Per un attimo avevo creduto che potesse baciarmi, concedermi una fugace possibilità di sentire le sue labbra sulle mie, invece tutto ciò che avevo ottenuto era stata una semplice violetta nera con il gambo stritolato nel mio pugno.

Era frustrante desiderare qualcosa che non potevo raggiungere.

«Non alzare la voce con me.» Si voltò e la sua stazza gigantesca sortì esattamente l'effetto che voleva. Tacqui e lo fissai con un broncio che gli manifestava tutto il mio malumore. «Anziché fare i capricci, dimmi cos'è successo l'altro giorno in quel bagno. Cerca di rendere producente quest'incontro.»

Sollevai così tanto le sopracciglia che per poco non mi arrivarono all'attaccatura dei capelli. «Io dovrei renderlo producente?»

«Chi altro sennò? Sono qui per ascoltarti e, poiché non vuoi che ti ponga domande, sto aspettando che tu mi dica cosa ti frulla in quella testolina.» La indicò con un indice e accennò un sorriso che potesse affievolire il mio muso lungo. Mi sforzai di restare seria, di mostrargli il mio fastidio finché spontaneamente gli angoli della bocca mi si incurvarono verso l'alto.

«Prima di parlarle posso togliere questa felpa?» Sentivo un nauseante afrore provenire dalla mia pelle. Stavo sudando, il caldo non mi aiutava a tollerare l'indumento pesante e il vestito ormai mi si era appiccicato addosso.

«No.» Fu categorico.

Maledizione!

«Perché?» mi lagnai disperatamente.

«Perché la toglierai quando te lo dirò io.»

«Lei è troppo dispotico, lo sa?» gesticolai, agitando la povera violetta da una parte all'altra.

«Con una come te non potrei comportarmi diversamente.»

«Non è questa la ragione.» Sfiorai la cerniera con la voglia di abbassare la zip, ma desistetti per non imbattermi in una reazione turbolenta del medico. «Lei è davvero così; con me si diverte solo a rimarcarlo.»

Il dottor Krugher si sfregò la barba bruna, riflettendo su ciò che gli avevo detto. «Be', è un'ottima osservazione.»

Cavolo, lo sapevo!

«Che stro…» Le ultime lettere mi morirono sulla punta della lingua quando mi fulminò con un'occhiataccia. Anche se non potei vederla, l'avvertii trapassare le lenti scure e colpirmi dritta sul petto con un monito chiaro e coercitivo.

«Dorothea, è bene che tu sappia una cosa molto importante.» Il suo timbro divenne serio, più basso e torbido. Mi si avvicinò, imponendosi su di me con la sola presenza, tanto che arretrai di qualche passo per non esserne schiacciata. «Se ti rivolgerai a me ancora una volta con termini offensivi, di qualunque genere, ordinerò a Hunberct di chiamare un taxi per te e di accompagnarti fuori dalla mia clinica. Non sono un tuo parente, né un tuo amico né una persona con la quale ci sia la confidenza opportuna per adottare un linguaggio che eccede in una sguaiata scurrilità.» Si chinò accanto al mio orecchio, la barba mi graffiò lo zigomo. «Sono stato sufficientemente chiaro o vuoi indurmi a mostrarti il peggio di me?» bisbigliò con elegante crudeltà.

Fissai il colletto semiaperto della camicia, incapace di incrociare le sue iridi celate. Gli fui grata che indossasse gli occhiali, perché non avrei potuto sopportare la sua disapprovazione e la forza con la quale me la stava sbattendo in faccia.

«La confidenza di toccarmi sotto la maglietta è ammessa?» Lo affrontai senza remore, lasciando traboccare l'orgoglio. D'altronde ricordava anche lui cos'era successo, il modo in cui mi aveva accarezzata e al contempo stretto il fianco per farmi boccheggiare di piacere e dolore. «Non che ne sia dispiaciuta, vorrei solo capire come funzionano le sue regole…»

Non ci fu nessuna reazione, soltanto un lieve deglutire che non potei associare a una sensazione di disagio quanto a un semplice stimolo fisiologico. Quell'uomo sembrava immune dalle emozioni che, di solito, governavano gli stati d'animo di ogni essere umano. «L'ho fatto per te, non per me. Per aiutarti a comprendere ciò che alla fine hai compreso.»

«Cioè che le piaccio?» tentai di sdrammatizzare soltanto per nascondergli l'imbarazzo e l'umiliazione che permeavano dentro di me. Non era una bella sensazione subire i suoi rimproveri, soprattutto in un modo così freddo e austero.

«Cioè che, se vuoi infliggerti dolore, dovresti imparare a non farti del male. Male sul serio, intendo.» Svitò il tappo della bottiglietta d'acqua e decise di berne un sorso. Ne seguii il movimento, bramando di strappargliela di mano e abbeverarmi anch'io fino all'ultima goccia.

«Allora quel giorno volevo farmi male sul serio.»

Dopo essersi dissetato, il dottor Krugher rimase rigido a fissarmi, sfavillando come una statua di marmo sotto il luccicore del sole. «Non è un argomento sul quale scherzare.»

«Non scherzo affatto. Le sto solo dicendo che…»

«Basta!» si alterò mettendomi subito a tacere. «Pensi di essere stata coraggiosa? Che il tuo gesto ti faccia onore? Arrendersi è l'atto più vile che una persona possa commettere. La vita è un dono, Dorothea. Tua madre vorrebbe che tu te lo ricordassi.»

Mi sentii ferita nel profondo. Nessuno, tantomeno lui, avrebbe dovuto permettersi di parlare di lei. Non riuscii a tenere a freno la rabbia, gli occhi divennero lucidi di lacrime. «Non parli di mia madre, non ne ha il diritto!»

«Tu credi? Perché sei qui, allora?» Strinse nel palmo la bottiglia di plastica che emise uno scricchiolio crepitante dovuto alla forte pressione.

«Perché l'ha preteso mia nonna!» Stavo soffocando nell'enorme felpa che a ogni secondo che passava diventava una fonte di calore insopportabile; la collera poi ne fomentava la fastidiosa sensazione.

«Non mentirmi, sai che non puoi. Dimmi la verità.»

Indietreggiai e lui avanzò senza lasciarmi alcuna via di fuga. Dove potevo scappare? Ero nel bel mezzo di un grandissimo parco, lontana dall'ingresso della clinica. «La smetta!»

«Dimmi perché sei qui, Dorothea.» Il dottor Krugher torreggiò su di me, mi braccò con la sua autorità e cercò di blandirmi con un tono comprensivo ma ingannevole, come se volesse persuadermi a confessargli qualcosa che non volevo e che, tuttavia, sperava di udire.

«No...» Protesi le mani in avanti per bloccare il suo lento incedere. Urtai la schiena contro l'enorme corteccia di un pioppo che gettò le sue ombre asimmetriche sui nostri corpi.

«Forza, Dorothea, devi solo ammetterlo a te stessa.» Si fermò prima che i miei palmi potessero sfiorargli il torace. Le fronde oscillarono a un soffio di vento che mi accarezzò le cosce nude e mi concesse un attimo di sollievo dall'arsura primaverile. I miei capelli si impigliarono alle sporgenze spigolose del ruvido fusto, le spalle e i glutei vi si posarono contro per alleggerire la tensione che circolava nelle gambe, mentre dei rovi selvatici mi graffiavano i polpacci.

«Perché io...» Gli fissai le labbra, rinvigorite dal sorso d'acqua, di un vivo rosa carne che invitava a leccarle. «Perché io ho bisogno...»

«Di me», sussurrò con un'intonazione solenne tanto che rabbrividii per la potenza celata dietro quella verità che non avrei mai ammesso. «È di me che hai bisogno. Io sono qui per aiutarti. Non ti sono nemico. Non voglio che tu pensi questo, nel modo più assoluto.»

«Poco fa ha detto che vuole sbattermi fuori dalla clinica...» Una connessione così intima mi fece assaporare sulla lingua il suo nome:

Efrem. Ne sentii l'eco nella mia immaginazione senza pronunciarlo. Avrei voluto distruggere la barriera dell'eccessiva formalità che ci divideva, ma sapevo che non avrebbe ben accolto la mia iniziativa.

«Soltanto se continuerai a mancarmi di rispetto», chiarì con un timbro rasserenante. «Voi giovincelle ascoltate solo ciò che vi conviene, eh?»

«Be', voi adulti vi arrabbiate per niente.»

«Ti sembra 'niente' insultarmi o provocarmi?»

«Provocarla?» ironizzai, passando in rassegna vari modi interessanti con i quali avrei potuto indurlo a cedermi. «Ancora non ho cominciato, dottore...»

Lui mi schernì con un sorriso eloquente che non mostrava alcuna preoccupazione. «Non essere così sicura che con me funzioni.»

«È un uomo, o sbaglio?» Nervosamente infilai le dita sotto la giarrettiera di pelle per giocarci mentre con l'altra mano reggevo la violetta che, con ogni probabilità, avrei conservato gelosamente anche se si fosse essiccata.

«Sono diverso dagli altri uomini. Non è semplice ammaliarmi.»

Che fosse un uomo difficile da conquistare l'avevo già intuito, tuttavia, se avessi scoperto il suo punto debole, avrei scorto in lontananza la remota possibilità di colpire nel segno e di ottenere ciò che speravo.

«Cosa l'attrae allora?»

Il dottor Krugher sospirò pesantemente; credevo che stesse per imprecare, ma tutto ciò che fece fu allontanarsi per confinarsi nella sua seria compostezza. «Con te non dovrei neanche affrontare questo discorso, è fuori luogo. Basta così.» Si grattò la fronte in un gesto di evidente irritazione e indietreggiò ancora, facendomi mancare il suo profumo fresco. «Siamo qui per parlare di te e di ciò che è successo due giorni fa, non per perdere tempo in sciocchezze.»

L'amarezza delle sue parole parve gelare l'aria tanto che mi incupii. «Le sembra che stiamo perdendo tempo?»

«A te, no?»

«Quando sono in sua compagnia, il tempo è prezioso, non sprecato.» Non ero mai stata così sdolcinata neanche con Andy; era chiaro che considerassi quella situazione col medico un semplice gioco. Rivolgergli frasi mielose, sorrisi languidi, complimenti stucchevoli faceva parte di un piano appositamente studiato per non impazzire, per restare lucida durante le mie settimane di permanenza all'Asklepios e anche per realizzare l'infantile desiderio di abbattere la sua resistenza, di vedere un uomo adulto piegarsi al mio volere; il fatto che avessi scelto l'esemplare maschile più irraggiungibile del pianeta rendeva la sfida ancora più eccitante. Nessuno mi aveva mai respinta o rifiutata, dal canto mio non mi ero mai davvero innamorata di qualcuno ed ero certa che non sarebbe successo neanche con lui: uno psichiatra sposato e padre di un bambino. Insomma, malgrado fossi molto giovane, non ero così sciocca da credere di poter legare la mia vita alla sua. Io sognavo di diventare una rockstar, di viaggiare per l'America o per il mondo, se avessi potuto, di divertirmi con la mia band e di imbattermi in tutte le esperienze che ancora non avevo vissuto. Il dottor Krugher sarebbe rimasto soltanto un piacevole ricordo che, pian piano, avrei segregato in un cassetto della memoria che non avrei più aperto. Tuttavia, pensare all'eventualità di dividermi da lui e di non rivederlo più mi provocò una potente fitta al cuore, tanto che mi mancò l'aria, pur non sapendone il motivo.

Che diavolo mi stava succedendo?

«Dorothea, ti senti bene?» Lui si accorse della mia espressione assorta e mi affrettai a ristamparmi un sorriso malizioso sul volto.

«Benissimo, anche se puzzo di sudore da far schifo. Posso levare questa dannata felpa?» La strinsi in un pugno e la tirai per allontanarla un istante dalla pelle appiccicaticcia.

«Più continui a chiedermelo, più te lo vieterò. Quindi smettila.»

In decoroso silenzio, scarpinammo per altri quindici minuti. Stanca e disidratata, trascinai i miei passi con affanno mentre lui mostrava una resistenza invidiabile. Forse era uno sportivo, un uomo dedito ad abitudini sane e a un'alimentazione salutare, d'altronde da un medico non potevo aspettarmi niente di diverso; io invece mi sentivo rinchiusa in un'ampolla bollente nella quale sarei sopravvissuta finché, a causa del cocente calore, il vetro non mi fosse esploso in faccia. Non ce la facevo più a stargli dietro, avevo bisogno di spogliarmi, di bere un litro d'acqua e di fare una doccia rinfrescante.

«Penso che morirò...» commentai alle sue spalle, affidandomi alle poche forze rimastemi. «Mi fanno male i piedi.» Esausta e incurante che lui fosse d'accordo, mi lasciai cadere al suolo, sotto l'uggia di un grande pioppo. Distesi in avanti le gambe appena distanziate e mi appoggiai sui palmi. Il dottor Krugher si fermò con un velo di apprensione sul volto artico.

«I piedi?» ripeté riflessivo. «Fammi vedere.» Tornò indietro e si chinò sulle ginocchia; il bordo del camice si depose come un elegante mantello sull'erbetta morbida e il suo buon profumo si fuse al mio, decisamente meno fragrante.

«No!» Tentai di sgambettare contro di lui per respingerlo e impedirgli di toccarmi, ma il medico, senza alcuna fatica, mi ghermì la caviglia per immobilizzarmi. La sua stretta fu tenace, abbastanza da farmi comprendere che non gli importava un'accidenti del mio dissenso. La sua volontà agguantò la mia e la sottomise, con la sicurezza di chi l'aveva fatto milioni di volte con altre donne. Tenendo il capo basso, slacciò lo stivaletto e me lo sfilò. L'aria calda mi lambì la pelle dolente mentre lui esaminava il livido violastro sul profilo dell'alluce, poi mi torse appena la gamba per controllare un punto della caviglia sul quale si stava formando una disgustosa vescica. Il mio volto si irrorò d'imbarazzo. Non era così che avevo previsto di farmi notare da lui: sudata, scarmigliata e in uno stato talmente pietoso che neanche il vestitino sexy che indossavo mi avrebbe aiutata ad apparire seducente.

«Dovresti evitare di portare gli anfibi per troppe ore. Questi ti calzano anche stretti.»

Piegai la gamba sotto di me per sottrarmi alla sua vista; il dottor Krugher rimase con i gomiti sulle ginocchia e la mia scarpa penzolante da due dita.

«Sono un regalo della mamma...» mormorai, con la violetta in grembo e la schiena ricurva. «Nessun altro paio di anfibi, per me, avrebbe lo stesso valore.» A volte parlavo senza rendermi conto di quanto fosse importante condividere i miei ricordi. L'unica persona alla quale avessi mai aperto il cuore era nonna Lizzie, anche se con il dottore ero sempre pericolosamente vicina a rivelare cose della mia vita che non riuscivo a raccontare ad altri.

«Custodire 'qualcuno' in eterno è uno dei più grandi desideri dell'essere umano...» Il medico osservò la mia scarpa leggermente sporca di terra, perso nei suoi pensieri. «L'uomo deve imparare ad accettare la caducità delle cose belle, poiché la precarietà è il senso stesso della vita.»

Non era sempre facile comprenderlo, tuttavia tentai di seguire la logica del suo ragionamento. «Crede che sia facile accettare la scomparsa di un genitore?»

«Cerca di cogliere l'ambivalenza di ciò che ti sto dicendo. La caducità non riguarda soltanto le cose belle, ma anche quelle brutte o nefaste. Se tutto ciò che è bello fosse eterno, non dovrebbe esserlo anche tutto ciò che è doloroso?» Fluttuai sulle note della sua voce, riflettendo su quelle parole scienti, frutto di una maturità superiore alla mia. «Il mondo necessita di un equilibrio, perciò propone all'uomo un compromesso: ogni cosa ha un termine. Sia la felicità che il dolore.»

Piegai le dita del piede nudo per attenuarne la rigidità e fissai gli occhi sulle sue lenti scure. «Be', allora ciò che sto vivendo sembra che non abbia fine, mi creda...»

«Qualsiasi situazione viviamo ha una fine pur mantenendo il proprio valore, Dorothea. Non bisogna rinunciare a chi si ama soltanto perché non c'è più, altrimenti ciò significa che non potremmo dare valore a niente poiché, purtroppo, nella vita tutto è perituro.»

«Non riesco a capirla...»

Il dottor Krugher posò sull'erba il mio stivaletto per permettermi di prenderlo, ma rimasi immobile con le cosce scoperte, gli arti stanchi e il petto ansimante. «Il dolore è un insegnamento: ciò che il lutto distrugge, la vita ricrea. Tua madre è morta, ma non sopravvive attraverso un paio di scarpe. Sopravvive attraverso il valore che tu dai al vostro legame giorno dopo giorno, sopravvive attraverso l'amore che continui a nutrire nei suoi confronti e finché lei sarà lì dentro...» Indicò la mia testa. «E lì.» Abbassò l'indice sul cuore. «Continuerà a vivere per l'eternità, nessuno te la porterà via. Neanche la morte.»

Dopo avermi instillato un pizzico di speranza, lo vidi alzarsi, innalzarsi al di sopra di tutto.

Col mento alto e lo sguardo occultato, lui poteva guardare oltre qualsiasi cosa gli si palesasse davanti.

Al dottor Krugher non bastava osservare il cielo.

Cercava l'infinito, volgeva tutti i sensi all'orizzonte, perché lì avrebbe trovato le sue risposte.

Con l'andatura maestosamente fiera, raggiunse una panchina poco distante da me e la natura parve rinvigorirsi al suo passaggio.

Gli alberi divennero più verdeggianti, i fiori si aprirono con egregia lentezza come se fossero le cosce tornite di una donna che, divinamente abbagliata dalla sua bellezza, attendeva di accoglierlo, nel corpo e nell'anima.

Il dottor Krugher profumava di primavera, ma custodiva dentro di sé il fuoco spossante della calura estiva.

Non era un uomo come gli altri, forse non apparteneva neanche al nostro mondo.

Lui era energia mistica, vita e libertà.

Un abisso di enigmi.

Un oscuro mistero, più grande della morte stessa.

«Vieni qui.» Quando si sedette, mi fece segno di raggiungerlo. Avrei dovuto percorrere soltanto pochi metri, ma guardai il piede dolente ragionando sull'impossibilità di alzarmi.

«Come faccio? Mi fa male.» Lo accarezzai col palmo come una bambina che cerca di curare, senza alcuna esperienza, una ferita sanguinante; il dottore posò la bottiglia d'acqua, accanto a sé, sul bordo della panchina e la mia espressione tradì l'avido bisogno di acciuffarla e trangugiarla tutta.

«Puoi gattonare se vuoi.» Ebbe l'ardire di proporre un'alternativa che, sebbene potesse apparire risolutiva, risultò anche molto ambigua, soprattutto perché detta con una sfacciata malizia. Il messaggio era chiaro: *Hai sete? Allora gattona da me perché non ti verrò incontro.*

Mi misi sulle ginocchia e fissai la scarpa, esitando a indossarla, poi osservai di nuovo l'uomo seduto a pochi passi da me. «Lei non è un medico normale, lo sa?»

«Lo so.» Parve divertito all'idea che me ne fossi accorta così tardi. Accavallò una gamba, sotto una serie di pois proiettati dai flebili raggi del sole che filtravano tra le foglie, e attese che decidessi cosa fare. Mi aveva costretta a indossare una pesante felpa, mi aveva indotta a camminare per alcuni chilometri sotto il sole cocente e, in quel momento, mi stava offrendo la possibilità di dissetarmi soltanto a una condizione: sottomettermi.

«Mi sta punendo, vero?» intuii con un sorriso protervo. «Per aver origliato il suo discorso con l'avvocato Ryke. È ovvio», pensai a voce alta, conscia che lui mi avrebbe ascoltata.

Sui tratti virili calarono delle ombre che parvero nascondere qualcosa di torvo, qualcosa che mi affascinava e a cui segretamente anelavo. Allora considerai che, se aveva intenzione di punire me, io avrei punito lui, allo stesso modo. Con sfrontatezza, slacciai la felpa fino allo sterno, mostrando il collarino lilla e la scollatura provocante dell'abito. Mi piegai carponi, sentendo l'aria calda lambirmi le natiche, e gattonai verso di lui, incedendo piano, con un oscillare dei fianchi che non sfuggì alla sua silente attenzione. Senza una scarpa, sudata e con i lunghi capelli che, come due morbide tendine, mi coprivano i lati del volto, percorsi il tratto che mi divideva da lui. Non permisi all'imbarazzo di fermarmi, piuttosto mi aggrappai al coraggio e all'autostima che sfoggiavo nelle mie esibizioni, quando dovevo suonare davanti a un pubblico numeroso e affamato di rock, anche se l'uomo di fronte a me non sembrava affamato, ma pervaso da una potente soddisfazione che aumentava al mio lento avanzare.

Quando giunsi al suo cospetto, posai i palmi sulla panchina di pietra, ai lati delle sue gambe, mi sollevai sulle ginocchia e delicatamente incastrai la sua caviglia tra le cosce, leggermente divaricate. Il dottor Krugher si adagiò contro lo schienale, vi posò il gomito e la mano sinistra ciondolò mollemente, con la fede dorata che brillava sotto il riflesso del sole. Per un istante considerai che avesse assunto quella posa sfrontata appositamente per farmi notare l'anello che sanciva l'impegno con un'altra donna, ma, quando avvertii la caviglia premere con più forza contro il tenero monte di Venere, compresi che il suo intento era quello di assecondarmi. Inclinò il piede verso l'alto, come se fosse una seggiolina sulla quale farmi posare le natiche e colsi il suo invito, tremando sulle ginocchia che a fatica reggevano le forti sensazioni di quel momento. Il dottor Krugher mi lasciò languire nel desiderio; sapeva che avrei potuto muovermi e sfregarmi contro lo stinco muscoloso, ma considerò anche che non l'avrei fatto perché sarebbe stato eccessivo persino per una svergognata come me.

«Sai cosa mi diverte delle ragazzine della tua età?» Il suo respiro era controllato, la voce seducente ma priva di emozioni. Non mi mossi per evitare che l'eccitazione crescente tracimasse sulle mutandine in un liquido piacere. «Ostentate la spavalderia di chi crede di avere in pugno il mondo intero e sottovalutate gli uomini pensando che offrire loro il vostro corpo sia sufficiente a manipolarli...»

«Io... Non voglio manipolarla.» Inconsciamente mi protesi in avanti per avvicinarmi a lui. La rotula premette contro il mio addome e, per un attimo, mi mancò l'aria.

«Ah no?» Il dottor Krugher infilò l'indice sotto il collarino, lo agganciò e mi attirò a sé. La rudezza di quel gesto mi provocò un gemito di stupore mentre lui si chinava per respirare sul mio viso. «Hai mai sentito parlare della seduzione compulsiva, Dorothea?»

La lieve pressione esercitata dal nastro di velluto attorno al collo mi fece boccheggiare, come se avessi una fune stretta alla gola. Non sapevo se essere turbata o sconvolta dal suo comportamento, di sicuro ero sorpresa.

«No», risposi con un lamento strozzato.

«I disturbi alimentari spesso sono associati ad altri sintomi come l'assenza di libido o al contrario l'ipersessualità. Le pazienti, a volte anche quelle affette da anoressia nervosa atipica, collegano il sesso e la ricerca esasperante di partner sessuali all'esigenza di colmare il loro profondo vuoto interiore.» Con il pollice si permise una carezza sul mento con la confidenza di un amante. «Il sesso e la lotta contro il cibo sono le due droghe dalle quali si lasciano consumare. Tu, Dorothea, vuoi inghiottire il mondo in quel vuoto e con esso anche gli uomini che incontri, vero?»

Scossi il capo, stringendo tra le cosce la sua caviglia soltanto per l'impulso incondizionato di chiudermi in me stessa. Tentai anche di liberarmi dalla sua morsa, stretta e pericolosa come quella di un serpente, ma incuneò il piede nel solco dei miei glutei e mi sospinse in avanti per bloccarmi contro il suo stinco. Mi sbilanciai, reggendomi ai palmi, e la mia intimità aderì alla durezza dell'osso similare a quella di qualcos'altro. «Ti piace sedurre più che essere sedotta e ti piace indebolire gli uomini per sentirti più forte di loro. Per te rappresentano dei giocattoli da usare e gettare. Vorresti includere anche me tra questi, vorresti mangiarmi e poi infilarti due dita in bocca per vomitarmi e liberarti della mia presenza. Tuttavia, cara bambina, l'inconveniente che non hai considerato è che la tua mente non ha segreti per me e che io non mi lascerò divorare da te. Non alle tue condizioni.» Il sorriso adescante che aveva sfoggiato per tutto il tempo digradò in qualcosa di diverso, di più ingannevole e scaltro.

«Che… Che significa?» balbettai in preda alla vergogna di essere stata letta dentro con una brutalità insospettabile.

«Ciò a cui miri in questo momento è il raggiungimento di un appagamento sessuale a scapito dell'uomo che hai di fronte, che sia io o qualcun altro non ha importanza per te. Hai catalizzato il tuo interesse su di me per il solo piacere di provare l'ebbrezza di vedermi cederti, ma sappiamo entrambi che ben presto cercheresti di colmare quel vuoto con un altro uomo, come probabilmente sarà già accaduto con i ragazzini che hai incontrato finora», proferì con una calma agghiacciante che tuttavia non riuscì a esimermi dal dirgli ciò che pensavo.

«Praticamente lei crede che io scopi con chiunque.» Schiaffeggiai via la mano con la quale teneva il collarino e lui mi lasciò andare, restando pacatamente seduto con la gamba accavallata e ancora infilata tra le mie cosce come se quello fosse il suo posto.

«Io credo che il parallelismo tra cibo, sesso ed emotività debba essere curato.»

«Non sa niente della mia vita sessuale. Io non…» Strinsi le dita sulla panchina, raschiando le unghie sulla superficie di pietra.

«Non mi importa quanti partner tu abbia avuto, Dorothea, mi importa l'intenzione con la quale ti rivolgi al sesso maschile.»

«Glielo ripeto: non vado a letto col primo che capita, se è questo che crede.»

«Lo spero per te, perché penso che tu possa ambire al massimo. Sei una ragazza intelligente e di sicuro capace di dare e ricevere amore. E non per il bisogno spasmodico di colmare la solitudine o di attenuare le insicurezze tra le braccia di un uomo, ma per il bisogno di donare i tuoi sentimenti a chi sia in grado di ricambiarli, qualcuno che ti ami e ti rispetti.» Quando si accorse del mio affanno, della fronte sudata e le guance arrossate, mi porse la bottiglia d'acqua per consentirmi finalmente di bere. D'altronde avevo gattonato sin da lui, proprio come mi aveva chiesto, e mi ero ampiamente guadagnata quel piccolo premio.

«Cazzo, sembra mio padre.» Sebbene mi sembrasse una condivisione troppo intima posare le labbra dove le aveva posate anche lui, l'afferrai rabbiosa e bevvi con la grazia che si addiceva più a un uomo delle caverne che a una fanciulla dal volto delicato e la corporatura esile.

«Non sono tuo padre, ma è mio dovere aiutarti a vedere la realtà per quella che è.»

Passai la manica della felpa sulla bocca per asciugarla da alcune gocce d'acqua che mi erano scivolate anche sul mento e scossi la testa, stanca di quel discorso irritante. «Voglio andarmene.» Tentai di alzarmi, ma il dottor Krugher mi afferrò per le guance, costringendomi a rimanere ferma nella stessa posizione. Sentii il pollice e l'indice affondare nella carne tanto da deformarmi il viso. Non riuscivo a capacitarmi di come potesse un uomo, dalla bellezza radiosa e le movenze raffinate, celare un lato così primitivo e burbero. Mugolai in preda a un furore crescente; lui contrasse la mascella pronto a dirmene quattro.

«Questa situazione non è un gioco, vuoi capirlo?» sussurrò con un'impetuosità che diradò la mia gagliarda strafottenza tramutandola in timore. «E io non sono un burattino da manovrare a tuo piacimento soltanto per passatempo.»

«Non la considero un passatempo.» Feci fatica a pronunciare quelle parole in modo comprensibile poiché la sua enorme mano non accennava ad allentare la presa sul mio volto.

«Allora non sottovalutarmi adottando tattiche di seduzione blande, perché se credi che io sia il tipo di uomo che si accontenta di infilarsi tra le gambe di una donna per appagare il proprio ego, sei fuori strada.» Mi lasciò andare così bruscamente che il contraccolpo mi fece cadere sulle natiche. Per fortuna l'erba soffice attutì l'urto e mi limitai a un piccolo guaito dovuto più alla sorpresa che al reale dolore. Il dottor Krugher si alzò in piedi; da quella prospettiva parve ancora più immenso e spaventoso. «Adesso andiamo. Tra mezz'ora ho un colloquio importante a cui non posso tardare.» Mi scavalcò con un'ampia falcata e in tutta calma scartò una caramella nell'attesa che io facessi ciò che mi aveva ordinato.

Zoppicando, recuperai l'anfibio e lo infilai.

Con la violetta stretta in una mano, la bottiglietta nell'altra e un insoddisfatto languore tra le cosce, lo seguii percorrendo a ritroso il medesimo tragitto.

«Posso togliere questa maledetta felpa?» feci un ultimo tentativo anche se ormai, stremata e sudata, mi ero rassegnata a portarla addosso.

«No.» Si gustò il suo dolcetto aromatizzato al limone di cui sentii il profumo agrumato e procedette senza indugio, facendomi strada.

«Perché?»

«Perché la tua punizione terminerà quando arriveremo in clinica, Dorothea.»

Di quell'uomo straordinario, tanto enigmatico quanto colto e severo, avevo compreso due sconvolgenti e terribili verità: la prima era che avrei dovuto evitare di origliare i suoi discorsi privati con amici o colleghi, la seconda che ci avrei pensato un milione di volte prima di disubbidirgli ancora.

18
Thea

Gli uomini sono più morali
di quello che pensano
e di gran lunga più immorali
di quanto possano immaginare.
SIGMUND FREUD

«QUINDI mi stai dicendo che ti ha fatto percorrere lunghi chilometri sotto il sole cocente coperta da una felpa invernale?»

Juliette stentava ancora a crederci e non la biasimai. Nessuno avrebbe pensato che il dottor Krugher fosse capace di un gesto così intransigente, oltre che crudele. Avrebbe potuto prendermi in braccio, permettermi di riposarmi qualche minuto in più sotto la fresca uggia di un arbusto oppure semplicemente esimersi dall'ideare una punizione tanto eccessiva. All'inizio avevo considerato che mi avesse proposto l'indumento pesante a causa del mio abbigliamento poco castigato, ci avrei anche riso su se così fosse stato, invece lui aveva pianificato tutto sin dal principio poiché il mio comportamento era stato irrispettoso e irriverente.

«È proprio un bastardo.»

Camminavamo tra le file delle statue intente a raggiungere la biblioteca mentre il mio umore era tornato cupo e sdegnoso.

Essendo domenica, non c'era nessuna particolare attività da svolgere né alcun colloquio da sostenere con l'équipe medica, pertanto ne avrei approfittato per iniziare le ricerche che riguardavano non solo le mie strane fantasie sessuali, ma anche qualcosa di più interessante. Dentro di me serbavo la speranza che il libro giusto mi avrebbe aiutata a far luce sui dubbi che celavo nell'anima e dei quali non potevo parlare a nessuno, eccetto che al dottor Krugher.

«Be', sì. Di certo non è stato magnanimo.» Juliette succhiava un leccalecca reggendo tra le dita il bastoncino di plastica e rifletteva su quanto successo. «Io ti avevo detto che origliare sarebbe stata una pessima idea.»

«Si fotta.» Mi lasciai condurre lungo gli ampi corridoi, borbottando incollerita. «Lui e le sue regole del cavolo.»

La mia compagna di stanza rise, trovando divertente il mio atteggiamento contrariato. «Sai, grazie a te sto scoprendo un lato del nostro medico che non conoscevo.»

«E chissà cos'altro nasconde...» I nostri passi rimbombavano tra le pareti. Superata la scalinata che conduceva alla sala pranzo, giungemmo dinanzi a un'enorme porta con delle eleganti decorazioni in ottone. Juliette l'aprì e, quando la seguii all'interno, mi accolse subito un odore di carta e legno di salice. Non avevo mai visto una biblioteca così bella: interminabili file di scaffali talmente alti da evidenziare la vastità dell'ambiente, statue imponenti interposte tra i vari tavoli rettangolari, comode sedute, colonne dorate e grandi lampadari. Il soffitto a volta dava una sensazione di infinito, il pavimento di marmo era un fiume di riflessi bronzei, infine le grandi finestre ad arco illuminavano la sala lettura, creando piacevoli zone d'ombra negli angoli più nascosti.

«Oh, cazzo», mormorai estasiata.

«Sapevo che l'avresti detto.» Juliette sorrise, poi si diresse verso una donna che stava placidamente riordinando alcuni grossi volumi. «Salve, signora Ferguson.» Quest'ultima si voltò per guardarci da sopra gli occhialetti tondi che sporgevano dalla punta del naso; a giudicare dalle rughette sul volto non aveva più di sessant'anni. Vestita con una camiciola azzurra e un paio di pantaloni neri, abbandonò il libro al quale si stava dedicando per avvicinarsi a noi.

«Juliette, che piacere rivederti.» La donna alternò lo sguardo da lei a me, puntandolo sulle fiamme infernali che mi decoravano la t-shirt nera. «Oh, chi è questa graziosa fanciulla?»

«Thea Jensen, sono una nuova...» Ricordai come i medici preferivano definirci e scartai il termine paziente. «... Ospite.»

«Sei la benvenuta, Thea.» La signora Ferguson si mostrò accogliente con un modo di fare gentile e confortante come quello di nonna Lizzie. «In cosa posso esservi utile?»

«La mia amica ha bisogno di un libro...» Juliette osservò le ampie scaffalature, pensando che da sole non avremmo saputo da dove cominciare e che un aiuto fosse indispensabile.

«... che parli di seduzione compulsiva», specificai.

La donna aggrottò la fronte quasi a unire le sopracciglia. «È una richiesta del dottor Krugher?»

«In verità no.» Sperai non mi vietasse di leggerlo soltanto perché non avevo il permesso del grande capo. «Ma ho bisogno di saperne di più a riguardo.»

«Mmh…» mormorò meditabonda. «Non so se ci sono manuali di quel tipo, qui. Di solito li custodisce il medico, nel suo studio.»

Bene, il che significava che avrei dovuto rivolgermi direttamente a lui e non ero così sicura di volergli parlare dopo la sua punizione. Anzi, stargli lontano mi sarebbe servito a schiarirmi le idee, soprattutto dopo il nostro contatto breve e inappropriato: ricordavo nitidamente il modo in cui aveva premuto la caviglia tra le mie cosce con un atteggiamento virile e un'arditezza spregiudicata. Non avevo chiuso occhio per l'intera notte, fantasticando su come sarebbe stato lasciarmi baciare e toccare da un uomo che avrebbe saputo come appagare una ragazzina spudorata come me.

«Qualcosa che parli delle deviazioni sessuali?» ritentai per trovare un manuale che potesse riferirsi almeno a uno dei miei problemi.

Juliette mi lanciò un'occhiata sbieca, stupendosi di quella richiesta del tutto inaspettata e della quale non le avevo mai fatto cenno, neanche nelle nostre più intime conversazioni.

«Per te?» La donna parve sconcertata.

«Be', se sono qui di sicuro ho qualche rotella fuori posto, giusto?» Mi indicai la tempia con un sorriso strafottente, ma nessuna delle due considerò adeguata la mia ironia.

«Ehm… Thea è solo molto curiosa.» Juliette si ficcò il lecca-lecca tra le labbra ridendo con il bastoncino tra i denti.

La donna ci osservò con le palpebre sgranate, riflettendo sulla stranezza della situazione. Eppure, eravamo in una clinica psichiatrica, nulla avrebbe dovuto sconvolgerla. «Ecco, non sono sicura che…»

«Senta.» Mi avvicinai e le misi una mano sulla spalla; la signora Ferguson trasalì, giacché non era abituata a un approccio così confidenziale. «Lei mi dica solo dove posso trovare ciò che mi interessa e io mi toglierò dalle palle senza importunarla oltre. Che ne pensa?»

Juliette camuffò l'imbarazzo con un finto sorriso stampato sulla faccia, come se avesse subito una paralisi; io invece attesi che la donna la smettesse di guardarmi con sgomento. Ero certa che avrebbe preferito che esponessi la mia richiesta in maniera più educata, anziché con la becera insolenza di una ventenne screanzata.

«Se avessi un titolo preciso da darmi, potrei cercare nel catalogo sul mio computer, altrimenti…» La donna indicò lo spazio disseminato da tavoli vuoti e fronzoli ampollosi. «Seguite i cartelli che indicano gli argomenti e i vari titoli che abbiamo a disposizione. Potete curiosare liberamente tra i libri e, al termine della lettura, riporli al proprio posto. Se invece intendete prenderli in prestito, dovrete compilare un modulo che…»

«Va bene, la ringrazio.» Afferrai Juliette per il polso e la trascinai via, altrimenti la bibliotecaria non avrebbe più smesso di parlare.

«Ma che fai?» si lamentò Juliette.

«Ci salvo», bofonchiai mentre camminavo alla cieca nel lungo corridoio circondato da mezzi busti di illustri scrittori, statue ornamentali e capitelli scolpiti.

«Hai uno strano concetto di salvezza, tu.»

«Sì, lo so. Sono abbastanza stravagante», mi vantai prima di lasciarla andare.

Insieme cercammo sui vari cartelli affissi su ogni fila di scaffali l'espressione: *psicologia* o *psichiatria*. Mentre la mia compagna di stanza, con il lecca-lecca serrato nella boccuccia rosa, socchiudeva le palpebre per esaminare le copertine ruvide e ornate da orpelli grafici, io pensavo che era la prima volta che mettevo piede in una biblioteca così lussuosa. Non era di certo il tipo di posto nel quale mi sentivo a mio agio o che si confaceva alle mie abitudini, eppure l'atmosfera venusta, l'odore di carta, la voglia di scoprire mondi inesplorati o di lasciarsi sommergere da pagine polverose, ricche di un sapere sconosciuto, parvero sortire su di me lo stesso stupore che un coloratissimo luna park avrebbe sortito su una bambina.

«Trovato qualcosa?» chiesi a Juliette, concentrata su un particolare scaffale colmo di volumi ben rilegati e in ottime condizioni. Mettendosi sulle punte, tese il corpicino e allungò il braccio per sfilarne uno.

«Questo parla dei disturbi alimentari.» Passò la mano sul titolo, tastando sotto i polpastrelli il rilievo delle lettere a caratteri cubitali. «Quindi potrebbe…» si interruppe quando avvertì un parlottio sommesso ma animato, tipico di due persone che stanno pianificando qualcosa di soppiatto. Rimase impietrita e prestò attenzione a quel vociare ambiguo; io, a differenza sua, mi mostrai più serena e la guardai con un sorrisetto malandrino, curiosa di capire chi stesse discutendo e soprattutto per quale motivo.

«Vediamo chi è.» Mi sporsi per sbirciare oltre lo spiraglio dal quale

Juliette aveva sfilato il tomo. Per poco non incastrai il viso nello spazietto vuoto tra due enormi volumi, mentre con le mani posate sullo scaffale tentavo di restare in equilibrio.

«Thea.» Con un flebile bisbiglio di rimprovero, Juliette mi tirò la maglietta per esortarmi ad andare via.

«Fa' silenzio.» Le lanciai un'occhiataccia e tornai concentrata sull'obiettivo.

Quando misi a fuoco le giovani coinvolte nel battibecco, ciò che vidi stuzzicò particolarmente il mio interesse: la bellissima Sophie Queen e l'affascinante Riley Adams sembravano alle prese con una trattativa che non riuscivano a concludere. L'attrice stava chiedendo all'altra di procurarle qualcosa in maggiore quantità; Riley le rispondeva che non era semplice mantenere degli agganci esterni ed eludere i controlli delle stanze nella speranza che la passasse sempre liscia.

«Ma che diavolo...» Non riuscivo a dare un senso a ciò che stavano dicendo; non era facile collegare delle frasi frammentate ed estrapolarne un discorso logico. Le due ragazze mormoravano e si guardavano attorno furtivamente. Avrei potuto pensare che stessero pattuendo l'acquisto di una merce, forse droga, ma Sophie non era il tipo di star che si sarebbe spinta a tanto. Più volte, nelle interviste, aveva dichiarato di non aver mai neanche fumato una canna. Se fosse vero o meno, non mi era possibile saperlo, tuttavia ero certa che l'oggetto della loro conversazione riguardava altro.

«Per adesso posso darti solo questa.» Riley si spazientì ed estrasse da sotto la giacca di pelle una scatola bianca da farmaco contenente delle bustine o forse delle pastiglie.

Sophie trasse un gran respiro e fissò la confezione rigida con una smorfia insoddisfatta. «Me ne avevi promesse almeno tre.»

«Ora accontentati, Queen. E non rompere le palle.» Riley le spinse sul palmo i farmaci che Sophie accettò, restando qualche istante attonita a fissarli.

«Che scoop», commentai sottovoce, cedendo il posto a Juliette per consentirle di sbirciare. La ragazzina piantò le dita sullo scaffale per sporgersi, poi sgranò le palpebre sorpresa.

«Oh, perdinci!» Juliette rimase completamente a bocca aperta. Non c'era da stupirsi che Sophie ricorresse agli anoressizzanti per mantenere il suo peso forma. Era sempre stata ossessionata dall'aspetto estetico che tentava di tutelare con diete ferree e sport eccessivo. Tuttavia, ciò che risultava davvero grave era che entrambe stessero trasgredendo la regola numero tre, tanto cara all'integerrimo dottor Krugher. Ricordavo che in uno dei nostri incontri precedenti lui stesso l'aveva enunciata affinché io la imparassi e le altre la rammentassero, ma a quanto sembrava non ero la sola a non rispettare il regolamento.

In quel momento, la mente ripercorse velocemente la carriera della famosa attrice hollywoodiana: la cattiva fama che le attribuivano derivava dal suo essere spietata e subdola verso le colleghe. Faceva di tutto per sabotarne le proposte lavorative e accaparrarsi il ruolo da protagonista; era talmente ossessionata dal successo che spesso la sua cattiveria emergeva anche nei confronti di chi non avrebbe mai potuto competere con lei. Poiché in varie situazioni aveva manifestato un'antipatia immotivata anche verso di me, presi una decisione difficile che mi spinse ad agire subito senza temporeggiare oltre. Sfilai il cellulare dalla tasca degli shorts, disattivai il flash e spostai Juliette per puntare la fotocamera sulle due ragazze, prima che si allontanassero.

«Thea, che diavolo stai facendo?»

La ignorai e scattai in sequenza varie foto: una nella quale i due volti erano perfettamente riconoscibili, un'altra nella quale Sophie rigirava la confezione per leggerne le indicazioni, un'altra ancora nella quale estraeva dal portafogli delle banconote con le quali pagare Riley. Continuai a scattare per catturare attimi diversi, tutti nitidi e compromettenti, mentre un pensiero maligno si faceva largo nella mia testa: un giorno avrei potuto usarle come prove contro Sophie per ricattarla se avesse deciso di tediarmi o di provocarmi in qualsiasi modo.

«Smettila.» Juliette mi spintonò, barcollai e l'ultimo scatto venne sfocato. Strinsi il cellulare per evitare che mi cadesse e fissai la ragazzina che, con avversione, mi stava manifestando tutto il suo sdegno. «Non pensavo fossi così, Thea.»

La delusione nel suo sguardo mi fece sentire in colpa. «Così come?»

«Malvagia», farfugliò. «Cos'hai intenzione di fare con quelle foto?» Alzò la voce, facendoci rischiare di essere scoperte.

«Shh… Sta' zitta. Cazzo», le intimai in un sussurro irritato.

«No», sbottò alterata. «Non voglio essere tua complice. Se intendi…»

L'unico modo per farla tacere fu quello di sconvolgerla. Allora le andai incontro, l'afferrai per la nuca e premetti le labbra contro le sue, in un bacio casto e impositivo. Le percepii appiccicose sulle mie, il sapore di fragola e latte ammorbidì il nostro contatto rendendolo più dolce.

Il suo petto batté contro il mio addome mentre con le manine tentava di spingermi via dai fianchi. Quando mi allontanai, notai il suo volto assumere un colorito rosato e il respiro diventare corto come se me ne fossi spudoratamente appropriata. Prima di lasciarla andare, scossi la testa e mi sporsi a controllare che le due ragazze non si fossero accorte della nostra presenza.

«Non me ne frega niente delle abitudini di Sophie o dei suoi accordi con Riley. Ho solo bisogno di un'arma potente con la quale difendermi se decidesse di attaccare me o…» assaporai la sua essenza sulla bocca, fissandola nei grandi occhi marroni, «… te.»

Avvolta da un silenzio imbarazzante, Juliette non proferì parola. Si sfiorò le labbra con i polpastrelli, realizzando ciò che era successo, poi lentamente vi insinuò il lecca-lecca che trattenne sotto la guancia con un'espressione assorta. «Non ci credo. Il mio idolo mi ha appena baciato», commentò con un'enfasi eccessiva.

Alzai gli occhi al cielo e la superai, diretta all'uscita della biblioteca.

«Dove… dove stai andando?» Mi corse dietro, in uno svolazzare di capelli e stoffa colorata.

«Mi è passata la voglia di fare qualsiasi ricerca.» Camminai spedita senza salutare o ringraziare la signora Ferguson per la sua disponibilità. «Ho bisogno d'aria.» E pensai anche di fumarmi una sigaretta appena avessi raggiunto il giardino.

«Posso venire con te?» Juliette saltellò pur di stare al mio passo. «Oh, a presto signora Ferguson.» Sbrigativamente sventolò una mano verso la bibliotecaria e uscì con me in corridoio.

«No», dissentii categoricamente. «Ho un impegno.»

O avrei dovuto dire un appuntamento che non avevo alcuna intenzione di rimandare.

Benché fosse trascorsa un'intera settimana, la ninfa vestita di fiori e di capelli dorati non aveva dimenticato il tenero bigliettino lasciatole da un bambino di undici anni sulla panchina del parco, il quale, tra le sue righe poetiche, conteneva un invito per lei chiaro e preciso:

Ci vediamo domenica prossima.
Stessa ora.
Joël

Alle cinque del pomeriggio passeggiavo su un sentiero solitario del parco, tra panchine vuote, roseti vistosi e colonne di pioppi verdeggianti. Il sole si era rifugiato dietro le nuvole, privando la natura del suo drappo aureo e concedendo finalmente un attimo di beatitudine dall'afa intensa che, con l'approssimarsi dell'estate, diventava di giorno in giorno più insopportabile. Le catenelle agganciate ai passanti dei miei shorts tintinnavano tra loro con un clangore sottile, le sneaker pestavano l'erba odorosa piegandone i fusti morbidi, il top bianco e corto permetteva alla pelle di restare asciutta nonostante l'aria primaverile la scaldasse.

Mi guardai attorno per individuare l'esatta panchina sulla quale avevo incontrato Joël; sarei stata in grado di riconoscerla perché era l'unica immersa tra i coloratissimi cespugli di giacinti. Scarpinai per circa dieci minuti prima di trovare i racemi che cercavo e sorrisi quando raggiunsi la mia meta.

«Dove ti sarai cacciato...» sussurrai tra me, tentando di cogliere da qualche parte, magari nascosto dietro un albero, il ragazzino che mi aveva importunata la domenica precedente. Non mi sarei stupita se si fosse limitato a spiarmi in gran segreto per burlarsi di me com'era già accaduto, forse avevo dato erroneamente importanza a un semplice biglietto scritto da un bambino che voleva soltanto prendermi in giro; la permanenza all'Asklepios, priva di libertà, uscite e relazioni sociali con persone diverse dall'équipe medica e dai pazienti, non stava giovando affatto alla mia salute mentale. Demoralizzata, mi sedetti sulla panchina quando mi accorsi che non c'era nessuno e che forse non esisteva alcun reale appuntamento. Come una sciocca ero caduta nel tranello di un ragazzino; io, a vent'anni, mi ero fatta raggirare da un marmocchio ben vestito. Incredibile. Non sapevo se schiaffeggiarmi o complimentarmi con me stessa per l'ingenuità. Nel dubbio mi accesi una sigaretta ed espirai la prima boccata di fumo. Ero sola, sperduta tra siepi e arbusti, perciò non potevo far altro che godermi una Lucky Strike prima di rimettermi in cammino per tornare in clinica. Tuttavia, una voce maschile turbò la mia momentanea quiete: la sentii forte e tonante penetrarmi la pelle e inebriarmi i sensi.

«Cosa ti ho sempre detto? Ci vuole costanza e allenamento.»

Con la sigaretta tra le labbra, cercai l'uomo che aveva parlato seguendone la melodiosa vocalità e lo individuai a pochi metri da me mentre palleggiava con la dimestichezza di un professionista. Il pallone da calcio rimbalzava dal ginocchio destro a quello sinistro, volava in alto e riatterrava sulla caviglia rimanendo incastrato contro lo stinco in perfetto equilibrio. La chioma nera come pece luccicava a ogni suo movimento, il volto era contratto in un'espressione concentrata che lasciava fiorire un sorriso genuino quando il bambino di fronte a lui tentava, con manovre meno esperte, di sottrargli il pallone. «No, Joël. Devi agire nell'attimo in cui la palla è meno difesa dall'avversario e usare la punta del piede», gli spiegò la giusta tecnica mantenendo il possesso e voltandosi di schiena per ostacolare il ragazzino che cercava in ogni modo di contrastarlo. Il corpo dell'uomo superava di molto quello più esile del bambino; le gambe avvolte da un paio di jeans blu erano degne di uno sportivo, i glutei alti e sodi rammentavano quelli di un calciatore. Ricordavo di averli già notati in altre occasioni, apprezzati e venerati in vari modi nella mia fervida immaginazione, nonostante l'impedimento del lungo camice. In una colluttazione di gambe e caviglie, l'uomo riuscì a svincolarsi nel meno tempo possibile; il bambino inciampò e cadde con le natiche al suolo, esplodendo in un gemito frustrato. «I lacci, Joël.» Fermatosi di fronte a lui, il dottor Krugher bloccò la palla sotto un piede e si posò la mano sul fianco. «Quante volte devo ripeterti che devi fare un buon nodo per evitare che ti si sciolga durante un allenamento?»

Sudato e affannato, con le gambe protese in avanti, il bambino si afferrò le scarpe e schiacciò sotto le dita i tacchetti di gomma. Il suo broncio contrito intenerì il padre che, con un sospiro amorevole, si chinò sulle ginocchia. «Nella vita si cade quasi sempre, Joël, l'importante è avere il coraggio di rialzarsi più forti di prima.» Gli riordinò i capelli arruffati e lo incitò a non mollare, a non arrendersi così facilmente perché ogni piccolo fallimento può condurre al più grande dei successi ed era importante che il figlio cogliesse questa morale. «Sei stanco? Facciamo una pausa?» si preoccupò, anche se lui non mostrava il minimo segno di lassezza. Sembrava pieno di energia e vitalità, come se il suo corpo fosse capace di sopportare qualsiasi sforzo fisico. Il bambino fece su e giù con la testa e si rialzò accettando la mano che gli venne offerta. In quell'istante temetti di essere sorpresa a fissarli, di risultare invadente in un momento così intimo e famigliare. Pensai di alzarmi e di correre più veloce del vento per andarmene, ma quando Joël si voltò nella mia direzione e spalancò gli occhi, che brillarono di un'autentica luce di stupore, rimasi cheta a fumare tentando invano di controllare il tremolio delle gambe. Quella domenica avevo previsto di incontrare lui, non di certo suo padre.

Non avevo considerato quell'inconveniente, tuttavia era successo e dovevo affrontare di petto la situazione.

Il bambino sollevò un braccio per salutarmi attirando anche l'attenzione del dottor Krugher, che volse lo sguardo su di me. Lo percepii addosso come una carezza invasiva che non offrì alcun refrigerio ai miei tormenti interiori. Accadeva sempre quando mi guardava: un viluppo ardente mi incendiava lo stomaco, provocando un riverbero intenso in ogni parte di me, tanto che per qualche secondo i miei neuroni smettevano di funzionare. In preda a una furente agitazione, mostrai un sorrisetto tirato, reggendo all'angolo delle labbra la sigaretta accesa. Joël corse verso di me; il dottor Krugher lo seguì a passo moderato, senza alcuna fretta o entusiasmo. Di riflesso, la mia agitazione si assopì lasciando il posto alla sensazione che non fosse del tutto felice di vedermi; non quanto suo figlio, perlomeno.

«Ciao, Jo.» Quando il piccoletto mi raggiunse, lo salutai con il nomignolo che mi aveva indicato sul palmo della mano al nostro primo incontro. Lui mi guardò dall'alto al basso e aprì le braccia meravigliato: *Sei davvero qui?* pareva volesse chiedermi. «Sì, sono qui.» Soffiai il fumo nell'aria e mi protesi leggermente in avanti per sussurrare in tono confidenziale: «Credevi che me ne fossi dimenticata?»

Il bambino si mordicchiò una guancia, ci pensò su, poi annuì. Chiaramente non si aspettava che il suo messaggio fosse stato recepito.

«Sono qui anche se credevo che mi avessi preso in giro. Sappi che voglio sapere il reale motivo del tuo bigliettino», lo avvertii con fare minaccioso.

Joël arretrò e andò a sbattere contro la montagna d'uomo che gli stava dietro. Il dottor Krugher gli posò una mano sulla spalla in modo protettivo e fissò me, con la solita serietà capace di soverchiare chiunque.

«Ciao, Dorothea.» La sua voce effuse una cordialità plastica, priva di qualsiasi emozione.

«Salve.» Ricambiai con la medesima gentilezza, anche se risultò forzata dalla mia subalternità rispetto alla sua posizione prevaricante. E non solo da quella. Vestito con una camicia bianca arrotolata sui gomiti e di un semplice paio di jeans, trasmetteva un fascino spietato, talmente peccaminoso da indurmi a provare una fervente adorazione assimilabile a quella di un fedele nei confronti del suo Dio. Con la gola secca e il cuore pullulante di una spropositata lussuria, tentai di mostrarmi impassibile e padrona dei miei stati d'animo, anche se i numerosi segnali del mio corpo avrebbero potuto smentirmi da un momento all'altro.

«Che ci fai qui?» Il suo timbro, di un'elegante intonazione fredda, mi avvinse lentamente, come una corda stretta attorno ai polsi: eccitante e pericolosa, preludio delle fantasie più blasfeme, ma anche del più appassionante dei desideri.

«Avevo bisogno di una boccata d'aria fresca, dottore.» Accavallai una gamba per assumere una posizione più femminile. Gli shorts erano così corti da mostrare, oltre i bordi sfilacciati, la fodera delle tasche; la sigaretta dissolse volute di fumo nell'aria inducendomi a socchiudere gli occhi mentre i suoi si posarono per un istante sulle mie cosce nude. Non indossava gli occhiali da sole, nelle sue iridi sfavillanti vi erano spirali di azzurro oceano avvolte da intense orbe verde smeraldo che ruotavano circolarmente attorno alla pupilla stretta. Le lunghe ciglia, orli neri come fuliggine, rendevano ancora più meraviglioso quel contrasto chiaroscuro. Nondimeno anche quelle di suo figlio erano di una bellezza rara e particolare che si esplicava in un gioco di colori eterocromatici: un'iride rievocava la terra calda e bruciante, l'altra una prateria immensa.

«Sei sola?» Il dottor Krugher recise il filo dei miei pensieri, guardandosi attorno. Probabilmente il fatto che non fossi in compagnia destava il sospetto che li avessi seguiti o, ancor peggio, che la mia presenza non fosse casuale.

«Sì.»

«Come mai? Oggi è domenica. Avresti potuto trascorrere del tempo con…»

Joël lo interruppe tirandogli il polso per farlo tacere, poi indicò se stesso battendosi la mano sul petto. Stava cercando di confessargli che c'entrava lui in quell'incontro e il padre lo comprese subito con un'intuizione intelligente. «Volevi che trascorresse del tempo con te?»

Il bambino ridacchiò e annuì. Mi puntò il dito contro, poi si portò gli indici sugli angoli della bocca piegandoli verso il basso nell'imitazione di un'espressione rattristata.

«Dorothea ti è sembrata triste?» continuò il dottor Krugher interpretando la gestualità del ragazzino; di nuovo quest'ultimo annuì e si esibì in una serie di segni che non seppi decifrare. «Ti è sembrata triste e quindi, quando l'hai incontrata la prima volta, le hai chiesto di rivedervi.»

Joël sospirò appagato, contento di essere stato pienamente capito. Il padre gli passò una mano tra i capelli sudati e gli sorrise. «Vuoi essere suo amico?»

Il bambino inclinò il capo verso di me per squadrarmi serio e pensieroso. Si soffermò sul top bianco sul quale, quella volta, non vi era la stampa di alcun demone e corrugò la fronte. Risalì lungo la mia figura, fissando il *choker* che indossavo, e si avvicinò a passo lento con ingenua curiosità. Rimasi ferma quando allungò il braccio per sfiorare con le dita esili il piccolo teschio che pendeva dal gancetto del collarino, poi si voltò verso il dottor Krugher e agitò la testa in segno d'assenso: *Sì, vorrei.*

«Anch'io voglio esserti amica.»

Joël mi guardò con un'intensità tale da mettermi a disagio. Quel bambino possedeva la stessa penetrante arguzia del padre e una sensibilità diversa da quella dei coetanei. Inaspettatamente mi schiacciò le guance con le mani e con i pollici tirò verso l'alto gli angoli delle mie labbra che, in maniera meccanica, si incurvarono in un sorriso incerto. Lui fece schioccare la lingua contro il palato e si mostrò fiero di me e della mia spontanea cedevolezza.

«Vuole che sorridi. Non gli piace vederti triste, soprattutto se d'ora in poi sarai sua amica», lo interpretò il dottor Krugher; il bambino gli rivolse un'occhiata furbesca, poi ridacchiando corse via, con i pantaloncini sporchi di terriccio abbinati alla maglietta larga. Raggiunse la palla e tentò di imitare il padre nei palleggi, sbuffando quando non riusciva a mantenerla in equilibrio sulla caviglia per più di qualche secondo.

«Per caso ha un passato da calciatore di cui non so nulla?» Tentai di ammorbidire la tensione che mi pervadeva ogni volta che restavo sola con lui. Di solito fumare riusciva a rilassarmi, ma con il dottor Krugher a poca distanza da me niente avrebbe potuto tranquillizzarmi.

Lui osservò il cielo annuvolarsi sempre di più prima di concedermi le sue iridi opalescenti. «Sono soltanto uno psichiatra.»

«'Soltanto uno psichiatra'», ripetei con tono scherzoso, pregno di una profonda ammirazione. «Il più famoso di Los Angeles, l'unico al quale si rivolgono le star di tutto il mondo. Che sarà mai.»

Lui si infilò le mani nelle tasche dei jeans e scrollò una spalla. «Nell'APA ci sono più di trentasettemila membri, ahimè non sono l'unico specializzato in psichiatria.» L'APA era la più grande organizzazione professionale di psichiatri del mondo, e lui ne faceva parte tanto quanto il dottor Markus, suo padre, che probabilmente da piccolo l'aveva persuaso a intraprendere il medesimo percorso di studi.

«È troppo modesto.» Per educazione avrei dovuto distogliere lo sguardo dal torace ampio fasciato dalla camicia stretta, ma non riuscii a resistere all'incanto delle sue forme così maschili e perfette.

«Allora vuol dire che sono abbastanza saggio.»

Inarcai un sopracciglio. «Ah sì?»

«Un uomo che ha coscienza di sé e dei limiti della vita è un uomo inevitabilmente saggio.»

«Ricordo che mi ha detto qualcosa del genere al nostro primo incontro.»

«Ricordi bene.» Si sedette accanto a me sulla panchina. Un nodo d'ansia mi si formò in gola, tanto che tossicchiai prima di liberare l'ennesima ondata di fumo.

«Le piace il calcio?» Nonostante avesse giocato con suo figlio, non era sudato né scombinato. I suoi abiti erano puliti, emanavano un effluvio fresco, misto a quello virile del dopobarba e a un profumo costoso, così forte da risultare galvanizzante.

«Sì, mi sono allenato fino ai miei diciott'anni. Da ragazzino sognavo di entrare a far parte della *Deutsche Fußballnationalmannschaft*», affermò nella sua lingua d'origine, «la nazionale di calcio tedesca.»

Stranamente mi scoprii attratta dal tedesco: quando lo parlava, sembrava ancora più severo e pretenzioso, come se ogni cosa che diceva, anche la più semplice, suonasse come un ordine rigoroso.

«Deutsche… fu… mashft..?» Tentai di ripetere ciò che aveva detto, ma mi parve impossibile e venne fuori qualcosa di inesistente. «Cavolo, è difficile la sua lingua.»

Lui appoggiò un gomito allo schienale della panchina e sorrise, senza perdere di vista Joël. «Sai che Krugher lo pronunci con l'accento americano?»

«È un modo gentile per dirmi che non so pronunciarlo?» Picchiettai il filtro per far cadere la cenere a terra prima che sporcasse i vestiti.

«Esatto.» Osservai il movimento lento delle labbra purpuree. La sua sicurezza effondeva una piacevole potenza, la flessibilità dei muscoli una forza feroce. Con indomito desiderio, portai la sigaretta alla bocca e mi persi a contemplarlo, come se fosse un satiro immerso nella natura, capace di incantare con la sua indole dominante ravvisabile anche nei più piccoli dettagli: le gambe spalancate, la schiena fieramente dritta e lo sguardo circospetto, intento a cogliere ogni goccia di vita che stillava attorno a lui.

«Non è colpa mia se lei è europeo.» *Un medico europeo, sexy e attraente*, ma questo preferii non dirlo. «Scusi se glielo chiedo, ma che fine hanno fatto i dottori panzuti, con gli occhialini tondi e i baffetti?»

La fossetta sulla guancia sinistra anticipò il suo sorriso. «La generalizzazione è la peggior nemica delle varietà particolari, lo sai?»

«Lei fa parte di quelle 'varietà particolari'?» Di sicuro era diverso dagli uomini della sua categoria. Non solo per la bellezza ricercata, ma anche per l'aura spesso torva, denotante astio o minaccia, dalla quale era pervaso e che in sottili momenti permeava chi gli stava accanto, nonostante col suo comportamento riuscisse spesso a mascherare quell'alone di mistero che inquietava.

«Benché io non sia come loro, conosco molti colleghi dediti allo sport, alla cura del corpo e alla ricerca ossessiva del perfezionismo, e conosco anche colleghi 'panzuti, con occhialini e baffetti', come li descrivi tu», ripeté con placida beffa.

«Mi sta dicendo che lei ha quest'aspetto per generosa concessione di madre natura?»

«Ti sto dicendo che non siamo tutti uguali e che l'immagine di una persona non è determinata dalla professione che svolge.» Mentre parlava con me seguiva suo figlio con lo sguardo, pronto a intervenire qualora fosse stato necessario. «Joël, fa' attenzione a quei sassi!»

Mi infastidiva l'idea che non fosse totalmente focalizzato su di me, ma d'altronde non potevo pretendere da lui una conversazione come quella che avrei ottenuto da un ragazzo della mia età: spensierato e svincolato da impegni gravosi come l'essere genitori.

Innervosita, mi tirai un filo dal bordo degli shorts e lo lasciai fluttuare nell'aria con la lentezza di una piuma.

«Quindi mi sembra di aver compreso qualcosa in più di lei: odia le generalizzazioni, non è un narcisista, è sposato, ma questo lo sapevo già, ha un figlio ed è terribilmente fedele a sua moglie.» Sapevo come mostrare gran parte della coscia per far risaltare il mio lato più seducente, pertanto, girandomi su un fianco, dondolai la gamba e attirai il suo sguardo sulla porzione di pelle lattea, ancora più chiara con i riflessi della luce naturale. Il dottor Krugher lasciò scorrere i suoi occhi verde mare sul ventre piatto e sulle cime dei seni rotondi messe a nudo dal reggipetto a balconcino; io provai una torbida sensazione di compiacimento: allora non gli ero del tutto indifferente.

«Tra le tue interessanti deduzioni ce ne sono soltanto tre corrette», mi smentì con l'avvedutezza tipica di un uomo maturo.

«Quali sono?»

«Perché dovrei dirtele?»

«Perché non dovrebbe?»

«Reputo che il piacere della scoperta sia più appagante, soprattutto per le ragazzine come te che non sanno aspettare, ma che dovrebbero imparare.»

«Imparare ad aspettare?»

«Imparare a guadagnarsi ciò che desiderano senza la pretesa di ottenerlo.»

«Io non pretendo niente.» Un'insolenza malcelata mi fece apparire la voce innaturale, tradendo le mie reali intenzioni.

Il dottor Krugher scosse appena il capo e mi studiò a fondo, pronto ad assoggettarmi e a farmi comprendere che mai nessuno avrebbe potuto mentirgli o nascondergli la verità. «Ti inumidisci spesso le labbra e fissi le mie quando ti parlo, reggi la sigaretta con le dita tremolanti sebbene il polso sia rilassato in un atteggiamento di sottomissione, nervosamente fai compiere alla punta del piede dei giri circolari come se nella tua mente stessi immaginando una fantasia non del tutto conforme all'ambiente o alla circostanza in cui siamo. Qualcosa pretendi di sicuro e il problema è che non puoi nascondermelo perché riesco a codificare i segnali del tuo corpo. Persino quelli di cui non ti accorgi.» Malgrado la sua presenza fosse lenitiva e piacevole, a volte risultava anche invasiva a causa della sua grande capacità di analizzare minuziosamente chiunque interagisse con lui.

«Oh, porca...» Persi le parole e raccolsi il coraggio per continuare. Negare sarebbe stato inutile, tanto valeva capire come facesse a essere così intuitivo. «Come diavolo fa?»

«Non è un caso che non abbia scelto la carriera calcistica.» Lanciò un'occhiata a Joël, impegnato a palleggiare con il ginocchio destro che pareva essere quello più allenato, a differenza del sinistro con il quale doveva ancora fare molta pratica.

Mi sedetti comoda e piegai una gamba sotto di me, intenzionata a scoprire se ciò che avevo percepito nei nostri incontri precedenti fosse stato solo frutto di un miraggio o la concreta proiezione della realtà. «Posso farle una domanda?»

«Prego.»

«Sarò schietta e sincera», premisi, «dato che ormai ha capito che la trovo attraente, lei...» Mi vergognai così tanto che le guance presero fuoco, ma ormai ci ero dentro e non potevo far altro che rischiare. «… lei mi trova attraente?»

Il dottor Krugher guardò una piccola farfalla posarsi su uno stelo d'erba, catturandone i colori vivi. Sembrava che ciò che ci circondava fosse più interessante di me. «Sapevo che me l'avresti chiesto.»

«Allora me lo dica», insistei ansiosa.

«Dorothea», protestò.

«Non mi offenderò, ma è importante che io capisca…» Perché da sola non ce l'avrei mai fatta a dare un senso ai suoi atteggiamenti. C'erano stati dei contatti tra noi – brevi, ambigui, lascivi – ma c'erano stati. Nessuno dei due poteva fingere il contrario o esentarsi dal dovere di chiarire le sensazioni che avevamo avvertito in quei momenti.

«Ti trovo attraente, ma questo non vuol dire che verrò a letto con te.» Si accertò che Joël fosse abbastanza lontano prima di seguitare: «Ho dimenticato di premetterti che sarei stato schietto e sincero anch'io. Spero di non averti turbata». L'inflessibilità della sua voce mi fece intuire che di certo nulla avrebbe turbato lui, tantomeno quel discorso.

«Wow…» commentai amaramente. «Quindi non le faccio totalmente schifo.»

«La semplice attrazione e l'attrazione sessuale sono due forme di desiderio diverse.»

«Qual è la differenza?» Strofinai il punto di combustione della Lucky Strike sulla superficie ruvida della panchina; avrei evitato di gettare il mozzicone per terra almeno finché fossi stata in sua compagnia.

«Posso provare attrazione per la musica, per i libri, per la medicina o…» esitò qualche istante, sperando di non provocarmi false speranze, «… per te», mormorò. «Al contrario posso provare attrazione sessuale per una donna che abbia la capacità di coinvolgermi anche emotivamente. Quando avevo la tua età ero diverso, non ero capace di comprendere appieno cosa volessi davvero. Oggi, l'attrazione mentale implica anche quella sessuale. In assenza della prima non vi è la seconda.»

Colsi il suo ragionamento, concentrandomi così tanto da aggrottare le sopracciglia. «Non è attratto sessualmente da me perché…»

«Perché non lasci fluire le tue emozioni, non mi permetti di conoscere la tua anima, di sentire cos'hai dentro, Dorothea.» Quando piantò gli occhi nei miei, sentii avvitarsi dentro di me l'angoscia di una cupa consapevolezza: il dottor Krugher possedeva una volontà ferrea. Non si sarebbe piegato alla lussuria né al desiderio che tentavo in tutti i modi di stuzzicare se in cambio non gli avessi donato qualcosa di più del mio corpo.

«Perché per me non è così?» I capezzoli mi si inturgidivano con la sola forza del suo respiro e il cuore batteva impetuoso a ogni flebile sillaba che emetteva. Non avrei voluto provare emozioni, le odiavo, perciò ero convinta che, se avessi trascorso con lui anche una sola notte, sarebbero svanite lasciandomi annegare nell'apatia di un tempo.

«Perché sei giovane, segui l'istinto. Vivi le passioni in maniera totalizzante e le armonizzi con i tuoi desideri che, una volta soddisfatti, si spengono e riaccendono per qualcun altro. Quando crescerai, riuscirai a stabilire un perfetto equilibrio tra stimoli esterni e coscienza.»

«Non sono mai stata attratta da un uomo più grande...»

In risposta ricevetti una risata aspra. «Allora sei attratta dalla novità. Non da me.»

«Cazzo, lei è proprio cocciuto!» Mi passai una mano tra i capelli, spettinati come sempre. «Pensa di psicanalizzare tutto e tutti, senza considerare che, qualche volta, può sbagliare.»

«Posso sbagliare sugli altri, ma non su di me», ribatté ostinato. «Ti ho dato la mia risposta e tale resterà finché le cose non cambieranno.»

«Quali cose devono cambiare?»

«Rifletti», mormorò seguendo il movimento delle mie dita impigliate in un nodo fastidioso. «Ti ho già esortato più volte a farlo.»

«Riflettere su cosa?» gli chiesi esasperata.

«Sono stato chiaro.»

«Invece no», insistei.

Lui si infastidì. «Non posso esserlo più di così, Dorothea.»

«Ma non mi ha detto nulla!»

«Ho fatto di più: ti ho dato la *chiave*», confutò, carico di un mistero indecifrabile. «Sei molto giovane e hai bisogno che ti spieghi certe cose affinché tu le capisca, ma non chiedermi altro a riguardo.» Smise di guardarmi. Si protese in avanti, con i gomiti sulle ginocchia, e serrò la mascella manifestando un primo segno di nervosismo, ma non demorsi e mi chinai appena per rivolgergli un'ultima domanda.

«Riguardo a cosa? Alla sua attrazione per me?»

Forse avevo intuito a cosa si stesse riferendo: la *chiave* era un legame emotivo e mentale che avrebbe voluto instaurare con me, in assenza del quale non sarebbe stato possibile arrivare al suo corpo. Quell'uomo aveva scaldato il letto di numerose donne, non aveva bisogno di una ragazzina con cui divertirsi. Aveva evitato di espormelo in maniera offensiva, ma la conferma giunse un attimo dopo.

«Riguardo all'attuale assenza di attrazione sessuale per te», ribatté atono.

In quell'istante Joël lanciò la palla verso di noi e il dottor Krugher, agilmente, la intercettò in tempo e l'afferrò con una mano, bloccandola prima che mi arrivasse in faccia. Il bambino corse verso di noi, sorridente e ignaro dei nostri discorsi confidenziali. Il padre era il suo idolo, il suo maestro di vita, il suo insegnante di calcio e compagno di giochi. Non avrebbe dovuto intrattenere conversazioni ambigue con una paziente, non avrebbe dovuto parlare di desiderio o sesso, eppure era successo a causa mia. Ero io che lo tentavo e provocavo costantemente, ero io che volevo insinuarmi nella sua quotidianità e sconvolgerla. Il mio atteggiamento avrebbe potuto ledere un bambino di undici anni che avrebbe perso la stima e la fiducia nei confronti di suo padre, un uomo che, se avesse scelto di tradire la moglie, avrebbe rovinato per sempre il loro equilibrio famigliare.

«Devi ancora perfezionare la mira, Joël.» Il dottor Krugher si alzò e calciò il pallone che il ragazzino riuscì a fermare con un colpo di petto. Un pensiero lampante mi incupì mentre mi soffermavo a riflettere sulle informazioni che avevo recepito nella nostra precedente passeggiata al parco: lui mi aveva detto di essere sposato da tre anni, ma il piccolo Jo aveva undici anni, perciò qualcosa non quadrava. Valutai la possibilità che fosse nato prima che i suoi genitori convolassero a nozze oppure che la mamma del bambino fosse semplicemente un'altra donna o, ancora, che il dottor Krugher fosse vedovo e avesse deciso di crescere da solo suo figlio ritrovando l'amore dopo molto tempo con l'attuale moglie. Un'inspiegabile sensazione dentro di me propendeva per quest'ultima verità, poiché ciò avrebbe spiegato anche il motivo dell'oscurità che percepivo nel suo sguardo quando mi fissava senza lasciar trapelare nessun pensiero o stato d'animo.

Sapevo perfettamente cosa significasse subire un lutto e conviverci ogni giorno.

Il dottor Krugher rimase in piedi, dandomi le spalle. «Ti ha scritto un bigliettino, vero?»

Sollevai la testa, fissandogli la schiena poderosa. Da quella prospettiva sembrava ancora più imponente. «Sì. Come fa a saperlo?»

Si voltò con un'espressione profondamente fredda e sospirò costernato. «Joël è affetto da mutismo selettivo. Una rara condizione che colpisce i bambini in fase di sviluppo, nonostante l'apprendimento, la comprensione e l'uso del linguaggio siano buoni. Non riesce a parlare al di fuori degli ambienti in cui si sente protetto o in presenza di estranei. A casa, con me e mia moglie, è un gran chiacchierone, ma in altri contesti l'ansia ha il sopravvento e lo costringe a un silenzio prolungato. Il suo modo di comunicare, oltre ai gesti, è la scrittura. Qualche giorno fa mi ha detto di aver scritto un bigliettino poetico a una ragazza dai capelli dorati. Non avevo capito fossi tu.»

Probabilmente suo figlio non gli aveva raccontato del nostro incontro né che, in quell'occasione, avessi conosciuto anche il dottor Markus. «Sì, è stato un gesto molto carino.»

«Di sicuro gli piaci», asserì, fissando con gli occhi pieni d'amore il piccoletto che rincorreva la palla.

«Potrebbe essere un problema?» Mi alzai per affiancarlo.

«Joël mi somiglia molto. È diffidente e schivo, ma se ti ha scelta ci sarà un motivo…»

«Sarò felice di scoprirlo.» Ignorai il calore che mi irrorò le guance a causa della sua vicinanza. Mi sentivo sopraffatta da una soggezione e una timidezza che mal si adattavano alla mia solita sfacciataggine. «È un bambino davvero intelligente. Lei è un uomo fortunato.»

«Lo penso anch'io. È stato l'imprevisto migliore che potesse capitarmi.»

Sfregai la punta della scarpa sulla caviglia dell'altra gamba e gli fissai il profilo ben disegnato. «Imprevisto?»

«Non ho mai voluto figli», confessò con limpida franchezza.

«Oh…» sussurrai scervellandomi su quale potesse essere la storia della nascita di Joël. «Quindi è stato incastrato dalla madre di Jo?»

«'Incastrato'?» Soltanto in quel momento mi concesse un'occhiataccia per l'eresia appena detta. La percepii così potentemente che trasalii.

«Be', sì…» farfugliai intimidita e retrocessi di qualche passo poiché la sua eccessiva serietà riuscì a farmi sentire imprudente. «Ha presente quando una donna con moine e tattiche di seduzione cerca di incastrare un uomo? Ecco, intendo questo.»

Lui rise, trovando divertente quanto ingenua la mia osservazione. «La furbizia si cela dietro il manto regale dell'intelligenza, Dorothea. L'uomo intelligente è anche furbo, difficilmente si lascerà accecare o persuadere da situazioni ingannevoli.»

«Quindi mi sbaglio?»

«Completamente», affermò con sicurezza. «Ma non è il caso di parlare con te di certi argomenti.»

«Perché? Sono troppo giovane?» lo schernii, reputando assurdo che mi considerasse una mocciosa incapace di affrontare discorsi importanti.

«Perché la mia vita privata non ti riguarda, Dorothea. È bene che tu lo capisca prima che io perda la pazienza.» La forza di quel rimproverò mi indusse a irrigidirmi e a tacere. Non avrei dovuto rimanerci male. Mi aveva semplicemente detto qualcosa che già sapevo, sebbene non mi aspettassi di udirlo in quel modo: con un tono fastidioso e ostile, correlato a uno sguardo torbido e glaciale, quasi cattivo.

«Okay…» Sfilai il pacchetto di sigarette dagli shorts e presi le distanze da lui. «Okay», ripetei indispettita; Joël si accorse della nostra tensione. Lasciò rotolare la palla sino ai piedi del padre e ci fissò accigliato. «Lo terrò presente quando sarà lei a voler ficcare il naso negli affari miei. Anzi… Mi stia lontano d'ora in poi. Mi lasci perdere. Mi ignori. E soprattutto…» Gli puntai un dito contro, accartocciando nel palmo il pacchetto. «Non mi tocchi più.»

19
Thea

L'inferno è vuoto
e tutti i diavoli sono qui.
WILLIAM SHAKESPEARE

MI sono sempre chiesta che cosa sia il senso di colpa.

Una delle emozioni più complesse che si ripercuote sull'animo umano soltanto dopo un errore, dopo che l'immoralità le ha fatto da guida impedendole di inibirne gli atti.

La colpa interviene tardivamente, quando l'istinto ha condotto il comportamento a una trasgressione irreparabile, quando lo sbaglio ha già sporcato l'etica, macchiato la coscienza, provocato danni enormi.

Sapevo che, oltre al rimorso e alla vergogna, sarebbe emerso anche il rimpianto per aver sedotto un uomo adulto e per averlo fatto persino in presenza di suo figlio, ma non mi aspettavo che la sensazione sarebbe stata così terribile.

Avrei potuto giustificarmi aggrappandomi al contesto in cui mi trovavo, al periodo difficile che stavo vivendo, alla solitudine con la quale convivevo ormai da due anni, alla morte della mamma, ma sarebbe stato vile negare che la responsabilità di tutto fosse mia, della mia mente e dei miei impulsi deviati.

Cosa c'era che non andava in Andy?

Cosa c'era che non andava nella nostra relazione?

Cosa c'era che non andava nei ragazzi della mia età?

Niente, eppure tentavo sempre di sconfinare, di gettarmi in situazioni malsane, di pretendere di più di un sentimento puro come l'amore o dell'intesa fisica come il sesso.

Cosa c'era di più?

Esisteva davvero quel di più?

O si trattava soltanto della ricerca infinita di qualcosa che non avrei mai trovato?

Le domande mi tormentavano, mi assillavano, tanto che mi battei i pugni sulle tempie fino a farmi male, fino a farle cessare di orbitarmi davanti agli occhi.

«Voglio tornare a casa.» Raccolsi le ginocchia al petto, rannicchiata sulla sedia, nella sala pranzo. Guardavo tutti con terrore, spaesata, abbandonata a me stessa.

«Thea, sei semplicemente sconvolta. Ti va di spiegarmi cos'è successo?» Non sapevo chi avesse convocato il dottor Nørgård, forse Hunberct o qualcun altro. Le ragazze sedevano ai loro posti con gli sguardi sconcertati, le zuppe ancora fumanti, a eccezione di Sophie che, con il suo sorrisetto infido, spiluccava della frutta, divertita dalla situazione; il maggiordomo, fermo a un angolo della sala, con le mani congiunte in grembo, osservava irreprensibile la scena, muovendo gli occhi grigi da me al dietologo senza intervenire.

«Non mi faccia domande, la prego. Voglio andarmene.» Non si trattava di un semplice capriccio o di un'insolente pretesa, ma di una reale necessità. Avevo bisogno di rivedere la nonna e Andy, soprattutto lui. Non lo avevo più sentito da quando aveva scoperto del dottor Krugher e delle mie bugie, dovevo chiarire le cose, guardarlo negli occhi e accertarmi che il mio migliore amico fosse ancora lì, a donarmi tutto l'amore con il quale mi aveva nutrita per ben dieci anni. Sarebbe stato l'unico in grado di capirmi e di darmi dei consigli in merito alla confusione che, ogni giorno, mi induceva a commettere nuovi errori.

«Ho bisogno di capire cosa ti succede, Thea.» Malgrado la mia reticenza, il dottor Nørgård tentò ancora di cercare una spiegazione al mio apparente comportamento dissennato. Alle sue spalle, la dottoressa Ruiz era concentrata sul piatto di porcellana che avevo scaraventato al suolo. Vi erano cocci sparsi qua e là sul pavimento di marmo. Alcuni schizzi di zuppa mi avevano imbrattato il collo, la t-shirt e la gonna, conferendomi un aspetto sudicio. Frattanto, sentivo i battiti del cuore nelle orecchie, così forti da sovrastare qualsiasi cosa, conscia di averla fatta grossa e di doverne pagare le conseguenze.

«Mi fa male la pancia e voglio tornarmene a casa», ripetei come in una litania insistente. Nørgård si passò una mano sul viso sbarbato, incerto se continuare a tediarmi con le sue domande o se valutare davvero la mia richiesta. La psicologa avanzò di pochi passi, restando a una distanza moderata. «Adrian, stamattina ha rifiutato anche la colazione», lo informò, e considerai il suo gesto un'infamia bella e buona, tanto che la fissai carica di sdegno.

Chi le aveva dato il permesso di rivelarlo?

«Perché, Thea?» La voce del dietologo assunse un tono più drammatico e perseverante. «Non ti convince il piano alimentare, forse?»

Scossi il capo. Il piano alimentare non c'entrava niente, o meglio, era solo una delle mille cose che mi preoccupavano. Strinsi maggiormente le braccia attorno alle ginocchia, restando rintanata nel mio guscio protettivo. Poco prima avevo discusso con la signora Monique che, notando la mia esitazione nell'assaggiare il pranzo che aveva preparato appositamente per me, aveva insistito per più di dieci minuti affinché mangiassi. L'arroganza e il senso di costrizione che avevo avvertito addosso mi avevano indotta a esplodere in una reazione furente con la conseguenza che avevo lanciato in aria il piatto, rischiando di ferire qualcuno e terrorizzando le mie compagne.

«E allora cosa?» Lo sguardo del dottor Nørgård divenne lucido di una sincera comprensione. «Sai che puoi dirmi tutto, vero?»

No, non potevo confessargli ciò che era successo il giorno della morte della mamma, né della nostalgia che provavo nei confronti di Andy o dell'illogica attrazione verso il collega psichiatra. Posai il mento sulle ginocchia e fissai un tovagliolo stropicciato, abbinato al resto del coperto e abbandonato accanto al piatto di Nasha, che rigirava tra le dita il cucchiaio, giocando con la zuppa anziché terminarla.

«Abbiamo finito con questa pantomima? Vorrei pranzare in santa pace.» Sophie sbatté le lunghe ciglia finte. Quel giorno sfoggiava un trucco eccentrico e colorato, con glitter decorativi che le illuminavano le palpebre, agli angoli delle quali due diamantini rifulgevano come preziose gocce di rugiada.

«Queen, per quale cazzo di motivo non provi a essere meno superficiale?» la rimbrottò Riley, spinta da un senso di fastidio che non si preoccupò di celare alla ragazza alla quale, soltanto ventiquattro ore prima, aveva procurato dei farmaci vietati rischiando di essere scoperta e cacciata via dalla clinica. Non era facile capire che tipo di rapporto avessero: Sophie doveva fidarsi molto di lei, giacché non avrebbe potuto condividere un segreto così compromettente con chiunque.

«Tu pensa agli affari tuoi, stronza.» Sophie le lanciò un'occhiata fulminea, carica di un livore al quale soltanto lei poteva dare una spiegazione; Riley ghignò e si adagiò contro lo schienale della sedia con una sicurezza tale che fece arrossire la spocchiosa attrice.

«Thea...» Juliette aggirò il tavolo per raggiungermi, ma il dottor Nørgård con una mano sollevata all'altezza del suo petto la fermò prima che potesse avvicinarsi.

Non ero pericolosa, non avrei mai fatto del male alla piagnucolona con la quale mi stavo abituando a condividere la stanza, ma il medico non parve essere dello stesso avviso.

«Voglio solo consolarla», si impuntò lei, con una smorfia afflitta.

«Non ora, Juliette», la redarguì il dietologo, mal tollerando la sua iniziativa.

«Thea, ti va di andare nel mio studio e di parlare un po'? Solo io e te.» La dottoressa Ruiz tentò un approccio rassicurante con il quale convincermi a dichiararle in privato qualsiasi tormentoso pensiero mi stesse affliggendo, ma con un sorriso impertinente scossi la testa.

«Non posso alzarmi», cantilenai, sebbene nessuno dei presenti potesse intuire cosa me lo impediva.

«Perché?» insisté, vagliando ogni linea del mio corpo raggomitolato sull'esile sedia.

«Perché no.»

«Thea, non è il caso che tu ti prenda gioco di noi. Siamo qui per aiutarti.» Il dottor Nørgård intervenne a favore della collega reputando la mia risposta una semplice perdita di tempo.

«Non mi prendo gioco di voi. *È la vita che si prende gioco di me tanto quanto il Diavolo si prende gioco delle anime dannate*», intonai un verso dell'ultima canzone che io e Andy avevamo scritto insieme; sentii ogni parola gravarmi sul cuore e conficcarmisi nella schiena come tante schegge appuntite. Mi mancava lui, mi mancava la nostra quotidianità, mi mancava il nomignolo fastidioso con il quale era solito chiamarmi, mi mancavano i suoi abbracci e i suoi sorrisi.

Mi mancava tutto di noi.

«Ascolta, Thea.» Nørgård si munì di pazienza, determinato a tirarmi fuori dal momentaneo limbo nel quale la mia mente si era smarrita. «Mi rendo conto che per te non è un periodo facile. Le emozioni spesso sfuggono al controllo di un paziente, soprattutto in fase di elaborazione e cura del disturbo. Hai iniziato alla grande questo percorso e tutti confidiamo in te e nella tua guarigione, ma abbiamo bisogno che collabori, che tu ci dica cosa non va, in modo tale che ognuno di noi, con la propria esperienza, possa aiutarti a stare meglio.»

«*E per le anime dannate non esiste cura*», ripresi a intonare versi carichi di un valore profano. «*Non hanno niente da darti. Spietate e chimeriche, attendono di essere frustate. Lo sai? La frusta aggiusta, non disgusta. Hanno il cervello in fiamme, non sperare di aiutarle. Oh sì, attento al loro fuoco. È persuasivo e distruttivo. Ti attrae per divorarti. Ti divora per ammazzarti. Oh sì, attento al loro fuoco. Se bruci, nessuno può salvarti...*» Con un po' di immaginazione riuscii a sentire la voce graffiante di Andy, il suono sporco e aggressivo della mia chitarra, quello più cupo e potente del basso e infine il ritmo calzante della batteria. Abbigliata con indumenti scuri, catene, borchie e bandana macabra, provai l'ebbrezza di esibirmi sul palco con la mia band, dinanzi a una platea di gente adorante e in visibilio. «*Si presentano buone come un Dio ultraterreno, ma ti offrono crudelmente un bicchiere di veleno. Amore corrotto che tutto ha rotto. Pensi che stiano lì a implorarti? Mi dispiace, ma loro vogliono solo disarmarti. Toccale, nutriti della loro carne ardente poi scappa. Altrimenti la bolgia ti acchiappa*», sussurrai con voce tremula e i brividi a percorrermi i muscoli.

«Cazzo, Thea! Questa è una delle canzoni più belle dei Bright Demons. La voce di Andy Taylor spacca di brutto!» Nasha applaudì alla mia performance improvvisata mentre Akemi e Sophie mi guardavano disgustate.

«Cos'è? Una roba satanica?» L'attrice addentò una fragola e la masticò, senza togliersi dalla faccia quella smorfia di pura ripugnanza.

«È creatività, stronza», difesi Andy e l'impegno che ci aveva impiegato a elaborare con me un testo che potesse soddisfare i nostri fan. Non era semplice scrivere una canzone né adattarla a una melodia che funzionasse e che si modulasse a ogni parola, senza risultare ridicola o poco orecchiabile.

«Andy Taylor, per quanto mi riguarda, ha raggiunto il successo solo perché è scopabile, non di certo perché scrive testi poetici. Con quella boccuccia saprà fare tante cose, eccetto cantare.» Si sistemò oltre le spalle i lunghi capelli lucenti e rise da sola della sua insinuazione infida e lontana dalla verità. Forse seguiva diete ferree e malsane perché la cattiveria era l'unico cibo in grado di sfamarla. Andy era uno dei pochi ragazzi della nostra generazione ad avere un talento fuori dal comune, una capacità artistica invidiabile e un'originalità pazzesca; lei non era degna di pronunciare il suo nome.

«Non sai niente di lui. Non nominarlo neanche.» Avrei voluto scattare dalla sedia e prenderla a schiaffi, ma il senso del pudore mi costrinse a non muovermi, soprattutto se non volevo rivelare all'équipe medica il motivo che mi induceva a non alzarmi.

«Adesso basta.» Nørgård pose fine a quella frivola discussione. «Nessuno vi costringe ad andare d'accordo, ma ci aspettiamo almeno che vi rispettiate a vicenda.»

«Io non mi lascio avvicinare dalle sataniste, mi contaminano con la loro energia negativa.» Sophie scosse le mani simulando un rito improvvisato con il quale impedirmi di invadere il suo spazio vitale.

«Sei proprio stupida.» Le feci il dito medio e lei mi scoccò un finto bacio volante.

«Smettetela, ho detto!» ci riprese il dietologo, stanco di ripetersi.

«Adrian, che sta succedendo qui?» L'aria divenne improvvisamente tesa, quando il dottor Krugher apparve all'improvviso sotto l'arcata della sala pranzo, cogliendo di sorpresa i colleghi. Le ragazze si misero subito in all'erta tanto quanto il maggiordomo Hunberct, che lo invitò a entrare con un cenno del capo. Tuttavia, l'affascinante psichiatra non si lasciò ingannare da quella falsa quiete imbastita all'ultimo secondo e avanzò nella sala, a passo sostenuto, per poi fermarsi di fronte al dottor Nørgård. Lo soppesò qualche istante, sovrastandolo di circa due teste. Il giovane uomo non resse a lungo il suo sguardo glaciale. Sul viso dai tratti delicati apparve un disagio sconveniente che tentò di celare guardando un tozzo di pane sulla tavola allestita.

«Thea e Sophie stavano battibeccando animatamente e ho cercato di riportarle all'ordine.» Si schiarì la voce, in attesa che il collega, con più esperienza e più austero nel portamento, dicesse qualcosa, pur di arginare il suo imbarazzo. D'altronde non aveva fatto niente di male, eppure sentiva che il dottor Krugher fosse in procinto di esternargli il suo disappunto. Intanto, con l'eleganza di una pantera e il fiuto di un cane da guardia, lo psichiatra setacciò l'intera stanza puntando lo sguardo sui frammenti di porcellana sparsi sul pavimento. Di proposito li pestò con la suola delle scarpe, facendone scricchiolare alcuni.

«E questi?» Percepii il rumore di una caramella che passava da un molare all'altro mentre lui si voltava verso la dottoressa Ruiz.

Quest'ultima congiunse le mani sul basso ventre e raddrizzò la schiena. «Thea ha avuto una reazione di rabbia contro la signora Monique.»

«Mmh...» mormorò pensoso. «Quando è successo?»

«Circa un quarto d'ora fa.»

«E perché non sono stato contattato subito sul cercapersone?»

«Credevo che tu fossi al piano superiore.» Deglutì nervosamente «Tra i reparti.»

«Nina», la riprese autoritario e, con la sola forza del suo corpo che incedeva lentamente verso la silhouette longilinea della psicologa, la indusse ad alzare il capo che poco prima aveva abbassato sulle sue décolleté semialte. «Non mi interessa dove credi che io sia, con chi o cosa stia facendo. Nel momento in cui si verificano situazioni come questa io esigo di essere informato subito. Pensi di ricordartene o preferisci che ti scriva un promemoria sulla tua agenda?» Si chinò per scrutarla negli occhi verdi mentre assottigliava i propri in un'espressione arcigna. La donna ne avvertì la vicinanza intimidatoria, si posò una mano sullo stomaco come a trattenere qualcosa che le si stava contorcendo dentro e perse fiato, tradendo per un attimo l'effetto che le faceva averlo così vicino.

«No, Efrem. È chiaro. Non volevo disturbarti», provò a giustificarsi, ma il dottor Krugher si strinse tra le dita la base del naso, scostò un lembo del camice per mettere una mano sul fianco e, dopo qualche istante di riflessione, tornò ad assoggettarla con suoi occhi verdeazzurri, lampeggianti di rabbia.

«Nina, 'disturbare' presuppone che qualcuno venga interrotto con interventi inappropriati durante lo svolgimento di una qualche attività. I miei pazienti sono il mio lavoro e, quando si tratta di loro, qualsiasi tipo di informazione può servirmi a espletare le mie funzioni nel migliore dei modi. Pertanto, gradirei che la prossima volta ti preoccupassi di meno di 'disturbarmi' e agissi con la giusta tempestività.»

«Assolutamente», convenne imbarazzata. «Non accadrà più.»

«Me lo auguro», replicò spazientito. «E la stessa cosa vale per te, Adrian.» Si rivolse anche al dietologo che, inerme alle sue spalle, si limitò ad annuire. «Oggi è una giornata sfiancante per me, almeno voi cercate di non renderla peggiore.»

Era nervoso, e il motivo non sembrava essere la negligenza dei colleghi; loro furono più che altro la valvola di sfogo attraverso la quale scaricare lo stress accumulato in quella mattinata lavorativa. Doveva essere molto affaccendato, impegnato in colloqui con star viziate e ospiti indisciplinati: individuarne i problemi psico-fisici richiedeva non solo una grande professionalità, ma anche una temprata concentrazione. Nondimeno, anche lo sforzo emotivo era notevole. Ricordavo le parole che mi aveva rivolto nel bagno, dopo aver spazzato via le intenzioni di un gesto abietto che speravo di non ripetere più, e le riascoltai nella mente: *Da una vita intera non faccio altro che assorbire il dolore psichico ed emotivo dei miei pazienti. Ho imparato a sentirlo, a renderlo inamovibile, a ospitarlo ma a proibirgli di mettere radici dentro di me e, nei rari casi in cui ciò accade, so come liberarmene.*

Nella sua professione era necessario non solo comprendere i disturbi dei pazienti, ma anche inglobarli dentro di sé e viverli sulla propria pelle attraverso i loro racconti, il loro malessere e la loro mente, il cui accesso era consentito a intelletti eccezionali come il suo; tuttavia, il pegno da pagare era quello di affrontare giorni bui, pieni di angoscia, tristezza o rabbia, resi tali dalla consapevolezza che l'infelicità è una parte consistente della realtà: una condizione umana a volte insita nell'animo stesso, altre volte trasmissibile da uomo a uomo. Il dottor Krugher si faceva carico dei dolori altrui e, malgrado la possibilità di liberarsene chissà in quale modo, ne assorbiva tutto il male paralizzando le proprie emozioni positive e vivendo in una situazione di debilitante ipersensibilità, il cui peso diveniva insostenibile anche per un medico forte e volenteroso come lui.

«Ho chiesto a Thea di parlare con me, nel mio studio, ma ha rifiutato. Non è in sé stamattina.» Dopo essersi riappropriata della dovuta fermezza, la dottoressa Ruiz si rivolse al dottor Krugher in maniera formale, inducendo quest'ultimo a osservarmi. Provai un lungo brivido d'eccitazione quando scorsi le sue sopracciglia contratte autorevolmente sul viso imperioso del quale era difficile ignorare il fascino.

«D'accordo. Ci penso io, andate pure», annunciò. I colleghi non osarono contraddirlo e si limitarono semplicemente ad abbandonare la sala. «Lasciatemi solo con lei, per favore», aggiunse rivolto alle ragazze sedute al tavolo che, una alla volta, si alzarono obbedendo al suo ordine. «Hunberct, tu resta», decretò infine. Il maggiordomo non si smosse di un centimetro, ma un'impercettibile contrazione della mascella manifestò il suo nervosismo. Avrebbe voluto scappare, tanto quanto lo volevo anch'io. In un guizzare di muscoli tonici sotto il camice che ne copriva le linee ma non la consistenza, il dottor Krugher pestò i cocci e li oltrepassò per raggiungermi. Afferrò lo schienale di una sedia, la scostò e si accomodò di fronte alla mia esile figura, rannicchiata in una posizione spaventata e diffidente. Sentii il suo sguardo vellicare come una carezza rude il mio corpo. Non c'era niente di gentile in lui quel giorno, soltanto una coltre oscura che pareva accentuare le sue iridi fredde e pungenti. Deglutii un groppo di saliva e rimasi inerte a fissare l'acqua di un bicchiere abbandonato, sentendo il suo respiro regolare e l'odore fresco di limone fluire dalle labbra scolpite. Il dottor Krugher non aprì bocca e io compresi perché mi sentissi così in soggezione in sua presenza: eravamo opposti. Lui magnifico nei suoi abiti eleganti, il camice che indicava una sapienza superiore alla mia, lo sguardo impenetrabile e il carisma invidiabile; io trasandata, con gli indumenti sporchi e una vita incasinata.

«Che ci fa lei qui?» Decisi di rompere il silenzio, malgrado le ginocchia si fossero strette al petto in una difesa più stringente. «Fino a ieri non voleva neanche parlarmi.» Mi sentivo sopraffatta dalla sua aura ottenebrante, eppure riuscii a sfidarlo con la mia insolenza.

In totale tranquillità, lui posò un gomito sul bordo del tavolo e tamburellò le dita sulla tovaglia finemente ricamata. «Ti ho detto che la mia vita privata non ti riguarda, non che non volessi parlarti», puntualizzò. «È per questo che sei arrabbiata oggi?» intuì, premurandosi di scusarsi subito. «Non volevo essere sgarbato.»

Un ghigno beffardo anticipò la mia risposta inaspettata. «Non si dia molta importanza. Il mio malumore non dipende da lei.»

Con l'indice tracciò il ricamo del fiore che decorava il copritavolo e sorrise, per niente sorpreso dal mio affronto. «Sicura? Eppure mi sembra che tu ci sia rimasta male.»

«Ho altri problemi a cui pensare. Non me ne frega un cazzo della sua diffidenza nei miei confronti!» Un lampo di dolore al basso ventre mi fece emettere tra i denti un guaito sommesso; lui se ne avvide senza chiedermi che cosa avessi.

«Non è diffidenza, Dorothea. È professionalità.» Accavallò una gamba e allungò la mano su un piatto pieno di frutta fresca. Afferrò uno spicchio di mela che la signora Monique aveva già tagliato per Sophie e l'addentò, masticando a labbra chiuse.

«Be', allora, non me ne frega un cazzo della sua professionalità.»

«Cosa stai cercando di esprimere con la tua rabbia?» Mi parlava con una calma impressionante, come se stesse discorrendo di questioni che esulavano dal lavoro e delle quali era doveroso non fare alcun dramma.

«Nulla», borbottai. «Soprattutto a lei.»

«Mmh...» Prese un altro spicchio di mela, lo assaporò e si pulì le dita con un tovagliolo. «Ti riformulo la domanda: cosa stai cercando di esprimermi con la tua rabbia?» Aveva usato *esprimermi*, dunque credeva che fosse lui la causa del mio turbolento stato d'animo.

«Perché pensa che io ce l'abbia con lei?»

Il dottor Krugher afferrò un bicchiere pulito, lo riempì d'acqua e bevve, prendendosi tutto il tempo per rispondermi. Quell'atteggiamento indifferente, con un irritante senso di superiorità rispetto alle mie problematiche, mi stava innervosendo. E non poco.

Che lo stesse facendo apposta per indurmi a reagire?

«Perché lo percepisco.» Fissò il bagliore dei raggi del sole che si rifletteva sul vetro del bicchiere. Lo sostenne tra le dita e lo sollevò per studiarlo meglio mentre i deboli fili iridescenti filtravano dalla tenda chiusa, il cui drappo ne diminuiva l'intensità rendendoli meno dannosi. Per quanto possibile, i suoi occhi divennero ancora più luminosi, due pietre smeraldine che concorrevano con la bellezza del cielo e del mare.

«Si sbaglia.»

«La rabbia spesso è un metodo per relazionarsi agli altri. Nella maggior parte dei casi con la persona che l'ha scaturita per farsi sentire o riconoscere da quest'ultima. Non c'è nulla di male, fa parte del nostro essere.» Posando il bicchiere sul tavolo, ne profilò il bordo con l'indice con un lento giro circolare che nella mia testa rievocò immagini lussuriose finché la fede sull'anulare sinistro spazzò via ogni fantasia, poiché esisteva già una donna con la quale quelle medesime fantasie trovavano concreta realizzazione.

E di certo non ero io.

«Non sono arrabbiata», mentii, celando la mia angoscia.

«Hai scaraventato un piatto a terra, Dorothea.» Guardò la minestra che macchiava il pavimento per rimarcare l'ovvio, poi tornò concentrato su di me. «Fatico a credere che tu non lo sia.»

Afferrò una fragola che finì tra le sue labbra carnose mentre i miei pensieri si aggrovigliavano in un labirinto caotico di parole alle quali non riuscii più a dare un senso. Sentii un calore intenso infuocarmi i lombi e tentai di non assumere un'espressione inebetita.

Quell'uomo era sensuale da morire.

«Nessuno mi vuole nella propria vita.» Mi leccai la bocca, fissando lo stelo stretto tra le lunghe dita con le quali reggeva la base del frutto. «Andy non mi risponde alle chiamate per colpa sua, la nonna non può farmi visita sempre per colpa sua», lo accusai spudoratamente. «Si rende conto che lei è talmente fastidioso che non la sopporto più?»

«Sono fastidioso perché non riesci a sottomettermi al tuo volere, forse?» Si appropriò di un'altra fragola che seguì la sorte della precedente.

«No, perché nega ciò che ho notato da tempo.»

«È esattamente il contrario.» Deglutì prima di riprendere. «Non ho negato di essere attratto da te, come lo sono dalle vite di tutti i miei pazienti.»

«È questo che non capisco.» La confusione che aleggiava tra noi divenne ancora più corroborante tanto da appesantirmi la testa. «Lei in un solo attimo è capace di dirmi che è attratto e non attratto da me, addirittura mi pone sullo stesso livello degli altri.»

«Non so a che tipo di uomini tu sia abituata, ma ti ho già confidato di essere diverso.» Con la nonchalance di un padrone al quale tutto era dovuto, si adagiò allo schienale, assaporando sul palato l'ultimo rimasuglio di fragola.

Non mi feci intimorire dalla severità del suo sguardo né dalla sicurezza del suo atteggiamento e lo incalzai: «Non così tanto, dato che non mi sembra onesto».

«Lo sono. Un uomo disonesto si sarebbe comportato diversamente da me e avrebbe ignorato i valori della propria professione per una...» Si concesse un attimo di riflessione prima di proseguire; sembrava che si fosse fermato per rivalutare qualsiasi cosa stesse per scivolargli dalle labbra, alla fine preferì un semplice «ragazzina» al più eloquente «*scopata*».

Trasecolai, avvertendo un profondo senso di fastidio per la considerazione che aveva di me. «Non sono una ragazzina.»

«In virtù degli anni che ci dividono, lo sei.»

«Solo perché lei è vecchio, non vuol dire che io sia piccola o immatura.»

«Addirittura vecchio?» Finse di essere sorpreso, nonostante ci fosse un sorrisetto borioso a smentirlo. «Così mi offendi, bambina.»

Arrossii per quell'appellativo al quale chiunque avrebbe dato un significato affettuoso, ma che pronunciato da lui parve più malizioso che svenevole. «Anche lei mi offende se mi chiama ragazzina o bambina.»

«Consideralo un vezzeggiativo grazioso.»

«Grazioso un corno!»

«Sei sempre così capricciosa?»

«So esserlo anche di più.»

«Quindi sei o non sei una bambina?»

«Io non…» Mi fermai in preda all'imbarazzo, alla fine era riuscito a riportarmi al punto di partenza, come voleva. «No che non lo sono!»

Il dottor Krugher si leccò il labbro inferiore in un gesto di innata sensualità dopodiché, puntellandosi su un gomito, posò il mento sul pollice mentre con il dorso dell'indice si sfregava la barba bruna, assumendo una postura meno rigida e più riflessiva. «Ti muovi con la *souplesse* di un cerbiatto che ama essere rincorso ma non catturato; le tue forme sono morbide, appena sbocciate e invitanti; emani un'energia femminile che inevitabilmente trasmette agli uomini la tua smania di vivere nuove esperienze, tuttavia possiedi la stessa impazienza e incoscienza di una ragazzina. Pretendi di ottenere ciò che vuoi, senza guadagnartelo. Conferisci agli altri il diritto di comprimere la tua libertà e di plasmarti sugli ideali perfezionistici della società. Non ti piace argomentare, preferisci provocare con il tuo corpo. Sottovaluti chi ti sta attorno, compreso me, perché credi che nessuno sia degno di sentire il tuo medesimo dolore, perciò ti perdi in frivolezze, ti chiudi nel tuo mondo e mostri il lato di te più superficiale, poiché è l'unica arma per non instaurare legami.» Si fermò, squadrandomi dall'alto al basso prima di sentenziare: «Sì, Dorothea, sei una bambina, perché devi imparare ad affrontare le tue paure, a concedere fiducia ai più meritevoli e a crescere, evolverti, conoscere a fondo te stessa e soprattutto amarti.»

Il cuore mi batté come un tamburo nella casa toracica; avrei dovuto arrabbiarmi, forse una reazione furente era ciò che sperava di innescare in me, ma lo ascoltai ligia e solo dopo ribattei con veemenza. «Se sta cercando di ferirmi, sappia che ha fallito, dottore», ghignai, aggrappandomi ai versi di un'altra delle mie canzoni. «*Non ti farò entrare nella mia testa finché sarò io a volerlo. Mi sentirai strisciare sotto la tua pelle, strapparti la carne e divorarla. Ti avvelenerò il cervello e capirai che è stato tutto un tranello. Il Diavolo è un serpente dalla lingua arroventata, ne uscirai con l'anima sbrindellata. Pecco sempre, ma non sbaglio mai. Questo è solo il preambolo, ascoltami come se fossi l'oracolo.*»

Le sue iridi si accesero di una fervente luce sinistra; fu intrigato dal significato delle mie parole ma non spaventato né soggiogato. Continuò ad accarezzarsi la mascella con assoluta impassibilità, poi accennò un sorriso mendace. «Nella Bibbia ebraica, alla quale mia madre dedicava intense ore di lettura, il profeta Isaia ha definito Lucifero 'Stella del mattino', 'Colui che porta luce', smentendo così l'interpretazione secondo cui il Diavolo corrisponde a Satana. Per quanto i versi che hai cantato possano essere suggestivi, non hanno alcun effetto intimidatorio su di me. Il vero Demonio ha l'abilità di assumere sembianze diverse, Dorothea, spesso così fallaci che non è affatto facile scorgerlo nella massa. Ciò che posso assicurarti è che egli non commette mai l'errore di annunciarsi come hai appena fatto tu...»

Il suo timbro caldo e basso provocò un brivido freddo che mi attraversò dalle piante dei piedi sino alle punte delle orecchie; mi strinsi maggiormente in me stessa e lo guardai turbata. «Ne sa molto a riguardo.»

«Sono abbastanza informato, sì», confermò. Più che informato sembrava conoscere di persona le tattiche del Diavolo, come se ne avesse assaggiato la reale malvagità e ne avesse custodita un po' dentro di sé, ben occultata sotto un vello d'oro. «Ti hanno mai detto che la tua voce rievoca quella di una sirena quando canti?»

Mi accarezzai le caviglie nude, premendo le ginocchia, ancora raccolte al petto, tra loro mentre schiacciavo le sneaker sul bordo della sedia. «Mi hanno detto che è bella...»

«'Bella' è un aggettivo troppo generico. È enigmatica, riconoscibile e con un'intensità particolare, capace di catturare l'attenzione e tenere testa a un'intera platea. Sai, se cantassi più spesso riusciresti a sedurre persino uno come me», ironizzò, conscio di quanto fosse difficile allettarlo. Chissà come ci era riuscita sua moglie e quante altre donne avevano tentato di ammaliarlo prima di lei.

«Questa è una bugia.» Posai il mento sulla rotula, serbandogli un broncio bambinesco.

«Ogni uomo può essere avvinto in tanti modi diversi, basta indovinare quello più efficace.»

«Credo che, con uno come lei, sedici settimane non siano sufficienti.»

Il maggiordomo Hunberct si schiarì la voce rammentandoci che fosse nella nostra stessa sala; il dottor Krugher gli lanciò un'occhiata sbieca, consapevole della sua presenza. Non avrebbe mai potuto dimenticarsene, eppure aveva interagito con me senza temere alcunché. Hunberct avrebbe potuto spifferare ai quattro venti ciò che aveva udito, ma dalla serenità del medico dedussi che fosse sicuro della sua discrezione.

«Preferisci continuare la nostra conversazione altrove?» Più che una domanda, il suo parve essere un velato invito a seguirlo nello studio o in qualsiasi altro luogo potesse garantirci più privacy. Catturai tra i denti il labbro inferiore, manifestando un disagio che i suoi occhi vispi colsero all'istante. «Non ti fidi di me?» fraintese. «Sono il tuo medico, Dorothea. Parleremo solamente.»

Il dottor Krugher non aveva ancora del tutto compreso che avrei ballato la samba se mi avesse proposto una focosa notte di passione con lui. Ridacchiando, preferii non esporre ad alta voce il mio pensiero, anche se lo vidi aggrottare la fronte per capire cosa mi stesse frullando in mente.

«Non è per quello.» Fissai sul pavimento il liquido giallognolo della zuppa che andò a confondersi con le venature color champagne. «Io non posso…» Sudai freddo a causa della tensione, i crampi alla pancia aumentarono. «Non posso alzarmi.» Non avevo mentito alla dottoressa Ruiz e non avrei mentito neanche a lui. Speravo soltanto che mi credesse e che non pensasse che fosse una scusa blanda o una presa in giro.

«Per quale ragione?» Mi osservò a fondo. Tentò di scorgere il motivo del mio reciso diniego, ma quando nulla riuscì a debellare i suoi dubbi, si sporse verso di me. Afferrò i bordi laterali della sedia e mi trascinò contro di sé, lasciando stridere i piedi di legno sul marmo. Si arrestò solo quando fui sufficientemente vicina a lui da sentirmi inglobata dal suo profumo. Con una virile dominanza, infilò le dita nella piega interna delle ginocchia e senza attendere alcun consenso mi indusse a schiudermi delicatamente come la crisalide di una farfalla. Pervasa da un senso di appartenenza, come se le sue mani, forti e decise, potessero plasmarmi, rompermi e ricompormi a loro piacimento, gli permisi di spingermi le gambe verso il basso finché posai i piedi a terra. Imbarazzata, le scostai appena e strinsi nel pugno l'orlo della gonna mentre i suoi occhi, sagaci e attenti, esaminavano il rivolo cremisi che dall'interno coscia scivolava sul tessuto pregiato del cuscinetto sottostante. La macchia rossastra mi impregnava le mutandine che, per fortuna, non poté vedere.

«Hunberct…» proferì con una glaciale urgenza nella voce, dopo aver afferrato il motivo del mio impedimento. «Va' a controllare se le ragazze hanno raggiunto le loro stanze, per favore.» Fu un modo per concedermi la giusta riservatezza in un momento molto delicato.

Quando l'uomo uscì dalla sala e il dottor Krugher, con la pacatezza di chi aveva vissuto situazioni ben peggiori, tornò a guardare la chiazza che mi imporporava tra le cosce, sentii strapparmi via la dignità che avevo gelosamente conservato per tutta la vita. Non avevo concesso a nessuno una tale intimità, neanche ad Andy.

Avvilita e dimessa, richiusi le gambe, preservando l'ultima briciola di pudore.

«Non… non lo sapevo», farfugliai, dando una giustificazione sbrigativa a ciò che era accaduto. «Mi sono arrabbiata, forse troppo, e il mio corpo non ha retto…»

«L'anoressia nervosa atipica comporta l'irregolarità mestruale tanto quanto quella tipica. Era prevedibile che succedesse», spiegò, sollevando lo sguardo sul mio volto. «Oltretutto i pazienti che ne sono affetti soffrono di una particolare vulnerabilità che spesso si manifesta in comportamenti impulsivi o violenti. Vuoi dirmi cosa ti ha indotta a infuriarti?» Non arretrò né pensò di allontanarsi da me. Posò il gomito sul bordo del tavolo mentre mi fissava come se volesse cogliere i ragionamenti che mi stavano balenando nella testa. A quella vicinanza le sue labbra divennero una vera tentazione alla quale faticavo a resistere.

«No…» sussurrai.

Lui sospirò e rimase in rigoroso silenzio per qualche secondo, prima di proseguire con l'ostinazione di una bestia che non avrebbe mollato il suo pezzetto di carne tanto facilmente. «Esaminando la tua situazione dal principio – l'aggressione alla dottoressa Ruiz, il gesto che stavi per compiere nella vasca da bagno, la reazione furente di oggi mentre eri seduta a tavola con le tue compagne –, deduco che tu stia convivendo con un trauma molto più grande di ciò che vuoi far pensare. E ho bisogno che me ne parli, Dorothea…»

Per un istante il baluginio fiducioso che gli illuminò le iridi e il timbro profondo e comprensivo mi fecero considerare l'idea di fidarmi e affidarmi a lui. Avrei potuto rivelargli tutto, liberarmi delle tenebre che mi opprimevano da troppo tempo, invece scossi il capo e mi limitai a un semplice: «Perché?»

«Perché il trauma è un dolore che ti porti dentro e del quale non riuscirai a liberarti se non decidi di affrontarlo con me.» Osservò scrupolosamente i lineamenti del mio viso, i capelli biondi sollevati in due *space buns* con qualche ciocca ondulata che mi scivolava lungo il collo sottile e solleticava i seni appena accennati. Non ero truccata, non avevo un bell'aspetto. Odiavo i miei zigomi alti e troppo tondi, la bocca larga e carnosa che, con un semplice sorriso, arrivava quasi ai lobi delle orecchie. Odiavo i miei occhi a mandorla, il naso a patatina e i tre nei scuri che mi punteggiavano la guancia destra, eppure sembrava che lui stesse ammirando tutti quei difetti che, di sicuro, mi facevano apparire ridicola e infantile.

«Non c'è nessun trauma di cui parlare», negai. «Non sopporto di mangiare in presenza di altra gente, tutto qui.»

Volsi l'attenzione al ricamo fiorato del copritavolo e ne studiai le linee intricate.

«So quanto possa essere dolorosa l'introspezione, Dorothea. Senti una frattura dentro di te, una scissione del tuo Io, poiché i ricordi fanno male, ma sono necessari per aiutarti a elaborare e a superare ciò che hai vissuto.» Il dottor Krugher continuava a scrutarmi, a cercare risposte che non avevo intenzione di dargli. In quel momento risultò amabile e odioso al tempo stesso.

«Non mi piace pensare a me stessa.»

«Evitare se stessi è una conseguenza del trauma.»

«Le sto semplicemente dicendo che non ho niente da raccontarle, cazzo!» Provai un crampo al ventre e premetti il palmo sulla pancia, stringendo i denti. Lui notò il mio malessere e comprese che sarebbe stato inutile costringermi a confessargli parti del mio passato che non ero disposta a condividere.

«So che stai mentendo, ma non insisterò.» Mi fissò l'addome, contratto a causa del dolore atroce, e impietosamente indugiò sulle tracce vermiglie lasciate dalle mestruazioni. «Oggi non sei nella condizione più favorevole per pensare anche a questo. Cerca di riposare.» Si alzò in piedi. La sua figura era così vasta che catturarla nella totalità con un solo sguardo mi fu impossibile, perciò mi soffermai sul camice che gli arrivava quasi alle ginocchia.

«Spero di non averla sconvolta...»

Lui sistemò la sedia sulla quale si era accomodato, poi fissò un punto della sala lontano da noi, di fronte all'ampia finestra, smarrendosi in pensieri oscuri. «Tre anni fa, una ragazza più o meno della tua età, affetta da anoressia nervosa, scoprì di essere incinta di circa tre settimane del ragazzo che amava, pertanto decise di impegnarsi a seguire il programma del dottor Nørgård per rimettersi in forze ed evitare qualsiasi complicazione durante la gravidanza. Una sera, dopo un forte litigio con sua madre, mangiò un gelato e per punirsi si indusse il vomito per ore. Il giorno dopo subì un aborto spontaneo. La ritrovai distesa sul pavimento in un lago di sangue e dovetti assisterla per impedirle che si facesse del male a causa dei sensi di colpa.»

Le sue parole furono cariche di un freddo rammarico. Non era scosso da ciò che aveva affrontato con la paziente, quanto addolorato da quello che comportava svolgere la sua professione. Il dottor Krugher aveva la responsabilità di salvare le vite altrui, ma non sempre ci riusciva. In quel caso, sebbene la perdita di un bambino non fosse dipesa da lui, la desolazione di non aver fatto nulla per impedirlo sembrava ancora perseguitarlo.

«Sarà stato terribile…» Ebbi voglia di abbracciarlo, di reggere insieme il peso del suo dolore, di trasmettergli un calore umano del quale avevo bisogno anch'io. Con un gesto infantile, allungai il braccio e afferrai nel pugno il bordo del suo camice, tirandolo appena.

Lui chinò il viso per guardarmi e corrugò la fronte, percependo la mia intenzione di confortarlo in un modo diverso dal semplice contatto fisico, di cui vi era espresso divieto. Elegantemente, mi ringraziò con un sorriso tiepido. Le formule di cortesia erano inutili quando i suoi occhi sfavillanti riuscivano a togliermi il fiato e a gettarmi in uno stato di psicologica soggezione. «Per rispondere alla tua domanda, Dorothea: ho conosciuto tutte le brutture della vita, quindi è difficile sconvolgermi.»

Intercorse qualche minuto di silenzio durante il quale i nostri sguardi rimasero allacciati, avviluppati da una tacita consolazione. Con le dita strette attorno al tessuto del suo camice, sbattei le ciglia incapace di controbattere; lui invece si godette quell'effimero momento di pace riempito solo dalla sua presenza che irradiava un calore ardente, come la maestosa fiamma di un tripode.

«Efrem, eccoti finalmente!» L'avvocato Ryke irruppe precipitosamente nella sala. Avvolto in un completo elegante e con gli occhiali da sole inforcati nella scollatura della camicia, mi lanciò un'occhiata furtiva, limitandosi a un saluto sbrigativo, prima di dirigersi a passo spedito verso di lui. «Devi venire con me. Subito.» Gli serrò la mano attorno al bicipite per incitarlo a muoversi. Dall'espressione preoccupata sembrava che fosse successo qualcosa di molto grave e che l'intervento del dottor Krugher fosse pressoché necessario.

«Mitch.» L'amico lo scrutò allarmato. «Che succede?»

«Si tratta di Ben. È uscito dalla sua stanza circa un'ora fa e non è più rientrato. Non si sa dove sia né che diavolo abbia in mente questa volta», lo informò, ignorando me e la possibilità che stessi ascoltando tutto.

Il volto del dottor Krugher mutò notevolmente, divenendo torbido e ombroso. La mascella gli si contrasse così tanto da evidenziarne la linea prominente, il palmo gli si chiuse a pugno a indicare una rabbia che dovette trattenere con solerzia per non corrompere l'immagine dell'uomo pacato che si era costruito nel proprio ambiente.

«Okay, dammi un minuto. Attendi qui.» Senza che mi rendessi conto di ciò che stava accadendo, il dottor Krugher mi afferrò per il polso e mi indusse ad alzarmi. All'avvocato Ryke cadde l'occhio sull'imbottitura di velluto della sedia; il medico vi lanciò sopra un tovagliolo alla bell'e meglio, ma ormai Mitchell si era accorto del mio incidente e di conseguenza mi osservò le cosce, che serrai per la vergogna. «Accompagno Dorothea in camera.» Le dita del medico rafforzarono la presa attorno alla mia gracile giuntura, coprendo il tatuaggio della rosa trafitta dal pugnale che ne incideva il profilo esterno.

«D'accordo, ma sbrigati», sentenziò l'amico senza fare domande su ciò che aveva notato e compreso.

In fretta e furia, ci lasciammo alle spalle l'avvocato, uscendo dalla sala pranzo. Sgomenta, cercai di star dietro al dottore, le cui falcate erano così lunghe da doverle compensare con dei saltelli. Mi trainava come se io fossi il vagone e lui una locomotiva, e non accennava a rallentare, pur percependo la mia difficoltà.

«Aspetti», biascicai ansante. «Perché stiamo correndo? Che succede?»

«Non adesso, Dorothea», mi liquidò, con un'intonazione rigida e controllata.

Tra le varie statue che si stagliavano lungo le pareti, vidi degli operatori sfrecciare a destra e a manca come se fossero coinvolti in un'esercitazione militare. Percepivo addosso una strana sensazione di pericolo che aumentò quando esplose il suono assordante dell'allarme. Fu inevitabile rivivere nella mente il momento in cui l'avevo già sentito, ovvero dopo l'aggressione alla dottoressa Ruiz nel suo studio, pertanto percepirlo di nuovo mi fece sprofondare in uno stato di malessere e disagio. Mi coprii l'orecchio con una mano mentre l'altra era ancora intrappolata dalla morsa salda del dottor Krugher.

«Non riesco… non riesco a starle dietro…» Incespicai, ma riuscii a non cadere, sebbene il mio equilibrio fosse precario. Senza darmi retta, lui fece dei gesti a uno degli uomini che stava correndo nella nostra direzione, poi si fermò il tempo sufficiente a impartire i suoi ordini.

«Collins, avvisa le guardie all'ingresso. Setacciate ogni sala, corridoio, angolo della clinica. Il giardino, il parco, tutto. Può essere ovunque ed è pericoloso…»

Rabbrividii quando la sua voce assunse una nota, oltre che drammatica, anche inquietante. Il dottor Krugher non era il tipo di uomo che si lasciava facilmente spaventare da qualcuno, ma quel nome – Ben – lo aveva messo in guardia, tanto che lo aveva definito *pericoloso*.

L'operatore annuì e riprese la sua corsa, mentre noi procedevamo nella direzione opposta.

«Può dirmi che cavolo è tutto questo trambusto?» La pelle bruciava laddove lui mi stringeva, perciò tentai di muovere le dita pendule che sentivo fredde e formicolanti.

«No», rispose perentorio fermandosi a una svolta oltre la quale avrei dovuto procedere da sola. Mi lasciò il polso e si guardò attorno per accertarsi che fossimo al sicuro. «Ascoltami bene, Dorothea. Adesso va' in stanza e resta con Juliette. Non uscite da lì finché non ne avrete il permesso. È chiaro?»

Libera di muovermi, portai la mano chiusa a pugno sul petto e mi massaggiai il punto dolente. «Perché?»

«Per una buona volta riesci a obbedirmi senza fare storie, ragazzina?» mi rimproverò, alzando il tono quel tanto che bastava a farmi sobbalzare.

«Pretendo di sapere il motivo», ringhiai, fissandolo dal basso. «Ormai ci vivo in questa fottuta clinica!»

Lui espirò dal naso e si passò il palmo sul viso, tediato da me e dalla mia caparbietà. «Ti prometto che se mi darai ascolto ti farò incontrare Andrew.»

Cos'ero?

Una bambina alla quale proporre dei compromessi per non farla frignare?

Strinsi le labbra, masticando un'imprecazione furente, e lo fissai rabbiosa. «È proprio bravo a manipolarmi usando Andy, cazzo!»

«Dorothea.» Pronunciò il mio nome come se fosse in procinto di piegarmi e sculacciarmi con le sue grandi mani. «Se non mi ubbidirai, gli vieterò di farti visita fino al termine della tua permanenza qui. A te la scelta.»

Stupefatta, arretrai con un piglio capriccioso.

Sapevo che avrebbe mantenuto la parola, d'altronde aveva già agito allo stesso modo anche con nonna Lizzie, per cui sfidarlo sarebbe stata una mossa stupida. Avrei potuto ignorare la sua proposta e porre al primo posto il mio spropositato orgoglio, invece il cuore mi si riempì di speranza all'idea di poter riabbracciare il mio migliore amico.

Mi fu chiara quale sarebbe stata la decisione più giusta.

«Dunque?» Lui mi guardò a lungo, consapevole che stessi valutando varie opzioni, ma che la migliore fosse quella di non aizzarlo ulteriormente.

«Lei è proprio...» Mi morsi la lingua e indietreggiai. Maledissi Andy Taylor e l'affetto che nutrivo per lui, poi maledissi anche il dottor Krugher e il suo fascino diabolico e dominante. «Vado in camera e non uscirò di lì finché potrò.» Mi costò un'enorme fatica dirlo. Mi sarei aspettata di vedere un narcisistico compiacimento nel suo sguardo, invece colsi soltanto un sincero sollievo: il dottor Krugher voleva proteggermi.

«Bene. Non fraintendere il mio atteggiamento. È importante che tu e tutti i miei pazienti siate al sicuro», si giustificò. Nel frattempo, l'allarme continuava a strepitare nell'ambiente, indicando l'imminenza di un pericolo temibile che il dottor Krugher avrebbe dovuto affrontare. «Ora devo andare. Non fare scherzi e va' in stanza», si raccomandò, con l'indice puntatomi contro. Camminò all'indietro per pochi passi, forse per accertarsi che non lo seguissi, dopodiché si voltò per dirigersi verso l'ampio corridoio e raggiungere l'avvocato Ryke.

Rimasi ferma a fissarlo fin quando sparì oltre l'angolo.

Quell'uomo per me era il seme dal quale germogliava la rabbia più cieca, l'attrazione più delirante, il desiderio più insoddisfatto e la curiosità più inquieta.

Fu proprio quest'ultima a proliferare dentro di me, fino a esplodere in maniera involontaria e convogliare in un'unica, grande domanda...

Chi diavolo era Ben?

20
Thea

Comincerete a prendere in seria considerazione la follia
quando per la prima volta essa vi tornerà utile
per risolvere i vostri problemi da persona normale.
SIGMUND FREUD

I SOGNI sono una strana forma della realtà.

Freud sosteneva che tutto ciò che viene riprodotto a livello onirico derivi, in qualche modo, da ciò che abbiamo vissuto o dai ricordi che la memoria non riesce a portare in luce. Decifrarlo è difficile, ma non impossibile. Spesso i sogni fungono da chiave di lettura per comprendere desideri reconditi e proibiti, profondamente radicati nell'essere umano, lontani dalla coscienza eppure ugualmente indicativi.

Ognuno di noi possiede una dimensione psichica nella quale si sviluppano varie necessità: la libido verso l'oggetto segreto delle nostre passioni, il dolore per la perdita di una persona cara, le paure sulla precarietà della vita o l'ansia di non riuscire a raggiungere i propri obiettivi.

In quel periodo, esattamente da quando ero giunta all'Asklepios, la fantasia che mi vedeva braccata contro il muro da un uomo grande e grosso, con una mano stretta attorno alla mia gola e il membro vigoroso che pompava tra le mie cosce, aveva assunto dettagli diversi: non era più uno sconosciuto o un'ombra proiettata dalla mia testa. A quell'uomo, il mio inconscio aveva associato un volto dai lineamenti duri e due occhi verdeazzurri così criptici e spaventosi da eclissare qualsiasi cosa ci fosse attorno a lui. Il corpo possente, carico di un'aitante virilità, stuzzicava la voglia di affondarci dentro le unghie e di incidervi dei graffi sanguinanti che potessero diminuirne la perfezione; l'erezione turgida, così piacevole e dolorosa nella pancia, era pretenziosa e arrogante tanto quanto il suo padrone. Le spalle larghe parevano una roccia alla quale aggrapparmi per non cadere nel dirupo dei miei incubi; le labbra carnose e spietate una sorgente fresca dalla quale abbeverarmi per placare il fuoco che avevo dentro. Con i suoi movimenti, decisi e selvaggi, quell'uomo amava schiaffeggiarmi i seni, poi stringerli nei palmi rudi per ammirare il modo in cui la pelle chiara virava a un pallido violetto; amava morderne e succhiarne i capezzoli e fermarsi solo quando essi divenivano rossi e dolenti come lui pretendeva; amava infliggere colpi brutali al mio bacino, girarmi di faccia al muro, afferrarmi le natiche, distanziarle ed esplorarne il piccolo antro stretto con le intenzioni più immorali; amava togliermi ogni pudore, ogni limite e ogni verginità.

«La donna ne possiede più di una, piccola Dorie», mi sbeffeggiava e rideva diabolicamente quando era sul punto di introdursi ove non avrei concesso di entrare a nessun altro. Era in quel momento che io mi sentivo me stessa, sentivo nascere nel cuore la consapevolezza che cedergli la parte più intima del mio corpo fosse tutto ciò che desideravo, tutto ciò che mi rendeva completa, cinta totalmente a lui.

Nessuno avrebbe potuto possedermi più di così, più di quanto stessi permettendo all'uomo dei miei oscuri sogni.

E quando, con la disperazione di una ragazzina sottomessa, con la bocca tumida di morsi e la guancia premuta contro la ruvidezza della parete, gli domandavo quale fosse il suo nome, lui rallentava la corsa verso l'orgasmo, restava con il torace sudato appoggiato alla mia schiena, il pene prepotentemente conficcato tra le mie natiche, e in un lento e seducente sussurro, rispondeva: «Efrem…»

Riemersi dal sonno, frastornata e confusa.

La pelle emanava un leggero calore che mi indusse a toccarmi la fronte per raccogliere due goccioline di sudore. Mi guardai attorno e mi accertai di essere nella stanza della clinica, a Los Angeles, senza nessun uomo tenebroso dietro, addosso o dentro di me. Scossi il capo e risi sardonica per le voglie licenziose che mi infestavano la testa come terrificanti fantasmi. Probabilmente non sarei stata più capace di parlare con il dottor Krugher senza associarlo all'uomo oscuro che avevo sognato, privo di abiti, di inibizione e di moralità.

Preferivo la versione di lui che avevo immaginato a quella reale piena di probità e rettitudine, tuttavia sarebbe rimasto un segreto che avrei seppellito nelle mie strampalate fantasie, senza farne cenno a nessuno.

«Ben svegliata, dormigliona.» Juliette uscì dal bagno con un asciugamano avvolto attorno al corpicino magro. Aveva fatto una doccia e l'odore di bagnoschiuma si fuse con quello più acre che emanava il mio alito. Con una smorfia, presi dal comodino il pacchetto di mentine e ne lasciai scivolare una in bocca.

«Che ora è?» Posai i piedi nudi sul pavimento e mi osservai: tornata in camera, ero corsa a cambiarmi sostituendo la gonna sporca con un paio di pantaloncini di jeans e la maglietta con una semplice camicetta scozzese lilla.

«Le diciannove.» Juliette raccolse una spazzola dalla sua toeletta e iniziò a passarla tra i capelli umidi, senza distogliere lo sguardo da me.

«Le diciannove?» Contai mentalmente quante ore avevo dormito: circa sei.

«Eh già.» Si accanì su un nodo che le aggrovigliava le punte. «Hai detto che il ciclo ti rende stanca, dopodiché ti sei appisolata.»

«Sì, lo ricordo.» Mi stropicciai un occhio con il dorso della mano, poi premetti le nocche contro una guancia e la percepii accaldata.

Juliette si accigliò subito. «Qualcosa non va?»

«No, ho solo fatto un sogno» Mi alzai traballante. Mi girava la testa e mi sentivo debole. Non avevo mangiato, lo stomaco mi doleva, ma preferivo masticare e ingoiare la mia sofferenza, fatta di vuoto e rassegnazione, anziché dirigermi in cucina e mettere qualcosa sotto i denti. Avvertivo il senso della fame, ma mi impedivo di nutrirmi per non cedere di nuovo all'estenuante necessità di punirmi nei modi peggiori che conoscessi: vomitare o assumere lassativi.

«Che sogno?»

Passai accanto a Juliette; purtroppo, oltre allo specchio e al balcone, condividevamo anche il bagno, che per giunta distava un bel po' dal mio letto.

«Uno di quei sogni deviati che farebbe impallidire il peggiore dei depravati», ironizzai con amarezza, pensando a quanto fossi strana. La ragazzina parve riflettere su ciò che le avevo detto; di sicuro non aveva la dovuta esperienza per intuire a cosa mi stessi riferendo né poté lontanamente immaginarlo. Juliette sembrava il tipo di ragazza la cui purezza era assimilabile a quella di una bambina di dieci anni. Sospettavo che, oltre a essere vergine, non avesse dato neanche il suo primo, vero bacio.

«Ci sono novità là fuori? Possiamo uscire?» alzai la voce prima di appoggiarmi al bordo del lavandino e fissare il mio riflesso. Uno degli *space buns* era calato oltre l'orecchio mentre l'altro se ne stava in bella mostra, ritto e arrotondato. In ogni caso decisi di scioglierli entrambi per darmi una sistemata.

«Non lo so.» Juliette mi raggiunse, prendendosi una confidenza che non le avevo concesso. «Non ci hanno ancora informato.» Si appoggiò con una spalla allo stipite e si mordicchiò l'unghia dell'indice, reggendosi con una mano l'asciugamano sul petto.

«È strano.» Presi il mio spazzolino per versarci sopra una buona quantità di dentifricio. «Dicono che un tizio, un certo Ben, sia scappato dalla sua stanza...» Mentre mi strofinavo i denti, mi voltai verso di lei. La vidi impallidire e trattenere il fiato, come se le avessi detto che era stato scoperchiato il sarcofago di qualche spirito malefico.

«B-Ben?» balbettò, aggrappandosi maggiormente al panno che la copriva.

«Sì...» Un rivolo di dentifricio mi scivolò sul mento mentre le rispondevo. «Lo conosci?»

Lei si mordicchiò il labbro in un modo buffo e molto femminile, poi annuì. «Purtroppo sì. Lo conoscono tutti qui. È un tipo dal quale stare alla larga.»

Un lampo di malsana curiosità mi accese gli occhi. «Perché?»

«Perché è pazzo, Thea.» Juliette aveva intuito da tempo quanto fossi affascinata dal pericolo e quanto io stessa assumessi comportamenti che andassero incontro a situazioni insidiose; fu proprio quell'intuizione a destarla dalla sua apparente tranquillità. «Ti legherò al letto se oserai uscire da questa stanza!» mi minacciò, con un riferimento che colsi in maniera differente da come si aspettava.

Con un sorrisetto impertinente, sciacquai la bocca e la tamponai per asciugarla. «Se fosse stato un uomo a propormelo lo avrei considerato più erotico.»

Lei strinse le labbra amareggiata. «Non scherzare, la situazione è più che seria.»

Lasciando il tubicino del dentifricio aperto, la superai per risparmiami qualsiasi ramanzina stesse per farmi.

«Non posso starmene chiusa in camera per una giornata intera, okay?» Non lo avrei sopportato, avevo bisogno di camminare, di respirare, di non pensare a dove mi trovassi; restare tante ore in una gabbia, come un carcerato, non mi sarebbe stato d'aiuto.

«E cosa vuoi fare?» Juliette mi venne dietro, gocciolando ovunque. «Rischiare che quel folle ti trovi e ti rispedisca da me a pezzettini?»

«Oh, cazzo.» Scoppiai in una risata sguaiata, sottovalutando le sue parole. «Non siamo in un film horror, Juliette!»

«Peggio!» rettificò. «Siamo in una clinica psichiatrica che non ospita solo noi.»

Con le mani sui fianchi, la rimbrottai all'istante: «Ci sono numerosi operatori, guardie attorno a tutto il perimetro della struttura, un'équipe medica preparata e…»

«E uno psicopatico in libertà», concluse agitata. «Non conosci Ben, sei qui da poco tempo. Non sai di cosa è capace. È un uomo estremamente fuori di senno e, in questo momento, credo che tu lo sia quanto lui!» urlò in preda al terrore. Offesa, feci un passo indietro e mi limitai a soppesarla freddamente, carica di una delusione che non le avrei espresso, ma che ero certa stesse percependo. Resasi conto di ciò che aveva detto, la ragazzina chinò il capo mestamente. «Scusa…» mormorò con voce tremula. «Io… non…»

«È ciò che pensi.» Le diedi le spalle, celando la rabbia dietro un atteggiamento indifferente. Mi incamminai verso la scrivania per raccogliere il cellulare e il pacchetto di Lucky Strike, poi infilai i miei anfibi abbandonati accanto all'armadio e li allacciai.

«No. Non lo penso… è solo che…» La sentii avvicinarsi, i suoi passi furono deboli e incerti. Non oltrepassò il limite che il primo giorno avevo tracciato sul pavimento con la punta del suo rossetto, ma abbassò lo sguardo come se lo stesse immaginando ancora lì, inciso con una linea rossa che delimitava un confine non solo fisico ma soprattutto emotivo: non la volevo accanto, non volevo che mi fosse amica né che si legasse a me in alcun modo.

«Lascia stare», la interruppi. «Non serve che mi propini stronzate inutili.» Tentai di ignorarla, tuttavia lei mi afferrò per un braccio, guardandomi come se le avessi strappato il cuore dal petto.

«Ti chiedo scusa, Thea. Non odiarmi. Non era mia intenzione offenderti. Dico davvero», mormorò sull'orlo del pianto; chissà quanta gente riusciva a impietosire con il suo musetto e gli occhietti spauriti, ma io non ci sarei cascata.

Malamente me la scrollai di dosso senza concederle né comprensione né pietà, solo risentimento. «Vado a fare un giro.»

«Thea!» mi chiamò disperata.

«Stammi lontana fino a domani.» Mi avviai verso la porta e la spalancai. «Anzi, per sempre!»

Sapevo di essere stata crudele, forse esagerata.

Era mia abitudine rispondere alla sofferenza infliggendone altra a mia volta. Pretendevo di insegnare a tutti il peso delle parole, sebbene io fossi la prima a usarle, spesso, con leggerezza. Avevo offeso, ferito, deluso e mentito in numerose situazioni, eppure mi ergevo a giudice insindacabile pensando di averne il diritto, nonostante mi prodigassi ogni giorno per commettere nuovi errori, e sempre peggiori. Tuttavia, la mia reazione sarebbe stata giustificabile se Juliette avesse saputo qualcosa in più della mia adolescenza: molte volte i compagni di scuola mi avevano dispensato termini offensivi soltanto perché odiavo indossare le gonne, portare i capelli lunghi o relazionarmi alle ragazze della mia età. Prediligevo gli abiti scuri, i tatuaggi colorati, i collarini, le borchie e le catene. Mentre le mie coetanee attendevano di vedere nel cortile il ragazzo per il quale nutrivano una cotta segreta, io preferivo leggere le interviste delle mie band preferite, ascoltare musica rock e, soprattutto, giocare con Andy a chi sapesse rollare meglio una canna. Eravamo stati sospesi e convocati dal preside tante di quelle volte che mia madre aveva vagliato l'idea di spedirmi in Canada dalla sua amica Flor, una delle donne più rigide e severe che avessi mai conosciuto in tutta la mia vita; fortunatamente nonna Lizzie era riuscita a dissuaderla, altrimenti avrei perso Andy, e con lui l'opportunità di far parte dei Bright Demons. A proposito del mio amico, gli avevo scritto circa cinquanta messaggi ai quali non aveva mai risposto. Andy Taylor sapeva come farsi desiderare, era la strategia vincente che utilizzava con le sue ammiratrici e, a quanto sembrava, anche con me. Sperai che il dottor Krugher mi desse davvero la possibilità di incontrarlo e di parlarci; vedere un volto amico mi avrebbe tirato su di morale, soprattutto in quei giorni disastrosi.

Persa nelle riflessioni, uscii dalla camera, girai la testa da un lato all'altro e valutai la situazione: il corridoio era vuoto, l'allarme aveva cessato di suonare, nessun operatore si aggirava sul nostro piano.

Avevamo il via libera?

Con la tachicardia ad annunciare la mia agitazione, mi incamminai a passo leggero verso le scale. Mi infusi coraggio e proseguii rasente al muro, nascondendomi dietro le statue quando percepivo rumori sospetti. Mi sentivo come un ladro che, dopo aver rubato un ingente bottino, doveva scappare alla svelta per non essere catturato. Se qualcuno mi avesse sorpresa, soprattutto il dottor Krugher, non l'avrei passata liscia. Tentai di non figurarmi la sua espressione arrabbiata nella testa: soltanto immaginarlo mi faceva rabbrividire di paura.

Giunta, sana e salva, al piano inferiore, lanciai un'occhiata fugace allo studio del dottor Krugher prima di sgattaiolare via in fretta per il timore che potesse aprire la porta e cogliermi a gironzolare. Due operatori entrarono dalle porte principali e attraversarono la sala d'attesa per raggiungere Melanie, della quale riconobbi la voce femminile, ma prima che potessero accorgersi di me, arretrai in punta di piedi, imboccando per la prima volta le scale dell'ala ovest.

Il maggiordomo Hunberct non mi aveva mai mostrato quell'area della clinica, limitandosi ad accennarmi che fosse esclusivamente riservata all'équipe medica, ma ciò anziché vietarmi di proseguire mi incitò a curiosare.

L'arredamento riprendeva quello dell'intera struttura: le sculture greche accompagnavano i visitatori lungo il sentiero immergendoli nel mondo ellenico, i quadri bucolici di varie dimensioni decoravano le ampie pareti, le finestre a bovindo erano coperte da pesanti tendaggi che scurivano il corridoio, illuminato soffusamente dalle applique di cristallo. Notai tre porte ben distanziate fra loro: non sapevo a chi appartenessero né cosa celassero. Con un'ultima occhiata panoramica, mi accertai che nei dintorni non ci fosse nessuno e ne scelsi una a caso. Allungai la mano sul pomello, le dita tremarono, la paura di commettere uno sbaglio irreparabile mi fece esitare qualche istante, ma ormai avevo trasgredito l'ordine del dottor Krugher; anche se mi fossi fermata in tempo, avrebbe ugualmente scoperto che ero uscita dalla mia stanza senza attendere il suo permesso. Serrando il labbro inferiore tra i denti, tentai di aprire la porta dinanzi a me quando qualcuno mi abbrancò alle spalle. Non ebbi il tempo di reagire né di rendermi conto di cosa stesse succedendo. Un palmo grande e calloso mi fu premuto sulla bocca per impedirmi di urlare. Una presa salda e decisa mi bloccò i polsi dietro la schiena mentre, come un burattino, venivo trascinata via, contro la mia volontà. Presa dal panico, scalciai e mi lamentai. Non era una mossa scaltra mostrarmi spaventata o sopraffatta, tuttavia l'istinto non ammetteva alcun margine di razionalità. Dal torace sodo che avvertii contro la schiena e dalla possanza del braccio che mi premeva contro il petto, dedussi che l'aggressore fosse un uomo. A confermarmelo fu anche l'olezzo di fumo e sandalo misto a un profumo maschile così pungente da risultare invasivo. Terrorizzata, graffiai con i denti la mano che mi tappava la bocca e provai a liberarmene, ma le dita dell'uomo sembravano i tentacoli di una piovra avviticchiati alla mia faccia. Serrai le palpebre nell'istante in cui percepii un cigolio acuto, l'impatto forte delle mie ginocchia contro il pavimento e una porta che veniva sbattuta bruscamente. Chiunque fosse mi aveva liberata e al contempo spintonata tanto da farmi cadere senza alcun riguardo.

Carponi, tastai il marmo freddo alla ricerca di qualunque cosa: un oggetto appuntito o semplicemente una via di fuga.

Tutt'attorno era buio pesto; il bastardo non aveva acceso la luce probabilmente per rallentarmi o per giocare con me. Forse godeva ad assorbire la mia paura e a trarne un malato sollazzo.

Avrei potuto parlare, sputargli addosso o offenderlo, ma il timore che potesse farmi del male mi fece mordere la lingua ed essere cauta.

Calma, Thea, mi dissi, *ragiona*.

Le pupille si dilatarono per adattarsi all'oscurità.

Il mio respiro accelerato saturò l'aria insieme al suo, più lento e profondo, simile a quello di un toro pronto a esibirsi in una corrida.

Sentivo la sua presenza, il suo odore, ma non riuscivo a individuare a quale distanza si trovasse e questo aumentò la mia ansia.

Mi spostai di poco, spaventata all'idea di non avere una chiara visuale della stanza. Dall'assenza di luce esterna valutai la possibilità che non ci fossero finestre e supposi che lo spazio circostante fosse esattamente predisposto come lo studio del dottor Krugher. Se alla tremenda agitazione si fosse aggiunta la sensazione di claustrofobia avrei rischiato di perdere completamente la lucidità, pertanto cercai di ignorare quel dettaglio: se non c'erano finestre, avrei trovato altre alternative per scappare.

Mi aggrappai alla speranza; sarei morta, ma non quel giorno, non in quella circostanza e non per volere di un maledetto sconosciuto fuori di senno.

«Calmati, scricciolo.»

Inaspettatamente l'uomo parlò e ogni mio senso si mise in all'erta.

Memorizzai il timbro della sua voce: era graffiante, greve, con un'evidente raucedine associabile a chi ha la morbosa abitudine di fumare troppo.

Provai a rispondergli, ma ciò che mi uscì dalla gola fu un piccolo lamento che gli manifestò tutto il mio sconcerto.

«Come dici?» Ebbe anche l'ardire di prendermi in giro. «Hai paura di me?»

Tesi le orecchie quando avvertii i suoi passi farsi più vicini. Volsi la testa a destra poiché era da lì che provenivano e di riflesso indietreggiai ginocchioni.

«Chi sei? Cosa vuoi?» Non avrei dovuto tremare, eppure non potei fare alcunché per impedirmelo. Lui si fermò prima che una risata gutturale gli riverberasse nel petto. La sentii strisciarmi addosso come un serpente a sonagli e annunciarmi che non sarei uscita di lì finché non fosse stato lui a deciderlo.

«Sei venuta tu a cercarmi. Avresti dovuto rimanere nella tua cameretta, come una brava bambina. Invece l'incoscienza ti ha condotto da me. Ne sono onorato, sai?»

Era chiaro che si stesse divertendo a sbeffeggiarmi; doveva essere un folle a cui piaceva manipolare e incutere terrore a chiunque incontrasse. Il sospetto di chi potesse essere aveva preso forma nella mia testa fino a sfociare in una reale consapevolezza. Fu facile intuire che si trattasse del paziente che stavano cercando in tutta la clinica.

«Tu sei… tu sei Ben?»

Una risata crudele precedette le sue parole. «Puoi pensare che io sia una divinità, o chi cazzo vuoi, se questo ti rende più tranquilla.»

«Non depistarmi, razza di psicopatico!» inveii sull'orlo della disperazione. Non sapevo cosa fare né come affrontarlo. Se davvero l'uomo nella stanza era Ben – lo stesso Ben dal quale Juliette mi aveva messa in guardia –, di certo non avrei voluto mai incontrarlo. Purtroppo la mia sconsideratezza mi era costata cara. «Ti prego, non farmi del male», lo supplicai, arretrando ancora alla cieca.

«Vedo che ti hanno già informato su di me, scricciolo, ma non hai nulla da temere.» La punta di una scarpa mi sfiorò l'esterno coscia e io sobbalzai, indietreggiando. Divertito dalla mia reazione, Ben rise senza scrupoli. «Che c'è? Non sei avvezza alle carezze di un uomo?»

Mi aveva scambiata per una poco di buono, forse?

Lo strazio di essere considerata tale mi portò a reagire, rinvigorendo il mio coraggio. «Non a quelle di uomini che non conosco!»

«Oh, la signorina preferisce un'accurata conoscenza prima. Hai ragione. Che maleducato…» Una mano tentò di afferrarmi la spalla e la scansai. Ben si era chinato per cercare l'esatto punto in cui ero; mi stava provocando affinché la mia voce potesse guidarlo. Le risposte che gli davo lo aiutavano a orientarsi sulla mia posizione e ad arginare la difficoltà del buio.

«Non toccarmi, stammi lontano.» Prima che mi alzassi in piedi e scappassi via, lui fu più veloce: riuscì a ghermirmi il gomito e a tirarmi su. Gridai, ma Ben aveva una forza bruta che non avrei mai potuto contrastare. Mi tappò la bocca e mi rigirò come una marionetta, facendomi ritrovare con la schiena contro il suo petto. Permeata dal profumo intenso che emanava, sentii il suo braccio avvolgermi il girovita mentre con l'altra mano attutiva i miei lamenti disperati. Provai a dimenarmi, ma la costrizione alla quale mi stava sottoponendo non mi consentì alcuna libertà di movimento.

Era riuscito a immobilizzarmi.

«Shh… Sei minuta. Se continui a opporti ti farai male.» Con la punta del naso mi sfiorò dietro l'orecchio, col fiato caldo mi lambì il lobo facendomi rabbrividire. «E io non voglio che succeda.»

Scossi la testa quando premette il bacino contro di me; i suoi atteggiamenti contrastavano con ciò che mi sussurrava. Il respiro gli divenne profondo, indice rivelatore del desiderio montante che gli aveva arrochito la voce e accelerato i battiti del cuore. Sebbene non avessi visto il suo aspetto, il corpo che avvertivo addosso sembrava quello di un uomo giovane, robusto e pervaso da bisogni carnali dei quali non avrei mai voluto essere il motivo scaturente; il pene che acquistava consistenza tra le mie natiche mi suscitò un pianto silenzioso.

Con la sola forza delle sue gambe, mi sospinse in avanti fino a schiacciarmi contro la parete.

Sgranai gli occhi, catturando nient'altro che l'oscurità più fitta, e una lacrima distillò lungo la guancia bagnandogli le dita serrate sulle mie labbra. «Non piangere.» Mi scosse per rafforzare il concetto e mettere a tacere i miei mugolii con la violenza. «E soprattutto non sopravvalutarti», mi irrise. «Sei carina, ma non ho intenzione di abusare di te. Se prometti di non urlare, ti lascerò andare.»

Con la guancia premuta contro il muro freddo, riuscii ad annuire; mi vergognai della codardia con la quale fui costretta ad assecondarlo, ma in quella situazione non avrei potuto agire diversamente.

«È un sì?» La barba ruvida mi sfregò contro lo zigomo libero in una carezza meschina, pungente come una rosa irta di spine. Quell'uomo era gretto e amorale, perciò non avrei dovuto provocarlo in alcun modo. «Non provare a fottermi», mi avvertì tagliente. «Altrimenti divento molto cattivo, scricciolo.»

Non obiettai né mi mossi: per nessun motivo al mondo avrei pensato che stesse scherzando o mentendo.

Rimasi ferma, bloccata dalla durezza del suo fisico che, con ogni angolo spigoloso, si conficcava nelle mie curve più morbide, beandosene con lugubre lascivia.

Tremai come una foglia e trattenni il fiato finché la mano nemica si allontanò dalla mia bocca e il mio corpo fu privato della pressione esasperante del suo. Una sensazione di sollievo mi rigenerò i polmoni, ma le ginocchia non ressero la tensione che avevo accumulato e si piegarono facendomi scivolare a terra. In uno stato di perenne allerta, mi voltai con le spalle alla parete e mi ci rannicchiai contro, alla ricerca di un rifugio o di un angolino protetto.

«Va meglio?»

Dubitavo della sincerità della sua apprensione dato che avrebbe potuto picchiarmi o uccidermi da un momento all'altro. Non avrei urlato per risparmiarmi di perire in modo brutale per mano di un pazzo, ma se pensava che avrei smesso di lottare si sbagliava di grosso.

«Non avvicinarti a me. Non farmelo ripetere!»

Non avrei sortito alcuna intimidazione su quell'uomo, infatti sghignazzò come se trovasse estremamente divertente, quanto innocuo, il mio atteggiamento. «Profumi di natura selvaggia e fiori esotici. Sei combattiva, aggressiva e fragile al tempo stesso. Qualità che in una donna mi piacciono da morire...»

Le orbite mi rimbalzavano da un lato all'altro della stanza, senza fermarsi su nessun punto preciso. «Oltre che psicopatico, sei anche pervertito.»

«Colpa della genetica», ribatté con una prontezza priva di sarcasmo. «Come ti chiami?»

Intendeva davvero fare conversazione?

Lì? In quella circostanza?

Mi strofinai una mano sul volto, pensando di essere in un incubo dal quale non mi ero ancora svegliata, poi la fermai sulla fronte con le dita infilate nell'attaccatura dei capelli. «Questa situazione non è normale!»

«In questa clinica non c'è niente di normale. Abituati.» A un improvviso *clic* metallico seguì la fiammella di un accendino; il punto di combustione di una sigaretta fu l'unica fonte di luce che prese a muoversi nel buio. Ben iniziò a fumare; quando la brace si spostava in alto significava che stava aspirando e che quindi lì si trovava il suo volto, a circa venti passi da me.

Pur non avendo una cognizione precisa della stanza, sapeva come muoversi senza inciampare o scontrarsi con nessun oggetto d'arredo o mobilio.

Si trattava di semplice intuito, di buon senso dell'orientamento, oppure conosceva esattamente lo spazio nel quale eravamo?

«Non sono qui da molto tempo.» Piegai le ginocchia al petto e mi ritrassi come una lumaca nel proprio guscio, malgrado fossimo distanti.

«Io invece sono qui da così tanto tempo che potrei stilarti l'elenco di tutto ciò che ho visto, sentito e vissuto. È una condanna.» La brace continuava a consumarsi mentre le sue parole fluttuavano profetiche nell'aria, adesso contaminata dal fumo. Non avrei mai pensato di poter parlare con lui; non mi ero tranquillizzata, qualcosa mi induceva a restare guardinga, ma a non oppormi alla sua voglia di comunicare. Forse aveva bisogno soltanto di questo e, finché fosse stato il giusto espediente per renderlo mansueto, mi sarei finta compiacente alla meno peggio.

«Sei in cura con il dottor Krugher?» azzardai, sperando di instaurare una strategica complicità.

«Ci sono due modi in cui uno psichiatra cura i propri pazienti, scricciolo.» Inspirò altra nicotina e la rigettò con un soffio leggero. «Il primo è non curarli affatto; il secondo è farli impazzire. Secondo te, qual è il peggiore?»

«Se uno è già pazzo, non puoi impazzire ulteriormente», risposi come se stessi enunciando uno scioglilingua; lui si mosse appena e captai che si era spostato a sinistra.

«E se invece fosse il medico a convincere il paziente che sia pazzo?» La brace si spostò verso il basso e oscillò come se lui stesse scrollando la cenere con un colpetto dell'indice.

«Perché dovrebbe?» Mi soffermai a pensarci.

«Perché è più comodo seguire i principi che conducono alla propria salvezza, anche quando questi sono immorali, e distruggere chi custodisce verità inconfessabili», rispose con un'irritazione che riuscì a turbarmi. Deglutii un groppo d'ansia e tentai di restare calma. Volevo che continuasse a parlarmi placidamente senza alterarsi.

«Di quali verità inconfessabili parli?» Mi sfregai le gambe nude mentre mi muovevo sulle natiche indolenzite dalla persistente posizione.

«Sono una persona pericolosa...» ripeté con un'amara nota di ironia, «... non per ciò che potrei fare, ma per ciò che potrei dire. Gli psicofarmaci assunti a lungo termine provocano disfunzioni della memoria. Lui è uno psichiatra olistico. Di sicuro l'ha specificato anche a te come a tutti.» La sua breve pausa mi consentì di riflettere su ciò che mi stava esponendo. «E, nonostante questo, io da quando sono qui non ho mai potuto sospenderli, non è mai stata considerata la possibilità di propormi una terapia alternativa che ne limitasse o interrompesse l'assunzione. Quel maledetto si fermerà soltanto quando mi avrà ridotto a un vegetale privo di nerbo e col cervello fottuto.» Digrignò i denti come una belva arrabbiata.

«La tua è un'accusa molto grave, lo sai?»

Forse non se ne rendeva conto; essendo un paziente, soffriva di chissà quale disturbo. Avrebbe potuto imputare al dottor Krugher qualsiasi colpa senza scindere la realtà da quelle che erano le sue convinzioni e di conseguenza ledergli con calunnie infondate.

«Tranquilla, il suo braccio destro sarebbe pronto a difenderlo.»

«L'avvocato Ryke lavora per se stesso.» Gli ripetei ciò che Mitchell mi aveva risposto quando erroneamente gli avevo chiesto se lavorasse per l'amico.

Una risata macabra mi schernì. «E tu gli credi?»

«Non ho motivo per non farlo.»

«Si conoscono da quando erano poco più che ragazzini!» Il suo suonò come un rimprovero impetuoso. «E adesso sono due bastardi cospiratori vestiti in giacca e cravatta. È bene che tu lo capisca quanto prima.»

«Stai dicendo delle assurdità!» Mi ostinai a non lasciarmi persuadere, anche se i dubbi iniziarono a brulicarmi addosso come dei ragnetti insidiosi.

«Sto cercando di salvarmi, scricciolo.» La sua voce fu carica di un incontenibile dolore, tanto da provocarmi una lieve compassione nel petto. «Soltanto questo.»

«Mi hai aggredita...» gli rammentai, percependo ancora il suo ventre teso contro la mia schiena e le anche appuntite che mi premevano il sedere esprimendo, inequivocabilmente, il bisogno malsano di violarmi.

«Avrei potuto scoparti; potrei ancora farlo se volessi...» mormorò infido, assaporando la sensazione di un piacere del quale si era privato. «Calarti i bei pantaloncini che indossi e infilarmi nella tua fichetta calda, ma non ne ho l'intenzione.»

«Da come ti esprimi non si direbbe...» commentai sprezzante. Di solito mi eccitavo quando qualcuno mi si rivolgeva con termini scurrili, ma era importante che ci fossero un contesto e un legame adeguati che, in quel momento, mancavano.

Ben si spostò ancora con la precisione di un falco che sapeva esattamente come muoversi, la brace divorò il filtro e pian piano si indebolì, finché lui la spense e di quelle scintille incandescenti non rimase nient'altro che cenere. «Contano le azioni.»

«Il confine tra 'intenzioni' e 'azioni' spesso è molto labile.» Privata di quel tenue barlume di luce, non riuscii più a individuare dove si trovasse, pertanto mi affidai all'udito per monitorare i suoi movimenti.

«So quando fermarmi e ne hai avuto la prova», asserì con lapidaria determinazione.

Quell'atteggiamento sfrontato, con la risposta sempre pronta e una velata presunzione pervasiva, mi riportò alla mente il dottor Krugher e la sua capacità di ribattere a tono, senza mai lasciarsi sorprendere da nessuna battuta o allusione gli rivolgessi. Seppur diversi, i due uomini parevano avere qualcosa in comune tra loro.

Incuriosita dal suo aspetto, decisi di dirottare l'argomento proprio su questo. «Perché non ti mostri?»

Lui sospirò, temendo che sarebbe arrivato il momento in cui avrei preteso di guardarlo dritto in faccia. «Non sono più quello di un tempo. Neanche mi riconosco…»

«Che intendi?»

«Qualcuno mi ha spogliato del mio essere, mi ha strappato l'anima e ucciso una parte interiore di me che nessuno potrà mai restituirmi.»

Non stava recitando un copione melodrammatico per impressionarmi; c'era una profonda afflizione nelle sue parole, così perturbante da indurmi a provarla dentro, fino a mozzarmi il fiato.

«Lascia che io ti veda. Sono più rotta di te, non potrei mai giudicarti.»

Ed era la verità.

Chi più di me avrebbe potuto comprendere la negazione del proprio corpo?

Udii i suoi passi, un po' lenti e trascinati, come se indossasse pesanti scarponi, poi una lampada fu accesa e l'uomo si rivelò.

Abbagliata dalla luce improvvisa, socchiusi gli occhi e mi parai con una mano; dei lampi bianchi mi colpirono la vista finché si abituò ai colori e mise a fuoco il suo aspetto.

Il temibile Ben, in piedi di fronte a un'ampia scrivania di mogano, non rappresentava l'emblema della bellezza, eppure possedeva una rudezza ammaliante, un fascino provocante misto a una rozza signorilità della quale, tra disillusione e sofferenza, non era rimasto null'altro che un lieve accenno. Sembrava che la vita gli avesse corrotto così tanto il cuore da distorcergli i tratti, alterandoli in linee grezze ma rigorose, tra le quali si annidavano istinti spregevoli che gli donavano l'aria da farabutto. Non si poteva dire che fosse di corporatura esile: superava il metro e novanta e aveva due braccia grandi come quelle di un impavido soldato. Una semplice maglietta grigia, un po' sbiadita e slabbrata sul collo, gli avvolgeva il torace muscoloso; un paio di jeans strappati sulle ginocchia fasciavano le gambe robuste.

Come se avesse percepito ogni mia silente considerazione, ghignò e si sedette su una poltrona alle sue spalle mostrandomi interamente il volto: l'arcata sopraccigliare sinistra era sfregiata da una lunga cicatrice che terminava in verticale sulla palpebra, calcando la vecchia ferita che gli era stata inferta probabilmente con un coltello o un'arma affilata. I capelli erano rasati sulle orecchie ma più folti sul resto del cranio, disposti in un taglio alla moicana, aggressivo e irriverente. La barba era incolta, trasandata, celava una bocca non troppo pronunciata ma sensuale. Gli occhi erano di un caldo marrone chiaro fuso a scintillanti sprazzi di verde mirto.

Non sapevo di cosa si vergognasse: il suo aspetto, benché fosse imperfetto, sarebbe apparso apprezzabile, persino attraente, a qualsiasi donna.

«Sorpresa?» Si stravaccò sulla poltrona che parve troppo piccola per accoglierlo. Rilassò le gambe e posò i palmi sui braccioli imbottiti.

Non riuscii a guardare nient'altro che lui, catturata dal suo carisma selvaggio. «Non sei così male...»

«Diciamo che un tempo non sembravo un cane randagio.» Si grattò con il pollice la cicatrice, in un gesto che volle evidenziarne la presenza come se ancora non l'avesse accettata. Era chiaro che gli era successo qualcosa di terribile, che qualcuno aveva tentato di cavargli gli occhi o di ammazzarlo, ma lui era sopravvissuto portandone addosso i segni.

«Ti assicuro che quella cicatrice non è la prima cosa che si nota di te», confessai con impaccio prima di distogliere lo sguardo soltanto per evitare che gli apparisse insistente.

Dalla mia angolazione mi osservai attorno. Eravamo in uno studio più confortevole di quello del dottor Krugher.

A sinistra, vi era un'ampia scrivania dietro la quale una libreria a sei ante imperava sontuosa; l'incastro delle lavorazioni con la raffinatezza classica evidenziava un'accuratezza ricercata.

A destra c'era un tavolino di cristallo attorniato da due eleganti dormeuse in velluto chiaro che spiccavano sul pavimento lucido; in alto, sulla parete, un meraviglioso quadro con una cornice dal pregiato bordo d'oro riproduceva quattro ninfe impegnate a farsi il bagno in un laghetto. Le loro nudità, dalle areole brune ai capezzoli turgidi, erano ben evidenti sui corpi curvilinei e raffigurati in pose naturali. Tra i lunghi capelli castani erano incastrati peduncoli di fiori le cui corolle spuntavano tra le ciocche bagnate; due di loro erano completamente immerse fino all'addome, mostrando solo le spalle esili e i seni floridi; un'altra fanciulla era seduta su un masso con il viso rivolto al cielo, le palpebre chiuse in uno stato di totale beatitudine e la mano nascosta tra le gambe impegnata nell'atto della masturbazione; l'ultima ninfa, della quale era ben evidente il monte di Venere e la tenera femminilità tra le cosce, protendeva le dita verso il capo per sistemarsi una ghirlanda le cui foglie si intrecciavano a delle splendide rose bianche in tinta con la veste trasparente fluttuante sullo specchio d'acqua.

«A lui piacciono le ninfe…» Ben stava osservando lo stesso quadro, sebbene nella stanza ce ne fossero altri, ma nessuno così esplicito e lascivo. Arrossii come se una di quelle giovani, vulnerabili ed esposte, fossi proprio io, e mi mordicchiai nervosamente il labbro.

«A lui chi?» Mio malgrado, guardai l'uomo che si era chinato con i gomiti sulle ginocchia in una posizione meditativa.

«Cerca di non farti ingannare.» Ben mi fissò con una mestizia carica di compassione; era assurdo che lui fosse considerato pazzo, ma riservasse a me la pietà di chi non ha via di scampo dai propri mali.

«Ingannare da chi? Sii più chiaro.» Ancora rannicchiata accanto a un vaso biansato con decorazioni argentee e dorate, attesi che si spiegasse e che la smettesse di essere così misterioso.

«Siamo tutti vittime o schiavi dinanzi alla malvagità di chi possiede la forza d'incantare.» Incrociò le dita tra loro e mi accorsi delle lettere tatuate su otto nocche. Di primo acchito, non fu facile decifrarle, ma con un po' di concentrazione riuscii a leggerle. Occupavano circa metà falange di ogni dito. Sulla mano destra vi era incisa la parola: *g-o-o-d* con una croce stilizzata sul pollice; sulla mano sinistra la parola: *e-v-i-l* con il teschio di un toro sull'anulare.

Bene e *male*, due forze che governano l'individuo e la società.

Due dimensioni che spesso la mente umana scinde, unisce o confonde, senza mai farne chiarezza.

Ben voleva esprimere la sua confusione a riguardo?

O si trattava soltanto di una forma d'arte attorno alla quale stavo costruendo congetture inutili?

«Non capisco di che diavolo tu stia parlando.» Destatami da ogni riflessione, tornai al presente e al nostro discorso incomprensibile. Lui fece schioccare la mascella; notai il trapezio definito sul quale il tessuto della maglietta aderiva, scendendo morbidamente sui bicipiti tesi e rigonfi.

«Tutto ciò che sembra magico è inganno, scricciolo. Ricordalo.» Inclinò appena il collo per tendere l'orecchio e ascoltare qualcosa che io non riuscii a captare, poi chiuse un momento gli occhi traendo un lungo respiro. «Stanno arrivando.»

Una commistione di passi e voci agitate rimbombò fuori dalla stanza, ma ero troppo stordita per rendermi conto di cosa stesse succedendo. Con pacata rassegnazione, Ben si alzò nell'esatto istante in cui due operatori irruppero nello studio, spalancando bruscamente la porta. Trasalii e mi premetti contro la parete, arricciando le punte dei piedi, mentre lui si lasciava afferrare per i gomiti senza opporsi.

Fu pronto ad affrontarli, ma non nel modo in cui pensavo.

«Buonasera, signori», li derise, sovrastandoli di almeno dieci centimetri. Con quelle braccia sarebbe stato in grado di svincolarsi e atterrarli in un secondo, tuttavia si limitò a concedere loro un sorrisetto sarcastico.

«Andiamo, Benjamin. Cammina.» Uno degli uomini lo incitò a muoversi senza far caso allo sguardo torvo che Ben gli stava rivolgendo. L'altro gli stette dietro, attento a ostacolare qualsiasi suo tentativo di fuga. Prima di abbandonare lo studio, Ben si allungò per voltarsi verso di me e incontrare la mia espressione attonita.

«Ci rivedremo presto, scricciolo», promise con un occhiolino sfrontato, poi fu sospinto in avanti e sparì dal mio campo visivo.

«C'è una ragazza dentro.» Uno degli uomini informò qualcuno oltre l'uscio aperto.

Spaventata, premetti le ginocchia al petto, temendo di essere prelevata con la forza e bombardata di domande e rimproveri. Scossa da improvvisi tremolii, mantenni gli occhi puntati sulla soglia dello studio e attesi. Pochi istanti dopo, il dottor Krugher fece il suo ingresso seguito dall'avvocato Ryke.

Entrambi vestiti in abiti scuri, a eccezione del primo che indossava il camice, camminavano come due diavoli tentatori, avvolti da un'aura nebbiosa, custodi del mio tormento.

Il medico sprigionava un'essenza torbida e soverchiante, mentre Mitchell uno charme coinvolgente e benevolo.

Si fermarono quando si accorsero della mia presenza, rannicchiata a terra in uno stato di totale confusione, ma nessuno dei due parve esserne sorpreso. Non ebbi il coraggio di guardare il dottore e fissai le sue raffinate scarpe nere, sbattendo le ciglia con aria colpevole. Percepivo la pesantezza del suo sguardo e quell'alone di innata virilità, depositaria di un'intensa carica erotica che sentii scorrermi nelle viscere.

Se con Ben mi ero sentita a disagio e in pericolo, con il dottor Krugher mi sentivo nuda e indifesa.

Si trattava di una percezione di pericolo diversa: con quest'ultimo provavo una sabba infernale di emozioni, il retrogusto di una bramosia latente che cresceva dentro di me, una lascivia innaturale che risvegliava desideri corrotti, un piacere affamato che continuava a demonizzarsi anziché placarsi ogniqualvolta lui mi attraeva e respingeva con la forza del proibito.

«Dorothea.» La contrarietà che avvertii nel suo timbro reboante mi fece trasalire. «Perché non sono stupito di trovarti qui?»

Lo guardai da sotto le ciglia, posando il mento sulle ginocchia. Lui non si lasciò intenerire dal mio atteggiamento da cucciolo spaventato, ma seguitò a fissarmi con severa inquisizione.

«So che è arrabbiato», sussurrai. «Ma posso spiegarle…»

«Siamo davvero curiosi di sapere cosa ti ha spinta a ignorare di nuovo ciò che ti è stato ordinato, Thea», intervenne Mitchell che assecondò l'amico pur restando a qualche metro di distanza.

Angosciata, mi stropicciai gli occhi con il dorso delle mani e inspirai, reprimendo a stento un singhiozzo. Speravo che non iniziassero a farmi sentire inadatta, sbagliata e soprattutto sciocca, ma, quando mi venne teso un palmo in segno d'aiuto, ne fui sorpresa.

Il dottor Krugher si era chinato per tendermi la mano e invitarmi ad alzarmi. Esitai pochi istanti finché, spinta dall'istinto, accettai e gli precipitai addosso in un abbraccio disperato che gli manifestò tutto il mio bisogno di essere rincuorata. Ero stata aggredita. L'adrenalina che avevo provato in quegli attimi era defluita in un forte smarrimento, tanto da sentirmi debole e destabilizzata. Dapprima il medico si irrigidì, impreparato al mio gesto, ma quando le braccia gli si avvolsero attorno ai fianchi, infilandosi sotto il camice, comprese il mio malessere e decise di non respingermi. Gentilmente mi accarezzò la schiena e i capelli sciolti, come un padre con una bambina che necessita di affetto.

Malgrado le allusioni maligne di Ben, mi sentii protetta e al sicuro con lui.

Forse il mio cuore distrutto aveva trovato finalmente qualcuno in grado di ricomporlo pezzo dopo pezzo?

Non avrei sprecato l'opportunità di capirlo.

Con la guancia appoggiata al suo addome, non mi preoccupai di bagnargli la camicia con le lacrime né che Mitchell ci stesse osservando traendo conclusioni sbagliate.

Che pensasse ciò che voleva.

Al diavolo le regole della clinica!

Il dottor Krugher mi concesse qualche minuto di sfogo senza proferire parola; d'altronde non c'era nulla da dire se non che avevo sbagliato e che ne ero consapevole. Con dolcezza, incastrò la mano tra le mie ciocche e l'avvolse attorno alla nuca. Con una presa delicata ma assertiva, mi costrinse a reclinare la testa e con il pollice mi spinse il mento in su. Con gli occhi screziati, tanto belli da risultare indecenti, scandagliò il mio viso alla ricerca di qualsiasi segno lasciato da Ben.

«Ti ha fatto del male?» Il tono autoritario mi fece inturgidire i capezzoli; per fortuna indossavo il reggiseno e non poté notarlo.

Scossi appena il capo mentre il suo profumo mi si imprimeva nelle narici e mi shakerava i sensi come un potente cocktail alcolico. Indugiò sulle mie labbra leggermente rosse e screpolate; le pupille si dilatarono, lasciando emergere un Inferno che andò a ottundere l'opalescenza delle sue iridi, e io mi sentii pervasa da un tipo di intimità che non avevo mai provato prima.

«Ti ha minacciata o violata in qualche modo?» Mi allontanò dal suo corpo e mi ghermì il volto con le mani, scrutando a fondo la mia figura dall'alto al basso. «Puoi dirmelo, Dorothea», aggiunse preoccupato. Di nuovo scossi il capo e lui trasse un sospiro di sollievo, frattanto che i suoi palmi infondevano uno strano calore ritemprante alle mie guance ancora rigate dalle lacrime ormai secche. Accertatosi che stessi bene, qualcosa mutò in lui. I suoi lineamenti divennero cupi, delle ombre ne indurirono gli angoli rendendoli taglienti. «Sei una ragazzina scriteriata!» mi rimproverò con un timbro freddo e alterato. Smise di toccarmi e arretrò mentre il rossore delicato dei miei zigomi deflagrava in un rosso cocente, carico di imbarazzo poiché non ero pronta a una reazione simile.

«Irresponsabile, testarda e avventata!» proseguì sfogando la sua rabbia. «Hai corso un grave pericolo a restare sola con lui. Ringrazia il cielo che non ti sia accaduto niente, altrimenti non avrei saputo come spiegare alla signora Curtis quanto sua nipote sia così imprudente e disubbidiente!»

Terribilmente abbattuta, incrociai le braccia al petto soltanto per proteggermi e scacciare via ciò che avevo provato col suo tocco. «Me ne rendo conto.»

Lui iniziò a camminare avanti e indietro dinanzi a me e all'avvocato Ryke; i suoi passi tuonavano tra le pareti mentre la sua collera aumentava. «No che non te ne rendi conto. Per la miseria!»

«Efrem.» Mitchell, in piedi sull'uscio, cercò di acquietare l'amico ricordandogli di non esagerare, ma quello seguitò esasperato.

«Sei uscita dalla tua stanza nonostante ti avessi ordinato il contrario. La smetterai, prima o poi, di sottovalutarmi e di considerarmi uno stupido?» Si fermò dinanzi a me e si chinò quel poco che bastava a penetrarmi con i suoi occhi sfavillanti; i miei si abbassarono sulle punte degli anfibi. «O vuoi davvero metterti contro di me, Dorothea?» sussurrò provocatorio.

Il suo fiato caldo mi lambì il viso in una carezza che invitava a baciarlo e al tempo stesso a scappare il più lontano possibile da lui. «Non la considero uno stupido e non intendo mettermi contro nessuno, tantomeno contro di lei.»

«Allora smettila!» Si adirò e io sobbalzai come se avessi ricevuto uno scapaccione inaspettato. «Smettila di comportarti come se qui dentro ti fosse tutto dovuto perché non sei in un albergo, sei in una clinica con un regolamento che ignori e con un medico al quale non dai ascolto. Se continuerai così rinuncerò a tenerti all'Asklepios», proferì, determinato a valutare davvero quella drastica alternativa.

«Cosa?» Malgrado fossi scioccata, trovai il coraggio di alzare il capo e fronteggiarlo. «Non può farlo, cazzo! Ho promesso alla nonna che...»

Il dottor Krugher non volle sentire ragioni e, con le mani sui fianchi, mi lanciò un'occhiata di puro fuoco, bruciandomi la lingua lunga, dedita a obiezioni e capricci. «Se *in primis* non importa a te, quanto pensi possa importare a me?»

Le lacrime mi risalirono sulla rima ciliare, ma mi costrinsi a non piangere, a non dargli la soddisfazione di vedermi crollare. «Dovrebbe aiutarmi e non darmi addosso!»

«Sono uno psichiatra, Dorothea!» ribatté estenuato dalla nostra discussione. «Non un tuo compagno di scuola. Curo la gente. Non è mio compito assecondare l'indole di una giovane ribelle. Pertanto, se hai intenzione di comportarti in questo modo per il resto della permanenza qui, potrei dimetterti anche domattina e procurarti un'altra équipe medica alla quale affidarti.»

«È così allora...» Una risata sdegnosa accompagnò il mio rammarico; lui aggrottò la fronte, le lievi rughette che gli solcarono il viso lo resero ancora più affascinante e spaventoso. «Non vede l'ora di sbarazzarsi di me, vero?» commentai delusa. «È un emerito stronzo!»

Non attesi che replicasse; lo superai con un colpo di spalle, assimilabile all'impatto di un fringuello contro una montagna gigantesca, e mi avviai fuori dallo studio.

L'avvocato Ryke si fece da parte per consentirmi di passare. Pensavo che mi avrebbe lasciata in pace, invece mi seguì nel corridoio e mi arpionò un polso.

«Thea, aspetta!»

La forza della sua presa mi indusse a voltarmi e a tirare il braccio per resistergli. «Mollami subito!»

«Calmati, voglio solo parlare.» Mitchell continuava a stringermi con una potenza che diede inizio a un tiro alla fune del quale era facile prevedere l'esito: non avrei avuto chance contro un uomo che si mostrava più tenace di quanto pensassi.

«Non posso fidarmi di te!» strillai inferocita. «Non voglio che mi riporti da lui!»

«Non lo farò. Sta' tranquilla.» Per un secondo fugace Mitchell mi liberò, poi mi riafferrò agilmente per una spalla per impedirmi di scappare. Il palmo planò pesantemente su di me, facendomi sentire come una piccola imbarcazione trattenuta da un'àncora troppo resistente. «Calmati...» ripeté con quel tono pacato che, spesso, celava intenzioni difficili da interpretare.

Dopo un ultimo singhiozzo, lo guardai con le ciglia bagnate, il nasino arrossato e gli zigomi imporporati a causa del pianto. Rassegnata, mi limitai ad ascoltarlo e lui accolse la mia arrendevolezza come un assenso, guidandomi verso le scale per dirigerci al piano inferiore. Per tutto il tempo rimase al mio fianco, senza perdermi di vista neanche per un istante.

Giunti nella sala d'attesa, Melanie ci scrutò dalla sua postazione finché mi sedetti sul Chester di velluto, dando le spalle al giardino. Mitchell scostò le riviste dal tavolino posto di fronte a me e vi si accomodò. Era quasi buffo che un uomo con una mole imponente riuscisse a sedersi su un sostegno così poco congeniale. I suoi occhi color cielo mi esaminarono a fondo, in una tacita valutazione del mio stato d'animo altalenante.

«Vuoi qualcosa da bere?» mi domandò, preoccupato dal persistente silenzio. «Magari un po' d'acqua?»

Non gli risposi e mi accorsi che Melanie aveva piegato il collo riservandomi uno sguardo di biasimo. La sua pietà mi infastidì, prolungando il mio ostinato mutismo. «Thea, per favore. Cerca di collaborare.» Mitchell mi stava trattando come una ragazzetta incapace di comprendere la situazione in cui eravamo.

A quel punto spostai l'attenzione su di lui e socchiusi le palpebre contrariata. «Mi dici che diavolo vuoi?»

«No, signorina. Questo non è il modo di rivolgerti a me», mi ammonì in tutta calma. Era incredibile come riuscisse a essere temperato anche durante un chiaro rimprovero.

«Be', io me ne sarei tornata in camera se tu non avessi insistito. Quindi apprezza che io sia qui.» Fui presuntuosa, ma sapevamo entrambi che non avrei avuto altra scelta che seguirlo. Quando si prefissava un obiettivo, l'avvocato Ryke era un uomo pertinace tanto quanto il suo amico.

«Tu apprezza che io voglia aiutarti e cerca di ascoltarmi.» Si sporse in avanti con un gomito posato sul ginocchio e l'altra mano a sistemare i capelli biondi le cui punte ondulate, non abbastanza lunghe da poterle raccogliere con un elastico, gli sfioravano il collo poderoso. La camicia blu notte non lasciava spazio ad alcun dubbio sulla tonicità dei suoi muscoli, linee mascoline e audaci che non passavano di certo inosservate. «Ben è una persona molto pericolosa, Thea. E non è per niente ferrato con le buone maniere. Vuoi dirmi se ha fatto o detto qualcosa che non doveva?»

Strinsi le cosce e mi aggrappai con le mani al bordo del divano. «In che senso?»

L'avvocato Ryke squadrò le gambe tremule poi risalì sul mio viso provato. «Ha tentato di molestarti?»

«Mi stai facendo un interrogatorio, Mitch?» Sebbene non stesse usando alcuna forma di costrizione né stesse registrando o annotando le mie dichiarazioni, sembrava che fossi sottoposta a un'indagine mirata ad analizzare l'esito preciso di quanto successo con Ben.

«Non sei indagata.» Un sorriso tranquillizzante gli effigiò le labbra coperte in parte dalla barba chiara. «Hai il diritto di mentirmi, di rispondere ad alcune domande o di non rispondermi affatto, purché tu sia consapevole che, qualora mi nascondessi la verità, i sensi di colpa potrebbero tormentarti da stanotte ai giorni a venire…»

«Cavolo», sussurrai sarcastica. «Bel modo di convincermi a sputare il rospo.»

«A Ben non piace socializzare né guadagnarsi la simpatia degli altri. Le sue conversazioni o i suoi gesti non sono mai fini a se stessi, ma calcolati secondo un disegno logico e strutturato.» L'avvocato Ryke si interruppe per chiedere a Melanie di portarci una bottiglietta d'acqua. La donna si scomodò senza esitazione e, da una macchinetta posta accanto a un cestino pieno di cartacce, si procurò ciò che le era stato chiesto.

«Cos'è? Un criminale?» chiesi dubbiosa, frattanto che l'assistente tornava da noi con due bicchieri di carta capovolti sul collo della bottiglia.

«Qualcosa del genere», ribatté Mitchell vagamente prima di ringraziare Melanie e farle intendere di lasciarci soli. «Esiste un parallelismo tra malattia mentale e crimine.» Appoggiò la bottiglia tra le sue gambe aperte, svitò il tappo e riempì entrambi i bicchieri, porgendomene uno che accettai volentieri. «Molti giudici riscontrano nelle azioni degli imputati l'espressione asintomatica di un disturbo psichiatrico, pertanto permettono loro di intraprendere percorsi terapeutici che vadano a sostituirsi alla lunga permanenza in prigione, ma questo non significa che siano innocenti.»

Trangugiai l'acqua a piccoli sorsi, rinfrescando la gola arsa; l'avvocato mi imitò mentre mi guardava da dietro il bicchiere con la circospezione di un'agente di polizia: più che un uomo di legge sembrava un poliziotto sotto copertura.

«A me è parso perfettamente normale», commentai. «Sembra soltanto arrabbiato e deluso.»

«Cosa te lo fa credere?» Si leccò le labbra, poi mise la bottiglia a terra e il bicchiere da parte, dedicandosi completamente al mio racconto.

«Mi ha aggredita e mi ha spinta in quella stanza, ma non ha abusato di me. Eppure sapeva che, se l'avesse fatto, non sarei stata in grado di difendermi contro un bestione simile.» Impallidii al pensiero di essere posseduta da un uomo bruto e violento che, probabilmente, mi avrebbe usato come sfogo momentaneo o come un recipiente nel quale svuotare il suo bieco piacere.

Sarebbe stato capace di un tale abominio?

«Vuol dire che ha avuto la decenza di risparmiare una ragazza così giovane.» Mitchell mostrò un acuto sdegno nei suoi riguardi; non nutriva alcuna stima verso Ben ed era addirittura sorpreso del suo buon senso. «Ha detto qualcosa in particolare che ti ha turbata?»

Riportai a galla il ricordo del nostro scambio di battute e mi soffermai su una frase che mi si era incisa nella memoria: «'Siamo tutti vittime o schiavi dinanzi alla malvagità di chi possiede la forza d'incantare'».

Mitchell aggrottò la fronte e si protese maggiormente verso di me, togliendomi il bicchiere di mano per impedirmi di rifuggire il suo sguardo come avevo fatto più volte. Pretendeva un contatto visivo chiaro e diretto. «Sai se si riferiva a qualcuno?»

Tutte quelle domande poste a un ritmo incalzante mi fecero venire un gran mal di testa. Mi strofinai la fronte e inspirai profondamente. «Dove vuoi arrivare, Mitch?»

«Sto solo cercando di capire.»

«Capire cosa?» mi irritai. «Non so quale problema abbia quell'uomo, ma non mi ha fatto del male.»

Mitchell accartocciò nel palmo il mio bicchiere che ridusse a un pezzo di plastica informe. «Stagli alla larga, Thea. Qualsiasi cosa dica o faccia riferiscilo a me o al dottor Krugher. Ben non è una persona affidabile.»

Notai la vena nodosa che gli era spuntata sul lato destro del collo e un'altra che gli attraversava la tempia come se una strana rabbia lo stesse corrodendo dall'interno. Fui sopraffatta dal suo aspetto improvvisamente minaccioso e annuii. «Lo terrò a mente.»

Mitchell si passò una mano sul volto, stirandosi le rughe sugli zigomi leggermente sporgenti. Allungò una gamba per estrarre un pacchetto di sigarette dalla tasca dei pantaloni e lo aprì per controllare quante ce ne fossero all'interno. «Devi imparare ad ascoltarci, altrimenti potresti incorrere in pericoli seri.» Ne sfilò una con i denti e la lasciò penzolare tra le labbra mentre cercava l'accendino.

Sbuffai in maniera teatrale. «Come vedi sono illesa. A parte il forte spavento.»

«Thea, oggi ti è andata bene, ma la prossima volta potresti non essere così fortunata.» Una volta trovato il clipper, lo trattenne nel palmo, sapendo bene che nella clinica era vietato fumare.

«Sono stanca, Mitch.» Quel giorno avevo accumulato troppo stress; lo avvertivo nella spossatezza del corpo e negli arti deboli. Sfinita, mi accasciai su un fianco, con le mani sotto la guancia, la testa pesante e un forte martellare delle tempie, guardando in modo supplice l'avvocato Ryke affinché mi lasciasse in pace.

Lui si alzò in piedi e mi fissò dall'alto con la sigaretta tra l'indice e il medio, anelando di gustarsela quanto prima. «Vuoi che ti accompagni in camera?»

«No, ci penso io», rispose qualcuno per me.

Dal tono assertivo e autorevole compresi subito chi fosse e mi irrigidii. Avevo detto a Mitchell di non riportarmi da lui, ma alla fine era stato lui stesso a tornare da me.

Sembrava quasi che si divertisse a tormentarmi. Insonnolita, lottai contro le palpebre che minacciavano di chiudersi, sopraffatte da una profonda prostrazione. Non ricordavo neanche quando avevo mangiato l'ultima volta, tuttavia dal brontolio del mio stomaco dovevano essere trascorse varie ore. Un flebile stame di coraggio mi spingeva a reagire e a mandare al diavolo l'uomo che mi si era avvicinato avvolgendomi con il suo profumo di cedro e bergamotto, ma il corpo non rispose a nessun comando e la bocca si schiuse senza proferire alcun suono se non un lieve lamento. Abbandonata a una sensazione di assoluta leggerezza, mi sentii fluttuare nell'aria quando due braccia forti si insinuarono sotto le spalle e nell'incavo delle ginocchia per sollevarmi e stringermi a un torace caldo e avvenente.

Lo odiavo, non lo sopportavo, eppure tutto ciò che feci fu l'opposto di ciò che credevo: chiusi gli occhi e appoggiai la testa sulla curva del suo collo.

Lì trovai un piacevole rifugio, il più accogliente che avessi mai potuto desiderare.

«Va' a casa, Mitchell. Ci vediamo domani.» Il dottor Krugher salutò l'amico, prima di trasportarmi con sé lungo il corridoio. Con piccoli balzi, percepivo i suoi passi incedere verso le scale e salirle con una lieve rigidità delle gambe. Pensai a quella volta in cui avevamo condiviso un momento simile dopo che Andy aveva truccato con della droga la Philip Morris che mi aveva offerto, e con un sorrisetto spontaneo gli posi una domanda che gli avrebbe rammentato il medesimo ricordo.

«Posso aggrapparmi a lei?» Con sfrontatezza intrufolai l'indice nella fessura tra due bottoni della camicia per sfiorargli la pelle. Appurai quanto fosse tonico quando profilai una cunetta degli addominali. Il suo corpo era quello di uno sportivo nel pieno della salute: bellissimo, vigoroso e dotato di un carisma selvaggio che avrebbe piegato al proprio volere chiunque.

«Anche se mi consideri uno 'stronzo'...» ripeté con un certo risentimento, «… non ti ho mai impedito di aggrapparti a me. Qualsiasi sia il dolore che hai dentro, Dorothea.»

Sospirai e insinuai un altro dito. Forzai le asole, allargai la piccola apertura e introdussi l'intera mano per accarezzargli l'addome. Lui reagì con una lieve contrazione dei muscoli e io me ne beai, percependone il calore erotico.

«Domani provvederà a mandarmi via?» Tenni il palmo fermo e mi scaldai. Fu strano che non mi avesse imposto di non toccarlo; forse stavo riuscendo a far breccia nella sua anima, a fargli accettare l'attrazione frustrante che provavo per lui, seppur pian piano.

«Tu vuoi che lo faccia?» Arrivati dinanzi alla porta della mia camera, l'aprì e vi entrò con me in braccio. Mi sporsi oltre la sua spalla per controllare Juliette e la vidi nel suo letto, appisolata su un fianco, con il pc accanto al cuscino e aperto su una serie di Netflix il cui episodio continuava a scorrere mentre le voci degli attori riecheggiavano nella stanza.

«No», dissi con sincerità, tranquillizzata all'idea che la ragazzina non potesse vederci né udirci. «Lei è l'unico stronzo che riesco a sopportare. Non ne voglio un altro.»

Storcendo appena il naso, il dottor Krugher scostò il copriletto e mi depositò sulle lenzuola. Mi tolse le scarpe, come se ormai fosse diventata un'abitudine quella di spogliarmi e mettermi a letto, dopodiché mi rimboccò le coperte fino al seno. Sapeva che non indossavo il pigiama, ma non mi chiese di togliere gli shorts o la camicetta: intesi il suo atteggiamento come una forma di rispetto e l'apprezzai.

Pensai che sarebbe andato via, com'era già accaduto in precedenza, ma mi stupì quando si sedette sul bordo del letto. La camicia scura si tese sulla schiena marcandone la linea peccaminosa. Gli occhi verdeazzurri parvero irradiarsi nella penombra mentre la flebile luce dell'abat-jour gli illuminava il profilo perfetto. Quell'uomo era stato creato da qualche divinità per irretire le donne e incenerirne violentemente la ragione, altrimenti non sapevo come spiegare perché provassi delle sensazioni così totalizzanti e sconvolgenti. In silenzio fissò il paralume decorato da imbarazzanti fiorellini, poi adocchiò il peluche posato accanto a esso: una scimmietta munita di chiodo di pelle e chitarra elettrica. Un regalo della mamma al quale ero molto affezionata, ma che in quel momento mi fece arrossire per l'inadeguatezza della situazione: un uomo adulto, seduto sul mio letto, che scopriva una parte di me ancora infantile e che, solitamente, nascondevo a tutti.

Con un sorriso tenue, il dottor Krugher lo prese e lo strinse tra le mani studiandolo attentamente; io mi schiarii la voce e arrossii come un pomodoro maturo.

«È carina», commentò mentre notavo come la sua presenza, dall'immenso fascino maschile, stonasse notevolmente con l'arredo bambinesco della camera.

«Non è come sembra», mi affrettai a giustificarmi; lui rise e sistemò un ciuffetto di peli sulla testa della tenera bertuccia. La fede emanò scintillanti riflessi dorati e uno strano disagio, pesante quanto un baule, mi piombò sul petto.

«Non c'è limite di età per gli oggetti con i quali abbiamo un particolare legame affettivo.» Inclinando la testa in avanti, una ciocca nera gli ricadde sulla fronte e si posò sulle lunghe ciglia della palpebra sinistra.

«La mamma me l'ha regalato quando ho compiuto sedici anni.» Mi girai di fianco, acciambellandomi come un gattino attorno al suo bacino, e nascosi un palmo sotto il cuscino. «Ho sempre odiato festeggiare il mio compleanno», mormorai, dando voce a una parte della mia vita che tentavo in ogni modo di reprimere. «Quando mia madre scoprì di essere incinta, l'uomo che a quel tempo era il suo compagno, nonché mio padre, le chiese di abortire perché si era trattato di un semplice incidente. Mia madre non ebbe il coraggio di farlo e portò avanti la gravidanza, ma lui decise di lasciarla prima che io nascessi dicendole che lei era solo una puttana con cui si era divertito e con la quale non intendeva creare una famiglia.» Provai sulla lingua l'odio che ormai da tempo nutrivo nei confronti di quell'uomo e che con gli anni era cresciuto a tal punto da pregare tutti i giorni che fosse già morto. «Le sembrerà una cattiveria quella che sto per dirle, ma porto fieramente il cognome di mia madre e spero con tutto il cuore di non incontrare mai l'essere che l'ha messa incinta.» Chiamarlo *padre* era un onore che non meritava. Il dottor Krugher aveva ascoltato tutto senza pronunciarsi; depose sul comodino il peluche e spostò lo sguardo sui poster dei Guns N'Roses disseminati sulla parete, poco sopra la scrivania.

«Purtroppo, esistono uomini incapaci di assumersi le responsabilità delle proprie azioni. Qualsiasi fosse l'intenzione di tuo padre, consideralo come uno strumento umano utilizzato da forze superiori per le quali la tua nascita rappresentava qualcosa di meraviglioso e imprevisto. 'Dorothea' significa 'Dono di Dio' e sicuramente per tua madre lo sei stata...» Volse solennemente lo sguardo su di me e io mi affrettai a raccogliere una lacrima dalla guancia, fissando il punto in cui la camicia gli stringeva il bicipite definito. Era sorprendente il modo in cui riuscisse a capirmi, a leggermi dentro e a rincuorarmi con risposte complesse ma intelligenti, capaci di indurmi a riflettere.

«Lei pensa che sia sbagliato odiare quell'uomo?» Allacciai gli occhi ai suoi, brucianti di una sapienza invidiabile e di una bellezza ipnotica così violenta da schiaffeggiarmi la carne senza neanche sfiorarla.

«Ci sono persone che non valgono il nostro tempo, bambina. Né per l'amore, né per l'odio.» Mi scostò delicatamente una ciocca dietro l'orecchio e approfittò di quell'intimità per accarezzarmi la mascella con il dorso dell'indice. Un lungo brivido mi scorse lungo la spina dorsale, facendomi muovere le gambe sotto le lenzuola. «Odiare qualcuno sopprime la serenità d'animo, danneggia la tranquillità mentale e proibisce al cuore di provare emozioni positive. Bisogna imparare ad accettare che non tutti gli individui sono come noi ci aspettiamo e impiegare le energie a migliorare noi stessi, travalicando l'amarezza che spesso ci impedisce di raggiungere la pace.» Con il polpastrello scese sulla linea del collo, risalì sotto l'orecchio e lì si fermò per sentire quanto fosse accelerato il mio battito cardiaco. Con un sorriso sensuale intuì che fossi nervosa e imbarazzata; scaltramente indugiò in quella carezza confidenziale, come se volesse vedere fino a che punto sarei stata capace di resistere prima di nascondermi sotto le coperte come una bambina leziosa.

«Le chiedo scusa per averla insultata.» Mi sentivo terribilmente accaldata, perciò dovetti dirottare il discorso su qualcosa che potesse annullare la folle idea di gettarmi addosso a lui e tempestarlo di baci osceni.

«Non sono un uomo che serba rancore per queste sciocchezze, nonostante io abbia poca tolleranza per chi mi manca di rispetto.» Svagato, appoggiò il palmo sul materasso, all'altezza delle mie reni, e torse il busto per guardarmi, posando appena il fianco contro le mie ginocchia. Imprigionata in quel modo virile avvampai subito, tanto che il respiro divenne ansante, malgrado non si fosse sporto su di me o infilato nel mio letto.

«Non volevo offenderla. Credo lei sappia che non penso davvero quelle cose…» Non ripetei *quali cose* gli avessi detto, ma ero certa le ricordava molto bene.

Il dottor Krugher accettò le mie tacite scuse e sbatté le palpebre, lasciandomi ammirare il colore variopinto delle sue iridi, ancora più intense sotto la luce soffusa della lampada; nonostante fossero meravigliose, sembravano custodire segreti indicibili e un'oscurità insidiosa. «Anche se le pensassi, mi impegnerei a farti cambiare idea.»

Arricciai il naso a patatina in una smorfia buffa e scossi la testa. «Sul fatto che lei sia un po' troppo dispotico, severo e rigoroso mi sembra difficile, sa?»

«Hai ragione. Pensa che posso essere anche peggiore di così», affermò con un timbro intrigante e velatamente malizioso. «Ma spero che tu non abbia occasione di scoprirlo...» Si allungò per darmi un bacio sulla fronte. Questa volta ero certa che era reale e non frutto di un sogno; quando la sua bocca morbida si posò sulla mia pelle in un gesto impositivo ma privo di affetto, tirai le coperte fino al collo e mi nascosi sia per la vergogna sia per la paura che mi vibrò dentro come un campanellino d'allarme.

Lo percepii come un maliardo avvertimento: *Attenta a ciò che fai, bambina*.

Mi parve di sentire la sua voce profonda sussurrare quelle esatte parole; ne fui così sopraffatta che ridacchiai.

Lui se ne accorse e si alzò, nascondendo un sorriso inorgoglito, di chi sa il fatto suo e non vede l'ora di dimostrarlo. «È meglio che io vada, Dorothea.»

In effetti sarebbe stato meglio per entrambi, altrimenti avrei potuto commettere qualche gesto avventato o addirittura chiedergli di restare e di esaudire il sogno perverso del quale era stato protagonista. Il mio corpo reagiva alla sua vicinanza, bisognoso di ottenere molto di più che una semplice chiacchierata.

«*Gute Nacht*, dottore», ribattei con un tedesco stentato.

Il medico ne fu compiaciuto e prima di avviarsi verso l'uscita pronunciò un: «*Dir auch, Kleines Äffchen*».

Mentre il suo fisico statuario raggiungeva in poche falcate la porta, mi sollevai su un gomito e lanciai un'occhiata a Juliette per accertarmi che stesse ancora sonnecchiando, poi tornai a fissargli la schiena possente e i glutei atletici. «No, aspetti un attimo. Che significa?» Evitai di ripetere ciò che aveva detto per non risultare ridicola, ma pretendevo di saperlo, cavolo!

Lasciandomi languire nella curiosità, se ne andò con una risata gutturale estremamente virile, pregna di un sadico sarcasmo che mi infiammò il basso ventre e mi serrò il petto con una corda ardente.

Maledetto, dottor Krugher!

21
Thea

Non c'è belva tanto feroce
che non abbia un briciolo di pietà.
Ma io non ne ho alcuno,
quindi non sono una belva.
WILLIAM SHAKESPEARE

ERA da tempo che riflettevo sul termine: opportunità.

Cos'è un'opportunità?

La capacità di riconoscere nelle circostanze favorevoli la concreta possibilità di realizzare qualcosa che desideriamo, cogliere un'occasione e sfruttarla per perseguire i nostri obiettivi.

Il dottor Krugher aveva associato l'opportunità alla sua elegantissima stilografica.

Voglio che scrivi per me, così come io ho suonato per te: con la stessa intenzione, aveva detto e da allora le sue parole continuavano a orbitarmi nella testa tutti i giorni, alla ricerca di un significato preciso.

Seduta a gambe incrociate su un telo in giardino, portai la penna alle labbra fissando il foglio sul quale a ogni strofa che avevo annotato seguivano vari scarabocchi circolari. Con i denti mordicchiai il diamantino che decorava il cappuccio e sbuffai rumorosamente.

«Cosa c'è?» Juliette, semidistesa accanto a me, leggeva un libro di Nicholas Sparks e di tanto in tanto mi lanciava occhiate sbieche da sotto il cappello di paglia a falde larghe, con un grosso nastro azzurro che circondava la cupola rialzata. Lo stravagante abito floreale e la collana di perle abbinata agli orecchini la facevano apparire altezzosa come un'aristocratica raffinata.

«Sai che oggi sembri una nobildonna del Settecento?» Aspirai dalla sigaretta mentre la brace la consumava lentamente. Quel giorno faceva così caldo che io e la ragazzina avevamo deciso di esporci al sole e di rilassarci per ritrovare la pace di cui necessitavamo: lei per la sua lettura e io per scrivere una canzone.

Malgrado la nostra discussione, avevo stabilito di non riaprire il discorso, di accettare le sue scuse e di metterci una pietra sopra; d'altronde non eravamo amiche, non avevo alcun motivo di dare importanza a un rapporto che non esisteva.

«Oh, smettila! Mi piace la moda vintage.» Juliette incrociò le caviglie. Il vestitino le arrivava quasi alle ginocchia, coprendole gran parte delle gambe. Soltanto le spalle seriche, le braccia flessuose e gli esili stinchi poterono godere dei raggi solari. Non a caso su quelle parti del corpo la sua pelle cominciò a imbrunirsi, valorizzandone la carnagione olivastra.

«Hai diciott'anni, Juliette Obrien. E sei una fotomodella. Dovresti indossare abiti di pelle, autoreggenti e perizoma sexy», ridacchiai con la Lucky Strike tra le labbra.

Lei sgranò i suoi enormi occhi écru e con uno scossone della testa fece oscillare la folta chioma castana da un lato all'altro. «Perdinci! Non ne sarei capace!»

«Prima o poi ti darò qualche consiglio a riguardo», insistei; era inconcepibile che celasse la sua radiosa bellezza dietro larghi strati di stoffa, scarpette da bambina o fiocchetti infantili. Avrebbe dovuto accettare di crescere, di accantonare l'adolescenza e di diventare una donna, consapevole del proprio corpo e di come usarlo con gli uomini.

«Non credo che l'accetterei.» Sfogliò un'altra pagina del romanzo a cui si stava dedicando da ormai un'ora e tentò di interrompere così la nostra conversazione.

«Conciata in questo modo non attireresti mai l'attenzione di un uomo, sappilo. Soprattutto se ha il doppio dei tuoi anni…» La mia allusione la colse di sorpresa e le incendiò gli zigomi che, persino ombreggiati dal copricapo, assunsero una delicata colorazione rossastra.

«Thea!» Presa alla sprovvista, sbatté il libro sulle cosce.

«Ehi, non mi sto riferendo all'avvocato Ryke», mi giustificai con un finto tono innocente.

«Sì, certo», bofonchiò, tornando alla lettura. «Come se ci credessi», aggiunse in un borbottio sommesso.

«Se ti piace, anziché limitarti a sbavargli addosso quando raggiunge la clinica, dovresti darti da fare.» Mi passai il dorso della mano sulla fronte sudata. Percepivo la pelle troppo accaldata e, per constatare che non mi fossi ustionata, scostai la sottile bretella del top, notando il segno di un principio di abbronzatura. Finalmente avrei potuto sfoggiare un colorito migliore del pallido bianco lattiginoso che mi caratterizzava per l'intera stagione invernale.

«Non ricominciare», mi rimproverò. «Piuttosto spiegami com'è andato l'incontro con Ben. Sono stupita che tu sia qui tutta intera.» Con circospezione studiò ogni minimo angolo del mio corpo per appurare che stessi bene e soprattutto che non avessi addosso segni di aggressione o violenza.

«Secondo me avete tutti un'opinione negativa di quell'uomo perché date retta ai pettegolezzi.» Il godimento di deriderla sulla cotta per Mitchell fu dissipato da una riflessione più seria. «Prima di giudicare qualcuno è importante conoscere il suo passato, il suo presente e le ragioni che l'hanno reso diverso da quel che era...»

Juliette inarcò un sopracciglio e sollevò con l'indice la falda del cappello per guardarmi meglio. «Perché mai la gente dovrebbe accusare un uomo di essere pazzo se non lo è?»

«Per lo stesso motivo per cui, sotto i miei post di Instagram, mi definisce 'drogata' nonostante io non assuma stupefacenti e non abbia alcuna dipendenza», la rimbrottai prontamente, menzionandole una realtà con la quale convivevo ormai da anni. Incupita, fissai i dardeggianti fasci di luce che colpivano il laghetto, i cui toni del cobalto ne riverberavano la luminosità, creando uno spettacolo mozzafiato. Una brezza vitale mi accarezzò le scapole scoperte e le cosce nude, risalendo oltre il bordo della gonnella. Tra le ninfee galleggianti, come sprazzi di pittura colorata su una distesa trasparente, si incisero le ombre dei miei pensieri. Chiusi gli occhi, cercando di reprimere l'angoscia che, come un vento sibilante, stormiva tra le crepe della mia anima. Combattei l'ondata di nausea, l'impulso di rigettare la colazione con la quale avevo attenuato l'estenuante sensazione di fame e respirai profondamente. Era strano placare la tempesta che mi imperversava dentro quando tutt'attorno la natura assisteva placida e silenziosa alle chiacchiere di due ragazzine piene di sofferenza e disincanto.

«Thea, è tutto okay?» Juliette mi scosse da una spalla.

Riaprii gli occhi e inalai in fretta un'altra boccata di fumo prima di precipitare in uno stato di malessere dal quale avrei avuto difficoltà a riemergere. La brace divorò la metà della cartina mentre mi riempivo i polmoni dell'essenza nociva, sentendomi immediatamente rilassata. «Sì.»

Juliette tirò un sospiro di sollievo. «Mi fai preoccupare quando ti ammutolisci...»

«Stavo solo pensando...» mormorai, poi tesi le orecchie udendo un vociare lontano del quale riuscii a distinguere solo un timbro in particolare: forte, prepotente e carismatico, associabile a un'unica persona. «Ho la testa talmente fottuta che sento persino la voce di Andy.» Scossi il capo, ridendo di me stessa. La ragazzina torse il busto per guardarsi alle spalle e subito mi picchiettò un fianco.

«Forse perché Andy Taylor è proprio lì, nella sala d'attesa?» Lo stupore di Juliette mi indusse a voltarmi.

«Cosa?» Saltai in piedi quando, oltre la vetrata semiaperta, individuai il mio miglior amico che gesticolava con Melanie come se le stesse intimando di sbrigarsi a fare qualcosa. La chioma biondo platino come un campo di neve e la pelle d'alabastro spiccavano sulla t-shirt nera; i numerosi tatuaggi gli avvolgevano le braccia smunte marcando la sua aura dannata; i jeans scuri, con evidenti nuance grigie, erano leggermente calanti sui glutei, tanto da lasciar fuoriuscire l'elastico dei costosi boxer. «È davvero lui!» Nonostante stentassi a crederci, infilai il quaderno consunto e la stilografica nella borsa, la sistemai a tracolla e corsi via.

«Le ho detto che devo vederla. Adesso!» Man mano che mi avvicinavo alla vetrata, riuscivo ad ascoltare nitidamente ciò che stava dicendo. «Cosa significa che non è nella sua stanza?» Andy si mise le mani sui fianchi, imprecando sottovoce finché non superai la portafinestra e avanzai nella sala. Contenta di rivederlo, decisi di abbracciarlo da dietro e stringerlo forte. Fui grata al dottor Krugher per avermi permesso di ricevere la sua visita, sebbene non lo meritassi, non dopo avergli disubbidito ancora. Avevo persino perso la speranza, ma poiché Andy era lì, in carne e ossa, tutto il dolore che avevo provato negli ultimi giorni si affusolò in un piccolo ricordo che seppellii, momentaneamente, in una parte di me.

«Bambino rock», mormorai gioiosa, tuttavia lui non reagì con la stessa accoglienza. Si voltò bruscamente e mi spintonò, facendomi barcollare di qualche passo. Lo guardai stralunata; non capii il motivo della sua irruenza. «Che diavolo ti prende?»

«Dov'eri?» Fu tutto ciò che rispose in tono burbero. Non ci vedevamo da giorni, non aveva risposto ai messaggi né alle chiamate e aveva l'ardire di mostrarsi così furente.

«Dovrei farti io questa domanda. Ti ricordo che mi hai ignorata. Ho addirittura pensato che ti fosse successo qualcosa!» E, a giudicare dal suo aspetto trasandato, dalle occhiaie profonde, dalle guance scavate, supposi di avere ragione.

«Possiamo parlarne altrove?» si intromise il nostro manager, Victor Donovan, di cui mi accorsi soltanto in quel momento. Come se fossi appena stata catapultata nella realtà, notai anche il bassista Steve e il batterista Jimmy seduti sul lungo Chester con gli sguardi puntati su di me; infine una nuvola di capelli rosa pastello mi indicò la presenza di Halima, in piedi, con le braccia conserte mentre spostava il peso da una gamba all'altra in attesa che le concedessi almeno un saluto.

Cosa mi stava succedendo?

Non riconoscevo più la mia band? I miei amici?

«Ragazzi...» sussurrai, estraniata. Ero felice, ma incapace di dimostrarlo.

Loro si scambiarono un'occhiata vacua, alquanto perplessi. L'unico a ribattere fu Steve con un semplice e freddo: «Ciao anche a te».

«Abbiamo il permesso di parlare in privato nella sala ricreativa», intervenne Victor. «Thea, puoi indicarci dov'è?» Con una mano sulla schiena mi incitò a muovermi senza perdere ulteriore tempo, ma ero talmente stravolta che non riuscii a fare alcunché.

«Cazzo», sbottò Andy, infastidito dalla mia esitazione. «La troviamo da soli.» Prima che si incamminasse disinvolto verso il corridoio, Melanie aggirò rapidamente il bancone e decise gentilmente di farci strada.

Bene, si prospettava una giornata davvero memorabile...

Un orologio a pendolo segnava lo scandire dei minuti mentre l'andirivieni di Victor iniziava a farmi venire un gran mal di testa.

Non lo vedevo da molto tempo; aveva messo su qualche chilo e i capelli più brizzolati, soprattutto ai lati delle orecchie, accentuavano i suoi quarant'anni. Vestito con una camicia di lino color sabbia e un paio di pantaloni blu, si portò l'astina degli occhiali da vista alle labbra e iniziò a mordicchiarla, come sempre quando elaborava pensieri negativi e si concedeva qualche istante prima di esternarli.

«Thea, dobbiamo parlare...» Non si era degnato di chiedermi come stessi o come stesse procedendo il mio percorso terapeutico; era sempre stato un uomo cinico che si limitava a darci consigli strategici, a dirigerci come band, ma al quale non interessava nulla dei nostri problemi a meno che questi non compromettessero la carriera e, quindi, ciò a cui lui puntava di più: il successo.

Osservai le facce seriose dei miei amici: Steve e Jimmy sedevano rispettivamente su due poltrone dall'altro lato del tavolino centrale, Halima mi stava accanto tenendomi una mano tra le proprie, Andy invece continuava a mordicchiarsi l'unghia del pollice, restando in piedi davanti all'ampia finestra il cui tendaggio gli sfiorava le spalle.

«Nonna Lizzie sta bene?» mi allarmai.

«Ciò che devo dirti non riguarda tua nonna. La signora Curtis sta bene», affermò Victor; almeno avevo scongiurato la possibilità che le fosse accaduto qualcosa di brutto. Tornai a rilassarmi, ma non troppo. Sapevo che il peggio sarebbe arrivato.

«Quindi?» soggiunsi impaziente.

Victor si fermò dinanzi a me, guardandomi con gli occhi piccoli mentre il naso adunco gli occupava gran parte del viso. «Andy mi ha raccontato ciò che è accaduto l'ultima volta che è venuto a farti visita...»

Con lauto disappunto, guardai in tralice il mio migliore amico. Avrebbe potuto evitare di spifferare tutto al nostro manager, ma come al solito aveva preferito confessargli la sua ennesima bravata, mettendoci nei guai.

«Se ti stai riferendo a quella sigaretta, noi...»

«È vero che il dottor Krugher ha manifestato un atteggiamento violento nei confronti di Andy?» Victor arrivò dritto al punto della questione, ignorando l'intera parte che la precedeva come se non contasse nulla.

Il cantante si scostò dal davanzale della finestra e incrociò le braccia al petto, curioso della mia risposta.

«Atteggiamento violento?» ripetei confusa.

«Ci stai anche pensando, Thea?» Andy si spazientì. «Che cazzo! Sai bene cos'ha fatto!»

«Andy, per cortesia. Fa' silenzio», lo ammonì Victor, intimandogli di calmarsi.

Ricordavo che era stato schiaffeggiato, tuttavia non potevo decontestualizzare la reazione del dottor Krugher senza analizzarne i motivi: era stato provocato pesantemente, per di più si era preoccupato per me e per la mia condizione di salute. Non era stato violento per la pura soddisfazione di esserlo, ma per punire Andy, la sua maleducazione e il gesto che aveva commesso.

«Io...» farfugliai, sentendo l'intimo bisogno di proteggere il medico. «Non lo ricordo.»

«Cosa? È una stronzata!» Andy si avvicinò a Victor e lo sovrastò con il suo corpo slanciato. «Mi ha colpito. E lei lo ricorda benissimo!» Dopo aver inveito contro il manager, si volse nella mia direzione e mi trucidò con lo sguardo. «Perché lo stai coprendo?»

Evitai di mostrarmi agitata; mentire non era mai semplice, ma in quel caso lo ritenni necessario. «Non sto coprendo nessuno.»

Halima mi osservò sospettosa, mordendosi l'angolo della bocca ricoperta di gloss rosa.

«Ah, no?» Una risata di scherno deformò le labbra del cantante. «C'è qualcosa che non so, per caso?» insinuò malignamente «Te lo scopi?»

Victor sussultò inorridito. «Andy, santo cielo!»

Infastidito dal mio sguardo smarrito, dall'immobilità dei miei arti e dalla scoperta del malsano interesse verso il dottor Krugher, Andy perse le staffe e avanzò adirato.

«Ha vent'anni più di te, porca puttana!»

«Diciassette in realtà», lo corressi stupidamente; Victor lo afferrò dalla maglietta, stringendone la stoffa nel pugno, ma Andy parve implacabile.

«Non me ne frega un cazzo, ne dimostra di più! Può essere tuo padre!»

«Di che diavolo state parlando?» Victor tirò indietro il giovane infervorato e alternò gli occhi dall'uno all'altra, completamente sgomento. «Thea, hai una relazione con un medico dell'équipe? Se l'insinuazione di Andy fosse vera sarebbe molto grave.»

«Non vado a letto con nessuno, cazzo!» Mi alzai in piedi. «È la sua malata gelosia a fargli dire assurdità!» Lo fissai intensamente, sfidandolo a negare.

«Assurdità?» Andy era talmente nervoso che gli occhi grigi divennero due blocchi di ghiaccio, resi più duri dal pesante tratto di matita nera che li contornava. «Ho visto come lo guardi. E ho capito cosa ti sta frullando nella testa. Ti conosco!»

Mi conosceva così bene da pensare che mi sarei innamorata facilmente di un uomo tanto impegnativo?

Con un sorriso beffardo, lo contradissi di nuovo. «Non penso proprio.»

«È il tuo medico! Dannazione!»

Spaventato dall'eccesso d'ira del ragazzo, Victor si interpose tra noi. Il mio migliore amico non mi avrebbe mai fatto del male, tuttavia, da quando aveva cominciato ad assumere droghe, molto spesso la sua rabbia travalicava i limiti della normalità e sfociava in reazioni turbolente ed esagerate.

«Andy, vuoi calmarti? Per l'amor del cielo!» Il nostro manager non sapeva più cosa dire o fare per tenerlo a bada; il cantante sembrava una belva incapace di gestire le proprie emozioni.

«Dimmi la verità, Thea, o giuro che lo rovino!» Andy allungò un braccio oltre la spalla di Victor – più basso di lui di qualche centimetro – e mi puntò l'indice contro in una chiara minaccia rivolta al dottor Krugher.

«Ragazzo, basta!»

«Ti fai scopare da lui? Eh?»

Trasalii per quell'accusa gratuita che, in fondo, pizzicò le corde di un latente desiderio che non avevo confessato a nessuno, oltre a Juliette.

«Cosa? No!» Ero sconcertata dalla possibilità che l'avesse pensato.

«Non mentirmi come hai fatto con Blake Harris!» Andy covava ancora un grande livore a causa degli errori che avevo commesso in passato; l'amico di Halima, Blake, era uno di quelli…

«Ancora con questa storia?» Allargai le braccia, esacerbata dalla nostra discussione. «Non ti ho mai mentito su di lui.»

«Certo, nel frattempo il pompino a quella festa gliel'hai concesso.» Strinse le labbra in una smorfia disgustata. «Che brava ragazza…»

Nonostante sapesse come fossero andate le cose, era ancora fermo sulle proprie convinzioni, determinato a descrivere un'immagine di me del tutto distorta e fuorviante. «Ero ubriaca e lo sai!»

«Vaffanculo, Thea!» Andy si passò una mano tra i capelli, incastrando le dita nel ciuffo biondo che spettinò nervosamente.

«Okay, okay, basta adesso. Mi sembra chiaro che ci siano delle questioni irrisolte tra voi due, ma a me interessa sapere se…»

«Mi ha colpito, Victor!» Andy si scrollò malamente la sua mano di dosso, poi arretrò per riprendere fiato. «Smettila di mettere in dubbio ciò che ti dico. Perché dovrei mentirti? Lei nasconde qualcosa e vuole difenderlo. Vero, dolcezza?» continuò a inveire con un tono spietatamente allusivo. «Ti sei inginocchiata anche davanti a lui?»

«Andy, stai esagerando, dacci un taglio!» Il nostro manager non ne poteva più di sentirlo parlare in quel modo. «Sei fuori controllo!»

«Ti detesto.» Il mio migliore amico mi si scagliò contro con tutto l'astio che aveva accumulato negli ultimi due anni. «Ti detesto per avermi usato per sbarazzarti della tua verginità, per avermi fatto innamorare di te e per avermi mollato come un coglione per il primo che passava!»

«Non è vero…» mormorai scioccata.

Come poteva pensare una cosa del genere?

Non l'avevo mai usato né tradito, anche se Andy era convinto del contrario perché non ero mai stata in grado di ricambiare appieno i suoi sentimenti.

«È vero!» urlò fuori di sé. «Mi avevano messo in guardia da te, ma io ti ho protetta perché ti amavo. Nessun altro potrebbe farmi più male di quanto me ne abbia fatto tu. E la cosa peggiore è che sono stato io a darti il potere di distruggermi. La colpa è mia.» Inspirò a fondo per acquietarsi; nel suo sguardo passò un lampo di dolore che ferì anche me. Nessuno considerò di intervenire; tutti rimasero in silenzio a fissarlo per concedergli il tempo di tranquillizzarsi e di lasciar assopire la sua collera.

Steve, in tutta calma, si sfilò un elastico dal polso per raccogliere i lunghi capelli castani in una coda bassa; Jimmy agitava una gamba e si grattava il capo tra i ricci biondi che gli ricadevano in parte sulla fronte. Halima, ancora seduta sul divano, lanciava qualche occhiata al fidanzato e attendeva fiduciosa che la tensione si placasse.

«Andy, sei arrabbiato e non stai ragionando lucidamente.» Mormorai quelle parole con delicatezza, per evitare che si arrabbiasse di nuovo. «Sai quanto anch'io ci tenessi a te. Ci tengo tuttora. Sei la persona più importante della mia vita, oltre alla nonna.» Mi avvicinai per sfiorargli il braccio con una carezza rincuorante, ma lui indietreggiò.

«Hai smesso di manipolarmi.» La rabbia riemerse seppur debolmente come una fiamma ancora viva, ma in procinto di affievolirsi. «Non sarò più così ingenuo, Thea.»

«Andy, finiscila», sibilò Victor tra i denti, poi gli strinse il bicipite per indirizzare la sua attenzione verso l'ingresso della sala. Era giunto qualcuno che non avrebbe dovuto ascoltare le maldicenze del cantante, pertanto fu necessario chiudere l'argomento. «Oh, salve, dottore.» Il manager riassunse un atteggiamento professionale. Sul viso gli apparve un sorriso cordiale sebbene le sopracciglia fossero ancora contratte per un rimasuglio d'irritazione. Senza voltarmi, percepii un'essenza nebbiosa riempire l'intero spazio e sottomettere alla propria potenza l'animo dei presenti. Tutto ciò che feci fu inspirare lentamente; il cuore accelerò la sua corsa tanto che lo sentii battere nelle orecchie. «Stavamo parlando di lei...» Victor decise di confessare ciò che stava accadendo, probabilmente perché fingere non sarebbe servito a molto.

«Ho sentito», confermò infatti il dottor Krugher con voce seriosa, naturalmente cavernosa. «Stavate affrontando un discorso molto...» rifletté sul termine più adatto a irriderlo, «... edulcorato, direi.»

Victor impallidì drasticamente mentre i passi dell'uomo avanzavano nella sala. «Spero che non si offenda. Ecco, i ragazzi qui stavano discutendo e...» Si grattò la fronte con il pollice. «Mi scuso per il linguaggio indecoroso. Sa come sono i giovani, tendono a esasperare un po' tutto...» ci giustificò con un sorrisetto nervoso.

«Esasperare un corno!» Andy fissava rabbioso il dottore che si fermò poco distante da me, all'angolo del grande divano. L'adocchiai di sbieco oltre il bracciolo: indossava il camice con il quale celava il solito abbigliamento scuro ed elegante; la capigliatura corvina incorniciava un volto tanto bello quanto dannato, gli occhi traslucidi – i cui colori erano i più luminosi del creato – provocavano un lento e tormentoso supplizio in chiunque li ammirasse.

«Andy», lo redarguì Victor, considerando ormai fuori luogo ogni suo intervento astioso.

«Certo, lo capisco.» Il dottor Krugher estrasse dalla tasca del camice una caramella al limone; dovevano piacergli molto, perché in più occasioni lo avevo sorpreso ad assaporarle. La scartò con le dita lunghe e curate che, pur muovendosi agilmente, denotavano una sensualità profondamente radicata nella sua persona, poi la infilò in bocca, prima di depositare la carta nel taschino.

«Ex fumatore?» suppose Victor in tono confidenziale, forse per stemperare l'agitazione che permeava l'ambiente, la quale, anziché diminuire, si acuì sempre di più.

Il medico sollevò appena un angolo delle labbra, spostando la mandibola da un lato all'altro per gustarsi il dolciume. «Non ho mai avuto nessuna dipendenza, signor Donovan. Mi piacciono le caramelle senza zucchero e ricche di vitamine. Il mio lavoro è molto impegnativo, ho bisogno di contrastarne il quotidiano affaticamento fisico e mentale.»

«Credevo che stesse sopperendo a un vizio con un altro.»

«Il fumo non rientra tra i miei vizi.»

«A tal proposito...» Victor ingiunse ad Andy di sedersi; il cantante, sebbene fosse restio, non si oppose e si accomodò sul bracciolo della poltrona occupata da Steve. «Tra i suoi vizi potrebbe rientrare quello di schiaffeggiare un ragazzino abusando eccessivamente del potere di cui dispone in questa clinica?»

Il torace del dottor Krugher si abbassava e rialzava lento e mansueto; nessuna tensione muscolare investì il suo volto né il corpo gagliardo che persino a distanza scatenava le fantasie delle donne. Emanava un'autorità così virile che faceva rabbrividire di terrore e pulsare la libido al centro delle cosce.

Sopraffatta da tanta mascolinità, Halima si sporse al mio orecchio, sfiorandolo con le labbra profumate di fragola. «Cazzo, è proprio sexy…» bisbigliò estasiata; di rimando le diedi una gomitata al braccio affinché tacesse. Ci mancava solo che discutesse anche lei con il suo ragazzo. Steve, infatti, parve accorgersi dell'eccessiva attenzione della fidanzata per il medico. Tuttavia, non potendo reagire, si limitò a fissarla con evidente gelosia.

«Non ha nulla da replicare? Mi piacerebbe sentire anche la sua versione dei fatti.» Nel frattempo, il manager attendeva che il dottor Krugher rispondesse, ma lui, con un contegno elegante e dignitoso, indugiò a osservarlo mettendo in soggezione un uomo abile e scaltro come Victor.

Nessuno prima ci era mai riuscito.

«Anche a me piacerebbe sentire la tua versione dei fatti, Efrem. Corredata di dettagli, grazie.» Mitchell entrò nella sala ignorando qualsiasi forma di saluto o educazione. Diede una pacca sulla schiena dell'amico e lo superò con un'affascinante sicurezza corrotta da un pizzico di arroganza: era uno squalo abituato a nuotare tra i pesci grossi.

«Lei chi è?» Victor corrugò la fronte e squadrò l'uomo più giovane, ma non meno navigato ed esperto di lui.

«Avvocato Mitchell Ryke. Sono il rappresentante legale della clinica Asklepios e dell'équipe medica.» Gli tese la mano e l'altro ricambiò, non avendo altra scelta che assecondarlo. Victor sollevò il capo per scrutare a fondo i tratti raffinati dell'avvocato, la chioma bionda e leggermente spettinata, come se l'avesse asciugata al vento, e la stazza che sprigionava un notevole vigore, assimilabile a quello di un mercenario camuffato da uomo d'affari.

«Oh, io sono…»

«Victor Donovan, il manager della band», lo precedette Mitchell, già informato di tutto. «Chi è il ragazzo coinvolto nella discussione con il dottor Krugher?» Si guardò attorno, passando in rassegna i membri della band seduti sulle poltrone.

«Andy Taylor.» Il manager glielo indicò e il cantante si alzò di scatto, con l'impeto sempre aggressivo e coraggioso di chi non ha paura di affrontare qualsiasi pericolo, men che meno gli adulti e il loro mondo.

«Bene, Andy.» L'avvocato gli andò incontro e con una sonora manata sulla spalla lo scosse, attirandolo a sé con la complicità di un vecchio amico. «Adesso ascoltiamo la versione del medico, dopodiché decideremo come agire: se condannarlo per l'azione commessa o se condannare te per aver omesso ciò che hai fatto, perché credo che il tuo manager non sappia tutta la verità», mormorò con un'intonazione meschinamente accusatoria; gli occhi di un bellissimo azzurro ciano scintillarono di malizia. «Vero, ragazzo?»

Victor aprì e richiuse le astine degli occhiali da vista, innervosito dall'ambiguità dell'avvocato. «Quale verità?»

«Come sospettavo.» Mitchell emise una risata sibillina. «Ho avuto vent'anni anch'io e, quando facevo le mie marachelle, tentavo sempre di passarla liscia...» Parve rievocare nella mente i tempi in cui era stato giovane e sconsiderato prima di guardare l'amico e fargli un cenno del capo. «Prego, Efrem. Esponici i fatti secondo il tuo punto di vista.»

Il dottor Krugher infilò le mani nelle tasche del camice, poi sospirò tediato dalla teatralità di Mitch, la quale era poco conforme al suo modo d'essere. «Andrew ha introdotto la droga nella mia clinica inducendo Dorothea a farne uso, inconsapevolmente. Li ho sorpresi in questa sala, esattamente su quel divano, in atteggiamenti intimi che violano le mie regole, e purtroppo non è tutto. Andrew stava cercando di indurre la ragazza ad avere un rapporto sessuale mentre lei non era nel pieno delle sue facoltà mentali, in quanto visibilmente confusa e stordita. In seguito al mio intervento, il ragazzo ha reagito bruscamente. Ho cercato di placarlo con le buone maniere, ma, quando ho compreso che non sarebbero valse a nulla, l'ho schiaffeggiato per riportarlo all'ordine. Ovviamente non intendo giustificarmi, bensì motivare la mia condotta della quale mi assumo la totale responsabilità», concluse in tono fermo, per niente preoccupato della sua confessione; persino Victor rimase sorpreso dalla glacialità con la quale si era espresso.

«Perfetto. Direi che si è trattato di un caso di inesigibilità...» L'avvocato gesticolò con una mano, tenendo l'altra saldamente posata sulla spalla di Andy. «E non sto parlando di riscossione dei crediti, per un istante lasciamo perdere il denaro», scherzò, facendo un occhiolino scaltro a Victor. «Il dottor Krugher ha confessato di averti schiaffeggiato, ragazzo, ma mi sembra ovvio che non avrebbe potuto tenere una condotta diversa da quella posta in essere, considerate soprattutto le circostanze poc'anzi spiegate. Insomma, non vi è alcuna antigiuridicità nel suo comportamento. Certo, potresti sporgere denuncia, tuttavia...» L'avvocato ronzò attorno ad Andy come una fastidiosa vespa pronta a pungolarlo. «Cosa accadrebbe se il dottor Krugher facesse lo stesso con te?» Il cantante aggrottò le sopracciglia, fissando dubbioso Mitchell e la sua camminata lenta, piena di alterigia. «Pensateci tutti: l'ex fidanzato di una paziente, noto frontman di una band emergente, introduce sostanze stupefacenti in una famosa clinica privata di Los Angeles, incoraggia la ragazza ad assumerle e...» fece una pausa a effetto prima di seguitare: «Colpo di scena: la conduce in una stanza per abusare di lei».

Andy si irrigidì e serrò i pugni, trattenendosi a stento dallo sferrargliene uno. «Abusare di lei? Che cazzo stai dicendo?»

«Esistono atti di libidine diversi dalla congiunzione carnale, ma non per questo meno gravi.» Provvisto di un'acuta scaltrezza, Mitchell si accorse che il cantante si era messo sulla difensiva, ma non temeva una sua reazione; se l'avesse avuta, sarebbe stato capace di tenergli testa. «Se nelle condizioni appena esposte, l'agente costringe la vittima a compiere atti *su* se stesso o *con* se stesso di qualsiasi natura sessuale, si configurano gli estremi di un reato. Per di più, Thea soffre di un disturbo alimentare che provoca evidenti disfunzioni psicologiche ed emotive, rendendola un soggetto particolarmente debole. Insomma, caro Andy, non solo rovineresti la tua reputazione, ma anche quella della band e del tuo stimato manager. Oltretutto diventereste un bel pasto per i giornalisti affamati...» Consapevole di aver fatto breccia nel cuore di Victor, gli lanciò un'occhiata eloquente affinché si imprimesse bene nella mente la sua ultima osservazione.

«Santo cielo.» Il manager si pizzicò il labbro inferiore tra il pollice e l'indice. «Non ci avevo pensato.»

«Chiaramente non è mia intenzione dissuadervi da qualunque sia la vostra decisione.» Mitchell alzò le mani. «Vi esorto solo a riflettere con la dovuta calma...»

Andy non smetteva di seguirlo con lo sguardo mentre l'avvocato gli camminava davanti come una pericolosa iena. «Che bastardo...» mormorò irritato.

«Credo che lei, Victor, voglia il meglio per la sua band: un processo penale, in questa fase della loro carriera, sarebbe come una macchia indelebile su un completo di alta sartoria: bello da vedere, ma impossibile da indossare.» Si fermò tra il manager e Andy, osservando entrambi attentamente.

«Anche mio padre è un avvocato. Sa cosa diceva sempre il nonno?» Andy digrignò i denti, incapace di tenere a freno il suo istinto. «Che voi siete come i becchini: pur di vincere seppellite la giustizia e con essa ogni verità.»

Mitchell accolse benevolmente quell'offesa maligna, preparandosi a controbattere come se provasse un insano piacere nei diverbi intellettuali. «Io direi che siamo uomini particolari: a volte diamo valore alla legge, altre volte alla verità. Tuttavia, mi rammarica che tu abbia una considerazione così negativa di tuo padre o di me.»

«L'avvocato Ryke ha ragione, Andy.» Victor si infilò gli occhiali da vista; con la montatura posata sulla gobba del naso e con le spesse lenti, i suoi occhi scuri apparvero ancora più piccoli e infossati.

«Cosa?» Andy era sconvolto.

«Fra te e il dottor Krugher c'è stato soltanto un grosso malinteso, risolvibile con delle scuse…»

«Col cazzo! Io non mi scuso con nessuno!» esplose furente. Credeva che il dottor Krugher fosse un uomo subdolo e che l'avvocato lo fosse più di lui; non si sarebbe mai sottomesso a nessuno dei due. «Chiedigli se scopa con le sue pazienti perché dal modo in cui guarda Thea non mi sembra affatto così professionale come vuole far credere!»

Il dottor Krugher, che fino ad allora aveva ascoltato tutto stoicamente, decise di difendersi soppiantando ogni dubbio con la risposta più ovvia: «Sono sposato, Andrew».

Il cantante soffocò una risata di scherno, manifestandogli tutto il suo odio. «Il matrimonio non è di certo sinonimo di fedeltà.»

«Nella mia famiglia lo è», confutò il medico, con egregia fermezza. «Rispettiamo molto i sacramenti.»

«Lei è ebreo, giusto?» Victor sbatté le palpebre; non c'era alcuna critica nella domanda, soltanto curiosità. Il medico annuì prima che il manager proseguisse: «Per via del suo cognome ero convinto fosse tedesco. Meglio così, non nutro molta simpatia per i 'teutonici'…» enfatizzò l'ultima parola in modo dispregiativo. Sorpresa, mi misi una mano sulla bocca. Il dottor Krugher avrebbe potuto offendersi o ribattere a tono; era assurdo che Victor avesse fatto una gaffe così terribile.

Mi preoccupai, temendo di assistere a una discussione furiosa, invece la pacatezza del dottor Krugher dissipò ogni timore.

«Ho ascendenze miste, signor Donovan», replicò atono; l'opinione di Victor non l'aveva minimamente scalfito, come se non gli importasse un bel niente di ciò che pensava.

«Oh…» Il manager si schiarì la voce, celando a malapena il suo disagio. «Ovviamente non mi riferivo a tutti i tedeschi», tentò di rimediare banalmente.

«Quindi?» Andy, spazientito dal discorso dei due uomini, decise di spostare l'attenzione su tutt'altro e di rivolgersi direttamente al medico. «Parliamo di cose più importanti: hai o no un interesse per Thea?»

«Il ragazzino non demorde...» Mitchell, annoiato dalla situazione, decise di sedersi sulla panca del pianoforte; accavallò distrattamente una gamba e attese, dando all'amico l'opportunità di rispondere come meglio voleva.

Victor si volse verso di me; nel suo sguardo iniziarono a orbitare taciti dubbi che andarono a intensificarsi con il silenzio del medico. «Thea.» Quando mi chiamò, sfilai la mano da quella di Halima e mi alzai, conscia che in quel momento tutti pretendevano la mia assoluta sincerità. «Il dottor Krugher ha mai assunto atteggiamenti promiscui nei tuoi confronti?»

D'istinto lo guardai: in piedi, nell'esatto punto in cui era rimasto per tutto il tempo, mi fissò profondamente. Sembrava una divinità errante, cacciata dall'Olimpo, per passeggiare svogliatamente tra gli esseri umani mentre io, con la sfrontatezza di una ventenne incosciente, gli avrei permesso di afferrarmi per il collarino e trasportarmi con lui.

Concentrato su di me, parve leggermi nella mente e intuirne tutto il ragionamento dissoluto, poiché accennò un lieve sorriso seducente che mi provocò lunghi brividi ovunque.

Era la prima volta che mi osservava da quando era entrato nella sala.

Le pupille nere, così piccole e strette, lasciarono emergere il verdeazzurro delle iridi velato da una bolgia di desideri oscuri con la quale avvertii una connessione incredibile: una parte di me riusciva a comprenderli, sebbene la ragione non potesse elaborarli. Non sapevo se in psichiatria esistesse un fenomeno simile, tuttavia fui certa di sentire i peli rizzarsi, la pelle d'oca vellicarmi la schiena e un calore ardente levarsi dal petto fino alle guance. Il dottor Krugher mi fissò la bocca che, automaticamente, si schiuse come se una lingua infuocata l'avesse appena lambita con una bramosia soggiogante. Pervasa da una sensazione libidinosa, potente e disarmante, fui blandita dal suo fascino carnale e lussurioso, che, insieme all'aura tenebrosa, riusciva a eccitarmi fin quasi alle lacrime.

Com'era possibile?

«No», sussurrai, spostando lo sguardo sul mio manager.

Sì, Victor. Mi ha guardato spesso le cosce o i seni e io, tutte le volte, ne sono stata estremamente compiaciuta.

«Carezze inopportune?»

«Assolutamente no.»

Sì, Victor. Nel bagno della mia camera, ha insinuato la mano sotto la maglietta e mi ha accarezzata fino all'orlo delle mutandine; in quell'istante ho desiderato che andasse oltre e che mi scopasse.

«Provocazioni equivoche?»

«No, nient'affatto.»

Oh sì, nel parco ha infilato la caviglia tra le mie cosce e l'ha premuta oscenamente contro la mia intimità. Avrei voluto che si sporgesse a baciarmi o che mi chiedesse di spogliarmi per lui.

Di sicuro avrei acconsentito.

«Parole o frasi con chiari riferimenti sessuali?»

«Mai.»

È successo, Victor: mi ha detto che in un altro contesto mi avrebbe impartito una bella lezione. Per giunta, mi ha chiesto di gattonare per lui e io l'ho fatto volentieri.

Nella tensione logorante provocata dalle mie inaspettate negazioni, Mitchell faceva tamburellare le dita sul coperchio della tastiera, riflettendo sulle mie risposte. Il dottor Krugher celò la sua sorpresa dietro un muro di ferrea imperscrutabilità.

Credeva davvero che avrei confessato tutto ciò che avevamo condiviso?

Non l'avrei mai fatto, eppure non sapevo spiegarmi il motivo; sapevo solo che era la cosa giusta poiché l'avevo assecondato e, in più occasioni, provocato malgrado non avesse mai ricambiato il mio interesse. Tuttavia i suoi gesti, spesso criptici e inintelligibili, non erano casuali o privi di significato; entrambi ne avevamo l'intima consapevolezza.

«Be'.» Victor sollevò i palmi al cielo. «Tutto è bene quel che finisce bene, allora.»

«Mente, dannazione!» Andy ricominciò a dare di matto, per niente convinto di ciò che avevo detto. «Persino ora le ha guardato il culo! Non l'avete visto?» Allungò il braccio per indicare il dottor Krugher che, con un angolo delle labbra lievemente sollevato, scosse il capo divertito.

«Peccato che te ne sia accorto solo tu, Andy.» Mitchell lo agguantò da dietro, scuotendolo per una spalla. «Riduci l'uso delle droghe, ragazzo. A lungo andare causano deliri e allucinazioni», gli mormorò con un cinismo derisorio che irritò ulteriormente il cantante. «Buon rientro a West

Hollywood. Io vi saluto: ho un'udienza urgente alla quale presenziare», aggiunse prima di dirigersi placidamente verso la porta e andare via.

Andy si coprì il viso con le mani, reprimendo la voglia di urlare o spaccare qualcosa, poi marciò spedito verso il dottor Krugher, fermandosi di fronte a lui in un chiaro gesto di sfida. L'uomo non accennò a indietreggiare, rimase algido e composto con la sua invalicabile risolutezza, ma neanche Andy si mostrò intimidito. Tutt'altro. «Prima o poi la verità verrà a galla. E tu e il tuo maledetto 'cane da guardia' andrete all'Inferno», sentenziò ripugnato. «Insieme.»

Un'ora dopo la band andò via, accompagnata da Victor, e io mi rintanai in camera ad autocommiserare me stessa per ciò che era successo.

Andy mi odiava per avergli mentito sul dottor Krugher, ma sospettavo che gli ultimi eventi avessero semplicemente incrementato un rancore che covava dentro già da tempo e che non riusciva a debellare.

Non aveva superato la nostra rottura, non aveva accettato che gli avessi omesso il bell'aspetto del dottor Krugher e, cosa più grave, che il medico lo avesse schiaffeggiato senza che io facessi nulla per difenderlo. Oltretutto aveva intuito che fossi terribilmente attratta da quell'uomo e ne aveva ottenuto ulteriore conferma quando, di fronte alle domande del nostro manager, avevo palesemente negato qualsiasi tipo di contatto o approccio ci fosse stato tra me e lui.

Per il mio migliore amico ero sempre stata un libro aperto; non potevo mai mentirgli o nascondergli la verità perché inevitabilmente aveva la capacità di scorgerla dal mio sguardo o dai miei atteggiamenti. Ero certa che aveva pienamente compreso i desideri che il mio corpo celava quando il dottor Krugher era nei paraggi o la cupidigia che mi riempiva gli occhi quando sfacciatamente li posavo sul suo volto scolpito.

In un barlume di lucidità, mi pentii di aver protetto così ostinatamente qualcosa che non c'era, che neanche esisteva.

Perché l'avevo fatto? Cosa mi era passato per la testa?

In preda alla confusione, sentii il bisogno urgente di parlare con il dottor Krugher, di confrontarmi con lui e di sperare che potesse aiutarmi a capire cosa avesse influenzato la mia decisione, perché io non riuscivo a rendermi conto di nulla, neanche del motivo per cui avessi agito in quel modo.

«Thea, tutto okay?» Juliette si sporse oltre l'uscio aperto del bagno per controllarmi.

Dopo essermi lavata, mi ero accovacciata per terra, in un angolo, con un misero asciugamano avvolto attorno a me. Le goccioline d'acqua scivolavano lungo la pelle umida mentre un velo di condensa ricopriva le pareti di marmo e il box della doccia.

«No, come sempre.» Mi passai una mano tra i capelli raccolti in uno chignon morbido. Infilai l'indice nell'elastico e li sciolsi, facendoli scivolare oltre le spalle.

«Posso fare qualcosa per te?» insisté la ragazzina, in tono cauto. Strofinò un piede sull'altro e notai che indossava dei calzini bianchi con degli unicorni e un pigiama di seta rosa cipria.

«Lasciarmi sola, Juliette.» Non desideravo altro che perdermi nella mia oscurità, rievocarla e farci due chiacchiere. D'altronde stava andando tutto a rotoli. Era tutto fuori controllo e l'unica alternativa rimastami sarebbe stata sguazzare in quel disordine mentale e conviverci.

La mia compagna di stanza osservò la tazza del water chiusa e intuì cosa avevo fatto dopo aver cenato; aveva imparato a riconoscere il modo in cui mi liberavo del cibo da piccoli dettagli come la scatola dei lassativi posata sul lavabo.

«Dovresti parlare con la dottoressa Ruiz…» suggerì con un accenno di timore nella voce. Sapeva che non doveva impicciarsi nei miei problemi, eppure rischiava, a costo di sorbirsi una sfuriata.

«Sì», risi, fissando i lividi che mi ero inflitta sulle cosce pizzicandole ripetutamente. «Così, se mi fa incazzare, le procuro qualche altro bel graffio in faccia. Che ne dici?»

Juliette scosse il capo, aggrappandosi con una mano allo stipite della porta. «Non commetteresti lo stesso errore…»

«Questo è ciò che pensi tu, piagnucolona, ma non io.» Mi alzai per trascinarmi fino allo specchio che, appannato com'era, rimandava il riflesso opaco della mia figura. Ci passai il palmo per ripulirlo e incontrai i miei occhi: due gemme ambrate, le cui volute dorate si fondevano a delle nuance rossastre in una danza di sfumature seducenti. Odiavo guardarli troppo perché erano identici a quelli della persona che avevo perso e che nessuno mi avrebbe più restituito.

Il 18 agosto…

Come dimenticarlo.

«Che ora è?» domandai alla ragazzina; avevo perso la cognizione del tempo.

Juliette sbloccò lo schermo del cellulare che stringeva nell'altra mano e lo girò nella mia direzione per mostrarmi l'orologio digitale: erano le venti e dieci.

Il dottor Krugher terminava i colloqui alle diciannove, pertanto per incontrarlo in privato avrei dovuto chiedergli un appuntamento o eventualmente rivolgermi a Melanie, ma non avevo la pazienza di aspettare né di arrovellarmi nei dubbi ancora a lungo.

Se quell'uomo non intendeva spiegarmi il motivo dei suoi strani comportamenti che, oltretutto, avevo nascosto al mio manager e ad Andy, avrei trovato uno stratagemma efficace per ottenere delle risposte; a qualsiasi costo. D'altronde l'avevo coperto e difeso, perciò pretendevo che una volta per tutte la smettesse di essere così criptico e che fosse sincero.

«Thea, che stai facendo?»

Juliette mi seguì fuori dal bagno mentre mi aggiravo nuda per la camera. Avevo lasciato scivolare l'asciugamano sul pavimento per indossare una t-shirt nera con un teschio grunge, regalatami da Andy, e un paio di mutandine di pizzo bianche che tirai fuori dallo scomparto di un cassetto. Senza neanche truccarmi o pettinarmi, infilai le sneaker e decisi di uscire dalla stanza. Spaventata dalle mie intenzioni, Juliette mi catturò il polso per fermarmi. «Dove diavolo stai andando?» Mi osservò da sottinsù, sorpresa dal mio abbigliamento. La maglietta mi copriva a malapena l'inguine e il sedere; non a caso l'avevo indossata.

«Torno subito.» Mi divincolai e lei si passò una mano sul viso, intuendo chi avevo fretta di incontrare.

«Ti metterai nei guai e metterai nei guai anche *lui*…» Cercò di convincermi a lasciar perdere e soprattutto a non agire d'impulso, ma ero cocciuta, soprattutto se avevo ragione.

«Deve chiarirmi alcune cose.» *E alla svelta.*

Juliette si mordicchiò l'interno guancia, pensosa. «Il nostro medico?»

«Chi altro?» le domandai con scherno. «Tu credi sia perfetto, ma fidati: non lo è per niente.»

La superai e mi imposi di non risponderle più, soprattutto se avesse tentato ancora di dissuadermi.

Una volta uscita, mi incamminai furtivamente per il corridoio e scesi le scale, attenta a non farmi sorprendere da nessun operatore o medico dell'équipe. Il dottor Nørgård e la dottoressa Ruiz avrebbero potuto aggirarsi per i corridoi, per cui fui particolarmente attenta a qualsiasi rumore rimbombasse tra le pareti.

Modulai il respiro; i miei passi erano così leggeri che, con un pizzico di fortuna, sarei passata inosservata e avrei raggiunto lo studio del dottor Krugher senza alcun ostacolo.

Giunta al piano inferiore, mi nascosi dietro la statua di Artemide, la dea della caccia, degli animali, della foresta, protettrice della verginità e della pudicizia. Inclinai il collo per guardarla nella sua totalità: era rappresentata come una giovane donna armata di arco e frecce, con indosso un corto chitone che le arrivava sopra le ginocchia, dalla cui cintura pendeva una faretra. Era realistica e sontuosa come le altre statue presenti nell'intera clinica. Pervasa da un attimo di incertezza, la pregai sottovoce per ricevere una grazia: «Cara Artemide, anche se non sono vergine e non possiedo la pudicizia da te ricercata, cerca di vegliare su di me almeno adesso. Ti prometto che smetterò di guardare i peni piccoli delle altre divinità dell'Olimpo». No, forse questa non era una promessa molto allettante; mi ero sempre chiesta perché gli dèi fossero rappresentati con i genitali minuscoli, ma non era il momento di pensarci. «No, okay. Ho esagerato. Ti prometto allora che…» Mi fermai quando avvertii delle voci distanti. Incuriosita, posai una mano sulla modanatura della colonna dorica e mi sporsi per sbirciare. Oltre al lungo Chester e al tavolino, l'angolo del muro non mi permetteva di vedere Melanie intenta a parlare con qualcuno di orari e colloqui. Dunque, l'assistente era distratta, quale occasione migliore avrei potuto cogliere? *O adesso o mai più*, mi incoraggiai, poi, come un cerbiatto scattante, percorsi l'ultimo tratto che mi divideva dallo studio, abbandonando Artemide e la vana speranza che potesse concedermi la sua divina protezione. Una volta a destinazione, alzai il pugno per bussare, ma quando notai la porta scostata e dall'altra parte un silenzio persistente, vi entrai senza chiedere il permesso. Con un sospiro di sollievo, me la richiusi alle spalle cautamente. Come immaginavo, il dottor Krugher non c'era, in compenso la lampada sulla scrivania era accesa e con essa anche i numerosi faretti del soffitto a cassettoni, segno che si fosse allontanato solo momentaneamente.

Bene, al suo rientro avrebbe ricevuto una bella sorpresa.

L'ambiente piacevolmente aerato dai condizionatori era fresco e accogliente; l'odore di pulito, misto al suo profumo di cedro che sfumava in dolci note di bergamotto, mi inebriò. Era incredibile quanto la sua colonia, così forte e maschile, fosse capace di provocare un pizzicore vizioso dentro di me.

Tentai di mantenere il controllo e di non deconcentrarmi; il motivo per il quale avevo invaso il suo studio non era quello di lasciarmi soggiogare dall'essenza che impregnava l'intero spazio, ma quello di adottare una tattica infallibile per indurlo a darmi delle spiegazioni. Con una mano sul petto, avanzai lentamente. Disposte di fronte alla grande scrivania c'erano le due poltrone sulle quali, io e la nonna, al nostro primo incontro, avevamo temuto persino di sederci. Il sorriso che mi scalfì le labbra si affievolì quando il mio sguardo si spostò sul portapenne di pietra sul quale era intagliato un serpente; lo stesso che decorava il portone d'ingresso. I due brillanti rossi, al posto degli occhi, parvero fissare nella mia direzione e minacciarmi di andar via.

«Merda…» sussurrai; avevo commesso l'ennesimo errore.

L'oro che arricchiva ogni dettaglio, il lusso ieratico, le alte librerie e i numerosi attestati affissi alla parete, proprio dietro l'ampia poltrona di pelle, mi rievocarono ancora una volta la magnificenza di quell'uomo, il divario abissale che c'era tra noi due, non solo per la differenza d'età o d'esperienza, ma soprattutto per il genere di vita che conducevamo, per i mondi ai quali appartenevamo.

Un senso di disagio mi fece indietreggiare di qualche passo.

L'istinto mi suggerì di uscire immediatamente di lì e di tornare da Juliette; il dottor Krugher non avrebbe scoperto la mia intrusione e io non avrei corso alcun pericolo, non sarei stata punita e avrei proseguito mansueta il mio percorso riabilitativo.

Via, Thea. Va' via, mi gridò la coscienza, ma prima che potessi ascoltarla qualcuno piegò la maniglia della porta, la sospinse in avanti e i cardini cigolarono annunciandone l'ingresso.

Con le palpebre sgranate, mi guardai attorno valutando l'idea di nascondermi.

Ma dove?

Tra le poltrone? Sotto la scrivania? Dietro una tenda?

Non c'erano finestre, quindi neanche tende.

Dannazione.

Ero letteralmente spacciata.

Indietreggiai mentre l'uomo varcava la soglia, con il capo piegato su un documento che stringeva in mano. Con la caviglia urtai un piede della poltrona, spostandola di poco; lui sollevò la testa e io persi fiato.

Fu allora che mi vide.

Le sopracciglia scure si arcuarono verso il centro in un'espressione accigliata, sotto gli zigomi prominenti le guance si incavarono conferendogli una rigorosità spaventosa. Le rughe sulla fronte divennero più profonde, tanto quanto quelle agli angoli degli occhi, le cui iridi sfavillarono di una cupa torbidità. Allungai le braccia dietro la schiena e mi aggrappai al bordo della scrivania, appoggiandovi il sedere. Avrei dovuto assumere una posa sensuale, invece trattenni a stento i conati di vomito a causa dello stomaco che continuava a restringersi attorno al vuoto, divorato dall'ansia. Il dottor Krugher non disse nulla, piuttosto studiò il mio abbigliamento increspando le labbra con disappunto: non approvava qualcosa di me o semplicemente non approvava la mia presenza lì. Lo guardai di rimando: aveva le maniche della camicia scura arrotolate sui gomiti, le vene che dai dorsi delle mani si diramavano lungo gli avambracci scorrendo in superficie con un'energia ammaliante; la pelle brunita baciava una muscolatura compatta, non levigata come quella di Andy, ma altrettanto soda e definita. Sul torace ampio, sotto le clavicole, due bottoni parevano essere sul punto di saltar fuori dalle asole tanto era forte la pressione dei pettorali, costretti nella stoffa troppo aderente.

Non riuscivo a capire perché un uomo dall'aria vissuta, con l'aspetto diverso dai miei coetanei e una maturità pronunciata, riuscisse a stimolare il mio interesse, rendendolo intollerabilmente peccaminoso.

Con evidente incertezza, schiusi la bocca, ma tacqui quando lui con un sospiro paziente parlò per primo: «Hai dimenticato i pantaloncini, Dorothea?»

Si era accorto della mia *mise* inadatta; ero praticamente mezza nuda dal bacino in giù. Il dottor Krugher mi fissò apertamente le cosce, che strinsi tra loro accavallando una caviglia sull'altra, poiché era arrivato il momento di cacciare via la bambina intimidita. Con un sorrisetto sfrontato, ricambiai l'attenzione squadrando i pantaloni eleganti che gli coprivano una protuberanza notevole, sebbene fosse cheta al proprio posto. In chissà quale circostanza, Sophie l'aveva adocchiata nel pieno del suo vigore e, a giudicare da come ne aveva elogiato le doti, potei confermare le sue osservazioni: il medico vantava una fisicità vigorosa, ben proporzionata in fatto di grandezza.

Non c'era parte di lui che si potesse definire piccola o meno attraente delle altre.

Sembrava che madre natura non gli avesse risparmiato nulla; persino la voce, così greve e severa, imponeva rispetto e devozione.

«Mi sia grata per aver indossato le mutandine...» Non sapevo neanch'io dove avessi trovato il coraggio di provocarlo, ma fui contenta di esserci riuscita.

Un guizzo della sua mascella mi indicò che non apprezzava molto la mia audacia eccessiva. «Di cosa hai bisogno?» Richiuse la porta; contravvenne alla regola morale secondo cui tutti avrebbero dovuto vedere cosa accadeva nello studio e preferì celare a persone indiscrete il nostro incontro. Il che mi mise in guardia, ma mantenni il sangue freddo.

«Di parlare con lei.»

«Bene.» Quando si incamminò verso di me temetti che mi avrebbe assalita, magari afferrata per un braccio e cacciata via, invece mi superò e aggirò la scrivania. Lo seguii con la coda dell'occhio torcendo appena il collo e lo vidi sbattere il documento sul ripiano di legno. «Allora esci dal mio studio, prendi un appuntamento con Melanie e torna la prossima volta vestita in maniera decente.»

Mi voltai completamente e serrai nel pugno l'orlo della maglietta con lo stupido impulso di coprirmi. Pensai di rispondergli in tono pacato e con la dovuta ragionevolezza, tuttavia il suo sguardo velenoso alimentò il mio nervosismo spingendomi a reagire.

«Io l'ho difesa!» lo aggredii. «Se ne rende conto?»

Il dottor Krugher spostò la poltrona, ma non si sedette. Tra i vari fogli riposti accanto alla lampada cercò una penna e, quando la trovò, si chinò per firmare alcune carte. «Non mi pare di avertelo chiesto.»

Era così che intendeva giustificarsi?

«Lei mi ha toccata, più volte e in modo piuttosto malizioso. Avrei potuto confessarlo, ma ho negato.»

Lui continuò ad apporre il suo nome e cognome sul margine inferiore di quei documenti senza degnarmi della considerazione che meritavo finché mi concesse una misera risposta: «Te ne penti?»

Fissai il modo in cui le dita, eleganti e sicure, tracciavano la sua firma con una grafia impeccabile, il modo in cui la mano grande impugnava la stilografica identica a quella che aveva regalato a me: stesso colore, stesso diamantino, stesso emblema dorato E.K.

«No, ma dovrebbe aver capito che può fidarsi di me.» Non sapevo cosa mi stesse succedendo; la mia grinta iniziò a digradare in un'angosciante delusione. «Non sono una ragazzina. Non correrebbe alcun rischio con me.»

Il dottor Krugher si stropicciò le palpebre e lasciò andare la penna che rotolò sul foglio intonso, poi riaprì gli occhi. Nelle sue iridi il verde smeraldo danzò sulle onde dell'acquamarina, dando l'accenno di una perfezione assoluta, quasi chimerica, il cui culmine si ravvisava nei lineamenti classici e nella chioma nera e lucente.

«Non correrei alcun rischio per cosa, Dorothea?» Si mise le mani sui fianchi con la solita autorità.

Catturai il labbro inferiore tra i denti e sbattei le ciglia, famelica. «Per l'attrazione che prova per me.»

Lui si trattenne dal ridere, abbassando lo sguardo sulla mia bocca lievemente arrossata che seviziavo con piccoli morsi. «Continui a pensarlo nonostante ti abbia spiegato il mio punto di vista? Mi deludi, bambina.»

«Lei delude me perché continua a prendermi per il culo!» Mi irritai poiché mi trattava sempre come una ragazzina sciocca, incapace di capire i suoi discorsi.

Al che rise, come se l'idea lo allettasse parecchio e avesse profondamente stuzzicato qualche oscena fantasia. «In realtà ancora non l'ho fatto.»

«E sa cosa le dico?» proseguii fuori di me senza ascoltarlo. «È terribilmente fastidioso!»

«Oh, sì, lo è. Te ne renderai conto quando lo vivrai…» Mi parve di percepire una strana malizia nella sua risposta che, tuttavia, non riuscii a comprendere appieno.

Accecata dalla rabbia, tentai di calmarmi e di ragionare. «Di che diavolo sta parlando?»

Lui scosse il capo, reputando inopportuno spiegarmelo, e riassunse un'aria arcigna. «Esci dal mio studio, Dorothea.»

«Altrimenti cosa fa?» lo sfidai, a braccia conserte. «Mi sbatte fuori a calci?»

Le nubi che gli offuscarono gli occhi lasciarono presagire l'intenzione e la capacità di compiere scelleratezze peggiori di quelle che potessi immaginare. Una parte di me non lo credeva possibile, l'altra percepiva in lui una crudeltà insita e ben mascherata. «Brava, e non sarà una bell'esperienza per te.»

«Magari potrebbe esserlo se mi 'sbattesse' e basta.»

Non avrei dovuto dirlo né avrei dovuto esagerare; sembrai una bimbetta viziosa e corrotta da desideri blasfemi alla quale veniva negato il suo giocattolo preferito.

Il dottor Krugher fumò di rabbia al punto che le guance parvero tendersi insieme alla mascella; la durezza della sua espressione, così irosa, mi provocò un immediato panico.

In fretta, si scostò dalla scrivania, la superò e mi venne addosso come un carro armato, tanto che non ebbi il tempo di prepararmi al suo assalto.

«Okay, fine dei giochi.» Bruscamente mi afferrò per il gomito, ma puntai i piedi a terra per resistergli. «Non sopporto le bambine insolenti, soprattutto quelle che oltrepassano i limiti.»

Mi strattonò contro di sé e, minuta com'ero, gli finii sul torace. Avevo sempre sospettato che dietro la sua apparente perfezione si celasse un campo di insidie; quell'uomo emanava una pericolosità attraente che nascondeva a chiunque con estrema astuzia, ma non a me. A me si stava rivelando nella sua reale essenza: vorace e manipolatrice. Sbattei le piccole mani sul suo addome, aprii le dita sul tessuto della camicia sentendola scivolare morbidamente come seta; tuttavia il dottor Krugher, infastidito dal mio tocco, mi spinse a camminare, rafforzando la presa.

Ricordai l'obiettivo per il quale ero lì, perciò non mi persi d'animo. Sgambettai per stare al suo passo. Incespicai più volte, ma la tenacia con la quale mi reggeva mi impedì di cadere. Giunta quasi alla porta, riuscii ad allungarmi sulle punte per sfiorargli la spalla.

«Non le sopporta, ma le tocca», gnaulai al suo orecchio come una gattina maliarda. «Può farlo anche adesso sa? Ha libero accesso alla mia...»

«Finiscila!» mi zittì il dottor Krugher, confermando ancora una volta che fosse impossibile sedurlo. D'istinto gli graffiai l'avambraccio con la mano libera; lui non riuscì a prevederlo e con un lamento maschile mi lasciò andare, guardandosi il punto ferito. A causa dei miei movimenti troppo frenetici, persi l'equilibrio e urtai di schiena contro la porta; il colpo mi fece guaire come una bestiola dolorante.

A poca distanza da me, il medico si esaminò le ferite provocate dalle mie unghie. Sulla carne viva appena squarciata un leggero cremisi andò a intensificarsi tra i lembi aperti della pelle.

Erano superficiali, ma ben visibili e brucianti.

«Mi considera una poco di buono.» Mi tolsi i capelli dal viso, respirando affannata come se dovessi lottare contro una bestia primitiva alta quasi due metri e con bicipiti duri come pietre. «Me l'ha fatto capire più volte, quindi per quale cazzo di motivo non ne approfitta?»

Lui, ancora incredulo e sorpreso dal mio gesto, posò lo sguardo su di me, delicato come una foglia ma potente come una tempesta, e socchiuse le palpebre guardingo. «Sei tu che svaluti te stessa, Dorothea, non io. Non sono quel tipo di uomo.»

«Lo è, invece.» Mi avvolsi tra le braccia, manifestandogli un briciolo di vulnerabilità e debolezza. «Altrimenti non mi avrebbe toccata e io non avrei mentito per proteggerla.»

Il dottor Krugher parve preoccupato più per il mio umore alterato che per le goccioline di sangue che presero a scivolargli sull'avambraccio; i suoi graffi erano passati in secondo piano rispetto all'argomento che volevo affrontassimo.

«Ho soltanto reagito alle tue provocazioni.»

«Quindi le piacciono?» insistei con un pizzico di insolenza che mal si addiceva al tremore del mio corpo.

Lui mi diede le spalle e tornò verso la scrivania; recuperò dal dispenser per gli ospiti un fazzoletto di carta e iniziò a tamponarselo sulle abrasioni. «Se mi fossero piaciute, te ne saresti accorta.»

Mi sentii in colpa per avergli fatto male, ma presa dalla discussione non considerai di scusarmi. «È un bugiardo. Io non le credo!»

«Maledizione, Dorothea!» Lanciò il fazzoletto sulla poltrona, in un gesto frustrato e spazientito. Non gli importava di medicarsi o disinfettarsi le ferite; l'aveva fatto solo per allontanarsi da me. «Sono sposato.» Si voltò furioso come non l'avevo mai visto prima e io mi appiattii contro la porta, desiderando di sparire. «'Sposato' vuol dire che ho una donna che mi aspetta a casa ogni sera e alla quale non intendo mancare di rispetto. Ti è chiaro o no?»

Mi era sempre stato chiaro, ma il medico avrebbe dovuto pensarci prima. Prima di innescare la miccia che aveva provocato un incendio inarrestabile. Non ero una visionaria, non vivevo di illusioni, non fantasticavo su una storia d'amore impossibile, valutavo soltanto i suoi atteggiamenti insoliti e pretendevo una spiegazione in merito.

«A sua moglie ha detto che ha toccato una paziente sotto la maglietta? Perché sa, per quanto mi riguarda, le ha già mancato di rispetto.»

Avrei voluto strapparmi la lingua a morsi quando vidi il dottor Krugher marciare verso di me, pilotato da una collera disumana.

Mi guardai a destra e a sinistra; appena lo sentii incedere e raggiungermi, feci un balzetto laterale per sfuggirgli, ma urlai quando, con una velocità disarmante, mi acciuffò per il collo. La sua grande mano mi intrappolò la gola senza sforzo; le dita mi avvolsero da orecchio a orecchio e strinsero con decisione tanto che mi aggrappai al suo polso con entrambi i palmi, piccoli e impotenti, facendone sbiancare la pelle laddove non era più irrorata.

Con un ringhio inferocito, mi sbatté duramente contro la porta e mi aderì addosso, schiacciandomi con il suo corpo possente in una pressione tanto intima quanto letale. I polmoni persero aria, faticando a immagazzinarne altra. Frattanto lui chinò la testa su di me; una ciocca nera mi sfiorò la guancia mentre inspirava lascivamente il mio odore con il fare di una bestia indemoniata. Strizzai gli occhi lucidi, nebulosi, naufragati in un abisso di puro terrore, e mi sovvenne ciò che tempo prima mi aveva rivelato Mitchell: «*L'uomo che riesce a gestire le passioni, che riesce a tenere in perfetto equilibrio ragione e pulsioni, risulta molto pericoloso. Sai perché? Perché è completo, Thea. Possiede tutto: razionalità e istinto, la bontà di un essere umano e la ferocia di un animale. Due armi che, se presenti nell'animo di un unico uomo, lo rendono invincibile*».

Forse avevo capito di cosa stesse parlando, ne ebbi la chiara percezione e l'autentica dimostrazione proprio in quel momento.

Un calore allarmante divampò nel mio petto ed esplose tra le tempie; i miei respiri erano corti, troppo brevi per resistere a quella manifestazione bruta. Uno strano ronzio prese a rombare nelle orecchie. Mi agitai spaventata dalla presa stretta che mi imprigionava il collo, eppure i capezzoli si inturgidirono aderendo al suo torace. Le gambe scalciarono; lo sfregare delle mutandine contro la durezza della sua coscia che vi premeva nel mezzo mi indusse a provare un piacere inadeguato, talmente perverso che mi vergognai di me stessa.

Lentamente quel furente dibattere di arti divenne un convulso bisogno di ottenere di più, uno struggente tentativo di placare i fremiti che mi scuotevano il corpo e che quel gesto lesivo continuava ad acuire.

Il pensiero che potesse strangolarmi e poi baciarmi oscenamente mi provocò un timido gemito.

Un lieve umidore mi bagnò il sesso contrastando con il tessuto caldo dei suoi pantaloni che, mentre mi dimenavo, mi strusciavano contro la pelle nuda.

Dapprima mi ero contorta insofferente, agognando di respirare; subito dopo imploravo e scalpitavo affinché sfamasse la strana perversione che aveva risvegliato.

In tutto quel vortice di paura e piacere, sofferenza e dolore, l'unico appiglio al quale potei afferrarmi furono i suoi occhi che, come due schegge truci, piene di irrequietezza e sagacia, mi si conficcarono dentro segnandomi in maniera indelebile.

Era come se quell'uomo mi stesse mostrando chi fosse davvero, mi stesse sfidando ad accettarlo o a lasciarlo andare per sempre.

«Efrem...» lo chiamai in un flebile sussurro che ebbe sulla lingua un sapore dolce e amaro, distruttivo e rinvigorente. Ebbi voglia di urlare e piangere, ma non feci nulla di tutto ciò; qualcosa si stava sfaldando dentro di me. Il suo tocco ebbe il potere di liquefarmi.

«Sei testarda, Dorothea», mormorò in un soffio bollente che percepii sulla cartilagine, tra i capelli. «Conduci un uomo oltre il limite pensando che possa reagire come un ragazzino. Non conosci la differenza tra l'ebbrezza e il vero pericolo.» Schiacciò con più fermezza la gamba contro il mio inguine, costringendomi a tenere le cosce ben distanziate. «Dovrò insegnarti a essere una brava bambina. Educata e ubbidiente, altrimenti temo che non andremo molto d'accordo.» Il suo volto era così vicino che potei sfiorarne la barba corta con la punta del naso. Profumava di vizi e peccati carnali; emanava una carica così proibita e soverchiante che mi fu impossibile non gemere ancora.

«Cosa vuoi fare?» Tesi il collo per combatterlo mentre le sue dita mi tenevano stretta. Aveva allentato leggermente la presa, garantendomi di respirare a sufficienza, ma continuava a imporsi, a lasciarmi barcollare come un'equilibrista su una corda mossa dal vento mentre avvertivo l'ondata di desiderio che bramava di essere soddisfatta. «Scoparmi?»

Con il pollice e l'indice esercitò una pressione dolorosa per ammonirmi e farmi tacere. «Non ti ho dato il permesso di darmi del tu, Dorothea.»

«Okay, dottor Krugher.» Forzai un sorriso spudorato. «Cosa vuole farmi?» Riformulai la domanda, rivolgendomi a lui nel modo formale che aveva richiesto.

«Impartirti una lezione.» Con fiacca lascivia, lo sentii inspirare la fragranza fruttata dei miei capelli. «Ascoltami bene e cogli il senso di quello che sto per dirti.»

Sarebbe stato difficile restare concentrata mentre la rotula appuntita premeva contro le pieghe pulsanti della mia intimità. Lui lo sapeva, sentiva che ero eccitata, perciò non pensò di scostarsi, soprattutto quando mossi debolmente il bacino alla ricerca di un po' di sollievo, ma non feci altro che peggiorare la situazione perché la stoffa delle mutandine aderì alle grandi labbra umide e aumentò quel fastidioso formicolio che pretendeva di essere appagato.

«Prego, parli pure...» ribattei con svogliato sarcasmo; la mia voce fu appena udibile, infiacchita dalle forti sensazioni che mi stavano rimescolando lo stomaco e dalle voglie impudiche che mi stavano torturando il basso ventre.

«Tra i miti greci che reputo degni di essere ricordati, vi è sicuramente quello di Tantalo», iniziò divertito mentre spingevo lentamente le anche in avanti, scivolando sul suo ginocchio. «Oh, lo so, bambina, lo so che la tua mente adesso è proiettata a soddisfare tutt'altro tipo di esigenze, ma è importante che tu stia attenta», cantilenò, premendo il torace contro di me per costringermi all'immobilità. Strofinai il naso contro la scollatura della sua camicia, sentendo l'odore mascolino e la solidità dello sterno, ma brutalmente mi schiaffeggiò l'esterno coscia facendomi trasalire con un urletto sgomentato. «Ho detto: attenta!»

«Ahia!» La pelle prese a bruciare e a pulsare ove le sue dita l'avevano maltrattata; avrei voluto piegare il collo per dare un'occhiata, ma era bloccato nell'altra mano. Per la prima volta avvertii in lui un sadismo che non avevo mai riscontrato né in Andy né in nessun altro. Bastava provocarlo, sfidarlo o indurlo a perdere la pazienza per agitare una parte del suo essere violenta e coercitiva.

«Dunque...» Il suo respiro si inspessì, restando tuttavia controllato. «Tantalo è la personificazione di tutto ciò che un individuo non può raggiungere. Figlio di Zeus e della ninfa Pluto, egli era benvoluto dagli dèi tanto che gli era permesso sedersi alla mensa degli immortali e banchettare con loro. Tutto mutò quando compì diversi misfatti e violò le regole della *xenìa*: un sistema di consuetudini non scritte alle quali dovevano attenersi sia l'ospite che il padrone di casa. Devi sapere che per le divinità era un sacro dovere ospitare chi ne aveva bisogno. Gli dèi erano severi ma anche molto benevoli. Tantalo approfittò di questa benevolenza e uccise il proprio figlio Pelope, servendolo come pasto. Quando gli dèi scoprirono l'abominio commesso decisero di punirlo e di gettarlo nel Tartaro condannandolo a una sete e una fame eterne.» Vagando sul suono solenne delle parole appena sussurrate, lo sentii stringermi il girovita e notare quanto fosse piccolo nella sua mano mentre l'altra restava fermamente appigliata alla mia gola come una fune. «Sai perché ti ho raccontato questo mito, Dorothea?»

Debolmente continuai a strofinarmi su di lui; il grumo di carne pulsante fra le tenere pieghe inferiori cominciò a gonfiarsi, sollecitato al massimo dal muscolo duro della sua coscia. «Per impressionarmi con il cannibalismo?»

«Gli dèi non erano cannibali, quindi no.» Il dottor Krugher decise di assecondarmi spingendo verso l'alto il ginocchio per consentirmi quasi di sedermici sopra, nonostante la mia reale esigenza fosse di tutt'altra natura.

«E allora per cosa?» Mi morsi il labbro quando gli slip fradici resero ancor più sensibile e godibile quel lento sfregamento. La tumescenza raggiunta dal clitoride divenne insopportabile. Temetti che il cuore stesse per fuoriuscirmi dal petto; i seni si appesantirono, desiderosi di essere palpati, schiaffeggiati, morsi e infine baciati.

«Il mito ci insegna che quando si appaga un desiderio, a esso ne seguono molti altri che pretendono la medesima soddisfazione. Questi tormentano l'uomo e lo sottopongono al supplizio di una brama perpetua e implacabile. Se tu oggi cedessi a quel desiderio, l'appagamento sarebbe così breve e al tempo stesso pervasivo da indurti a soffrire di una bramosia infinita, impossibile da appagare totalmente. Ne vorresti sempre di più e l'impossibilità di sfamarla non farebbe altro che darti pena.»

Gli afferrai tra i pugni la camicia e socchiusi gli occhi; volevo che continuasse a parlare, che mi seducesse con il timbro basso e profondo della sua voce. Il bisogno irrefrenabile di esplodere, di abbandonare le membra e rilasciare la tensione accumulata nel ventre fu chiaro nel rossore delle mie guance, nei fremiti che mi attraversavano la schiena e nel modo in cui schiacciavo il sesso contro il suo ginocchio fino a farmi male, fino a torturarlo affinché mi desse tregua.

«Hai udito mezza parola di ciò che ho detto?» Con un sorrisetto arguto, il dottor Krugher mi passò il pollice sul labbro inferiore. Lo deformò e si bagnò il polpastrello della mia saliva, fomentando pensieri indecenti; l'avrei catturato e succhiato se non l'avesse tolto così presto. «Non ti darò ciò che vuoi. Dovrò punirti, bambina. Mi dispiace, ma mi odierai», annunciò con amara gentilezza, prima di allontanarsi.

Improvvisamente sentii il ginocchio mancarmi, il collo riprendere tono, il respiro rivitalizzare i polmoni e i muscoli pelvici serrarsi attorno al nulla.

Al vuoto totale.

Avrei potuto toccarmi, proprio lì, di fronte a lui, ma non ne ebbi il coraggio.

Mi piegai su me stessa chiudendo le cosce; il reticolo del piacere si concentrò nel mezzo. Immaginai qualsiasi parte maschile potesse colmarlo con la propria virilità, tremai e agitai il bacino che, con desolazione, rincorse un languore sfiancante fino a sfociare in un'estasi sublime ma incompleta.

Non c'era niente di peggiore che provare un orgasmo così atrocemente solitario, privo dell'uomo che avrebbe dovuto accompagnarlo.

Senza fiato, caddi a terra con le mani premute sul pube, tra ansiti e lamenti spezzati finché le contrazioni interne cessarono.

Presa coscienza della realtà, sollevai lo sguardo sul dottor Krugher che mi stava fissando dall'alto, con una possanza sorprendente e gli occhi avidi, scuriti da una perversione maligna.

Mi aveva dominata senza neanche sfiorarmi.

Era stato sconvolgente e meraviglioso.

«Infatti la odio...» sibilai, sentendomi ignobilmente bagnata e insoddisfatta. Anche lui era turbato dallo spettacolino al quale aveva assistito, perché notai che sotto i pantaloni il membro si era proteso verso destra arrivandogli fino al fianco. Era poderoso, spesso e lungo tanto che il tessuto parve essere sul punto di strapparsi. Fu spaventoso ed eccitante immaginarlo muoversi dentro di me, in qualsiasi parte avesse profanato. Un uomo del genere mi avrebbe fatto male, sottomessa, marchiata, aperta, spezzata e concesso il tipo di sesso al quale agognavo. «Credo di aver bisogno di una doccia fredda.» Il cuore batteva come impazzito, il corpo sussultava a causa dell'apice raggiunto; ero talmente gonfia e ipersensibile che non sopportavo più neanche le mutandine.

Con autorevolezza, il medico mi venne incontro e mi aiutò ad alzarmi. Mi resse dal gomito; il suo profumo era diverso, più intenso, carico di una sessualità ardente che mi diede alla testa, provocandomi altri brividi di piacere. Conscio che ormai il mio cervello fosse in cortocircuito, non accennò neanche un sorriso.

Terribilmente irritato, sia dalla grossa erezione che da me, aprì la porta e mi spintonò fuori facendomi barcollare in avanti.

«Abbiamo bisogno entrambi di una doccia fredda, Dorothea. Ora va' in camera e rifletti. Per oggi hai fatto già abbastanza danni.»

Pieno di indignazione e frustrazione, mi sbatté la porta in faccia lasciandomi sola e trasognante a rimuginare su quanto accaduto...

22
Thea

Commetti il più vecchio dei peccati
nel più nuovo dei modi.
WILLIAM SHAKESPEARE

AVEVO trascorso la notte insonne.

Rigirarmi fra le lenzuola con il cuscino tra le gambe non era servito a placare il tumulto di desideri che, come un branco di bestie, si agitava dentro di me.

Alle tre del mattino, sudata e ansante, mentre Juliette dormiva beatamente abbracciata a un vecchio coniglietto di peluche, avevo insinuato la mano sotto le mutandine e serrato gli occhi finché il piacere non era tracimato come oro colato lungo i polpastrelli, concedendomi un minimo di appagamento. Era da mesi che non praticavo autoerotismo, da quando l'anoressia atipica aveva preso il sopravvento, condizionando persino la mia sfera sessuale. Tuttavia, dal momento in cui avevo incontrato il dottor Krugher, la naturale esigenza di toccarmi sembrava essersi risvegliata. Per tutto il tempo lo avevo immaginato nudo su di me, con il pene poderoso impalato tra le mie cosce frementi, mentre gli conficcavo le unghie nella schiena flessuosa che ondeggiava virilmente a ogni colpo.

Era la seconda volta che lo sognavo in situazioni così oscene.

Quel piacere logorante, che nella realtà mi veniva negato, stava diventando soffocante come un incubo e io non ne potevo più di agognare ardentemente qualcuno che non potevo avere.

Quell'uomo era freddo e improntato a un autocontrollo inflessibile, anche se nel nostro ultimo incontro l'erezione vistosa aveva chiaramente smentito la sua mancanza di interesse. La possibilità che l'attrazione che nutrivo per lui fosse in parte ricambiata mi fece sperare che, presto, le sue barriere sarebbero crollate mostrandomi l'appassionante carnalità che avevo già scorto, varie volte, nel suo sguardo cristallino.

Quando eravamo insieme non esistevano la moglie né il piccolo Joël; se la ragione mi induceva a considerare sbagliato il mio atteggiamento e vergognosa la noncuranza per il suo matrimonio, l'istinto mi trascinava nella direzione opposta valicando qualsiasi principio morale. C'era una parte di me che amava mettersi nei guai, ribellarsi, trasgredire, ottenere tutto ciò che desiderava perché la vita mi aveva già privato della persona più importante. Pertanto avevo imparato a cogliere l'attimo, a vivere le emozioni che riuscivano a scuotermi il cuore. Cercavo un senso alla quotidianità vuota e insignificante con la quale convivevo da due anni e non mi importava se *quel senso* avrebbe potuto darlo un uomo sposato.

Lo avrei vissuto appieno, fino alla fine della mia permanenza lì dentro.

Desta da qualsiasi pensiero, mi massaggiai il collo mentre un venticello piacevole mi lambiva la schiena e le braccia nude. Da più di trenta minuti me ne stavo seduta in giardino, a gambe incrociate, sotto una siepe rigogliosa dalla cui angolazione avevo un'ampia visuale del laghetto e del grande Tèichos.

Essendo mercoledì gli ospiti avevano l'occasione di comunicare con il dottor Krugher mediante dei bigliettini che avrebbero potuto infilare nei cestini di vimini. Quella mattina, Nasha era stata la prima che avevo visto dirigersi verso il muro per sporgersi sulle fresie e nascondervi nel mezzo un pezzettino di carta contenente chissà quale segreto. Non ci era possibile conoscerli poiché lo psichiatra era l'unico che poteva leggerli per poi discuterne direttamente con il paziente in un colloquio privato. Per quanto non approvassi l'idea di trascrivere su un foglietto confessioni importanti, ritenevo l'iniziativa del dottor Krugher assolutamente utile e originale. Poiché seguiva i dogmi della branca olistica, sospettavo che ogni sua proposta o progetto facesse parte di un piano chiaro e lineare, perfettamente conforme ai propri ideali. Tuttavia, ciò risultava contrastare con quello che mi aveva rivelato Ben nel nostro bizzarro incontro. Con lui il medico era propenso alla somministrazione di farmaci per curare i suoi disturbi psichici, qualsiasi essi fossero. Eppure, a me e alla nonna aveva spiegato che ricorreva alla terapia farmacologica soltanto in condizioni di estrema necessità.

Quindi Ben rientrava tra i pazienti la cui patologia non poteva essere trattata diversamente? Oppure era il dottor Krugher ad abusare del proprio potere – come aveva insinuato anche Victor – e a costringere Ben ad assumere psicofarmaci per altri motivi?

Giungere alla verità non era semplice, così come non lo era intuire i motivi che avevano indotto Ben a covare una profonda rabbia nei confronti del dottor Krugher e di Mitchell.

Cosa gli avevano fatto?

Perché li odiava tanto?

Portai la sigaretta alle labbra e feci un altro tiro, fissando le poche righe che ero riuscita ad annotare sul foglio. Stavo cercando di scrivere una canzone e, seppur a fatica, le strofe cominciavano ad assumere una forma significativa. D'un tratto un'ombra gigantesca si proiettò su di me, celandomi la luce rifulgente del sole. In un primo istante pensai che il cielo si fosse annuvolato, ma quando sollevai la testa vidi un uomo sovrastarmi come un imponente orso bruno.

«Ciao, scricciolo», proferì con un sorrisetto arrogante.

L'unico che mi avesse mai chiamata in quel modo era...

«Ben...» Quasi tossii a causa della sorpresa.

Che diavolo ci faceva, lui, in giardino? Poteva aggirarsi liberamente per la clinica?

Memore di ciò che era accaduto la prima volta, mi irrigidii per la paura che potesse farmi del male.

D'istinto mi guardai attorno per avvertire della sua presenza qualsiasi operatore di passaggio, ma l'uomo, con una risata velatamente mordace, riportò la mia attenzione su di sé.

«Ho un braccialetto elettronico con il quale possono monitorare ogni mio spostamento. Sanno dove sono, puoi stare tranquilla.»

Tornai a respirare quando effettivamente notai il dispositivo di controllo che gli avvolgeva il polso sinistro; una lucetta verde lampeggiava sul piccolo display indicante l'area entro la quale si trovava. Incuriosita dal suo aspetto malconcio, gli guardai le braccia muscolose chiazzate da lividi violacei, poi il modo in cui una semplice maglietta bianca lasciava scorgere ogni fibra muscolare del torace, del vistoso trapezio e dei deltoidi sporgenti. Sicuramente praticava qualche sport da combattimento come pugilato o kickboxing.

«Cosa ti è successo?» mi permisi di chiedergli, senza distogliere lo sguardo dalle brutte ecchimosi.

«Qualcuno mi ha fatto arrabbiare.» Adocchiò il mio pacchetto di sigarette posato accanto alla coscia e lo indicò con il mento. «Me ne offri una?»

Lo presi e allungai il braccio affinché si servisse da solo.

Ben sfilò una Lucky Strike con i denti e, dai pantaloni sbiaditi della tuta che indossava, estrasse un clipper per accenderla.

«Ti hanno picchiato?» Afferrai al volo il pacchetto quando me lo lanciò sul petto con poca gentilezza.

«Purtroppo adotto i miei personali metodi per essere rispettato, loro cercano soltanto di adattarsi», rispose con il filtro tra le labbra. Dunque, aveva aggredito qualcuno e quel qualcuno l'aveva colpito con altrettanta forza perché impossibilitato ad agire diversamente? Non era etico picchiare gli ospiti, ma di sicuro Ben era il tipo di uomo con il quale le buone maniere non servivano a nulla.

«Per quale disturbo sei in cura?» Alle sue spalle si ergeva l'enorme clinica neoclassica, imperiosa ed elegante, suddivisa in tre piani. Sapevo che c'erano altri ospiti affetti da diverse patologie, ma avevo accuratamente evitato di intrufolarmi nelle aree non consentite per impedirmi di combinare altri guai.

Ben espirò il fumo dal naso e si soffermò più del dovuto sulle mie gambe come se non vedesse l'ora di strapparmi la gonna di dosso e sbirciarvi sotto. «Te l'ho già detto. Io sono in ottima salute. È lui che sta cercando di fottermi il cervello.»

Con *lui* intendeva il dottor Krugher.

Tamburellai la stilografica – che portavo sempre con me – sul ginocchio e socchiusi appena un occhio quando un raggio di sole mi colpì l'iride. «Quello che dici è assurdo, lo sai, vero? Non riesco a crederti.» Decisi di non mentirgli. Forse non gli fregava nulla della mia opinione, ma era meglio fargli capire che non ero così sciocca da bermi qualsiasi sua fesseria.

Ben fece un altro tiro, più profondo del precedente, poi rigettò il fumo nell'aria e si sgranchì il collo taurino piegandolo da un lato all'altro. «Tu perché sei qui?»

Per un attimo considerai di ignorarlo, ma quando sfoggiò un sorriso da criminale pensai che sarebbe stato meglio non indispettirlo e, in qualche modo, instaurare un rapporto amichevole. «Soffro di una rara forma di anoressia nervosa.»

Ben notò l'assenza di una magrezza eccessiva e ne approfittò per fissare la sommità dei seni che, nonostante fossero piccoli, strabordavano dal top rosso grazie al sostegno del push-up. «Non hai l'aspetto di un'anoressica.»

«Perché la mia è un'anoressia atipica o nascosta.» Gesticolai con la penna. «In sostanza non si vede ma c'è.»

«Wow», ironizzò, tenendo la sigaretta tra pollice e indice con la punta retroversa nel palmo. «E io adesso dovrei crederti, giusto?»

Mi accigliai. «Cosa?»

Ben diede un colpetto di pollice alla base del filtro per far cadere la cenere. «Il tuo disturbo non si vede ma c'è e io dovrei crederti sulla parola. Tu, però, non puoi fare lo stesso con me. Non ti sembra ingiusto?»

Non aveva tutti i torti.

Si stava riferendo alle insinuazioni che aveva rivolto al dottor Krugher e alle quali non trovavo alcuna logica, anche se sosteneva che c'era.

«Alzati», mi intimò, piegando due dita per rafforzare il concetto.

Con un sopracciglio inarcato, mi strinsi il quadernino al petto pronta a svignarmela. Non mi preoccupai neanche di aver gettato la Lucky Strike a terra; se il dottor Krugher se ne fosse accorto, avrei pensato a una giustificazione da rifilargli: per esempio che stavo per fuggire da un pazzoide con l'aspetto di un delinquente.

«Dai, non voglio farti del male. Voglio solo mostrarti ciò che vedo io.»

Mi alzai, e non per ubbidire alla sua richiesta, piuttosto perché intendevo allontanarmi da lui il più possibile. In quel momento, Ben non stava assumendo nessun atteggiamento scontroso o malevolo nei miei riguardi, tuttavia percepivo una strana insidiosità che non riusciva a farmi stare tranquilla.

«Puoi fidarti di me soltanto per cinque minuti? Non ti chiedo niente di più.»

Prima che potessi superarlo, mi afferrò per il gomito portandomi a un soffio dal suo corpo. Così vicino era ancora più mastodontico e io troppo debole per contrastarlo. «Ben…» Lo pregai di lasciarmi andare, ma lui chinò la testa per incontrare il mio sguardo spaurito.

«Solo cinque minuti, Thea.»

Come faceva a sapere come mi chiamavo?

Quando ottenne la mia attenzione ghignò tronfio, consapevole di avermi incuriosita. Avrei potuto fargli delle domande per capire come avesse fatto a conoscere la mia identità, tuttavia non era difficile intuirlo: ero la chitarrista di una rock band piuttosto nota. Bastava navigare su Google e su qualsiasi sito online per ricavare informazioni su di me o sugli altri membri dei Bright Demons. Oltretutto, nella clinica non vi era nessun divieto di utilizzare dispositivi come cellulari, tablet o computer, a condizione che fossero muniti di codice e quindi monitorati.

«Okay, cinque minuti», acconsentii, seppur incerta.

Senza scollare le sue grosse dita dal mio braccio, Ben mi aggirò per posizionarsi dietro di me.

Mi pietrificai quando con una mano mi spostò i capelli oltre la spalla e si chinò accanto al mio orecchio. La barba ispida sulla mascella mi sfiorò il piccolo lobo e io strinsi con maggiore forza il quadernetto sul quale, prima della sua intrusione, stavo appuntando le idee della nuova canzone. La stilografica rimase catturata nel mio palmo, nella vana speranza di usarla come arma qualora avesse tentato di superare il limite.

«Sei tesa. Rilassati…» sussurrò con voce gutturale e particolarmente piena.

Anziché ammansirmi, il suo bisbiglio seducente ebbe l'effetto di agitarmi ancor di più. «Non è facile. Fa' quello che devi. Sappi che se proverai a toccarmi in modo inappropriato, ti tirerò un calcio nelle palle.»

Meglio mettere le cose in chiaro prima che sia troppo tardi.

Ben rise deliziato. «Ci tengo alle mie palle, quindi non farei nulla che possa spaventarti. Adesso, guarda.» Con la sigaretta incastrata fra le labbra, mi posò le mani ai lati della testa per direzionarla dove lui voleva. «Sii i miei occhi, Thea.» Osservai il laghetto limpido e lucente sul quale galleggiavano le ninfee, le cui corolle tondeggianti viravano da un bianco nuvola a un giallo paglierino, circondate da foglie ampie e coriacee. «Ricordi quando ti ho detto che tutto ciò che sembra magico è inganno?» Il suo respiro mi accarezzò la pelle. Annuii, percependo la voce attutita dai palmi che mi premevano tempie e orecchie. «Ti sei mai chiesta perché lì ci sia un laghetto e non una piscina?»

Lentamente scossi il capo mentre i suoi pettorali mi premevano contro le spalle.

«Perché in presenza di ospiti con condizioni cliniche particolarmente instabili una piscina colma d'acqua potrebbe essere un buon incentivo a commettere atti che potrebbero sfuggire al controllo dell'équipe medica: uno dei pazienti potrebbe annegare o uccidere con conseguente asfissia qualcun altro. Questo accadrebbe difficilmente in un laghetto profondo solo cinquanta centimetri.»

Aggrottai la fronte, ragionando su quanto potesse essere veritiera la sua teoria.

«Ora guarda a destra. Il grande e celeberrimo Tèichos.»

Volsi lo sguardo al muro bianco, anche se era Ben a spostare la mia testa come se fosse quella di una marionetta. Di nuovo si chinò su di me, tenendo la Lucky Strike penzolante all'angolo della bocca. «Lui non l'ha ideato per leggere le drammatiche confessioni dei suoi pazienti e farsene carico come un timorato, ma per decifrare attraverso ciò che scrivono traumi ed esperienze più complesse che, altrimenti, a voce nessuno di loro gli esporrebbe mai.»

Avevo considerato che l'idea di creare il Tèichos provenisse dall'esigenza di scorgere all'interno delle anime dei suoi ospiti delle debolezze più profonde e intime; era chiaro che il dottor Krugher agiva sempre con un fine strettamente connesso alla professione che svolgeva.

Adottava strategie manipolative anche con me?

«Attenta. Adesso le cose si fanno più interessanti...» Ben mi posò una mano sul fianco; con l'altra strinse la sigaretta tra indice e medio per aspirare. «Vedi le due ragazzine laggiù?» Si riferiva a Sophie e Riley che in piedi, poco distanti dall'ingresso del parco, stavano discutendo animatamente. L'attrice, a braccia conserte, scuoteva il capo agitata come se non vedesse l'ora di rimbeccare la cantante dalla bellezza androgina che continuava a gesticolarle contro con una foga evidente.

«Sì», mormorai, dandogli appena il profilo senza smettere di fissare le due ragazze. «Quindi?»

«Hai notato che siete tutte femmine e per di più coetanee?»

«Coetanee?» Non sapevo quanti anni avessero le mie coinquiline, tuttavia ero sicura che non erano molto più grandi di me.

«Nessuna di voi ha più di vent'anni. Lui è fissato con le ventenni. Non accetterebbe di ospitare donne più adulte né fanciulle più giovani.»

«Andiamo...» ridacchiai. «Sarà una semplice coincidenza.»

«Tu dici?» Il suo profumo di sandalo e tabacco mi pizzicò le narici mentre mi osservava intensamente con quegli occhi di un nocciola denso screziato di verde. «Per quanto tempo ha previsto che tu resti qui?»

«Sedici settimane.»

«E quando compirai ventun anni?»

«Il 24 ottobre.»

«Quindi prima del tuo compleanno sarai già fuori dall'Asklepios», ragionò, confermando la propria tesi.

«Ma che...»

«Aspetta, aspetta. Ho bisogno che tu sia concentrata.» Si piegò sulla mia spalla sfiorandola con il mento mentre con il braccio mi indicava una delle finestre coperte all'interno da un pesante tendaggio. «Ti sarai accorta che lui ha dei problemi con la luce naturale, vero? Prima che si sposasse ha sofferto di una grave forma di esaurimento nervoso che l'ha costretto a partire per la Germania e ad assentarsi dalla clinica per lunghi mesi. Da quello che so, durante quel periodo di nevrastenia ha tentato di ferirsi entrambi gli occhi, provocandosi dei traumi irreversibili alla retina. Non ne parla quasi mai; io ne sono al corrente soltanto perché, il giorno del suo ritorno a Los Angeles, un giornale locale annunciò che l'illustre dottor Efrem Krugher, figlio del famoso psichiatra Markus Krugher, era guarito e pronto a riprendere la sua attività accanto al padre.»

Il suo racconto alquanto inquietante mi fece rabbrividire, ma ostinata com'ero cercai di trovare una spiegazione anche a questo. «Tutti passiamo dei momenti negativi nella vita. Non capisco dove vuoi arrivare con questi pettegolezzi...»

«Non sono pettegolezzi. Quell'uomo non si è mai ripreso del tutto dal suo stato depressivo, è ancora malato. Non dovrebbe esercitare la professione. Oltretutto, alcuni giorni manifesta segni di un chiaro squilibrio mentale: parla e agisce in modo diverso dal normale, come se qualcun altro prendesse il suo posto e lui non riuscisse a controllarlo. Diventa violento e pericoloso tanto da compiere azioni come questa...» Ben si marcò con il pollice la lunga cicatrice che gli segnava il sopracciglio sinistro. D'istinto arretrai per mettere distanza tra noi. «Nessuno mi da' retta perché qui dentro preferiscono insabbiare tutta questa merda anziché rinchiudere quel bastardo in una stanza e gettarne la chiave.»

Stentavo a credere che fosse stato ferito dal dottor Krugher, per di più mi infastidì il suo modo di parlare di lui, perciò scossi il capo intestardita. «Stai mentendo.»

Ben allargò le braccia spazientito. «Che cazzo di interesse avrei a mentirti, eh?»

«E invece che interesse avresti ad avvertirmi?» diffidai.

«Sei l'ultima arrivata. Non sai nulla di questo posto e vorrei che, come me, iniziassi a capire chi è quell'uomo e perché sarebbe meglio per te scappare. Forse io marcirò qui dentro, continuerà a imbottirmi di farmaci e alla fine mi ammazzerà, ma tu...» Deglutì prima di osservare anche Sophie e Riley con profonda compassione, «... tu e le altre ragazze potreste ancora fare qualcosa per salvarvi...»

«E l'avvocato Ryke, allora?» indagai. «È complice anche lui?»

«L'avvocato Ryke è pagato profumatamente dal dottor Markus affinché chiuda il becco e faccia il suo lavoro, perciò difende Efrem e lo protegge da chiunque sappia la verità. Tutto per soldi, ovviamente. Mitchell è un pezzo grosso, uno dei legali più influenti dell'intera città: il padre è un ex procuratore distrettuale, la madre un giudice. Ha molta esperienza nel campo ed è fottutamente astuto. Fa' attenzione a lui. Non fidarti.»

Signora Curtis, ricordai le parole di Mitchell, *il lavoro di un avvocato è comparabile, per fine e diletto, a quello di una prostituta: entrambi fottono per soldi.*

Mentre cercavo di assimilare le informazioni che la mente si rifiutava di razionalizzare, Ben lanciò un'occhiata all'ingresso della clinica e improvvisamente avanzò verso di me con l'irruenza di un toro inferocito. «Reggimi il gioco», mi parve di udire prima che mi venisse addosso con i suoi cento chili di muscoli e mi afferrasse per il girovita attirandomi a sé. La testa molleggiò come se fosse di gomma, la chioma bionda oscillò lungo la schiena che inarcai per respingerlo. Tenendomi saldamente per un fianco, mi strizzò con rudezza un seno e mi leccò viscidamente dall'angolo della bocca sino allo zigomo. Urlai e mi dimenai, pensando a quanto fossi stata stupida a permettergli di avvicinarsi a me, ma i miei pugni si schiantarono debolmente contro una montagna d'uomo.

«Che diavolo fai? Lasciami andare, brutto maniaco!» A nulla servì cercare di spintonarlo o di indietreggiare per sottrarmi al suo assalto.

Era troppo forte, troppo infoiato, troppo determinato.

Impallidii di terrore e smisi di respirare; mi sentivo una piccola farfalla impigliata nella tela di una gigantesca tarantola in calore. Tuttavia, non demorsi, non mi arresi. Sollevai una mano per schiaffeggiarlo, ma Ben, con i riflessi pronti, mi artigliò il polso e mi torse dolorosamente il braccio. Con un urlo disperato, tentai di divincolarmi, ma lui, gonfiando il bicipite, me lo piegò dietro la schiena per girarmi di spalle. Con un lamento strozzato, battei contro il suo torace e, prima che potessi colpirlo ancora, mi bloccò le mani sotto il mento, contro lo sterno, per impedirmi qualsiasi libertà di movimento.

Così in trappola, mi agitai e gridai aiuto, senza riuscire a fare altro che rendere più spietata la tenacia con la quale mi stava stringendo.

Iniziai a sudare freddo, il cuore cominciò a palpitare nelle tempie.

Non avevo scampo.

«Calma, scricciolo», bisbigliò, strusciandosi contro il mio sedere. «Tra poco mi porteranno via, ma ora ho bisogno della tua collaborazione.»

Non riuscivo a capire cosa stesse farneticando; a causa del panico ascoltavo ogni cosa senza elaborarla o comprenderla appieno. Notai una lucina rossa lampeggiare sul braccialetto che indossava e che in quel momento stava allertando gli operatori sulla sua aggressione; un barlume di speranza mi accese gli occhi, eppure non servì ad acquietarmi.

«Ho detto di lasciarmi andare, stronzo pervertito!» Continuai a dimenarmi mentre Ben tentava in ogni modo di tenermi ferma, placcata contro il suo petto nerboruto. Un senso di ribrezzo mi provocò un conato di vomito, il dolore allo stomaco mi spezzò l'anima.

«Sai, mi piacerebbe sentirti urlare in circostanze diverse, magari mentre mi infilo tra le tue belle cosce per metterti buona.» Con l'avambraccio mi schiacciò il seno, mugolando estasiato. «D'altronde piacerebbe anche a te, vero? Farti sbattere come una puttanella da un uomo più grande. Avresti qualcosa di trasgressivo da raccontare alle amichette.» Si piegò meglio per strofinare il membro duro tra le natiche; io serrai le palpebre, nauseata.

«Preferisco che mi ammazzi», sibilai con voce affannata mentre le sue parole squallide tentavano di demolirmi.

«Io preferisco scoparti.» Rise accanto al mio orecchio prima che due uomini corpulenti, alti quanto lui e con indosso delle divise grigie, accorressero in mia difesa. «Mitchell ci ha visti parlare e di sicuro lo riferirà al dottor Krugher.» Cambiò velocemente tono di voce. «Tu nega. Non rivelare a nessuno la nostra conversazione. Fingi che io abbia un interesse per te e che ti abbia molestata», sussurrò sbrigativo frattanto che gli operatori lo afferravano per allontanarlo da me. Quando fui libera dalla sua morsa rude, incespicai in avanti pestando sull'erbetta il quaderno che mi era scivolato di mano insieme alla stilografica. «Mi hai sbattuto il tuo culetto in faccia, ragazzina. Scusami, credevo che ci saresti stata…» Mi fece l'occhiolino, iniziando la farsa.

Dunque aveva finto anche prima?

Non sapevo se credergli data l'erezione che avevo avvertito addosso.

Tentai di riprendere fiato mentre vedevo gli uomini braccarlo dai bicipiti per trascinarlo con la forza lontano da me.

«Benjamin, schifoso depravato», lo insultò uno dei due. «Aspetta che lo scopra il dottor Krugher!»

«Non riesci proprio a tenerlo nei pantaloni, vero?» lo rimproverò l'altro.

Con un palmo sul petto, sentii il cuore battere all'impazzata, il sudore colarmi lungo la schiena e le gambe traballare tanto da rendere il mio equilibrio instabile.

Non mi ero mai sentita così fragile e impotente.

L'angoscia mi provocò lacrime silenziose che tentai di reprimere finché degli implacabili singulti cominciarono a scuotermi le spalle e mi ritrovai a piangere come una bambina.

Non era da me reagire in quel modo, io non ero mai stata così debole.

Trovando il coraggio di affrontare anche quell'infida situazione, mi stropicciai le palpebre e con la vista appannata mi piegai sulle ginocchia per raccogliere il quaderno e la penna; distrattamente alzai lo sguardo sull'ingresso della clinica, laddove l'avvocato Ryke era fermo a fissarmi, con le mani nelle tasche dei pantaloni eleganti.

Allora Ben non aveva mentito.

Da quanto tempo Mitchell era lì?

Malgrado si fosse reso conto dell'accaduto e dello stato in cui versavo, non intervenne né parve preoccupato, soltanto dispiaciuto. Indugiando su di me, si limitò a socchiudere gli occhi sul mio corpo travolto dai singhiozzi e pervaso ancora dalla paura, poi con un sospiro pacato sfilò il cellulare dal taschino interno della giacca, digitò qualcosa sul display e lo portò all'orecchio per chiamare qualcuno.

E io sapevo benissimo chi…

In quante opere letterarie il maggiordomo è il potenziale indiziato di un delitto?

In quanti film ha l'aria ambigua e doppiogiochista?

Da dieci minuti fissavo Hunberct per capire quali fossero le sue intenzioni e quale ruolo ricoprisse all'interno della clinica.

Il dottor Krugher sembrava fidarsi di lui, assumeva persino atteggiamenti promiscui nei miei riguardi in sua presenza senza temere che potesse, in qualche modo, tradirlo. Ciò mi faceva presupporre che quell'uomo lavorasse da anni per i Krugher e che col tempo fosse diventato una parte integrante non solo del personale, ma anche della loro vita. Le sue mansioni non si riducevano soltanto al controllo del buon andamento delle attività quotidiane della struttura o alla sovrintendenza di domestici, autisti, giardinieri e di chiunque contribuisse all'ottimo funzionamento della clinica, ma erano più versatili e includevano l'ubbidienza assoluta verso il dottor Krugher, per il quale svolgeva anche un ruolo da intermediario: lo informava di qualsiasi cosa o, al contrario, informava gli ospiti di ogni sua comunicazione.

Era con quest'ultimo intento che, venti minuti prima, aveva bussato alla porta della camera, chiedendo sia a me che a Juliette di farci trovare vestite e pronte per l'inconsueta visita del medico.

Per quale motivo non ci aveva convocate nel suo studio e aveva preferito mandare Hunberct per riferirci di attenderlo in stanza?

Qualcosa non quadrava; per dissipare i miei dubbi studiai a fondo l'atteggiamento serio e imperturbabile dell'uomo fermo dinanzi alla porta aperta. Le mani congiunte dietro la schiena, lo sguardo grigio e apatico, i capelli bianchi disposti ordinatamente dietro la nuca: nulla tradiva agitazione o preoccupazione.

Invidiavo la sua capacità di essere sempre così discreto e mai invadente.

Gli avevo persino domandato di che umore fosse il dottor Krugher, ma mi aveva liquidata con una semplice scrollata di spalle.

Impensierita, chinai lo sguardo sui nuovi collarini che Halima aveva realizzato per me: uno era bianco con un grazioso fiocchetto rosso al centro; l'altro era nero, decorato con una gemma ambrata che riprendeva il colore delle mie iridi. Erano dei portafortuna, per cui deposi il primo nello scrigno di legno e indossai il secondo, sperando che sarebbe servito a qualcosa.

Non sapevo come affrontare il dottor Krugher, soprattutto dopo ciò che era successo nel suo studio.

Il solo pensiero di aver provato un orgasmo davanti a lui mi fece avvampare le guance e le orecchie.

Come si sarebbe comportato? Avrebbe provato imbarazzo?

Sarebbe stato distaccato oppure più amichevole e confidenziale?

Di sicuro l'avvocato Ryke l'aveva informato della mia disavventura con Ben, pertanto il medico voleva parlarmi oppure rimproverarmi e punirmi; in ogni caso la sua visita non sarebbe stata di cortesia.

Seduta sulla sponda del proprio letto, Juliette mi lanciava continue occhiate interrogandosi su cosa avessi combinato questa volta. Non avevo avuto il tempo di raccontarle di Ben. Appena entrata in stanza, ero corsa in bagno a lavarmi per togliermi di dosso la sensazione delle sue mani estranee, perciò la ragazzina non sapeva cosa aspettarsi dal dottor Krugher, a differenza mia che temevo il peggio.

«Oh, eccovi. Prego, entrate.» Hunberct si spostò di lato per lasciar passare sia il medico che l'avvocato Ryke.

Bene, dunque non era venuto da solo, ma in compagnia.

Accidenti!

D'istinto mi accomodai sulla poltrona, spostando con il sedere il mucchietto disordinato dei miei indumenti, e nervosamente iniziai a sfregare i palmi aperti sulle ginocchia. Non ebbi la forza di guardare il dottor Krugher in faccia. Mi limitai a fissargli i pantaloni sferzati oltre le cosce dai bordi del camice.

L'aria divenne irrespirabile.

Malgrado non avesse ancora parlato, percepivo la sua tensione come un flusso di energia che mi scorreva dentro, avvelenando ogni parte del mio corpo.

Non mi importò di risultare remissiva o impaurita, quel prolungato silenzio mi servì a riflettere sulle parole di Ben: *Nega. Non rivelare a nessuno la nostra conversazione. Fingi che io abbia un interesse per te e che ti abbia molestata.*

Se lo avessi assecondato, sarei stata sua complice e, come minimo, avrei dovuto concedergli il beneficio del dubbio circa le reali intenzioni della sua aggressione.

Aveva davvero recitato una parte per depistare Mitchell?

Nessuno poteva darmene certezza e io dovevo decidere alla svelta cosa fare, prima che…

«Dorothea.» Quando il dottor Krugher mi chiamò, un brivido intenso mi scorse lungo la schiena. La pesantezza della situazione, fusa alla sua voce austera, divenne quasi insopportabile da gestire.

Mestamente, sollevai soltanto gli occhi restando con il capo chinato in avanti.

Una bambina sarebbe stata più coraggiosa di me, che, in quel momento, sembravo colpevole di chissà quale misfatto. Avevo ancora le palpebre gonfie dal pianto, il naso arrossato e lo stomaco nauseato dal tocco indesiderato di Ben. «Ti va di parlare un po' con me?»

Come mi aspettavo fu distaccato e perfettamente a proprio agio, come se non fosse successo nulla tra noi, come se non avesse percepito il mio desiderio per lui né il piacere che aveva provocato al mio corpo.

La sua glaciale indifferenza mi deluse e per quanto possibile aumentò la mia ostilità: per lui non valevo niente, non ero nulla di più che una semplice paziente.

Cosa pensavo di ottenere?

Un abbraccio? Un bacio?

Una dichiarazione, forse?

Innervosita, piegai le dita e infilai le unghie nella coscia fino a lasciarvi delle semilune rossastre.

Diffidavo della sua apparente calma: quando si atteggiava in quel modo voleva solo indurmi a collaborare. Lui poteva anche essere uno psichiatra esperto, ma io non ero una stupida da abbindolare facilmente, quindi non risposi.

«Dorothea…» Avanzò e il suo profumo fresco, speziato e avvolgente, me ne anticipò l'eccessiva vicinanza. «Stai bene?» Si chinò sulle ginocchia per guardarmi in viso. Fu strano quel comportamento.

Dov'era finito il tono burbero e autorevole?

Di nuovo tacqui; ritrassi le labbra fino a formare una linea di cocciuta pervicacia. D'altronde doveva essere abituato alla ritrosia comunicativa, il piccolo Joël soffriva di un disturbo simile.

Lui sospirò, paziente come sempre. «Vuoi raccontarmi cos'è successo?»

Osservai Mitchell alle sue spalle mentre analizzava la camera nella totalità: pareti rosa, arredamento sofisticato ed elegante, peluche infantili e indumenti femminili sparsi qua e là. Un insieme di dettagli che indicava la mia età e quella di Juliette: la fase di passaggio dall'adolescenza a una maturità ancora acerba.

Entrambi gli uomini sembravano enormi macchie nere su una tela di fiori colorati.

Stonavano e inquietavano con la loro presenza, marcando la differenza che c'era tra noi, due banali ragazzine, e loro, due lupi solitari che cacciavano nel proprio territorio.

Il dottor Krugher schioccò le dita davanti al mio volto per riportare l'attenzione su di sé. «Io sono qui e ti sto parlando, Dorothea», mormorò risoluto.

Eccolo lì, il timbro dominante e l'atteggiamento autoritario.

Scossi il capo, facendogli intendere che non avrebbe ottenuto la mia collaborazione, e segretamente sperai che comprendesse il perché.

«Quante volte ti ho detto che puoi fidarti di me?» I suoi occhi abbaglianti parvero insinuarsi dentro di me, sottopelle, e captare le mie emozioni represse. «Se non mi comunichi ciò che pensi, non posso aiutarti.»

Penso che ho condiviso un momento intimo con te, che ti ho mostrato la parte più vulnerabile di me, ma tu stai fingendo che non sia mai accaduto.

Abbassai le palpebre quando sentii gli occhi pizzicare di lacrime che non volevo versare davanti a lui.

Il dottor Krugher appoggiò le mani sui braccioli della mia poltroncina e mi imprigionò in una gabbia di muscoli flessuosi e prorompente austerità. «È per ciò che è successo nel mio studio?» intuì; allarmata guardai Mitchell e Hunberct, concentrati sul nostro discorso. «Non me ne sono dimenticato», seguitò mentre io ragionavo su come avrei potuto controbattere senza metterlo nei guai. «Semplicemente non è il caso di parlarne adesso. Non sentirti a disagio. Tutto ciò che provi, che fluisce e affiora dalla tua anima ti permette di conoscere chi sei, di scendere più a fondo nel tuo Io, di capire cosa vuoi e di trovare delle risposte. Non spaventarti per ciò che hai condiviso con me.» Accennò un lieve sorriso che fece carburare il mio cuore; arrossii così tanto che le guance bruciarono. «Non sei stata debole, non pensarlo. Hai solo concesso a un'esperienza di provocarti un'emozione. Consideralo un primo passo nel percorso di autoconoscenza che stai affrontando. Ti è servito a comprendere qualcosa. Giusto?»

Mi è servito a comprendere che sono attratta da te e che è bastato un effimero sfregamento per disintegrare ogni freno inibitorio. Mi è servito a comprendere che mi piace soffocare nella tua presa letale, con una mano attorno alla gola che mi lega a te e alla tua volontà di disporre di me, di disfarmi o compiacermi in qualsiasi modo desideri.

Mi è servito a comprendere che le mie fantasie esistono, sono reali e che tu le conosci a fondo.

Sai come risvegliarle, sai come domarle e appagarle, anche se non puoi.

«Non è necessario che tu mi risponda adesso», prevenne affinché non fossi avventata in presenza di chi ci stava ascoltando. «Voglio solo che tu non ti senta sbagliata. Non con me, perlomeno.»

Piegato sulle ginocchia, sembrava una gloriosa divinità che si stava prostrando ai piedi di un'inutile ragazzina: non era quello il suo ruolo e lo manifestava la luce evanescente del suo sguardo. Persino in quella posizione di docile subordinazione riusciva a ostentare una superiorità ancestrale che si diffondeva nell'intera stanza e stabiliva che lui era il padrone di tutto, anche del respiro che io stessa emettevo.

«Chiedile cos'è successo con Ben. Li ho visti insieme e lei era turbata», intervenne Mitchell a braccia conserte. La giacca scura, in contrasto con gli occhi azzurro ciano, si tese sulle spalle larghe, evidenziandone non solo l'aspetto bello e accattivante, ma soprattutto la posizione guardinga.

Il dottor Krugher mantenne la concentrazione su di me. «Ti va di dirmi cos'è accaduto con Ben? Se ti ha offesa, fatto del male, se è stato ostile o violento nei tuoi confronti…»

Schiusi le labbra, le leccai sentendole screpolate, poi parlai sottovoce. «Credo abbia un interesse per me…» La voce uscì debole e affaticata, le corde vocali raschiarono contro la gola.

Il dottor Krugher analizzò la mia risposta, ma parve sospettoso. «Te l'ha confessato lui?»

«Uhm.» Suonò come una sillaba insignificante che lui intese come un sì.

«Non farti prendere in giro, Efrem», si intromise l'avvocato Ryke. «Li ho visti che stavano chiacchierando tranquillamente ed erano vicini. A Thea non sembrava dispiacere che Ben le stesse dietro», insinuò diffidente. «Le stava indicando alcune zone del giardino e della clinica, ma appena si è accorto di me ha cambiato atteggiamento e l'ha aggredita, mormorandole qualcosa all'orecchio.»

Merda.

Non agitarti, Thea, non agitarti.

«Io…» La salivazione si azzerò, il sudore mi imperlò la fronte e il petto. «Non so cosa tu abbia visto, Mitch, ma ti sbagli.»

«Davvero, ragazzina?» mi sfidò con un sorriso sagace, imperando alle spalle del dottor Krugher con la chiara intenzione di incalzarmi finché non avessi confessato. «Sai a quanti miei clienti, in fase processuale, suggerisco di simulare discorsi o atteggiamenti innocenti per convincere il giudice a emettere un giudizio di non colpevolezza? Esistono persino espressioni facciali idonee a rafforzare l'incapacità di una persona di concepire l'esistenza del male. La tattica usata dal tuo amico è un vecchio trucco a me molto noto. La prossima volta digli di andare a fottere qualcun altro.»

«Mitchell!» lo riprese il dottor Krugher.

«Basta con questa pagliacciata, Efrem. Falla parlare», insisté lui, reciso.

Restando ancora inginocchiato dinanzi a me, lo psichiatra si voltò, pronto a rimetterlo in riga. «Se permetti io uso i miei metodi, tu i tuoi. Interrompimi un'altra volta e ti caccio dalla stanza.»

L'avvocato Ryke scosse il capo; i grossi bicipiti guizzarono per il nervosismo. «Vorrei rammentarti che sono il tuo legale. Dovrei scusarmi se svolgo il mio lavoro?»

«Intervenire in mia difesa e invadere il mio campo di competenza sono due azioni alquanto differenti», replicò il medico pacatamente.

«Si tratta di Ben», puntualizzò Mitchell. «Se non ti è chiara la gravità della situazione, allora temo che dovrò spiegartela.»

Il dottor Krugher si alzò, reputando necessario ristabilire la gerarchia dei ruoli, anche a costo di usare le maniere forti per imporsi. «Non ho bisogno che tu mi spieghi nulla, Mitchell. Evita di fare il saccente con me. Non sei l'unico avvocato di Los Angeles.» Spostò lo sguardo su Hunberct, ancora diligentemente fermo dinanzi alla porta. «Ognuno di voi qui dentro è utile ma non indispensabile. Potrei sostituirvi tutti anche domani stesso, se questo mi aggrada, e permettermi di pagare un nuovo personale.» Tornò a fissare Mitchell con profonda severità. «E anche un nuovo legale. Quindi bada bene a come ti rivolgi a me. La mia pazienza ha un limite e lo sai.»

L'avvocato Ryke sorrise per stemperare la tensione pungente. «Mi minacci da vent'anni e sono sempre qui. Purtroppo non puoi fare a meno di me. Sono il migliore.»

«Prima o poi potrebbe arrivare il momento di mettere in pratica i miei avvertimenti. Non sottovalutarmi», ribatté l'amico, sicuro della possibilità di cambiare idea.

«D'accordo», rise l'altro, per niente intimidito, «ma assumitene le responsabilità con tuo padre.»

L'avvocato Ryke è pagato profumatamente dal dottor Markus affinché chiuda il becco e faccia il suo lavoro, aveva detto Ben, e la risposta di Mitchell parve confermarlo.

«Fa' silenzio, adesso. Cerca di non disturbarmi e lasciami parlare con lei.»

Il dottor Krugher si voltò nella mia direzione, ma anziché chinarsi rimase in piedi di fronte a me. Era diventato più freddo, i suoi occhi più oscuri; qualsiasi complicità avessimo instaurato poco prima si era frantumata come un fragile vaso di vetro. «Quello che mi ha raccontato Mitchell corrisponde alla verità?»

Mi morsi il labbro inferiore, accarezzai il *choker* che sentii troppo stretto attorno al collo e, ancora una volta, non dissi nulla. Juliette si sporse dal suo letto per sbirciare oltre la figura di Mitchell che le copriva la visuale e per un istante fugace notò il mio viso pallido.

«Quest'eccessiva mancanza di reattività non è sana, Dorothea.» Il dottor Krugher iniziò a mostrarsi insofferente. «Preferisco che tu pianga, urli o mi insulti all'apatia che ti stai imponendo», mormorò deluso dalla mia irresolutezza. «Se non c'è fiducia tra me e te, non mi è possibile innescare alcuna connessione tra noi. Né mentale né emotiva.»

La chiave.

Era la chiave di cui mi aveva parlato al parco quando gli avevo chiesto se fosse attratto da me.

Tuttavia non potevo essere sincera, non potevo dirgli la verità: non davanti a Juliette o a Mitchell.

Ben era riuscito a inculcarmi terribili sospetti che stavano incrinando il rapporto, ancora troppo debole, con il dottor Krugher e non potevo far nulla per impedirlo.

«Okay. Non vuoi rispondermi? Allora è auspicabile che io agisca in un altro modo.» Il medico fece cenno a Hunberct di schiodarsi dalla porta e di raggiungerlo. «Setaccia la stanza e il bagno. Controlla che non abbia introdotto dei lassativi in clinica», gli ordinò.

Avrei dovuto fingere che non me ne importasse nulla, ma balzai in piedi come se delle spine mi avessero punto le natiche e il panico imperversò. «Cosa? Perché?»

«Ah, finalmente una reazione, Dorothea.» Il dottor Krugher ne fu sadicamente compiaciuto. «Sono contento di vederti così interessata.»

Frattanto che lui mi scherniva, non persi di vista il maggiordomo che si aggirava per la camera: spostava oggetti, apriva cassetti, ante, e frugava nella mia roba alla ricerca dei farmaci incriminati.

«Che diamine sta facendo?» Lo indicai mentre violava deliberatamente la mia privacy. «Hunberct, si fermi, cazzo!»

Per non intralciare l'uomo, l'avvocato Ryke si fece da parte, restando in piedi davanti a Juliette, che arrossì per la sua presenza così ravvicinata.

«Il dottor Nørgård ha notato che il tuo peso non è aumentato, Dorothea. Perciò sospetta che tu stia assumendo sostanze evacuanti che è severamente vietato introdurre nella clinica. Se hai letto il regolamento dovresti saperlo.» Il dottor Krugher prese a camminare lentamente, valutando se aiutare il maggiordomo a scovare i lassativi nascosti. «Ciononostante, Hunberct dovrà soltanto garantirmi che la preoccupazione del mio collega sia infondata.»

Strinsi le mani in due pugni e digrignai i denti. «Hunberct non può mettere le sue manacce tra le mie cose! Hanno già perquisito le valigie al mio arrivo!»

«Hunberct sta eseguendo un ordine, Dorothea. E nessuno può esimersi dall'ubbidirmi.» Si guardò attorno, ispezionando ogni angolo della camera. «Chissà dove saranno…» cantilenò come se stesse cercando dei topolini in fuga, quando l'unico topolino presente ero io.

«Non si azzardi!»

«Mi azzardo eccome, bambina. E vedrai che li troverò. Dove li hai messi? Dentro le scarpe?» Assottigliò le palpebre sugli anfibi abbandonati all'angolo dell'armadio, ma il maggiordomo lo precedette e andò a controllare. Li afferrò e li rovesciò per accertarsi che all'interno non vi fosse nulla. «O nella federa del cuscino?»

«Non ho portato niente con me. Sto seguendo il piano alimentare», mi difesi. «Se il mio peso non aumenta forse dovrebbe chiedere alla sua équipe medica se sta svolgendo al meglio il proprio dovere!»

Il dottor Krugher mi diede le spalle per avvicinarsi alla scrivania.

Alto, imponente e imperioso nella tenuta professionale, sembrava così grande da far apparire lo spazio circostante troppo piccolo.

Ignorandomi, aprì il cofanetto ricolmo di *choker*, poi i cassetti sottostanti per verificare che i lassativi non fossero sul fondo degli scomparti. «Io stesso monitoro la situazione di ogni paziente. I miei colleghi non prendono decisioni autonome senza prima consultarmi. Dunque, sono costantemente informato anche della tua condizione clinica.» Sbatté uno dei cassetti e si voltò verso il letto, mirando le coperte e il cuscino. «Sì, stai seguendo il piano alimentare, Dorothea, ma con qualche rimostranza… come al solito.» Sprimacciò il guanciale tra le mani; i bicipiti si contrassero manifestando la sua forza. Si era innervosito e sembrava faticasse a contenersi. Alla fine, lo lanciò al proprio posto, sospirò profondamente e si voltò a inquisirmi. «Dove li hai messi?»

Rabbrividii per la durezza del suo tono. «Le ho detto che non ho nulla!»

«Cerchi di fregarmi in ogni modo, vero? Lo fai dal primo giorno in cui hai messo piede qui dentro. Mi consideri un imbecille, un idiota al quale propinare un sacco di frottole. Non hai la minima idea di quanto questo mi faccia infuriare, Dorothea, ma te lo farò capire…» Il sogghigno maligno che mi rivolse mi fece tremare le ginocchia. A volte, i suoi sorrisi riuscivano a essere più minacciosi e sinistri di quelli di Ben. «Dimmi dove li hai messi. Forza.»

Nell'arretrare, urtai contro l'anta dell'armadio lasciata socchiusa da Hunberct e scossi energicamente la testa. «Non ho… non ho niente…»

«Okay. L'hai voluto tu», annunciò prima di voltarsi verso il comodino e afferrare la scimmietta, il peluche che mi aveva regalato la mamma, un oggetto apparentemente frivolo, al quale tenevo più della mia stessa vita. Spinta da un moto di rabbia, gli marciai contro per riprendermelo, incurante delle conseguenze.

Al diavolo la punizione!

«Me lo dia. Quello è mio!»

Il dottor Krugher sollevò il peluche in alto, impedendomi di raggiungerlo.

Come avrei potuto?

Era un adone di quasi due metri e io non gli arrivavo neanche al petto.

Saltellai attorno a lui mentre, con una mano protesa in avanti, tentava di tenermi lontana: quando mi avvicinavo abbastanza mi spingeva indietro, ma la pressione che esercitava per non farmi male era talmente debole che potei ugualmente stargli addosso.

«Me lo dia!» urlai furibonda; lui si voltò di spalle e io ne approfittai per tempestargli la schiena di pugni. Non sussultava né guaiva, segno che i colpi inferti risultavano miserabili carezze contro una mole possente e resistente come la sua.

Era come se le mie mani fossero di gomma e si stessero schiantando contro un muro di cemento.

Mentre urlavo e sfogavo su di lui la mia frustrazione, qualcuno mi bloccò da dietro, mi avvolse in un abbraccio d'acciaio e mi strinse i polsi sotto il mento per allontanarmi dal medico affinché non gli nuocessi ulteriormente.

«Basta, Thea. Basta.» Sentii la voce di Mitchell accanto all'orecchio, ma continuai a dimenarmi e a scalciare a vuoto poiché mi teneva saldamente bloccata contro il suo torace.

«Me lo dia…» sussurrai sfinita. «Per favore!»

Il dottor Krugher tastò la chitarra del peluche sentendone la consistenza solida e non morbida come avrebbe dovuto essere. Trovò la cerniera nascosta lungo il bordo del manico, afferrò la zip e la tirò verso il basso fino alla cassa armonica, che si aprì lasciando cadere a terra la scatola di lassativi, per metà vuota.

Conscia di essere stata scoperta, smisi di urlare e di agitarmi, anche se Mitchell mi teneva ancora stretta a sé, più per sicurezza che per reale necessità.

Il medico si sfregò la barba con una mano; con la punta del piede spostò i farmaci nella sua direzione per accertarsi che fossero esattamente ciò che cercava, poi lanciò la bertuccia sul letto. «Ti ho detto che li avrei trovati», affermò, fissando il pavimento piuttosto che me. Il suo volto si incupì, il timbro reboante mutò in un suono basso e intimidatorio. «Non puoi mentirmi. Non puoi nascondermi nulla. Non puoi sfuggirmi. Non puoi contrastarmi. Semplicemente *non puoi*, Dorothea. Dovresti iniziare a rendertene conto.» Sollevò la testa; l'Inferno adombrò la sua bellissima figura e condannò entrambi a un'eterna dannazione. Un ciuffo nero gli era scivolato su un lato della fronte, conferendogli un aspetto disordinato, le pupille erano così strette che le iridi acquamarina parvero ardere di tumultuose passioni, violente e brucianti.

Vidi di nuovo quei demoni agitarsi dentro di lui, li vidi strepitare oltre le loro sbarre, prenderle a calci, sbavare su di esse con i canini aguzzi.

Burrascosi e veementi, desideravano me, volevano imporsi, darmi una lezione, cibarsi e punirmi.

Spaventata, colpii con una gomitata il basso ventre di Mitchell che, a causa della scossa di dolore, allentò la presa senza lasciarmi. Allora gli morsi il pollice avvolto a uno dei miei polsi e fu costretto a liberarmi.

«Merda...» imprecò, col dito dolente. «Hunberct, porta con te Juliette e chiudi la porta!» ordinò previdente.

Il maggiordomo prese la ragazzina per il gomito e la condusse all'uscita, ma prima che potessi raggiungerli e fuggire con loro, il dottor Krugher mi afferrò con un solo braccio per il girovita e mi trascinò indietro, gettandomi a pancia in giù sul letto. Rimbalzai sul materasso, la scimmietta cadde a terra; lui, con un'abilità incredibile, puntò un ginocchio al lato della mia coscia e si allungò per imprigionarmi i polsi sulla testa, costringendomi all'immobilità. Torreggiò su di me e si chinò soltanto per concretizzare le sue folli intenzioni.

«Che diavolo ha in mente?» Annaspai, girando appena il viso.

Mentre mi teneva con una sola mano, usò l'altra per sollevarmi la gonna sulle reni e scoprirmi il sedere coperto a malapena da un paio di slip di pizzo. Non volevo credere che stesse facendo davvero una cosa del genere, per di più in presenza di Mitchell. «Mi lasci andare!»

«Meriti gli scapaccioni che non ti sono stati dati da piccola, Dorothea.» Ormai aveva preso quella decisione non solo per punirmi, bensì per puro sfizio. Non ero mai stata sculacciata in vita mia, anche se l'idea mi aveva sfiorata più volte nelle mie fantasie. Tuttavia, mi venne naturale ribellarmi e ringhiare parolacce affinché mi lasciasse andare, ma la presa del dottor Krugher era forte, diversa da quella di Ben. Con quest'ultimo mi ero sentita in trappola e l'angoscia non aveva lasciato spazio a nessun pensiero licenzioso; con il medico invece avvertivo un piacere turbinoso in ogni parte del corpo come se il suo tocco effondesse una carnalità superlativa.

«Non è normale quello che intende farmi!» sbraitai fuori di me.

«E a te sembra normale continuare a disubbidirmi?»

La prima pacca mi colpì la natica destra e non fece neanche così male come pensavo, fu solo il preludio della sublimazione erotica che mi avrebbe concesso. Mi ammansii soltanto un po', pervasa dalla strana curiosità di scoprire quali sensazioni avrei provato in una situazione apparentemente innocente, ma che tradiva una tensione sessuale palpabile in entrambi.

«Non le ho disubbidito!» gridai mentre Mitchell si esaminava il segno del mio morso e corrugava le sopracciglia bionde per le incisioni visibili lasciate dai miei denti.

«Lo fai. Lo fai sempre, perché sei maleducata e indisponente. Oggi hai esagerato. A partire dalla questione di Ben sino ad arrivare ai lassativi.» Il secondo schiaffo, questa volta sulla natica sinistra, fu più forte del precedente ma sempre dosato; quelli erano semplici preliminari ai quali sarebbe seguita la vera punizione. Pian piano aumentò il ritmo, colpendomi con il palmo morbido e socchiuso a conchetta. Contrassi il sedere e indurii i muscoli mentre uno strano formicolio cominciava a propagarsi dalle zone colpite fino alla nuca, percorrendomi la schiena.

«Non posso neanche parlare con un ospite, adesso?» Feci leva sui gomiti per alzarmi, ma con una sola mano lui riusciva a trattenere i miei polsi uniti senza alcuna difficoltà o intenzione di mollarmi.

«Non con Ben. Mi pare di avertelo già espressamente proibito.» Le pacche aumentarono e iniziarono a far male, poiché divennero rapide e violente. Prima su una natica poi sull'altra, indistintamente, con una precisione incredibile. Emisi dei versi di protesta, mi dimenai e gli manifestai tutta la disperazione di essere lasciata in pace. I glutei divennero sensibili persino allo spostamento d'aria che precedeva ogni colpo.

«Ahia, fa male!» In quel clima di grande severità mi sentivo una bambina cattiva alla quale il papà le stava suonando per bene. Il dottor Krugher, malgrado stesse attuando un comportamento rozzo e trasgressivo, riuscì a imprimere a ogni schiaffo una carica fortemente sensuale e magnetica. Non si trattava soltanto di una cascata di sberle senza senso, bensì di un modo di comunicarmi ciò che a lui piaceva, ciò che desiderava farmi sin dal primo istante in cui avevamo battibeccato, ciò che lo eccitava e ciò a cui era abituato, poiché nessuno dei suoi gesti era improvvisato, ma pregno di consapevolezza ed esperienza.

Voleva lasciare un segno.

Sia fuori che dentro di me.

Ed ero certa che ci sarebbe riuscito.

«Sì, Dorothea, fa male. Esattamente come 'fa male' essere preso in giro o saperti in situazioni pericolose con individui dissennati che potrebbero abusare di te», mi rimproverò. «Non irrigidire il sedere. Se i muscoli sono tesi, sentirai più dolore; se invece ti rilassi il calore si espanderà gradualmente e le ecchimosi andranno via in pochi giorni», mi istruì, seguitando a infliggermi altri ceffoni sulle natiche già accaldate e brucianti.

Erano potenti, rigorosi, tuttavia ancora sopportabili.

«Lei è un dispotico del cazzo!» lo insultai, piena di rabbia. «Una carogna. Un sadico arrogante e presuntuoso!»

«Ah, sì? Continui a mancarmi di rispetto?» si indispettì. «Allora ti mostrerò quanto posso essere sadico e arrogante finché non imparerai la lezione.» Dal ritmo lento e controllato passò a una sequenza di sculaccioni più veloce e serrata. La mano da pesante divenne pesantissima, come se fosse una frusta di cuoio. La sensazione di calore mi fece bramare di immergere il sedere in una vasca colma di cubetti di ghiaccio mentre lui mi dava prova di quanto potesse essere bastardo.

Probabilmente non avrei potuto sedermi per chissà quanti giorni.

«Basta», mormorai con il fiatone. Posai la fronte sul materasso e attesi che si fermasse, anche se la sessione sembrava essere ancora lunga e intensa.

«Sicura? Basta?» insinuò con una malizia calcolata che, per un istante, dissipò la sua rabbia.

Il calore si stava diffondendo nelle aree circostanti, provocando teneri fremiti anche nel centro intimo celato dalle mutandine. D'un tratto non fui più sicura di volere che smettesse, ma lui parve già averlo intuito.

«N-non lo so...» balbettai con gli occhi lucidi; non piansi soltanto per preservare un briciolo di orgoglio. Sentivo che dal profondo dell'anima le emozioni stavano riemergendo per esplodere e alleggerire il peso che avvertivo addosso. Meritavo quella punizione, meritavo di soffrire, eppure ciò che provavo non era sofferenza quanto un gradevole senso di benessere e serenità. Ben presto, i miei lamenti si tramutarono in dolci gemiti contro le lenzuola. Quell'effimero gioco, cominciato come una violenta pulsione del dottor Krugher, si stava rivelando esaustivo per molti miei dubbi: lui era stato capace di accarezzare un aspetto perverso del mio essere, di afferrarlo e di tirarlo fuori per mostrarmelo, poiché aveva scoperto che c'era, che era insito dentro di me e che necessitava soltanto di essere soddisfatto.

La sensazione di dominazione e sopraffazione che percepivo nella forza dei suoi colpi, fusa all'umiliazione che mi investiva quando me ne stavo inerte a riceverli, mi fece comprendere che ciò che mi stava donando era tutto quello che avevo sempre desiderato.

Con un ansito rumoroso, l'eccitazione mi bagnò gli slip; il dottor Krugher se ne accorse e una risata virile si diffuse tra le pareti. «Che bambina sporca e viziosa. È così che reagisci alle mie punizioni, Dorothea?»

Intanto Mitchell si era seduto sul letto di Juliette e, con i gomiti posati sulle ginocchia, se ne stava in abominevole silenzio a osservare la scena. L'imbarazzo mi fece boccheggiare, annullando qualsiasi cosa avrei voluto dirgli: per esempio di andarsene o di non fissarmi in quel modo indecente. Il sorrisetto mordace e gli occhi profondi che scintillavano di una maliziosa soddisfazione mi fecero intuire che stava traendo un immenso piacere nel vedere il mio sedere subire le violenti pacche dell'amico. Era rimasto per dare indirettamente il suo contributo, per assoggettarmi con la sola forza dello sguardo cosicché potesse stordirmi abbastanza da infiammarmi membra e viscere, conscio che il medico avrebbe apprezzato. Forse, una volta finito, lo avrebbe persino ringraziato e insieme si sarebbero dilettati a commentare l'accaduto con volgari battute maschili.

«Se spera di sentirmi frignare dovrebbe esagerare perché so resistere.» Tornai a provocare il dottor Krugher, strizzando le palpebre per trattenere le lacrime. Ero certa di avere il culo sanguigno, segnato da strisce rossastre che presto sarebbero diventate dei lividi evidenti.

D'un tratto si fermò.

Concesse una carezza compiaciuta alla natica destra, quella più martoriata, poi risalì con le dita lungo la spina dorsale fino alla nuca, le infilò tra i miei capelli e li tirò brutalmente per reclinarmi il capo; in quella posizione innaturale lo guardai negli occhi, vividi di perversione.

«Smettila di sfidarmi, Dorothea. D'ora in poi dovrai rispettare le regole.» Il suo fiato caldo mi colpì l'orecchio. «Dalla prima all'ultima.» Con il ginocchio ancora affondato sul materasso, aveva il respiro rotto, il torace teso, le labbra serrate e dure che comunicavano l'urgenza di slacciarsi i pantaloni e sopraffarmi in altro modo.

«Non ci speri. Mi piace sfidarla. Non basterà una fottuta punizione per farmi smettere, anzi… mi eccita da morire», sorrisi diabolica.

«Mossa sbagliata, ragazzina», commentò Mitchell dal fondo della stanza con un ghigno beffardo.

Qualcosa si accese nello sguardo del dottor Krugher e gli annebbiò il cervello.

Mi pentii amaramente di averlo provocato ancora quando riprese a sculacciarmi, questa volta senza riguardo, senza alcun fine ludico, senza trattenersi o preoccuparsi di esagerare.

D'altronde glielo avevo chiesto io.

Che stupida incosciente!

Strillai e strattonai i polsi per liberarmi, ma lui vi strinse la mano attorno come una tenaglia, come se volesse sgretolarmi le ossa.

Mi schiaffeggiò l'attaccatura delle cosce, quasi vicino al sesso, poi più su, sulle colline delle natiche e di nuovo giù, calcando i segni ancora freschi della sessione precedente.

E allora sì che il dolore prolungato mi fece scoppiare a piangere.

Spostai il bacino da un lato all'altro per impedirgli di continuare ad accanirsi, ma il dottor Krugher parve inarrestabile, mosso da una feroce bramosia.

In quel momento raggiunsi la consapevolezza che avrei potuto concedergli tutto, che lui avrebbe potuto disporre di me come meglio voleva e io non glielo avrei impedito.

La mia non era accondiscendenza né costrizione, semplicemente mi eccitava l'idea che le sculacciate fossero una via d'accesso al suo piacere e inconsapevolmente anche al mio.

Non vi era nulla di oltraggioso in ciò che stavamo condividendo.

L'avevo provocato, offeso, sempre e insistentemente: questo era il motivo di quel supplizio, del castigo al quale mi stava sottoponendo per imporre la propria volontà e punire la mia, troppo indisciplinata e ribelle.

Avevo atteso che la corda della sua pazienza di spezzasse e finalmente era successo.

Ero certa che non stava usando tutta la sua energia, eppure ogni colpo era duro come una cinghiata, rude come una stoccata tra le cosce; io serrai la bocca per non gemere e ritrassi l'addome per arrestare i tremiti nel basso ventre.

«Mi… mi scusi…» Piegai le ginocchia e feci oscillare le caviglie come una bambina che tentava di ribellarsi in modo ridicolo. Erroneamente inarcai la schiena e sporsi di più il sedere dolente, offrendogli la possibilità di schiaffeggiarlo meglio.

«Temo di non aver sentito, Dorothea», infierì con spietata crudeltà mentre, dimessa, abbandonavo il capo contro le lenzuola zuppe delle mie lacrime, con le labbra spalancate e la gola arida, avvolta dalla brezza fredda della sua gelida voce.

«Mi scusi. Non accadrà più!» Non lo avrei più sfidato, soprattutto se mi fossi trovata bloccata dalla potenza del suo corpo senza la possibilità di osteggiarlo. L'istinto di pararmi con le mani mi fece strattonare i polsi mentre lui allentava la presa.

Il tornado di lussuria nel suo animo parve placarsi regredendo a uno stato di lucida razionalità.

«Lo spero per te.» Le sferzate degli schiaffi cessarono lentamente finché non vi fu un ultimo, debole schiocco. Il dottor Krugher mi pesò addosso e restò fermo a udire i miei singhiozzi mentre osservava la parte sinistra del viso ormai paonazzo. Tremai quando mi sfiorò con i polpastrelli le impronte delle dita lasciate sulle piccole natiche ammirando, compiaciuto, la sua opera d'arte. Sentivo il sedere scottare, il clitoride sensibile a causa del continuo sfregamento contro il tessuto leggero delle mutandine. Con lo sguardo indugiò sulla mia intimità che, aderente agli slip, palesò le piccole gocce di desiderio che l'avevano impregnata. Mi ero bagnata e lui l'aveva notato. Pienamente soddisfatto, lasciò andare i polsi che sentii rigidi e congestionati, poi affondò una mano a lato della mia testa, gravando su di me per raggiungermi l'orecchio. «Non disubbidirmi più, *Kleines Äffchen...*»

Si sedette sul bordo del letto e, poco dopo, mi prese da sotto le ascelle per sollevarmi e portarmi sul proprio grembo. Stretta tra le sue braccia, seppur intontita e ancora scossa, fui avvolta da un calore gradevole mentre il sedere faceva così male che tenerlo premuto contro la sua coscia era insopportabile.

«Adesso starai meglio...» Con il pollice mi accarezzò la guancia, dolcemente. *Com'era possibile che riuscisse a passare dall'essere irruente e severo all'essere premuroso e gentile?* «Non devi mai reprimere le emozioni, neanche quando temi che gli altri possano non comprenderle. Esse ti permettono di restare qui, nel mondo, legata alla tua esistenza e alle persone che vivono attorno a te.»

Tirai su con il naso e strofinai lo zigomo contro il tessuto inamidato del suo camice, fregandomene di macchiarlo col mascara colato. «Quindi lei se ne va in giro a sculacciare le pazienti per indurle a provare emozioni?»

«No.» Lasciò scivolare il palmo dietro il collo per concedermi docili carezze anche lì. «È successo soltanto con te perché sapevo che avrebbe funzionato…»

Sollevai la testa per incrociare i suoi occhi e ci ritrovammo vicini, a rifletterci l'uno nelle iridi dell'altra mentre mi lasciavo sommergere totalmente dall'intensità dei nostri respiri fusi e confusi tra loro. «Come faceva a esserne sicuro?»

«Avevo bisogno di compiere un'azione che potesse suscitarti una forte emozione e lasciar riaffiorare ciò che hai dentro. Al di là delle discrepanze della gente, di quello che è moralmente giusto o sbagliato, io cerco di mostrare ai miei pazienti ciò che loro sono e ciò che vorrebbero essere, valicando qualsiasi timore.»

Arricciai appena il nasino e spremetti una lacrima solitaria con la nocca dell'indice. «A me è sembrato che anche lei avesse bisogno di liberare ciò che ha dentro…»

«Esatto», confermò con levità. «Ciò che ho fatto per te l'ho fatto anche per me. Le emozioni rievocano desideri e aspetti insiti nella nostra anima, spesso 'deprecabili'. Io te ne ho dato un assaggio per farti capire che dovresti abbattere le barriere della paura che hai costruito attorno a te solo perché non vuoi ascoltarti, non vuoi conoscere chi sei veramente. I lati oscuri della nostra personalità spesso ci intimoriscono, ci disorientano o ci confondono, ma vederli e comprenderli ci consente di entrare in contatto con noi stessi. Accettarli ci permette di essere sereni.»

Aggrottai la fronte; era assurdo che stessimo parlando di concetti psico-filosofici dopo ciò che era successo. «Quindi mi sta dicendo che sculacciarmi le ha permesso di condividere con me un flusso di emozioni che solitamente io reprimo perché mi fa paura sentirle…»

Stranamente percepii le sue parole invadermi nel profondo, scuotere il mio inconscio e incidersi dentro di me attraverso ciò che lui aveva scorto e che stava tentando di spiegarmi.

«Brava», mi lodò con un sorriso che di magnanimo aveva ben poco; ormai stavo imparando a capire quanto di buono e al contempo malevolo ci fosse in quell'uomo. «Pian piano comprenderai meglio cosa intendo.»

Ancora eccitata, strinsi le cosce e fui colta da un capogiro improvviso, come se il corpo dovesse ancora riprendersi dal carico fisico ed emotivo al quale l'aveva sottoposto. «Mi sento strana, come se fossi ubriaca…»

Appoggiai la testa sul suo petto; lui cominciò a pettinarmi i capelli, dalla radice sino alle punte, con un leggero movimento delle dita.

«È tutto nuovo per te, ma io ho già capito *chi sei*, Dorothea. Devo solo mostrartelo.»

Inspirai il suo profumo fresco, una miscela ricca di seducente audacia e ardore maschile, poi chiusi le palpebre, beata. «Ciò che sono può avere qualche legame con la morte della mamma?»

«Credo di sì, bambina», mi vezzeggiò, sfiorandomi la coscia nuda e risalendo fino al bordo della gonna con lenta lascivia, «ma per dartene conferma avrò bisogno della tua totale fiducia.»

Ridacchiai e mi agitai insoddisfatta quando la mano riscese fino al ginocchio, solleticandomi la pelle con i polpastrelli. «Non mi fido facilmente delle persone…»

«Di me dovrai fidarti», stabilì mentre ascoltavo i battiti ritmati del suo cuore come se fossero la sinfonia di Beethoven che, tempo prima, aveva suonato per me. «Questo venerdì uscirai dalla clinica. Ne hai bisogno.»

D'un tratto mi destai dalla spossatezza, travolta dalla felicità come una ragazzina che ha appena ricevuto il permesso dal proprio genitore di tornare alla normalità. «Posso uscire?» gli chiesi sorpresa. «Davvero?»

«Sì», asserì il dottor Krugher in tono affettato, lambendo il mio volto stremato con occhi famelici e scaltri. «Con me.»

23
Thea

Perché ti ho giurata bella e ti ho pensata luminosa,
tu che sei nera come l'Inferno, buia come la notte.
WILLIAM SHAKESPEARE

QUAL è il mondo interiore che si cela dietro uno specchio?

A volte pensiamo erroneamente che esso sia un semplice oggetto d'arredo.

I nostri occhi sono abituati a coglierne l'immagine riflessa senza riuscire a guardare oltre, senza vedere il punto di connessione con noi stessi: la nostra reale identità, ciò che siamo e che desideriamo essere.

Ci conviviamo sin da bambini; osservandoci abbiamo sognato il futuro, ci siamo chiesti come saremmo diventati da adulti, e ancora adesso, dopo aver superato la spensieratezza della gioventù, torniamo lì, di fronte a quella superficie levigata – astiosa, illusoria o ingannevole – e la fissiamo, ricerchiamo i nostri difetti fisici, la nostra soggettività e ci valutiamo non rispetto all'essenza che ci contraddistingue, ma rispetto al mondo che ci circonda, all'effigie che la società pretende e che potrebbe conformarsi più facilmente alle relazioni interpersonali.

A volte pensiamo che ciò che appariamo *al di fuori* corrisponda a ciò che siamo *dentro*, che i consensi esterni ci determinino come persone e che solo attraverso essi possiamo sentirci apprezzati o rispettati; altre volte pensiamo che la diversità ci allontani troppo dalla moltitudine e che sia meglio lasciarsi contaminare, rivalutarsi e ricrearsi per adattarsi a ciò che gli altri vorrebbero anziché accettare la propria individualità, con pregi e difetti annessi.

Ma quanto contano i giudizi e le opinioni altrui?

Quanto conta apparire?

Conta forse più dell'essere?

Io... mi ero ammalata per questo motivo?

Per me lo specchio era un atroce nemico, il mio riflesso una percezione distorta, l'immagine proiettata qualcosa che non riuscivo ad associare a me stessa.

Era come se non conoscessi il mio corpo, come se non mi riconoscessi in esso e il senso di estraneità mi si fosse appiccicato addosso come fango sporco.

Soprattutto quel giorno.

Quel giorno mi consideravo ancora più insignificante, più imperfetta, più orribile e sempre più distante dalla persona che volevo essere.

«Maledizione!» sbraitai, passandomi le mani tra i capelli appena piastrati. Mi ero impiastricciata il viso con del trucco pesante, anche se sulle labbra avevo evitato di mettere il rossetto per non farle apparire ancora più voluminose. Erano sempre state molto carnose e per questo i ragazzi, soprattutto a scuola, mi avevano spesso rivolto commenti osceni con l'intenzione di lusingarmi, ignari che tutto ciò mi provocasse solo un profondo e logorante disagio. In generale, non avevo mai apprezzato il mio aspetto: non ero altissima né prosperosa. Il seno sembrava quello di un'adolescente, il volto quello di una scolaretta che si ricopriva di make-up nella vana speranza di dimostrare almeno i suoi vent'anni; per non parlare della carnagione rosata e della corporatura minuta come quella della mamma. Nessun indumento mi stava bene, qualsiasi cosa risultava inadatta addosso a me, o forse ero io inadatta per indossare qualsiasi cosa. Tuttavia, temevo che la distorsione cognitiva con la quale condannavo me stessa e il mio aspetto non sarebbe mai svanita, temevo che non sarei guarita e che nello specchio ci sarei annegata, mi ci sarei frantumata contro e di me non sarebbe rimasto nient'altro che un cumulo di vetri rotti.

«Thea, stai benissimo. Cosa c'è che non va?» Juliette mi aveva aiutata per l'intero pomeriggio a scegliere il vestito giusto per la serata. Le avevo raccontato della proposta del dottor Krugher, ma non della sculacciata. Quest'ultima l'avevo omessa nonostante ne portassi i segni visibili su entrambe le natiche: dei lividi violacei e altri un po' più scuri, quasi neri, mi tempestavano come macchie d'inchiostro vari punti della pelle, tanto che la notte mi risultava difficile sdraiarmi a letto supina o semplicemente stare seduta correttamente senza storcere il naso o maledire il medico e le sue punizioni brusche e severe.

«Non mi piace, Juliette. Non mi piace un cazzo. Mi hai vista? Una tavola da surf sarebbe più attraente di me», borbottai in preda al panico.

Erano le sette e mezzo ed entro la mezz'ora successiva avrei dovuto raggiungere il dottor Krugher nella sala d'attesa, dinanzi al bancone di Melanie.

Era lì che, quella stessa mattina, lui mi aveva dato appuntamento mandando Hunberct ad avvertirmi.

«Questo perché ti fissi su difetti che neanche si notano. Sei bellissima, Thea.» Juliette sbatté le lunghe ciglia castane, cercando di tranquillizzarmi con la sua solita gentilezza. «E poi è nero. Hai detto che ti senti a tuo agio con gli indumenti scuri.» Standomi alle spalle, ammirò il tubino aderente che mi aveva costretto a indossare: aveva le bretelle sottili e una scollatura a cuore con una cerniera anteriore lunga fino allo stomaco che, se aperta, avrebbe reso lo scollo più profondo, aggressivo e appariscente. Tuttavia, non mi piaceva il modo in cui la stoffa evidenziava le mie esili forme come una seconda pelle, ma era il più elegante tra i capi che possedevo nell'armadio.

Non avevo portato molta roba da West Hollywood, per di più non avevo considerato la possibilità di poter uscire proprio con il dottor Krugher.

Come dovevo intendere il suo invito?

Come un appuntamento o un semplice favore?

Juliette mi aveva raccontato che, nei mesi precedenti, era uscito anche con lei e con le altre pazienti; le aveva portate fuori dalla clinica, sempre di venerdì, in luoghi diversi ma con la medesima finalità terapeutica. Quindi non avrei dovuto farmi illusioni di alcun tipo, anche se era innegabile che ero attratta da lui e che non riuscivo a considerarlo semplicemente il mio psichiatra, ma qualcosa di più…

«Non lo so.» Inclinai la testa e con le mani percorsi le mie curve, togliendo qualche pieghetta invisibile. «È troppo corto, forse non abbastanza sofisticato per uno come lui. Non ho abiti costosi né di valore.» Sospirai affranta. «E questo sembra uno straccio vecchio.» Scossi il capo; i capelli biondi e lisci mi solleticarono il monticello delle natiche provocandomi un brivido lungo le gambe. Laggiù ero così sensibile e dolente che persino il passaggio di una piuma mi avrebbe fatto serrare i denti.

«Non è vero. Ti dona e valorizza le tue linee delicate. Fidati di me. Sei femminile ma non volgare.» Juliette mi oltrepassò per raggiungere le scarpe abbandonate accanto al letto, le afferrò e le fece penzolare da entrambi gli indici. «Che ne pensi?» mi domandò sorniona.

«Niente tacchi a spillo. Indosserò i miei anfibi.» Rifiutai di calzare sandali alti, décolleté e qualsiasi paio di scarpe inadatto al mio look abitudinario.

Juliette mise il broncio. «Ti ho detto che te le presto volentieri. Perché non vuoi metterle? Sarebbero perfette per quel vestito.»

«No! Enne-o», scandii. «Non insistere.»

«Uffa.» Lei rilassò le spalle e gettò le scarpe sul pavimento, offesa dal mio rifiuto. «Fa' come ti pare, allora, tanto sei testarda.» Tutta impettita, mi superò per raggiungere il suo letto, tuffarsi tra la montagna di cuscini e riprendere la lettura di un romanzo strappalacrime che aveva cominciato il giorno prima.

«Adesso non mi rivolgerai più la parola?» Picchiettai un piede nudo per terra, fissandola con le mani posate sui fianchi.

Lei mi ignorò e sfogliò una pagina, presa dalle righe sulle quali lasciava scorrere i suoi occhioni da bambola. «Esatto.»

«Sei proprio capricciosa, Julie.»

«Detto da te è un complimento», bofonchiò, facendo dondolare una caviglia in aria. «E ora continua pure a prepararti senza il mio aiuto.» Tentò di nascondere un sorriso ironico, ma non ci riuscì.

Al che lanciai un'occhiata all'orologio posato sulla scrivania e mi piegai per indossare gli stivaletti. «Se continuo a perdere tempo con le tue sciocchezze, tarderò all'appuntamento», mormorai, saltellando su una gamba mentre tentavo di stringere i lacci con un nodo a coniglietto.

«Non è un appuntamento», specificò Juliette.

«Be', di qualsiasi cosa si tratti, domani te lo farò sapere.» Infilai le sigarette e il cellulare in una borsa nera a secchiello con una catena intrecciata al cordoncino che fungeva da chiusura, poi estrassi dall'armadio un chiodo di pelle corto e lo indossai.

«Ti riporterà in clinica entro mezzanotte.» Juliette mi guardò dall'alto al basso, approvando tacitamente il risultato. «Quindi sarò sveglia e mi dirai com'è andata.»

Lei lo sapeva perché aveva già vissuto un'esperienza simile con lui; l'idea mi innervosì come se quell'uomo mi appartenesse e non accettassi la possibilità di condividerlo con qualcun'altra, eccetto che…

Eccetto che con la moglie? Dici sul serio, Thea?

Diamine!

Ero assolutamente irrazionale e ridicola.

«Dammi un bel: 'In bocca al lupo'.» Esortai la ragazzina a concedermi un augurio scaramantico, anche se il mio collarino avrebbe dovuto portarmi fortuna a sufficienza.

«Non ne hai bisogno», rispose Juliette con un bacetto volante.

Ricambiai con un rapido cenno di mano e uscii dalla camera.

Sì che ne avevo bisogno, *invece.*

Le parole di Ben mi avevano allarmata circa le reali problematiche del dottor Krugher. Sebbene non gli avessi creduto pienamente, sospettavo che nel suo racconto ci fosse un fondo di verità, pertanto speravo che quell'uscita con il medico potesse servirmi, oltre ad approfondire la nostra conoscenza, anche a indagare meglio e a dissipare i numerosi dubbi con i quali mi ero arrovellata in quei due giorni.

Con un tripudio di emozioni nel petto, percorsi il corridoio e scesi le scale per raggiungere l'atrio principale.

Quando captai delle voci, compresi che Melanie non era sola; per timidezza, anziché svoltare l'angolo e palesarmi, sbirciai restando rasente al muro con una mano stretta alla tracolla che mi pendeva da una spalla.

Erano le otto in punto e il dottor Krugher era dinanzi al bancone a firmare dei documenti mentre spiegava all'assistente che quella sera la responsabilità sarebbe stata sua e che la paziente in questione – ovvero io – sarebbe rientrata in clinica entro la mezzanotte. Melanie non si oppose né manifestò l'intenzione di esprimersi, si limitò ad annuire con un sorriso gentile. Non sapevo se avanzare e salutarli oppure se attendere che lui si accorgesse di me, tuttavia non ebbi il tempo di decidere perché il medico si voltò nella mia direzione e mi notò, ferma e imbarazzata, mentre davo le spalle alla statua di Plutone. Mi osservò a lungo, scrutando gli anfibi neri, le gambe nude, l'abito corto e i capelli lisci, stranamente ordinati, poi socchiuse gli occhi sul *choker* di velluto decorato con una pietra ambrata e tornò concentrato sull'ultimo documento da firmare.

«Che fai lì, Dorothea?» mi domandò *tranchant*; aveva già smesso di considerarmi, mentre il mio sguardo era rimasto incantato dal suo fisico scultoreo, valorizzato da un completo grigio antracite e da una camicia bianca che gli evidenziava il torace tonico. La chioma corvina era ben sistemata, con un ciuffetto discinto che gli cadeva sul lato sinistro della fronte, la barba più corta, fresca di rasatura. Era impossibile non provare venerazione e ammirazione verso quell'uomo dal fascino carnale; la sua bellezza padroneggiava, la grazia dei movimenti creava una perfetta armonia con i tratti volitivi del viso e con la virilità dirompente del corpo. Efrem Krugher era l'ideale di massima perfezione espresso in forma umana: simmetria e proporzioni magnifiche, intersecate tra loro in maniera straordinaria. «Dunque?» ritentò impaziente.

Mi ero imbambolata a fissarlo, perciò mi schiarii la voce prima di parlargli. «Non volevo disturbarla. Il mio abbigliamento è adeguato alla serata?»

Il dottor Krugher esaminò la mia figura con un'altra occhiata. Era difficile capire cosa stesse pensando, non riuscivo mai a intuire se mi stesse apprezzando o se fosse disgustato da me. «Non deve essere adeguato al tipo di serata, Dorothea, ma al tuo stato d'animo. Sei a tuo agio vestita così?»

Di sbieco, guardai Melanie che, con una complicità tutta femminile, sollevò un pollice verso l'alto. Le sorrisi a labbra strette e annuii. «Sì.»

«Bene, allora possiamo andare.» Firmato l'ultimo foglio, salutò l'assistente e mi fece segno di seguirlo verso l'uscita. Era la prima volta da quando avevo cominciato il mio percorso terapeutico all'Asklepios che assaporavo un briciolo di libertà. Anche se non dovevo illudermi che sarebbe successo altre volte, quella sera volevo godermela e non pensare a niente: né alla dottoressa Ruiz e ai colloqui che tenevo con lei, né al dottor Nørgård e al suo programma alimentare, né ad Andy e alla nostra ultima discussione.

Per poche ore volevo essere una normale ventenne senza alcun problema alimentare, senza le tenebre a infestarle il cuore e senza nessun'attrazione per un uomo già impegnato.

Avrei finto che il dottor Krugher, per una volta, fosse libero quanto me, non avesse un figlio e non fosse il mio medico.

Superate le porte automatiche dell'ingresso principale, inspirai a pieni polmoni l'aria fresca della sera; il sole ormai era tramontato, il giardino e il parco erano lievemente illuminati dai lampioni che diradavano l'oscurità circostante. Seguii il dottor Krugher sul viottolo ghiaiato che conduceva a una lussuosa Mercedes AMG di un tenebroso nero opaco appostata dinanzi all'immensa fontana. I faretti anteriori a led sfavillarono di un rosso intenso quando lui pigiò il pulsante d'apertura con il keyless. Mi aspettavo che saremmo usciti con una limousine e accompagnati da un'autista, non che saremmo stati completamente soli nella sua vettura personale.

Lo stupore mi indusse a rallentare i passi e ad agitarmi; il dottor Krugher si avvide della mia esitazione quando mi fermai in preda alla confusione totale.

«La targa della mia auto è irrintracciabile, Dorothea. Non hai nulla da temere», mi rassicurò prima di aprire la portiera e posare i gomiti sul tettuccio in attesa che mi schiodassi dall'esatto punto in cui mi ero immobilizzata. «Così come previsto dal contratto che hai firmato, la tua privacy è assolutamente tutelata.»

Lui credeva che fossi preoccupata per la mia immagine, che qualcuno potesse seguirmi o fotografarmi in sua compagnia, non aveva minimamente considerato che la mia titubanza potesse provenire dalla possibilità di condividere uno spazio così intimo come la sua macchina.

Mordicchiandomi il labbro inferiore, decisi di scacciare via qualsiasi paranoia e di entrare. Fui contenta che non mi avesse aperto la portiera: negli uomini apprezzavo la gentilezza, ma non l'eccessiva galanteria – spesso artificiosa e svenevole – che ostentavano per sedurre le donne. Il dottor Krugher non sembrava essere quel tipo d'uomo, anzi, benché fosse educato e raffinato, non aveva mai mostrato un aspetto di sé esageratamente cerimonioso.

Dentro l'abitacolo, fui avvolta dall'odore del pellame pregiato che rivestiva i sedili dalla sagomatura accentuata di rosso; sulla plancia vi erano comandi digitali e uno schermo grande almeno quanto un tablet. Ogni dettaglio cromatico era lucidato a specchio, così pulito che rimandava nitidamente il mio riflesso.

«Aggancia la cintura di sicurezza, per favore.» Seduto al posto di guida, il medico accese il motore solo dopo che assecondai la sua richiesta. Essendo molto alto, regolò meglio il sedile affinché le gambe avessero abbastanza spazio fino ai pedali, poi si rilassò e posò una mano sul cambio, tenendo l'altra stretta attorno al volante. I suoi gesti rivelavano una maturità che non avevo mai notato in Andy o in altri ragazzi: rimarcavano la sua esperienza di vita e la differenza che c'era tra noi, su qualsiasi piano pratico. Quando partì e ingranò la marcia avviandosi lungo il sentiero alberato che avevo attraversato con la carretta della nonna il primo giorno, fu difficile restare seduta senza emettere piccoli lamenti o spostare il bacino da una natica all'altra.

Lui mi sbirciò di traverso. «Stai bene?»

«Mi fa male il culo dopo la sua sculacciata», confessai d'impeto, innervosita dall'acuto dolore che si risvegliava a ogni minimo sobbalzo dell'auto. «E qualcosa mi dice che lei ne è compiaciuto.» Poiché non lo avevo più visto dopo ciò che era successo nella mia camera – come se si fosse volatilizzato nel nulla apposta per evitarmi –, potei finalmente rinfacciargli ciò che mi aveva fatto.

«In effetti, sì.» Accennò un sorriso soddisfatto. «Una punizione è pur sempre una punizione, Dorothea.»

«Certo…» Volsi lo sguardo oltre il finestrino, sul buio fitto che ricopriva gli ettari della struttura. «Alla fine ha risolto il 'danno' che le ho procurato nel suo studio?» Ero certa che poteva intuire senza spiegazioni a cosa mi stavo riferendo: il mio orgasmo e l'erezione che ne era conseguita.

Non serviva a niente mentire, rinnegare o fingere che non fosse successo nulla tra noi.

Con il palmo della mano aperto sul volante, svoltò lentamente a destra, poi a sinistra, cullandomi da un lato all'altro. «Sì, l'ho risolto appena tornato a casa. Mia moglie ti è stata inconsapevolmente grata.»

Un'inspiegabile fitta mi trafisse lo stomaco. «Quindi, due sere fa, ha scopato con lei grazie a me», dedussi con agghiacciante sincerità; l'alterazione della mia voce gli fece aggrottare la fronte. «Vede, dottore? Le mie provocazioni sono utili.»

Utili a condurti tra le braccia di un'altra anziché tra le mie…

«Se ti interessa saperlo, da quel punto di vista adempio i miei doveri di marito con una lodevole costanza già da tre anni.» Ebbe l'ardire di scherzarci su, come se davvero mi importasse della vita sessuale che conduceva con la moglie. Per un attimo sospettai che ne stesse parlando per rammentarmi che era impegnato e che non dovevo tentare di sedurlo in alcun modo, oppure che, questa volta, si stesse divertendo a provocarmi per ottenere una reazione.

Lo fulminai; se avessi potuto, lo avrei preso a schiaffi. «Vuole far passare il sesso come un 'dovere'? Non ci credo affatto.»

«Purtroppo, tra i coniugi lo è.» A un'altra svolta seguì un'altra fastidiosa oscillazione del mio corpo. «Astenersi dai rapporti sessuali e non soddisfare la propria donna potrebbe avere delle implicazioni legali. Se ci fosse stato Mitchell qui con noi ti avrebbe spiegato precisamente le sanzioni che incorrono per il partner negligente.»

Sghignazzai, stringendo la borsa sulle gambe. «'Purtroppo'?» ripetei. «Le pesa fare sesso con sua moglie?»

«No», rispose placido, «ma abbiamo dei pensieri divergenti su alcune… *questioni*.»

Non avrei dovuto addentrarmi nel discorso, lo sapevo, eppure la curiosità prese il sopravvento; per giunta, pensai di approfittare della confidenza che mi stava concedendo per conoscerlo meglio. «Quali questioni?»

«Lascia stare, non sei abbastanza grande per certi argomenti», mi liquidò, cambiando marcia.

Offesa dalla sua tediosa tracotanza, mi sporsi appena per avvicinarmi a lui, anche se la cintura si irrigidì per trattenermi. «Però sono abbastanza 'grande' per essere masturbata con la sua gamba contro una porta o presa a scapaccioni sul culo davanti a un altro uomo, vero?» Inspirai l'odore maschile di dopobarba che emanava la sua pelle. Non mi sfuggì il piccolo tremito che gli scosse le spalle e il modo in cui contrasse la mascella.

«Modera il linguaggio, Dorothea», mi rimproverò algido, senza distogliere lo sguardo dalla strada.

«Le sto solo dicendo con termini chiari quello che è successo.» Mi rimisi buona al mio posto, con un lieve sbuffo stizzito. «Io pago con il dolore e sua moglie ne ricava piacere. Non le sembra ingiusto?»

«Mi sembra ingiusto che io debba spiegarti, o addirittura giustificarti, cosa faccio o non faccio nella mia camera da letto.»

«Non mi importa cosa lei fa o non fa nella sua camera da letto, ma non usi me come incentivo per infilarsi tra le gambe di sua moglie.»

«Non parlare di cose che non sai, Dorothea», mi redarguì, questa volta con un'occhiataccia che mi fece ammutolire. «Non ho bisogno di nessun incentivo, tantomeno di usare te per chissà quale losco motivo. Non capisco perché tu mi sia ostile stasera.» Sospirò tra i denti, munito di pazienza dato che, con me, ce ne voleva davvero tanta. «Sai, adoro fare molte cose con una donna… eccetto che litigarci.»

«Be', io non sono una donna», lo rimbrottai con antipatia. «L'ha detto lei stesso che mi reputa una bambina.»

«Esatto, una bambina graziosa ma molto insolente.» Nascose un sorriso ironico prima di fermarsi in prossimità del grande cancello che avremmo dovuto varcare. Le guardie di cui rammentavo perfettamente sia il nome che l'aspetto gli si affiancarono e lui abbassò il finestrino.

«Buonasera, dottor Krugher», esordì Alf, l'uomo che si era posto con me in maniera scortese, mettendo in dubbio la mia sincerità circa l'appuntamento con il medico. «Sta andando via? O ha intenzione di ritornare?» gli domandò bonario. Il suo tono era del tutto diverso da quello che aveva usato con me: lo ricordavo meno professionale e soprattutto più ostile.

«Tornerò tra qualche ora», lo informò il medico. «Apritemi il cancello e continuate a monitorare chiunque entri o esca dalla clinica.» Fece un cenno di saluto anche a Thomas, che si apprestò ad azionare l'apertura. Un po' per disagio, un po' per imbarazzo, mi rannicchiai contro il sedile per evitare che mi notassero, anche se entrambi tentarono di mettere a fuoco la mia figura, lievemente ombreggiata dalla semioscurità dell'abitacolo. Avevano capito che il dottor Krugher non era solo, ma non si permisero di invadere la sua privacy con domande inopportune.

«Grazie, buona serata», li salutò superando la barriera di ferro che si richiuse al nostro passaggio.

Il viaggio proseguì con un'insolita quiete.

Di tanto in tanto il dottor Krugher mi lanciava occhiate furtive mentre guidava; io fingevo di non accorgermene soltanto per non mostrargli quanto mi facesse piacere sorprenderlo a guardarmi e quanto le mie guance si infiammassero quando fantasticavo sulle cose memorabili, e oscene, che avremmo potuto fare nella sua bella auto. Per distrarmi gli chiesi se potessi girare la stazione radio per trovare qualche canzone rock da ascoltare, ma lui avviò la sua personale playlist, intimandomi di non alzare troppo il volume perché lo infastidiva. Curiosa di conoscere qualcosa in più del suo mondo, scoprii che, da buon pianista, era un'amante della musica classica e anche dei famigerati anni Settanta e Ottanta. In maniera affettuosa, lo presi in giro definendolo un uomo all'antica; lui ribatté che lo era e che, a quasi quarant'anni, non avrebbe potuto idolatrare gli idoli dei ragazzini della mia età.

Ragazzini...

Era così che definiva me e i miei coetanei.

Per non discutere, decisi di arginare la mia permalosità e di ascoltare con lui l'elenco delle canzoni che spaziava da Elton John ai Queen.

Non mi preoccupai di canticchiarle ad alta voce, di scuotere la testa o di simulare con le mani alcuni assoli di chitarra; il dottore, invece, più serio e temprato, si limitava a battere l'indice sul volante a ritmo mentre mi dedicava, sporadicamente, qualche sorriso seducente, soprattutto quando mi esibivo con moine delle quali la moglie non sarebbe stata molto contenta. Ogni volta che l'abito mi si alzava sulle cosce, tiravo l'orlo verso il basso, finché notai che lui con la coda dell'occhio indugiava proprio sulle mie gambe scoperte e allora lo lasciai così per permettergli di guardarmi quanto desiderava.

Mentre cambiava marcia, mi sfiorava erroneamente la gamba con il dorso della mano e io ridevo per il solletico che avvertivo sulla pelle;

accadde più volte, ma l'ultima mi provocò un piccolo gemito che lo indusse a irrigidirsi.

L'atmosfera giocosa divenne pesantemente proibita.

La lussuria che aleggiava tra noi rese l'aria torrida e viziosa.

Per attenuare il mio disagio, il dottor Krugher alzò un po' il volume sulla canzone *Wicked Game* di Chris Isaak; in tono amichevole mi confessò che era una delle sue preferite, io gli risposi che era vecchia di almeno trent'anni e lui rise ricordandomi di avergli già fatto intendere che consideravo i suoi gusti musicali un tantino antiquati, ma che non li avrebbe cambiati per compiacermi.

Dopo circa un quarto d'ora di tragitto, mi accorsi che la nostra destinazione era ubicata a poca distanza dall'Asklepios e presentava persino lo stesso aspetto: una struttura a più piani, neoclassica ed elegante, con elementi d'ispirazione ellenica.

Dopo che il dottor Krugher ebbe accostato l'auto in un ampio parcheggio, ci avviammo insieme verso un'enorme scalinata che anticipava l'edificio di lusso chiamato *Himeros*. L'avevo già sentito nominare da Mitchell quando avevo origliato la sua conversazione privata con l'amico. Incuriosita, mi lasciai condurre verso le porte d'ingresso che si aprirono automaticamente per consentirci di passare, dopodiché fummo accolti da un portiere che salutò il dottor Krugher per nome, come se già lo conoscesse, mentre i miei occhi scorsero sull'arredamento della hall: dal soffitto pendevano quattro lampadari di cristallo che sciorinavano il candore delle boiserie delle pareti, decorate ad arte, e il pavimento bianco pigmentato d'oro. A destra, su una dormeuse classica, di alta fattura, e due poltrone capitonné, sedevano alcuni ospiti intenti a chiacchierare tra loro, divisi da un tavolino da caffè con sontuosi intagli; a sinistra, dietro il banco della reception, un uomo sulla cinquantina, forbito e con un'espressione cortese, attendeva che noi gli rivolgessimo la nostra attenzione. L'atrio tutt'attorno era circondato da imponenti colonne che sembravano sorreggere il soffitto; i colori chiari del mobilio, viranti dal dorato all'avorio, e le rifiniture in foglia d'argento attribuivano all'ambiente un'allure di altri tempi, una classe e una regalità che rievocavano la lussureggiante Grecia antica, esattamente come l'Asklepios.

«Mi ha davvero portata in un albergo?» sussurrai al dottor Krugher mentre teneva la mano pigramente posata sulle mie reni con una sicurezza tale che mi fece arrossire. Non mi infastidiva l'idea che stabiliva un contatto con me. Mi lusingava e mi faceva sentire considerata anche se, in quel momento, anziché guardarmi preferì osservarsi attorno come se stesse cercando qualcuno in particolare.

«In verità è un resort», mi corresse, dopo essersi piegato accanto al mio orecchio. «Credevi che ti avrei portata a casa mia, Dorothea?» rispose con una punta di ironia che mi infastidì. «Vieni», aggiunse senza neanche accorgersi del broncio che avevo messo. Lo seguii soltanto perché fui sospinta dal suo palmo verso il receptionist.

«Dottor Krugher, che piacere vederla», esordì l'uomo affabile. «Come posso aiutarla?» Posò le mani sul bancone, mostrandosi subito disponibile a qualsiasi sua richiesta.

Il medico ricambiò con la medesima gentilezza. «Buonasera signor Paul, mi servirebbe un tavolo per due.»

L'uomo mi scrutò con l'espressione interessata di chi si interroga su cosa possa farci una fanciulla con un accompagnatore così adulto.

«Non ti degni neanche di chiedere di me, Efrem?» si intromise una voce femminile, matura e vellutata. Entrambi ci girammo verso la donna che aveva parlato, ferma alle nostre spalle. Dire che fosse bellissima sarebbe stato riduttivo: fregiata in un abitino di raso rosso corallo che ne esaltava le forme morbide e provocanti, avanzò verso di noi su un paio di tacchi a spillo preservando la leggiadria vezzosa di una ballerina. Sembrava che fluttuasse sul pavimento, che lo sfiorasse appena. I capelli mogano, acconciati in onde naturali, le lambivano lo scollo seducente che conteneva a malapena i seni procaci sui quali scivolarono, per un istante, gli occhi del medico.

«Non è vero. Cercavo proprio te, Giselle.» Mantenendo la mano sulla base della mia schiena, il dottor Krugher si sporse per accettare il bacio che la donna gli scoccò sulla guancia. Malgrado indossasse delle scarpe alte, dovette allungarsi sulle punte per raggiungerlo. In quell'istante non mi sfuggì la carezza che lui le concesse al fianco e il tono intrigante che usò per parlarle, come un micione in procinto di fare le fusa. Sembrava un'inclinazione naturale quella di approcciarsi alle donne in maniera cordiale, nonostante, in ogni suo gesto, fossero connaturati una dominanza e uno charme diabolici, capaci di soggiogarle e di provocare in loro una licenziosità sfrenata.

Con gli zigomi arrossati, Giselle gli sorrise incantata, poi si risvegliò dal temporaneo stordimento e abbassò lo sguardo su di me, ispezionando la mia esile figura per intero. «E lei chi è?» domandò incuriosita, restando aggrappata al suo bicipite.

«Una mia paziente: Dorothea, Giselle. Giselle, Dorothea», ci presentò il dottor Krugher.

La donna, dalle labbra piene e ricoperte da un rossetto ciliegia, mi porse la mano che strinsi un po' imbarazzata. «Se sei una sua paziente, sarai anche famosa. Non a caso mi sembra di averti già vista da qualche parte.» Si portò due polpastrelli al mento, battendoli pensierosa. Così vicina, potei notare la sua pelle olivastra e lucente, gli occhi di un indaco intenso, ammaliante, e i lineamenti delicati ma decisi, tipici di una donna tenace, indipendente e conscia della propria bellezza.

«Sono la chitarrista di una rock band.» Distrattamente mi toccai il collarino; lo facevo spesso quando ero al centro dell'attenzione e non sapevo sopportarne la pressione.

Giselle si colpì la fronte prima di indicarmi con fin troppa enfasi. «Ecco dove ti ho vista: su YouTube i vostri video spopolano e su Instagram ci sono intere fan page dedicate a voi. Fai parte dei Bright Demons, giusto?»

«Sì», risposi a denti stretti; ero sempre a disagio quando qualcuno mi riconosceva o scopriva chi ero.

Nel frattempo, il dottor Krugher seguiva caustico il nostro scambio di battute, restando al mio fianco, per proteggermi o farmi intendere che non si sarebbe allontanato da me finché non fossi rientrata, sana e salva, in clinica.

«È un onore averti all'*Himeros*, tesoro.» Giselle si mostrò più amichevole e gentile di quanto mi aspettassi, poi si rivolse al medico dandogli una gomitata sul costatato. «E tu ti presenti qui, con questa bellissima fanciulla, senza neanche avvertirmi?»

Lui sospirò, sfoderando anche con lei la medesima pazienza che adottava con me. «Non lo avevo previsto.»

«Da quando in qua non prevedi le cose, Efrem? Non conosco nessuno che abbia più autocontrollo di te», scherzò la donna, con una risata melliflua, delicata come il suono di un'arpa. «Spero almeno sia maggiorenne», aggiunse sospettosa. «Quanti anni hai, cara?»

Se avessi percepito un tono d'accusa nella sua domanda, non le avrei risposto, ma Giselle sembrava essere una donna dal carattere genuino e frizzante, pertanto non ebbi problemi a rivelarle la mia età: «Venti».

«Venti. Santo cielo!» rimase sorpresa. «Io ne ho trentaquattro. Sì, lo so, non dirmelo: sono vecchia», ironizzò. La guardai bene cogliendo i dettagli che a prima vista avevo ignorato: il suo volto ovale e dagli zigomi pronunciati era perfettamente levigato. Alta circa un metro e settantacinque, profumava come una peonia appena sbocciata ed era fresca come un frutto di stagione.

Davvero si definiva vecchia?

Qualsiasi donna avrebbe desiderato quell'aspetto mozzafiato.

«Non lo penso affatto, Giselle», commentai sincera. All'improvviso, spinta dal mio infallibile istinto femminile, percepii degli sguardi puntati addosso a me. Mi scrutai attorno e individuai due uomini seduti sulla dormeuse: entrambi indossavano abiti inamidati e cravatte costose; tra le dita ornate da anelli d'oro stringevano dei sigari fumanti. Uno di loro mi squadrò attentamente da dietro il bicchiere colmo di liquore. Se lo portò alle labbra prima di sussurrare qualcosa all'amico accanto che mi guardò per capire cosa avesse catturato l'interesse dell'altro. Riuscii ad avvertire le loro impudiche fantasie nelle quali mi avevano già spogliata e imbrigliata tra i loro corpi massicci. D'istinto mi affiancai al dottor Krugher, quasi gli finii addosso e per sbaglio gli pestai una scarpa. Lui mi mise una mano sulla spalla; credevo che mi avrebbe allontanata, invece mi attirò a sé e corrugò la fronte chiedendosi cosa mi fosse preso, ma non si ritrasse. Mi concesse la sua complicità, il caldo sostegno del suo torace sul quale mi adagiai mentre emettevo flebili respiri.

Qualsiasi cosa mi avesse turbata, lui c'era.

Era con me: non avevo nulla da temere.

Quando gli uomini si accorsero della sua presenza, smisero di fissarmi con insistenza, il ghigno malizioso svanì lentamente finché non tornarono alle loro chiacchiere disinvolte.

«Questa ragazza mi piace.» Intanto Giselle iniziò a dispensare complimenti su di me in tono confidenziale, come se non fossi lì, di fronte a lei. Parlò soltanto con il medico, gli chiese da quanto ero in cura all'Asklepios e quanto ancora ci sarei rimasta. Il dottor Krugher fu vago, non espose il mio problema alimentare, rispettando la segretezza che caratterizzava il suo rapporto professionale con i pazienti.

«Avevo chiesto al signor Paul se ci fosse un tavolo libero nel ristorante.» Annoiato dalla conversazione, decise di spiegarle il motivo per il quale eravamo lì.

Giselle lo guardò da sottinsù, ammirandone il corpo statuario e i lineamenti decisi, così duri da sembrare incisi nel marmo, poi inarcò un sopracciglio. «Se vuoi, anche più di uno. Nonostante non mi chiami da tanto tempo, ho sempre un occhio di riguardo per te, Doc.»

Doc... Doveva essere il nomignolo con il quale era solita rivolgersi a lui, segno che si conoscevano da tempo e che erano buoni amici.

Quando si girò e ci chiese di seguirla, osservai la chioma lucente che le cascava lungo la schiena e il sedere modellato, la cui rotondità era messa in risalto dall'abito stretto. Sbirciai di traverso il dottor Krugher per coglierlo ad ammirarla come stavo facendo io, ma lui rimase impassibile e concentrato sull'ambiente circostante anziché sull'attraente donna che ci stava facendo strada.

Era serio, forse troppo; non avevo mai conosciuto un uomo così controllato e a modo.

Chi altro lo sarebbe stato con una donna come Giselle?

La moglie era davvero fortunata ad avere accanto un marito che non era solito comportarsi in maniera irrispettosa in sua assenza, anche se ciò che era accaduto con me non era propriamente il tipo di atteggiamento da attribuirsi a un compagno ligio e fedele. Tuttavia, l'ammirazione che nutrivo nei suoi confronti continuava a crescere, come se fosse una piantina che innaffiavo ogni giorno di nuove conferme.

Sorridente, lo seguii verso l'ampia sala collegata direttamente all'atrio principale.

Un vociare tenue, insieme ai suoni argentini di bicchieri e posate, anticipò il nostro ingresso nel ristorante. Lo stile opulento trasudava la medesima classe della hall; una lasciva gradazione di borgogna rivestiva le tovaglie e le sedie imbottite per poi mescolarsi, con forti sfumature, al pavimento bianco e ai decori delle boiserie, dando un tocco lussurioso. L'illuminazione, fornita da alcuni pendenti di vetro soffiato color oro, era soffusa ed elegante tanto da creare un'atmosfera intima e riservata. I tavoli, prevalentemente apparecchiati per due o per quattro, erano tutti occupati a eccezione di uno, posizionato accanto a una vetrata che concedeva l'ampia veduta della piscina esterna, illuminata da colorati faretti subacquei.

Quando sfilammo tra i clienti, sentii uno strano brusio provenire dai più curiosi: alcuni mi osservavano con evidente boria, altri alquanto sorpresi. Probabilmente ero la più giovane della sala e oltretutto colei che si era accaparrata l'uomo più attraente. Insieme sembravamo una coppia davvero bizzarra: la rockstar trasgressiva, vestita con semplici stracci neri, e il prestigioso psichiatra che, nel suo completo grigio di alta sartoria, spiccava come un meraviglioso diamante. Dall'esterno, apparivamo abbastanza insoliti, due persone inconciliabili che associate davano vita a un incastro malfatto, quasi disturbante.

«Per qualsiasi cosa sai dove trovarmi.» Giunti al nostro tavolo, Giselle gli accarezzò la schiena con fare accorto. «Buon proseguimento», ci salutò prima di accomiatarsi con un ultimo sorriso. La vidi andar via ancheggiando mentre gli uomini lanciavano occhiate avide alle sue curve invitanti; in quel momento le fui grata per aver spostato l'attenzione su di sé. Quando mi accomodai, espirai l'aria che avevo trattenuto nei polmoni e sfilai il chiodo di pelle per appenderlo allo schienale della sedia. Mi parve di sentire ancora la gente parlottare, spettegolare e fare commenti scomodi su di me, ma pensai che la suggestione stesse sfociando in una reale paranoia, quindi tentai di rilassarmi e soprattutto di non permettere ai brutti pensieri di rovinarmi la serata.

Il dottor Krugher liberò il bottone della giacca all'altezza dell'addome e si sedette di fronte a me, osservandomi in maniera insistente. «Sei a disagio», commentò; non fu una domanda, quanto una vera constatazione.

Con un sospiro, sfilai il cellulare dalla borsa prima di posarla a terra. «Un po'.»

Il dottor Krugher prese il menù che gli fu offerto da un cameriere e lo stesso feci anch'io. «Perché sei la più giovane?»

«Perché ci fissano tutti. O meglio, fissano me, perché non capiscono cosa ci faccia una rockettara poco più che adolescente con un uomo come te…» Agitai le gambe sotto il tavolo mentre valutavo l'elenco degli antipasti. L'idea che avrei dovuto cenare, soprattutto davanti a lui, non mi entusiasmava affatto. Non avrei potuto controllare le calorie, sminuzzare il cibo o scegliere ciò che reputavo meno dannoso per il mio peso; forse avrei potuto distrarlo con dei discorsi maliziosi o con degli atteggiamenti seduttivi per non permettergli di far caso al mio modo di mangiare, ma non era così scontato che ci riuscissi e che lui, scaltro com'era, ci cascasse.

«Oppure fissano me perché vorrebbero essere al mio posto», mormorò con un tono velatamente erotico che mi provocò una lieve fitta al basso ventre.

«Questo per quanto riguarda gli uomini», ribattei. «E le donne?»

Tutte si erano girate al suo passaggio, attratte dalla bellezza vigorosa, dalla tonicità dei muscoli celati dall'eleganza del completo e dall'altezza vertiginosa che marcava l'aura indomita e autoritaria.

«Fissano te perché vorrebbero essere al tuo posto. È ovvio», rispose con una punta di arroganza.

Riuscì a farmi sorridere; dunque era consapevole di avere un bell'aspetto e di attentare agli ormoni femminili, nonostante si fingesse indifferente ai segnali ambigui che tutte gli lanciavano. «Ogni tanto lei è presuntuoso, dottore, lo sa?»

Lui sorrise e la fossetta spuntò sulla guancia sinistra. «Lo so, spero non ti dispiaccia.»

«No.» *Mi piace da matti invece.* «Giselle… ecco, lei lavora qui?»

«È la direttrice e la proprietaria del resort.» Sfogliava il menù indeciso su cosa scegliere, mentre io avrei voluto ordinare una semplice insalata o un piatto di verdure, ma ero distratta dal modo in cui i capelli scuri gli ricadevano su un lato della fronte, fino alla palpebra. Sembravano morbidi e lisci al tatto; puliti e profumati come ogni parte di lui. Più volte avevo colto l'occasione di annusare l'odore della sua pelle, così fresco da rievocare l'aroma nobile del cedro e al tempo stesso caldo come il fuoco infernale.

«In effetti, sembra una donna con le palle, oltre che simpatica. Siete amici?» Avevo percepito una sincera sintonia tra i due: Giselle, benché fosse innegabilmente affascinata dal dottor Krugher, gli aveva sorriso con una pacata rassegnazione, come se ormai lo considerasse un fratello maggiore e avesse superato qualsiasi coinvolgimento emotivo provato nei suoi riguardi.

«Sì, da molti anni», replicò con ammirazione. «Aveva all'incirca la tua età quando l'ho incontrata. È una donna in gamba.»

«Si vede», accordai. «Ed è anche molto sexy», aggiunsi, soprattutto per indurlo a esprimersi, a confidarmi i suoi pensieri. Lo sbirciai dal bordo superiore del menù, ma il dottor Krugher non si fece trarre in inganno. Senza concedere alcun complimento alla bella Giselle, si limitò ad annuire lievemente, per poi concentrarsi sulle pietanze da ordinare.

Dunque non era interessato a lei, non sessualmente perlomeno.

E a me cosa importava?

Da brava ipocrita avrei accettato che tradisse la moglie con me, ma non che la tradisse con altre donne.

Era assolutamente illogico e poco credibile.

Thea, sii onesta con te stessa!

Volevo essere l'unica a godere delle sue attenzioni poiché non avrei accettato che tradisse *me* con le altre.

Questa era la verità, nonostante fosse del tutto assurda.

Non avevamo una relazione. In pratica non eravamo neanche amanti, anche se il nostro rapporto non era da definirsi dei più normali. Mi sarebbe piaciuto approfondire le sue intenzioni con me, chiedergli a cosa servisse quella cena, ma avevo paura delle risposte. Allora preferivo brancolare nel buio, precipitare nel vortice dei dubbi e credere che stessimo vivendo una realtà giusta, adeguata a due persone che nutrivano un'attrazione reciproca, anche se lui lo negava.

Perché fingeva di non provare nulla per me se ogni fibra del suo corpo urlava il desiderio di possedermi?

Quando il cameriere tornò da noi, il dottor Krugher ordinò un piatto tedesco. In quell'istante, scoprii che era possibile conoscere le specialità del suo Paese e gli domandai di ordinarne uno anche per me; all'inizio fu scettico, temeva potesse non piacermi, ma poiché insistetti mi assecondò facendomi esultare come una bambina. Con grande interesse, notai che amava le patate in qualsiasi modo fossero preparate, non a caso il giovane tornò al nostro tavolo con varie pietanze che le includessero: due insalate di patate con cetrioli e maionese, polpette di carne con uova e capperi, frittelle di patate con verdure cotte e vari stuzzichini che in breve tempo riempirono l'intero tavolo. Il dottor Krugher ordinò anche una bottiglia d'acqua per me e mezzo calice di *Eiswein* per lui; avrebbe aggiunto anche altra roba se non lo avessi fermato, mi bastava già quella che avrei dovuto ingerire, sperando di poter trattenere l'impulso di andare in bagno a vomitare. Per sicurezza, bevvi molta acqua per riempire lo stomaco, ingannare la fame e impedirmi di mangiare troppo.

«Come si chiamano queste nella sua lingua d'origine?» Con la forchetta afferrai una delle frittelle e la ispezionai: era cosparsa di salsa di mele ed emanava un profumo invitante.

Lui si tamponò elegantemente il tovagliolo di stoffa sulle labbra prima di riporlo accanto al piatto di insalata che stava terminando. «*Kartoffelpuffer*.»

Ogni volta che parlava in tedesco un brivido mi attraversava il petto e come un fulmine mi colpiva dritto tra le cosce. Mi mossi sulle natiche, sentendo i lividi, ormai in via di guarigione, ravvivarsi sulla carne sensibile, e lui se ne accorse poiché mi sorrise consapevole.

«E quelle?» Indicai le polpette di carne che occupavano il centro del tavolo. Il dottor Krugher aveva capito che le mie domande, oltre a essere frutto di una reale curiosità, nascevano dalla volontà di provocarlo perché il suo tono cambiò, diventò più duro e graffiante, e io lo considerai estremamente attraente.

«*Königsberger Klopse*», rispose con un'annoiata accondiscendenza. «Hai finito di giocare, Dorothea? Sappi che non è educato vederti sogghignare mentre ceniamo.»

Con un sorriso birbante, spostai le verdure nel mio piatto, tagliuzzandole con il coltello affinché i bocconi fossero più piccoli possibile. «Cavolo… Il tedesco è davvero impronunciabile per me. Lei, nonostante viva in America da molto tempo, lo parla benissimo. Va spesso in Germania?»

«Ho alcuni parenti a Berlino, la città in cui sono nato. L'ultima volta che ci sono stato risale a tre anni fa, prima di sposarmi.»

Masticai a fatica quando le parole di Ben cominciarono a orbitarmi nella testa: *Prima che si sposasse ha sofferto di una grave forma di esaurimento nervoso che l'ha costretto a partire per la Germania e ad assentarsi dalla clinica per lunghi mesi.*

Le posate tremarono tra le dita; con un clangore rumoroso le lasciai scivolare nel piatto e d'istinto strinsi nel pugno il tovagliolo posato sulle gambe.

Il dottor Krugher arcuò le sopracciglia preoccupato. «Qualcosa non va?»

Avrei voluto parlargli apertamente, essere sincera, ma sentivo che la verità sarebbe venuta a galla solo se avessi giocato sporco. Non che mi piacesse fingere con le persone, ma a mentire ero piuttosto brava e farlo con lui per scoprire cosa nascondesse e se le insinuazioni del suo paziente fossero vere mi sembrò l'unica via percorribile.

«No…» sussurrai. «Sono già sazia. Non credo di farcela a mangiare altro.» In realtà avevo assaggiato poche pietanze, nonostante fossero tutte buonissime. L'angoscia di ciò che era accaduto all'Asklepios, di ciò a cui non avrei voluto pensare almeno per un paio d'ore, tornò a serrarmi lo stomaco e a incupire il mio umore. «Andrò in bagno, se non le dispiace.»

Lui afferrò tra le dita il lungo stelo del calice che il cameriere aveva riempito con il vino pregiato e se lo portò alle labbra, fissandomi torvo. «Dorothea, se intendi dirigerti alla toilette per vomitare, è meglio che tu non lo faccia perché ti seguirei e ti trascinerei fuori di lì con la forza. Non ti conviene vedere quanto io possa essere poco clemente», mi minacciò irrefragabile. «La sculacciata dovrebbe esserti stata di lezione.»

D'istinto chinai le spalle e mi rilassai contro lo schienale mentre lui mi sfidava ad alzarmi e a spingerlo ad agire per mettere in pratica un'altra delle sue brutali punizioni. Sotto i lampadari soffusi i suoi occhi assunsero una tonalità più scura, di un verde smeraldo torbido e cogente.

«Io...»

«Mangia.» Puntò la posata sul mio piatto ancora mezzo pieno. «E non farmi arrabbiare.»

Con una smorfia, guardai la pietanza ancora calda, poi di nuovo lui. «Non ho fame.»

«Hai bevuto molta acqua e hai sminuzzato il cibo per tutto il tempo. Il tuo corpo necessita di nutrirsi.» Trattenne ancora il calice tra le dita; vagliò la possibilità di aggiungere altro, poi ci ripensò e buttò giù un sorso di vino.

«Non sono in sottopeso», ci tenni a ricordargli, anche se non avrebbe mai potuto dimenticarlo.

«Io voglio evitare che ciò accada. Non è così raro che l'anoressia nervosa atipica possa evolversi in tipica. Quindi, mangia.» Depositò il bicchiere e tornò a dedicarsi alla sua insalata di patate.

«La prego...» piagnucolai. «Non mi costringa.»

«Non sai cosa sia la costrizione, Dorothea. Il mio è un semplice consiglio.»

Strofinai i palmi sulle cosce e mi guardai attorno: una donna in abito attillato con una liscia chioma rossa ci stava osservando. Alternava lo sguardo da me al dottor Krugher e indugiava su di lui, scannerizzava il suo corpo e inclinava la testa di lato, come se fosse appesantita da pensieri libidinosi. «Allora mangerò solo se mi permetterà di chiamarla per nome», stabilii. Ero a tavola con l'uomo più desiderato dalle donne e non avevo neanche il privilegio di pronunciare il suo bellissimo nome ebreo.

«Dorothea», mi redarguì contrariato, maneggiando le posate con raffinata sensualità.

«Siamo a cena insieme e tra di noi sono accadute cose che nessuno considererebbe professionali, dottore.» Usai un tono languido per attrarlo e funzionò quando i suoi occhi si sollevarono per puntare i miei. «Mi dia il permesso di darle del 'tu'.»

«Assolutamente no», dichiarò stringato.

«Bene, lo farò lo stesso», decisi con un sorriso impudente. Non aveva senso che tra di noi ci fosse una barriera di formalità così rigida. Era inutile e inadeguata, almeno per me. «Dunque, Efrem...» Il suo nome parve scottarmi la lingua, avvolgerla con un calore bruciante e lambirla di sconce carezze, come se mi avesse appena baciata. Cinque comunissime lettere ebbero il potere di farmi boccheggiare e perdere per un istante la connessione con la realtà. Avevo il cuore a mille ed ero incapace di formulare una frase di senso compiuto; lui invece si schiarì la voce inquieto. Reputavo assurdo che avessi messo a disagio un uomo simile, ma ne fui compiaciuta. «Sai, ho notato che hai dei problemi con la luce naturale. I tuoi occhi sono talmente belli da essere un castigo per te. O sbaglio?»

Efrem si irrigidì, tuttavia cercò di non darlo a vedere. Si mosse nervosamente sulla sedia, la giacca si restrinse attorno ai bicipiti contratti emanando una forza oscura che, per un istante, mi tolse il respiro. «Nella vita, per ogni cosa c'è un prezzo da pagare, Dorothea.»

Puntellai i gomiti sul tavolo e mi feci più vicina; la trama del vestito si tese sui piccoli seni. «Non ho mai visto delle iridi come le tue. Mi ricordano le acque dell'Oceano Indiano», sussurrai maliarda. «Era da tanto che volevo dirtelo...» Di sbieco, guardai la donna che stava studiando attentamente i miei atteggiamenti per cercare di capire se fossi la figlia o l'amante del dottor Krugher; la sua espressione perplessa mi divertì. Con indecisione, si toccò il sottile collier di diamanti e si sporse per bisbigliare qualcosa all'uomo seduto accanto a lei.

«Rimettiti composta e non parlarmi così.» Efrem si irritò; smise di mangiare e mi fulminò con un'occhiata funesta.

«Parlarti come?» Feci la finta tonta solo per provocarlo.

«Come una gattina ammaliatrice, ecco come.» Infilzò nervosamente una pallina di carne prima di portarsela alle labbra e masticarla piano. Mi piaceva la forma delle sue labbra: era definita, armonica e piena, ma abbastanza dura da rimarcare il suo rigore.

«Credevo dicessi: in calore.» Non riuscivo a smettere di fissargli la bocca contornata dalla barba curata; lui lo notò, tuttavia non mi diede corda.

«Non sono stupido, Dorothea. Un uomo qualunque ti fraintenderebbe, io invece so che senti la necessità di essere amata, di riconoscere te stessa attraverso l'accettazione dell'altro e che stai cercando di colmare il vuoto che hai dentro usando me.» Bevve un altro sorso di vino e mi guardò da sopra il bicchiere con una sicurezza incontrastabile. «Quindi mangia e smettila di fingere. Ti preferisco quando arrossisci o quando fai la bambina ribelle, almeno mi dai un buon motivo per punirti.»

Mi sedetti composta e sistemai una ciocca di capelli dietro l'orecchio. La tristezza tracimò dal profondo, come se lui fosse stato in grado, in un solo istante, di riportarla a galla. «Non riesci per un attimo a non psicanalizzarmi, vero?»

Lui si sporse in avanti per posare il calice. «Ho scelto di diventare uno psichiatra olistico non solo per curare le malattie dei miei pazienti, ma per farmi carico delle loro emozioni. Oggi la scienza ha confermato ciò che Freud aveva premeditato da tempo: la psicologia e la psichiatria curano l'anima. E io seguo questo dogma da anni. Ti confesso che da quando ci siamo conosciuti sto cercando di arrivare a te. Alla *te* che reprimi, alla *te* che amava sorridere, alla *te* che viveva senza paura né sofferenza, alla *te* che divorava il mondo e che ritrovava la felicità con la nonna, con gli amici, con la musica. Alla *te* che cerchi in tutti i modi di uccidere. Io voglio conoscere la vera Dorothea.» Su quel volto da Diavolo, il suo sguardo divenne un pezzo di paradiso nel quale fluttuai per un fugace momento finché l'amarezza mi riportò alla realtà.

«E scommetto che vuoi salvarla…» dissi con un sorriso malinconico.

Efrem socchiuse le palpebre in un piglio riflessivo, poi abbassò la voce affinché lo sentissi soltanto io. «Riesco a vederla in fondo ai tuoi occhi: è sensibile, spaventata, smarrita. È sola e ha disperatamente bisogno d'aiuto.»

«Chiedere aiuto è per i deboli, dottore. Io non sono debole.» Ammettere il contrario significava soppiantare l'orgoglio e io ne avevo così tanto che preferivo marcire nel mio dolore anziché lanciarmi tra le sue braccia e supplicarlo di liberarmi dai supplizi interiori.

«Chiedere aiuto vuol dire essere padroni di noi stessi, consapevoli di ciò che percepiamo, di ciò che sentiamo, di ciò che possiamo fare per stare meglio e di ciò che gli altri possono fare per noi. Non si tratta di debolezza, ma di coscienza. Col tempo lo imparerai…»

Il cameriere sopraggiunse in quel momento, invadendo la delicata intimità che si era creata tra noi. Ci domandò se desiderassimo qualcos'altro ed Efrem declinò gentilmente, chiedendo il conto. Quando il ragazzo tornò, il dottor Krugher pagò senza consentirmi di sbirciare la cifra. Da gentiluomo mi aveva offerto la cena, poi aveva sussurrato qualcosa all'orecchio del cameriere che aveva annuito in assenso.

Cosa stavano confabulando?

«Possiamo andare.» Raccolse le chiavi dell'auto e se le mise nella tasca dei pantaloni. Erano soltanto le nove e mezzo, l'idea che mi avrebbe già riportata in clinica mi rattristò. Indossai il chiodo di pelle, presi la borsa, il cellulare e mi alzai. Efrem mi fece passare avanti cosicché potesse starmi dietro per tutto il tempo in cui facemmo lo slalom tra i tavoli. Sospettai fosse un suo modo di controllare la situazione e di salvaguardare me da chiunque mi avesse rivolto biasimo o sdegno, dato che quella sera ero sotto la sua responsabilità, come aveva chiaramente specificato a Melanie. Una volta giunti alla hall, girai a sinistra per avviarmi verso l'uscita, tuttavia Efrem mi afferrò per la nuca, con una tenacia che mi infuocò il petto, e cambiò la mia traiettoria girandomi verso destra.

«A volte sei davvero sgarbato.» Quando mi lasciò andare, sentii la pelle bruciare nel punto in cui l'aveva stretta fra le dita. Più che sgarbato, in alcune circostanze, lo consideravo parecchio imprevedibile.

Lui sorrise, incamminandosi verso un corridoio che conduceva a un grande ascensore il cui colore bianco lo mimetizzava con le pareti. Non stavamo andando via e il posto in cui eravamo era un resort; non mi ci volle molto per comprendere che stavamo per raggiungere uno dei piani superiori. «Dove mi stai portando?»

Reclinai la testa per guardare Efrem, in piedi accanto a me mentre digitava qualcosa sul cellulare.

«A breve lo scoprirai.» Con la fronte aggrottata, controllò il registro chiamate che segnava almeno dodici volte il nome *Lili*. Non avrei dovuto spiare, eppure fu più forte di me; pensai di chiedergli se fosse tutto okay, se fosse un problema restare con me e se sua moglie sapesse dov'era, ma preferii lasciar perdere.

«Sono curiosa.» Mi dondolai sugli anfibi mentre delle risate femminili echeggiarono nel corridoio. Voltandomi, notai due donne incedere verso di noi e fermarsi alle nostre spalle per attendere l'ascensore.

«Non vuoi il dolce?» Efrem ripose l'iPhone in tasca e pigiò di nuovo il bottone sulla pulsantiera retroilluminata.

«Uhm?» domandai distratta.

«Il dolce...» ripeté, girandosi a osservarmi cupamente. «Non lo vuoi?»

Con le guance arrossate attribuii un significato malizioso alle sue parole; mi si seccò la gola e annaspai come una scolaretta davanti al professore più sexy della scuola. «Dipende da che tipo di dolce è.»

Un morboso silenzio calò attorno a noi; le risate cessarono e l'attenzione fu catturata dal nostro discorso ambiguo. Quando le porte dell'ascensore si aprirono, Efrem mi fece cenno di passare, tuttavia della sua cortesia approfittarono anche le due donne che mi seguirono con l'ancheggiamento flessuoso di chi ha puntato una gustosa preda e intende abbordarla. Senza premurarsi di chiedere alle donne dove fossero dirette,

Efrem pigiò il pulsante dell'ultimo piano e si appoggiò di schiena allo specchio. Con nonchalance, accavallò una caviglia sull'altra e infilò le mani nelle tasche dei pantaloni, scostando i lembi della giacca elegante. Ferma al suo fianco, trasversalmente, potei notare gli occhi famelici di entrambe scorrere sulla sua figura possente e ammirarla. Le studiai con attenzione: una era bionda, con la pelle diafana e avvolta in un miniabito bianco allacciato dietro il collo che le copriva a stento l'inguine; l'altra era riccia, con la pelle più scura e due meravigliosi occhi a mandorla. Più alta dell'amica e anche più prosperosa, indossava un vestito azzurro, molto aderente, con uno scollo profondo fino allo stomaco; i capezzoli turgidi spingevano contro la stoffa sottile. Sghignazzando, quest'ultima si chinò verso l'amica per sussurrarle qualcosa all'orecchio; l'altra parve prendere in considerazione ciò che le era stato detto e fissò più del dovuto il profilo perfetto di Efrem.

«Sua figlia è molto graziosa...» La bionda si rivolse direttamente a lui, felice di aver usato me per iniziare una conversazione. Probabilmente si stavano chiedendo se avessi raggiunto la maggiore età o se davvero l'uomo accanto a me fosse mio padre. Il dottor Krugher dimostrava più di trentasette anni mentre io, a causa della mia esile corporatura, sembravo un'adolescente; questo in alcuni poteva destare disappunto o sdegno, in altri curiosità o interesse.

«Non è mia figlia.» Efrem cambiò gamba e si innervosì; non apprezzava quando qualcuno invadeva la sua privacy, mentre io non apprezzavo che qualcuno sminuisse la mia presenza trattandomi alla stregua di una mocciosa.

«Oh!» esclamò la bionda, sorpresa. «La sua fidanzata, forse?» ritentò con una finta espressione curiosa; aveva notato che portava la fede, quindi sapeva perfettamente che non lo ero, ma avrebbe giocato qualsiasi carta per ottenere ciò che desiderava.

«Neanche», rispose Efrem, con placido distacco.

«Allora, se più tardi è libero, potrebbe bere qualcosa con noi...» gli propose la riccia sbattendo le lunghe ciglia infoltite dal mascara nella speranza che lui non si negasse.

«Stanza 105», soggiunse l'amica, convinta che Efrem avrebbe accettato. Le loro continue occhiate adulanti furono più eloquenti di qualsiasi altro gesto: volevano che si unisse a loro per un bel *ménage à trois* dopo che avesse messo a dormire la povera ragazzina con la quale si accompagnava quella sera. Infastidita dall'eccesso di feromoni femminili, mi soffermai sulla sua reazione: Efrem aveva intuito le intenzioni delle due donne, ma aveva mantenuto una fredda compostezza, come se nessuna fosse degna di considerazione. Nessuna eccetto me, poiché i suoi occhi smeraldini mi cercarono per intrecciarsi ai miei e rassicurarmi, trasmettermi fiducia, la complicità di due amanti.

Non sono come gli altri uomini, parve dirmi, *non ti lascerò sola per scoparmi due sconosciute, bambina: il dolce lo darò a te.*

«Temo che sarò impegnato per tutta la sera, ma vi ringrazio dell'invito», rifiutò con un sorriso gentile, talmente sensuale che entrambe ne furono stregate.

Il dottor Krugher non era un uomo facile da conquistare e io lo sapevo bene; la situazione divenne alquanto divertente: se le due donne pensavano che bastasse così poco per sedurlo, allora avrei colto l'occasione per dimostrare loro di cosa fosse capace *la sua figlioletta*.

Ridente, mi scostai dalla parete della cabina per posizionarmi di fronte a lui; Efrem si mise in guardia, conscio che avrei commesso qualche stupidaggine e pronto a fermarmi se avessi superato il limite.

«Allora, papino…» Usai volontariamente una vocina infantile; le mie mani gli artigliarono i fianchi per avvicinarmi. «Sei stato molto, molto cattivo. Mi fa ancora male il culetto.» Sbattei le ciglia enfatizzando il dispiacere con un broncio fanciullesco e osservai di sottecchi le due donne che avevano smesso di provarci con lui per ascoltare me. «Sei stato troppo violento. Non dovevi essere così brusco, non davanti al tuo amico.» Gli diedi un buffetto sul braccio; Efrem non sorrise né accennò un'espressione accomodante o sarcastica. Tutt'altro: mi stava fissando come se avesse voluto sculacciarmi di nuovo, in maniera ancora più brutale.

«Sei davvero un pervertito, ma mi piaci anche così, dottore.» Accorciai la distanza tra noi, gli appoggiai la tempia al torace e premetti l'anca sul suo bacino. In quella posizione potei puntare gli occhi in quelli sgomenti delle due donne, inorridite dalla situazione così scabrosa.

«Hai ragione.» Sussultai quando Efrem infilò una mano tra i miei capelli per accarezzarli; mugugnai come una micetta mentre faceva scorrere le dita tra le ciocche dorate. «Il tuo culetto merita un trattamento migliore, bambina. Ti prometto che mi farò perdonare e che ti piacerà…»

Non ero più sicura che stesse scherzando; il suo tono era così freddo e torbido che, per un attimo, fui pervasa dalla stessa inquietudine delle due donne. Le sue iridi, adesso accese di un verdeazzurro intenso, parvero vivide di tacite promesse di piacere e di un'eroticità latente che attendeva solo di esplodere e corrompere.

La sentii germogliare, crescere ed espandersi nell'aria come una forza demoniaca e inattaccabile.

In pochi attimi, tutte e tre capimmo chi fossero le prede e chi fosse il predatore.

Se il filo che collegava il suo raziocinio alle pulsioni sessuali si fosse spezzato, nessuna di noi sarebbe uscita illesa da quella cabina.

Un uomo così immenso, dal volto tenebroso, poteva creare e distruggere, serbare godimento e dolore, possedere e sottomettere.

Quando le porte dell'ascensore si aprirono con un suono squillante, io e le due donne sobbalzammo in simultanea. Queste ultime uscirono per prime, sgattaiolando fuori in fretta; Efrem invece appoggiò la mano sulla base della mia schiena e mi invitò a incamminarmi con lui.

Sentivo le gambe malferme, le ginocchia deboli, il cuore battere tra le costole.

Avevo caldo e la mia intimità pulsava, senza una ragione plausibile.

«Dove stiamo andando?» Malgrado lo stessi seguendo, non ero così certa di voler scoprire come avremmo trascorso il resto del nostro tempo, anche se la possibilità di restare sola con lui mi aveva già mandata in estasi. Mi guardai attorno stralunata. L'ambiente era classico, completamente bianco e regale, come un tempio antico: dalle pareti di marmo alle porte pantografate con pomelli in ottone, fino alle cornici dei quadri bucolici raffiguranti divinità incestuose, satiri con falli eretti e giovani ninfe fuggitive.

«In una suite.»

Fu tutto ciò che rispose prima di giungere all'ultima camera, in fondo al corridoio.

L'unica priva di numero.

L'unica sulla quale spiccava il decoro di un enorme serpente dorato attorcigliato su se stesso, con le fauci spalancate…

24
Thea

Pascola sulle mie labbra;
e se quelle colline saranno asciutte,
vaga più in basso, dove sono le fontane del piacere.
WILLIAM SHAKESPEARE

ERA la prima volta che mettevo piede in una suite.

L'ammirai a bocca aperta: l'arredo era signorile, distinto ma alquanto cupo. I colori imperanti del nero e dell'oro avevano inabissato il candore che mi aveva accolta nell'atrio principale. Le pareti erano ricoperte da boiserie scure ornate con decorazioni sfarzose. L'ingresso era collegato direttamente a una zona living al centro della quale troneggiavano due lunghi Chester borgogna posizionati l'uno di fronte all'altro e un tavolino di vetro con un sostegno di marmo. Il lampadario a cascata, i cui pendenti di cristallo scintillavano al bagliore delle luci, metteva in risalto ogni comfort ultramoderno: dal televisore al plasma sul camino lussuoso al mobile bar che occupava un intero angolo, fino alla classicheggiante cucina con una penisola in pietra che richiamava l'oscuro design di tutto il mobilio. Un breve corridoio, illuminato da applique classiche dorate, conduceva a tre porte adiacenti nelle quali sospettavo ci fossero più di una camera da letto e il bagno.

Non sapendo cosa fare, rimasi ferma in un punto a caso a fissare le varie opere a tema mitologico esposte tutt'attorno: alcune erano affascinanti, altre abbastanza inquietanti. In ogni caso riuscirono a suscitare la mia curiosità tanto che mi imbambolai su un quadro in particolare, appeso sopra a una consolle intarsiata, che raffigurava un satiro con cinque ninfe: due erano impegnate a fare il bagno in un laghetto appartato mentre le altre due tenevano l'essere caprino per le braccia per trascinarlo fuori da un cespuglio e gettarlo nell'acqua. Il satiro tentava di opporsi, con gli zoccoli ben piantati sul terriccio, mentre la quinta ninfa, più minuta delle altre e coperta solo da una vestaglia trasparente, era inginocchiata davanti a lui e accoglieva tra le labbra l'enorme membro maschile, stringendo le manine sulle sue cosce pelose. La lussuria e la malizia della scena mi turbarono, non per il contenuto erotico, quanto perché c'era un uomo con me e le immagini rievocate da quei dipinti avrebbero potuto provocare tra noi un'involontaria tensione sessuale che rischiava, oltretutto, di non essere appagata.

«Vuoi qualcosa da bere?»

Sussultai quando Efrem sferzò il silenzio con la sua voce cavernosa, sempre troppo autorevole, come se non fosse mai del tutto rilassato o in grado di viversi i momenti con più leggerezza.

Mi voltai, con le mani strette sui gomiti, chiusa in me stessa come un riccio. «Un liquore.» Ero abituata ad assaggiarlo con la mia band soltanto prima di un'esibizione, ma non mi sarebbe dispiaciuto trasgredire anche in quel momento. Ne avevo bisogno.

Efrem non parve d'accordo e passò in rassegna le varie bevande disponibili. «Scegli tra un analcolico, un succo di frutta o una limonata.»

Piegai la testa di lato, perplessa. «Fai sul serio?»

«Assolutamente sì. Non hai ancora ventun anni e in mia presenza non berrai alcolici.» Si sfilò la giacca per posarla su uno sgabello di pelle; i miei occhi scivolarono sulla forma del sedere, due curve definite ma strette rispetto all'ampiezza delle spalle. Semplicemente perfette.

Inebetita, mi schiarii la gola prima di ribattere: «Mi piace lo Jägermeister. È tedesco, sicuramente lo conosci. E non ridere per la mia pronuncia». Incrociai le braccia al petto in posizione di difesa qualora mi avesse preso in giro, anche se non l'aveva mai fatto. Neanche una volta, nonostante per intere settimane avessi sbagliato persino la pronuncia del suo cognome.

Lui accennò un sorriso arguto. «Certo che lo conosco, ma è troppo forte per te.»

«Be', lo preferisco così.» Speravo che stessimo ancora parlando del liquore, anche se la nube che gli offuscò lo sguardo mi indicò che i suoi pensieri stavano virando altrove. «E poi lo berrei a stomaco pieno, non mi farebbe male.»

«A stomaco pieno?» Il tono supponente alludeva alla scarsa quantità di cibo che avevo ingerito. «Comunque ho detto no, Dorothea.»

«Cazzo! Non sei mio padre!» Mi innervosiva il suo modo di trattarmi, volevo che iniziasse a considerarmi una ragazza e non una poppante da accudire. «Ho già bevuto svariate volte e sì, mi sono anche ubriacata alle feste dei miei amici. Vuoi davvero discutere per un goccetto di liquore? Ricordi com'è avere vent'anni?» Lo sfidai a dirmi che non aveva mai fatto follie, che non aveva mai sbagliato, preso decisioni illogiche o semplicemente compiuto gesti dei quali si era pentito dopo.

Volevo che si comportasse da uomo e non da genitore.

Non era ciò che desideravo né ciò di cui necessitavo.

«Okay.» Si rassegnò controvoglia, forse per evitare che discutessimo oltre. «Lo assaggerai da me. Non più di un goccio.» Con movimenti agili, prese un bicchiere di vetro, aprì la bottiglia e ne versò circa tre dita, poi ci aggiunse due cubetti di ghiaccio.

Espirai l'aria, giocando con la catenella della borsa.

Avevo poche ore per stare con lui, dopodiché mi avrebbe riportata in clinica e, se non avessi sfruttato a dovere il tempo a disposizione, quell'uscita sarebbe stata penosamente infruttuosa: non sarei riuscita ad avvicinarmi a lui né a fugare la marea di dubbi che mi erano stati inculcati da Ben.

«Vieni qui.» Batté le falangi contro il vetro. La fede nuziale tintinnò come se fosse un richiamo. In atroce disagio, avanzai ancora abbigliata con la giacchetta, pronta a scappare se la situazione avesse preso una piega ingestibile. Efrem mi fissò intensamente per tutto il tempo in cui camminai a passo lento per raggiungerlo. Una volta che fui ferma dinanzi a lui, portò il bicchiere alle mie labbra; non me l'avrebbe ceduto per evitare che ne approfittassi e che ne bevessi più di un misero sorso, pertanto lo tenne per me. «Piano», ordinò. Quando il bordo venne a contatto con la mia bocca, lo inclinò leggermente. Il liquido liscio scivolò sulla lingua, poi più giù, lungo la faringe, denso e bruciante. «Ingoia…» sussurrò, senza distogliere gli occhi dal modo in cui il liquore mi stava invadendo il palato. La mia mente, invece, immaginò quella medesima richiesta in una circostanza ben più intima e l'imbarazzo mi imporporò le gote. Posai la mano sulla sua per trattenerlo, ma Efrem allontanò il bicchiere impedendomi di centellinarne un altro po'. Imbronciata, mi leccai il labbro inferiore sul quale avvertii un alone mellifluo e persistente che ne alleggeriva il gusto pieno. «Com'è?» mi domandò mentre lo assaporavo deliziata.

«Fresco e dolce. Mi piace perché è uno dei pochi liquori così zuccherato.»

Efrem posò le labbra dove le avevo appoggiate anch'io e trangugiò più di un sorso, come se fosse acqua fresca anziché una bevanda ad alta gradazione alcolica. «Io li gradisco più amari, ma per evitare che tu frignassi ti ho assecondata.»

«'Per evitare che tu frignassi'?» Sorrisi sardonica; lui si leccò la bocca in un gesto involontario e io non potei fare a meno di esserne ammaliata. «Dovresti imparare ad assecondarmi più spesso, dottore.» La parola *dottore*, quella sera, aveva cominciato ad assumere un'intonazione maliziosa che parve infastidirlo, sebbene non mi avesse ancora intimato di smettere di usarla.

«Per fortuna il mio buon senso travalica la tua sconsideratezza e mi impedisce di agire in maniera irragionevole.» Si incamminò verso uno dei lunghi Chester e si sedette, divaricando le gambe in una posa virile e strafottente. «Sei tu che dovresti imparare da me, Dorothea.» Puntellò il gomito sul bracciolo e con svogliatezza fece roteare il bicchiere nella mano.

«A volte sei davvero arrogante. Posso sapere perché mi hai portata in questo posto?» Un lieve deglutire gli manifestò la mia agitazione; era attento a ogni movimento del mio corpo, mi studiava con minuzia come se mi stesse analizzando e al contempo provocando, per capire fin dove sarei stata in grado di reggere il confronto.

«Calma, bambina», mormorò con un sorrisetto arcigno. «Sii paziente. Accomodati qui.» Picchiettò un palmo sulla sua coscia, in un invito eloquente.

Davvero avrei dovuto sedermi su di lui?

L'idea mi allettò; lo desideravo con tutta me stessa, eppure non sapevo come attenuare il tremolio che mi pervadeva gli arti inferiori, facendomi vacillare sugli anfibi. Qualcosa mi rendeva ansiosa, priva della sicurezza che solitamente ostentavo con i ragazzi.

Quanti ne avevo illusi?

Quanti ne avevo sedotti e abbandonati senza farci sesso?

E con quanti avevo finto di essere interessata per il semplice piacere di vederli cascare ai miei piedi?

Con il dottor Krugher non era così; non lo sarebbe mai stato e non riuscivo a capirne il motivo.

«Forza, Dorothea. Non ho tutta la notte da dedicarti…»

Risi davanti alla sua sfacciata prepotenza: forse era l'alcol a renderlo più sfrontato o forse quello era un aspetto del suo carattere che finalmente mi stava mostrando.

«Mi accontenterò di queste poche ore, dottore.» Quando mi avvicinai, non ebbi il tempo di esaudire la sua richiesta perché mi agguantò per il polso e mi diede un forte strattone. La borsa cadde a terra e il mio didietro si ritrovò dolorosamente premuto contro le sue gambe dure. Con il torace mi inglobò completamente mentre un braccio mi circondava con risolutezza. Sorpresa dal suo impeto, trattenni un verso di lamento e rimasi rigida, con un implacabile batticuore nel petto.

«Mi piace il tuo abito, bambina.» Mi parlò all'orecchio sottovoce; l'odore agrodolce del liquore misto alla sua colonia maschile mi fece rabbrividire. «Mostramelo meglio.»

Mi voltai cauta, attenta a non sfiorargli le labbra con le mie, anche se era ciò che volevo accadesse, proprio come avevo sognato. «Vuoi che...»

Efrem non perse tempo e avanzò un'altra richiesta, questa volta più diretta. «Togli il chiodo di pelle.» A parole me lo stava chiedendo, ma con i gesti mi impose di ubbidire subito. Con una mano tirò il tessuto della mia giacca da una spalla; per agevolarlo distesi le braccia dietro di me cosicché potesse sfilarmela. Quando me la tolse, la gettò sul pavimento e puntò lo sguardo sul mio collo esposto, poi sulle clavicole sporgenti e infine sul solco dei seni, appena visibile dalla cerniera chiusa. Benché fossi in normopeso, ero comunque dimagrita negli ultimi mesi; le mie forme non erano piene come quelle di Giselle né come quelle di qualsiasi donna in buona salute. Tuttavia, Efrem non mi avrebbe mai paragonata alle altre, né offesa o ridicolizzata. Era il mio psichiatra, conosceva il problema di cui soffrivo e mi rispettava.

«Sei deliziosa quando arrossisci. Non devi imbarazzarti se ammiro il tuo corpo...»

Strinsi le mani a pugno sulle gambe e mi fissai le ginocchia. «C'è poco da ammirare.»

«Dici questo perché credi che la bellezza riguardi solo il fattore estetico e, cosa più grave, che essa combaci con la perfezione.»

Girai il capo per guardarlo. «Non è così?»

Mentre mi teneva saldamente stretta a lui, con l'altra mano sorseggiò un altro po' di liquore. «A me piace tutto ciò che è imperfetto e perfettamente equilibrato nella sua imperfezione», rispose con la sua logica confusionaria. «Ciò che tu consideri un difetto fa parte di te. Non è altro che un 'valore in più', qualcosa che ti rende unica. Dovresti essere grata per come sei, per quello che hai e che ti è stato donato. Il processo di accettazione è complesso ma utile affinché il corpo e la mente raggiungano la propria armonia.» Bevve ancora; il pomo d'Adamo oscillò in modo invitante: avrei voluto baciarlo proprio lì, sul collo, morderlo e lasciarvi un segno che il giorno dopo gli avrebbe ricordato della nostra serata.

«Sei molto loquace, dottore. Oltre che parlare sai fare qualcos'altro?» lo stuzzicai. La camicia si tendeva attorno al braccio ogni volta che lo sollevava per portarsi il bicchiere alla bocca evidenziandone il muscolo possente, un sostegno valido qualora avessi dovuto conficcarci le unghie per arginare le spinte che mi avrebbe concesso nei momenti di smodata passione.

Com'era il dottor Krugher a letto?

Ci fantasticavo da settimane; con il suo fisico e la sua scaltrezza sospettavo fosse un uomo esperto e capace di condurre qualsiasi amante al culmine, in modi indicibili…

«So fare molto altro, ma non disdegno la possibilità di comunicare con te quando posso.» Ancora un ultimo sorso e si sporse in avanti per appoggiare il bicchiere sul tavolino. Mi sbilanciai, ma lui mi resse a sé con più forza, impedendomi di cadere o, in alternativa, di alzarmi.

«Comunichiamo dal nostro primo incontro. Sai che ci sono altri modi per 'comunicare', vero?»

Prima che potesse rispondermi, un cameriere entrò in camera spingendo un piccolo carrello in ottone argentato, con un ripiano di cristallo che sorreggeva un vassoio di frutta, un piatto con una fetta di torta e una bottiglia di champagne infilata in un secchiello di ghiaccio, con due flûte per degustarla. Non aveva bussato probabilmente perché qualcuno l'aveva autorizzato a entrare senza chiedere il permesso e quel qualcuno era proprio seduto sotto di me. Efrem lo ringraziò e gli diede una generosa mancia che il ragazzo accettò volentieri; con gentilezza ci augurò di trascorrere una buona serata e si congedò quanto prima, richiudendosi la porta alle spalle.

«Dorothea, non intendo superare i limiti con te. Credevo l'avessi capito, ma a quanto pare non ti è ancora chiaro.» Efrem riprese il nostro discorso come se non ci fosse stata alcuna interruzione. Io invece osservavo preoccupata le prelibatezze che ci erano state appena servite. Sospettavo che mi avrebbe costretta a mangiarle, consapevole che sarebbe stato psicologicamente sfibrante per me.

«Temi che…» Deglutii spaventata all'idea di ingerire altro cibo; mi mossi nervosamente sulle sue gambe e lui rafforzò la presa attorno a me per farmi stare ferma. «Temi che io possa dirlo a tua moglie? Oppure che possa innamorarmi di te e pretendere una relazione seria mettendoti in difficoltà? Non sono quel tipo di ragazza. Non ho mai amato nessuno e dubito che possa accadere adesso. Sei uno di quegli uomini a cui le donne non sanno resistere, ma ciò non significa che perderò la testa per te. Ho smesso di provare sentimenti ormai da tempo, dottore.»

Dopo quella tremenda confessione, il cuore sussultò e in esso dilagarono l'angoscia e la paura di riprovare un dolore ancora troppo vivo dentro di me.

«Associ l'amore alla sofferenza perché hai perso l'unica persona che tu abbia mai amato e questo ha condizionato negativamente il tuo modo di vivere i legami. Hai paura che accada di nuovo e di soffrire ancora.» Efrem si sporse verso il carrello; gli bastò allungare il braccio per raggiungere il vassoio di frutta e rubare una fragola che avvicinò alle mie labbra.

«Non cominciare...» Mi parai con una mano, scuotendo il capo.

«A fare cosa?» Parve divertito dalla mia riluttanza. «A farti mangiare o a esporti ciò che penso?»

«A psicanalizzarmi come sempre.»

Per fortuna non insistette e decise di dirottarla alla sua bocca; gli piacevano molto le fragole. «Non ti sto psicanalizzando, Dorothea. Stiamo solo conversando.»

«Perché non mi baci, invece?» Tentai di nascondere l'imbarazzo di quella proposta sfacciata, ma lui lo percepì dalla tensione delle mie spalle e dal viso improvvisamente imbellettato di emozione. «Lo apprezzerei molto di più.»

Efrem mugolò meditabondo, facendosi così serio che le rughette attorno agli occhi divennero solchi affascinanti. «Se mangi almeno il dolce, ti premierò. Con me non esistono solo le punizioni, bambina.»

Ridacchiai sconcertata. «Cos'è? Un ricatto?»

«Un compromesso», mi corresse. «Sono un uomo che alle donne non nega nulla, ma che in cambio pretende tutto.» Si accarezzò le labbra con i polpastrelli, sondando la mia reazione. Voleva turbarmi o capire se fossi in grado di accettare qualsiasi cosa mi avrebbe chiesto.

«Che intendi per... 'tutto'?» Mi sforzai di non balbettare, ma l'ansia mi impastò la lingua.

«Tutto, piccola Dorie.» Enfatizzò il nomignolo con il quale mi aveva chiamata, lo stesso che avevo sognato e che non avrei mai pensato di udire nella realtà. L'unica persona alla quale avessi mai permesso di chiamarmi *Dorie* era la mamma, ma da quel momento in poi sapevo che, stranamente, lo avrei concesso anche a lui. Mi piaceva come lo pronunciava. «Tutto quello che, sono certo, nessun altro abbia mai preteso da te.»

Nella profondità del suo sguardo intravidi qualcosa di oscuro e torvo che, anziché spaventarmi, vellicò il mio interesse, quella dannata voglia di scottarmi pur sapendo quanto fosse pericoloso il fuoco.

«Per la mia età?» Mi tesi quando con una mano cominciò a far scorrere le dita sul mio fianco, sfiorando la stoffa leggera del vestito.

«Esatto. È difficile che un ragazzino possa pretendere ciò che pretenderei io.» Efrem si sporse ancora, questa volta per prendere dal carrello il piattino con sopra una fetta di torta al cioccolato ricoperta di panna e ciliegie.

«Perché?» Seguii guardinga il dolce dall'aspetto buonissimo, ma che mi sarei rifiutata di assaggiare.

«Perché le esigenze di un uomo sono diverse, Dorothea.» Senza chiedermi il permesso, Efrem appoggiò il piatto sulle mie cosce che serrai per mantenerlo in equilibrio; la porcellana fredda mi fece rabbrividire. Afferrò il cucchiaino e l'affondò per tagliarne un pezzetto, poi lo indirizzò alla mia bocca. «Apri. Fai la brava, su.»

Ero incredula…

Cosa intendeva fare?

«Oddio, no, ti prego», lo supplicai sia perché non volevo mangiare sia perché sarebbe stato alquanto imbarazzante che mi imboccasse.

Efrem inarcò un sopracciglio, determinato a imporsi. «Non fare i capricci. Avanti. Piano piano…»

Schiusi la bocca per protestare, ma lui ne approfittò per spingervi dentro il cucchiaino e con esso il pezzetto di dolce che accolsi controvoglia. Bofonchiai qualcosa sottovoce facendolo sorridere mentre la mano mi premeva sotto l'arco del seno destro. Il mio girovita era così piccolo che il suo palmo sembrava avvolgermi tutta.

«Basta.» Con la lingua raccolsi una virgola di panna soffice dal labbro inferiore mentre il cioccolato denso mi addolciva il palato e scendeva nello stomaco, che si contrasse per rigettarlo.

«Lo dico io quando basta, Dorothea. Apri, forza. Un altro po'…» Ne tagliò un pezzo più grande del precedente e mi imboccò ancora. Avrei potuto scuotere la testa, lamentarmi o respingerlo malamente, ma sapevo che non sarebbe servito a nulla, perciò resistetti e lo assecondai. Aprii la bocca e l'accettai, gustando la morbidezza del pandispagna. Quando chiusi le labbra, Efrem ritrasse il cucchiaino con estrema lentezza e io mi smarrii nei suoi occhi enigmatici, capaci di inghiottirmi, persuadermi e ammansirmi con la loro spietata bellezza. «Ti piace?» La mano scivolò sul fianco e proseguì viziosa sull'esterno coscia, accarezzandone la pelle nuda oltre l'orlo del vestito.

«Sì, ma...» Ero distratta dal timbro vellutato e rauco della sua voce, dalle dita che mi vezzeggiavano, dal buon profumo che emanava a ogni minimo movimento, dal respiro caldo che mi sfiorava il collo. Sembrava che avessi bevuto un'intera bottiglia di whisky e che in quel momento fossi stordita.

«Ma?» mi esortò a continuare, con la posata sospesa a mezz'aria.

«Non è questo il tipo di dolce che immaginavo...» Arrossii nel dirlo.

«Lo so...» Ripose il cucchiaino e tolse il piatto dalle mie gambe per appoggiarlo sul carrello. «Poiché mi hai accontentato, seppur brevemente...» ci tenne a precisare, «... sarai premiata. Vai in camera da letto. Terza porta a sinistra. Siediti e aspettami lì.» Saldamente mi sollevò per i fianchi, poi, quando il sedere fu all'altezza del suo viso, mi diede una brutale pacca sulla natica, rinvigorendo il dolore della sculacciata.

«Ahia!» Trasalii e lo guardai sgomenta, portando il palmo sul didietro per massaggiarlo; Efrem sfoggiò un ghigno seduttore.

«Ho detto: vai», ripeté imperativo, senza scusarsi, come se avesse tutto il diritto di toccarmi e farmi qualsiasi cosa volesse. E io ne fui inspiegabilmente elettrizzata.

In fretta, raccolsi la borsa dal pavimento e mi avviai verso il corridoio illuminato seguendo le sue indicazioni. L'unico rumore che mi rimbombava nelle orecchie era quello dei miei passi agitati e del respiro concitato. Sebbene l'eccitazione mi stesse annuvolando il cervello, non credevo alla sua intenzione di cedermi. Da un lato, sospettavo che avesse in mente qualcos'altro, che tutta quella situazione potesse celare un fine diverso, e non dei migliori; dall'altro, che fosse davvero attratto da me e che volesse finalmente lasciarsi andare. Non sapevo per quale delle due opzioni propendere, tuttavia l'avrei capito solo se avessi affrontato la realtà senza scappare.

Quando aprii la terza porta da lui indicatami, mi ritrovai in una camera ampia, con un lussuoso letto a baldacchino, circondato da ricchi broccati di seta color borgogna che ne garantivano la privacy. Ai lati, vi erano due comodini in legno laccati di nero i cui cassetti erano muniti di manici d'oro. Tutt'attorno lo stile gotico e ampolloso, il grande lampadario con candele a incandescenza, la moquette scura del pavimento in tinta con le boiserie delle pareti provocavano una suggestione mistica, una sensazione di minacciosa lascivia e di insopportabile soggezione. Sembrava la stanza di un sovrano viziato e scellerato, pronto a soddisfare ogni suo perverso desiderio. Con il cuore che strepitava tra le costole, mi incamminai verso la sponda del letto e lì mi sedetti come una vittima sacrificale in attesa di offrirsi alla più potente delle divinità.

Pervasa da una strana inquietudine, strinsi la borsa contro il ventre e notai due poltrone posizionate di fronte a me per concedere, a chiunque lo avesse voluto, la piacevole visuale di ciò che solitamente accadeva nell'intimità di una coppia. Al di sopra di esse, alcuni dipinti di dèi crudeli e libidinosi parevano avvertirmi del pericolo che stavo correndo a restare in quella camera, anziché darmela a gambe, chiamare un taxi e tornarmene in clinica alla svelta. Deglutii a vuoto. Speravo che Efrem mi raggiungesse presto e mi dicesse cosa si aspettava esattamente da me, perché io non ne avevo idea. O meglio, il letto alle mie spalle me ne suggeriva parecchie, di idee, e tutte mi facevano paura, tutte mi indussero a pentirmi di averlo provocato, di aver tirato la corda che sapevo, prima o poi, si sarebbe spezzata portandoci a quel punto: *volevo davvero essere scopata come una prostituta in un resort dalle tinte erotiche? Per quale motivo?*

Per sentirmi apprezzata?

Per dimostrare a me stessa che potevo essere attraente?

Che il mio corpo non aveva nulla che non andava?

Mia madre sarebbe stata delusa da me, dal mio modo di comportarmi e soprattutto di ragionare.

Io non ero così.

La ragazzina incosciente, apparentemente dominata dai vizi, corrotta dal sesso, perduta in un limbo di scelte spropositate e atteggiamenti scorretti, non era la vera me.

Non era la vera Thea.

Nervosamente frugai nella borsa alla ricerca del pacchetto di Lucky Strike, estrassi una sigaretta e l'accesi per aiutarmi a stemperare l'agitazione, a mantenere la calma e a non mostrarmi spaventata. Nella mia vita avevo affrontato di peggio, pertanto sarei sopravvissuta a qualsiasi richiesta del dottor Krugher.

Il sapore della nicotina riuscì per qualche secondo a tranquillizzarmi finché la porta si aprì ed Efrem entrò.

Non gli fece piacere annusarne nell'aria il forte olezzo perché corrugò severamente le sopracciglia e arricciò il naso, manifestando tutta la sua contrarietà.

«Dovresti smettere di fumare.» Richiuse la porta senza far scattare la serratura, il che significava che non ero sua prigioniera e che avrei potuto uscire in qualsiasi momento, anche se sapevamo entrambi che sarei rimasta, che la mia stupida curiosità avrebbe soppiantato la ragione.

«Perché?» Presi una lunga boccata; Efrem notò come le dita tremolavano mentre reggevo la sigaretta. «No, aspetta, non dirmelo. Scommetto che non è salutare, giusto?»

«Giusto.» Si avvicinò squadrando la mia figura e lo stesso feci anch'io con un'adorazione viscerale: si era arrotolato le maniche della camicia fino ai gomiti, scoprendo le vene che serpeggiavano lungo gli avambracci maschili. La cintura di pelle, con una fibbia di metallo, gli avvolgeva sensualmente il bacino stretto mentre i pantaloni morbidi gli circondavano le lunghe gambe.

«Te lo ribadisco: non sei mio padre.» Sostenni la sigaretta tra le labbra e sollevai il capo a mo' di sfida.

La sua faccia, dai lineamenti alteri e duri, assunse un'espressione inclemente. «Quando sei agitata diventi particolarmente aggressiva, eppure ti ho chiesto svariate volte di fidarti di me.» Si fermò e allungò la mano per togliermi la cicca dalla bocca.

«Di fidarmi di un uomo che domattina si sveglierà accanto a un'altra donna? Non è molto facile, sai?» Pensavo che l'avrebbe fumata, invece la resse tra l'indice e il medio, poi diede col pollice due colpetti sulla base del filtro per far cadere la cenere nella scollatura castigata del mio abito. Contrassi l'addome e balzai in piedi, cercando di togliermela di dosso, ma quella troppo rapidamente scivolò nello spazietto tra i seni.

«Allora, potresti fidarti semplicemente del tuo medico.» Incurante della mia reazione, Efrem si voltò e andò a spegnere la sigaretta nel posacenere appoggiato su un tavolino alto, tra le due poltrone.

Per ripulirmi, abbassai la cerniera ben oltre lo sterno e il suo sguardo indugiò piacevolmente su quell'effimero scorcio di carne, apprezzandolo.

«Lasciala così. Non richiuderla», ordinò; con un unico gesto sfacciato, era riuscito a manipolarmi, ottenendo ciò che voleva senza chiedermelo.

«Che bastardo.» Abbandonai il braccio lungo il fianco e gli permisi di guardarmi o giudicarmi. Non mi sentivo bella né all'altezza di un uomo come lui, nonostante la luce dei suoi occhi mi trasmettesse la folle libidine che turbinava violentemente dentro di lui fino a travolgere anche me.

«Hai ragione», mi assecondò. «Lo sono, Dorie.» Tornò da me e mi studiò a fondo, girandomi attorno come un leone affamato, ma padrone di se stesso, capace di non lasciarsi governare dall'istinto finché non avesse deciso di seguirlo. Rifletté su ciò che avrebbe potuto farmi o su ciò che io avrei potuto fare per lui. Il mio petto immetteva aria a fatica. Per placare i tremiti avrei dovuto smettere di respirare. I capezzoli si ersero appena lui concedette loro una lunga occhiata. Per Efrem sembrava tutto un gioco dove il controllo e il dominio valevano più della voluttà stessa. Nel suo atteggiamento c'era qualcosa che urlava scandalo, depravazione, dissolutezza, pericolo. Il suo sguardo vagava impudico su di me, si soffermava su ogni curva flessuosa e linea innocente, dalla più matura alla più infantile, valutando *se* viziarla e soprattutto *come*.

Quando si fermò alle mie spalle, sentii il suo bacino sfiorarmi il posteriore e una mano premermi sul ventre affinché aderissi completamente a lui; il cuore cominciò a battermi così forte da dolermi, il calore del suo torace mi avvolse tutta.

Efrem incombette su di me, facendomi sentire in trappola.

«Sei minuta, ma ben proporzionata.» Parlò tra i miei capelli, inspirandone il buon odore. «E sei anche accaldata, tesa… eccitata.» Il palmo scivolò piano verso il basso e io trattenni il fiato, serrando le labbra per non confermare quanto aveva dedotto. «Senti pulsare qui, vero?» Schiacciò le dita contro il ventre, poco sotto all'ombelico, provocandomi una desolante contrazione interna. «Oppure qui?» Scese ancora e con il pollice mi sfiorò il pube, sfregandolo lentamente dall'alto al basso. Serrai le cosce; un singhiozzo mi sfuggì dalle labbra e me ne vergognai. «Sei come una bambina che non vede l'ora di scoprire in quanti modi un uomo può giocare con lei. Se in questo momento ti ordinassi di toglierti il vestito, di metterti carponi sul letto, di divaricare le natiche con le mani per mostrarmi ogni antro del tuo adorabile corpo… Tu mi ubbidiresti.» Con la punta della lingua mi sfiorò il lobo dell'orecchio, poi il suono gutturale di una risata maliarda accompagnò il suo lento sussurro. «Se ti chiedessi in quale dei due preferiresti essere fottuta, tu mi lasceresti libero di scegliere. Ti fideresti. Ti fideresti solo di me, *Kleines Äffchen*.» Con una provocante rudezza, strinse nel pugno l'orlo dell'abito. Avrebbe potuto tirarlo verso l'alto o strapparlo con violenza, invece si limitò a respirare pesantemente contro la mia pelle mentre, oltre alla durezza del torace, ce n'era un'altra che volgarmente mi pungolava la base della schiena.

Inclinando il collo, appoggiai la testa a lui e tentai di sollevarmi sulle punte per arrivare a sfiorargli l'inguine, ma Efrem mi abbrancò i fianchi per fermarmi. Non voleva che andassi oltre, fu quasi infastidito dalla mia iniziativa. «A quanto pare non sono l'unica eccitata, dottore...»

«Purtroppo per un uomo è difficile mascherare il suo desiderio. Soprattutto quando è così grande...» mormorò malizioso, riferendosi a tutt'altro. Dalla consistenza vigorosa che avvertivo dietro, compresi che la sua non fosse una battuta dettata da un senso di vanagloria, che spesso accomunava gli uomini, quanto dalla reale consapevolezza di possedere un fisico possente, ben messo da ogni punto di vista.

Stavo per ribattere, sennonché sentii le sue mani abbandonarmi e il calore che mi aveva avvolta disperdersi nel nulla. Efrem si era allontanato, lasciandomi sola a gestire la voglia di lui e con essa il turbamento di una concupiscenza insoddisfatta.

Barcollante e bruciante di passione, decisi di sedermi sul letto; le mie gambe percepivano il peso di quell'atroce tensione come se avessi delle catene agganciate alle caviglie. Cercai di riprendere fiato, mi toccai le guance e tentai di freddarle con i palmi mentre la tachicardia aumentava.

Frattanto Efrem mi stava davanti, fissandomi arguto. «Soave bocca e santa, che piano piano vai sfogliando la liquida schiuma del piacere in muto rito, lenta-leccante-lecchillusoriamente legata alla forma eretta quasi fossero la bocca il frutto, e il frutto la bocca...» Recitò a memoria le prime righe della poesia di Carlos Drummond de Andrade che, tempo prima, avevo scritto su un pezzetto di carta e infilato in uno dei cestini del Tèichos, affinché lui potesse trovarlo e leggerlo per cogliere la mia allusione. Sollevai il capo. Con la fronte aggrottata, fui assalita da numerose domande che temevo di rivolgergli; lui si avvicinò e mi prese il mento tra due dita per garantirsi la mia totale attenzione. «È abbastanza facile sedurre un uomo con una poesia erotica, Dorothea, prendersi gioco di lui con l'amichetta di turno e passarla liscia, sperando nella sua comprensione. Fallo adesso. Che mi hai di fronte, senza nessuno che possa ostacolarti o incoraggiarti. Fammi vedere quanto sei brava a ottenere ciò che desideri. Mi hai fatto intendere che è una tua abitudine sedurre gli uomini più grandi di te, dammene prova. È la tua occasione, bambina.» Con il pollice mi accarezzò il mento e io non osai trattenere più del dovuto i miei occhi nei suoi. Efrem mi lasciò andare, ma rimase in piedi, dinanzi a me. Il suo bacino all'altezza del mio volto palesava una protuberanza che non avevo mai visto in nessun altro. Per un secondo ebbi l'istinto di alzarmi e rifugiarmi in bagno o in qualsiasi altra stanza, lontana da lui e dalla sua spropositata verga. Se avesse davvero messo in pratica ciò che enunciava quella poesia, non avrebbe esitato a ficcarmi il membro in bocca e spingerlo in gola con affondi rudi e spietati per sopraffarmi e dimostrarmi che non avrei dovuto mancargli di rispetto.

«Io...» Infilai un polpastrello nella catenella della borsa, impiccandolo. Aveva ragione: non sarebbe stato facile sedurre un uomo, in una stanza d'albergo, priva di difese e completamente esposta alla sua volontà.

«Avanti, Dorothea.» Andò a sedersi sulla poltrona di fronte a me. Accavallò una caviglia sul ginocchio opposto e attese con le mani incrociate, in totale tranquillità. «Strepiti e ti ribelli quando ti tratto come una ragazzina. Ora ti sto concedendo l'opportunità di comportarti da donna. Seducimi.»

Non sapevo cosa fare, neanche da dove cominciare. Con Andy non mi ero mai preoccupata dell'aspetto seduttivo: facevamo sesso dove capitava, in maniera rapida e impacciata, come una coppietta che amava sperimentare e scoprire ogni giorno nuovi lati di se stessa. Efrem era diverso, pretendeva di più, qualcosa che forse non avrei saputo concedergli. D'istinto feci ciò che mi sembrava più naturale: mi alzai e portai la mano sulla bretella del vestito per abbassarla, ma lui scosse il capo annoiato. «Ti ho chiesto di sedurmi, non di spogliarti.»

Inclinai la testa di lato, confusa. Il suo sguardo serioso e le labbra serrate in un muto rimprovero non mi aiutavano a rilassarmi, a essere disinvolta. Allora mi affidai all'unica fonte di energia dalla quale attingevo quando ero triste, spaventata o spaesata. L'unica fonte di vita grazie alla quale riuscivo a sopire il mio malessere, chetare ogni negatività e mantenermi aggrappata alla ragione.

«*Stasera, non c'è nessuno oltre a te. Sei tu il mio tipo preferito, fuma con me da un narghilè.*» Mi inginocchiai. Per un istante rimasi seduta sui polpacci, poi con sfrontatezza mi misi carponi e avanzai verso di lui, lentamente. Era già successo, al parco, di vedermi gattonare; rammentavo ancora quanto gli era piaciuto e quanto era piaciuto anche a me. «*Tu sei così perfetto, ma io non sono un angioletto. So che sogni di ammirarmi con un corsetto. Ci scommetto.*» Avanzavo e cantavo i versi di un brano che stavo scrivendo e che presto avrei dovuto presentare alla mia band. «*Ti attrae l'idea che io sia pazza. Non riuscirai a rompere la mia corazza. Le ombre svolazzano. I mostri impazzano. Stasera, baciami, legami e infine sbattimi.*» Gli sorrisi malandrina e lui cambiò posizione. Divaricò le gambe, ascoltando in silenzio ogni mia parola. «*So che non sei mio.*

Vieni a passeggiare tra i miei demoni. So che non sei mio, ma i desideri ci rendono deboli.» Sentivo la morbidezza della moquette accarezzarmi la pelle, sfregare contro i palmi, mentre continuavo ad avvicinarmi a lui. «*Quando tornerai da lei, dimenticherai chi sei. Avrai sempre bisogno di me. Oh, satiro selvatico. Ricordalo: la ninfa respinta, alla fine sarà colei che brinda.*» Giunsi al suo cospetto e mi ersi sulle ginocchia, posando i gomiti sulle sue cosce. Come un cucciolo felice di aver raggiunto il padrone, appoggiai il mento sul suo quadricipite e sbattei le ciglia con vezzo. «Che dici? Ti ho sedotto almeno un po'?» Efrem non mostrò alcun segno di cedimento; aveva il piglio severo dell'uomo deciso, sicuro di sé, difficile da persuadere. Nessuna donna sarebbe riuscita a sottometterlo, a piegare al proprio volere un maschio così ostinatamente rigido e controllato. «Quanto ancora pensi di resistermi?» Con dita incerte gli palpai l'interno coscia, risalendo pericolosamente verso l'erezione che gli tendeva le braghe. I suoi occhi, sfavillanti come l'edera al sole, percorsero lenti le mie curve leggiadre, persi in chissà quali meditazioni. Si accarezzò la mascella, pensieroso ma languido, esercitando quel fascino diabolico, tanto potente quanto letale, che ebbe la forza di farmi tremare. Fu allora che l'angolo della sua bocca si sollevò verso l'alto, manifestando il malsano compiacimento di assorbire tutta la mia insicurezza e cibarsene. «Dimmi cosa vuoi...» lo sfidai, proprio come amavo fare sempre. Intanto il palmo proseguì il suo lento tragitto e risalì il cavallo dei pantaloni, premendo contro il punto più caldo del suo corpo. Era incredibile il modo in cui ne percepivo il turgore. Parve ingrossarsi ancor di più sotto la mia mano, irrorarsi di sangue fluido e pulsare di lussuria. Similmente, anche le mie pelvi si serrarono e rilassarono attorno al vuoto, più e più volte, in maniera esasperante, bramando di accoglierlo dentro.

«Tutto qui?» mi domandò beffardo; scivolò più in basso sulla poltrona per spingersi contro di me, riempiendomi il palmo. Sembrava che stessi per brandire un palo di ferro. Un *enorme* palo di ferro. «Vuoi tenerla ferma lì ancora per molto o intendi muoverla?» Mi invitò a proseguire. Avrebbe potuto rifiutarmi, chiedermi di smetterla, invece pretendeva che gli dessi piacere. Limitarmi ad accarezzarlo non sarebbe stato sufficiente a corromperlo, pertanto avrei dovuto fare molto di più. Accortosi della mia perplessità, fu Efrem a decidere per entrambi. Piano piano iniziò a far ondeggiare il bacino sotto il mio palmo. Ogni muscolo parve avere vita propria, si contraeva e rilassava in un flettersi lento e seducente, mentre io lo ammiravo incantata. Posò la mano sulla mia e la direzionò in basso, affinché potessi coinvolgere anche la base del pene e una parte dello scroto, più sensibile e morbido rispetto al resto. «Da qui in poi sai continuare da sola, bambina? O hai bisogno del mio aiuto?» domandò con un tono basso e gutturale. Non ansimava, ma il collo teso e lo sguardo voglioso manifestavano chiaramente il desiderio che lo stava tormentando.

«Posso continuare da sola.» Quando tolse la mano, con dita febbricitanti provai a slacciargli la fibbia mentre nella mente scorrevano immagini oscene della mia testa chinata tra le sue gambe, con la bocca pronta ad accogliere il grande bavaglio di carne con il quale speravo mi soffocasse. Quella fantasia insidiosa mi fece sussultare. Le dita incespicarono le une sulle altre finché riuscii ad aprirla. Non persi tempo a sfilargli la cintura e provai a liberare il bottone, ma qui incontrai una difficoltà maggiore. Tutto quell'impaccio stava facendo aumentare il mio disagio e scemare la sua libido, poiché sospirò spazientito e mi bloccò i polsi. «Lascia stare. *Steh auf*», ordinò in tedesco, ma cogliendo la mia confusione tradusse all'istante: «Alzati».

No, non volevo che prendesse il sopravvento e mi trattasse come un'incapace…

«Aspetta, io potrei…» Non servì a nulla oppormi alla sua forza. Efrem riuscì a trascinarmi su di sé. Mi fece sedere a cavalcioni, il vestito si tese sulle cosce che inforcai ai lati del suo bacino mentre le sue mani si chiudevano a coppa sulle mie natiche. Con un verso di stupore, gli conficcai le unghie nelle spalle, fissandolo confusa. «Non… non vuoi?»

«Non posso.» Mi accarezzò una guancia delicatamente. Voleva scusarsi per avermi fatto credere che saremmo andati oltre, al tempo stesso sembrava avesse architettato quel breve contatto tra noi per farmi comprendere che non si sarebbe mai concesso a me. «Se fossi stato un uomo libero, non avrei avuto remore nei tuoi riguardi, ma nella nostra situazione c'è un confine che non posso superare.» Con il pollice mi schiacciò il labbro inferiore fino ad appiattirlo contro i denti e a deformarlo. «Tuttavia non ti nego che desidero avere almeno un assaggio di te, Dorothea…» Repentino, lo infilò tra le mie labbra, inducendomi a schiuderle per farlo entrare fino all'ultima falange. «Succhialo tutto. Da brava.» Lo rigirò da un lato all'altro affinché si riempisse di saliva. Il polpastrello incontrò la mia lingua. Lo circondai, ne assaporai la pelle calda e leggermente salata, poi Efrem lo ritrasse e lo rispinse dentro con tenacia mimando qualcosa di ben più osceno. «Sì, così…» Quando lo sfilò, appurò che fosse abbastanza lucido e ne fu soddisfatto. «In queste poche ore trascorse in tua compagnia, ho compreso che saresti disposta a compiacermi in qualsiasi modo…» Mi strinse i fianchi per posizionarmi meglio sul membro turgido. Lo sentii duro tra le cosce mentre il suo profumo fresco mi avvolgeva come una coperta. Senza chiedergli il permesso, gli afferrai il colletto della camicia sbirciando nella scollatura che mi concedeva la seducente visuale del petto villoso. Mi sarebbe piaciuto sbottonargliela, viziarlo con baci languidi e carezze voluttuose finché non lo avessi sentito gemere, fremere sotto di me, pervaso dalla smania almeno quanto lo ero io. Incapace di frenare l'istinto, ondeggiai debolmente su di lui; Efrem socchiuse le palpebre con un mugolio rauco e guardò l'esatto punto in cui i nostri corpi sfregavano tra loro. Gli piaceva vedermi così coinvolta, nonostante avessi le guance infuocate e i miei movimenti fossero goffi a causa dell'impazienza. «Calma, bambina.» Mi serrò i polsi per portarmi le mani sotto il mento e sporgersi a un centimetro dal mio viso. Nelle sue iridi, brillanti come due smeraldi, si agitavano impulsi violenti che, in quel momento, faticava a controllare. «Faremo le cose per bene: voglio che ti distendi su quel letto e che ti tocchi per me.»

Schiusi la bocca quando colsi il significato della sua richiesta. «D-devo toccarmi per te?»

«Sì.» Mi fece alzare, privandomi del suo contatto, e mi fissò mentre mi rimettevo in piedi di fronte a lui, eccitata, con l'abito scombinato e il respiro ansante. «Immagina che tu stia per esibirti a un concerto. Io sarò il tuo pubblico. Non dovrai far altro che aprire le gambe e suonare per me…»

Nessun ragazzo mi aveva mai chiesto niente di simile.

Perplessa, mi spostai i capelli oltre una spalla e mi voltai a guardare il grande letto che imperava tra i tendaggi di seta. Sarei stata capace di assecondare un uomo mettendomi a nudo per lui? Di mostrarmi così vulnerabile e sessualmente esposta? Malgrado l'imbarazzo, una parte di me desiderava accettare, desiderava seguire quegli istinti distorti, inconsci che molti consideravano contrari al senso comune. Efrem pareva aver capito da tempo quanto anche il minimo pistillo di umiliazione fosse sufficiente a piegare la mia razionalità e a destare impulsi innati che né Andy né nessun altro avrebbero mai potuto gestire. Inconsapevolmente avevo sempre cercato il mio opposto, qualcuno che fosse in grado di infliggermi dolore e di ricoprire un ruolo dominante, valicando pregiudizi, giudizi o rimostranze. Efrem riusciva a porre fine alla mia lotta interiore acquietando la parte di me più distruttiva, senza reprimerla o negarla.

Un giorno nel suo studio gli avevo parlato dell'esistenza di alcune mie fantasie, non avevo mai specificato quali fossero né in quali circostanze mi fossi accorta di loro, tuttavia lui ne era al corrente. Gli era bastato poco per analizzarmi e giungere alla verità: la sua richiesta ne era la chiara conferma. Con passo lento ma deciso, mi incamminai verso il letto e mi voltai. Efrem era ancora seduto, con le ginocchia aperte e la schiena adagiata alla poltrona in attesa che io gli ubbidissi. Con i palmi leggermente sudati tastai la morbidezza del mio abito. Accarezzai le linee dei fianchi, quelle forme che odiavo e che ripudiavo ogni giorno come se non fossero le mie, mentre mantenevo lo sguardo su di lui concentrato a fissarmi, torvo e pensoso. Deglutendo, portai le mani sotto il bordo del vestito e, con un lieve movimento di anche, infilai i pollici nell'elastico delle mutandine e le feci scivolare giù, fino alle caviglie. Alzai un piede, a seguire l'altro, e me ne disfeci spostandole di lato. Efrem iniziò a fissare il piccolo spiraglio di carne nella congiunzione delle gambe, sperando di scorgere di più. Allora lo accontentai quando sollevai la stoffa oltre l'inguine. Scoprii il tatuaggio stilizzato sul lato destro, una scritta, quattro semplici parole che avevo inciso sulla pelle di nascosto, all'età di quattordici anni. Dal modo in cui Efrem si leccò il labbro inferiore, parve notarlo e apprezzarlo, ma preferì rimanere contegnoso, relegando il fuoco che divampava dentro di lui in una prigione di ghiaccio.

Quando mi sedetti sul bordo del letto, mi trascinai indietro sulle braccia e in posizione semidistesa scostai appena le cosce. La contrizione che mi pervase, mista al disagio di essere così vergognosamente esposta, mi fece arrossire ed emettere un flebile sospiro. Non riuscii a muovermi. Per alcuni minuti rimasi ferma ad aspettare che lui mi dicesse qualcosa o mi desse ulteriori ordini pur di aiutarmi ad abbattere ogni incertezza.

«Non vedo niente, Dorothea. Aprile», proferì, sfregandosi l'indice sotto la barba del mento con fare riflessivo. Le distanziai ancora, ma non a sufficienza. «Di più», ingiunse con fermezza come un padrone al quale la sua schiava avrebbe dovuto soccombere senza indugio. Le allargai ancora, il tessuto dell'abito si tese e si sollevò, scoprendomi completamente il sesso glabro. Lui lo fissò come se fosse un frutto prelibato da spremere, leccare o mordere; si agitò sulle natiche ed emise un verso maschile, simile al basso ruggito di un felino. «Tienile così. Ora toccati.»

Esitai qualche istante: appoggiai la mano sull'addome, che si incavò per prendere un grande respiro, prima che la facessi scendere in basso, oltre l'ombelico. Superai il bordo del vestito, sussultando quando i polpastrelli freddi sfiorarono il monticello liscio. Nervosamente mi morsi l'interno della guancia e fissai gli occhi di Efrem, fulgidi come l'argento, nonostante la luminosità soffusa della stanza gli ombreggiasse gli angoli del viso, rendendoli più taglienti. Percepiva che avevo il timore di apparire ridicola e al contempo che ero sopraffatta dall'ebbrezza di vivere un'esperienza nuova con l'infantile ingenuità di una ragazzina che sembrava eccitarlo e attribuirgli il potere di renderla sua, qualsiasi cosa pretendesse. Lo ammirai: bellissimo, imponente, stravaccato su quella poltrona con elegante sfrontatezza mentre spostavo l'indice sul piccolo bocciolo di carne. Lo scappucciai e iniziai a massaggiarlo; i brividi mi incresparono la pelle e tremai. La camera era piacevolmente aerata dalla grande portafinestra semiaperta, eppure io sentivo freddo. Forse mi mancava il suo calore. Non mi bastavano le parole roventi che mi rivolgeva o il desiderio che manifestava con la rigidità del suo corpo: volevo che mi raggiungesse e che mi scaldasse, come un uomo avrebbe dovuto fare con la donna che bramava di possedere.

«Mostramela, Dorothea.» La sua voce era mutata; fu un basso baritono, quasi un ringhio che appesantì le consonanti del mio nome. Il respiro gli divenne profondo, la mascella si contraeva masticando qualunque oscenità stesse per dire.

Con l'indice e il medio aprii le labbra della vagina; le sentii schiudersi come i petali di un fiore sotto la pressione dei miei polpastrelli. Efrem fissò la vulva rosata con uno sguardo talmente penetrante che il cuore prese a battermi forte, fino a pulsare in gola. Si accorse dell'effetto che ebbe su di me quando una piccola goccia di piacere, limpida come rugiada, traboccò dal centro mentre le dita tremolanti mi esponevano a lui.

«Ho visto molte donne esattamente così, nella tua stessa posizione, oppure sotto di me, ad aspettare che io colmassi quel buco nel ventre, quella voragine di tediosa insoddisfazione, e mi ficcassi tra le loro cosce per porre fine a ogni sofferenza, ma nessuna…» mormorò con un timbro palpitante di lussuria, indugiando ancora sulla mia intimità. «Nessuna sembrava invitante come te, bambina.» Si leccò il labbro come una belva che a stento riusciva a contenersi dalla voglia di aggredirmi, spezzarmi, distruggermi, violarmi e poi ricrearmi, forgiarmi, plasmarmi soltanto per ripetere ancora lo stesso misfatto. Un moto di terrore mi fece boccheggiare; con l'intero palmo mi coprii nell'inutile tentativo di nascondergli ciò che aveva appena visto. Serrai le gambe, fissandolo come una ragazzina che aveva combinato un grandissimo pasticcio al quale non vi era più alcun rimedio.

Spacciata. Ero letteralmente spacciata.

Lui arcuò le sopracciglia, divertito dalla mia reazione. «Tutto qui? È così che ti tocchi quando sei sola nella tua cameretta?»

Toccarmi nella mia cameretta era ben diverso dal farlo davanti a un uomo che mi fissava con l'immoralità di un depravato...

«Non ci riesco in questo modo», borbottai, reggendomi su un gomito. «Dovresti aiutarmi...»

«Ah, sì?» Efrem sorrise dilettato. «Vuoi che sia io a toccarti?»

Di sicuro, se non gli avessi permesso di avvicinarsi, quell'impudico spettacolino sarebbe andato avanti chissà per quanto ed ero certa di non farcela. Preferivo il suo contatto, il suo calore, la sua presenza, la sua voce all'insopportabile solitudine che mi invadeva il petto ormai da tempo. Lo desideravo con tutta me stessa e volevo che lo capisse. «Non ti piacerebbe? A me da morire.» Mi avviai una ciocca di capelli dietro l'orecchio; Efrem notò la scintilla di malizia che mi illuminò lo sguardo e decise di abbandonare ogni inibizione.

«Che piccola sfacciata», commentò, alzandosi in piedi. La cintura gli pendeva aperta dal bordo dei pantaloni, ma non pensò di richiuderla. Oltre a quel dettaglio, ce ne fu un altro che catturò la mia attenzione ed era la poderosa erezione che si ergeva di lato fino alla cucitura della tasca. Per scrupolo lanciai un'occhiata alla grandezza del mio avambraccio, poi a quella che lui nascondeva sotto quel completo raffinato.

Santo cielo...

In un barlume di lucidità considerai l'idea di raggiungere la porta e fuggire, ma Efrem avrebbe fatto qualsiasi cosa per impedirmelo, soprattutto dopo averlo provocato così spudoratamente. L'unica alternativa plausibile fu di attenderlo, di seppellire la paura e di vivermi il momento. Quando mi raggiunse, squadrò le mie gambe chiuse con disappunto. D'istinto sfilai la mano dal mezzo per consentirgli di sbirciare e serrai il labbro inferiore tra i denti, tanto che dalle piccole incisioni avvertii il sapore del sangue sul palato. Nel vedermi così languida e disponibile, del tutto indifesa, il dottor Krugher spazzò via la sua apprensione, la sua indulgenza, la sua gentilezza, la sua temperanza finché di lui non rimase null'altro che la violenta carnalità di Efrem Krugher: l'uomo avvolto dalle ombre, l'uomo che custodiva al suo interno uno scrigno di tenebre e che non avrebbe mai rinunciato ai suoi appetiti naturali, esattamente come un animale.

Esattamente come Mitchell mi aveva preannunciato.

«Se potessi non mi limiterei solo a toccarti, bambina…» proferì con un ghigno aspro prima di afferrarmi le caviglie e spalancarle bruscamente. Urlai spaventata. Efrem salì sul letto, coprendomi con la sua mole immensa. Affondò una mano a lato della mia testa e allargò le ginocchia cosicché fossi costretta a tenere le cosce aperte. Incredula, lo vidi chinarsi su di me e lambire con la punta della lingua il labbro torturato ripulendolo dalle goccioline rossastre. I capelli neri mi solleticarono la fronte, il respiro caldo e inebriante, impregnato di liquore, mi sfiorò il viso come se fosse la carezza del Diavolo. Le sue pupille si restrinsero, divennero due universi lontani contornati da pianeti confusi nei quali non esisteva più niente oltre alla mia sottomissione. Il suo braccio si intrufolò tra i nostri corpi mentre le dita zampettarono rapidamente verso il basso, sparendo sotto il vestito. Gli conficcai le unghie sulla nuca e inarcai la schiena, quando cominciò a roteare il pollice sul clitoride, già gonfio e pulsante. Appoggiò la fronte alla mia e finalmente quel senso di struggente solitudine si dissolse piano piano. Non ero un oggetto, una merce esposta alla goduria di un bruto che avrebbe voluto usarmi, ma soltanto una ragazza che stava concedendo a se stessa il privilegio di scegliere chi essere con l'unico uomo che non l'avrebbe giudicata. Volevo affrontare il passato, smettere di considerarmi sbagliata e condividere i miei desideri con chi li avrebbe accettati: Efrem mi completava. Non c'erano sentimenti, non c'era nessuna relazione, ma eravamo complementari come una ninfa e un satiro destinati a unirsi, a immergersi nel loro mondo bucolico, contaminato da una sporca lussuria e un erotismo diverso…

Diverso da chi non era come noi.

«Fermami se il dolore è eccessivo. Incitami se invece è tutto ciò che vuoi.» Accarezzò le pieghe morbide, sospirando appagato come se avesse atteso troppo e toccarmi fosse tutto quello che agognasse di più al mondo. «Per la miseria… Sei fradicia», commentò austero; parve rimproverarmi per l'eccitazione incontrollata che iniziò a tracimare sotto il suo tocco. Con le guance arrossate, cercai di lottare contro la vergogna mentre Efrem scendeva con due dita più giù, sull'ingresso della tenera fessura. Era orgoglioso e al contempo irritato all'idea che fossero bastate le sue carezze disinibite per innescare un'intimità tra noi tale da indurre il mio corpo a sciogliersi così facilmente.

Ancora incredula per ciò che stava accadendo, abbassai lo sguardo sulla sua mano nascosta tra le mie gambe. Fu strano vederla muoversi così lentamente, con il palmo che sfregava sul pube. Fu strano, sì, ma talmente eccitante che il mio respiro si fece più fitto. Volevo che non smettesse mai, che continuasse per sempre. Incantata dai tratti mascolini così ravvicinati, spostai il palmo dalla sua nuca alla mascella. Lo lasciai scorrere sulla barba ruvida e con il pollice gli stirai le rughette dello zigomo che gli conferivano un aspetto terribilmente adulto; lui schiuse la bocca quando ne tracciai il contorno: era umida e carnosa, chissà quali sensazioni devastanti avrei provato se mi avesse baciato. Mi sporsi appena per scoprirlo, ma Efrem premette la fronte contro la mia per tenermi ferma e impedirmi di osare. Frattanto le dita lambivano, adagio, i lati della vulva, ci giravano attorno, la stuzzicavano, la torturavano, indugiavano sull'ingresso senza entrarvi, nonostante gli umori vischiosi gli avessero bagnato i polpastrelli. Sotto il pollice il clitoride dapprima si tese, poi si inturgidì mentre il suo tocco diventava aggressivo, ostinato a ottenere di più. «Non trattenerti, bambina. Fammi sentire com'è la tua voce quando godi», mi sollecitò mentre continuavo a mordermi il labbro per non gemere; mi limitavo a emettere sospiri brevi, concitati, e a serrare forte gli occhi per non smarrirmi in quell'oblio impetuoso dal quale temevo non sarei più uscita. «Non c'è nulla di cui imbarazzarti. Non con me», mi rassicurò; non gli risposi, intontita dai movimenti esperti e sicuri. Sussultai quando, schiacciando il palmo sull'osso pelvico, mi schiuse le grandi labbra con il dito medio che penetrò spietatamente fino alla nocca. Le fragili pareti fremettero nell'accoglierlo, tanto quanto fremetti anch'io all'idea di sentirlo così profondamente radicato come non era mai accaduto con nessun altro. Mugolai e sollevai le anche dal letto per andargli incontro. Attento alle mie reazioni, soprattutto a ciò che il mio corpo preferiva, Efrem piegò il dito per toccare un punto interno così sensibile da farmi perdere la testa, ma ancora una volta non emisi alcun suono. Lui rise, intrigato dalla sfida che tacitamente gli avevo lanciato, e allora rincarò la dose, insinuando un secondo dito con meno gentilezza, tanto che mi contrassi per la lieve fitta di dolore. «No? Non vuoi farmi sentire la tua voce da Sirenetta?» Gli artigliai le spalle e mi inarcai quando fece scorrere le dita insieme, fuori e dentro, lento ma insistente, innalzando nel mio ventre un piacere violento. «Due non bastano?» Ogni volta che le rispingeva, esercitava un po' di pressione sulla parete posteriore della vagina lasciando diffondere il piacere anche alle natiche; come un superbo peccatore sapeva avvincermi, cingermi a lui, senza alcuna pietà. «Ne vuoi tre, quattro o l'intera mano?» Con l'anulare sfiorò il sesso già dilatato, ma esitò a introdurlo, intuendo che ero disavvezza alle pratiche estreme, come gli confermò la mia risposta.

«No, ti prego. Non di più», ansimai debolmente. Per me era troppo. Gli presi la camicia nei pugni e la stropicciai. Efrem aveva colto la sfida e intendeva vincerla, ma non ero in grado di assecondarlo in tutto come le donne con le quali si era approcciato in precedenza.

Per fortuna non insistette e ritirò di buon grado il terzo dito, rispettando la mia supplica appena mormorata.

«Allora, lasciati andare…» Velocizzò il ritmo.

Impaziente, gli liberai i primi bottoni della camicia per annusare la pelle nobile del petto, intrisa di quel profumo seducente che mi aveva segretamente inebriata sin dal primo giorno, e strofinai le labbra sullo sterno ricoperto di una peluria rada e pungente, virile come ogni parte del suo corpo. Scoprii qualcosa di nuovo, qualcosa che lo distingueva dai ragazzi che avevo incontrato fino ad allora; sapevo che non lo avrei mai dimenticato, che Efrem sarebbe stato tutte *le prime volte* che stupidamente avevo sprecato con i miei coetanei, anziché aspettare qualcuno che davvero le meritasse.

«Ho bisogno di sentirti nudo…» sussurrai; non avevo più il controllo dei pensieri che mi imbastivano la lingua di richieste erotiche. Efrem rabbrividì quando un piccolo gemito si schiantò contro il suo torace marmoreo.

«Non stasera. Non avere fretta. Goditi il momento…» Con irruenza, usò le dita umide dei miei umori per raggiungere la scollatura del vestito e strattonarla verso il basso, scoprendomi i seni che, come due bignè farciti, fecero capolino dalla cerniera aperta. Sospeso su un gomito, si soffermò a fissarli: ne studiò l'areola tonda come una monetina e i bottoncini appuntiti come frammenti di diamante. Erano piccoli, appena formati, simili a quelli di un'adolescente. Per celarmi al suo sguardo avido, tentai di coprirmi con il braccio ma lui mi afferrò il polso e lo sbatté sul materasso con autorità, comunicandomi di stare ferma. Non amavo essere guardata, non amavo che il mio corpo fosse messo al vaglio. Laddove si posavano i suoi occhi, sentivo la pelle bruciare; erano imbestialiti, infuocati di lussuria: esprimevano la disperazione di scoparmi, di sfogare il suo potente ardore misto alla difficoltà di resistermi. Avrebbe potuto considerarmi una ragazzina ancora acerba, eppure il suo respiro si inspessì, circuendomi pesantemente come se avesse voluto divorarmi in un sol boccone. «Capisco perché non indossi il reggiseno.» Tra pollice e medio stuzzicò un capezzolo, dapprima gentilmente, poi torcendolo fino a farmi male. «Tu e le fanciulle della tua età ve ne andate in giro come ninfette spudorate a provocare un cataclisma nelle mutande degli uomini. E questo ti diverte, vero?»

Quando mi agitai per il dolore, digrignai i denti e serrai le palpebre gemendo coinvolta. Ne volevo di più. Lui se ne accorse e fece scendere la mano sotto l'attaccatura del seno, lo circondò e lo soppesò, poi lo spremette con forza come se volesse strapparlo e portarselo alla bocca per berne il succo.

Trattenni la voglia di urlare; il suo tocco era troppo rude e indelicato, eppure accendeva in me una focosità incredibile. «Mi piace provocare solo te…»

Efrem apprezzò la mia risposta, per un attimo ne fu anche lusingato, ma ben presto quell'attimo di maschile compiacimento sfumò nell'esigenza di dominarmi e di proseguire ciò che aveva iniziato. Con gli occhi maliziosi puntati nei miei, si chinò sul capezzolo indolenzito e lo lambì con la lingua, provocandomi un ansito rumoroso. Ci ruotò attorno, lo leccò con la punta, ci soffiò sopra senza smettere di guardarmi per catturare ogni sfumatura del mio volto. La sensazione di caldo e freddo mi rese più ansimante e impaziente; tutto in me cominciò a vibrare.

«Oddio, continua…» lo incitai; lui accolse l'invito e con una bramosia ardente lo chiuse tra le labbra, lo inondò dell'umido calore della sua saliva e lo succhiò a fondo nella bocca finché non raggiunse il turgore che desiderava. Per un istante la vista si appannò, una vampata di calore mi irrorò il petto, ma Efrem non intendeva placarsi: schiaffeggiò il seno che balzò in alto, poi lo pressò nel palmo, suggendo ancora il capezzolo che divenne duro e sensibile. E ancora: strinse, tirò, succhiò a fondo e schiaffeggiò. Il bottoncino divenne tumido. Qualsiasi uomo ne sarebbe stato soddisfatto, eccetto lui, che seguitò a seviziarlo fino a renderlo violaceo e dolente. I vasi capillari si ruppero, un ematoma cominciò a comparire tutt'attorno. Lo pregai ancora di continuare, poi di fermarsi, poi di continuare, in una litania confusa. Determinato a ignorare i miei inutili deliri, Efrem proseguì a infliggermi piacere e dolore, portandomi al confine di entrambi, in una lenta tortura che mi indusse a inclinare la testa all'indietro. Infilai la mano nei suoi capelli e li strinsi; erano soffici e profumati come mi aspettavo. Li spettinai e allora sì che il suo fascino riuscì a soggiogarmi più di quanto potessero fare le parole. Resosi conto che ormai ero completamente persa, Efrem infilò bruscamente le dita dentro di me; l'attrito veemente mi fece sobbalzare e con un'involontaria remissività agitai il bacino. Mi trovò pronta e accessibile, smaniosa di appagare la pressione interna, quella cavità vuota tra i fianchi che per l'esigenza di essere riempita mi faceva contrarre la pancia.

«Non sei vergine, ma sei ancora molto stretta. Deduco che non usi 'giocattoli' di nessun tipo. Vero, bambina?» Abbandonato ormai il seno dolente, spostò la bocca sull'altro capezzolo e, con le labbra spietate, avide, perverse, gli riservò un trattamento ancora più crudele. Lo schiacciò verso l'interno, tenendolo in ostaggio. La pressione si irradiò in tutto il petto, poi lo tirò tra i denti provocandomi uno sbalzo improvviso, come se stessi precipitando nel vuoto. Gridai quando lo succhiò selvaggiamente mentre premeva le dita ai lati dell'areola per esporlo ancora di più. Il sangue smise di affluire e la pelle assunse il colore di una prugna matura, sensibile persino ai soffi di fiato che emanava per intirizzirlo. Tornai a respirare soltanto dopo che lo ebbe liberato, scusandosi con generosi movimenti di lingua che parvero assecondare i miei gemiti, aumentando la sofferenza. Voleva dimostrarmi tutto ciò che si poteva fare con il petto di una donna, quanto fossero piacevoli anche le carezze più brutali.

«Di che giocattoli parli?» esalai in un gemito strozzato; non sapevo su quale parte del corpo concentrarmi. Con la bocca mi tormentava i seni, con le dita spingeva tra le cosce mentre la sua voce maschile e greve mi giungeva ovattata alle orecchie.

«Mi hai già risposto, Dorothea.» Efrem risalì sul mio collo, afferrò il *choker* tra i denti e gli diede un leggero strattone. «Un giorno a questo gioiellino dovremo aggiungerci un bel guinzaglio…» Trascinò le labbra umide fino al mento e lo mordicchiò con un sorriso ambiguo. L'oscurità silente e corrotta che da anni mi infettava l'anima apprezzò l'immagine che aveva evocato ed ebbe l'effetto di farmi sentire depredata, in bilico tra ciò che era moralmente giusto e ciò che era assolutamente amorale. La barba mi graffiò la pelle delicata. Strusciai la punta del naso contro la sua guancia e provai ancora a rubargli un bacio, ma lui mi strinse i capelli nel pugno e li tirò dabbasso, rimettendomi al mio posto. Mi morse tra la spalla e la clavicola, incidendovi i denti con la ferocia di un animale, e di nuovo strillai, questa volta con più frustrazione. Il dolore, il persistente sfregamento contro i suoi vestiti, il torace che mi comprimeva il petto, le ginocchia che mi tenevano spalancate le cosce, l'efferatezza dei gesti, la sua presenza che mi annullava e inglobava mi impedirono di contenermi oltre. Gli spasmi mi colsero subitanei. Rifugiai la testa nella curva del suo collo, mi serrai attorno alle dita che continuavano a conficcarsi feroci dentro di me, come se anche lui non riuscisse più a fermarsi, poi dondolai il bacino per inseguire violentemente il mio piacere. Mi aggrappai alla sua camicia, la sgualcii nei pugni, attirandolo a me nel disperato tentativo che premesse le labbra sulle mie e mi regalasse un pezzo di cielo, ma Efrem non fece nulla di tutto ciò.

«Vieni, bambina...» mi sussurrò all'orecchio, con una mano avvolta alla mia nuca e l'altra a muoversi veloce nel fulcro intimo e femminile, ormai grondante, dosando con meticolosa esperienza l'intensità degli stimoli.

Tremai e contrassi le gambe mentre l'addome si ritirava, il respiro cessava e la vista si annebbiava concedendomi solo un'esplosione confusa di colori. L'orgasmo mi inondò e fu il più travolgente che avessi mai provato. Tanto potente da vanificare tutti quelli che in precedenza mi ero procurata da sola. Efrem si distese su di me finché le contrazioni non si placarono e le sue dita poterono scivolare fuori, lasciando tracce umide nel mio interno coscia. Senza fiato, restai raggomitolata sotto di lui, incurante che fossi bagnata mentre mi gravava addosso, puntellato sui gomiti. Sentivo la vena del suo collo pulsare, la pelle accaldata, i muscoli gonfi di una lussuria repressa. Imbarazzata, nascosi il viso nell'incavo del mio braccio. Il materasso si abbassò sotto il peso di Efrem che si adagiò piacevolmente su un fianco, accanto a me, allontanandosi quel tanto che bastava a concedermi di riconnettere con la realtà.

«Va tutto bene.» Mi accarezzò i capelli per confortarmi e io mi rannicchiai contro di lui mentre la mano scorse lungo la schiena per frizionarla. Mi accorsi che i seni mi bruciavano per il modo in cui li aveva maltrattati, esattamente come i glutei. In entrambi i casi provavo un dolore lancinante che condizionava i miei movimenti, rendendomi tutta lamenti e sussulti mentre il forte languore non accennava a diminuire. «Non tremare. È naturale ciò che provi. Adesso passa», mi consolò con quella sicurezza che dava per certo che tutto sarebbe passato davvero, anche il patimento per la morte della mamma che, come un mostro insaziabile, continuava a lacerarmi dentro. «Ogni cosa passa. Passa sempre, Dorothea, devi solo essere forte e fiduciosa...»

Il suo profumo era diventato più intenso e pungente; sfregai il nasino sul petto scoperto e mi arrampicai con le dita sullo scollo della camicia, ancora sbottonata. «Come fai a intuire ciò che penso?»

Efrem si irrigidì quando giocai con la peluria corta, tirandola più volte. La virilità che emanava mi stordiva; mi sentivo ebbra di lui, bisognosa di accarezzare ogni muscolo coperto, ogni angolo di quel fisico divino, anche il più nascosto. «Il mio lavoro implica che io sappia leggere le emozioni dei pazienti. Sono un uomo empatico.»

«Oltre che passionale, direi…» aggiunsi, birichina.

Lui mi fissava da sotto le ciglia brune con una mordace serenità, capace di mascherare la virulenza che lo pervadeva quando si abbandonava all'istinto. Strusciai le cosce tra loro al pensiero del suo palmo che batteva contro il pube o del timbro basso con il quale mi ordinava di compiacerlo.

Efrem doveva essere un amante estremamente esigente e generoso, disposto a occuparsi del benessere di una donna, ancor prima del proprio. Ero certa che si era controllato, che aveva dato sfogo soltanto a una minima parte di se stesso e che dentro custodiva una libidine più sfrenata.

Anche in quel momento, mentre mi osservava o assorbiva il tocco delle mie carezze, sembrava lottare contro una fame smisurata, contro desideri oscuri che si palesavano nel rigonfiamento evidente che mi premeva sull'inguine.

Com'era possibile che riuscisse a sopportare una tensione così esasperante malgrado mi avesse vicina, cedevole e disponibile a qualsiasi pretesa o bisogno?

Non mi aveva chiesto nulla in cambio, neanche mi aveva concesso un bacio, a meno che…

«Appena tornerai a casa farai sesso con *lei*, vero?» Gli parlai contro il petto, restando accucciata ad attendere che mi rispondesse.

Efrem sospirò, scese lungo la linea della schiena e chiuse la mano su una natica per strizzarla. Mugugnai un lamento e mi spinsi contro di lui, schiacciando la guancia sulla pelle calda. «Non sei pronta ad accettare ciò che non posso darti. Non lascerò mia moglie per te. Non la lascerei per nessun'altra donna al mondo, Dorothea», proferì assertivo. La sua voce gli rimbombò nella cassa toracica, riverberando nella mia. Aveva cambiato umore, si era infastidito. Con calma, continuò a palparmi il sedere finché spinse le dita nel solco; l'abito si incuneò tra i glutei e io gemetti quando, da sopra al tessuto sottile, i polpastrelli sfiorarono l'anellino stretto, ancora inviolato. Forse voleva distrarmi dal nostro discorso, ma io tentai di restare concentrata, nonostante fossi arrossita. Mi augurai che per quella sera le sue richieste fossero finite.

«Quindi… ciò che è appena successo che significa?» Non potevo attribuire a lui la colpa di quello che avevamo condiviso. Ero stata io a volerlo, sebbene non fossi abbastanza conscia di ciò che avrei vissuto dopo. Era tutto nuovo per me, non avevo l'esperienza adeguata per rendermi conto del casino in cui mi sarei cacciata.

Efrem lasciò perdere il mio didietro e io tornai a respirare quando scese ancora più in basso, sul retro di una coscia. «Significa esattamente ciò che sembra: sono stato al tuo gioco, ma alle mie condizioni. Non posso andare a letto con una mia paziente. Adesso dovrebbe esserti passata la smania di conquistarmi o, quantomeno, dovrebbe esserti chiara la situazione.»

«Credevo che avessi finalmente ammesso a te stesso di essere attratto da me…» Anziché guardarlo negli occhi, fissai il punto in cui le mezzelune dei pettorali si univano. Qualcosa mi stava comprimendo il cuore e serrando i polmoni, forse i sensi di colpa o forse la delusione di essere precipitata di nuovo nel mio Inferno dopo aver avuto un piccolo assaggio di Paradiso.

«Anche se lo ammettessi, la realtà non cambierebbe.» Efrem si accorse della mia espressione avvilita e mi sollevò il mento per invadermi con le sue meravigliose iridi acquamarina, capaci di dare tanto a una donna e al contempo di sottrarle tutto. Le percepii fredde rispetto al piacere bollente che le aveva pervase poco prima, travolte da un maremoto di pensieri negativi. «Sei abbastanza adulta per affrontare con me questo discorso: non mi pento di ciò che ho appena fatto con te e me ne assumo la responsabilità, ma tu puoi scegliere, Dorothea. Puoi scegliere di andare da Mitchell, denunciare l'accaduto e chiedermi di essere affidata a un'altra équipe medica, con un nuovo psichiatra che possa seguirti. Oppure puoi continuare a restare con me, all'Asklepios, con la consapevolezza che io sono e sarò sempre un uomo impegnato, con dei vincoli altrove.»

Abbassai lo sguardo, cogliendo il senso amaro delle sue parole. «Vincoli che includono tua moglie, ovviamente…»

Efrem mi afferrò le guance; pollice e indice affondarono ai lati del mio volto e mi deformarono la bocca con un'autorevolezza soggiogante. «E Joël», sussurrò a un soffio dalle mie labbra. «Lui viene prima di chiunque altro. È un bambino molto sensibile, non posso permettere che cresca in un ambiente famigliare ostile. Io e mia moglie siamo tutto per lui, i genitori che merita di avere. Io devo essere il padre che merita di avere, anche se non sono perfetto, non sono infallibile e non sono un santo, ma le sue esigenze sono più importanti delle mie. La sua vita è più importante della mia.»

Una strana commozione mi risalì dal cuore e fiorì in un sospiro malinconico all'idea che lui fosse il padre che io non avevo mai avuto. «Quindi è per lui che non lasci tua moglie…»

Efrem non voleva aprirsi con me, non voleva dirmi cosa davvero lo legasse alla donna che aveva sposato.

D'altronde chi ero io per saperlo?

Solo una ragazzina con cui si era divertito.

Eppure sospettavo che non fosse felice, che non provasse sentimenti per nessuno eccetto che per suo figlio.

«Non lascio mia moglie perché è giusto così. Ho scelto di sposarmi, nessuno mi ha costretto. Sarei ipocrita a dirti il contrario.» Parlava di lei, ma continuava a stritolarmi gli zigomi come se non potesse impedirsi di starmi lontano o di sprofondare nell'ambra dei miei occhi ammirandola e restandone ipnotizzato.

D'istinto appoggiai la mia mano sulla sua e ne accarezzai il dorso grande, caldo, nella speranza che allentasse la presa. «Quindi vuoi che io scelga?»

«Sì, in totale libertà. Ti ho già detto che mi assumo la responsabilità di tutto. Non sono il tipo di uomo che rinnega le proprie colpe, ma se posso concedo agli altri la possibilità di espiare le loro…»

«Ho paura di quelli come te.» Riuscii a staccare il suo palmo dal mio viso per portarlo alla bocca; delicatamente gli baciai i polpastrelli che avevano ancora l'odore della mia femminilità. Lui mi permise di giocarci mentre l'indice lambiva il taglio del mio labbro inferiore.

«Quelli come me?» ripeté sottovoce, attratto dal modo in cui avevo iniziato a leccargli il dito lentamente.

«Gli oratori.» Sorrisi con le gote e il petto ancora accaldati.

«Per quale motivo?»

«Perché siete bravi a usare le parole per manovrare le persone. Usate la cultura e l'intelligenza per nascondere la vostra vera essenza. Siete i peggiori.» Quando con entrambe le mani afferrai la sua come se fosse un gustoso cono gelato e tentai di succhiargli l'indice, Efrem si divincolò per alzarsi e non cadere nei miei tranelli. Era un uomo astuto, difficile da corrompere a meno che non fosse lui a stabilire di cedere alle lusinghe e ricambiarle.

«Smettila con queste sciocchezze, Dorothea», mi rimproverò sospirando per l'erezione vistosa che, ancora una volta, non era stata soddisfatta. Con gesti nervosi richiuse la cintura e si sistemò le maniche della camicia che srotolò lungo gli avambracci, coprendone la muscolatura scolpita. «È quasi mezzanotte. Dobbiamo rientrare in clinica. Domani avrai il tempo di pensare a ciò che ti ho detto e di prendere la tua decisione…»

25
Thea

Un'anima che si sa amata, ma che non ama,
rivela il proprio fondo: quello che ha di infimo affiora.
FRIEDRICH NIETZSCHE

IL dottor Krugher mi aveva fatto un incantesimo.

Il suo corpo era un artificio di irresistibile seduzione; le mani, grandi e sicure, erano capaci di proiettarmi in una dimensione inconsueta, magica; la voce cupa di spegnere la ragione e pilotare le mie scelte con un'oscura arditezza. Non ero mai stata così disinibita con nessun altro, tantomeno avevo mai pensato di assecondare delle richieste sessuali esplicite, di trarne piacere e di sentirmi inspiegabilmente compresa.

Efrem non mi aveva giudicata, soltanto analizzata e apprezzata.

Non c'era stato neanche un momento in cui avessi percepito biasimo o pentimento, bensì l'intenso desiderio di farmi sua, il fragore di una lussuria che ci avrebbe condotti al varco della perversione più impura.

Lui sapeva perfettamente di cosa avevo bisogno, sapeva che mi ero talmente abituata a vivere nel dolore da ricercarlo inconsapevolmente nei rapporti personali. Da tempo avvertivo dentro di me la lotta psichica tra conscio e inconscio, tra ciò che consideravo giusto e ciò da cui ero ignobilmente attratta, una contraddizione che mi trascinavo dietro da bambina, ma che in età adulta stava insorgendo in maniera più evidente, soprattutto dopo la morte della mamma.

Dopo ciò che era accaduto quel 18 agosto…

Qualsiasi ragazza, a vent'anni, avrebbe desiderato un fidanzato appagante, dolce, premuroso, qualcuno che potesse concederle una storia d'amore stabile e costruttiva, ma non io.

Io ricercavo le anime tormentate, coloro che erano come me, in conflitto con la medesima contraddizione. Le anime con le quali sarebbe stato impossibile sognare un futuro certo, condividere una libido cosparsa di petali di rosa ed effusioni delicate, degne di due innamorati.

Prediligevo il sibilo del proibito, un abbandono consenziente. Amavo cedere il controllo a qualcun altro e sgravarmi, in quei piccoli attimi di libertà, dal peso di una vita difficile e angosciante che non avevo scelto e che il destino mi aveva imposto. Necessitavo di qualcuno che potesse restituirmi le emozioni che avevo perso, che potesse aiutarmi a riconoscere il mio corpo e che debellasse il senso di inferiorità che mi struggeva ogni volta che incontravo il riflesso della nuova Thea allo specchio.

L'unico modo per poter uscire da quell'eterno conflitto interiore era il dolore.

Quello sano.

Avevo trascorso numerose ore in biblioteca, sotto lo sguardo attento della signora Ferguson, a cercare testi che riguardassero le fantasie o le deviazioni sessuali, ma non avevo trovato nulla di esauriente. La sola persona che avrebbe potuto darmi delle risposte era la stessa che avevo ignorato per tutta la settimana, da quando, il venerdì precedente, mi aveva riportata in clinica dopo che avevamo vissuto un'intimità travolgente nella suite dell'*Himeros*. Per ben sette giorni avevo applicato un unguento freddo sui seni per attenuare il lividore dei capezzoli. Ogni volta che mi sfioravo per massaggiarli, che il tessuto dei top o delle magliette vi sfregava contro, sentivo la sensazione delle sue labbra calde che li succhiavano con crudeltà e, puntualmente, un calore insopportabile si sprigionava dal petto fino al basso ventre, facendo pulsare il desiderio tra le cosce. Illanguidita e sognante, fissavo spesso il vuoto vaneggiando sulle sue dita che, rapide, esigenti, irruenti scavavano dentro di me per incendiarmi e lasciarmi esplodere sotto di lui, disarmata e incapace di resistere al piacere che era in grado di donarmi.

Non riuscivo a smettere di pensarlo, di rievocare innumerevoli volte ciò che avevamo fatto tra i broccati lussuosi di quel letto, di riascoltare i miei gemiti che, timidamente, si erano impigliati nella tela della sua perdizione, di udire la sua voce bassa, sporca di peccato, che mi sussurrava ordini, mi incitava, mi incoraggiava e mi privava di ogni pudore.

Efrem mi aveva spogliata e fottuta con la mente prima ancora che potesse farlo con il corpo.

Tuttavia, non volevo abituarmi alle emozioni che riusciva a scaturire in me, le ricercavo e le respingevo, conscia che non avrei voluto legarmi a lui. Non solo perché era sposato, bensì perché volevo proteggermi dai sentimenti, volevo che Efrem fosse solo un giro sulla ruota panoramica: eccitante, mozzafiato ma di breve durata.

E presto l'avrebbe capito anche lui.

Con questa certezza nel cuore, quel lunedì sentii nonna Lizzie, o meglio, la contattai con una videochiamata.

«Milla… mi vedi? Santi numi, questo sole mi acceca!» La nonna continuava a muovere il cellulare, cambiandone l'angolazione. L'avevo interrotta proprio mentre stava annaffiando le piantine in veranda e questo l'aveva infastidita parecchio poiché nessuno doveva disturbarla quando si dedicava ai suoi hobby preferiti. «Milla!» urlò contro il microfono del vecchio Samsung.

«Cazzo, nonna. Ti vedo e ti sento.» Mi sedetti sul letto e incrociai le gambe sotto di me. Mi ero svegliata da circa un'ora, avevo saltato la colazione e non ero ancora pronta ad affrontare ciò che la giornata aveva in serbo per me: prima cosa fra tutte un noiosissimo colloquio con il dottor Nørgård.

«Non dire parolacce!» mi rimproverò lei; abbassò e sollevò l'aggeggio, poi avvicinò l'obiettivo al viso inquadrando solo il mento.

«Nonna… distanzialo un po'.» Ridacchiai quando la vidi socchiudere le palpebre sul display per mettere a fuoco la propria immagine. Non indossava gli occhiali per la presbiopia, perciò da vicino non riusciva a vedere nitidamente.

«Scusami tanto se non ho la dimestichezza di voi giovani», bofonchiò ilare. Le mèches blu sulle punte dei capelli erano più lucenti sotto la luce naturale, le rughe ai lati della bocca più profonde, ma lo spirito arzillo e vivace sembrava non temere gli anni che passavano.

«Cerca di stare ferma. Siediti e lascia perdere il tuo piccolo giardino per qualche minuto.»

Frattanto che la nonna rientrava nell'appartamento, Juliette sogghignava mentre riordinava i suoi romanzi nella libreria. Alla strana mania per le serie di Netflix che non avessero più di due stagioni, si era aggiunta anche quella di disporre i libri per anno e colore di copertina. Quella ragazzina soffriva di varie forme di ossessione compulsiva, esattamente come nonna Lizzie che non riusciva a frenare la sua tendenza ad acquistare oggetti vintage. Ne ebbi la chiara conferma quando riuscii a scorgere dalla telecamera i nuovi vinili nel soggiorno e i quadretti appesi alla parete che richiamavano gli aforismi più belli di note rockstar della storia.

«Nonna, la smetterai prima o poi di comprare oggetti inutili? La nostra casa sembra un bazar.»

Juliette ridacchiò mentre, dandomi le spalle, fissava il ripiano che ospitava i volumi rigorosamente blu; dopo sarebbe stato il turno di quelli con le copertine bianche sparpagliati sulla sua scrivania.

«Milla, lo sai che ci tengo molto all'arredamento.» Nonna Lizzie si sedette sul divano del salotto e finalmente potei vederla meglio: indossava un foulard colorato attorno al collo, abbinato a una t-shirt nera con la stampa fluorescente degli AC/DC. Aveva gli zigomi leggermente arrossati dal sole e la fronte madida di sudore.

«Lo so. Da quanto tempo eri lì fuori? Non devi affaticarti, nonna.»

Lei sbuffò e scosse il capo; non voleva che mi preoccupassi. «Oh, Milla, le giornate sono lunghe e di certo non amo trascorrerle rigirandomi i pollici. Sarò anche anziana, ma ho energia da vendere.» Si batté la mano sul cuore, alludendo a quanto fosse forte. «Come va lì? Ti stai comportando bene? Come ti trovi con l'équipe medica?» D'un tratto dirottò il discorso su di me, presa dall'ansia di sapere e di accertarsi che tutto stesse procedendo al meglio.

«I medici sono gentili e professionali. Seguo costantemente i colloqui con la dottoressa Ruiz. Il dottor Nørgård, invece, ha stabilito un piano alimentare specifico per la mia situazione. Mi pesa due volte a settimana e controlla che io mi nutra a dovere…»

«Per fortuna non sembri dimagrita», affermò con un sorriso fiducioso. «Dimmi che stai meglio…»

D'istinto guardai la scimmietta posata sul comodino; allungai il braccio per afferrarla e la strinsi al petto, affondando le unghie nel manto morbido. Con la nonna potevo essere la vecchia Thea, quella fragile e rotta, che senza la mamma si sentiva persa. «Non voglio mentirti: a volte sono stabile, altre volte è come se ci fosse una guerra dentro di me.» *E io non sapessi come combatterla.*

Un velo di malinconia scurì gli occhi ambrati della nonna alla vista del peluche; sua figlia Nancy, la giovane amante dell'arte, dei colori sfolgoranti e dei colibrì variopinti, mancava anche a lei tanto quanto a me. «Abbi pazienza. Hai cominciato da appena un mese, sono sicura che ce la farai. Il dottor Krugher cosa ti ha detto? Cosa pensa del tuo percorso riabilitativo?»

Il dottor Krugher pensa che io sia invitante quando apro le gambe…

«Lui…» Le parole si impigliarono in gola. Un fuoco spossante mi incendiò la pancia, la pelle d'oca mi increspò le cosce come se avessi ancora le sue lunghe dita a spingere e rovistarvi nel mezzo, le sue labbra carnose a un soffio dalle mie e il suo sguardo torbido a insidiarsi nella testa. Strinsi più forte la bertuccia mentre i denti sfogavano la frustrazione sull'interno guancia. «Spera che fra tre mesi io sia fuori di qui. Non vede l'ora di rispedirmi da te.»

La nonna annuì bonariamente, ignara della verità. «È un brav'uomo. Sei in buone mani…»

Sì, nonna. Di sicuro con le mani ci sa fare, ma in un modo che tu non approveresti…

«Tutto bene, Milla?» Si insospettì quando il mio sguardo indugiò sul display, con le palpebre immobili e la mente errante tra i pensieri.

Sbattei le ciglia e mi schiarii la voce, scacciando via l'impudico ricordo. «Sì, perché?»

«Non lo so.» Si appoggiò meglio allo schienale del divano e aggrottò la fronte. «Mi sembri… assente.»

«Sono solo un po' stanca.» Posai il peluche tra le gambe e lo accarezzai come se fosse un animaletto domestico. «Stare qui dentro comporta una forte pressione psicologica. Non è facile. Mi sento fuori posto.»

«Non devi, Milla. Pensa a ciò che ti aspetta dopo: la musica, la band, i fan e soprattutto… io. Ho riempito la dispensa di Skittles solo per te.»

«Anche Efrem, cioè il dottor Krugher», mi corressi in fretta, sperando che la nonna non si accorgesse della gaffe, «mangia spesso le caramelle al limone.» *E le assapora piano, rompe tra i denti la superficie dura e vetrosa, poi arriva al succo, lentamente, proprio come fa con l'anima dei pazienti, compresa la mia.*

«Dorothea Ludmilla Jensen!»

Oh, no… Quando si rivolgeva a me usando entrambi i miei nomi, significava che Lizzie Curtis era davvero contrariata.

«Sì?» Sorrisi a denti stretti.

«Chiami il tuo medico per nome?» indagò, avvicinando un occhio alla fotocamera e socchiudendo l'altro in un'espressione buffa; intanto Juliette, dall'altra parte della stanza, si godeva la scena soffocando risatine divertite.

«Assolutamente no.»

La nonna sollevò l'indice pronta a rimbrottarmi. «Non prenderti confidenze che non devi. Sii educata e rispettosa. Io e tua madre ti abbiamo insegnato come ci si comporta con gli adulti. Non farmi fare brutte figure!»

«Niente brutte figure…» la irrisi. «Con il dottor *Brumer*.»

«Non sfottermi, signorina!»

Decisi di non farla infuriare e chiacchierammo per almeno mezz'ora: le mostrai i poster che avevo appeso in camera, i due nuovi collarini che mi aveva regalato Halima e la tabella dei pasti che dovevo seguire giornalmente. Dopo essersi raccomandata che mi attenessi alla terapia senza ribellarmi, la nonna mi informò che le era stato espressamente vietato di recarsi in clinica a farmi visita e che il dottor Krugher, in alcune chiamate avvenute nelle settimane precedenti, si era mostrato irremovibile anche con Victor, il quale lo aveva incitato più volte a rivalutare la sua decisione. Nonna Lizzie non sapeva che Efrem mi aveva punita per un semplice bigliettino contenente una poesia erotica e, in quel momento, ragionai sul motivo per il quale non ne aveva parlato né a lei né al mio manager.

Forse per tutelare me? O semplicemente se stesso?

Sembrava essere trascorsa una vita intera da quando, dinanzi al Tèichos, avevo architettato quella stupida provocazione nei suoi confronti; se qualcuno avesse scoperto ciò che avevamo fatto all'*Himeros*, avrebbe considerato quel pezzetto di carta una trasgressione di poco conto. Tuttavia, la nonna non riusciva a comprendere cosa aveva spinto il medico a essere così intransigente. Secondo ciò che le aveva raccontato Victor, Efrem si era giustificato comunicandogli che, nel primo periodo di permanenza all'Asklepios, era necessario per il paziente intraprendere il nuovo percorso senza interferenze da parte dei parenti. Ovviamente si trattava di una scusa credibile per chi non faceva parte del suo ambiente, ma blanda per chi, come me, sapeva quanto per gli ospiti fosse importante, ogni venerdì, interagire con il mondo esterno e incontrare le persone più care.

Prima di interrompere la videochiamata, promisi alla nonna che l'avrei aggiornata costantemente sul mio stato di salute e che avrei chiesto, personalmente, al dottor Krugher il permesso di vederla. Lei mi mandò una quantità innumerevole di baci volanti, ritardando di vari minuti il nostro saluto, finché decisi di chiudere per prima.

Con una strana malinconia a pungolarmi dentro, fissai la tenera scimmietta, la stessa che Efrem aveva stretto tra le mani quando al suo interno ci aveva scovato la scatola dei lassativi.

Rabbrividii al pensiero della furia che gli aveva infiammato lo sguardo e della sculacciata con la quale aveva cercato di rimettermi in riga. Con le intenzioni più amorali, aveva ammutolito la mia apatia e permesso ai sensi di esplorarsi a vicenda fino a risvegliare una passione folle condita dall'amaro peccato di essere osservati da una terza persona: Mitchell.

Sapevo che erano amici da vent'anni, che erano uniti e complici, ma non mi sarei mai aspettata che potessero condividere un'intimità simile con indifferenza e autocontrollo.

Cos'altro avevano condiviso?

E soprattutto…

Cosa ne sarebbe stato di me?

L'avvocato Ryke avrebbe preso qualche provvedimento nei miei riguardi?

Da quel giorno in poi avevo cercato di ignorarlo il più possibile, esattamente come stavo facendo con Efrem, ma sapevo che prima o poi avrei dovuto parlarci o sorbirmi la sua eventuale rampogna.

Il cuore prese a battermi forte per la viva preoccupazione di poter essere cacciata via a calci nel sedere o, ancora peggio, di dover affrontare la glaciale alterigia del dottor Markus, colui che era a capo di tutto. Era stato sufficiente un solo incontro per comprendere quanto quell'uomo era oscuro e inquietante, perciò non osavo immaginare quale sarebbe stata la sua reazione se fosse stato informato dell'intesa che c'era tra me e suo figlio. Con un respiro profondo, tornai al presente e smisi di angustiarmi. Sfiorai gli occhietti tondi del peluche; le grandi pupille nere contornate dall'iride dorata sembravano osservarmi con nostalgia, il musetto effigiato dalla linea di un sorriso mi invitava a imitarlo, la chitarra che stringeva tra le manine mi rammentava che suonare era sempre stato il mio sogno nel cassetto.

Sei già una piccola rockstar, Dorie, diceva la mamma, quando io e Andy avevamo appena fondato la nostra band. Era stata lei la mia prima fan, la prima ad aver creduto in me, ad avermi infuso il coraggio di cui necessitavo per andare avanti. Era stata lei a forgiare la Thea solare e ottimista che ero un tempo, la ragazzina che catturava la vita con ogni respiro, correva sulle braci ardenti senza aver paura di bruciarsi, credeva che il mondo, oltre a tante nubi grigie, avesse anche bellissimi arcobaleni da immortalare in uno scatto. Dopo la sua morte, invece, tutto si era spento. Camminavo sul cemento freddo, avvolta da un dolore muto; trattenevo nel petto grida silenziose, trascorrevo notti insonni, cedevo ai vizi, mi omologavo agli ideali di una società superficiale e odiavo me stessa.

Di quell'assaggio di vita non era rimasto null'altro che uno specchio sul quale si riflettevano un volto pallido, un corpo smunto, due occhi disillusi e una smorfia di ripudio.

Lei è morta a causa tua, mi sussurrava la vecchia Thea, *è morta per assecondare te. Lo stupido capriccio di una diciottenne che avrebbe dovuto starsene a casa anziché mettere in pericolo sua madre.*

Scossi il capo contro la scimmietta che, improvvisamente, parve giudicarmi e trascinarmi nel passato.

È colpa tua, avresti dovuto essere meno egoista. Avresti dovuto dimostrare a tua madre quanto l'amassi anziché discuterci, urlarle contro, maltrattarla e offenderla.

È colpa tua e del tuo egoismo.

Del tuo essere così sbagliata.

Sempre pronta a ribellarti.

Sempre crucciata come una bambina indisciplinata.

Sempre ostinata a respingere chi ci teneva a te.

Anche se nessuno ti ha condannata, sai che l'hai uccisa tu.

Convivi con quel ricordo tormentoso, ti sanguina il cuore e ti struggi l'anima.

E te lo meriti, Thea.

Te lo meriti.

«No, non è colpa mia…» Due lacrime distillarono lungo le guance; sentii il suo profumo di more nell'aria, l'angoscia avvolgermi il collo come un cappio e il respiro venir meno. Gettai il peluche sul letto per correre in bagno. Spalancai la porta con irruenza e caddi in ginocchio dinanzi al water. La feroce morsa del dolore mi stritolò lo stomaco, precipitai nel pozzo profondo dei miei errori, della mia sconsideratezza, e mi ruppi. Il mondo bruciò, tutto ciò che mi circondava si disintegrò ancora una volta. Non c'erano più sogni, soltanto fuoco e cenere. Le tenebre mi chiedevano di seguirle, di smettere di scappare e di arrendermi. E così feci: mi diedi forti pugni sulla pancia. A occhi chiusi vidi me stessa relegata in un angolino buio, le fiamme sempre più alte e il destino che continuava a ravvivarne le braci. Al centro di quell'immenso Inferno l'ombra del mio demone si ergeva fieramente mentre mi sorrideva, mi indicava e condannava. Era circondato da una bolgia di bestie affamate, intente a schernirmi con opinioni offensive e denigranti: *Sei una puttana. Sei una drogata. Non sai suonare. Sei una buona a nulla.* Tra di loro emerse anche una figura snella, candida, con una folta capigliatura biondo platino. Completamente vestito di nero e con un'espressione malefica che stentavo a riconoscere, Andy mi fissava con disprezzo: *Ti detesto. Mi avevano messo in guardia da te, ma io ti ho protetta perché ti amavo. Nessun altro potrebbe farmi più male di quanto me ne abbia fatto tu. E la cosa peggiore è che sono stato io a darti il potere di distruggermi.*

Il primo conato mi risalì fino in gola. Con una mano chiusa sul ventre, infilai le dita nel cavo orale; le nocche sfregarono contro gli incisivi lacerando le vecchie abrasioni e provocandone di nuove. Contrassi l'addome. Non avevo nulla da rigettare, se non acqua e veleno. Mi sforzai. Spinsi l'indice e il medio più in fondo, i denti si conficcarono nella carne viva delle ferite e il sangue si diffuse sul palato. Serrai gli occhi, finché l'ultima, estenuante allucinazione mi esplose fra le tempie e mi lasciò ansante. Un uomo sedeva distante dalla folla, su uno scranno d'oro. Scrutava ogni cosa attentamente, con le mani strette sui braccioli e l'atteggiamento imperioso di una divinità. Mi fece segno di avvicinarmi e, pervasa dalla paura, gattonai via dai dannati che mi avevano accerchiata per raggiungere colui che sembrava il re. Il loro Signore. L'unico a mostrarsi oscenamente nudo, coperto solo di graffi e cicatrici. Mi sporsi e gli permisi di catturarmi il mento, di soverchiarmi con il turbine traslucido dei suoi occhi, così trasparenti da lasciarmi percepire una sporca cupidigia attorniata da una biasimevole moralità: *Non sei pronta ad accettare ciò che non posso darti. Non lascerò mia moglie per te. Non la lascerei per nessun'altra donna al mondo, Dorothea.*

Riaprii le palpebre e mi distesi sul pavimento, tremante.

Avevo freddo.

C'era il gelo, dentro e fuori di me.

Dei passi affrettati mi anticiparono la presenza di Juliette che, ansimante e spaventata, si accasciò al mio fianco e mi accarezzò la fronte.

«Thea...» mormorò con voce flebile. «Thea, cos'hai? Vuoi che chiami qualcuno?» Mi scosse da una spalla, terrorizzata dalle mie pupille naufragate nel vuoto. «Parlami.»

Non le diedi retta e rimasi in silenzio a sopportare la mia ennesima e violenta disfatta.

Ero un totale fallimento, avrei deluso tutti. La dottoressa Ruiz e il dottor Nørgård avrebbero compreso che non erano i loro colloqui o il piano alimentare a non funzionare, bensì io.

Ero io il vero problema.

La ragazzina scoppiò a piangere, poi con le gracili braccia mi sollevò per posare il mio capo sulle sue cosce, magre come il resto del corpo.

Juliette soffriva di anoressia nervosa tipica, una forma di anoressia più grave della mia e con complicanze mediche dannose. Era molto fragile, sempre spossata e dolorante, eppure tutto ciò che le era rimasto decise di offrirlo a me. Usò quelle poche forze di cui disponeva per sorreggermi e avvolgermi in un abbraccio confortevole con la stessa dolcezza di una sorella piccola che tenta in ogni modo di salvare la sorella maggiore, ormai persa.

«Si nasce per morire, Julie…» Inspirai il profumo al gelsomino di cui era pregno il suo vestito e che non sopportavo, nonostante mi provocasse una strana sensazione di pace. Un sorriso triste macchiato di strafottenza mi incurvò la bocca, screpolata e disidratata. Malgrado ciò che avevo appena affrontato, non perdevo mai la voglia di deridere me stessa e i tormenti con i quali dovevo convivere ogni giorno.

Lei mi accarezzò la guancia pallida, ci passò sopra il pollice e strinse le labbra, amareggiata. «No, Thea. Si nasce per vivere.» Una lacrima le scivolò dal mento e si abbatté sul mio collo. «Ne usciremo, vedrai. Torneremo a essere felici. Non devi mollare.»

Tu, Julie.

Tu tornerai a essere felice.

Tu non dovrai mollare.

Non io; io l'ho già fatto.

Non ci sarà guarigione per me.

Né alcuna redenzione per ciò che ho commesso…

Sapevo che dovevo smettere.

Smettere di fumare.

Smettere di sottovalutare la mia salute.

Smettere di ignorare chiunque mi consigliava di curarmi.

Eppure ero quel tipo di persona che, quando le si diceva cosa fare, continuava a trasgredire per far intendere agli altri che non avrebbe mai rinunciato alla propria indipendenza.

Non avevo bisogno di nessuno, non cercavo qualcuno che si occupasse di me, che decidesse per me o stabilisse quando e come avrei dovuto debellare i miei vizi.

Non ero affatto accondiscendente sulle mie abitudini quotidiane o sui miei ideali di vita: avrei accettato che qualcuno mi aiutasse a capire *chi ero*, ma non avrei mai tollerato che quel qualcuno mi imponesse *chi essere*.

La differenza, seppur sottile, era fondamentale per me.

Dopo il malore avvenuto nel bagno, avevo deciso di uscire dalla camera e di raggiungere il giardino per godermi in totale tranquillità una Lucky Strike. Juliette avrebbe voluto accompagnarmi, ma le avevo chiesto di lasciarmi sola. Avevo bisogno di schiarirmi le idee, di scacciare via la foschia che, troppo spesso, mi annebbiava la mente.

Camminai per il corridoio della clinica intenta a raggiungere lo studio del dietologo, poiché, come ogni lunedì, avevamo un appuntamento per la misurazione settimanale del peso, tuttavia mi imbattei nelle ultime persone al mondo che avrei voluto incontrare quel giorno.

«Metallara.» Sophie Queen si fermò dinanzi a me. Il top rosso era così attillato da mostrare la sagoma dei due piercing ai capezzoli e abbastanza corto da rivelare anche quello sull'ombelico; la minigonna di jeans le valorizzava le curve dei fianchi ed era abbinata a un semplice paio di sandali semialti con le stringhe allacciate attorno alle caviglie. Akemi, al suo fianco, era fasciata da un kimono di seta blu decorato con alcune rose rosse sui lembi anteriori, sovrapposti all'altezza del collo. Imitando l'amica, mi studiò con aria altezzosa; gli occhi a mandorla erano appena socchiusi. «Com'è andata la tua serata con il dottor Krugher? Non si è parlato d'altro questa settimana…» insinuò Sophie con un sorrisetto malfido.

Tentai di non arrossire; di certo ciò che condividevo con Efrem erano questioni private tra me e lui. «Non penso siano affari tuoi.» Cercai di superarla, ma lei mi fronteggiò per impedirmelo. Raccolsi tutta la pazienza possibile e trattenni la voglia di strattonarla per la coda. «Mi dici che vuoi?»

«Gli hai fatto un bel servizietto?» Chiuse la mano a pugno all'angolo della bocca e la mosse spingendo la lingua contro l'interno della guancia. «O ha rifiutato anche te?»

«Sei davvero pessima.» Di nuovo provai a oltrepassarla, ma questa volta sia lei che Akemi mi osteggiarono formando una barriera umana che avrei potuto valicare con uno spintone, se avessi perso la calma.

«Perché non vuoi dirmelo?» infierì l'attrice. «Non ti va di ammettere che non gli piaci?»

«Oggi non è giornata, Queen. Prendi il tuo cagnolino domestico…» Indicai col mento Akemi. «… e sparisci.» Entrambe mi ricordavano i bulletti che, più volte, sia io che Andy avevamo dovuto sopportare a scuola, nelle ore di pausa tra una lezione e l'altra o quando fumavamo seduti su un vecchio muretto, mentre alcuni compagni restavano defilati in un angolo a osservare l'aggressione, a volte verbale altre fisica, senza intervenire o aiutarci. Sophie apparteneva a quella categoria di persone che, per sentirsi potenti, necessitavano di esibirsi e di trarre sicurezza dall'intimidazione che suscitavano negli altri. Ostentava prepotenza, rabbia, odio, tutti sentimenti che probabilmente aveva assorbito nell'ambiente in cui era cresciuta e che denotavano in lei problematiche serie, sia psicologiche che comportamentali, tra le quali il *purging disorder*: un disturbo di eliminazione, privo di abbuffate.

«Pensavi che con i tuoi graziosi collarini da cortigiana e gli occhietti da cerbiatta potessi sedurlo, vero?» Mi squadrò da sottinsù con sdegno. «Ha capito anche lui che sei una sgualdrina per la quale non vale la pena rischiare.»

Sebbene il tono e le parole che mi aveva rivolto fossero diffamanti e irrispettosi, Sophie Queen non meritava la mia considerazione. Con lei non avevo intenzione di discutere né di sprecare un altro minuto del mio tempo. «Anziché ficcare il naso in ciò che non ti riguarda…» Mi avvicinai, arrivandole all'orecchio. Il suo forte profumo fruttato risultò troppo pungente tanto quanto ciò che le stavo per dire. «… la prossima volta, tu e Riley scegliete un posto migliore nel quale portare a termine i vostri loschi… *affari*. La biblioteca non è adatta.»

La soppesai per qualche secondo e le feci un occhiolino sagace; l'attrice intuì subito cosa avevo visto senza la necessità di mostrarle le prove che custodivo nel mio cellulare. Impallidendo, arretrò di qualche passò e si aggrappò al braccio dell'amica; non accettava che qualcuno conoscesse il suo segreto. Non avrei spifferato nulla al dottor Krugher, purché la smettesse di girare per la clinica a tormentare me o le altre ragazze. «Buona giornata, principesse», le salutai, superandole a passo sicuro, non prima di aver lanciato un ultimo sguardo tronfio alla bella Sophie.

Mi lasciai alle spalle lei e la sua cattiveria e procedetti per le scale.

Al primo piano, una melodia piacevole e leggiadra aleggiava nel corridoio, avvolgendo con le sue note armoniose le statue e l'intero ambiente, come se fosse un'anima palpitante, viva, che tentava di comunicare qualcosa. Avevo già sentito un uomo suonare con la stessa soavità e maestria, e quell'uomo era il dottor Krugher. Una fervente passione accese in me la voglia di ammirarlo ancora una volta al pianoforte. Estasiata, seguii la dolce melodia finché mi fermai sulla soglia della sala ricreativa. Posai una mano sul muro e mi nascosi dietro lo stipite, sbirciandovi all'interno.

Con mia somma sorpresa, scoprii che al maestoso piano non c'era Efrem, bensì una bellissima donna.

Le braccia oscillavano elegantemente mentre le lunghe dita ancorate ai tasti intonavano una sequenza di suoni malinconici, a volte leggeri, appena percettibili, altre volte più cupi e intensi, trascinando chiunque la udisse in un vortice di emozioni contrastanti: amore e odio, rabbia e serenità. I polpastrelli si muovevano decisi, sicuri di quello che volevano esprimere; gli accordi fluidi, più bassi e potenti con la mano sinistra o più alti e acuti con la mano destra, sarebbero stati complessi per chiunque, persino per un bravo pianista come il dottor Krugher, eccetto che per quella donna.

Lei era nata *per*, *insieme* o addirittura *dal* pianoforte.

A occhi chiusi, lo ascoltava, lo attraversava come se fosse un ponte di comunicazione con il mondo, un mezzo di consolazione o semplicemente la voce dei suoi silenzi.

Lei riusciva a interagirci con un linguaggio sofisticato ed enigmatico, incomprensibile agli altri.

Era il suo compagno più fedele, l'amore eterno, l'intero valore della sua esistenza.

«Lili...»

Una voce maschile interruppe la sinfonia e indusse la donna a voltarsi.

Mi ero talmente lasciata coinvolgere dalla musica e dall'atmosfera idilliaca da non accorgermi che in sala c'era qualcun altro.

Sbattendo le ciglia, notai Efrem avanzare verso di lei abbigliato con un completo scuro coperto dal camice; malgrado fosse di profilo, riuscii a vedere l'espressione dura, il cipiglio serio e imperturbabile che mi faceva correre un fremito lungo la schiena ogni volta che quei bellissimi occhi si posavano su di me.

«Non è necessario parlarne, Efrem.» La donna si alzò.

Era eterea, aggraziata, con uno charme molto francese.

La camicetta di raso bianco con le maniche a palloncino, il pantalone blu a vita alta e il cinturone dorato attorno al girovita stretto esaltavano in maniera delicata un corpo ben proporzionato e curvilineo. La pelle di porcellana si intonava ai capelli di un biondo freddo, acconciati con una riga laterale e cascanti in fili ondulati che le sfioravano appena le spalle. Gli occhi grandi e allungati, di un azzurro ghiaccio, sembravano celare una sofferenza inespressa; gli zigomi erano tondi e rosati, finemente abbelliti da un velo di trucco, il naso era piccolo e all'insù, la bocca carnosa rievocava un cuoricino capovolto.

Era semplicemente angelica.

La donna che chiunque avrebbe considerato perfetta per il dottor Krugher.

La osservai attentamente e tutto divenne più chiaro: lui l'aveva chiamata Lili; la stessa Lili che lo aveva cercato sul cellulare la sera che eravamo insieme, la stessa Lili dalla quale tornava ogni giorno e che baciava e toccava ogni notte.

La stessa Lili che non avrebbe lasciato per nessun'altra al mondo.

Sua moglie.

«Certo che lo è.» Efrem le si avvicinò, piacevolmente affascinato dalla sua eleganza. «Sei venuta fin qui per me. Il minimo che io possa fare è ascoltarti.»

Lili gli fissò il volto spigoloso, altero, l'armonica incarnazione della virilità e dell'autocontrollo, mentre il marito incombeva al centro della sala occupando l'intero spazio con il suo carisma. Lei ne fu talmente impressionata che avvertì il senso del pericolo e l'attrazione sessuale, spesso conturbante, che la vicinanza di Efrem suscitava in tutte. *Anche in me.* «Hai dimenticato il nostro anniversario, di nuovo. Per di più Joël vorrebbe trascorrere più tempo con te.» La donna indicò il bambino seduto sul pavimento, chino sul tavolino basso mentre colorava su un foglio. Un sorriso spontaneo mi apparve sul viso quando il piccolo sollevò gli occhi solo per una frazione di secondo, il tempo necessario a far intendere ai genitori che aveva sentito il proprio nome, per poi tornare, con indifferenza, al suo disegno.

«Sono oberato di lavoro in questo periodo. Non è mia intenzione privare né te né lui della considerazione che meritate.» Il tono maturo di Efrem aveva il potere di far tremare le pareti e vibrare le cosce delle donne. Sentirlo parlare era un piacere che mi corroborava i sensi e mi scuoteva la pancia, tanto che ci posai la mano mentre tendevo le orecchie per origliare meglio.

«Non dovresti lavorare troppo.» Lili si rigirò la fede nuziale con il pollice, muovendo le dita con fare nervoso come se stesse ancora suonando. «Non fa bene alla tua salute, eppure non sembra importartene. Ti sei lasciato sommergere ancora una volta da impegni e responsabilità che ti allontanano da noi.»

Joël si scostò i capelli castani dalla fronte e inclinò la testa, fissando i genitori; Efrem invece si addolcì e ghermì tra le mani il volto della moglie, esattamente come faceva con me quando intendeva consolarmi.

Un'altra fitta al ventre mi indusse a stringere i denti, e questa volta non per il piacere.

«Niente e nessuno può allontanarmi da voi, Lili», le mormorò a un soffio dalle labbra. «Perché non riesci a capirlo?»

La moglie si smarrì nel tumulto di emozioni che le provocava il tocco del marito, tuttavia parve esitante, in bilico tra ciò che le imponeva la ragione e ciò che le suggeriva l'istinto. Avrebbe voluto baciarlo, abbandonarsi a lui, abbattere qualsiasi incomprensione, ma c'erano ancora molte questioni che dovevano chiarire, quindi si impose di resistergli. «Non è vero. Avevi promesso che oggi avremmo pranzato tutti insieme e che stasera avremmo accompagnato Joël al cinema.»

Efrem le accarezzò le guance con i pollici per rasserenarla; non riusciva a smettere di fissarle la bocca. «Non è nulla di irreparabile, *ma chérie*. Potremmo rinviare al weekend.»

«Di sicuro avresti un altro contrattempo e rimanderesti ancora.» La moglie pose fine al loro contatto, come se stargli lontano le garantisse di non subire il suo fascino calcolatore e di valutare meglio le giustificazioni che le propinava.

D'altro canto, il dottor Krugher sfoggiava sempre la tranquillità inattaccabile di chi sa come giocare le proprie carte e non ha timore di perdere. «Liliane…»

«Efrem, non può andare avanti così.» La donna si toccò il pendente argentato della collana, abbinato ai luminosi diamanti sui lobi. «Non solo accetto che nell'équipe medica ci sia la tua ex, per di più vuoi che tolleri anche le continue promesse che non riesci a mantenere?»

Efrem corrugò le sopracciglia, mostrando finalmente una reazione più umana e meno invulnerabile. «Nina non è la mia ex. Non riprendere questo discorso, per favore.»

Cosa? Il dottor Krugher e la dottoressa Ruiz?

Lili guardò il bambino, concentrato a colorare, poi i suoi occhi azzurri parvero gelarsi quando abbassò la voce fino a renderla poco udibile. Dovetti analizzare il suo labiale per comprendere ciò che stava per dirgli: «Come vuoi che definisca una donna che ti sei portato a letto? La tua amante? O forse preferisci la tua 'compagna di giochi'?»

Mi posai una mano sul petto: dunque i miei sospetti sulla psicologa erano giusti. Avevo notato l'adorazione con cui lo fissava, l'imbarazzo che le imbellettava gli zigomi quando lui le rivolgeva la parola o la venefica intimidazione che le accelerava il respiro ogniqualvolta lui era nei paraggi.

Ne fui sconvolta, ma non sorpresa.

Efrem seguì Liliane con lo sguardo mentre lei camminava, inquieta, da un lato all'altro restando sempre davanti a lui. «È successo molti anni fa, Lili.»

«Il tempo trascorso non cambia ciò che avete condiviso.»

«Non è opportuno ritornare su un argomento che abbiamo già affrontato, per di più non davanti a Joël.»

«Hai ragione. Non voglio discutere.» Lili si fermò; neanche un capello fuoriusciva dalle onde modellate né alcuna imperfezione le solcava il volto o il collo, tuttavia ciò che la turbava era percepibile nel timbro insicuro e nel portamento agitato. «Voglio solo farti capire che non è facile stare con te. Non è facile essere tua moglie. Ti ho sposato perché ti amavo e ti amo tuttora, ogni giorno di più, ma ciò che mi hai chiesto di accettare è… è… difficile», affermò cauta; voleva essere sincera senza ferirlo. «*Tu* sei un uomo difficile.»

In quel momento si compresero e lei non aggiunse altro a discapito di chi, come me, necessitava di più informazioni per scoprire cosa aveva accettato e soprattutto cosa intendeva per *difficile*.

Efrem sospirò e, di nuovo, cercò un contatto con lei prendendole le mani nelle proprie, come se il corpo fosse il mediatore di una connessione, una doppia via di comunicazione che lui utilizzava per trasmetterle svariate sensazioni e manovrare la sua psiche. «Me ne rendo conto. E sai che ti sono grato, Lili. Nessun'altra sarebbe forte quanto te.»

Lili piegò indietro la testa per guardare il marito, troppo alto e imponente, completamente avvinta come per effetto di un malefico influsso di magia. «Forte non molto. Quando ti sento lontano… Le incertezze riemergono e diventa complicato sopportare tutto.»

«Lontano? Sono sempre con te.» Efrem si piegò per baciarle galantemente il dorso delle mani. «E quando non siamo insieme, mi occupo dei miei pazienti. Tutto qui.»

Dille come ti occupi di me, dottore…

Della tua… bambina.

Un moto di rabbia mi serrò la gola e riaccese la voglia di urlare, l'esigenza di sentirmi accettata, di determinarmi nel mondo attraverso la bramosia di un uomo che potesse apprezzarmi come se fossi l'unica per lui, che potesse farmi sentire bella, desiderata e giusta.

Una ragazza senza alcun problema fisico né alcuna deviazione mentale.

«Non è questo che intendo.» Lili tremò quando le labbra di Efrem indugiarono in quel gesto gentile, delicato ma seducente. «Ho accettato ogni lato di te, anche ciò che mi fa paura, anche ciò che non posso darti. Padre Albert mi ripete che amare qualcuno significa avere fede nell'amore, riuscire a oltrepassare l'odio e concedere il perdono. E io credo che prima o poi riuscirai ad allontanarti dal male, che la contemplazione della verità sconfiggerà l'oscurità che ti si è annidata dentro.»

La moglie gli accarezzò la mascella, ma Efrem cambiò atteggiamento. Le braccia della donna ricaddero lungo i fianchi mentre lui arretrava contrariato. «La scienza si basa su esplicazioni teoriche connesse ad applicazioni pratiche per le quali nulla è vero finché non è dimostrabile. Pregare non serve a mutare ciò che una persona è. Lo sai, vero?»

«Lo so, ma io confido nel tuo cambiamento. Soprattutto dopo quello che hai vissuto...» Lili cominciò a percepire la freddezza dell'uomo che amava; riuscivo a sentirla persino io, nonostante non l'avessi di fronte e non fossi coinvolta nella conversazione. Efrem si stava allontanando; analizzò quello che lei aveva detto, studiò la gestualità e il linguaggio del corpo della donna che pareva tenerci al marito, ma in un modo che lui non approvava e che considerava sbagliato.

Il rumore di una matita che cadde sul pavimento distrasse entrambi.

Prima che Joël si sporgesse a prenderla, Efrem si piegò e la raccolse. Porgendola al bambino notò le stringhe sciolte di una scarpa e rimase chinato sulle ginocchia per allacciarle. Il piccolo distese la gambetta per agevolarlo. Fissò il padre per tutto il tempo in cui lui gli mostrò come congiungere i lacci in maniera resistente, senza che si sciogliessero ancora, poi il bambino sussultò quando gli strinse il nodo con troppa forza come se fosse il sentore di una vecchia abitudine che non sempre riusciva a controllare.

«Ho trascorso una vita intera a psicanalizzarmi, Lili.» Dopo un piccolo buffetto sulla guancia di Joël, Efrem si rialzò; il bordo del camice si dispiegò tornando inamidato. «Per determinati problemi non ci sono terapie efficaci, soprattutto se gli studi empirici sono insufficienti. Quindi dissociati dall'illusoria speranza di assistere a un mio cambiamento e limitati a non giudicarmi. Esattamente come io non giudico il tuo eccessivo perbenismo.»

Quelle parole colpirono Lili al petto, dritte nel fragile cuore di una donna che cercava di adattarsi a un uomo estremamente complicato e che, nonostante tentasse di rivalersi su di lui, non riusciva a domarlo. «No, scusami. Non intendevo offenderti.»

Efrem fece qualche passo avanti e le sollevò il mento con coercizione e padronanza per assicurarsi che lei lo ascoltasse bene e memorizzasse ogni cosa. «Intendevi persuadermi a reprimere me stesso come speri che accada da tre anni. E in parte, devo ammettere, che ci sei anche riuscita.»

La moglie non ebbe la dovuta spudoratezza di rispondergli a tono. Lo aveva infastidito e voleva rimediare, timorosa di perderlo o che il loro dialogo sfociasse in una discussione nella quale sarebbe stato impossibile gestirlo. «Assolutamente no. Ti sbagli.»

«Mi sbaglio?» cantilenò Efrem, con un sorriso amaro. «Mi hai sposato e sapevi chi ero, soprattutto a cosa andavi incontro. Puoi amarmi o lasciarmi, Liliane, ma non chiedermi di cambiare. Sperare non servirà a cancellare il mio passato. Credere non servirà a rendere la mia anima diversa.» Si chinò per darle un pudico bacio. Lili lo accettò, aggrappandosi ai suoi bicipiti. Avrebbe voluto che lui si abbandonasse alla passione, ma non avvenne. Il dottor Krugher si trattenne accanto alla bocca di lei, le fece intendere che non sarebbe andato oltre, e risalì a baciarle la fronte, compiaciuto nel tenerla così, sospesa sul filo inesorabile di una libidine insoddisfatta.

Lili chiuse le palpebre, accogliendo quel poco di affetto che il marito le stava concedendo. «E allora continuerò ad amarti.»

Efrem fece scivolare la mano lungo l'addome della moglie, raggiunse il cinturone in vita, vi insinuò dentro l'indice e lo piegò per strattonarla a sé bruscamente. Lei sobbalzò per quell'improvvisa manifestazione di possesso; io invece chiusi le mani a pugno reprimendo l'ondata di fuoco che, violentemente, affluì dallo stomaco fino alla gola. Non avrei dovuto provare nulla per lui, non c'era niente tra noi, eppure mi fu impossibile restare indifferente a ciò che stavo vedendo.

«Sei sicura che sia quello che desideri?»

Lili sospirò estasiata quando Efrem le circondò la nuca con l'altra mano, chiudendovi le dita attorno. «Sì, con tutta me stessa.»

Lui le sfiorò la guancia con la punta del naso, poi scese sul collo ove le lasciò un bacio umido, più sensuale del precedente, carico di promesse erotiche che, questa volta, avrebbe mantenuto appena fossero rimasti soli. «È questo che mi aspetto di sentire dalla mia donna. Non a caso ti ho scelta, Lili. Non deludermi.»

In quel momento Joël si alzò, ormai stanco di disegnare, e corse dai genitori intrufolandosi tra i loro corpi.

A vederli sembravano lo spot pubblicitario della famiglia perfetta, bella e unita; mi si strinse lo stomaco per ciò che era successo con Efrem all'*Himeros*. Di nuovo mi sentii sola, senza un posto nel mondo, senza nessuno che mi accettasse, inadatta per chiunque; ero la ragazzina che non voleva amare e che non pretendeva di essere amata, ma che al contempo odiava lo stato patetico di solitudine e tristezza nel quale versava da due anni.

Perché ero così confusionaria e contraddittoria?

Cosa c'era che non andava in me?

Cosa mi aspettavo?

Che un uomo impegnato si occupasse di una svampita, orfana e piena di problemi?

Trattenni un conato di vomito; la sensazione che fossi sbagliata prevalse sulla possibilità che potessi migliorare e forse tornare a essere la vecchia Thea.

Oltretutto Efrem non era la mia àncora di salvezza né la persona alla quale avrei potuto affidare la mia anima. Voleva che io instaurassi un rapporto emotivo e mentale con lui, tuttavia ero certa che non ne sarei stata in grado, soprattutto dopo ciò a cui avevo assistito: il dialogo con sua moglie mi aveva sbattuto duramente in faccia la realtà.

«Che c'è, piccolo?» Liliane accarezzò la chioma scarmigliata del figlioletto mentre lui le avvolgeva le braccine attorno ai fianchi.

«Stasera ceniamo insieme», promise Efrem, prima di porgere la mano al bambino che con un sorriso tenero la strinse nella sua, contento dell'iniziativa del padre. «Adesso andiamo, vi accompagno all'auto...»

In fretta mi scostai dalla porta per evitare che mi vedessero e corsi via.

Mi imposi di non provare nulla, di ricacciare indietro qualsiasi emozione inopportuna.

Efrem è soltanto la ruota panoramica nel mio luna park di sofferenza, mi ripetei migliaia di volte.

Era con questo presupposto che l'avevo sedotto e, tenendo a mente il medesimo obiettivo, avrei proseguito il nostro rapporto.

Con quanti ragazzi era già successo?

Prima con Andy, poi con Blake Harris, poi con i vari coetanei che avevo incontrato a scuola e alle feste.

Li seducevo, li ingannavo, ricercavo nelle loro attenzioni il valore di me stessa senza legarmi a nessuno. Speravo soltanto che riuscissi a vedermi bella attraverso i loro occhi, che colmassi il vuoto che avevo dentro con il loro desiderio e, soprattutto, che potessero capirmi nei momenti di intimità e placare le esigenze tumultuose che mi rendevano schiava di una perversione innata, una natura oscura che mi spaventava, che reprimevo e che non riuscivo a comprendere fino in fondo.

Vestita di nero, con l'umore altrettanto ottenebrato, raggiunsi lo studio del dottor Nørgård, ma dalla porta aperta mi accorsi che non sedeva, come al solito, dietro la scrivania.

Dov'era?

Tornai indietro, imboccando il corridoio che mi avrebbe condotta dall'assistente Melanie. Avrei chiesto a lei che fine aveva fatto il dietologo. Per sicurezza controllai sul display del cellulare che ora era: le undici in punto, dunque non ero in ritardo.

Sbuffando, passai dinanzi allo studio del mio caro psichiatra e, prima di raggiungere il bancone di Melanie, adocchiai proprio Efrem che parlava con il dottor Nørgård.

A quanto pareva aveva già salutato la moglie e il figlio per calarsi nel ruolo del medico irreprensibile, sempre pronto a svolgere le sue mansioni nel migliore dei modi.

Avrei voluto che non mi notassero, ma gli uomini si accorsero di me senza interrompere il loro discorso. Efrem reggeva un foglio sul quale era scrupolosamente concentrato; con la solita nonchalance si era limitato a lanciarmi un'occhiata insignificante per poi tornare a rivolgersi al collega.

«Integra più vitamine, zinco e ferro.» Passò il documento al dietologo che, dopo averlo preso, estrasse una penna dal taschino esterno del camice e vi annotò sopra ciò che gli era stato suggerito. «E accertati che continui a seguire il piano alimentare con lauta precisione. Se dovesse opporsi, fammelo sapere.»

Avanzai verso di loro a testa alta, col passo sicuro e la maschera priva di qualsiasi emozione.

Sei soltanto una ruota panoramica.

Una fottuta ruota panoramica.

«Oh, buongiorno, Thea.» Il dottor Nørgård mi sorrise, felice di vedermi, a differenza mia che, armata di ostilità e malanimo, ero già pronta a fronteggiare il nemico.

«Parlavate di me?» Fermandomi dinanzi a entrambi, mi rivolsi solo al giovane medico e ignorai completamente Efrem, nonostante il suo profumo di cedro e lavanda mi stesse schiaffeggiando le carni, come aveva fatto lui con i miei seni. Deglutii a vuoto quando mi sovvenne il modo in cui li aveva torturati e vezzeggiati. Mi parve di percepirne, di nuovo, il calore della bocca morbida che li circuiva vorace, come se, per quella sera, non fosse esistita nessun'altra all'infuori di me.

«In effetti, sì», rispose l'uomo mentre gli osservavo i riccioli bruni e le fattezze signorili e delicate, pur di non guardare chi lo affiancava. «Chiedevo al dottor Krugher se avesse qualcosa da eccepire sul programma.»

«Interessante», replicai con freddezza. «Le ricordo che avevamo un appuntamento cinque minuti fa.»

Il dottor Nørgård rimise la penna nel taschino e piegò il foglio tra le mani. «Non l'ho dimenticato. Hai fretta?» sdrammatizzò.

«Già.» Sentivo gli occhi di Efrem bruciarmi la guancia, ma non mi voltai nella sua direzione. Tutto ciò che gli concessi fu pura e semplice indifferenza. «Prima ci sbrighiamo, meglio è. Odio misurare il peso.»

Il dietologo inspirò, annuendo comprensivo. «D'accordo. Allora non ti farò attendere oltre.»

«Va' avanti, Adrian», intervenne Efrem, con un tono che non ammetteva obiezioni. «Dorothea ti raggiungerà tra un minuto.»

Il dottor Nørgård parve non accorgersi della tensione che c'era tra me e il collega, non immaginava neanche cosa fosse successo tra noi. A dire il vero, nessuno avrebbe mai sospettato che l'inappuntabile dottor Krugher contravvenisse alle regole morali richieste nella sua professione, per di più con una paziente.

«Okay.» Consapevole di dover rispettare la volontà del dottor Krugher, il dietologo non si oppose. «A dopo, Thea. Buona giornata, Efrem.» Ci salutò con seriosa deferenza e si incamminò verso il corridoio lasciandoci soli.

Con un'agitazione crescente, mi girai di spalle e tentai di svignarmela, ma Efrem mi concesse solo pochi passi prima di afferrarmi per il gomito e fermarmi. Una volta che fummo lontani dalle orecchie indiscrete dell'assistente, mi ritrovai di schiena contro il capitello sul quale si ergeva l'onnipotente Zeus mentre dinanzi a me c'era un'altra divinità altrettanto grandiosa, dall'abile capacità di occultare i suoi difetti umani ai meno attenti e di renderli visibili solo ai più avveduti.

«Che c'è?» Non avrei voluto essere così bellicosa, ma non riuscivo a frenare l'istinto. Efrem mi teneva per il braccio e mi fissava con occhi torvi. Non era d'accordo con il mio atteggiamento, ma a me non importava.

Con austerità, si chinò per allineare i nostri volti e io mi sentii imprigionata dalle iridi smeraldine, ingannevoli e venuste. «Non rivolgerti a me con questo tono.»

Gli mostrai un sorriso arrogante e inspirai a fondo, gonfiando il petto sul quale le sue ciglia nere si abbassarono per coglierne le piccole rotondità. «E come vuoi che ti parli? Uhm?»

Senza lasciarmi andare, Efrem indietreggiò appena per percorrere il mio corpo e notarne, con sospetto, l'abbigliamento scuro: una semplice t-shirt di almeno due taglie più grande e un paio di leggings aderenti. Ero spettinata e struccata, per niente in vena di celare il malessere che mi stava tormentando. «Oggi ti aspetto nel mio studio. Ala ovest. Ore sedici», snocciolò sbrigativo in un sussurro bollente.

Schiusi le labbra, avrei voluto mandarlo al diavolo, ma all'Inferno tra i dannati ci finivo io ogni volta che la sua aura dominante mi risucchiava e annientava. «Io e te non abbiamo nessun appuntamento.»

Dopo avermi ispezionata per bene, il suo sguardo cupo mi pesò addosso e la mia sicurezza vacillò. «L'ho fissato io. Adesso.»

«Ah sì?» Arcuai un sopracciglio, sentendo un pizzicore licenzioso nel punto in cui le sue dita asserragliavano il mio braccio. «E se non volessi venire?»

«Ti assicuro che verrai. Sappiamo entrambi che non ti conviene disubbidirmi», mormorò con una minacciosa bramosia che mi strappò l'anima per gettarla nel regno della perdizione, laddove le bocche si scontrano con un ardore violento e le bestie si azzannano con una brutale carnalità. «Alle sedici: non un minuto di più», stabilì, lasciandomi finalmente libera.

Come avrei potuto mandarlo al diavolo se il Diavolo era proprio davanti a me?

Lì... Come l'ombra di tutti i peccati carnali.

Lì... Come una creatura demoniaca.

Macchiata di oscurità.

Vestita di umile sapienza e superba bellezza.

Forgiata di onore e sporca di corruzione come la sua folle bambina.

26
Thea

Diventando troppo potenti
le fantasie pongono le condizioni
per la nascita di una nevrosi o di una psicosi.
Sigmund Freud

Nell'ala ovest ci ero stata soltanto in un'altra circostanza che, di certo, non rammentavo con entusiasmo.

Il giorno in cui era fuggito, Ben mi aveva aggredita nel corridoio e spintonata nel secondo studio del dottor Krugher, scaraventandomi al suolo, completamente al buio, pertanto l'idea di tornare nel posto in cui avevo subito la sua violenza mi rendeva nervosa e irrequieta. Non sapevo nulla di quell'uomo, non sapevo perché era così arrabbiato con il medico, non sapevo quali verità nascondeva né per quale motivo era ricoverato in una clinica prestigiosa come l'Asklepios, d'altronde non vantava chissà quale fama o notorietà, a differenza di noialtri. Non avevo mai sentito parlare di lui né lo avevo mai visto apparire in tv o sui giornali.

Allora perché si trovava lì?

Sospettavo che la sua permanenza nella struttura fosse strettamente connessa a qualcosa che non riguardava la carriera o l'ambito lavorativo, bensì la sua vita privata. Tuttavia, arrovellarmi su Ben e sul perché dei suoi strani atteggiamenti era come girare attorno allo stesso ostacolo senza trovare alcuna soluzione per superarlo. Cercavo di non pensarci, di non tediarmi con strane illazioni da film dell'orrore e di restare calma per affrontare i miei problemi che, già di per sé, erano troppi.

Scrollando la testa, mi allontanai dallo specchio e indossai una canottiera bianca senza il reggiseno. La frizione delle coppe contro i capezzoli mi infastidiva poiché c'erano ancora le impronte livide dei morsi di Efrem a renderli sensibili. L'unguento che mi era stato recapitato da Hunberct era servito soltanto a lenire il dolore, ma non a far riassorbire le chiazze sottocutanee che, invece, sarebbero guarite col tempo.

Me ne fregai di apparire provocante e infilai una gonna nera che chiusi in vita con un cinturone di cuoio. Sulla coscia destra agganciai la giarrettiera di pelle con un anellino di metallo e calzai i soliti anfibi che la mamma mi aveva regalato anni prima.

Mi truccai pesantemente le palpebre e sciolsi i capelli, lasciandoli cascare come una raggiera dorata lungo la schiena. Frattanto Juliette mi osservava in silenzio, conscia che non ero dell'umore adatto per parlarle o per ascoltare il suo disappunto circa il rapporto, discutibile, che avevo instaurato con il dottor Krugher. Mi aveva chiesto più volte cosa fosse successo il venerdì sera che avevamo trascorso insieme, ma non le avevo raccontato nulla se non una versione falsata della verità, alla quale non aveva neanche creduto.

«Sono quasi le quattro...» mi avvertì, distesa a pancia in giù sul letto mentre picchiettava le dita sulla tastiera del suo MacBook senza perdermi di vista.

«Sì, lo so.» Mi avvicinai al cofanetto di legno, raccolsi il *choker* bianco con un fiocchetto rosso e lo allacciai al collo. «Non ho idea di cosa voglia. Spero di tornare presto. Oggi non mi va di vederlo, ma a quanto pare sono costretta...» Il discorso tra Efrem e Liliane continuava a ripetersi nella testa come un mantra. Volevo dare un senso alle parole che la moglie gli aveva rivolto, indagare su cosa aveva accettato di lui e sul perché lo definiva un uomo difficile; tuttavia, esattamente come per la questione di Ben, anche in questo caso non avevo sufficienti informazioni per ricavare delle deduzioni logiche.

«Come mai sei arrabbiata con lui?» Juliette corrugò le sopracciglia, rivolgendomi una domanda sensata che, probabilmente, al suo posto avrei fatto anch'io.

«Non lo so.» Ero confusa e infastidita, nonostante non ne avessi alcun diritto.

«Non sarai gelosa perché l'hai visto parlare con la moglie, vero?» sospettò Juliette.

«Figuriamoci. Che cazzo pensi me ne importi? La sola persona di cui io sia mai stata gelosa è Andy. E resterà l'unica», misi in chiaro.

Nei suoi confronti non avevo mai provato il tipo di gelosia che si addice a una fidanzata infatuata, bensì il timore che mi cacciasse via dalla sua vita, che smettesse di essere il mio migliore amico e che non potessi più contare su di lui. Non temevo che le altre ragazze finissero nel suo letto o gli rubassero il cuore, ma che a causa di quelle stesse ragazze Andy si dimenticasse di me e non mi permettesse più di far parte della sua quotidianità. Spesso, avevo esposto questo concetto ad Halima o agli altri membri della band, ma nessuno di loro era mai riuscito a comprendermi fino in fondo.

«Mi hai detto che di Andy non eri innamorata, giusto?» Juliette si arrotolò una ciocca di capelli all'indice, esaminando la mia situazione sentimentale anziché pensare agli affari suoi. «Il dottor Krugher invece ti piace.»

Dopo essermi preparata, controllai i messaggi ricevuti sul cellulare, poi valutai se portare con me il pacchetto di sigarette o lasciarlo in camera. «Il fatto che mi piaccia non vuol dire che per lui provi amore o qualsiasi altro insulso sentimento. È impossibile innamorarsi in quattro settimane.» Alla fine decisi di lasciar perdere sia il telefono che le Lucky Strike e mi diressi verso la porta. «Non ci sono riuscita per vent'anni, piagnucolona... Dubito che ci riuscirei ora.»

«L'amore non conosce limiti di tempo o spazio, Thea. Ti colpisce quando meno te lo aspetti», affermò con un'intonazione eccessivamente sdolcinata.

«L'amore, per quanto mi riguarda, è un maledetto virus dal quale cercherò di non farmi infettare», brontolai con l'assoluta certezza che non avrei sofferto più e che la mamma sarebbe stata la sola persona che avrei custodito dentro di me in eterno. «A più tardi.»

Uscita dalla stanza, raggiunsi spedita l'ala ovest della clinica.

Dopo aver ignorato il dottor Krugher per ben sette giorni, non avevo idea di come comportarmi né di come giustificarmi. Di sicuro si era accorto di tutte le volte in cui ero sgattaiolata via al suo passaggio rimandando il più possibile il momento in cui avremmo parlato di quanto successo.

Cosa aveva da dirmi in merito?

Forse mi avrebbe ribadito che non avrebbe lasciato la moglie per me e che non mi avrebbe più toccata in modo inappropriato. Oppure mi avrebbe invitata a recarmi in un'altra clinica, a dimenticarmi di lui e della serata trascorsa insieme, pregandomi di non raccontarlo a nessuno.

L'agitazione cominciò a farmi sudare i palmi delle mani che presi a strofinare sulla gonna.

Quale sarebbe stata la soluzione migliore?

Cosa desideravo davvero?

Dovevo ragionare, accantonare l'istinto e interrompere immediatamente quella situazione disastrosa.

Arrivata dinanzi alla porta dello studio, sollevai il braccio per bussare, ma, prima che le nocche battessero contro la superficie di legno, qualcuno mi anticipò e l'aprì.

«Come pensi possa fare una perizia psichiatrica a un tuo cliente, Mitch?» Efrem apparve sull'uscio in tutto il suo metro e novantatré di avvenenza mentre parlava al telefono con l'avvocato Ryke. Mi diede una rapida occhiata complessiva come se mi stesse aspettando. Controllò l'orologio per accertarsi che fossero le quattro in punto, poi si accostò di lato per farmi passare. «Ti aiuterei volentieri, ma sai che in questo periodo ho molti impegni. Una perizia del genere necessita tempo…»

Avanzai con le mani serrate sui gomiti, superando la sua figura gigantesca.

La fragranza di cedro e lavanda mi avvolse come una nuvola e mi riempì i polmoni. Era così intensa da sentirla impregnarmi i vestiti e appiccicarsi sulla pelle contaminando qualsiasi altro odore avessi addosso.

«Ci sono dei protocolli ben definiti per eseguirla, lo sai. Sei sicuro che il giudice intenda richiederla?» La porta si chiuse ed Efrem rimase dietro di me. Percepii il suo sguardo bruciarmi tra le scapole, poi più giù, sul sedere. Sebbene non potessi vederlo, riuscivo a captare la sua attenzione su di me. «Mmh…» mugolò; supposi e sperai che fosse rivolto al suo interlocutore. «Non ti garantisco che accetto. Mandami ugualmente tutta la documentazione sul paziente, è importante che io conosca la sua storia clinica. L'analizzerò e ti farò sapere le mie impressioni sulla base delle evidenze oggettive che riscontrerò.»

Mi voltai per guardarlo ed ebbi un sussulto quando colsi i suoi occhi verdeazzurri già fissi su di me. La fredda risolutezza che gli contraeva il volto mi lasciava sempre un po' interdetta. Mi sentivo smarrita, debole, svelata ogni volta che mi osservava con una calma così autoritaria da farmi intendere che, in realtà, mi stava studiando come uno dei libri di psichiatria sui quali aveva improntato la vita intera.

«Adesso ho un colloquio, Mitch», si affrettò a informarlo mentre ammiravo i suoi tratti virili che tentavano in ogni modo di corrompermi, di cospirare contro di me e indurmi ad accettare l'attrazione che provavo nei suoi confronti. «Se hai bisogno di altro, richiamami dopo le diciannove. Okay?… Sì… D'accordo…» Sorrise a qualcosa che l'amico aveva risposto, poi interruppe la chiamata. A quel punto, rimase con il cellulare stretto nel palmo e si concesse qualche secondo per valutare il mio look, in particolar modo la giarrettiera attorno alla coscia. Precipitai in una voragine di caldi desideri quando socchiuse le palpebre e fece saettare la lingua sul labbro inferiore, inumidendolo di una patina di saliva. «Non mi aspettavo che saresti stata così puntuale. Accomodati.» Mi indicò la poltrona dinanzi all'ampia scrivania di mogano, la stessa sulla quale per la prima volta Ben mi aveva mostrato il suo aspetto.

Efrem mi passò di fianco e ne approfittai per divorare con gli occhi le porzioni nude delle braccia possenti e l'ampiezza della schiena. Non osavo immaginare come sarebbe stato sconvolgente ammirarlo spoglio di tutto: sia di vestiti che di pudore. Juliette aveva parlato di amore, tuttavia, se avesse scoperto quali pensieri indecenti mi invadevano la mente quando il dottor Krugher mi era vicino, avrebbe capito che il mio interesse per lui non c'entrava nulla con il nobile sentimento dell'amore.

Persa nella contemplazione del suo fisico statuario, rimasi ferma nel punto in cui ero. «Perché hai voluto vedermi?» azzardai impaziente.

Efrem posò il cellulare sulla scrivania; con una spontaneità inconsueta, appoggiò le natiche sul bordo e accavallò una caviglia sull'altra, privo di qualsiasi imbarazzo o disagio, a differenza mia che ero un fascio di nervi. «Ti ho permesso di ignorarmi per una settimana, Dorothea. Penso tu abbia avuto tutto il tempo necessario per riflettere. Hai preso la tua decisione?»

La sera che avevamo trascorso all'*Himeros* mi aveva chiesto di scegliere se rimanere all'Asklepios con lui oppure di denunciare l'accaduto all'avvocato Ryke e andare via. In effetti, ci avevo riflettuto ogni giorno e ogni notte, finché l'impeto giovanile mi aveva indotta a non rinunciare tanto presto a un uomo come lui e a non privarmi di scoprire cosa sarebbe successo tra noi, perciò, come una sciocca, avevo scelto di seguire l'istinto, pur sapendo quanto fosse sbagliato e rischioso. «Non dirò niente a nessuno. Se per te va bene, vorrei restare.» Sostenni il suo sguardo gelido: doveva capire che non ero così infantile da tradire la sua fiducia o metterlo nei guai. D'altronde, tutto quello che avevamo condiviso l'avevo desiderato anch'io; lui non mi aveva costretta a nulla.

«Ne sei sicura?» mi chiese scettico; era la stessa domanda che aveva posto, qualche ora prima, alla moglie, come se non fosse mai certo di cosa le donne fossero disposte a fare per lui.

«Sì.» Annuii debolmente senza neanche pensarci oltre. Efrem emise un sospiro profondo; il suo viso divenne cupo, adombrato da implacabili dubbi che contrastavano con la certezza della mia risposta. Forse aveva sperato che gli dicessi di affidarmi a un'altra équipe medica o semplicemente di mandarmi via.

Mentre stava fermo nella stessa posizione, con i muscoli tesi e l'espressione assorta, un ciuffo scomposto di capelli gli ricadde sul sopracciglio. Sbatté le palpebre per liberarsene e a me venne voglia di avvicinarmi, di accarezzarlo e perdermi nella deliziosa beatitudine di quel contatto. «Siediti», ordinò, riferendosi alla poltrona dinanzi a lui. Non volevo accorciare la distanza tra noi, temevo e bramavo che mi toccasse ancora. Non ero mai stata così confusa prima d'allora. Avevo sempre saputo come comportarmi con gli altri, ma non con lui. Con Efrem era tutto nuovo, diverso. «Perché sei nervosa, Dorothea?»

Sobbalzai e mi guardai attorno; notai il vaso biansato accanto al quale mi ero rannicchiata mentre Ben mi parlava al buio e un brivido di terrore mi percorse la schiena. «Non sono nervosa.»

«Ti trema la gamba sinistra.» La indicò con un lieve cenno del mento. «Sei in soggezione e posso intuirne il motivo. Ciò che è successo tra noi non mi legittima a toccarti ogni volta che mi aggrada, soprattutto se non ti senti a tuo agio. Voglio che tu stia tranquilla con me. Senza il tuo consenso non farei nulla che possa nuocerti.» Dalle labbra sembrava che esalasse un respiro più caldo, soffocante e avvolgente dell'aria estiva che c'era fuori. Attratta dalle sue parole, osservai la simmetria degli arti e il torace sodo fasciato da una camicia aderente che si restringeva nel punto in cui cominciavano i fianchi forgiati dalla muscolatura robusta. Per un istante sentii la mia anima fondersi alla sua e accettare la condanna alla quale l'avrebbe sottoposta.

«E se ti dessi il mio consenso, invece?» Avevo trascorso giorni interi a sperare di purificarmi dai miei desideri deviati, tuttavia Efrem, con la sua brama cocente, riusciva a riportarli a galla e a impedirmi di controllarli.

«A tal proposito...» Aggirò la scrivania e andò ad accomodarsi alla poltrona. Mi invitò a fare lo stesso e, questa volta, incoraggiata dalla nostra lontananza, decisi di sedermi di fronte a lui come se stessi per affrontare un colloquio importante. «Immagino tu abbia delle domande da pormi. L'incomunicabilità non serve a nulla, soprattutto in questi casi. Chiedimi ciò che vuoi.»

Chinai il capo e fissai le mie mani, placidamente posate sulle ginocchia nude; finalmente avevo l'occasione di rivelargli i miei dubbi. Sfuggirgli per una settimana era stato inutile, non aveva fatto altro che accrescere il muro che avevo cercato di ergere per difendermi da lui e dalle sensazioni che mi trasmetteva, ma Efrem sapeva bene cosa voleva: non era pentito di nulla. Non era un ragazzino alle prese con i ripensamenti, con le idee confuse o la frenesia delle decisioni insensate. Agiva con premeditazione, si prefissava l'obiettivo, lo raggiungeva e ne affrontava le conseguenze in maniera serena. «Sei sposato. Mi hai detto che non lasceresti mai tua moglie e...» Mi umettai le labbra screpolate. «Non so come comportarmi. Per tutti questi giorni ti ho evitato perché non voglio crearti problemi. Non ho idea di come gestire questa situazione. Dopo il tuo discorso, credevo che neanche potessi avvicinarmi, quindi...»

Efrem si adagiò comodamente allo schienale, concentrato a cogliere tutte le incertezze che gli stavo esponendo. «Dorothea, non ti ho mai negato la possibilità di avvicinarti a me, ti ho solo chiarito che ho dei vincoli altrove.»

«Vincoli con i quali io non c'entro nulla.» Con l'indice profilai il contorno del cuoricino della giarrettiera. «Lo sai anche tu... Non c'entro nulla con te e con la tua vita.» Scossi il capo, lasciando fluire tutto ciò che avevo bisogno di dirgli senza reprimere niente. Era strano parlargli con una tale facilità; con Andy avevo sempre discusso, urlato o imprecato nell'ardimentosa impresa di far convergere le nostre idee differenti nel medesimo punto, mentre con Efrem sembrava tutto naturale, le parole scivolavano fuori con una limpida loquacità e non temevo incomprensioni, tutt'altro. Sapevo che lui riusciva a capirmi meglio di me stessa, qualsiasi cosa gli confessassi. «A meno che tu, in un solo giorno, ti sia innamorato di me. E se così fosse, sarebbe assurdo...» Alzai la testa per percepire dalla sua espressione una conferma o una negazione in merito.

Efrem mi mostrò un sorriso enigmatico, quasi divertito dalla mia preoccupazione. «Ti assicuro che non c'è pericolo a riguardo.»

Avrei dovuto esserne sollevata, invece una spina mi si conficcò nel petto e mi costrinse a ripararmi dietro la solita indifferenza con la quale affrontavo ogni tipo di relazione. Spostai lo sguardo su un portapenne di cristallo, posato accanto al portatile chiuso, e ne ammirai la lucentezza cercando di mantenere la facciata della ragazza menefreghista. «Bene, perché non voglio deluderti com'è successo con gli altri in passato.»

«Gli altri?» Con indolenza, Efrem allungò il braccio per raccogliere una caramella al limone dal piccolo vassoio di vetro che affiancava, sulla destra, l'elegante lampada in ottone. «Uomini o ragazzi?» Nel mentre me ne offrì una, ma declinai con un cenno della mano.

«Ragazzi.» Avrei potuto mentirgli, tuttavia ero sicura che, dopo la nostra serata all'*Himeros*, aveva intuito che non mi ero mai approcciata a un uomo più grande, perciò preferii essere sincera.

Nel silenzio della stanza, illuminata soffusamente dalle luci artificiali dei faretti e dell'abat-jour, Efrem scartò in tranquillità il suo dolciume, lo gustò lentamente e giocò con la carta, stirandola tra le dita.

Per un lungo momento la fissò con aria meditativa, poi sollevò lo sguardo su di me. «Qual è la cosa che temi di più al mondo, Dorothea?»

Deglutii con impaccio, tentando di capire lo scopo di quella domanda imprevista. Efrem non parlava mai a sproposito ed era uno psichiatra; qualunque cosa dicesse aveva sempre un doppio fine, soprattutto con me.

«Io...» sussurrai confusa. «Non lo so.»

«Certo che lo sai», mi incitò. «Rifletti.»

Probabilmente aveva di nuovo intenzione di psicanalizzarmi; d'altronde era il suo lavoro e io ero una paziente. A volte provavo a dimenticarmene, fingevo che fossimo due persone interessate l'una all'altra, invece la realtà era diversa: lui avrebbe dovuto curarmi e io avrei dovuto agevolarlo, anziché perdere tempo a sedurlo. Riflettei qualche istante su ciò che avevo vissuto negli ultimi tempi, prima che l'anoressia atipica insorgesse più gravemente. Avevo cominciato a odiare il mio corpo quando avevo permesso agli altri di decidere cos'era perfetto o imperfetto, qual era il fisico giusto da sfoggiare sui social, quale doveva essere l'etichetta con cui definire l'unica chitarrista donna in una rock band per lo più maschile. Mi consideravano una poco di buono solo perché sospettavano che, oltre che con Andy Taylor, io andassi a letto anche con gli altri membri del gruppo. La mia cattiva reputazione era nata, un anno prima, quando ciò che era successo alla festa di Blake Harris era apparso su tutti i siti online ventiquattro ore dopo. Non sapevo chi l'avesse diffuso, tuttavia alcuni utenti avevano postato sulle loro pagine un video privato nel quale Blake, mentre io ero ubriaca marcia, mi spingeva a inginocchiarmi dinanzi a lui e mi incitava a slacciargli i pantaloni per assecondare la sconcia richiesta di concedergli un rapporto orale. L'errore più grande era stato quello di compiacerlo senza obiezioni; l'alcol e la scarsa lucidità del momento non mi avevano permesso di ragionare su cosa stavo facendo né di capire che mostro era quel ragazzo.

Avrei potuto raccontare tutta la verità a Efrem, ma me ne vergognavo così tanto che mi limitai a dargli una risposta vaga.

«Il giudizio della gente... Credo.» Tenni lo sguardo basso, consapevole che, se lo avessi sollevato, lui avrebbe letto il dolore che continuavo a reprimere.

«Esatto, conferisci alla gente il potere di determinare chi sei anziché seguire le emozioni, le sensazioni, i sentimenti, tutto ciò che in sostanza ti può far stare bene...»

Un sorrisetto demoralizzato mi incurvò le labbra. «Non c'è niente che mi faccia star bene.»

«Ne sei convinta?» Efrem si sporse appena di lato per gettare la carta nel cestino, poi si rimise comodo. «Neanche con me sei stata bene? Cosa pensi sia successo quella sera?»

Elusi la prima domanda e lo guardai, curiosa di sentire le sue impressioni. «Dimmelo tu.»

Efrem si fece indietro con la poltrona e sollevò in alto la cintura dei pantaloni per poter accavallare la caviglia sul ginocchio opposto senza che il tessuto tirasse troppo. Con le sopracciglia sensualmente aggrottate e le mani strette sui braccioli, mi fissò profondamente riassaporando nella mente il ricordo libidinoso di me, distesa sul letto, esposta ed eccitata per lui. «Io ho visto una ragazza, forte e sicura di sé, che ha permesso a un uomo di ammirarla e goderne. In quel momento stavi bene: eri lontana da qualsiasi angoscia e libera di essere te stessa.»

Le sue parole provocarono una devastante tempesta dentro di me; riaccesero il piacere che avevo provato sotto il suo tocco, il clamore di una lussuria soverchiante a malapena svelata. Emisi un piccolo gemito e serrai le cosce; Efrem se ne accorse, ma tenne sotto controllo i suoi impulsi, restando impassibile. Non potevamo più condividere lo stesso spazio o la medesima stanza senza avvertire nelle membra la frenetica voglia di strapparci i vestiti di dosso ed esaudire ogni sporca fantasia.

«Perché...» Esitai qualche secondo; i capezzoli turgidi e il rossore sulle gote gli rivelarono l'ardore che segretamente iniziò a lambirmi il ventre, e più giù, il sesso umido. «Perché non ti sei spinto oltre?»

Efrem rimase serio, con l'espressione fredda dell'uomo inscalfibile, cosciente della sua perversione e capace di gestirla. «Vuoi che sia del tutto sincero?»

«Sì», esalai agitata; il suo fascino mi incantava e stillava in me un'attrazione così straziante che, spesso, distoglievo lo sguardo per non smarrirmi nei suoi occhi arguti.

Efrem si grattò la barba con l'indice, pronto a mettermi tra le mani la sua verità, netta e cruda. «La tua patologia, benché non sia grave quanto l'anoressia nervosa tipica, comporta in alcuni aspetti conseguenze simili. Le restrizioni caloriche che ti imponi provocano dei cambiamenti di tipo endocrino a livello vaginale. In sostanza la lubrificazione non è sufficiente, i muscoli interni sono eccessivamente rigidi e il corpo troppo debole. La tua condizione fisica non è adatta a sopportare un rapporto sessuale. Soprattutto se...» Si concesse una breve pausa prima di proseguire; valutò il termine da utilizzare finché non proferì l'unico aggettivo che potesse esprimere al meglio il concetto: «Violento», soggiunse, intento a studiare la mia reazione. Una ragazza qualunque sarebbe inorridita davanti a un uomo che le parlava in modo così diretto, io invece corrugai la fronte desiderosa di saperne di più. «Suppongo che su questo argomento tu abbia qualche domanda da rivolgermi...»

Spostai i capelli su un lato della spalla e li portai avanti per accarezzarne le punte; Efrem seguiva ogni mio gesto come un attento osservatore. «Ricordi quando mi hai parlato dell'Es e della tua vera natura? Ecco... be'... Vorrei capire quale sia.»

Lui si abbandonò a un sospiro rassegnato, conscio che prima o poi la mia curiosità ci avrebbe condotti esattamente a quel punto. «Se fosse stata identificata dalla scienza o dalla società sarebbe più semplice spiegartela, ma dovrai accontentarti di un'esplicazione piuttosto indefinita che cercherò di rendere chiara...» Si appoggiò sui gomiti, la camicia blu oltremare gli valorizzava le forme dei bicipiti e la tensione dei nervi esaltandone il fascino esplosivo. «Ci sono uomini che a letto amano porsi dei limiti, rispettare le regole e seguire una disciplina. Amano la sottomissione psichica e fisica del partner, il quale non può e non deve prevaricare su chi esercita il maggior potere. Immagino che avrai sentito parlare dei dominatori, vero?» mi domandò, dando per scontato la mia risposta. «Ebbene, loro appartengono proprio a questa categoria. D'altro canto, ci sono uomini che prediligono un'ideologia del tutto diversa, direi opposta: non amano porsi limiti, preferiscono il sesso libero, spesso amorale o estremo, a patto che ci sia il consenso della donna. Niente parola di sicurezza. Niente regole. Niente disciplina. In questo caso, la donna durante l'amplesso si affida totalmente all'uomo, ma non vi è sottomissione. Non è un'*unterwürfige*: una schiava o una sub», tradusse. «Può assumere il controllo della situazione in qualsiasi momento. Può chiedergli di smetterla, di continuare oppure rivolgergli delle proposte. Non c'è costrizione né umiliazione, a meno che non sia lei stessa ad averne bisogno. Tuttavia...» Si fermò per valutare che fossi pronta ad ascoltare il resto o che avessi intuito cosa stava per dirmi. Se nella pratica non avevo chissà quanta esperienza in fatto di uomini, in teoria conoscevo le varie sfaccettature del sesso e le perversioni annesse.

«Ci sono dei rischi, vero?» Lasciai perdere i capelli e col sedere scivolai sul bordo della poltrona, completamente rapita dal nostro discorso.

«Esatto», confermò con un'intonazione più ferale. «Rischi che dipendono da ciò che la coppia intende sperimentare. Solitamente, poiché in questo caso l'uomo non ha limiti, spetta alla donna decidere...» Per un istante osservò il mio collarino bianco, al centro del quale Halima aveva agganciato un fiocchetto rosso, e parve vagheggiare su tutte le cose oscene che avrebbe potuto farmi. «Ora capisci perché non ti ho indotta ad avere un rapporto sessuale con me? Il dolore che ti procurerei, seppur consensuale, anziché soddisfarti, ti danneggerebbe.»

Il pensiero di noi due a letto insieme, nudi, mi fece affluire il sangue alle guance.

Efrem aveva pensato a me, al mio corpo, al mio benessere, reprimendo la sua reale indole e mettendo da parte l'egoismo di possedere una ragazza che non solo sarebbe stata incapace di appagarlo come voleva, ma della quale avrebbe compromesso la salute. «Dunque non sei un dominatore, ma non ti piace il sesso vanilla», dedussi. «In sostanza è difficile definirti.»

«In sostanza mi piacciono i lati più oscuri del sesso, privi di limitazioni o tabù», mi corresse con un brillio spaventoso nello sguardo.

Il dottor Krugher era come una divinità che si ergeva al di sopra del confine tra l'erotismo convenzionale e il semplice assoggettamento mentale e sessuale, improntato su una solida disciplina e richiesto nel noto bondage. Lui era la scintilla primordiale del sesso, la brama più violenta e irreprimibile, la fusione emblematica delle forze razionali e degli istinti carnali. «È assurdo.»

Efrem sollevò un angolo delle labbra; i denti bianchi vi baluginarono al di sotto accecandomi. «Tanto quanto è assurdo che una bambina come te disdegni le effusioni adolescenziali di Andrew, non credi?»

Probabilmente l'aveva capito quando, settimane prima, gli avevo confessato che Andy non aveva mai accettato le mie esigenze fisiche, diverse da quelle delle altre ragazze. «Ti stupisce che io preferisca le tue?»

«Le mie non erano neanche preliminari, Dorothea.» Una risata di scherno mi serpeggiò velenosamente lungo le gambe fino a insinuarsi sotto la gonna. «Ma ho notato che le hai apprezzate. Sarà interessante scoprire cos'altro ti piace...» Adagiò di nuovo la schiena contro la poltrona e si passò una mano sulla bocca, come se stesse immaginando l'estatico momento in cui avrei sperimentato con lui i nuovi aspetti della mia personalità.

«'Sarà'?» L'uso del futuro mi fece supporre che fosse ben disposto a ripetere la nostra uscita oppure a frequentarmi assiduamente. «Vuoi trascorrere altro tempo con me?»

«Certo», confermò con pacata disinibizione.

«Perché?» Ero sia impaurita che elettrizzata.

«Secondo te perché vorrei trascorrere del tempo con te? Per spazzolare le bambole?» mi sbeffeggiò con una piacevole risata. «Su, Dorothea, sei grande ormai...»

Per il sesso.

Era per quello che un uomo come lui avrebbe gradito la mia compagnia.

«Chi ti assicura che io accetti?» cinguettai, sbattendo le ciglia folte.

«Possiamo constatarlo subito se vuoi. Vieni qui.» Efrem non perse tempo: si fece indietro con la poltrona e allargò le gambe. I pantaloni scuri si tesero sull'inguine, aderendo in maniera peccaminosa alla morbida protuberanza maschile, la quale, nonostante fosse rilassata, sortiva ugualmente un effetto intimidatorio.

In preda al nervosismo, ridacchiai instupidita. «Te lo scordi.»

Con la solita indulgenza, lui scrollò una spalla e guardò la porta. «Allora puoi alzarti e uscire da questo studio, se preferisci.»

No, cavolo!

Avrei voluto fare tutt'altro che andarmene...

«Non capisco.» Accarezzai il braccialetto della mamma, giocando con il ciondolo della chiave. «Mi avevi detto che non eri attratto da me...»

«Sono attratto dalla tua natura, bambina», rispose a tono, con risoluta chiarezza. «L'unica complementare alla mia. Ciò che abbiamo condiviso, oltre ad aver confermato i miei sospetti, ha innescato un'attrazione e un'intesa che, d'ora in poi, non potremo ignorare. Entrambi abbiamo delle inclinazioni sessuali diverse da quelle altrui, ma fondamentali per provare piacere.»

«Oh», sussurrai sarcastica, «sembri quasi più poetico di me.»

«Quasi», accordò brioso. «Quindi? Vieni da me o vai via, *Kleines Äffchen*?»

Vengo da te, avrei voluto dirgli, invece mi guardai attorno soltanto per provocarlo e aumentare l'attesa. «Aspetta, ci sto pensando...»

«Su, Dorie, non ho molto tempo. Raggiungimi. Da brava.» Batté la mano sulla sua coscia e io deglutii. Non sapevo cosa volesse farmi, l'espressione imperscrutabile non mi permise di capirlo.

Quegli occhi da abile seduttore erano troppo per un uomo.

Erano troppo per me.

Sembrava che avessero il potere di annullare il raziocinio di una donna e di intrappolarla in una tagliola come un animaletto indifeso.

Mi sentivo inghiottita dalle pupille nere, sommersa dalle iridi tanto splendenti quanto spaventosamente cupe, eppure mi alzai. Accompagnata dal lieve rimbombo delle suole degli anfibi sul marmo lustro, aggirai la scrivania e mi avvicinai sentendo addosso il peso grave del suo sguardo. A ogni passo che mi divideva da lui un cerchio d'ansia mi si restringeva attorno; l'anima si agitò, sbatté da una parte all'altra come un'aquila in una tormenta, mentre avanzavo silenziosa, incerta, ma incredibilmente attratta dalle sue intenzioni. Avrei dovuto spaventarmi dopo ciò che mi aveva confessato, invece non vedevo l'ora di gettarmi ancora una volta nel fuoco implacabile della sua lussuria.

L'aria era gremita d'aspettativa.

Quando fui di fronte a lui, bello e incombente pur essendo seduto, Efrem mi afferrò per il polso e mi rovesciò a pancia in giù sulle sue ginocchia.

Urlai.

In pochi secondi mi ritrovai con il sedere esposto alla sua vista, la gonna sollevata sulle reni e le punte dei capelli che sfioravano il pavimento. Non ero mai stata ribaltata in quel modo, con le costole e l'addome premuti contro le cosce di un uomo, pronto a sostenere l'inesorabile peso delle mie angosce.

Voleva sculacciarmi di nuovo?

Santo cielo! Non ero certa di poter sopportare quel tipo di dolore.

Tuttavia, avrei dovuto considerare quanto fosse imprevedibile.

«Efrem...» La pressione sanguigna affluì rapidamente alla testa; tutto cominciò a vorticare.

«Stai tranquilla», mi rassicurò prima di abbassare le mutandine fino all'attaccatura delle cosce. Con le mani mi lambì la pelle per accertarsi che i lividi stessero guarendo. Sotto il suo tocco provai a non tremare, ma mi fu impossibile arginare le emozioni soprattutto quando, in maniera del tutto inaspettata, allargò le natiche con entrambi i pollici per guardare ben oltre ciò che credevo. Avvertii la pelle tirare seguita da un lieve bruciore per la forza con la quale le teneva scostate, esponendomi immoralmente alla sua vista.

«Efrem, per favore…» piagnucolai; ero imbarazzatissima.

Chi non lo sarebbe stata al mio posto?

Con un leggero mugolio d'apprezzamento, restò ad ammirarmi come si ammira un luogo segreto, anch'esso fonte di un immenso piacere se stimolato nel modo giusto.

L'umiliazione di quel momento mi fece arrossire e stringere la pancia in una morsa di vergogna.

Il grado di asservimento era proporzionale alla dominazione che percepivo nei suoi gesti; più Efrem si imponeva con estrema coercizione, più ogni barriera psichica si piegava, minacciando di annullarsi del tutto. Era come se avessimo appena cominciato un viaggio nel quale saremmo scesi giù, sempre più a fondo, insieme. La mia anima era una piramide infernale composta da più gironi e lui intendeva visitarli tutti, intendeva accompagnarmi, aiutarmi ad avere delle risposte, a conoscere me stessa finché fossimo giunti al confine della vecchia e della nuova Thea.

«Su, Dorie, non è niente…»

Smisi di pensare quando avvertii il suono reboante della sua voce, seguito da un liquido vischioso che mi bagnò nel mezzo.

Mi irrigidii subito; sospettai che avrebbe voluto condurre il nostro rapporto – o quel che era – a un livello superiore, qualcosa che non avevo mai vissuto con nessuno. Mi misi in guardia; le sensazioni che provavo mi turbavano e al contempo solleticavano una parte di me ancora ignota, inesplorata.

Malgrado la posizione scomoda, sollevai appena la testa e lo guardai da sopra una spalla.

Efrem mi accarezzò languidamente nel solco dei glutei fin giù al perineo prima di emettere un grugnito maschile, simile a quello di una bestia affamata pronta a divorarmi. «Hai idea di quanto il tuo culetto vergine sia allettante per me?»

Mosse con delicatezza le dita attorno al piccolo orifizio, cospargendo il denso secreto che non potei riconoscere. Forse si trattava semplicemente della sua saliva e, se così fosse stato, l'idea che celasse, dietro un'impeccabile rettitudine, una mente viziosa e perversa, mi fece temere e desiderare di scoprire fin dove si sarebbe spinto.

Il cuore batteva come un tamburo impazzito, la smania non mi permetteva di captare lucidamente i suoi movimenti.

«Efrem…» sussurrai con la voce arrochita dal desiderio. Non mi ero neanche accorta di essere così eccitata. Esalai un rantolo improvviso quando, dopo avermi toccata a lungo, cominciò a premere il polpastrello contro il mio sfintere. Tremai al pensiero che mi avrebbe profanata in un luogo tanto intimo; lui con scaltra previdenza mi accarezzò il capo, come se fossi una bestiola addomesticata, per farmi capire che andava tutto bene, che potevo fidarmi, che non dovevo per nessuna ragione al mondo preoccuparmi o respingerlo.

«Non ti farei mai niente che tu non voglia, Dorothea.» Adagio, spinse la prima falange dentro di me. Io mugolai e d'istinto contrassi il sedere, arricciando i piedi. Il mio corpo parve determinato a opporsi all'invasione estranea, mentre la mente non desiderava nient'altro che continuasse. Gli arpionai una caviglia, conficcai le unghie nel tessuto elegante dei pantaloni e strinsi i denti. Efrem non si scompose. Con estrema cautela ed esperienza, roteò l'indice da un lato all'altro per aprire e forzare i muscoli inaccessibili; lentamente mi placai, pur restando concentrata sulle strane percezioni di quel gesto. Mi sembrava invasivo, contronatura, fastidioso eppure mi bagnai. I capezzoli si ersero, i brividi mi percorsero la schiena e la gamba sinistra prese a tremare. «Non è niente, bambina. Ascoltami, prova a rilassarti quando sono dentro e a stringermi quando mi ritraggo. Piano piano.» Efrem mi guidava con voce bassa e premurosa; io mi impegnai a seguire il suo suggerimento. Nell'istante in cui estrasse la punta del dito mi contrassi per aumentare l'attrito e lui apprezzò. «Visto? Non è così difficile, devi solo imparare…» Con lenti movimenti circolari carezzò tutt'attorno, scese fin quasi al sesso schiuso dal quale traboccava il succo della mia eccitazione, ma, senza sfiorarlo, risalì lungo la spaccatura delle natiche e di nuovo spinse l'indice nell'orifizio troppo stretto.

Ebbi un sussulto al pensiero che un giorno avrei potuto accogliere il suo membro, di gran lunga più ingombrante e invadente, poco congeniale a una penetrazione anale. Se non fosse stato attento, avrebbe potuto ferirmi o lacerarmi; sopraffatta dall'iniziale paura mi sarei dimenata, avrei pianto mentre con una mano sulla nuca mi avrebbe compresso la faccia contro il materasso e avrebbe continuato a sbattere i fianchi contro di me fino a raggiungere il culmine dell'estasi, trascinandomi con sé.

Con le palpebre chiuse, ansimai a causa dell'immaginazione galoppante che mi figurò nella mente quella fantasia sconcia e inconsciamente sollevai il bacino, offrendogli il sedere.

«Proverai dolore, soprattutto le prime volte, ma cercherò di renderlo sopportabile...» Il suo timbro ipnotico riusciva a dissipare ogni timore, a scorrermi addosso, a farmi librare nell'aria per condurmi oltre i limiti che avevo sempre considerato insuperabili.

Con ingenua inconsapevolezza, mi mostrai arrendevole; scoprii di avere bisogno di sentirlo in quel modo talmente intenso da creare una connessione profonda tra noi.

Efrem aveva stuzzicato la perversione che ci accomunava, la stessa che da quel momento in poi avrebbe preteso di esplodere in maniera incontrollata.

Affannata e con le guance arrossate, mi mossi debolmente contro la sua mano, incitandolo a proseguire. Il dito sprofondò lento fin quasi alla nocca. Lo trattenne un po', poi lo fece scivolare fuori. Incitato dai miei mugolii sommessi, Efrem lambì la piccola circonferenza con un tocco leggero prima di invaderla ancora e forzarne le pareti rigide, con insistenza ma senza fretta. Provai una strana sensazione di fiacchezza; un minuto prima avrei voluto spingerlo via, insultarlo e proibirgli di sottomettermi, l'attimo dopo mi sentivo svigorita tanto che i muscoli parvero ammorbidirsi, pronti ad accoglierlo senza alcuna opposizione. Si dilatavano quando insinuava soltanto il polpastrello o le prime falangi e si restringevano attorno al nulla se me ne privava, lasciandomi inabissare in un frustrante desiderio. Efrem voleva che mi abituassi con calma a quelle nuove attenzioni, tuttavia proprio quando il leggero languore stava riuscendo a intaccare ogni resistenza psicologica, a piegare la mia volontà e a farmi accettare totalmente le sue carezze, lui si fermò restando dentro di me, a poca profondità, senza spingere oltre.

«No...» mi imbronciai, ancora aggrappata alla sua gamba. I capelli oscillarono nel vuoto quando mi voltai. «Continua.»

«Dorothea», mi rimproverò, infastidito dalla mia impazienza. «Per questo tipo di pratica occorre tempo. Dovrò prepararti lentamente. Procederemo per gradi o ti farai male sul serio. Non fare la bambina indisciplinata.» Mi diede un ceffone sul sedere e sobbalzai in avanti, piantando i palmi sul pavimento per non cadere. Efrem rise divertito; il suo timbro seducente e virile mi fece sperare ardentemente che andasse avanti, ma lui pensò bene di rimettermi in riga stringendo i glutei tra le mani così forte da interrompere subito qualsiasi lamentela. Li palpeggiò con i palmi aperti, ne appurò la tonicità, poi li congiunse e si chinò per mordermi una natica, proprio su un'ecchimosi ancora dolente. Sentii i denti affondare nel lembo di carne e tirarlo mentre la lingua calda gli concedeva una soffice carezza. Il bruciore della sculacciata riemerse, riverberò lungo la schiena e divampò violentemente nella testa facendomi gemere. Non riuscii più a parlare né a protestare. Efrem sapeva come mettermi a tacere, sconvolgermi e punirmi ogni volta che assumevo atteggiamenti contrari a ciò che lui preferiva o pretendeva. Come se nulla fosse, mi scoccò un rude bacio sul sedere, mi riassettò le mutandine e mi aiutò ad alzarmi.

Pensavo che mi avrebbe lasciata andare, invece mi attirò subito a cavalcioni sulle sue gambe. Lo sbalzo della pressione sanguigna mi provocò un immediato capogiro. Sentivo la testa ciondolare, la natica pulsare, i tremiti dell'eccitazione scorrermi ovunque mentre i suoi occhi inchiodati nei miei ebbero il potere di annullare qualsiasi cosa c'era attorno.

Efrem mi aveva toccata e rigirata come una bambolina di pezza; sebbene odiassi ammetterlo, la sua innata dominanza era tutto ciò che avevo sempre ricercato negli altri, soprattutto nei ragazzi della mia età, la cui inesperienza non aveva mai consentito loro di capire a fondo ciò che prediligevo a letto.

«Se fossi stata in ottima salute mi avresti già scopata?»

«Dorothea», mi ammonì.

«Scusa.» Sbuffai; non voleva che fossi scurrile. «Posseduta follemente su delle soffici lenzuola di seta?»

Seduta su di lui, come una bambina ancora stralunata per quanto successo, gli accarezzai la mascella volitiva con la punta delle dita, timorosa di un suo rifiuto; lui invece mi stupì accennando un lieve sorriso. Tenendomi con un braccio, si sporse in avanti e raccolse una salvietta igienizzante dal dispenser degli ospiti per ripulirsi la mano. Il profumo di dopobarba mi inebriava tanto quanto il suo respiro caldo che mi lambiva le labbra. Gli picchiettai l'indice sulla fossetta e, incapace di trattenermi, mi avvicinai per posarci un bacio che, fortunatamente, Efrem accettò.

Adoravo quel piccolo dettaglio del suo viso e lui lo comprese; gli occhi da verde smeraldo divennero di un azzurro luminoso, vividi come un lago specchiato.

«Io sarei stato ugualmente sposato, quindi è difficile darti una risposta certa.» Dopo aver gettato la salvietta imbevuta nel cestino sotto la scrivania, lasciò scorrere delicatamente i palmi lungo le cosce scostate, risalendo piano verso la giarrettiera di pelle. «Per adesso pensa a goderti ogni piccola esperienza. È la prima volta che ti approcci a un uomo come me, voglio che tu capisca fino in fondo le mie esigenze…»

«Le ho già capite.» Deglutii quando spostò le mani sul mio didietro per stringerlo con veemenza e spingermi contro il suo bacino, incurante di quanto ancora fossi dolente. «Sei tu quello che si frena.» Dovetti aggrapparmi alle sue spalle per reggermi. A quella distanza ridotta, potei ammirarne meglio le fattezze perfette: la mascella spigolosa, le sopracciglia nere e severamente arcuate, il naso dritto con un'elegante punta alla francese e la bocca invitante, capace di dissolvere qualsiasi criterio morale, di infrangere ogni mia remora e di rendermi una ragazza diversa, più audace, coraggiosa, insaziabile.

Tempo prima, avevo sognato così tante volte di stargli vicino che la possibilità che stesse accadendo davvero mi sembrava ancora un'utopia.

«Ti ho spiegato il motivo.» Efrem non era in difficoltà come me; sapeva che avevo bisogno di un contatto più profondo e intimo, tuttavia la mia frustrazione lo dilettava. Per incrementare il desiderio che mi stava tormentando, scivolò più in basso sulla poltrona affinché da quella nuova angolazione potesse farmi percepire, oltre il tessuto dei pantaloni, il membro palpitante tra le cosce. «Non sei pronta.»

Mi venne naturale posizionarmi meglio sul pene duro per sentirlo spingere contro il pube, nel punto esatto in cui le mutandine erano già umide. «Quando lo sarò, non potrai più ostacolarmi.» Sperai non si accorgesse del piccolo rantolo che avevo esalato dalla bocca, anche se un sorriso sornione mi smentì subito. Mi aveva illanguidita e lasciata insoddisfatta, perciò era compiaciuto dallo strazio che avvertivo nel ventre a causa dell'asta poderosa che, come una fiaccola, mi scaldava e incendiava.

«Non credere che sia facile farmi cedere.» Con un'espressione ferrigna, mi strinse i fianchi e osservò l'orlo della gonnellina sotto al quale celavo l'urgenza di un amplesso di cui lui continuava a privarmi.

Mi sforzai di non pensare a nulla di indecente e di tornare alla lucidità; Efrem riusciva a stordirmi, a manovrarmi e a farmi perdere il lume della ragione. «Per colpa dei tuoi vincoli?»

«Hai vent'anni e soffri di un disturbo alimentare che necessita di cure. Oltre ai miei vincoli, direi che in ballo ci sono ulteriori condizioni aggravanti…»

«So bene di essere una ragazza problematica», confessai col cuore in gola e un lampo di tristezza nello sguardo. Affondai la mano nei suoi capelli soffici e gli accarezzai la nuca sotto al colletto della camicia. «Non ti ho mai parlato nel dettaglio di me, eppure mi hai compresa. Mi comprendi sempre. Hai detto che mi avresti aiutata a capire me stessa. Non mi preoccupa un po' di sesso spinto, violento, o qualsiasi altra roba ti piaccia, anzi…»

«Quello è il minimo che pretendo da una donna.» Efrem socchiuse le palpebre quando si accorse del modo in cui la canotta bianca aderiva deliziosamente ai contorni dei capezzoli inturgiditi che, come due svergognati, miravano nella sua direzione. Eravamo divisi da strati di stoffa, impudicamente incastrati in una posizione sconveniente, eppure lui rimase algido e concentrato, saldamente ancorato a un freddo autocontrollo. «Ti chiederei di più. Ti chiederei di entrare in contatto con il vuoto che hai dentro. Ti chiederei di scendere a compromessi con te stessa, di assumere *per me* o *con me* comportamenti aberranti. Ti chiederei di dissociarti dal perbenismo della società e di assecondare tutto ciò che solitamente è considerato inconsueto, ma che per me è necessario affinché un rapporto fisico e mentale sia soddisfacente. È questo ciò che desideri alla tua giovane età? Perché io prevedo un futuro migliore per te.» Cogliendomi alla sprovvista, mi afferrò il polso per togliersi di dosso la mia mano; prima di liberarla si accorse delle nuove abrasioni sul dorso, ancora rosse e gonfie. Le accarezzò col pollice come se volesse lenirle; il lieve bruciore mi fece stringere il labbro tra i denti. Per evitare qualsiasi domanda a riguardo, la sfilai e la posai sulla pancia.

«Mi hai chiesto di concederti la mia fiducia, Efrem. E io l'ho fatto.» Il mio cattivo umore deflagrò improvvisamente. «L'ho fatto quando ho deciso di mentire a Victor e ad Andy pur di proteggere te. L'ho fatto quando, dopo la nostra serata all'*Himeros*, ho scelto di restare qui. In quella stanza ho provato qualcosa di meraviglioso e nocivo al tempo stesso, ed è piaciuto tanto a me quanto a te.» Tentai di alzarmi, ormai irritata dal nostro contatto, ma Efrem mi trattenne dal bacino. I grandi palmi affondarono nelle piccole infossature dei fianchi fino a farmi gemere di dolore; il suo sguardo austero mi fece sentire indifesa, disarmata, totalmente in suo possesso.

«Non posso andare a letto con una mia paziente, Dorothea.» Mi immobilizzò, avvicinandosi minacciosamente al mio viso. La sua autorità maschile riuscì a farmi rabbrividire, tuttavia non sopportavo l'idea di mostrarmi spaventata, perciò mi morsi la lingua per non pregarlo di addolcire la presa su di me. «Mi sono già spinto oltre.»

«Lo sappiamo entrambi cosa vuoi.» Stavo correndo un grave rischio a provocarlo, ma non me ne importava nulla. Avrebbe potuto perdere il controllo, sbattermi sulla scrivania e farmi male, forse sarebbe stata l'unica soluzione utile a dissolvere tutta la tensione che ci stava distruggendo.

Efrem scosse il capo; era difficilissimo far cambiare idea a un uomo cocciuto come lui, ma anch'io avevo un carattere abbastanza determinato, pertanto sarebbe stata una sfida ardua per entrambi. «Ciò che voglio non può e non deve in alcun modo determinare le mie decisioni.»

«E allora come diavolo farò a capire chi sono?» Indietreggiai con la schiena per allontanarmi dalla costante tentazione delle sue labbra, brucianti di peccato. Efrem lasciava riemergere dentro di me l'angoscia, la paura e il desiderio di rivivere ciò che mi aveva concesso nella stanza dell'*Himeros*. «Come farò a gestire tutto il casino che ho nella testa? Come farò a scoprire se può esserci una connessione tra il problema con il cibo e le mie fottute deviazioni sessuali dalle quali continuo a scappare?»

«Ti ho già fatto intendere che mi piacerebbe trascorrere altro tempo con te. Smettila di fare i capricci.» Il suo sguardo catturò il mio senza consentirmi di volgerlo altrove; mi trapassava da parte a parte, facendomi sentire infilzata da un'arma appuntita. «I nostri incontri esuleranno dal sesso, ma ciò non significa che mi priverò di toccarti. Mi sembra ovvio che accadrà.»

«Ti sembra 'ovvio'?» Non sapevo se essere oltraggiata o pericolosamente sedotta dalla sua sfacciata arroganza. «Non posso averti a metà. O mi dai tutto o niente.»

«E tu?» Efrem si innervosì; non ammetteva ordini che non provenissero da se stesso, d'altronde era il suo maggior diletto assoggettare chiunque al proprio volere. «Pensi che mi stai concedendo tutto, Dorothea?»

Premetti con più forza le mani contro la pancia e mi feci indietro col sedere fino a sbilanciarmi sulle sue ginocchia. «Che vuoi dire?»

«Ti ho chiesto di scrivere, di collegare l'anima al tuo inconscio e di lasciarla affluire attraverso le parole.» Una strana freddezza si espanse attorno a me. Le sue mani, poco prima padrone del mio corpo, capaci di elargirmi carezze lussuriose e schiaffi dolorosi, erano diventate dure e gelide, quasi estranee. «Ti ho regalato la mia stilografica per agevolarti il compito. La creatività, soprattutto agli artisti come te, permette di comunicare al mondo esterno ciò che avete dentro, di riappropriarvi della vostra libertà. Io ho comunicato con la tua paura quando ho suonato la sinfonia di Beethoven per te. Tu, invece, cosa stai facendo? Hai allontanato la musica perché ti rievoca il ricordo di tua madre, la prima persona che abbia davvero creduto in te e nel tuo talento. Fai di tutto per sopprimerlo e ti barrichi dietro timori e incertezze anziché accettare ciò che la vita ha da offrirti. I testi delle canzoni che hai cantato per me mi parlano di una ragazzina spudorata, che si lascia sopraffare dal male e crede che reprimere la sofferenza sia la scelta più giusta. Come pensi che io possa darti *tutto* se tu non fai lo stesso con me? Ho capito chi sei, ma non lo vedo. Vedo solo chi vuoi sembrare.» Finalmente mi permise di alzarmi.

Barcollante, mi allontanai e mi aggrappai al bordo della scrivania per garantirmi un sostegno stabile qualora il mio corpo non avesse retto il peso delle sue parole.

«Basta così.» Mi trattenni dal piangere; troppe volte Efrem riusciva a stimolare emozioni che solitamente non avevo alcuna difficoltà a sopprimere. «Me ne vado.»

«Nessuno vive una vita esente dal dolore, bambina.» Si addolcì, pervaso da una fastidiosa compassione nei miei riguardi. «Trasforma il tuo lutto in una sfida da vincere.»

«Smettila.» Mi passai nervosamente le dita tra i capelli tirandoli dalla radice. «Non sono venuta qui per ascoltare i tuoi consigli psichiatrici, filosofici o fottutamente paterni. Tieniteli per te, cazzo!»

In quel silenzio assordante, Efrem ascoltò il grido della mia paura più grande: la consapevolezza che ero *io* a fare del male a me stessa. «Darwin ti direbbe che la tua mente sta combattendo contro un nemico invisibile e che tu stai investendo tutte le tue energie contro di esso, privandoti di impiegarle nella nutrizione, nell'amore e nella cura della salute.»

«Ho detto che voglio andarmene!» Mi incamminai lontano da lui e dalle sue maledette intuizioni. Per sbaglio, urtai la tibia contro il piede della poltrona e mi ressi allo schienale per non cadere.

Efrem si sollevò e assistette, pacato, alla mia lenta rovina. Ero arrabbiata dal suo modo di irretirmi e di colpirmi al contempo, come un abile prestigiatore che sa perfettamente quali trucchetti usare per illudere chi gli sta attorno. «Sostieni di avermi concesso la tua fiducia, Dorothea, allora fidati di me anche adesso.»

«No!» Gli puntai un dito contro dall'altra parte dell'ampia scrivania che, in quel momento, ci divideva. «Tu vuoi manipolarmi, ma non sono così ingenua come credi. Stronzo!»

Efrem si infilò le mani nelle tasche dei pantaloni e mi scrutò attentamente, invulnerabile come sempre. «Per quale motivo dovrei manipolarti?»

Non volevo più esprimergli cosa provavo né permettergli di leggermi dentro. «Me ne torno in camera.»

«Non essermi ostile, c'è ancora un'ultima questione di cui vorrei parlarti.» In piedi, bello e maestoso come una scultura antica, continuava a fissarmi nella speranza che mi ammansissi e gli dessi ascolto.

«Fottiti», esplosi, fregandomene di apparire sgarbata. «Io non ho nient'altro da dirti!»

Efrem non tollerava il mio animo indomito e lo intuii dall'espressione tesa, terribilmente infastidita, che non riuscì a nascondere. «Non ho finito. Vieni qui, Dorothea.»

«No», mi intestardii, decisa a uscire dallo studio.

«Non contraddirmi», si inasprì. «*Komm sofort her!*»

Impallidii quando mi parlò in tedesco, forse per spaventarmi, pertanto cercai di non farmi intimidire e, in fretta, raggiunsi la porta prima di voltarmi per guardarlo un'ultima volta. Efrem era ancora fermo lì, serio, invincibile nel suo portamento distinto e impeccabile. I bicipiti irrigiditi erano carichi di una rabbia che esigeva di sfogare, il volto divenne più duro di un blocco di pietra.

«Stai per perdere la pazienza, vero?» Non riuscii a trattenere un sorrisetto vittorioso che, ovviamente, non fu ricambiato.

«Non provocarmi», mi avvertì in un sussurro potente che riuscì a innescarmi brividi di paura in tutto il corpo.

Travalicando ogni timore, lo sfidai a testa alta. «Quante volte devo ripetertelo che a me piace provocarti?»

L'atteggiamento sfrontato, malizioso e seduttivo che, con ogni probabilità, avrebbe istigato e inebetito qualsiasi altro uomo, sortì un effetto del tutto diverso su Efrem: il suo respiro si inspessì così ferocemente che immaginai stesse per avventarmisi addosso.

Qualsiasi cosa avesse fatto di me, l'unica certezza era che nessuno sarebbe corso in mio aiuto.

«Maledizione a te, bambina impertinente!» ringhiò come una belva, prima di incamminarsi furioso nella mia direzione. Era già successo di essere braccata contro la porta e seviziata dal suo ginocchio tra le cosce, perciò fui pronta a evitare che accadesse di nuovo. Con una mano piegai la maniglia, convinta che si sarebbe aperta al primo tentativo, ma quando notai la resistenza della serratura, intuii che Efrem l'aveva chiusa a chiave. Realizzai di avere pochissimi secondi per trovare un'alternativa. In fretta, mi osservai attorno e individuai una seconda porta proprio accanto all'enorme quadro raffigurante il bagno delle ninfe nel laghetto. Non feci in tempo a raggiungerla che Efrem mi travolse come un'onda impetuosa: mi agguantò i capelli nel pugno e mi attirò a sé tra proteste e urla ricalcitranti. Con un braccio mi cinse la vita e mi strinse saldamente, facendomi ritrovare con la schiena bloccata contro il suo torace, in una gabbia di muscoli dalla quale mi sentii spaventata e attratta. Con le dita incastrate tra le mie ciocche dorate, mi tirò indietro la testa per guardarmi in faccia. Non mi sarebbe dispiaciuto se mi avesse concesso un bacio capovolto, ma ogni fantasticheria venne meno quando lo vidi sovrastarmi, alle spalle, come un pericoloso Titano in procinto di punirmi severamente per avergli mancato di rispetto. Soffiò dal naso come un cavallo imbizzarrito e un fremito mi percorse la spina dorsale; il suo profumo di cedro e bergamotto era così maschile e penetrante da attorcigliarmi lo stomaco. Senza alcun riguardo insinuò l'altra mano sotto la gonna per palparmi il sedere. Tirò lateralmente le mutandine sottili, scivolò lungo lo spazio tra i glutei, sfiorò l'anellino che aveva già violato e scese giù fino all'apertura della vagina per infilarci dentro due dita.

Sobbalzai e le ginocchia si piegarono; sarei caduta se lui non mi avesse sorretta così tenacemente.

Agitai il bacino per impedirgli di avanzare, cercai di sgusciare via dalla sua presa, ma più mi stringeva a sé, più il bisogno primitivo di baciarlo con veemenza, spogliarlo di ogni reticenza e dimostrargli quanto lo desiderassi mi assaltava mente e viscere. Smisi di lottare. Efrem era un turbine travolgente di emozioni, una bestia selvaggia e indomabile, soprattutto quando adottava metodi crudeli per ottenere ciò che voleva.

«Che diavolo stai facendo?» Non c'era disgusto né rifiuto in me, soltanto incredulità. Ogni parte del mio corpo si contrasse quando avvertii il suo tocco sgarbato, rabbioso, nonostante fossi ancora umida ed eccitata. Non mi concesse alcuna parola di conforto. Affondò le dita fino alle nocche, poi le piegò a uncino. Le fragili pareti fremettero e si avvolsero teneramente attorno a esse mentre lui dava forza al bicipite e inclinava il polso verso l'alto per tenermi così: ignobilmente appesa come un pesciolino all'amo. Sopraffatta da barbare sensazioni, dovetti alzarmi sulle punte dei piedi per alleggerire il mio peso e attenuare il dolore dei polpastrelli premuti contro una zona interna, occulta, profondamente sensibile ed erogena che lui conosceva meglio di chiunque altro.

«Perché cerchi sempre di sfidarmi o contrastarmi?» sussurrò al mio orecchio; la barba pungente mi graffiò uno zigomo mentre tutto ciò che riuscivo a percepire era il lieve ronzio dei timpani. Gli arti si indebolirono e cedettero alla costrizione del suo rude abbraccio, come una farfalla intrappolata nel proprio bozzolo. «Lo fai sempre e il problema è che perseveri nel ripetere le medesime azioni sbagliate. Partiamo da un esempio casuale. Cosa non ti è chiaro della regola: 'I bambini non devono origliare le conversazioni private degli adulti'?»

Quando mi liberò i capelli, sentii la cute bruciare. La sua mano si spostò viziosa tra i seni e scivolò sull'addome, ove si fermò. Con una lieve pressione sullo stomaco mi indusse ad aderire maggiormente al suo torace, annullando qualsiasi distanza tra noi; in tutto quell'impeto ardente mi fu difficile realizzare all'istante la sua domanda.

«Che stai dicendo?» Premetti il bacino contro di lui; il movimento licenzioso agevolò le dita dell'altra mano che guadagnarono un altro po' di spazio dentro di me. Le sentii riempirmi così tanto da farmi gemere. «Io non…»

«Non mentirmi.» Efrem mi sospinse lentamente con la forza del suo corpo e dovetti assecondarlo camminando sulle punte come una ballerina. «So tutto.»

Muovermi con la sua mano infilata tra le gambe fu terribilmente scomodo; il mio interno si tendeva a ogni passo per accoglierla come se fosse un morbido guanto e adattarsi alla sua prepotente intrusione, ma tentai di concentrarmi e di capire a cosa si stava riferendo. C'erano state solo due occasioni in cui lo avevo spiato di soppiatto: la prima mentre era nel suo studio insieme a Mitchell; la seconda…

Come un fulmine a ciel sereno, ebbi un'intuizione lampante. Compresi che sarebbe stato inutile negargli la verità e con un sospiro angustiato mi diedi per vinta. «Come hai fatto a vedermi?»

Quando avevo ascoltato la conversazione tra lui e la moglie nella sala ricreativa credevo di essermi ben nascosta dietro lo stipite e di essere stata attenta a non farmi notare, ma evidentemente Efrem era più scaltro di quanto pensassi e si era accorto di me, dissimulando così bene da non suscitarmi alcun sospetto.

«Ho riconosciuto il tuo odore.» Dopo un breve tragitto che mi parve eterno, giungemmo dinanzi alla porta chiusa. Sperai che l'aprisse e che mi lasciasse andare, invece mi ci spinse contro schiacciandomi rudemente una guancia contro la superficie fredda. Mi girò la testa. Mugolando, serrai gli occhi e piantai le mani ai lati del mio viso per opporgli resistenza, tuttavia non riuscii a impedirmi di eccitarmi. Efrem sogghignò quando sentì la mia intimità pulsare e restringersi attorno alle sue dita invadenti, incoraggiando la brutalità di quel gesto. «Profumi di natura selvaggia: mughetto e fiori bianchi. Un mix di trasgressione e sfacciata femminilità. È impossibile che io non avverta la tua presenza. Non puoi fregarmi, Dorothea.» Con il grande palmo premuto sulla nuca mi sentivo così compressa che respiravo a malapena; il sangue affluì ai timpani, il suo torace mi opprimeva la schiena e i polmoni, le ossa scricchiolavano come sul punto di spezzarsi, mentre i fianchi oscillavano debolmente contro di lui. In un attimo ragionai su tutte le cose squallide che avrebbe potuto farmi, probabilmente gli avrei concesso persino di corrodermi e distruggermi per sfamare la parte più oscura del mio essere.

Sebbene le ginocchia minacciassero di cedere da un momento all'altro, pretendevo che lui attenuasse l'intensità del mio desiderio, malsano, irrefrenabile, superiore a qualsiasi criterio logico e morale. «Tua moglie è davvero una bella donna, sai?»

«Smettila.» Le dita insinuate dentro di me si incunearono di più per sollevarmi di un altro centimetro. Non si erano mosse neanche una volta per concedermi piacere. Se ne stavano lì, con le punte incurvate, conficcate a fondo come un gancio con il quale tenermi, nella semplice intenzione di ricordarmi che lui aveva il potere di afferrarmi, di trattenere la mia libidine, di lasciarla emergere con i gemiti e con le lacrime, di sopprimerla e sospenderla per punirmi. Aveva il potere di disporre di me come voleva e di sottomettermi qualora ciò fosse stato necessario ad appagare me stessa e anche lui. «Oppure la prossima volta provvederò a impormi in un altro modo.»

Annaspai quando una voce interiore mi suggerì in quale *turpe modo* avrebbe potuto tener fede alle sue parole e inarcai la schiena per sporgere i fianchi in un chiaro invito. «Quando vuoi.»

«Dorothea.» Efrem mi strinse con più forza la nuca; la pressione contro la porta aumentò, la guancia e l'orecchio divennero bollenti ed emisi un debole singhiozzo che si disperse nell'aria torrida attorno a noi. Lui parve compiacersene, nutrirsi dei miei flebili lamenti, degli spasmi del mio corpo imbelle, dei segni che avevo addosso. Si piegò per sfiorarmi con le labbra il lobo e torturarlo, vellicando con la lingua il piccolo orecchino a forma di teschio. «Ti assicuro che dopo che mi avrai accolto dentro di te, ci vorrà del tempo prima che tu possa tornare a reggerti sulle tue gambe in totale autonomia. Non sai a cosa stai andando incontro…»

Avrei corso qualsiasi rischio senza paura. Provai a guardarlo con la coda dell'occhio e forzai un ghigno sbieco, parecchio insolente. «Non vedo l'ora, dottore.»

Ormai esasperato, Efrem sfilò la mano da sotto la gonna, mi girò e mi braccò contro il muro accanto, rendendomi ancora inerme.

Prima che potessi immagazzinare ossigeno nei polmoni, mi avvolse la gola con le dita umide dei miei umori e mi stette addosso; il suo peso parve triplicarsi. Gli occhi erano scuriti dalla collera, il volto contratto dalla frustrazione. Deglutii spaventata. Ero così incantata, e intimorita, che non riuscii a ribellarmi. Entrambi rimanemmo immobili, sospesi in quei secondi cadenzati, scanditi da un destino che attendeva, quanto noi, di vedere cosa sarebbe successo. Efrem inclinò il capo per avvicinarsi a me e schiuse le labbra, distanti solo un soffio dalle mie. Il naso mi sfiorò una guancia fino a seguire la lenta traiettoria che lo avrebbe condotto all'angolo della bocca. Il suo fiato si mescolò al mio, lo catturò e me lo strappò via. Fu bravo a celare i suoi intenti lascivi, ma non così tanto come sperava. Riuscii a cogliere il bagliore della lussuria che gli infiammò le iridi. Seppur per un breve attimo, un fulgore accecante le attraversò come una stella cadente che sferza il cielo in una notte nebbiosa. Con un sospiro angosciato, appoggiò la fronte alla mia, i capelli neri mi solleticarono la pelle, e si premette contro di me lasciandomi percepire la fatale tentazione contro la quale stava lottando per non cedere. Avrei voluto toccarlo, lambire ogni linea del suo corpo prestante e provocargli la stessa frenesia che pervadeva me ogni volta che gli ero vicino, ma ben presto la lucidità tornò a reclamare il suo spazio, quella fiamma rovente si spense ed Efrem si riebbe dalla sua immobilità, sbattendo le palpebre confuso.

Prima di essere il mio psichiatra, impegnato con un'altra donna, era soprattutto un uomo.

Un uomo con membra avide, desideri ardenti e voglie dissolute.

Un uomo che, come un satiro, reagiva al richiamo della ninfa vestita quanto lui di depravazione e peccato.

«Esci», sentenziò irritato prima di prendermi per un gomito, sbloccare la serratura e spalancare la porta per me. «Va' via», mi spintonò fuori, facendomi incespicare sulle gambe a malapena stabili per l'eccitazione che ancora imperversava nel mezzo. Mi voltai a guardarlo scombussolata, ma lui, incurante del mio stato d'animo, infierì senza alcuna pietà. «E rifletti sui tuoi comportamenti irriverenti prima che sia troppo tardi.»

«È già troppo tardi...» Gli rivolsi un sorriso diabolico al quale persino il diavolo, gaudente spettatore, avrebbe applaudito orgoglioso.

27
Thea

Quando guardi a lungo nell'abisso,
l'abisso ti guarda dentro.
FRIEDRICH NIETZSCHE

AVEVO perso completamente il controllo di me stessa.

Non riuscivo a gestire né a comprendere appieno gli eventi degli ultimi giorni.

Mi sentivo come un suddito che finalmente aveva trovato il tiranno da compiacere. Ero affamata di desiderio e sottomissione, mentre Efrem era assetato di lussuria e autorità. Il nostro era un connubio malsano che generava in me un turbamento insistente, quasi insopportabile. Sapevo che il nostro rapporto stava prendendo una piega del tutto sbagliata, che la strada che avevo imboccato era la più insidiosa, che quell'uomo nascondeva un sadismo malvagio, del quale avevo avuto la concreta dimostrazione nel nostro incontro precedente, eppure non riuscivo a smettere di pensarlo, di cercarlo, di provocarlo o desiderarlo nel mio letto. Erano trascorsi quattro giorni da quando lo avevo raggiunto nell'ala ovest, da quando ci eravamo confrontati per valutare se continuare o interrompere qualsiasi *cosa* fosse nata tra noi, da quando mi aveva toccata, accarezzata, illanguidita, capovolta sulle ginocchia, penetrata con le dita e imprigionata tra le braccia, lasciandomi percepire la sua dose di follia.

Efrem mi aveva spiegato i motivi della sua esitazione, perché non aveva fatto sesso con me all'*Himeros* e perché avrebbe perseverato in quella decisione, tuttavia non aveva alcuna intenzione di tirarsi indietro nonostante il rischio di essere scoperto dalla moglie o, ancor peggio, radiato dall'albo a causa mia.

Per quale ragione stava mettendo a repentaglio la sua professione per me?

Avevo così tanta importanza per lui?

Ne dubitavo; non c'era amore tra noi.

C'era attrazione, sintonia, complicità, intesa, curiosità, ma non amore, pertanto avrei continuato a mantenere il nostro rapporto su un piano meramente fisico, a dilettarmi sulla mia ruota panoramica, a godermi la vista del paesaggio, l'adrenalina del pericolo, a mostrargli la mia oscurità e le mie pulsioni istintive senza coinvolgere alcun sentimento.

«Thea, quella zuppa è lì da sei ore. Si sarà freddata ormai.» Juliette, seduta con le gambe incrociate per terra, ai piedi del suo letto, indicò il vassoio abbandonato sulla mia scrivania. Quando la signora Monique si era accorta della mia assenza in sala pranzo, si era premurata di farmi portare la minestra in camera affinché non saltassi il pasto come stavo facendo sempre più spesso.

«Non ho fame.» Feci un tiro dalla mia Lucky Strike mentre mi aggiravo per la stanza con la stilografica tra le dita e un foglio stretto in una mano, intenta a comporre alcuni versi di una canzone. Non dedicavo più molto tempo né alla scrittura né alla musica, perciò stavo cercando di ristabilire una connessione con la mia creatività, di allontanarmi da qualsiasi distrazione, di aggrapparmi alle mie esperienze, ai ricordi positivi e negativi del passato per riportare a galla qualche emozione.

Juliette si infilò in bocca un lecca-lecca a forma di spirale e seguì accigliata i miei passi concitati. «Il dottor Nørgård non sarà felice di scoprire che non stai rispettando il piano alimentare.»

Sbuffai, grattandomi la tempia con il cappuccio della penna. «Il dottor Nørgård dovrà farsi gli affari suoi. Come dovresti farteli anche tu.»

«Non mi piaci quando mi rispondi male, Thea.» Sbatté il suo romanzo sul pavimento; dalla finestra aperta passò un leggero soffio di vento che smosse le tende e le scompigliò un ciuffo di capelli mentre il cielo si imbruniva, offrendoci lo spettacolo di un crepuscolo variopinto.

«E a me non piaci quando ficchi il naso nella mia vita.» Avrebbe dovuto ricordarlo, ma la ragazzina sembrava voler varcare, ogni giorno, un nuovo confine pur di avvicinarsi a me e instaurare un rapporto amichevole.

Aveva dimenticato il limite che avevo tracciato il primo giorno con il suo rossetto?

«Be' scusami tanto se ti sono stata vicina quando hai avuto quel malore nel nostro bagno.» Juliette si rimise in piedi. Scalza, con un grazioso abito a pois legato dietro il collo con un fiocchetto bianco, corrugò così tanto le sopracciglia che risultò quasi minacciosa.

Le sorrisi con strafottenza e continuai a camminare avanti e indietro, fissando le poche righe che avevo appuntato. «Non mi pare di averti chiesto aiuto, quindi non rinfacciarmelo.»

«No, infatti.» Juliette non demorse, nonostante avesse percepito il mio nervosismo. «Tu non chiedi aiuto, non ammetti di aver bisogno degli altri. Eppure, ne sei consapevole. Fingi che non ti importi nulla dei tuoi problemi, ma non è così.»

Benché le sue parole fossero state potenti come due sberle in piena faccia, faticavo a prenderle in considerazione, soprattutto ad accettarle. Aspirai a pieni polmoni dal filtro e rigettai il fumo nell'aria, mostrandomi indifferente. «Questo è ciò che credi.»

«No, è ciò che ho capito.» Lei avanzò di un passo e pestò per sbaglio la copertina del suo libro. Di riflesso mi fermai, dandole tutta la mia attenzione. «Ci tieni a tua nonna, giusto? Allora fallo almeno per lei: mangia e cerca di curarti. Non merita di essere delusa.»

Non avrebbe dovuto nominare nonna Lizzie o tirarla in ballo come scusa per convincermi. Mi fu impossibile non perdere le staffe, perciò, spinta dall'istinto, le puntai un dito contro. «Tu non hai nessun diritto di dirmi cosa fare!»

Juliette trasecolò e strinse i palmi in due piccoli pugni. «Sto solo cercando di farti ragionare!»

«Farmi ragionare?» Scoppiai a ridere, togliendomi la sigaretta dalle labbra. «Vuoi vedere qual è il risultato?» Lanciai la stilografica e il foglio sul letto, spensi il mozzicone nel portapenne – adibito ormai a posacenere – e con un impeto rabbioso trascinai il braccio sulla scrivania per scaraventare al suolo il vassoio. Piatto e bicchiere si schiantarono sul pavimento, spargendo mille cocci qua e là. Le posate provocarono un clangore metallico che echeggiò acuto tra le pareti. La zuppa divenne una poltiglia informe, disgustosa, e macchiò l'abito di Juliette come se fosse una tela colpita da numerosi schizzi di vernice. Il tozzo di pane rotolò fino ai suoi piedi. La ragazza assistette alla scena con gli occhi sgranati e le labbra schiuse, incapace persino di offendermi, come invece meritavo. Entrambe rimanemmo per qualche istante in silenzio, sospese in un'atmosfera cupa e astiosa, a studiarci vicendevolmente come due nemiche. «Sei contenta?» Parlai per prima, incurante di pugnalarla con la mia rabbia. «Costringimi ancora a mangiare e la prossima volta chiederò immediatamente all'équipe medica di cambiare compagna di stanza.»

Lo sguardo di Juliette divenne lucido, colmo di un pianto silenzioso del quale non volle mostrarmi neanche una lacrima. «Sai cosa ti dico?» La voce le divenne bassa, tremolante. «Meriti di restare sola.»

Se credeva di ferirmi, non aveva ancora compreso con chi aveva a che fare. «Era ora che lo capissi, sai?» Mi piegai sulle ginocchia per esaminare i frammenti di porcellana più grossi. «Pensavo di farti qualche disegnino per spiegartelo meglio.» Allungai il braccio e ne afferrai uno. Lo rigirai tra le dita, studiandone i bordi frastagliati, poi serrai il palmo e lo strinsi affinché mi si conficcasse nella carne. Mi alzai e premetti le nocche contro la bocca, chiudendo le palpebre mentre la pelle si squarciava e il sangue fuoriusciva inumidendo la tenera ferita. Il dolore, oltre a eccitarmi, riusciva anche a placarmi, a riordinare i miei pensieri e ad alleggerire il peso dei miei fardelli. Attraverso esso potevo controllare ciò di cui avevo paura, ciò di cui non potevo liberarmi; riuscivo a difendermi dal male che avevo dentro e a dominarlo anziché temerlo.

Glorificare le mie sofferenze mi aiutava ad ammetterne l'esistenza, a ridurre quelle troppo grandi, nonostante non potessi privarmene.

«Sei davvero insensi...» Juliette si interruppe quando si accorse di ciò che stava accadendo. Ci mise qualche secondo a razionalizzarlo, riluttante a credere cosa fossi capace di fare. «Che diavolo...» Si precipitò da me per agguantarmi il polso.

«Lasciami, subito!» Essendo più alta di lei, cercai di impedirglielo, ma la ragazzina mi si aggrappò al braccio tirandolo dalla sua parte.

«Thea!» urlò spaventata. «Butta via questa roba!»

«Ho bisogno di punirmi.» Feci resistenza e tentai di spintonarla via senza farle male finché udii un suo singhiozzo. La compassione o semplicemente la stanchezza di lottare mi indussero a calmarmi e a permetterle di schiudermi il palmo per sottrarmi il coccio appuntito.

«No, hai bisogno di un'amica.» Juliette lo gettò a terra e strinse la mia mano tra le proprie, avvicinandosela al petto. «E io lo sono, anche quando mi fai arrabbiare e dire cose di cui mi pento. Scusami.» Abbassò le ciglia per celarmi la sua debolezza, malgrado l'avessi già scorta, avvertita addosso come se fosse la mia. Probabilmente eravamo più simili di quanto pensavo: rotte, disilluse, emotivamente problematiche, con una visione di noi stesse nociva e distorta.

«Scusami anche tu.» Rilassai le dita quando la ragazzina studiò il taglio che mi ero inferta. Si accertò che fosse abbastanza superficiale da non necessitare di punti di sutura e tirò un sospiro di sollievo, contenta che sarebbero bastati del disinfettante e un grosso cerotto per medicarlo.

«Non ti azzardare più a fare una sciocchezza del genere.» Passato lo spavento, tornò nel suo ruolo di mamma chioccia, pronta a rimproverarmi, stropicciando le labbra in una smorfia avversa.

«Allora la prossima volta chiederò al dottor Krugher di fustigarmi...» Decisi di scherzarci su per tranquillizzarla. Juliette non sapeva cos'era accaduto tra me ed Efrem negli incontri precedenti né dell'evoluzione del nostro rapporto. Sospettava che ci fosse stato qualcosa di intimo tra noi, anche se non le avevo mai dato alcuna conferma. Mi ero limitata a confessarle della mia attrazione sessuale, del fatto che a lui non dispiacessero le mie avances e che stessi ancora sondando le sue intenzioni nei miei confronti, nient'altro. Forse un giorno le avrei raccontato tutto, o forse, allo scadere dei quattro mesi, sarei tornata a West Hollywood seppellendo con me ogni nefandezza commessa all'Asklepios.

D'altronde anche il contratto che aveva redatto Mitchell garantiva la massima riservatezza degli ospiti: qualsiasi cosa fosse accaduta nella clinica, sarebbe rimasta confinata in quelle sontuose mura.

Nascosta a chiunque. Per sempre.

«Non pensavo che l'avrei mai detto, ma preferisco una frusta a... Questa.» Juliette indicò la ferita, sconvolta dai suoi stessi pensieri. Anche lei stava comprendendo qual era la differenza tra il dolore sano e quello insano. A riguardo, ripensai alla conversazione avvenuta con Efrem, tempo prima, quando era accorso in mio aiuto per salvarmi letteralmente la vita e mi abbandonai a una risata genuina.

Ancora una volta, avevo ignorato i suoi insegnamenti per assecondare la mia irrazionalità, come se, quando lui non era con me, mi sentissi persa, senza una bussola a indicarmi la direzione giusta.

La sua presenza stava assumendo un valore importante nella mia quotidianità.

Il dottor Efrem Krugher era l'uomo con il quale immaginavo i più blasfemi congiungimenti carnali, la forza motrice di ogni mio impulso, il sovrano al quale avrei donato anima e corpo. Era un'infatuazione ossessiva, una mania divorante, l'unico che potesse concedere alla mia mente qualche beneficio, l'unico che mi aveva dato prova di una virilità soverchiante, che mi aveva ammaliata con la sua innata dominanza, che mi aveva fatto battere il cuore con le sue carezze licenziose...

E non per amore.

* * *

Juliette, oltre alla cantante, avrebbe potuto fare la dottoressa o l'infermiera, considerando la sua pazienza e abilità nel prendersi cura di chi, come me, tendeva a ferirsi o a cedere ai momenti di delirio così di frequente. Dopo avermi medicato la ferita e averla coperta con un cerotto, mi aveva tallonata fino al bagno per accertarsi che facessi la doccia senza attentare alla mia salute in altri modi. Per tutto il tempo aveva cercato di distrarmi raccontandomi la trama del romanzo drammatico che stava leggendo in quel periodo per dedurre, col mio aiuto, un possibile finale, anche quando le avevo esposto la necessità di rimanere da sola, a riflettere su ciò che mi stava succedendo.

«Che ne dici se adesso la pianti di farmi da balia? Sto bene.» Avvolta in un asciugamano che mi copriva a stento l'inguine, mi diressi verso uno dei cassetti per sfilare degli slip puliti. Camminando, lasciai le impronte dei piedi sul pavimento che la mia compagna di stanza si era offerta di pulire per me, nonostante le avessi chiesto di lasciar perdere.

Juliette inarcò un sopracciglio e si sedette sulla sponda del letto, dondolando appena le gambe. «Le amiche fanno questo.»

«Cioè?» Feci cadere l'asciugamano per infilare le mutandine, poi iniziai a frugare tra le t-shirt per trovarne una comoda. «Mi si attaccano come piovre al culo?»

Lei emise uno sbuffo spazientito. «Ti supportano, Thea.»

«Ah, già. Mi supportano.» Prima che iniziassi ad ammorbarla con il mio pessimismo circa il concetto di amicizia, non sempre così sincero come molti osannavano, qualcuno bussò alla porta. Furono tre tocchi lenti ma decisi che distrassero me e Juliette. Quest'ultima, senza attendere oltre, sfrecciò alla porta e la spalancò. Sulla soglia comparve la figura del maggiordomo. L'uomo, relegato nella sua eccessiva serietà, salutò educatamente la ragazza lasciando vagare lo sguardo nella camera come se stesse cercando qualcuno in particolare.

«Signorina Thea», mi chiamò quando Juliette si spostò di lato per consentirgli di avanzare di qualche passo.

«Hunberct…» Gli andai incontro, incurante della magliettina impresentabile, vecchia e stinta che avevo addosso. «Che succede?»

«Mi è stato ordinato di consegnarti questo biglietto.» Distese il braccio, stringendo tra le dita un foglietto ripiegato. Esitai ad accettarlo e faticai a figurarmi nella mente qualcuno che volesse comunicare con me in un modo così desueto.

«Chi lo manda?»

«Non mi è permesso rivelarlo», rispose, con il braccio ancora teso verso di me.

Dubbiosa, presi il foglietto e lo studiai lentamente per cogliere un qualsiasi indizio esterno che potesse anticiparmene il contenuto.

«Grazie, Hunberct», sussurrai, senza distogliere lo sguardo dal colore della carta: borgogna.

«Di nulla.» Detto ciò, il maggiordomo uscì dalla camera mentre Juliette si avvicinò a me, curiosa di sapere chi era il mittente.

«Aprilo, avanti!» mi incitò euforica.

Con meno entusiasmo di lei, dispiegai il biglietto e analizzai le righe incise con una grafia elegante dal tratto forte, pieno. Le lettere erano armoniose – più morbide le vocali e più aggressive le consonanti – e da esse trasparivano una raffinatezza e una voluttuosità marcate, come se il mandante fosse stato costretto a cedere al desiderio di esporsi, pur mantenendo un'inflessibile severità. Cominciai a leggere:

Il tuo Io non è così distante come credi.

Se deciderai di seguirmi, ti aiuterò durante il cammino a superare qualsiasi periglio.

Aiuterò la tua anima ad accettare la morte e la rinascita di se stessa.

Ad assurgersi a spirito sciente delle proprie tenebre.

A comprendere il senso del proprio essere e del proprio agire.

Non ingannarti e non negarti.

Non temere l'oscurità.

Se vuoi scoprire la tua vera natura dovrai esplorare i meandri dell'inconscio.

Ricordi?

La paura è ancestrale, foriera di problemi ma anche di libertà.

Desideri davvero che io ti dia tutto, bambina?

Allora ti aspetto stasera, alle ore ventuno, nella hall.

Indossa un abito bianco.

P.S.

Non tardare.

Mi tremarono le mani quando compresi chi lo aveva mandato.

Un brivido d'eccitazione mi percorse la schiena nell'immaginare la sua voce, mascolina e cavernosa, sussurrarmi quelle parole all'orecchio.

Nonostante Efrem non avesse apposto la sua firma – probabilmente per non lasciare alcuna traccia circa il nostro rapporto –, i fattori indicativi che si trattava di lui erano, per me, facilmente riconoscibili, come se condividessimo un linguaggio in codice che solo noi due eravamo in grado di decifrare.

«Oh, perdinci! Chi sarà?» Juliette, ignara di ogni cosa, sorrise trasognante credendo che potesse essere un ammiratore segreto. Studiò a fondo la mia reazione. Attese che io le rivolgessi i miei dubbi o sospetti, rendendola partecipe, tuttavia, quando notò affiorare sul mio volto una torbida consapevolezza, il suo entusiasmo si affievolì. «Tu sai già a chi appartiene, vero?»

Annuii, sfiorando con l'indice l'inchiostro nero. Non era necessario aggiungere altro; concessi alla ragazzina tutto il tempo per trarre le sue conclusioni. «Quella sera che siete usciti insieme, voi… Voi non avete solo cenato…»

Con un sorriso triste, rammentai una vecchia conversazione nella quale l'avevo presa in giro sulla sua cotta per Mitchell, facendole intendere subito dopo cosa provavo io per il nostro dottore. «Ti avevo detto che non mi sarei limitata a contemplarlo da lontano…»

«Credevo stessi scherzando.» Juliette fece un passo indietro, sconvolta. «Porca miseria! Siete andati a letto insieme?»

«Calmati.» Mi avvicinai allo scrigno di legno, riposto sulla scrivania, e lo aprii. «Non mi ha neanche baciata, figurati scopata.» Nascosi al suo interno, tra i vari collarini, anche quel pezzo di carta come se fosse un cimelio prezioso del quale sarei diventata terribilmente gelosa.

«E allora che significa quel biglietto? Cosa intende per 'Desideri davvero che io ti dia tutto'? E poi da quando ti chiama 'Bambina'?»

Richiuso lo scrigno, mi volsi nella sua direzione, passandomi una mano tra i capelli. «È difficile spiegartelo: da un lato sembra che non abbiamo condiviso mai niente, dall'altro che io mi sia lasciata andare con lui più di quanto abbia mai fatto con qualcun altro.» *Più di quanto avrei voluto.*

«Oh, santo cielo! Questo è un casino enorme!»

Il mio sguardo fuggì altrove, puntando i poster appesi sul muro. «Sì, lo è.»

«Un vero disastro, Thea!» Juliette si agitò come se fosse direttamente coinvolta nella relazione disagevole con un medico dell'équipe. «Con quel biglietto... Lui sta acconsentendo a cedere a una tua richiesta. E non voglio neanche immaginare quale sia...»

«Immaginala pure.» Scrollai una spalla; il mio tono malandrino la diceva lunga su cosa avevo preteso dal nostro psichiatra. «Non è molto difficile.»

«Piantala.» Juliette non ebbe voglia di riderci su. «Ora capisco perché eri così nervosa quando l'hai spiato con la moglie.»

«Io sono nervosa tutti i giorni», la contraddissi, evitando di considerare che esisteva già una donna nella vita di Efrem. Non volevo pensarci. «Non c'entra la moglie.»

«Ti rendi conto che diventeresti la sua amante?» La ragazzina si mise le mani sui fianchi. «Cosa succederà se farà sesso con te? Come pensi potranno cambiare le cose?»

Inarcai un sopracciglio, pregustando la perversa sensazione di accarezzare il suo corpo nudo e di sentirne la virilità tra le cosce. «Probabilmente non cambieranno...»

«Sì che cambieranno», si infuriò. «In peggio!»

Come se in quel periodo ci fosse qualcosa che andasse per il meglio...

«Sai che Sophie aveva ragione?» Decisi di stuzzicarla mentre mi avviavo all'armadio. «Il nostro dottore, lì sotto, è davvero ben messo...»

«Oddio», la sentii borbottare. «Sto per sentirmi male.» Disfatta, si accasciò sul pouf rosa che aveva posizionato accanto al suo letto e cominciò a farsi aria con una mano.

«Sicuramente mi ucciderà con quell'affare gigante», riflettei ironica, «per questo sta temporeggiando.»

«Thea, vuoi essere seria per due minuti?» Juliette non era così infantile come credevo; se fosse stata una ragazza qualunque attratta dai discorsi beceri, avrebbe cercato di saperne di più, risultando invadente e superficiale proprio come Sophie Queen, ma lei era diversa. Aveva un animo limpido, un'innocenza rara. «Non penso che non ti importi delle conseguenze di questa situazione. Penso, piuttosto, che ti faccia talmente paura da fingere che sia normale.»

«*Io*, Julie...» Aprii l'anta dell'armadio, prima di voltarmi. «... *Io* mi sento normale quando sono con lui. È una colpa, questa?»

Juliette rilassò le spalle, spostandosi dalla fronte una ciocca di capelli castani. «È il nostro medico. Non vorrei tu abbia frainteso le sue...»

«Non ho frainteso un cazzo. Non posso raccontarti i dettagli di ciò che è successo tra noi, ma non sono così stupida da illudermi di qualcosa che non esiste. Lui mi vuole, me l'ha anche confessato.» Avrei potuto aggiungere cos'era accaduto nel suo studio l'ultima volta, ma temevo che Juliette ne sarebbe rimasta gravemente turbata, perciò era meglio che le rivelassi la verità con discrezione.

«Cosa?» Lei sgranò gli occhi, sorpresa. «Dici davvero?»

«Sì.» Mi sfilai la t-shirt, restando con addosso solo le mutandine. «Non è venuto a letto con me soltanto per tutelare la mia salute. Me l'ha detto apertamente.» La gettai sulla pila di vestiti abbandonati in disordine su una sedia; lei arrossì davanti alle mie forme esposte. Forse non era abituata a un'amica che si mostrava nuda senza alcuna vergogna e, per imbarazzo, preferì fissare il tatuaggio sull'inguine destro. Catturò le quattro parole incise, parve memorizzarle e stranamente, per quella volta, evitò di farmi domande.

«Lo ripeto: è un casino enorme.»

«Siamo due adulti, consenzienti.» Con una mano cominciai a spostare le grucce degli abiti, cercandone qualcuno per la serata. «È un casino che affronteremo insieme. Mi ha fatto intendere che aspetterà che io sia pronta.»

«Pronta per cosa?» Juliette era sempre più scettica. «Per usarti ogni volta che vuole e poi tornare da sua moglie? Sei folle se accetti una condizione simile.»

«Non si tratta solo di sesso.» Se così fosse stato, non avrei insistito, non lo avrei sedotto né provocato. Non avevo bisogno di una semplice notte di passione, come quella che avrei potuto trascorrere con un ragazzo qualsiasi. Ce n'erano molti disponibili che avrebbero ceduto alle mie lusinghe con meno difficoltà e senza alcuna ripercussione negativa, tuttavia io volevo Efrem non per semplice capriccio, ma per dei motivi precisi che né Juliette né nessun altro avrebbero compreso. «Di mezzo ci sono questioni che mi riguardano di cui ora non posso parlarti.» Vagliai un top nero, troppo scollato. «E comunque non mi importa se torna da sua moglie.» Lo rimisi al posto e passai oltre. «Non sono innamorata di lui. Non gli chiederei di lasciarla per me.»

«Adesso», specificò titubante. «Adesso dici di non esserlo. Sarà così anche quando gli darai tutta te stessa?»

Accarezzai un abito rosso, con un merletto di pizzo sull'orlo, tastandone il tessuto morbido. Mi era stato regalato dal mio migliore amico per la festa del diploma. «Ho già dato tutta me stessa ad Andy, molto tempo fa.» Una strana alterazione della voce tradì la nostalgia che provavo ogni volta che la mente correva agli anni passati insieme: a quando io e Andy condividevamo tutto, a quando lui veniva a stare da me ogni weekend e chiedeva alla mamma di preparargli il suo frappè preferito poiché, a suo dire, quello di Nancy Jensen era il migliore di West Hollywood; a quando tutti e tre ci ingozzavamo di patatine e schifezze varie davanti ai film horror che proponevo per la serata, a quando Andy ci faceva scherzi macabri o indossava maschere di mostri deturpati sbucando alle nostre spalle per spaventarci.

Se avessi potuto manovrare il tempo e riportarlo indietro, avrei rivissuto tutto da capo con una maturità diversa; avrei apprezzato maggiormente quei piccoli momenti, avrei sorriso di più, abbracciato di più, ringraziato di più, amato di più.

Sarei stata più *Thea* e meno la ragazzina ribelle arrabbiata col mondo che, spesso, maltrattava sua madre attribuendole colpe che non aveva, soltanto perché la sua vita era un totale disastro, a partire da un padre disinteressato a lei sin dalla nascita fino ad arrivare al successo precario della band.

Prima di precipitare nell'abisso dei miei tormenti, sollevai a mezz'aria un'altra gruccia mentre la voce di Juliette offuscava pian piano i vecchi ricordi. «Thea, non prenderti in giro. Il dottor Krugher è diverso da Andy. Di lui potresti innamorarti e potresti soffrire se scegliesse sua moglie mettendo fine a ciò che c'è tra voi.»

«Ormai, dopo la morte della mamma, non ho più alcun interesse a relazionarmi all'amore. Non hai nulla da temere.» Osservai l'abito luminoso, particolarmente elegante, l'unico che considerai subito adatto alla serata che mi attendeva. Con un sorriso furfante, lo mostrai alla ragazzina e me lo appoggiai addosso per lasciarlo aderire alle mie forme. «Credo di aver appena trovato il vestito giusto.»

Juliette sbatté le palpebre e impallidì, preoccupata per i risvolti della mia pericolosissima situazione.

Sapevamo entrambe che stavo giocando con il fuoco, che stavo sottovalutando Efrem e il suo ruolo, che stavo rischiando tutto pur di scoprire me stessa e ottenere delle risposte, anche a costo di bruciarmi…

Per tutto il tempo in cui percorsi il tragitto che divideva la mia camera dalla hall, pensai a quale punizione mi avrebbe riservato il dottor Krugher per non aver indossato un abito bianco.

Il solo pensiero mi fece rabbrividire di eccitazione.

Nel biglietto mi aveva rivolto un ordine chiaro, tuttavia non l'avrei compiaciuto uscendo dalla clinica con un colore che non si addiceva alla mia personalità e che, oltretutto, risaltava in maniera inappropriata delle curve che non apprezzavo. Perciò, avevo optato per un vestito corto, in lamé, argentato, con delle sottili bretelline che si incrociavano sulla schiena, scoperta fino alle fossette di Venere, e con una scollatura più castigata davanti. Sotto non indossavo nulla, a eccezione di un microscopico slip in tulle, trasparente. La mia camminata era lenta e controllata a causa dei sandali a tacco alto che Juliette mi aveva costretta ad abbinare alla pochette; mi sentivo ridicola e incapace di muovermi con la dovuta femminilità, ma secondo lei erano necessari per esaltare la mia eleganza e valorizzare il collo del piede. Per risultare provocante, senza eccessi, avevo evitato di truccarmi troppo, limitandomi solo ad applicare il mascara sulle ciglia già lunghe e un leggero rossetto bordeaux. Prima di uscire dalla stanza, mi ero soffermata a lungo sul mio viso, riflettendo su come l'assenza di make-up lo rendesse più naturale, fresco, con un evidente rossore sugli zigomi che avrebbe svelato a chiunque le mie emozioni, soprattutto l'imbarazzo crescente. Juliette aveva scherzato sulle labbra definendole così carnose da far girare la testa a qualsiasi uomo, poi aveva indugiato sui dettagli – il nasino delicato, le guance tenere, gli occhi allungati dal taglio seducente, l'immancabile collarino lezioso – e mi aveva scosso per una spalla intimandomi di ammirare il mio riflesso esattamente come stava facendo lei. Sosteneva che non avevo bisogno di fronzoli superflui e pretenziosi per marcare la mia avvenenza e che avrei dovuto smetterla di disprezzarmi. Purtroppo, non era così semplice: non riuscivo a considerarmi bella né ad accettarmi. Pertanto avrei dovuto fare i conti con le mie problematiche finché non fossi stata capace di risolverle.

Nonostante i numerosi rovelli che mi affollavano la testa, riuscii a raggiungere la sala d'attesa senza inciampare.

Il cuore trabalzò quando, rasente alla facciata della parete, sporsi il capo per sbirciare oltre l'angolo.

Il primo che notai fu Mitchell, a braccia conserte, in piedi dinanzi al tavolino basso e concentrato su qualcosa che non riuscii a captare; a qualche metro di distanza scorsi anche Efrem, affiancato da suo padre, il dottor Markus.

Sussultai quando quest'ultimo spostò lo sguardo e socchiuse le palpebre, fissando proprio nella mia direzione. Con un riflesso istintivo indietreggiai per celarmi alla sua vista; mi portai i polpastrelli al *choker*, tirandolo per il nervosismo, e mi concessi il tempo di realizzare che, ormai, si era accorto di me. Restare nascosta sarebbe risultato ancor più svantaggioso che uscire allo scoperto.

Forza Thea, non essere codarda!

Sistemai i capelli sciolti dietro le spalle e presi coraggio, andando incontro ai tre uomini. Quando mi incamminai verso di loro, Efrem si voltò di scatto come se avesse riconosciuto il rumore dei miei passi o semplicemente il mio profumo nell'aria. Erano le ventuno precise; non parve sorpreso della mia puntualità, quanto spiazzato dal mio abbigliamento. Il modo in cui aggrottò le sopracciglia manifestò, per un attimo, tutta la sua contrarietà, poiché avevo ignorato l'esplicita richiesta contenuta nel bigliettino; d'altro canto, mi squadrò dall'alto al basso più del dovuto, incurante dei presenti, non del tutto dispiaciuto del risultato. I capezzoli si ersero quando i suoi occhi puntarono i miei seni sodi e baluginarono di malizia, trasmettendomi il recondito desiderio di spingermi di nuovo contro il muro e punirmi a suon di scapaccioni per aver trasgredito. Percepivo quel malsano flusso di energia scorrergli nei muscoli, la brama occulta divorargli la ragione e attentare al suo autocontrollo. Gli rivolsi un sorrisetto birbante, da bambina dispettosa, contenta di aver suscitato in lui una reazione. Se non ci fosse stato il padre, mi sarei sporta per baciargli una guancia o leccargli il contorno delle labbra, poi avrei messo in pratica qualche tecnica di seduzione per ammorbidire il suo piglio autorevole e intimidatorio. Per un istante mi dimenticai di chi avessimo attorno, attratta dall'odore fresco del suo dopobarba, dai riflessi corvini dei capelli ben ordinati e dalle piccole rughette affossate su alcuni punti del volto che lo rendevano ancor più sensuale e irraggiungibile; ogni fantasia impudente, abbarbicata al mio perenne languore, si defilò come una fuggiasca quando notai, dietro di lui, la spaventosa espressione del dottor Markus, il quale, con desolante ostilità, mi fissava come se fossi un reietto della società, un pericoloso mostro di cui sbarazzarsi alla svelta. Sentii freddo; il suo sguardo scorse lungo la mia figura, inclemente e avverso, lambendo ogni porzione di pelle nuda con un'inquietudine così cupa e minaccevole che sembrava stesse per sfoderarmi contro una lama affilata. A differenza del figlio, non c'era nulla di meraviglioso in lui. Gli anni lo rendevano rispettabile e di bell'aspetto, ma la sua immagine monolitica era così umbratile, avvolta da un'aura di crudele mistero, da impedirmi di abbassare la guardia.

«Signorina Jensen…» La sua voce glaciale parve trascinare l'inverno nella hall.

«Dottor Markus.» Il mio disagio fu inevitabile.

«Presumo che lei sappia che il suo abbigliamento non è conforme alle regole della mia clinica, così come dovrebbe sovvenirle che abbiamo già affrontato la questione nel nostro ultimo incontro; ciononostante deduco che lei nutra un solerte e premuroso interessamento solo nei confronti di quello che preferisce e che invece le importi poco della diligenza che io esigo dai miei ospiti. Dico bene?» Appoggiò una mano sul bancone vuoto; Melanie era già andata via. Oltre a qualche operatore che si aggirava per controllare gli ampi spazi, nell'ambiente regnava una quiete spettrale.

«Il regolamento è valido all'interno delle mura dell'Asklepios, non al di fuori.» Efrem decise di intervenire in mia difesa. Compassato e avveduto come sempre, si frappose tra me e il padre, sovrastandomi con la sua mole. «Oltretutto la paziente è sotto la mia responsabilità. Qualsiasi cosa non ti aggrada di lei puoi riferirla a me.»

La tensione del momento irrigidì tutti. Persino Mitchell, che solitamente era colui che affrontava qualsiasi situazione con la sua indiscussa favella, in quell'istante preferì ascoltare la conversazione restando in disparte.

Il dottor Markus osservò sia me che il figlio come se qualcosa lo avesse messo in all'erta e fosse pronto ad agire per debellare sul nascere qualsiasi problema. «Non avallare certi comportamenti. Il regolamento deve essere rispettato e lo sai.»

Efrem non sembrava affatto preoccupato né spaventato dall'autorità dell'uomo. «Qualora Dorothea lo trasgredisca so come occuparmene.»

«Io credo che tu abbia dimenticato cos'è la disciplina, eppure ho trascorso la vita intera a insegnartela.»

Efrem fu sul punto di perdere la pazienza, pur mantenendo un tono pacato. «Semplicemente la tua disciplina è diversa dalla mia e questo non ti arroga il diritto di contestare il mio *modus operandi*.»

Il dottor Markus se ne stava tranquillo e composto ad ascoltarlo, eppure ebbi la sensazione che disponeva di tutte le armi più spietate per ferire il figlio, se solo avesse voluto. «Fai attenzione al tuo *modus operandi*, Efrem. Il fatto che io sia tuo padre non ti garantisce la mia assoluta tutela.

Ogni errore è un passo avanti nella distruzione di se stessi. Sei un uomo intelligente, spero tu faccia scelte prudenti.»

Efrem firmò il mio permesso d'uscita, riponendolo subito dopo in una cartellina che Melanie avrebbe consultato il giorno successivo. «Un uomo intelligente non ama vivere con la costante paura di sbagliare né con il rimpianto delle occasioni perdute. Dovresti conoscermi.»

Il dottor Markus si stropicciò le palpebre con due dita, come se avesse voluto spazzare via il ricordo di esperienze passate, inerenti al figlio, delle quali non era del tutto orgoglioso. «Ti conosco, infatti.»

«Bene, allora questo discorso è inutile.» Efrem si voltò e fece segno a Mitchell di andare via mentre, con una mano posata sulla mia schiena, mi incitò a seguirli. «Buona serata.»

«*Pass auf was du tust*», gli disse il padre passando subito a un tedesco severo e pronunciato, per impedire a chiunque altro di cogliere il messaggio comunicato al figlio.

«*Ich weiß was ich tue*», replicò Efrem senza dargli molta rilevanza.

Una volta fuori, camminai con i gomiti tra le mani, chiudendomi in me stessa.

Mi sentivo in colpa per essere stata la cagione del breve dibattito tra i due uomini. Sebbene non avessero discusso con toni accesi, il loro rapporto non era privo di livore. Forse il motivo che li induceva a battibeccare era proprio la loro eccessiva somiglianza, soprattutto in alcune caratteristiche, quali la puntigliosa caparbietà e l'indole autoritaria che, probabilmente, li portava a sopraffarsi a vicenda con l'impossibilità di trovare un punto d'incontro.

«Tuo padre stasera era abbastanza nervoso, eh?» Mitchell ci scortò fino alla sua Bmw, accostata vicino all'auto di Efrem. Quest'ultimo sospirò infastidito e gli si fermò accanto mentre io rimasi distante a osservarli. Uscita dallo stato di soggezione nel quale precipitavo ogni volta che incontravo il dottor Markus, potei soffermarmi sull'abbigliamento del medico e dell'avvocato pressoché simile. Entrambi indossavano un completo classico e nero che marcava non solo il loro buongusto in fatto di vestiario maschile, ma anche la loro particolare raffinatezza. Tuttavia, se Mitchell aveva preferito accostarci una camicia grigio scuro talmente aderente da evidenziarne i poderosi pettorali e l'addome scolpito; Efrem, più alto e asciutto ma non meno definito, aveva scelto di sfoggiare un unico colore, sembrando quasi l'emblema dell'oscurità più torbida. In tutto quell'eccesso di ombre, soltanto le sue iridi emanavano il brillio luminoso di due diamanti, rendendolo così attraente da farmi desiderare di strisciare ai suoi piedi. Quando si voltò per individuarmi, immobile, sul vialetto ghiaiato, la sua aura potente, evocante una perturbante vigorosità, pullulò attorno a me come se fosse una corda che mi stringeva il petto e alla quale non avrei potuto sottrarmi, un soave invito alle ineffabili delizie che avrebbe potuto concedermi, un intenso godimento dei sensi e dell'anima.

«Mitchell ci accompagnerà», mi informò aprendo la portiera posteriore per invitarmi a raggiungerlo. «E resterà con noi.»

Scombussolata e alquanto confusa, mi avvicinai per entrarvi con un'insolita accondiscendenza. Mitchell occupò il posto del conducente, Efrem quello del passeggero, e in pochi attimi mi ritrovai a condividere uno spazio talmente ristretto da sentirmi mancare l'ossigeno. Le loro colonie avvolgenti si erano fuse tra loro dando vita a un unico effluvio magnetico e invadente, quasi vizioso. Appoggiai la borsetta a lato della mia coscia e mi spostai più al centro per avere la visuale di entrambi. Mitchell accese il motore e fece ruggire la marmitta; Efrem invece regolò il sedile per adattarlo alla sua eccessiva altezza.

«Non mi hai neanche salutato. Hai intenzione di non parlarmi per tutta la sera, Thea?»

Soltanto in quel momento mi accorsi che l'avvocato mi stava guardando dallo specchietto retrovisore che rimandava il riflesso dei suoi occhi azzurri, sagaci come quelli di un animale dotato di un acume invidiabile.

«Ciao, Mitchell», lo accontentai di malavoglia.

«Non ci siamo più visti da...» Fece una pausa mentre ingranava la marcia. «... Da quel giorno», sorrise senza specificare a quale giorno si stesse riferendo, conscio che lo avrei inteso. «Come sta il tuo sederino? Fa ancora male?»

A Efrem sfuggì una bassa risata sardonica, dilettato all'idea che l'amico avesse assistito alla sculacciata. Io invece arrossii, impreparata all'argomento. Avevo ignorato l'avvocato Ryke per più di una settimana nella speranza che la vergogna passasse, eppure era tornata prepotentemente a colorirmi le gote. Sapevo che, prima o poi, avremmo affrontato il discorso, soprattutto dopo che era sparito dalla camera senza esprimersi su ciò che aveva visto.

«Adesso molto meno.» Scrutai gli interni dell'auto sportiva e lussuosa, dai pregiati rivestimenti in pelle al tettuccio trasparente che mi permetteva di ammirare il cielo stellato. Sul lunotto e sui vetri laterali posteriori erano applicate delle pellicole oscuranti per garantire una maggiore privacy ai passeggeri.

Anche la sua targa era irrintracciabile come quella di Efrem?

«Ne sono felice. Anche se mi pare ti imbarazzi ricordarlo.» Mitchell percorse il viale alberato, frenando dolcemente in prossimità di alcune piccole buche del terreno per poi accelerare dopo averle superate.

«Dovrebbe farmi piacere?» Con i gomiti mi appoggiai allo schienale dei sedili e mi sbilanciai nel mezzo, guardandogli il profilo. Il mio abito luccicava al bagliore che filtrava dai lampioni esterni, sferzando la semioscurità dell'abitacolo.

«Sembrava 'piacere' ciò che hai provato su quel letto», commentò maliardo, cercando la mia complicità. «Sai perché il tuo dottore ha agito così in mia presenza?»

«Per sadismo?» Osservai di sghimbescio Efrem che, nel frattempo, aveva aperto il vano portaoggetti sicuro di trovare una busta di caramelle; l'aprì e ci frugò nel mezzo per estrarne una al limone.

«Per pormi davanti alla sua decisione senza neanche consultarmi. Ha voluto sbattermi in faccia la realtà. È come se con totale noncuranza mi avesse detto: 'Io voglio questa ragazzina e tu non potrai far nulla per impedirmelo'. Lui ha deciso per me e anche per te. Pur sapendo che sono il legale dell'Asklepios e che dovrei informare il dottor Markus dell'accaduto. Non mi ha messo nella posizione di scegliere: me l'ha imposto. E non ho potuto far altro che acconsentire.» Mitchell tenne una mano sul volante mentre con l'altra estrasse il pacchetto di Dunhill dal taschino interno della giacca.

«Perché?» farfugliai.

Sfilò la sigaretta con i denti e se l'accese contaminando l'aria con la prima nube grigiastra. Per educazione abbassò il finestrino, nonostante fossi una fumatrice anch'io. «Perché lo considero un fratello e, malgrado spesso non condivida le sue azioni, sono sempre dalla sua parte. Come, d'ora in poi, sarò sempre dalla tua finché gli starai accanto.»

«Che significa?» Mi stupii della naturalezza con la quale ne stavamo parlando, per di più mentre Efrem ascoltava tutto in silenzio.

«Significa che gli appartieni. E quando qualcosa o qualcuno appartiene a lui, è inequivocabilmente sotto la mia protezione.» Mitchell fu placido e diretto, pieno di un'immensa ammirazione che si nutre solo nei confronti del proprio Dio.

«Gli sei fedele…»

«Gli sono amico, è diverso», constatò serioso, rivelandosi abbastanza scrupoloso sulla fiducia che gli veniva accordata, oltre che capace di ricambiarla. «E adesso anche tu sei una di noi.»

«Oh...» Mi schiarii la voce, pervasa da un disagio improvviso. «Ne sono lusingata.»

«Aspetta di conoscerlo meglio.» Mitchell sorrise con la sigaretta fumante a un angolo della bocca, che gli donava la foggia ribelle di un mascalzone sexy e selvaggio. «Toglimi una curiosità: avete già scopato?»

Sobbalzai come se mi avesse appena strappato l'abito di dosso; Mitchell sembrava abituato a rivolgersi alle donne in maniera schietta, senza alcun'ambage, mentre io non ero ancora molto avvezza agli uomini disinibiti, nonostante il dottore stesse cercando di rimuovere dalla mia testa qualsiasi complesso e condizionamento sessuale che proveniva da pregiudizi o influenze sociali.

«No, anche se avrei voluto, ma lui continua a rimandare.» Picchiettai un dito sull'imponente spalla di Efrem, che si girò per ammonirmi col suo sguardo sussiegoso; ovviamente non era d'accordo.

«Per una giusta causa», dissentì.

«Certo, per non farmi male», lo rimbeccai intuitiva. «Ti sembra una giusta causa?»

Avrebbe dovuto tenere in conto che, per me, dolore e piacere confluivano in un'unica energia rinvigorente, come un farmaco prodigioso capace di acquietare il mio tumulto interiore.

«Sì, Dorothea. Lo è.»

«Be', lo sai che mi impegnerò a farti cedere», mormorai maliziosa, dopo essermi sporta al suo orecchio. Se fossimo stati soli, gli avrei leccato il collo per assaporare l'aroma amaro del suo profumo, oppure gli sarei montata a cavalcioni sulle cosce per aggredirgli le labbra con passione e costringerlo a baciarmi voracemente.

Una lieve fitta all'addome mi fece mugolare; lui parve accorgersene poiché si mosse sul sedile, divaricando le gambe in cerca di sollievo come se i pantaloni gli stessero improvvisamente stretti.

«Sei tremenda», mi sbeffeggiò Mitch, distogliendo per un istante l'attenzione dalla strada. «È davvero tremenda», ripeté questa volta a Efrem, quasi con biasimo. Non avrebbe mai voluto essere al suo posto, poiché non era semplice tenere a freno i propri impulsi quando una ninfetta indiavolata si sollazzava a provocarli per corrompere la fermezza con la quale venivano repressi.

«Te l'avevo detto», sospirò il dottore, tediato dalla mia bizzosa cocciutaggine.

«Se hai tutta questa urgenza di far rilassare un uomo, Thea, ricordati che mentre attendi lui, potrei farti compagnia io. So come intrattenere una donna.» L'avvocato mi fece un occhiolino intraprendente.

«Mitchell», lo redarguì Efrem, non molto contento della proposta.

«Che c'è? Non le dispiacerebbe», rispose l'altro con nonchalance; la sua gaiezza, anziché imbarazzarmi, riuscì a concedermi un attimo di leggerezza. «Non ti dispiacerebbe. Vero, piccola?»

«Ehi...» Finsi di essere offesa, posandomi una mano sul petto. «Per chi mi hai presa?»

Mitchell colse la spensieratezza del momento e seguitò a scherzare. «Ti serve il permesso di paparino, forse?»

Ostile all'ilarità e a tutto ciò che era troppo giulivo, Efrem si voltò a inquisire l'amico per scorgerne le colpe più intime e ricordargli di non esagerare. «Non è necessario il permesso di nessuno, lei è libera di fare ciò che desidera. Se volesse venire a letto con te, non mi opporrei. Al tempo stesso non ti permetterei di approfittare della sua evidente instabilità emotiva soltanto per dar sfogo a un tuo momentaneo sfizio.»

«Quanto sei drammatico.» Mitch fece un profondo tiro dalla Dunhill, con un verso roco simile al rugghio vibrante di un felino. «Thea, tralascia la parte finale. Cogli il significato più intrinseco del discorso: niente sculacciata punitiva. Abbiamo il via libera.»

«Mitchell.» Efrem parve minacciarlo velatamente col suo timbro basso e ruvido, così graffiante da incutere timore. L'amico tacque di colpo. «Pensa a guidare.»

Il tragitto proseguì in un'atmosfera serena e piacevole.

I due uomini smisero di punzecchiarsi; l'avvocato decise di non mettere ulteriormente alla prova la pazienza del medico e accese la radio per rilassarsi.

Come una ragazzina infatuata, ammirai Efrem per tutto il tempo: i suoi movimenti dosati, i respiri lenti, il corpo aitante, le mani grandi e lunghe con le quali, più volte, mi aveva concesso piacere. Strinsi le cosce, come se avessi qualcosa di pruriginoso a solleticarmi nelle parti intime, e cercai di distrarmi, di pensare a tutt'altro, anche se la sua presenza mi rendeva impossibile gestire la sensazione di vuoto che avvertivo all'addome. Agitata e accaldata, provai a riflettere sul contenuto del bigliettino che mi era stato recapitato, ragionando sul fatto che non gli avevo chiesto dove eravamo diretti. Incuriosita, gli rivolsi quella domanda e lui mi rispose che saremmo andati all'*Himeros*. Ironicamente lo supplicai di non offrirmi un'altra cena, incitandolo, invece, a concentrarsi sul *dessert*; Efrem, con un sorriso astuto, mi garantì che non sarebbe stato così galante, dandomene ulteriore conferma quando aggiunse: «Stasera dovrai accettare qualsiasi tipo di *dolce*. E mangiarlo tutto, da brava bambina», con l'espressione svagata di chi me l'avrebbe fatta pagare cara.

E non con qualche sberla sul sedere.

Avvolta da un'elettrizzante paura, sentii la lussuria rombare nel silenzio, danzare soave tra le fiamme infernali e pervadere i miei sensi mentre la perversione mi fagocitava, trascinandomi nella penombra della sua essenza…

28
Thea

Come il cavaliere, se non vuole essere disarcionato
dal suo cavallo, è costretto spesso a ubbidirgli
e a portarlo dove vuole, così anche l'Io ha l'abitudine
di trasformare in azione la volontà dell'Es
come se si trattasse della volontà propria.
SIGMUND FREUD

UNA volta, da adolescente, lessi che la mente ha bisogno di sognare, l'inconscio di poter dar voce ai desideri reconditi, il nostro spirito di rifugiarsi in una dimensione surreale nella quale tutto può essere concretizzato, persino l'impossibile.

L'*Himeros* sembrava uno di quei luoghi raggiungibili solo nei sogni, un'ambiente nel quale l'inconscio avrebbe potuto assistere alla reale proiezione di ogni fantasia e lo spirito avrebbe potuto trovare il suo attimo di felicità.

Un antico tempio greco, ristrutturato in chiave moderna, nel quale tutto era lecito e incontestabile.

Quando vi entrai, accompagnata da Efrem e da Mitchell, fui accolta da un odore di incenso proveniente da un turibolo fumante appoggiato sul tavolino da caffè, mentre la dormeuse e le poltroncine attorno a esso erano vuote; il portiere ci salutò con educazione prima di indirizzarci verso il bancone della reception dietro il quale si trovava l'uomo che ricordavo chiamarsi Paul. Quest'ultimo, accortosi del nostro incedere, avvertì la donna con la quale stava parlando che si voltò all'istante, sgranando le palpebre per lo stupore.

«Stento a credere ai miei occhi…» Giselle, l'amica che Efrem mi aveva presentato la prima volta che eravamo usciti insieme, sollevò con una mano un lato del lungo abito rosso affinché non intralciasse i suoi passi e si incamminò di fretta verso di noi mentre i capelli, sistemati in morbidi boccoli color mogano, oscillavano insieme ai seni, la cui abbondanza era visibile dalla profonda scollatura a V e accentuata dal modo in cui un cinturone dorato li stringeva al di sotto, invitando i due uomini ad ammirarli. «Che ci fate voi qui?» Lo spacco del vestito lungo sino all'inguine mostrava sensualmente la coscia, tanto che la proprietaria del resort sembrava una dea di rara bellezza, dal portamento maestoso e dalle forme prorompenti, capaci di emanare una voluttuosità inesplicabile, una carica erotica divina e irrefrenabile.

«Elle, sei sempre bellissima.» Mitchell si piegò di qualche centimetro per baciarle delicatamente le labbra. Non mi sarei mai aspettata una sfrontatezza simile né tantomeno che Giselle accettasse volentieri quel gesto così intimo, consono più a due amanti che a due conoscenti o amici. Cogliendo il mio improvviso turbamento, Efrem mi sfiorò il fianco per posarmi la mano sulla schiena. Il contatto delle sue dita calde sulla pelle nuda mi fece sussultare e stringere più forte a lui.

Incuriosita, sollevai la testa e mi misi in punta di piedi per bisbigliare: «Stanno insieme?»

Per niente sorpreso della mia domanda, Efrem mi si avvicinò all'orecchio e rispose sottovoce: «Le relazioni hanno mille sfaccettature, Dorothea, non è sempre necessario determinare il rapporto che condividono due persone...» Anziché chiarirmi la situazione, la confuse ancor di più, lasciandomi languire nel dubbio.

«Non pensavo saresti venuto.» La donna accarezzò i bicipiti dell'avvocato che, benché coperti, risultavano piacevolmente voluminosi come quelli di un'atleta, poi fece scivolare i palmi sui pettorali, sporgendosi sul suo corpo come una gatta sinuosa; come biasimarla? Nessuna avrebbe resistito alla durezza di quei muscoli così sodi e modellati, capaci di trasmettere una seducente virilità. «Per di più, non in compagnia.» Lanciò un'occhiata significativa a me e a Efrem prima di allungare il collo verso quest'ultimo per stampargli un bacio sulla guancia, tuttavia dovette accontentarsi della mascella poiché lui non si chinò abbastanza da permetterle di raggiungerlo. Nell'avvicinarsi, la sua pelle, lucente e levigata, emanò un forte odore di rosa e cannella come se, poco prima, si fosse immersa in una vasca di oli profumati; Efrem lo inspirò a pieni polmoni, inebriato.

«Giselle, sei incantevole», si complimentò, fissandola negli occhi chiari imbellettati da un leggero tocco di ombretto e dal mascara che le infoltiva le ciglia adunche; gli zigomi le si tinsero di un rossore naturale e gli angoli della bocca, armoniosa e piena, si piegarono verso l'alto, in un sorrisetto adulante.

«Anche voi», rispose, riferendosi a lui e a Mitchell. «Compresa la graziosa fanciulla che vi accompagna», aggiunse, prendendosi la confidenza di accarezzarmi una gota. Mi irrigidii poiché non ero molto favorevole al contatto fisico con persone che conoscevo a malapena, ma il gesto di Giselle fu così spontaneo e gentile che preferii tacere per non risultare maleducata.

Efrem iniziò a lambirmi la schiena con la punta delle dita, inducendomi a rabbrividire in maniera inappropriata, pur restando concentrato su di lei, sul volto così ovale, sulla fronte proporzionata, sul naso stretto con una graziosa punta rotonda e sull'arco di Cupido ben disegnato. «Ti ricordi di...»

«Thea Jensen», lo interruppe la donna, rammentando subito chi ero. «Come potrei dimenticarmene. È la sola paziente che hai portato all'*Himeros*.»

«E l'unica che ha sculacciato in mia presenza. Prima si era sempre limitato a donne che non facevano parte della clinica», intervenne Mitchell, con un'occhiata d'intesa all'amico.

«Oh, davvero?» Giselle non sembrava così stupita; io invece ero mortalmente in imbarazzo. «Non mi aspettavo che foste andati così oltre. Che disonesti che siete.» Intercorse un ludico scambio di sguardi fra i tre dal quale mi sentii fastidiosamente esclusa, nonostante fossi l'oggetto d'interesse della loro conversazione.

Efrem si schiarì la gola, pronto a puntualizzare come stavano le cose. «Non del tutto 'oltre'.»

«Diciamo che...» Mitch scostò i lunghi capelli di Giselle per ammirare meglio la curva superiore del seno; lei inspirò sentendo su di sé il calore di quegli occhi azzurri, tersi, splendenti, così invadenti da manifestarle l'incontenibile fervore di possederla subito, magari piegata sul bancone, inginocchiata sulla dormeuse o anche semplicemente carponi sul pavimento. Certi bisogni avrebbero spinto un uomo ad accontentarsi di qualsiasi alternativa pur di essere soddisfatti. «... per il momento, l'ha portata su un letto, ma non a letto.» Posizionandosi dietro di lei, le baciò il collo scoperto e le circondò il girovita, accarezzandole l'addome. Non ne ero certa, ma dal modo in cui lei sussultò e poco dopo adagiò lusingata il bacino al suo, intuii che stava percependo la presenza dura e tangibile del membro contro le natiche. Entrambi si mostrarono incuranti di essere in un ambiente poco idoneo a effusioni amorose e approcci troppo lascivi.

O forse l'Himeros lo era?

«Mitchell scherza.» Frattanto le dita di Efrem risalirono lungo la spina dorsale, sotto la cortina di capelli aurei, solleticandomi lo spazio tra le scapole. Incontrò l'ostacolo delle bretelline e ci giocò, infilando l'indice nel punto in cui si incrociavano, ma senza tirare; avrebbe voluto strapparmi tutto di dosso, e non per lussuria, bensì perché non avevo indossato l'abito bianco richiesto. Sospettavo che prima o poi mi avrebbe dato una bella lezione. Era solo una questione di tempo: presto avrebbe architettato la punizione a cui sottopormi e si sarebbe ripreso la sua rivincita. Con il labbro inferiore stretto tra i denti, smisi di osservare la coppietta dinanzi a me per volgermi verso di lui. «Conosciamo Giselle da quasi quindici anni, sappiamo tutto l'uno dell'altra. Se sei a disagio dimmelo pure.»

«No, tranquillo», lo rassicurai, reattiva al movimento lento dei suoi polpastrelli. Speravo che nessuno si accorgesse della pelle d'oca che mi increspava le braccia. «Sto bene...» Ero solo agitata e tesa; desideravo che lui mi toccasse come Mitch stava facendo con Giselle, tuttavia Efrem era di gran lunga più freddo, controllato, ermetico, poco incline a lasciarsi andare. Si abbandonava alla passione solo quando lo provocavo, perdeva la pazienza e reagiva per dimostrarmi chi aveva il comando, o quando riuscivo a innescare tra noi un contatto fisico abbastanza licenzioso da risvegliare la sua libido.

«Ogni cosa ha il suo tempo. Non c'è fretta, vero, Thea?» La voce di Giselle era mutata, divenendo più bassa e lussuriosa a causa dell'ingombrante presenza di Mitchell alle sue spalle.

Io le sorrisi maliziosa mentre la tensione iniziale si alleggeriva pian piano lasciando saturare l'aria di una genuina complicità. «Se devo essere sincera... Un po' di fretta l'avrei.»

Con il capo lievemente inclinato a destra, Giselle scoccò un'occhiata languida a Efrem, apprezzandone l'eccessivo carisma. Anche lei, come me, provò la malsana tentazione di spogliarlo e sublimarlo con il piacere dei sensi. «Come darti torto...» I suoi capezzoli si ersero sotto la stoffa pregiata dell'abito pungolandola come due piccoli tondelli di vetro. «Cosa vi piacerebbe fare, stasera? Potrei chiedere a Paul di procurarvi un tavolo al ristorante o...»

«In realtà vorremmo salire al quinto piano», le rispose Mitchell, trascinando le labbra lungo la curva del suo collo.

«All'*Antéros*», specificò Efrem, divertito dal corteggiamento sfacciato dell'amico.

Fu sufficiente udire quell'ultima parola affinché Giselle si liberasse di soprassalto dall'abbraccio dell'amante, o quel che era, mostrandosi turbata dalle loro intenzioni. «Cosa? E la ragazza?»

«Dorothea resterà con noi.» Efrem notò che, a causa dello spavento che l'aveva scossa, un seno le stava per fuoriuscire dallo scollo profondo; attese di scorgere l'areola che circondava il bottoncino turgido, ma il peplo riuscì a contenere, seppur a malapena, la prosperosa mammella che rimase, morbida e soda, sostenuta dal margine della bordatura.

«Quindi...» La donna esitò qualche istante; mi fece una rapida radiografia per accertarsi che stessi bene e forse sperò che uscissi tutta intera da qualsiasi posto in cui mi avrebbero condotta. «Vorreste anche una camera?» Si rivolse a entrambi, ma attese che fosse Efrem a esporsi, come se riconoscesse soltanto in lui l'autorità di decidere.

«No.» Il medico non ebbe alcun dubbio.

«Dunque...» Giselle si sfregò le mani sulle braccia con un lieve tintinnio dei preziosi braccialetti che l'adornavano, avvertendo addosso una strana sensazione di pericolo. D'improvviso sembrò temere i due uomini con i quali, poco prima, si era mostrata disinibita e perfettamente a proprio agio. «Vorreste limitarvi ad assistere al banchetto?»

«Per oggi, sì. Un passo alla volta. È tutto nuovo per lei.» Efrem spostò la mano più in alto, fino alla nuca e la circondò delicatamente con le quattro dita; il pollice si soffermò ad accarezzarmi sotto l'orecchio e io mi trattenni a stento dal fare le fusa. «Vuoi accompagnarci o intendi sottoporci ancora ad altre domande?»

Giselle si accorse di quella presa coercitiva come se celasse un messaggio molto eloquente, né una probabilità né un'assoluta certezza, semplicemente il presupposto di un dato di fatto: io ero qualcosa di più che una paziente. «In effetti ne avrei tante da fartene, ma preferirò parlarti in privato. Ciò che adesso mi preme dirti è che spero tu sia consapevole delle tue azioni.»

«Se non lo fossi stato, avrei accettato una camera nella quale trascorrere la notte con lei.» Efrem continuò a coccolarmi con ancor più dolcezza, stringendomi a sé, come per scusarsi di quel subdolo pensiero, al limite della perversione. «E avrei chiesto a Mitch di rimanere...»

Mi tesi sotto il suo palmo quando colsi il significato velato della risposta: io, Mitchell e lui insieme nella stessa stanza e di certo non per rigirarci i pollici davanti a una serie tv. Nonostante fosse abbastanza plausibile che un uomo nascondesse una fantasia simile, nel nostro caso sarebbe stata alquanto irrealizzabile: il dottore, nei nostri trascorsi, non mi aveva mai baciata. Mai. Per giunta mi aveva chiarito che non avrebbe fatto sesso con me per preservare la mia salute, allora a cosa gli sarebbe servito condividermi con l'amico?

A godere nel guardarci oppure a prendere coraggio nel partecipare attivamente?

Forse, se fossero stati in due sarebbe stato tutto più facile: i sensi di colpa divisi a metà, la depravazione alleggerita dalla responsabilità che non sarebbe gravata solo su di lui, ma anche sull'amico il quale, dopo aver acconsentito, non avrebbe potuto condannare l'altro di amoralità poiché entrambi sarebbero stati peccatori impenitenti.

L'avvocato non batté ciglio sulla questione; dal modo in cui cominciò a osservarmi non parve dispiaciuto all'idea di approfondire la nostra conoscenza né contrario alla possibilità di infilarsi tra le gambe di una ragazza molto più giovane di lui. Lo guardai di rimando, valutando il suo aspetto nella totalità: i capelli biondi e semi lunghi, sempre spettinati, gli occhi celesti a volte vivaci, altre distaccati e insidiosi, i lineamenti duri col mento a punta, la fronte a diamante, il naso leggermente a patata e il corpo di un imponente adone australiano. Con la sua naturale propensione all'ironia e alla sensualità, gli bastava un solo ammiccamento per portarsi a letto qualsiasi donna desiderava.

Anch'io sarei stata una preda così facile?

Era questo che Efrem pensava di me?

Con la guancia posata al suo torace e una mano sull'addome marmoreo, sollevai il mento alla ricerca delle sue iridi acquamarina.

«Davvero hai appena confessato che mi scoperesti insieme al tuo amico?»

Efrem mi allontanò gentilmente da una spalla. «Consideralo un evento meramente potenziale, ma non necessariamente fattibile.» Estrasse il cellulare dal taschino interno della giacca e controllò se aveva ricevuto messaggi o chiamate, probabilmente dalla moglie. «Ed evita di essere scurrile.»

«Io sarò anche scurrile, ma tu sei davvero perverso.» Feci qualche passo indietro col fiato corto; dovevo assolutamente calmare i bollenti spiriti e smettere di immaginarlo nudo, ad ansimare virilmente mentre affondava dentro di me. «Non so chi sia peggiore tra me e te.»

«Di gran lunga lui.» Giselle ci fece segno con due dita di seguirla. «Forza, miei cari. Il tempo scorre. L'*Antéros* vi attende.»

Con un elegante ancheggiamento, ci condusse verso l'ascensore con il quale avremmo raggiunto il quinto piano. All'interno della cabina, sia io che la donna percepimmo la sensuale tensione che proveniva da entrambi gli uomini, resa ancora più pericolosa dallo spazio ristretto che fummo costrette a spartire con loro per qualche minuto. Con il palmo incerottato posato sulla pancia, ebbi la sensazione che non ci fosse aria a sufficienza per ossigenare i polmoni in quanto calamitata tutta da Efrem che, fermo a un angolo, riusciva ad avvolgermi con la sua presenza tenebrosa e a rendere il terreno così instabile da temere di camminarci sopra. D'altro canto, Mitchell non aiutava a dissipare l'eccitazione crescente, soprattutto perché con i suoi sorrisetti maliardi provocava Giselle, mormorandole sconcezze che la facevano arrossire come una timida scolaretta. Quando le porte dell'ascensore si aprirono, lei uscì per prima. Trasse un gran respiro, debellando dai pensieri qualsiasi oscenità l'avvocato avesse evocato, e riassunse la sua disinvoltura per farci strada, come una rispettabile padrona di casa. Il corridoio che percorremmo era caratterizzato da una successione di archi sul soffitto che creavano un passaggio suggestivo e principesco; le pareti, prive di finestre, erano illuminate da raffinate plafoniere di cristallo la cui bassa intensità rifulgeva sul marmo bianco del pavimento senza ledere gli occhi di Efrem, troppo chiari e sensibili all'eccessiva luce sia artificiale che naturale, malgrado avesse ugualmente socchiuso le palpebre per l'istinto incondizionato di proteggerli. Una fragranza dolce, floreale mi lambì l'olfatto proiettando nella mente situazioni proibite, corpi bramosi e lenzuola sfatte. Quel miscuglio seducente divenne più invasivo man mano che procedevamo verso un'enorme porta a specchio, le cui maniglie, realizzate in ottone antico, calcavano la forma di due serpenti, disposti verticalmente, con la testa protesa spaventosamente verso gli ospiti e le fauci spalancate in segno di attacco.

Esattamente come il decoro che avevo notato sulla porta della suite.

«Eccoci arrivati.» Giselle indicò le ante che rimandavano il riflesso di due meravigliosi uomini sicuri di se stessi e di una ragazzina problematica che continuava a ignorare la propria immagine, rifiutandola. Dimessa, abbassai il capo prima che qualcuno, notando il mio improvviso cambio d'umore, mi afferrasse da dietro il collo per indurmi a sollevare lo sguardo con una rude dominanza che riusciva sempre ad annichilire ogni mio arto.

«Dorothea, ti elenco tre semplicissime regole prima di entrare.» Efrem era tornato arcigno e burbero, pronto ad arginare la mia indole indisponente. «Non andartene in giro da sola, se non ci siamo io o Mitchell con te. Non bere niente che non ti venga offerto da me o da lui e non porre domande personali agli uomini presenti.»

«Perché?» La mia ostinazione non temeva rivali.

«Riesci a ubbidirmi per una volta?» si infastidì. «O intendi agire di testa tua, ignorando, come al solito, ciò che ti ordino?»

Gonfiai le guance, carica di sdegno, guardandolo dal basso come ormai mi ero abituata a fare dal nostro primo incontro. «So come comportarmi a un party.»

Efrem sospirò, raccogliendo tutta la pazienza possibile per non girarmi di faccia al muro e, chissà, appendermi alle sue falangi come un trofeo scandaloso. «Non siamo a una festicciola scolastica organizzata da uno dei tuoi amichetti rockettari. Lì dentro c'è gente che non vuole rogne e che diventa molto ostile se tu gliene procuri. È chiaro?»

«Sissignore», lo assecondai, trattenendo a stento uno sbuffo annoiato.

«Potresti essere più convincente.» Sorrise per la mia fasulla accondiscendenza, considerandola inoffensiva dinanzi al dominio che era in grado di esercitare. «Mi basta solo che tu dica: 'Sì, Efrem, sarò una brava bambina. Tutto ciò che mi dirai sarà legge'. E io mi tranquillizzo.»

Pungolata nell'orgoglio, inarcai un sopracciglio e mi misi a braccia conserte. «Sì, Efrem, sarò una brava bambina», ripetei, fingendomi compiacente. «La tua legge tirannica, dispotica e arrogante puoi ficcartela su per il cu…»

Una mano planò sulla mia bocca, tappandola bruscamente. Il dottore, tre volte più grosso di me e alquanto incollerito, mi sovrastò facendomi ammutolire. Quando si chinò per raggiungermi il volto, dovetti farmi forza sulle ginocchia per non barcollare e rovinare al suolo. «Attenta a non svegliare il can che dorme, Dorothea.»

Il suo sussurro provocatorio mi causò un leggero fiotto di libidine sugli slip. Con le cosce serrate, provai a dischiudere le labbra e leccargli il palmo, ma Efrem, come se lo avesse previsto, me ne privò prima che cacciassi fuori la lingua. «Lo sto aspettando con una gustosa ciotola in mano», mormorai inebetita dalle sue iridi, lucenti di una rabbiosa severità. «Non ha fame?»

«Più di quanto credi, ma sa gestirla.» Arretrò, spostando all'indietro una ciocca corvina, un gesto nervoso che si concedeva poche volte; sembrava sfinito dalla mia esasperante insistenza. «Soprattutto se te ne stai buona, al tuo posto.»

«Scusate se mi intrometto», Giselle si sistemò il cinturone del vestito, sollevandolo in alto per farlo aderire maggiormente all'attaccatura dei seni, «ma Thea, essendo una neofita, dovrebbe indossare un abito bianco.»

«Infatti era ciò che le avevo chiesto.» Efrem si indignò al ricordo che avessi ignorato quello che mi aveva scritto nel bigliettino.

Che diavolo intendevano, poi, per neofita?

«Forse dovresti dire che era ciò che mi avevi imposto», lo incalzai.

«Non importa.» Si incamminò verso la porta, dandomi le spalle. «Adesso non ti cambierai ed entrerai conciata così.»

«Ne sei sicuro?» Mitchell mi osservò preoccupato, appoggiato di schiena alla parete, in attesa che la smettessimo di bisticciare. «Attirerà l'attenzione.»

«Bene.» L'amico si fermò, stringendo la maniglia prima di tirarla. Le fauci del serpente parvero sul punto di morderlo. «Le servirà di lezione.»

«Aspetta...» Giselle gli avvolse le dita affusolate attorno all'imponente bicipite ricoperto dalla giacca nera. «Dimentichi il tuo anello, a Mitchell l'ho già consegnato.» La donna gli mostrò il gioiello interamente nero, ornato dalla mini-scultura del volto di un satiro munito di due corna dorate, lunghe e sporgenti, con le punte rivolte verso l'esterno come quelle del Diavolo. Efrem lo riconobbe subito, restando in laconico silenzio, come se quell'oggetto, dall'aspetto regale ma inquietante, fosse un vecchio compagno d'avventura, la fonte di un'amara nostalgia, un rimpianto che, come una fiammella ancora accesa, gli ardeva dentro.

«Non posso indossarlo.» Fu la prima volta che la sua voce fu velata da incertezza, priva della durezza che la distingueva.

«Non puoi entrare senza.» Giselle lo tenne ancora davanti a lui, sperando lo accettasse.

Frattanto mi avvicinai a Mitchell per osservare il medesimo monile che aveva infilato all'indice della mano destra, forse mentre ero impegnata a discutere con Efrem. Gli presi il palmo. Lui non si sottrasse e mi permise di esaminarlo: anch'esso era di un materiale nero lucido, pregiato, forse di marmo, e gli circondava da ambo i lati l'intera falange chiudendosi poi sotto al muso, feroce e mostruoso, di un Minotauro i cui dettagli erano stati laccati in oro. Non avevo mai visto nulla del genere. Sembrava fossero stati realizzati apposta per loro e che servissero a identificarne la natura animalesca entro i confini dell'*Himeros*.

«Che cavolo è?» Lo ammirai con agghiacciante incanto.

«Un Minotauro?» rispose sarcastico, prima di cogliere la mia confusione e tornare serio. «Una delle creature mitologiche più terrificanti della Grecia classica. Col corpo umanoide, la pelliccia bovina, la coda e gli zoccoli al posto dei piedi, aveva sembianze simili a quelle di un toro, in particolar modo la testa.» Con l'indice accarezzò il suo gingillo come se fosse un animaletto del quale andava fiero. «Era un essere incapace di pensare e agire come un uomo. Il suo carattere selvaggio e aggressivo lo rendeva estremamente pericoloso, dominato da un folle istinto.»

«Intendevo dire…» Gli lasciai la mano e indietreggiai, temendo potesse trasformarsi nel mostro che venerava. «Perché indossi una roba del genere?»

Mitchell continuò a fissarlo; la lucentezza del materiale brillava sulla pelle abbronzata, oltretutto era così massiccio e col diametro talmente largo che io avrei potuto infilarci dentro due dita. Dovetti ammettere che, malgrado fosse un ornamento sfarzoso e appariscente, risultava particolarmente virile, pesante, adatto a uomini dalla corporatura possente. «Perché l'impulso fa parte della vita dell'essere umano. Ognuno, inconsapevolmente, custodisce dentro di sé una parte bestiale dalla quale non può prescindere, che manipola la coscienza e che lo induce a compiere peccati più o meno gravi ai quali, solo in caso di pentimento, segue una sorta di espiazione.»

«Ti rispecchi nel Minotauro?» Mi toccai il *choker* di velluto, presa da un attimo di perplessità.

L'avvocato si scostò dalla parete per confortarmi con la sua vicinanza, ignorando che la stazza gagliarda avrebbe sortito l'effetto opposto. «Mi rispecchio nei peccati commessi con l'incoscienza di un animale.»

Non ebbi nient'altro da chiedergli, perché nulla avrebbe potuto essere più esaustivo di ciò che mi aveva appena confessato. Oltretutto avevo paura che, se avessi scavato nell'abisso della sua personalità, avrei scoperto verità scomode che non avrei saputo reggere e, forse, neanche comprendere.

«Se lo indossi adesso, non significa che tornerai a far parte dell'*Himeros*. Significa che sarai uno di noi solo per questa sera.» Intanto Giselle stava cercando ancora di convincere Efrem ad accettare l'anello con il quale sembrava avere un rapporto conflittuale, ma non di totale rigetto. Non sapevo cosa significasse per lui né quali oscuri segreti si celassero dietro quel piccolo orpello, tuttavia parve terribilmente combattuto nell'acconsentire, finché lei decise di porre fine alla sua esitazione. Con una delicatezza innata, la donna gli circondò il polso. Tremò nel percepire il contatto caldo della pelle di Efrem e il cremisi sulle sue guance si intensificò quando lui distese la mano per concederle di infilare l'anello sull'indice. Lei glielo fece scorrere lentamente lungo le falangi fermandosi alla nocca per poi ammirare quanto valorizzasse la sua bellezza maschile, rendendolo ancor più minaccioso. «Grazie», lo lodò. «*Willkommen zurück, Arzt*», aggiunse in tedesco, chinandosi per baciargli il dorso come avrebbe fatto un suddito col proprio sovrano.

Rimasi sconcertata dal modo in cui gli stava offrendo rispetto e reverenza, come se avesse davanti una divinità sacra alla quale, più che adorazione, avrebbe riservato massima venerazione.

Accostandosi all'orecchio, Mitchell soffiò tra i miei capelli per tradurre: «Gli ha detto: 'Bentornato, dottore'».

«*Nur für heute*», rispose Efrem, con una freddezza che indusse Giselle ad annuire mestamente.

Con la fronte aggrottata mi voltai ancora verso Mitch e lui intese cosa volevo sapere: «Ha detto: 'Solo per oggi'».

Non feci in tempo a sentirmi ignorata né a provare un pizzico di gelosia che Efrem si voltò allungando il braccio per afferrarmi l'abito, stringerlo nel pugno e tirarmi a sé. Con un rantolo spaventato gli planai addosso, appoggiando le mani sui suoi pettorali per non cadere.

«Resta sempre con me e Mitchell», mi avvertì a un centimetro dalle labbra, con quel timbro ruvido, un po' arrochito che risvegliava in me una lussuria cocente. «E ignora qualsiasi sconosciuto tenti di avvicinarti. È chiaro?»

Pur ritenendo esagerato il suo atteggiamento, annuii per evitare discussioni, senza risparmiargli una piccola provocazione. «Se riesci a soddisfarmi, almeno stasera non combinerò nessun guaio…»

«Soddisfarti?» Corrugò la fronte.

«Non ricordi più come si soddisfa una donna?» insistei con l'intenzione di giocare; adoravo il modo in cui la mascella gli si contraeva e le sue ciglia gettavano ombre sugli zigomi alteri, indurendogli i tratti. Quando rifletteva, il colore degli occhi virava a un verde smeraldo cupo, lasciandomi intravedere la presenza di spietati demoni a infestargli la ragione.

Demoni dai quali ero irrimediabilmente attratta.

Irritato dalla mia insinuazione, Efrem mi mise un palmo sulla nuca per spingermi la testa contro di lui, poi si piegò, sfiorandomi una guancia con la barba ispida, e parlò sottovoce. «Mi pare di avertene già dato un assaggio. Ricordo una bambina ansimante sotto di me, con un sesso molto morbido, stretto, bagnato che… Mmh…» Fece una breve pausa, mugolando deliziato, «… mi risucchiava le dita fino in fondo, mentre lei, smaniosa di avermi, agitava il bacino in preda agli spasmi dell'orgasmo e invocava il mio nome come se fosse quello del suo salvatore…»

«… O del suo bellissimo amante», mi complimentai, assaporando il piacere che provavo quando il suo corpo mi era così vicino e comunicava con il mio, trasmettendogli tutto il suo vigore, la fame più feroce, un fuoco infernale capace di avvolgermi nelle fiamme ogni volta che mi sfiorava con un piccolo anelito.

Efrem si scostò e non accennò alcun sorriso, forse si era infastidito per il modo in cui l'avevo definito: *amante*. Senza darmi corda, scese lungo il mio braccio per stringermi la mano, serrarla in una presa protettiva e darmi un leggero strattone. «Basta perdere tempo in chiacchiere. Andiamo.»

Quando colse il suo segnale, Giselle spalancò le porte dell'*Antéros* e mi parve di entrare in un mondo surreale, nonché magnifico e ampollosamente ellenico.

La sala rotonda e ampia era illuminata da un alto lucernario a cupola con vetri trasparenti attraverso i quali filtrava il bagliore naturale della luna e delle stelle; un enorme lampadario con cristalli scintillanti cascava dal centro su una fontana rettangolare, senza bordi, posta a circa trenta metri dall'ingresso degli ospiti, incredibilmente incassata nel pavimento. Gli architetti erano stati ingegnosi nel creare l'effetto di continuità tra il marmo e lo specchio d'acqua, come se non ci fosse nulla a dividerli. Tuttavia, l'elemento più osceno e strabiliante, capace di provocare stupore e sgomento, era la statua che troneggiava al centro di essa: seduto su una possente roccia artificiale vi era il dio Pan, in tutta la sua cruda e realistica nudità. Col volto barbuto, le corna appuntite, l'espressione dilettata di un fanciullo dissoluto e capriccioso, aveva una gamba irsuta abbandonata lungo il profilo della roccia con lo zoccolo immerso nell'acqua e l'altra piegata di novanta gradi a sostenere il gomito destro; entrambe erano sufficientemente distanziate tra loro da mettere in bella mostra il fallo grosso e in piena erezione stretto tra le dita della mano sinistra per simulare l'atto della masturbazione.

Era un sarcastico saluto di benvenuto, un invito forte e chiaro a esplorare la sessualità in ogni sua forma, in tutta la sua essenza, a coglierne la sacralità, ad accettarne la perversione con spensieratezza e ilarità, affinché gli ospiti potessero sentirsi ben accolti e potessero divertirsi, senza essere sottoposti a pareri o giudizi di alcun tipo, proprio come se fossero degli dèi spregiudicati e liberi di essere creature appartenenti al mondo, alla ricerca della bellezza, dell'unione e dell'armonia con il proprio Io interiore.

Un sorriso spontaneo mi incurvò le labbra quando, con il palmo stretto a quello di Efrem, superai la soglia e avanzai piano, osservandomi tutt'attorno. Alle spalle della fontana, su un piccolo soppalco, vi era un quartetto d'archi composto da donne vestite con abiti lunghi, di un avorio elegante, fermati su una spalla da una fibula e fissati ai fianchi da una cintura dorata che formava sul tessuto delle pieghe morbide, camuffando in parte le forme generose dei seni e conferendo loro un aspetto nobile, rimarcato dalle acconciature curate con boccoli modellati e coroncine floreali intrecciate agli eleganti chignon. Cinque sontuose colonne, disposte al margine del perimetro, si ergevano fino al soffitto, adornate da verdeggianti piante rampicanti; i vasi in argilla bianca ospitavano fiori variopinti che donavano un tocco di colore alle tonalità chiare dell'ambiente e lo arricchivano di richiami naturali, senza ottunderne il lusso ricercato. Le finestre ad arco decorate da modanature a corona infondevano un'atmosfera aristocratica, di classe, tanto quanto le varie decorazioni interne di ispirazione greca.

Quando Efrem avanzò nel tramestio di gente, seguito da me, Mitchell e Giselle, gli avventori del resort si voltarono nella nostra direzione. Di colpo cessarono il parlottio, il tintinnio dell'argenteria e qualsiasi altra attività. Sembrava che nessuno stesse più respirando. Erano tutti immobili come statue di pietra. Soltanto la melodia dei violini, malinconica e suggestiva, accompagnò il nostro ingresso, distendendo un tappeto di note solenni sotto le suole di colui che, per quella sera, aveva fatto ritorno in un luogo del passato e che gli uomini e le donne presenti avevano già riconosciuto.

Nonostante si fosse accorto degli sguardi puntati addosso, Efrem avanzò fiero, a testa alta, padrone delle emozioni e della temperanza con la quale affrontava qualsiasi situazione, anche la più ostica. Salutava con un cenno eloquente chi gli rivolgeva un sorriso caloroso mentre, con un'espressione glaciale farcita di un muto avvertimento, costringeva chi indugiava a fissarlo più del dovuto ad abbassare il capo o a girarlo dall'altra parte. Solitamente odiavo attirare l'attenzione, ma col medico accanto era pressoché impossibile passare inosservati. In quel momento pareva che tutti stessero assistendo a una resurrezione miracolosa e che le donne ne fossero eccitate tanto quanto gli uomini ne erano spaventati. Chiaramente nessuno mancò di notare anche la ragazzina che portava per mano e il suo abito argentato, l'unico che differiva dagli altri, un vero pugno all'occhio rispetto al dress code della serata. Capii troppo tardi perché mi erano state date direttive precise sul look da adottare e mi pentii di non averle seguite, anche se non l'avrei mai ammesso ad alta voce.

«Questa volta sei a disagio o semplicemente sconvolta?» Efrem mi invitò galantemente a sedermi su una dormeuse di velluto color borgogna, dinanzi a un tavolino di cristallo sorretto da un sostegno di marmo che riproduceva, in maniera fedele, la base di un tronco.

Mi accomodai, posando la borsetta sulle cosce. Stralunata, notai, appesi alle pareti, alcuni dipinti espliciti con scene rappresentative di orge, baci languidi, unioni carnali tra ninfe e satiri, e tra gli dèi dell'Olimpo, evocanti l'ossessione per il piacere più primitivo e animalesco. «Posso dire incredibilmente sconvolta?»

«Non siamo in un parco giochi, Dorothea.» Efrem si sedette al mio fianco, lasciandomi percepire l'inebriante profumo della sua colonia. «Comportati bene e fa' quello che ti dico.»

«Non essere così severo, lasciala divertire.» Mitchell occupò la dormeuse di fronte a noi, distendendo un braccio lungo il lato più alto dello schienale. I lembi della giacca si allargarono e la camicia sbottonata fino allo sterno si tese sui muscoli, dandone una meravigliosa visione sia a me sia a Giselle, che subito gli si era seduta vicino. «Sono qui apposta per proteggerla, qualsiasi cosa accada», lo rassicurò l'avvocato.

«Anziché essere così pessimisti, perché non provate a godervi la serata?» La donna gli accarezzò una gamba in modo lento e malizioso, ammaliata dalla consistenza solida di quel corpo erculeo.

«Sì, infatti.» Efrem passò in rassegna i tavoli che ci circondavano poiché il nostro era situato in una posizione piuttosto centrale, poco distante dalla fontana, e gli concedeva una visuale quasi completa della sala. Si accorse che le donne non avevano smesso di fissarlo, stregate dal suo aspetto, mentre gli uomini erano concentrati su di me, curiosi di scoprire chi fossi, quanti anni avessi e soprattutto come mai fossi in compagnia dell'unica persona che, quella sera, sembrava essere la pietra dello scandalo dell'intero resort.

«Thea, tutto okay?» Giselle mi studiò in viso, preoccupata per la mia reazione. «Penso tu abbia capito in che posto ti trovi…»

«Una specie di club sadomaso o qualcosa del genere?» azzardai anche se non vi erano guinzagli, tutine in latex, capi fetish né alcun elemento eccentrico o stravagante che potesse suggerirmi che la mia supposizione era corretta. Le donne indossavano meravigliosi abiti in stile impero, con scollature profonde, cinture o cordicelle sotto i seni e lunghe gonne, in chiffon o raso, con spacchi laterali fino all'inguine. La maggior parte di loro sfoggiava drappeggi vistosi o trasparenze seducenti che evidenziavano l'assenza, parziale o totale, di biancheria intima, senza eccedere in alcuna volgarità. Rievocavano i chitoni o i pepli dell'antica Grecia, esattamente come l'abito di Giselle. Sembravano delle dee bellissime, consapevoli della propria femminilità e capaci di esibirla per ammaliare il partner al quale desideravano concedere le proprie virtù.

«No, è un club *kinky*», rettificò Giselle, seguendo il mio sguardo su un gruppo di donne intente a sorseggiare dei calici di vino di fronte a un buffet imbandito di bevande e vassoi colmi di pietanze, posto a destra della fontana, in un'area pubblica che i commensali potevano raggiungere per servirsi da soli, a seconda della consumazione che preferivano. «Le pratiche sessuali attuate nel resort comprendono una vasta gamma di fantasie, alcune più usuali come il bondage, altre meno conosciute, come il *pony play*, il *breath play*, l'*edgeplay*, il *barebacking*, finalizzate a rafforzare il rapporto di coppia o semplicemente a realizzare desideri intimi, spesso considerati poco convenzionali dalla società.»

Evitai di rimuginare troppo sul perché Efrem frequentava un posto simile; non me lo sarei mai aspettata, eppure avevo sempre avvertito nel suo atteggiamento una sottile perversione, mascherata dietro una muraglia di eccessivo decoro e singolare compostezza, che avrebbe dovuto anticiparmi l'oscura inclinazione a una vita viziosa, nella quale l'intelletto e la morale erano solo una cornice. Ragionai invece sul perché aveva condotto me all'*Himeros*. Forse la sua decisione aveva qualche collegamento con le confessioni che gli avevo rivelato nei nostri incontri e con la mia incapacità di riconoscere e individuare la mia reale natura, di comprenderla una volta per tutte. D'altronde ero stata io stessa a chiedergli aiuto, lui aveva soltanto preso in considerazione di agire, di fare qualcosa per me, per darmi il suo sostegno e starmi accanto nel limbo tormentoso in cui mi aggiravo da tempo, piena di dubbi e incertezze.

Scostai la pochette dalle cosce e tirai verso il basso l'orlo del vestitino, coprendo a stento metà gamba. «È diverso dai soliti club erotici di cui ho sentito parlare…»

Giselle sorrise, compiaciuta. «Diciamo che i clienti del mio resort non amano l'eccessivo esibizionismo. Preferiscono divertirsi in privato, nella riservatezza delle camere in cui alloggiano, attrezzate di tutto il materiale di buona fattura con il quale regalare sensazioni incredibili ai loro amanti: croci di Sant'Andrea, collari, manette, fruste, vibratori, maschere, cappucci, pinzette, calzature estreme e tanti altri articoli con i quali non intendo turbarti. Insomma, anche i più trasgressivi, da me, trovano tutto ciò di cui hanno bisogno.» Seduta come una regina nel proprio reame, sollevò i palmi in aria per rimarcare la vasta ricchezza della struttura e le mille opportunità che offriva.

Frattanto, Efrem mi studiava taciturno per sbirciare dentro di me, capire cosa stavo pensando e soprattutto se ero intimidita o disgustata, tuttavia nessun ribrezzo si affacciò sul mio viso, soltanto un'innocente incredulità che parve intenerirlo. «Perché… perché le donne indossano soltanto abiti rossi o bianchi?» Ponendo più attenzione ai dettagli, avevo persino notato che molte di loro portavano tacchi così vertiginosi da rendere i loro passi corti e dosati per non perdere l'equilibrio, e allacciati attorno ai polpacci da un cinturino chiuso con un piccolo lucchetto che impediva loro di sfilarli con facilità.

«Gli abiti bianchi contraddistinguono le *neofite*: coloro che fanno parte del club da meno di sei mesi. Gli abiti rossi le *senior*: coloro che, invece, sono ormai delle frequentatrici abituali. I lucchetti sulle caviglie simboleggiano la loro appartenenza a un padrone, il quale ovviamente possiede la chiave e si eccita nel percepire il senso di costrizione della propria sottomessa.» Giselle indicò con un lieve cenno del mento una donna graziosa, seduta su una poltrona, con una parte della veste scostata su una coscia e un grosso anello bianco – con il volto di una dea che non riuscii a identificare – che le circondava l'indice della mano destra, con la quale reggeva una flûte di champagne. Ciò che non colsi a prima vista fu la sagoma che gli stava davanti, o avrei dovuto dire, sotto. Un ragazzo, piegato carponi sul pavimento, le permetteva di poggiargli i talloni sulla schiena, pungolandogli la carne con i tacchi a spillo. Il giovane, biondiccio, dalle spalle larghe e il fisico atletico, stringeva in bocca, tra i denti, una palla in silicone nero, probabilmente una *ball gag*, data la cinghia che gli si serrava dietro la testa per tenerla in posizione. Le palpitazioni del cuore aumentarono quando immaginai cosa avrei provato io se un uomo avesse preteso di usarmi come suo personale poggiapiedi. E accelerarono di più al pensiero che quell'uomo potesse essere proprio Efrem. A lui avrei concesso tutto. Maledissi me stessa per avere delle fantasie così insolite, per molti scabrose, rivolte per di più a qualcuno che non le avrebbe ricambiate. Attesi di esserne inorridita, terrorizzata, ma il lento fervere del basso ventre e il calore delle guance mi confermarono, ancora una volta, che in me c'era qualcosa che non andava. «Per i masochisti è particolarmente stimolante sentire il corpo così vulnerabile, esposto e alla mercé del partner dominante. Avvertire le sensazioni fisiche provocate dai vari indumenti e accessori scomodi è una sensazione incredibile. Desiderare di scappare, ma non avere la possibilità di sottrarsi alle avances sessuali li rende impotenti, agitati. La paura genera adrenalina, agisce sul sistema nervoso, provoca stordimento ed ebbrezza. Per questo a letto i masochisti sanno essere degli amanti estremamente generosi e soddisfacenti.»

Giselle sembrava saperne molto a riguardo; forse in passato era stata anche lei una sottomessa, o semplicemente la sua conoscenza derivava dal contatto diretto con i clienti, il cui approccio le permetteva di approfondire cosa si celava dietro le loro esigenze. Turbata ma non meno avida di curiosità, proseguii con le domande. «I collari di cuoio...» Mi schiarii la voce; era strano notarli attorno alla gola di qualcuno che non fosse un animale domestico. «Ecco... Li hanno sia le donne che gli uomini...»

Giselle volse lo sguardo verso un uomo alto, dal fisico smunto, sulla quarantina, con un una folta barba castana e una selva di ricci lunghi fino alla nuca. Passando di fianco al nostro tavolo, scalzo, con solo un paio di pantaloni chiari, quasi sbiaditi, e il torace completamente nudo, la salutò con un'espressione enigmatica, colma di una sincera gratitudine; lei ricambiò dandogli una pacca sulla natica soda. Torsi il collo per mettere a fuoco il gancio di metallo del suo collare, dal quale pendeva la mini-scultura del volto di una dea, e sbattei le ciglia esterrefatta.

«Loro sono gli schiavi nei rapporti di dominazione-sottomissione, tipici del BDSM», seguitò Giselle, dilettata dal modo in cui, affamata di informazioni, mi ero sporta sullo schienale della dormeuse come una bambina coinvolta dalla situazione, smaniosa di catturare ogni cosa di quel posto. «Come simbolo di appartenenza indossano il volto della divinità raffigurata sull'anello bianco del loro Master o della loro Mistress.»

D'istinto fissai il Minotauro sull'indice destro di Mitchell, poco dopo il satiro su quello di Efrem e ne compresi la funzione, anche se le creature raffigurate sui loro anelli non erano degli dèi, per di più il materiale con cui erano stati realizzati era nero e lucido, diverso da quello degli altri.

Allora cosa diavolo erano loro due?

Ricordavo perfettamente che il dottore mi aveva specificato di non essere un dominatore e di non seguire alcuna disciplina nell'ambito sessuale.

Lo stesso valeva anche per Mitchell?

A causa della confusione, iniziò a venirmi un gran mal di testa, tanto che mi strofinai la fronte sperando che tutti i miei pensieri si riordinassero da soli, come per magia.

«Stai bene?»

Sobbalzai quando Efrem mi accarezzò i capelli, chinandosi verso di me per incontrare il mio sguardo smarrito.

«Sì.» Annuii. «È solo che... mi sento un po' stordita.» Come quando mi esibivo a uno dei miei concerti e l'adrenalina iniziale defluiva per cedere il posto a una spossatezza sfiancante. Per giunta, cominciò a brontolarmi lo stomaco e, imbarazzata, sollevai il braccio per schiacciarmi la pancia. Efrem adocchiò il cerotto che mi copriva la ferita sul palmo sinistro e, con una presa salda, mi afferrò il polso stritolandolo tra le dita. «Ahia! Che cavolo fai?»

«Cos'è successo alla mano?» indagò, fissando la medicazione improvvisata da Juliette, della quale avevo sperato non si accorgesse.

Strattonai il braccio senza riuscire a liberarmi. Quando decideva di tenermi prigioniera, braccata dalla sua potenza inattaccabile, non c'era nulla che poteva ostacolarlo. «Niente che debba interessarti.»

«Niente? Ne sei sicura?» Efrem si indispettì, calcando con l'indice anellato il taglio coperto come se volesse capire quanto era profondo. «La signora Monique mi ha detto che non ti sei presentata al pranzo, oggi, e che Hunberct ti ha portato il pasto in camera. L'hai mangiato?»

«Sì», sussurrai tra i denti. La forza con la quale mi stava stringendo aumentò e di riflesso chiusi la mano, impedendogli di toccarmi.

«Guardami in faccia e non mentirmi, Dorothea.» Mi scosse affinché sollevassi lo sguardo per puntarlo nel suo, freddo, adirato, troppo scaltro per credere alle mie menzogne.

«No, okay?» ammisi tremolante. Era inutile continuare la farsa. «Non l'ho mangiato.»

Efrem sospirò, deluso da me e dai progressi praticamente nulli del mio percorso riabilitativo, poi mi lasciò andare, tentando di placarsi. «Della tua condotta ne riparleremo con calma. Se stasera ti ho portata qui, l'ho fatto per te, non per me. Da quando mi sono sposato non ho più messo piede in questo posto. Se ho deciso di trasgredire un divieto che io stesso mi sono imposto da tre anni, di infrangere una promessa importante nella quale mia moglie crede ancora, la ragione sei tu. Ho intenzione di aiutarti a capire, purché tu collabori e mi aiuti a guarirti.» Con un dito sotto il mento mi costrinse ad alzare la testa che troppe volte chinavo per il peso che mi crollava addosso quando ripensavo a tutti i miei problemi. Efrem si perse nell'ambra liquida delle mie iridi, tendente all'oro sotto i riflessi delle luci, e ne rimase affascinato. «È chiaro cosa intendo?» aggiunse con un tono più morbido.

«Sì, ma devi darmi tempo.» Mi allontanai da lui, bisognosa di ritagliarmi un momento di pausa da ciò che stavo vivendo.

«Ti concederò tutto il tempo che vuoi», acconsentì, liberando il terzo bottone della camicia, poi in un sensuale flettersi di muscoli si sfilò la giacca e la ripiegò sull'altro lato della dormeuse. Sentiva caldo, malgrado nella sala l'aria fosse fresca. «A patto che inizi ad ascoltarmi e a fidarti di me.» Avevo perso la concentrazione, imbambolata sulle linee volitive delle spalle e del torace, talmente ampio che se mi ci fossi accovacciata contro sarei sparita dal mondo, avvolta solo dal calore del suo abbraccio, l'unico gesto di cui avessi davvero bisogno, anche se preferivo celarmi dietro atteggiamenti provocatori e palpiti d'indifferenza per sentirmi meno persa. «Dorothea?»

«Okay», sussultai. «Ho capito. Potresti evitare di spogliarti di fronte a me, per favore?» Mi appiattii al divanetto, cercando di riprendere fiato, ormai rossa e accaldata.

«Cosa?» Efrem parve distratto; la mia attenzione fu catturata dallo spiraglio della camicia attraverso il quale intravedevo la pelle bronzea e i pettorali villosi, tonici ma non all'eccesso, oggettivamente perfetti, le cui semilune erano profilate dal tessuto aderente.

«Non spogliarti di fronte a me, per la miseria», ripetei, questa volta con più determinazione.

Per scacciare via la tentazione fatale che emanava il suo corpo, girai la testa su un gruppetto di uomini, seduti al tavolo di fronte al nostro, concentrati su di me chissà da quanto tempo. Due in particolare ebbero l'ardire di continuare a fissarmi malgrado avessero capito che me n'ero accorta. Drizzai la schiena e tentai di assumere un'espressione dura. Volevo che comprendessero che ero infastidita dalla loro insistenza, invece furono intrigati da quello che probabilmente apparve come un broncio infantile e reagirono in maniera del tutto inaspettata: il primo, più maturo, dai capelli a spazzola, gli occhi scuri e le labbra lievemente carnose, sorrise calando lo sguardo sull'orlo inferiore del mio vestito a rimarcare la sua intenzione di continuare; il secondo, probabilmente più giovane dell'amico di qualche anno e più modesto nei lineamenti tanto da apparire meno affascinante, si sporse sul vassoio posato sul tavolino per recuperare un calice e portarlo alla bocca, assaporando piano il vino rossastro. Non sapevo come intimar loro di puntare una preda diversa; conoscevo solo i modi più diretti e, spesso, poco educati per difendermi in circostanze simili, tuttavia non volevo apparire come la guastafeste di turno proprio davanti alla proprietaria, perciò mi limitai a strisciare di lato, verso Efrem, premendomi quanto più possibile contro di lui.

Il dottore si avvide della mia agitazione e seguì il mio sguardo irrequieto rivolto ai due uomini.

«Scusami, ma mi stanno fissando e non riesco a farli smettere.»

«Lo so.» Si adagiò contro lo schienale e accavallò una gamba, pensieroso. «Ti stanno fissando da quando sei entrata. Se mi avessi dato ascolto e avessi indossato un abito bianco, non sarebbe successo.»

«Perché?» Come al solito riusciva a farmi sentire in colpa, una ragazzina stupida che non faceva altro che sbagliare, ricorrendo poi al suo indispensabile aiuto. «Cosa sarebbe cambiato?»

Efrem allungò pigramente un braccio sullo schienale, dietro le mie spalle, e cominciò ad attorcigliarsi alle falangi una ciocca dei miei capelli, pur restando attento ai due sconosciuti. «Avrebbero pensato che mi appartieni.»

In qualche modo, io già ti appartengo…

Arrossii per quell'assurdo suggerimento della mia coscienza; appartenere a un uomo come lui sarebbe equivalso ad assistere a un sogno che si realizzava. Un sogno al quale non avrei mai creduto. I sogni non erano adatti a una disillusa come me. «E non c'è un modo per rimediare?»

Finalmente Efrem si voltò a guardarmi, accecandomi col brillio cupido che gli avvampò nelle iridi. «Certo, ma tutto dipende da quanto sei disposta a metterti in gioco.»

«Non dovresti avere dubbi sul fatto che mi piaccia giocare…»

«Giocare a modo mio, intendo.»

Oh, interessante.

Ormai il dottor Krugher che avevo conosciuto all'inizio sembrava un'illusione sfocata rispetto all'Efrem Krugher con il quale mi ero rapportata di recente: quest'ultimo non era un gentiluomo e con me non aveva bisogno di fingere di esserlo. Mi esponeva i suoi pensieri, anche i più sconci, consapevole che mi attiravano come il polline con un'ape. Ciononostante, se da un lato apprezzavo la sua personalità ambivalente, dall'altro mi faceva paura non prevedere oltre quali limiti fosse avvezzo a spingersi. Mi sentivo disorientata, come se stessi camminando alla cieca, con una benda sulle palpebre, mentre lui mi guidava lungo un sentiero ignoto.

«Cioè?»

«Vedi gli uomini che ti stanno ammirando?» Con il dorso della mano mi accarezzò una guancia, spostando un ciuffo indisciplinato dietro l'orecchio. «Potresti dar loro un motivo per ricordarsi di te...»

Intimorita da ciò che gli stava passando per la mente, serrai le gambe e mi pizzicai la pelle del ginocchio per sfogare la tensione. «Che significa?»

Rabbrividii quando avvicinò le labbra al mio lobo e le mosse piano, in un basso mormorio, minaccioso e seducente. «Significa che tu hai il potere, Dorothea. Il potere di essere chi vuoi, di fare ciò che vuoi. In questo momento, potresti gattonare da uno dei due, inginocchiarti al suo cospetto, slacciargli i pantaloni e permettergli di scoprire quanto sia deliziosa la tua boccuccia, quali magiche piroette sai fare con quella lingua insolente...»

Probabilmente avrei accettato se il destinatario di un servigio simile fosse stato lui e non un altro; per Efrem non contavo molto se era addirittura disposto a spingermi nel territorio nemico e consegnarmi come bottino di guerra. «Mi stai chiedendo di andare lì a succhiare l'uccello a un tizio che neanche conosco?»

«Sì», ammise senza vergogna, ignorando il mio linguaggio triviale. «Di dare a lui il piacere che vorresti concedere a me e del quale io stesso mi sono privato nella suite, la sera in cui eri ben disposta a spogliarmi. Tuttavia, bambina, se questa proposta non rientra tra le tue preferenze, ci sarebbe un'alternativa...»

«Quale?» soggiunsi in fretta, sperando fosse migliore della precedente. In caso contrario avrei potuto chiedere a Mitchell di intervenire e di indurre l'amico a ragionare, anche se non ero certa che fosse ciò che desideravo davvero. L'Efrem Krugher dominante, spavaldo e privo di inibizioni aveva già fatto breccia nel mio cuoricino arido.

«Restare qui, accanto a me, darmi assoluto accesso al tuo corpo e...» Si fermò, pronto a riservarmi il colpo di grazia. «Consentire loro di assistere.»

Per *loro* non intendeva solo i due uomini, ma anche Mitchell e Giselle che, a un metro da noi, avevano ascoltato tutto, in complice silenzio. Li occhieggiai per cogliere sui loro volti una smorfia disturbata o ripugnata, ma entrambi parvero sereni, bramosi di vedere cosa sarebbe successo e, soprattutto, se io avrei accettato di accontentare il dottore fino a quel punto.

Deglutii a vuoto prima di ribattere. «Non credi che…»

Non ebbi il tempo di chiedergli ulteriori spiegazioni che Efrem mi circondò una coscia e la distanziò dall'altra, divaricandola quanto bastava affinché l'abito risalisse sull'inguine e gli uomini potessero sbirciarvi al di sotto. Il tulle trasparente delle mutandine calamitò l'attenzione dei due, entrambi incantati sulle linee delicate della mia intimità come serpenti a sonagli con un Pungi. Ebbi l'impulso di chiuderle; l'aria fredda mi lambì la pelle, allertandomi su quanto fossi esposta, ma Efrem mi forzò a tenerle aperte. «Ferma. Lascia che ti guardino…» Con il palmo scese sul ginocchio per arrestare il tremolio dell'arto, poi risalì piano verso l'alto, scivolando nell'interno coscia in una carezza che, anziché tranquillizzarmi, fu così lasciva da aumentare la mia agitazione. «Ci sono io con te. Non ti accadrà nulla.»

L'atmosfera si scaldò presto. E non solo al nostro tavolo: tutt'attorno coppie di amanti o gruppetti di tre persone avevano già iniziato a scambiarsi baci voluttuosi, blandizie languide accompagnate da basse proposte indecenti; la cupidigia crescente si percepiva dai gesti espliciti e dall'aspettativa che lampeggiava sulle espressioni avide, la stessa che contraeva il volto di Efrem macchiandolo di un'oscura perversione.

«E se pensassero che il mio sia un invito?» Non avevo mai provocato nessuno così sfacciatamente, tantomeno volevo far credere ai due clienti del locale di poter avere qualche possibilità di infilarsi laddove avevo accolto solo Andy da quando avevo perso la verginità.

«Non potrebbero.» Efrem si intrufolò sotto la gonna per coprirmi il sesso. «Non può essere un invito se un altro uomo ti sta toccando…» Con l'incavo del gomito mi circondò la nuca, l'avambraccio si posò sulla mia spalla e una mano si chiuse a coppa sul seno, stringendolo al di sopra del tessuto. Serrai i denti per il dolore e gemetti per lo stesso motivo. «Non permetterei a nessuno di violarti se non è ciò che vuoi.»

Così asserragliata a lui, tra le sue braccia, come avevo sperato per tutta la sera, mi sentii in trappola, priva di nerbo e al contempo invincibile come se la sua vicinanza mi effondesse il coraggio di fare qualunque cosa; nessuno avrebbe potuto saltarmi addosso finché lui fosse stato accanto a me, pronto a compromettere se stesso pur di proteggermi.

«Neanche questo è ciò che voglio, eppure...»

«Eppure sei bagnata.» Efrem percepì sui polpastrelli l'umidore della mia eccitazione e mosse lentamente il pollice sul clitoride, lambendo con l'indice e il medio le grandi labbra che, ormai gonfie, spingevano contro la trasparenza degli slip. Speravo li scostasse per accarezzarmi meglio, anche se non ero sicura di poter sostenere l'imbarazzo di mostrare la mia nudità a due sconosciuti. Socchiudendo le palpebre, appoggiai la tempia nell'incavo del suo collo mentre uno degli uomini, il moro, alternava lo sguardo dalla mano che mi comprimeva il seno come un palloncino riempito al limite, alle dita maschili che lavoravano alacremente tra le mie cosce. Efrem li osservò con la coda dell'occhio e sorrise tra i miei capelli quando uno dei due divaricò le gambe e si massaggiò il cavallo dei pantaloni, in un gesto deliberato che rivelò la presenza di una protuberanza difficile da contenere. L'uomo parve divertito dalla nostra scenetta e decise di godersela, adagiandosi al divanetto con albagia; l'amico accanto invece stringeva il lungo stelo del calice, portandoselo alla bocca con l'ardore di chi sperava di gustare il mio sapore femminile e di riempirsene il palato più di quanto stesse facendo con un semplice vino pregiato. Frattanto io, nonostante la sensazione di incertezza, mi affidai a Efrem, come una barchetta trasportata dal vento impetuoso di una burrasca, persa nel suo tocco esperto. Non aveva intenzione di penetrarmi o di osare di più, tuttavia i polpastrelli mi vezzeggiavano così abilmente da concedermi un piacere tortuoso. Avrei raggiunto subito l'orgasmo se non si fosse fermato; la frizione del tulle, leggermente raspante contro la pelle sensibile, non mi aiutava a resistere.

«Rallenta...» Mi aggrappai al suo polso, coperto per metà dal bordo del vestito. Lo cinsi tra le piccole dita, sentendolo flettersi e ruotare per dettare il lento movimento con il quale intendeva liquefarmi. Schiusi le labbra sotto il suo orecchio e le appoggiai piano sul collo. In un debole ansimare, gliene mordicchiai un lembo, riempiendomi palato e polmoni del suo profumo erotico, altamente stimolante; lo sentii avvolgermi, insidiarsi dentro di me e stordirmi come un potente liquore.

«Sai cosa sta pensando l'uomo a sinistra?» riprese a parlarmi sottovoce e schiacciò con più impeto il pollice sul piccolo bozzolo turgido in cima alla tenera fessura, premiandomi per il mio gesto vezzoso. «Sì, quello che ti ha appena lusingata con la sua erezione.» Dal tono che usò non ne parve irritato, ma soddisfatto e un pizzico dileggiato. Era contento di sottomettere anche gli uomini con il suo atteggiamento dominante e di rendere noto chi era l'unico ad avere il totale controllo su di me. «Vorrebbe sapere quanto sei stretta. Infilarsi nel tuo intimo rifugio e saccheggiarlo come un ladro. Poi...» Rise piano quando avvertì un mio timido singhiozzo; mi lasciò accoccolare al suo petto mentre il bacino ondeggiava piano contro la mano e le sue parole sporche mi si imprimevano nella testa come sussurrate dal Diavolo. «Tenterebbe di assaggiarti», riprese, col tono leggero, confortevole con il quale si racconta una favoletta. «Di aprirti con la lingua, implorarti di lasciargli bere la tua linfa finché avrà fiato in corpo. Morirebbe tra le tue gambe, ti ammirerebbe come una splendida fanciulla ormai perduta, pronta a essere posseduta fino a quando lui non ne avrà abbastanza di te e della tua pura e provocante giovinezza. Struscerebbe il membro duro sul tuo buchetto caldo soltanto per farti capire che non potrai sfuggirgli. Lo sentiresti spingere, smanioso e invadente, contro di te, per demolire ogni resistenza, per squarciarti la carne, disintegrarti come un bocciolo di rosa, spezzarti in due come la lama di una spada e fotterti come se fossi la sua ultima ragione di vita. E tu...» Mentre mi mordevo il labbro inferiore, sballottata dalla tormenta provocata dal suo discorso, Efrem mi liberò il seno per spostare la mano sui miei capelli. Li imbrigliò nel pugno, tirandoli dalla radice per costringermi a reclinare il capo e a guardarlo negli occhi, due tizzoni pericolosi nei quali intravidi una belva ingorda, impossibile da domare, esigente di essere sfamata e soprattutto stanca di essere tormentata da me. «Tu gli graffieresti la schiena, gli pianteresti le unghie nei fianchi per attirarlo a te, sempre più a fondo. Lo supplicheresti di non smettere, di darti dolore, di voltarti prona e di schiaffeggiarti. E allora sì che ogni minima parte di te accoglierebbe il suo cazzo. Lo vuoi, vero?» Avvampai quando mi figurai nella mente il suo grosso organo genitale e non quello di qualcun altro. Oltretutto era la prima volta che mi rivolgeva un turpiloquio così crudo; scoprii quant'era inebriante detto da lui. Con insolenza, annuii e mi sporsi per sfiorargli la bocca, ma Efrem mi tirò la chioma dabbasso per impedirmelo e io incurvai le spalle all'indietro, contorcendomi. «Sì, lo vuoi. E lo prenderesti tutto. A ogni spinta. La tua anima gli urlerebbe di continuare, di condurti nell'abisso, tra sussurri ovattati e baci mortali, per annegare insieme a te... perché è questo ciò che sei: una bellissima e ingannevole Sirenetta.»

Quando concluse il suo lussurioso monologo, le mie guance arsero, il respiro accelerò, la pancia si tese e si contrasse mentre il clitoride pulsava, la pressione cresceva nel bassoventre e i nervi si infuocavano. Gli strinsi il polso più del necessario, facendogli sbiancare la pelle. Incurante di chi mi stava guardando, inarcai la colonna vertebrale, allargai le gambe e mi premetti con forza contro il suo palmo così grande da coprire interamente il triangolo delle mutandine. Efrem comprese la mia esigenza di abbandonarmi all'estasi del momento e, anziché accontentarmi, spegnere il fuoco che lui stesso aveva appiccato, mi mollò bruscamente. Sfilò la mano da sotto la gonna, scorse le dita lungo i capelli fino alle punte e mi lasciò sola – con un'irrefrenabile tachicardia nel petto e i capezzoli tumidi per l'esasperante afflusso di sangue – a freddare il languore tra le cosce, troppo ardente per acquietarsi senza di lui.

Infiacchita ed eccitata, riuscivo a malapena a respirare dalla bocca.

Efrem aveva agito di proposito; aveva lasciato crescere la tensione sessuale, mi aveva portata al margine del pendio, soltanto per spintonarmi all'indietro e negarmi di raggiungere il culmine come se fosse un suo sadico diletto.

«Perché?» Arretrai serrando le ginocchia tra loro. Mi vergognai di me stessa, mi vergognai di essere stata ancora una volta una marionetta così facile da manovrare. «Perché l'hai fatto?» Evitai di guardare i due uomini o di udire le loro risa sommesse. Era già abbastanza imbarazzante accettare che avevano assistito a quel perverso giochetto di seduzione e al gesto crudele con il quale si era concluso.

Con un'espressione imperturbabile, Efrem si sporse sul tavolino per raccogliere il bicchiere di *Eiswein* che era stato ordinato per lui, forse da Giselle o da Mitchell, e lo sorseggiò placido. «Perché dovrai imparare a indossare un abito bianco quando è richiesto, Dorothea.»

«Vaffanculo tu e i tuoi ordini!» Non potei trattenermi.

Chiaramente mi aveva riservato la sua punizione con eleganza, prendendomi alla sprovvista cosicché potesse soggiogarmi indisturbato e io potessi cascarci come una sciocca.

Con il fiato concitato e gli zigomi arrossati, mi alzai di soprassalto; Efrem intercettò subito il mio balzo, depositò il calice con poco garbo tanto che qualche gocciolina di vino strabordò e mi afferrò il polso, torcendolo talmente forte da indurmi a ricadere seduta, accanto a lui.

Maledizione!

«Dove pensi di andare?»

«Al bar.» Restai ferma, avvertendo le dita formicolare e la esile giuntura gridarmi pietà. «Lontana da un bastardo come te.»

«Niente alcolici, Dorothea», mi redarguì.

«Fottiti. Berrò ciò che mi pare.» Strattonai il braccio, ma lui resistette senza alcuno sforzo.

Infastidito dalla mia risposta, mi torse con più tenacia, strappandomi il respiro. «Ho detto: niente alcolici.»

«Okay okay», annaspai. «D'accordo.» Mi arresi controvoglia, soltanto per liberarmi dalla sua presa mortale.

«Comunica ai baristi che sei con me.» Mi lasciò andare e io studiai i segni delle sue dita impressi come marchi sulla pelle candida. «E fai appuntare la tua ordinazione sul mio conto.»

«C'è altro, *papà*?» Nel mio tono fu palpabile tutto lo sdegno che, come un acido, mi stava corrodendo lo stomaco. A causa del mio passato, sapeva bene che paragonarlo a mio padre era un insulto in piena regola.

Efrem lanciò un'occhiata dapprima a Giselle, poi a Mitchell; si soffermò su quest'ultimo a lungo, comunicandogli qualcosa con la silente intesa che caratterizzava la loro amicizia, e scosse il capo. «No, ma resta dove possiamo vederti.»

Senza degnarlo di altra considerazione, mi allontanai, lasciando la pochette sulla dormeuse. Avevo bisogno di starmene da sola, di riappropriarmi della mia lucidità e di debellare i sensi di colpa che, come affamati roditori, avevano cominciato a rosicchiarmi la coscienza, portando in luce la sconcezza di ciò che avevo appena fatto.

Una ragazza per bene non si sarebbe mai comportata come me; mia madre non avrebbe esitato a definirmi deviata e perversa, nonna Lizzie avrebbe pianto e Andy…

Il mio migliore amico mi avrebbe sbattuto in faccia tutto ciò che di negativo aveva sempre pensato di me.

Con lo sguardo basso, passai di fronte ai due uomini, colpevoli sin dal principio di tutto quello che era successo. Entrambi indugiarono sulla mia andatura flessuosa, poi sui fianchi ancheggianti. Lo sfregamento degli slip era insopportabile e il fatto che loro sapevano bene da cosa dipendeva il mio strano modo di camminare mi fece sentire nuda, svelata oltremodo e impossibilitata a nascondere le vampate brucianti che mi stavano torturando la pancia e il pube.

Affannata, con un rivolo di sudore che mi colava lungo la schiena scoperta, riuscii a superare la fontana. I due incensieri decorativi posti a terra, su ciascun lato di essa, emanavano la stessa essenza profumata che avevo percepito all'ingresso e che, al mio passaggio, mi avvolse in maniera spudorata come se fosse il corpo di un amante.

Magari quello di Efrem...

Pensarlo mi cagionò ulteriore affanno.

Basta, falla finita, Thea. Torna in te!

Fui sollevata, quando nel guardarmi attorno mi accorsi di non essere l'unica ridotta in uno stato così pietoso: il peccato echeggiava nell'aria, tra i tavoli e i divanetti, confondendosi con l'odore del sesso, gli schiocchi dei baci e le mani che vagavano in posti licenziosi, palpando, stringendo, penetrando e compiendo qualsiasi atto osceno che, in un luogo diverso dall'*Himeros*, avrebbe suscitato scalpore e ripudio.

A fatica, raggiunsi il bancone di vetro del bar sul quale posai i gomiti sfinita come se avessi terminato una maratona. Mi massaggiai il petto per cercare di chetare i battiti frenetici e piegai un ginocchio per appoggiare la natica al bordo di uno sgabello semi alto.

«Ehi...» Cercai di attirare l'attenzione di un cameriere, parendo più una mendicante in cerca di un briciolo di supporto morale. Il ragazzo non mi sentì. «Ehi, tu, scusa!» ritentai; a quel punto si voltò nella mia direzione dopo aver riposto una bottiglia di vodka su una mensola, accanto alle altre. Ripreso fiato, mi incantai sulla meravigliosa cascata che ornava la parte centrale della parete, con un'illuminazione artificiale virante dal bianco al dorato che le garantiva un incredibile effetto scenico, mentre il ragazzo, poco più grande di me, mi osservava accigliato.

«Sì?» Inarcò un sopracciglio biondo e scrutò il mio abito argentato, diverso da quello di qualsiasi donna presente; io invece analizzai il suo aspetto: era carino. Sebbene fosse troppo asciutto per i miei gusti, era abbastanza alto, con due enormi occhi verdi che rievocavano un bosco di montagna, i capelli acconciati col gel in una bassa cresta e dei lineamenti delicati, ancora acerbi.

«Vorrei qualcosa da bere.» Finalmente avevo incontrato qualcuno che potevo definire quasi un coetaneo; credevo fosse impossibile trovarne uno lì dentro.

Il ragazzo, che a giudicare dal nome sul lato destro della divisa bianca si chiamava Isaac, mi sorrise e si avvicinò, gettando sulla spalla uno straccio con il quale, probabilmente, asciugava i bicchieri. «Sei nuova, vero? Non ti ho mai vista qui. Per giunta non indossi un abito bianco.»

«Cazzo», imprecai. «Siete tutti fissati.» Non ne potevo più di sentirmelo dire. «È una regola così importante?»

«Sì, lo è. E all'*Antéros* nessuno si permette di trasgredirne anche solo una», confermò il ragazzo incredibilmente sorpreso. «Con chi sei entrata? Deve essere una persona potente se ti è stato concesso di restare.»

Alzando lo sguardo al cielo, evitai di indicargli l'uomo che mi aveva accompagnata, anche se sentivo la sua presenza attorno, dentro, addosso, un guinzaglio il cui manico di cuoio era stretto nel suo palmo con una corda che si allungava a ogni mio passo, senza concedermi la totale possibilità di essere libera. Non potevo scappare, non potevo uscire dal suo campo visivo, non potevo allontanarmi quanto volevo, né ribellarmi più del dovuto. «È un amico della proprietaria», mi limitai a informarlo, poi mi sporsi sul ripiano e misi una mano accanto alla bocca. «Adesso mi porti un bicchierino di liquore?» gli mormorai in confidenza. «Bello forte. Uno Jägermeister, se c'è.»

Isaac non si fece incantare dai miei modi amichevoli e socchiuse le palpebre con fare indagatorio. «Hai l'età per bere?» Mi squadrò fin dove glielo permetteva il bordo del bancone, indugiando sui capezzoli sporgenti. Ne fu attratto per qualche secondo, le pupille si dilatarono, nel verde dell'iride scintillò un inadeguato desiderio, dopodiché sbatté le ciglia agitato e riportò lo sguardo laddove era più consono per la professionalità richiesta dalle sue mansioni. «Non dimostri più di diciassette, diciotto anni.»

«Be', ne ho ventuno.» Aggiunsi un anno in più per non commettere alcuna illegalità, almeno in apparenza.

Il ragazzo divenne sospettoso e si tolse lo strofinaccio dalla spalla, gettandolo su una fila di tumbler capovolti. «Senti, non posso correre rischi. Quindi mostrami la carta d'identità.»

Oh... cavolo.

Il mio documento gli avrebbe rivelato che stavo mentendo, oltretutto non avevo con me la borsetta. Urgeva la necessità di depistarlo o quantomeno di fargli credere che fossi sicura di me stessa, perciò cercai di non impallidire e mi mostrai serena. «Che dici? Spero tu stia scherzando.»

«No.» Fu categorico. «Per giunta c'è un uomo dietro di te che mi sta fissando e non in modo benevolo. Deduco che tu sia in sua compagnia, giusto?»

Mi voltai appena per sbirciare di chi stesse parlando e intercettai Efrem, seduto come un Pascià sulla dormeuse, con una gamba accavallata e l'atteggiamento superbo di chi ha il mondo ai suoi piedi, intento a controllarmi perfino a distanza. Con un'espressione arcigna sollevò le dita della mano sinistra per salutare il ragazzo e lui ricambiò con un timoroso cenno del capo, intuendo che quello non era un gesto affabile quanto un pacato avvertimento: *Ti vedo. Vedo qualsiasi cosa tu faccia. Non assecondarla o ne pagherai le conseguenze insieme a lei.*

Con un sospiro arrendevole, incurvai le spalle e mi grattai una tempia, girandomi verso il barista. «Giusto», confessai guadagnandomi un'occhiataccia indispettita. «Ascolta, sto passando una serata terribile. Mi serve qualcosa per tirarmi su. Tutto qui.»

«Ti preparo un analcolico alla frutta, allora», propose e ne indicò alle sue spalle una mensola piena. «Cosa preferisci?»

Sbuffando, scelsi un cocktail fresco, estivo, con fragole e ananas, specificando di non aggiungere zucchero altrimenti sarebbe stato troppo calorico.

Tamburellai le dita nell'attesa che me lo servisse e quando me lo porse, facendolo scivolare sul bancone, mi ci fiondai sopra per dissetarmi. I cubetti di ghiaccio tinnirono nella mia presa. Strinsi il bicchiere con entrambe le mani, ammirando la fogliolina di menta e uno stecchino sul quale erano stati infilati dei quadratini di ananas che non avrei mangiato, poi portai la cannuccia alla bocca per suggerla. Il sapore dolciastro mi rinvigorì la gola secca, attenuando per un po' il calore dell'eccitazione ancora in circolo, e scese denso lungo l'esofago, tuffandosi nello stomaco vuoto, dolente per i morsi della fame a cui ormai ero assuefatta. Mentre cercavo di godermi quella miscela un po' annacquata, spiai con la coda dell'occhio due uomini che mi avevano affiancata, da ambo i lati. Inizialmente mi parve normale, d'altronde l'*Antéros* era colmo di clienti e io non ero di certo l'unica a necessitare di un attimo di tregua dall'erotismo che impregnava ogni angolo della sala; sennonché, quando mi accorsi che mi stavano guardando, compresi che la loro vicinanza non era casuale. Avevano pianificato di braccarmi, uno a destra e uno a sinistra, per limitarmi qualsiasi possibilità di fuga. Uno strano timore mi scorse lungo la schiena e mi indusse a percepire un pericolo imminente, ma mantenni la calma e finsi indifferenza sbirciando da sotto le ciglia l'anello che uno dei due indossava sull'indice destro mentre lo picchiettava lento sul bancone. Era nero, come quello di Efrem e Mitchell, e delle stesse dimensioni. L'intero diametro era occupato dalla grossa falange, al centro della quale spiccava il teschio di un corvo con il becco dorato.

«Che ci fa una graziosa fanciulla come te in un posto come questo, pieno di gentaglia?»

Rimasi con le labbra dischiuse sull'estremità della cannuccia, la punta della lingua appoggiata al tubicino, e lentamente girai la testa, in una posa buffa. L'uomo sembrava un ex galeotto, temibile e gigante. Davvero gigante. Era almeno due metri; di sicuro avrebbe potuto competere con un buttafuori o un lottatore di wrestling. I capelli lunghi, di un castano scuro, erano legati in una coda bassa con qualche ciocca che gli sfiorava le tempie e gli zigomi alti segnati da alcune macchie brunastre; le sopracciglia erano cespugliose e talmente pronunciate da nascondere gli occhi a mandorla, piccoli e un po' infossati. La linea della mascella era marcata e terminava nel mento a punta, dando al volto una forma allungata, accentuata dalla barba da hipster, fitta e trasandata, con dei baffi folti che gli coprivano il contorno superiore della bocca.

«Non sono sola.» Fu la prima sciocchezza che pensai di dire per stabilire la mia posizione impegnata. Non lo ero; insomma, io ed Efrem non stavamo insieme, ma era utile farlo credere al tizio che non smetteva di fissare i miei denti intenti a giocherellare, impacciati, con la cannuccia.

«Lo sappiamo, biondina.»

Trasecolai, voltandomi verso l'altro uomo, del quale mi ero per un istante dimenticata. «Abbiamo visto con chi sei entrata.» Il ghigno che mi rivolse fu poco rassicurante, tanto quanto lo era il suo viso squadrato col cranio interamente rasato, il naso schiacciato con il setto deviato verso destra – forse il segno permanente di un gancio ricevuto in piena faccia – e le labbra sottili, dalle linee cattive. Era più basso di almeno quindici centimetri rispetto all'amico, ma il suo grugno incuteva più paura.

«Non hai però il faccino di una che potrebbe intendersela con un *racker*. Men che meno con uno come Efrem Krugher.» Il gorilla alla mia sinistra fece cenno a Isaac di raggiungerlo. «O sbaglio?» mi domandò curioso, ordinando nel mentre un *AK-47*, uno dei cocktail più forti che esistessero sul mercato, tanto che il suo nome era ispirato a un fucile d'assalto; dopotutto quell'uomo aveva l'aspetto di un tipo che avrebbe potuto ingurgitarne anche una bottiglia intera senza stramazzare al suolo.

«Conosci Efrem?» chiesi per conferma con voce tremante; certo che lo conosceva, per giunta l'aveva definito *racker*.

Che diavolo significava?

Si stava prendendo gioco di me, forse?

«Non c'è nessuno qui dentro che non conosca il dottor Krugher.» Quando appoggiò il gomito sul ripiano raffinato, la giacca nera gli si tese sulle spalle vigorose, evidenziandone il tono muscolare; la camicia al di sotto era sbottonata oltre lo sterno e metteva in risalto un petto ampio ricoperto di numerosi tatuaggi che gli decoravano la pelle fino alla base del collo.

«E devo dire che ha sempre avuto buon gusto in fatto di donne», commentò l'altro, più basso ma non meno palestrato del gigante. «È tornato a scegliersele giovani…»

«Io non so…» Raccolsi nervosamente con l'indice una goccia di condensa dal vetro del bancone, seguendo l'andirivieni del barista che, nel frattempo, stava servendo altri clienti sopraggiunti dopo di me. «Non so di cosa state parlando.»

«Oh, andiamo, biondina. Non devi vergognartene. Tutte vorrebbero scoparselo, ma di fatto ce ne sono poche che accettano di andare a letto con un fanatico come lui. La maggior parte lo teme, tu sei coraggiosa», insisté il rasato, incrociando le mani tra loro sul bancone. Quando le dita si inframezzarono notai che anche lui portava un anello sull'indice destro. Era nero, con la testa di un leone estremamente realistica: la criniera lo attorniava con regalità, gli occhi erano rappresentati da due diamantini dorati, dalla bocca spalancata fuoriuscivano i canini aguzzi. Con un po' di fantasia potei sentirne il ruggito spaventoso, sentore di una terribile minaccia come sembrava esserlo il padrone che lo indossava.

«Ma se un giorno dovessi stancarti di lui, puoi sempre considerare di cambiare partner. Noi *racker* siamo più flessibili dei dominatori. Non seguiamo alcuna disciplina, non ci sono limiti né contratti vincolanti, nessuna è nostra sottomessa.» Quando al gigante fu servito il suo potente alcolico, sfiorò con il medio la fetta di limone infilata sul bordo del bicchiere che, subito dopo, roteò in un tintinnio di cubetti di ghiaccio.

«Voi, che?» Di nuovo ripeté quella parola e di nuovo non seppi che accezione attribuirle; tuttavia ciò che mi premeva maggiormente far intendere ai due uomini era che non ero la bambolina di turno con la quale divertirsi. «Sentite, chiunque voi siate, non sono interessata.»

Sperai di essere stata chiara, per un attimo cantai anche vittoria, ma il mio rifiuto parve pungolare l'ego dell'omone più sfacciato che posò il cocktail sull'elegante sottobicchiere in feltro e si girò con tutto il torace verso di me. Le sopracciglia gli si arcuarono quasi a unirsi sull'attaccatura del naso, prima che ridesse sotto i baffi. «Mi piacciono quelle come te, minute, con l'indole selvaggia e l'aria spaurita sul visetto d'angelo, si rivelano sempre le più porche sotto le lenzuola.»

«Ronnie, ragazzone», intervenne l'altro con un sorriso malfido, fingendo di ammonirlo. «Un po' di contegno, dai. Non spaventarla.»

«Pensa agli affari tuoi, Dick», ribatté quindi Ronnie, irritandosi con l'amico per averlo interrotto durante il suo spietato e rozzo corteggiamento che ebbe fretta di riprendere. «Allora, dov'eravamo rimasti, fiorellino?» tornò a dedicarmi la sua indesiderata attenzione, e io ne avvertii l'odore pungente di legno, fumo e rum. D'istinto strinsi le dita attorno alla mia bevanda, inumidendomi il cerotto, mentre fissavo la cannuccia per celargli la mia paura. «Ah, sì. Dicevamo… Cosa ti piace fare?» sussurrò con il basso bramito di un orso affamato, pronto ad azzannarmi al collo al primo passo falso. «Racconta tutto allo zio Ronnie, da brava.»

Guardai Isaac passare di fronte a me; lo pregai con gli occhi di intervenire, ma il ragazzo si defilò intimidito con la scusa di servire gli altri clienti. Probabilmente conosceva chi mi stava importunando e non voleva averci nulla a che fare. «A me… A me non piace niente.»

«Ah, stronzate. Qualsiasi donna se la faccia con quei due…» Ronnie indicò con un cenno del capo alle mie spalle il tavolo sul quale sedevano Efrem e Mitchell. «… è, come dire, focosa? Fantasiosa?» Con il dorso dell'indice mi scostò una ciocca di capelli dalla guancia, portandola delicatamente dietro la spalla, poi ne approfittò per accarezzarmi il braccio, scendendo piano verso il gomito. Io mi strinsi in me stessa; lui si accorse del mio improvviso tremore, del terrore che, come un'ombra inumana, incombeva su di me, e ne fu galvanizzato, come se lo eccitasse spaventarmi. «Sai, potrei farti colare questo bel trucco in svariati modi, ma stasera voglio essere buono. Di solito, quanti ne prendi? Uno per volta o due insieme?»

Indignata dalle sue provocazioni volgari, artigliai con le dita il bordo del bancone e cercai di darmi una spinta per arretrare con lo sgabello. «Si è fatto tardi, è meglio che io vada.»

«Così presto?» Ronnie parve deluso quando mi vide sgusciar via dal mio posto; per sbaglio gli sfiorai il ginocchio piegato con il bacino e lui provò a spingermelo contro, ma per fortuna mi allontanai prima che potesse trattenermi con la forza o farmi male. «Non hai neanche terminato il tuo succo.»

«Attenta, biondina.» Dick sogghignò. «Attenta ai *racker*», ripeté, facendo una rapida panoramica del mio corpo e di tutte le porzioni nude dell'abito; sporse persino la testa indietro per controllare se anche il sedere fosse di suo gradimento. In quell'istante gli avrei alzato volentieri un bel dito medio.

«Chi diavolo sono i *racker*?» sbottai invece, sentendomi finalmente in vantaggio data la distanza che ci divideva, nonostante sarebbe bastato che uno dei due si alzasse per riacciuffarmi rapidamente. «Perché dovrei stare attenta?»

In tutta calma, Ronnie trangugiò un sorso del suo alcolico prima di rispondere, poi mi guardò dall'alto al basso, biasimandomi per aver raggiunto quel posto con persone che non godevano della sua stima. «Perché sai come ci entri nel loro letto, ma non sai come ne esci.»

«O *se* ne esci.» Dick non si fece scrupoli a farmi intendere che le loro insinuazioni erano molto più gravi di ciò che sembrava. «Non siamo tutti pericolosi, ma ti assicuro che con quei due le donne ci rimettono le penne...»

In quel momento, l'unico vero pericolo da scampare per me erano loro e nessun altro, perciò scossi il capo annoiata dalle frottole che mi stavano propinando; come degli infoiati avrebbero inventato di tutto pur di condurmi in qualche camera da letto e abusare di me. A passo svelto mi incamminai tra i tavoli, ma prima che potessi superare la fontana fui sgarbatamente tirata indietro per un braccio e girata come una trottola.

In un attimo di terrore, credetti potesse trattarsi di Ronnie che, infastidito dal mio rifiuto, mi aveva seguita e afferrata, tuttavia mi chetai quando incontrai una chioma bionda e ribelle su un volto scolpito e familiare.

«Maledizione, Thea!» Mitchell mi braccò dai bicipiti, scuotendomi come se volesse far cadere da un albero il frutto della mia ingenua immaturità. Non avevo mai visto imperversare nei suoi occhi una rabbia così tempestosa. «Che cazzo combini? Cosa avevi in mente di fare con quegli uomini, eh?»

«Mitch...» farfugliai mentre la testa oscillava in modo violento.

«Capisco perché Efrem perde la pazienza con te.» Si fermò per calmarsi, anche se la tensione dei suoi nervi mi comunicava quant'era adirato. «Hai idea del rischio che hai corso?»

«No.» Con uno scatto del capo mi tolsi i capelli dalla faccia. «Sono stata importunata. Non li conosco neanche.»

«Appunto.» Le sue mani mi serrarono le braccia con più vigore. «Avresti dovuto tornare da noi, subito.»

Incapace di trattenere l'accumulo di emozioni degli ultimi minuti, sentii le lacrime raccogliersi sulla rima ciliare pronte a tracimare lungo le guance. «Non è facile pensare lucidamente in certe situazioni!» urlai, prima di rendermi conto che non eravamo soli. Mi guardai attorno imbarazzata. A differenza di ciò che credevo, nessuno stava badando a noi o alla nostra discussione. Avrei voluto cercare Efrem, ma per orgoglio mi imposi di non indirizzare lo sguardo al suo tavolo.

«Okay, okay.» Mitchell si intenerì quando si accorse che ero sull'orlo del pianto. «Vieni qui. Basta.» Mi strinse tra le braccia e io mi beai di quel calore rassicurante, dei battiti ritmati del suo cuore per tranquillizzare anche i miei. «Basta, non è successo nulla, piccola. Calmati.» Mi accarezzò i capelli dolcemente, strofinando la mascella contro la mia tempia. Percepii in quel gesto tutto l'affetto e la bontà di una persona amica, una delle poche che avrei potuto considerare tale, oltre a Juliette.

«È colpa sua.» Lasciai andare le lacrime, permisi loro di cadere, di svelare il mio dolore per alleggerire il peso che avvertivo sul petto. «Non mi sarei allontanata se lui non avesse fatto ciò che ha fatto. L'hai visto anche tu.»

Per *lui* sapevamo entrambi di chi stavo parlando.

Mitchell gonfiò il torace con un profondo sospiro e una sferzata del suo profumo esotico mi deliziò le narici. «Ha giocato e tu ci sei stata.»

«No», singhiozzai. «Mi tratta sempre come una bambina e se ne compiace.»

«Ti ha portata all'*Himeros* per ben due volte, non ci porta chi considera una bambina. E mi pare che, durante la vostra prima uscita, non abbiate trascorso il tempo a contare le stelle.» Dopo avermi concesso qualche minuto di sfogo, Mitchell mi prese per le spalle e le spinse all'indietro per incontrare i miei occhi, arrossati.

«Questo non c'entra.» Tirai su col naso e ci passai sotto il dorso della mano, sembrando ancora più ridicola di quanto già fossi.

«C'entra, piccola. Vuole solo rispettarti.» Mitchell passò ambo i pollici sulle gote bagnate, ripulendole dalle righe di mascara. «Non è un uomo semplice, credimi, e non è facile starci insieme in intimità.»

«Me l'ha detto.» Rabbrividii al pensiero di volere Efrem così ardentemente da ignorare tutti i motivi che avrebbero dovuto convincermi a stargli lontano; lui mi attirò ancora contro il suo torace e strofinò le mani sulla mia schiena credendo che avessi freddo.

«Avvertirti delle insidie di una situazione e vivere quelle stesse insidie sulla tua pelle sono due condizioni differenti. Con conseguenze altrettanto diverse.»

Con l'orecchio appoggiato al suo sterno, riuscivo a sentire la voce greve riverberare lungo la cassa toracica come se fosse il suono emesso dalle corde di una magnifica chitarra.

«Gli fa schifo persino baciarmi», mi intestardii proprio come una ragazzina capricciosa.

Mitchell rise piano mentre continuava a frizionarmi la schiena nuda, scendendo lento fino alla curva delle natiche. Sentivo i suoi polpastrelli lambire con delicatezza la colonna vertebrale ed effondermi un piacere anomalo, diverso da quello che provavo con Efrem, ma non meno gradito. «Ne sei sicura?»

Annuii con la guancia schiacciata contro la sua camicia grigia e lui mugolò pensieroso; stava riflettendo su ciò che avrebbe voluto dirmi per consolarmi. «Thea, a nessuno farebbe schifo baciarti. Sei attraente in un modo così naturale che neanche te ne rendi conto. Se potessi, ti bacerei anch'io. E credimi… In trentacinque anni ho conosciuto tantissime donne, molte delle quali non mi suscitavano il medesimo desiderio», confessò senza mezzi termini.

D'istinto sollevai la testa e mi immersi nei suoi occhi lucenti, più azzurri del cielo. «Io?» ripetei incredula. «Attraente?»

«Sì, tu.» Passò il pollice sulle mie labbra carnose, dandomi prova che non stava fingendo per rincuorarmi, ma che le sue erano parole sincere, frutto di un pensiero reale. Si inumidì il polpastrello della mia saliva, poi fece qualcosa di incredibilmente intimo e sensuale: se lo portò alla bocca e lo leccò. In quell'istante una vampata ardente mi incendiò tutta, ridestando il languore assopito; il suo sguardo si spostò oltre la mia testa, su qualcuno che a distanza ci stava osservando, e sorrise vittorioso, segno che qualsiasi cosa avesse architettato era andata a buon fine. Prima che potessi chiedergli il perché di quel gesto, lui si chinò sul mio orecchio. «Vuoi scoprire qual è la tattica giusta per farlo capitolare?» sussurrò provocatorio. «Portarlo al limite. Efrem ha bisogno di stimoli. Stimoli forti. Solo in quei momenti abbandona l'autocontrollo e segue l'istinto. Ciò che avete condiviso l'ha eccitato, ma non abbastanza. Non è sufficiente per lui», mi istruì, pronto a darmi il suo sostegno nella difficoltosa impresa di sedurre il dottore più rigoroso e cocciuto che avessi mai conosciuto.

«Cosa dovrei fare allora?» Un brillio ameno mi illuminò di speranza.

«Fidarti di me», suggerì Mitch. «Riusciresti ad assecondarmi per dieci minuti?»

Annuii con incertezza; Mitchell non perse altro tempo: mi cinse il girovita con un braccio e mi strinse a sé, accorciando qualsiasi distanza tra noi. Mi schiarii la voce a disagio quando percepii ogni muscolo, più sodo di quanto pensassi, plasmarsi su di me e adattarsi al mio fisico femminile. «No, non abbassare lo sguardo. Guardami. Devi sembrare coinvolta.»

Timidamente, sollevai le palpebre e incrociai le mani dietro la sua nuca, schiacciandogli i seni contro l'addome. Mitchell era soltanto pochi centimetri più basso di Efrem, ma comunque più alto della media e io, nonostante i tacchi, non riuscivo a raggiungergli le spalle.

«Così può andare?» gli domandai, fissandogli il contorno delle labbra, incurvatc in un sorriso furbesco.

«Sì… Anche se potremmo esagerare un po'.» Con l'attenzione proiettata oltre le mie spalle, probabilmente su qualcuno che non aveva smesso di osservarci, Mitchell scivolò col palmo lungo la scollatura posteriore dell'abito, la superò e mi circondò interamente una natica strizzandola così forte che sobbalzai. Non ero mai stata toccata da nessun altro dopo il dottore; il fatto che lo stavo permettendo al suo amico, nonché l'uomo a cui Juliette era segretamente interessata, mi fece sentire in colpa. Una pessima amante e una pessima compagna di stanza. «Mmh… Siamo sulla buona strada», commentò tra sé l'avvocato, prima di sollevare con le dita l'orlo dell'abito, scoprendo davanti a tutti i glutei, attraversati nel mezzo da un filo sottile fin troppo audace.

«Mitch, no.» Mi venne naturale muovermi per indurlo a riabbassarmelo, ma lui non desistette e trattenne nel pugno chiuso sulle reni il groviglio di stoffa per continuare a concedere la visuale del mio sedere a chiunque. «Questo è troppo.»

«Non per *lui*…» ribatté conciso, sicuro di ciò che stava facendo.

A quel punto ebbi l'assoluta certezza che Mitchell non voleva ridicolizzarmi o provocare gli uomini presenti, ma attrarne con l'inganno uno in particolare, usando il mezzo più efficace: il mio corpo.

Con la coda dell'occhio sbirciai Efrem seduto ancora al tavolo, a gambe aperte, con un braccio adagiato comodamente lungo lo schienale della dormeuse. Giselle gli si era accomodata accanto e gli mormorava qualcosa all'orecchio mentre lui, con il capo leggermente chinato, l'ascoltava senza distogliere lo sguardo da me e dalla mia nudità esposta. Non riuscivo a capire se ne fosse attratto o infastidito, era talmente serio che pareva stesse elucubrando in silenzio: forse sulle intenzioni dell'amico, forse sul discorso della donna o forse su come mi avrebbe punita una volta rientrati in clinica.

«Adesso, ci spingeremo un po' oltre il limite…» annunciò Mitchell, portandomi a voltare subito la testa.

«Che intendi?» Non potei celargli di essere preoccupata dalle sue strane iniziative.

Lui mi riabbassò l'abito, sebbene mezza sala avesse visto cosa indossavo al di sotto, e con l'indice fece segno a qualcuno di avvicinarsi.

«Jordan contribuirà a giocare con noi.»

«Chi è Jor...» Mi ammutolii quando due mani, grandi almeno quanto la mia testa, mi si posarono sui fianchi stringendomi con veemenza. Le lunghe dita quasi si unirono per quanto era stretto il mio punto vita. Un torace d'acciaio, talmente duro da sembrare inflessibile, mi si premette contro la schiena e io mi ritrovai bloccata tra due corpi maschili: uno avanti e uno dietro. «M-Mitch...» balbettai, cercando subito la sua rassicurazione; lui mi accarezzò una ciocca di capelli e mi si avvicinò all'orecchio.

«Jordan è un ex giocatore di basket», sussurrò divertito. «È alto un metro e novantasei, ha trentanove anni ed è un avventore dell'*Antéros*. È uno dei sadici più temuti, considerata la sua predilezione per le pratiche del *blood play* e del *knife play*. Oltretutto ha un debole per le ragazze molto più giovani di lui, alle quali chiede spesso di sottomettersi...» mi informò, sapendo che non avrebbe generato alcun timore in me, bensì una malsana curiosità.

«Piacere di conoscerti, Jordan...» Tentai di mostrarmi affabile mentre fissavo l'anello bianco che indossava sull'indice, decorato con la testa di una divinità munita di un elmo dorato. Sembrava rappresentare un valoroso guerriero. Avrei voluto girarmi per guardare il viso dell'ex giocatore, chiedergli cosa volesse da me, ma la vergogna mi costrinse a stare ferma.

«Piacere mio, ragazzina», ribatté Jordan con voce piena e pesante come il ruglio di un animale selvatico. Mi tesi quando avvertii il suo nerbo duro, e piuttosto grande, pungolarmi dietro la schiena come una roccia appuntita.

Frattanto, Mitchell risalì con i palmi lungo le mie braccia, arrivò alla nuca e la circondò per sollevarmi con i pollici il mento verso di lui. «Jordan è un dominatore, per questo indossa un anello bianco. Come divinità identificativa ha scelto Ares: il dio della guerra e della lotta, assetato di potere e di sangue. Per i greci, Ares era particolarmente pericoloso a causa della sua indole violenta, bellicosa, spesso subdola e spietata. Commetteva barbarie e atrocità di ogni genere, tuttavia la sua furia in battaglia gli costava spesso numerose sconfitte poiché eroi e semidei dotati di una lucida astuzia riuscivano a vanificare ogni suo tentativo di rivalsa.» Mentre l'avvocato mi parlava, notò che tenevo i pugni serrati sulla sua camicia, l'eccitazione che mi brillava nelle iridi e il senso di stordimento che mi faceva vacillare tra lui e l'uomo dietro di me. «Jordan si riconosce in Ares. Ha un impeto molto aggressivo, ma ti garantisco che non ti farà alcun male. Permettigli solo di accarezzarti.»

Le mani del sadico salirono lentamente verso l'alto, fin sotto all'attaccatura dei piccoli seni; indugiò qualche istante sulle costole, come se stesse cercando il mio consenso, poi, quando Mitchell gli fece cenno di proseguire, mi coprì i capezzoli, facendoli sparire sotto la sua stretta ferrea. Mugolai per il dolore e abbandonai il capo sul suo addome mentre strofinava il naso tra i miei capelli, inspirandone il buon odore. Desideravo che li schiacciasse con più forza o che li schiaffeggiasse fino a renderli tumidi e violacei, tuttavia, quando chiusi le palpebre vaneggiando su quella fantasia crudele e dolorosa, l'unico uomo a cui pensai, l'unico uomo con il quale avrei voluto trascorrere una o mille notti non era colui che mi stava toccando, bensì un bastardo che non faceva altro che rifiutarmi, impedirmi di baciarlo o spogliarlo nonostante avesse confessato di essere attratto dalla mia natura. Pervasa da un improvviso sconforto, accettai qualunque cosa avesse in mente Mitchell e iniziai ad assecondare il suo folle piano, ignorando l'abiezione del mio comportamento. Fingendomi interessata, mossi debolmente le anche per sfiorare le cosce sode di Jordan, al contempo le protesi in avanti per strusciarle sul bacino di Mitchell in un invito eloquente. I due uomini reagirono all'unisono: il primo mugolò estasiato, tenendomi i seni ancora intrappolati, il secondo si chinò a baciarmi il collo provocandomi una serie di brividi con la frizione della barba. Tra lo sfregamento libidinoso di abiti e corpi, il soffice calore dei fiati mescolati, la pelle ardente e la tensione sessuale palpabile nei due membri maschili, io cercai Efrem, il solo che riuscisse a provocare un languore così spossante da infiacchirmi le gambe. Lo intercettai ancora seduto accanto a Giselle, nella stessa posizione pacata e imperturbabile. Con il pollice si rigirava la fede nuziale, lo sguardo non smetteva di seguire le mani degli uomini, i movimenti lenti e audaci con i quali mi stavano manifestando il loro desiderio, ma non sembrava esserne geloso o irritato. Il sorrisetto provocatorio che mi rivolse parve congratularsi con me per la sfida che gli avevo lanciato, annunciandone però il fallimento. Lui era diverso dagli altri: non temeva la competizione, non temeva che potessero sottrargli la *sua bambina*. Era talmente sicuro di essersi radicato nella mia testa da non preoccuparsi se qualcuno mi concedeva piacere.

D'altronde, cos'è il piacere se non il risultato di un'aspirazione, l'appagamento di un appetito momentaneo che chiunque potrebbe soddisfare?

Il desiderio, il tormento, l'ossessione erano tutt'altra storia: una tortura continua che rodeva con insistenza l'anima e la mente, senza che nessuno potesse porvi rimedio, a meno che non si trattasse dell'uomo che aveva cagionato quel terribile cruccio.

Sconfitta, con le spalle chinate, smisi di accettare le avances dei due e decisi di sfilarmi dai loro corpi, ma Jordan mi afferrò per l'avambraccio bloccandomi. Fu a quel punto che mi voltai e lo guardai in faccia. L'ex giocatore di basket era moro, con due occhi talmente scuri che mi era difficile distinguere dove finiva la pupilla e dove cominciava l'iride. Aveva un'espressione così rigida e spaventosa che arretrai fino a sbattere contro il torace di Mitchell, il quale mi cinse i fianchi con dolcezza. «Cosa le prende?» domandò all'avvocato, alquanto infastidito. «Non le va più di fare la troietta?»

Sussultai e Mitchell mi diede un bacio sul capo. «Non offenderti. Nel gergo dei sadici è un termine cordiale.»

Jordan ridacchiò prima di leccarsi i denti superiori, bianchi e dritti, tentando ancora di agguantarmi come un famelico predatore; l'impulso di possedermi stava iniziando a cambiargli i tratti, ad accecarlo di una folle smania.

Con un urletto saltellai all'indietro e pestai le scarpe di Mitchell che continuò a tenermi contro di sé.

«No, Jor», gli intimò, facendosi serio. «Thea non vuole scopare. Non fare l'animale o te la vedrai con un sadico peggiore di te...» Tentò di scherzarci su, ma il dominatore di fronte a noi non ammetteva obiezioni né scusanti di alcun tipo. Avrebbe corso il rischio di pagare qualsiasi conseguenza pur di aprirmi le gambe e tirar fuori qualche assurdo utensile per sottomettermi ai suoi giochetti. Sopraffatto dall'istinto, provò ancora a ghermirmi dall'abito. Per un attimo riuscì a impugnarne l'orlo e a tirarlo, ma Mitchell mi sollevò con un solo braccio per strapparmi via all'uomo e allontanarmi. Frastornata, sgambettai per qualche secondo finché mi depose a terra, facendomi scivolare lentamente lungo il suo corpo e sentire l'erezione tra i glutei. Esalai un gemito e arrossii per l'inadeguatezza della mia reazione. Avrei dovuto dargli una sberla in faccia o urlargli contro quanto fosse irrispettoso, invece non ebbi il coraggio di aggredirlo né la lucidità di rendermi conto di ciò che stava accadendo.

Era come se mi trovassi in un sogno nel quale non riuscivo a prevedere o a determinare il corso degli eventi.

«Oh, oh, piccola… Guai in vista.» Distratta dal suo tono malizioso, non capii subito a cosa si stava riferendo. «Si sarà arrabbiato. Non ama che un dominatore superi i limiti senza consenso, quindi vai e goditelo.» Mi spintonò in avanti, lasciandomi incespicare di qualche passo. Mi guardai attorno, cercando di comprendere da dove proveniva la bizzarra inquietudine che avvertivo scorrermi addosso come melma. Sentivo una strana sensazione di pericolo, come una bomba che era stata innescata e che presto sarebbe esplosa provocando danni irreparabili. D'istinto tentai di individuare ancora Efrem, ma di lui non vi era più traccia sulla dormeuse. Giselle se ne stava da sola, con una gamba accavallata e un gomito posato sulla spalliera rialzata a un lato, a fissarmi con gli occhi socchiusi. Quando diresse la sua attenzione su un uomo che stava marciando spedito verso di me, facendo lo slalom tra i tavoli e sovrastando di molte teste chi si aggirava per la sala, capii perché ero nei guai.

Terribilmente nei guai.

«Oh, cazzo…» Mi voltai verso Mitchell, in piedi accanto a Jordan, che nel frattempo si stava massaggiando il cavallo dei pantaloni mentre l'avvocato lo rincuorava con una pacca sulla spalla e lo ringraziava per averci aiutato.

Aiutato in cosa? A far imbestialire l'amico?

Maledizione a te, Mitch!

Avrei voluto raggiungerlo, nascondermi dietro di lui o addirittura fuggire dall'*Antéros*.

Era stata una pessima idea provocarlo; Efrem stava incedendo a passo talmente veloce che la paura mi pietrificò gli arti, facendomi tremare come una foglia. Lo vidi arrotolarsi le maniche della camicia fino ai gomiti con una fretta rabbiosa, poi serrare la mascella mentre i suoi occhi si infuocavano come due vampe infernali, capaci di terrorizzare e di indurre alla resa incondizionata, soltanto per pura rassegnazione.

Più si avvicinava, più un flusso d'aria infuocata sembrava espandersi nell'ambiente, innalzarsi fino al soffitto e avvolgere di una foschia oscura chiunque incontrasse al suo passaggio.

Superata la fontana, avanzò con lunghe falcate e in pochi secondi fu davanti a me come un imponente obelisco.

«Aspetta...» Sollevai i palmi per difendermi, respingerlo, colpirlo, insomma fare qualsiasi cosa potesse osteggiare la sua furia, ma Efrem mi afferrò da dietro il collo, incastrò le dita alle ciocche dei miei capelli, mi reclinò il capo e si avventò su di me, in un bacio inaspettato, vorace, talmente violento che mi inarcai così tanto da smettere di respirare.

Le sue labbra aggredirono le mie con impeto, la lingua cercò di aprirsi un varco tra esse e, quando le dischiusi, lui la spinse contro i denti per costringermi a cedergli, strappandomi anche l'ultimo brandello di resistenza. Mi sedusse e mi circuì con carezze arroganti, lascive, rudi, replete di un desiderio coltivato da tempo che finalmente aveva spezzato le catene del suo autocontrollo. Con la sola forza del corpo mi indusse a indietreggiare mentre con l'altra mano affondava le dita in una natica, sotto l'abito, per stringerla con veemenza, facendomi ansimare di dolore.

Efrem riuscì a sottomettermi con un solo bacio.

Riuscì a spezzarmi le gambe, a schiaffeggiarmi la ragione, a flagellarmi la carne.

Riuscì a strapparmi il fiato, a brutalizzarmi con la sua lingua funesta, a divorarmi con la bocca avida.

Riuscì ad annullarmi, a cancellare qualsiasi uomo ci fosse stato prima e a umiliare qualsiasi uomo ci sarebbe stato dopo.

Riuscì a dominarmi, a infilarsi dentro di me e a prendere a sberle i demoni che lo avevano provocato, irritato e soprattutto sfidato.

L'intero cosmo si concentrò in quel bacio.

La vita riprese a scorrere dentro di me come un ruscello fresco.

Una lacrima distillò come una goccia di rugiada lungo la guancia per l'intensità di quel contatto che, con un ardore incontrastabile, parve voler sradicare le radici del mio dolore e piantarmi nell'anima un piccolo seme d'amore.

Un amore che non avevo mai ricevuto né ricambiato.

Lo struggimento della solitudine volò via e per un attimo mi sentii felice.

Speciale.

Una bambina che, per la prima volta, stava guardando il mondo da un'altra prospettiva, lo stava ammirando e vivendo senza più alcuna paura.

Forse quell'uomo proveniva dal cielo e aveva il potere di portare l'alba.

Di provocare una tempesta, alla quale seguiva sempre un incantevole arcobaleno.

Forse era un dono della mamma.

Chiusa nel bozzolo della sua rassicurante protezione e della passione più coinvolgente, gli gettai le braccia al collo e lo attirai a me, sorprendendolo per la foga con la quale ricambiai.

Mi abbandonai a lui, ai muscoli contratti, alla forza coercitiva con la quale mi stava punendo.

Punendo con un bacio spietato, disperato, che aveva il sapore della vita e della morte.

Di un vino fresco e di una caramella al limone.

Di un'opportunità colta e di un errore fatale.

Tenendomi per la nuca, continuò a spingersi contro di me, a graffiarmi, a seviziarmi, a imporsi. Con l'altra mano mi palpò rudemente il sedere per trasmettermi il suo bisogno carnale di andare a fondo, di marchiarmi dentro, di fottermi anche l'anima.

Ogni sua barriera si frantumò, lasciando affiorare la consapevolezza di aver atteso, quanto me, il momento in cui entrambi avremmo peccato.

Peccato senza tornare più indietro.

Le gambe cominciarono a tremarmi, incapaci di reggere la meravigliosa brutalità di quel bacio, l'esasperazione della sua fame, così spropositata da essere a malapena chetata. Le nostre labbra continuarono a cercarsi anche quando Efrem cominciò a placarsi, lasciando guizzare la lingua contro la mia in un modo lento e delicato, quasi pigro ma incredibilmente sensuale.

«*Ich will dich*», sussurrò in tedesco, mugolando nel percepire l'aroma delle fragole sul mio palato; qualcosa dentro di me deflagrò, subissando per un istante le mie tenebre e tutta la sofferenza che mi avevano provocato negli ultimi due anni.

Mi sentii libera.

Libera di essere me stessa.

Avvinta dalla forza della nostra lussuria, mi piegai, staccandomi dalla sua bocca.

Fragile, debole, arrendevole.

Trasportai con me il caldo languore del nostro contatto e lo contenni nel ventre mentre le ginocchia precipitavano lentamente sul pavimento; il marmo freddo sulla pelle mi diede una sensazione di sollievo, benché dentro stessi bruciando. Sollevai la testa e sbattei le ciglia, devota.

Ero ai suoi piedi.

Come lui aveva sempre sperato. Come io avevo sempre desiderato.

Con il respiro ansante, l'eccitazione che brillava sul suo bellissimo volto, Efrem imperò dall'alto e allungò un braccio verso di me. Avvolsi la sua mano alla mia e la tirai fino a sfiorargli le nocche con le labbra tumide, arrossate, ancora bagnate del suo nettare dolce e amaro.

Con un sorriso sfrontato, oltremodo sconvolgente, lui accettò quel vezzo e dolcemente mi accarezzò la guancia, umida di lacrime, ammirando il risultato del suo crudele assalto.

«Traducimi ciò che hai detto, ti prego...» Faticai a parlargli, completamente persa e intontita, tenendomi stretta al suo palmo, incurante di chi ci stava ascoltando o fissando.

Tutt'attorno non esisteva più niente, oltre a me, a lui e all'intimità che ci univa.

Efrem si lambì il labbro inferiore e socchiuse gli occhi, deliziato dal mio sapore e compiaciuto nel vedermi prostrata a lui, completamente sconfitta.

Ero sua. Solo sua.

L'aveva dimostrato, me l'aveva imposto, tutti l'avevano compreso e nessuno avrebbe avuto alcunché da ridire.

Il dottor Krugher aveva preso la sua decisione, rischiosa ma ineluttabile.

«Significa che ti voglio, bambina.»

29
Thea

Più un uomo appare perfetto all'esterno,
più demoni ha dentro.
SIGMUND FREUD

«NON soffrirò più.»

Questo era il patto che avevo fatto con me stessa quando avevo scelto di chiudere l'amore fuori dalla mia vita, di respingerlo, di non dargli l'importanza che meritava, di rinnegarne qualsiasi effetto, di anestetizzare il cuore e di imporgli una solitudine perpetua.

Volevo proteggermi dalle spine dolorose dei sentimenti, volevo ammirarne i petali a distanza senza accarezzarli. L'amore per me era sempre stato un fiore carnivoro: bello in apparenza, capace di incantarti con il suo aspetto per poi catturarti e divorarti, lasciando null'altro che brandelli di anima sparsi qua e là.

Da tre giorni mi sfioravo continuamente le labbra con i polpastrelli; sentivo ancora il sapore di Efrem sul palato, sulla lingua, addosso e non volevo liberarmene, anche se desideravo che non fosse così. Imperversava dentro di me una lotta estenuante tra la resistenza che avevo erto come una barriera tra me e il mondo esterno e la voglia di ribaciare quell'uomo, di perdermi di nuovo tra le sue braccia, di inspirarne il profumo nobile, di lambirgli la pelle calda.

Durante il nostro bacio mi ero sentita diversa, apprezzata, bella.

Accettata.

Libera di mostrargli chi ero, nonostante non fossi ancora certa di averlo capito, ma lui sì.

Lui mi conosceva più di quanto io conoscessi me stessa e il brillio sagace che gli aveva illuminato le iridi mentre ero in ginocchio, ai suoi piedi, mi aveva confermato che era stato contento della mia scelta.

Quale scelta?

Quella di essere la sua amante?

O quella di donargli completamente il mio corpo e la mia volontà?

Seduta a gambe incrociate, sul letto, strinsi tra le dita *Histoire d'O*, il romanzo che dieci anni prima avevo sottratto a un perfetto sconosciuto incontrato in un parco di West Hollywood, il solo davanti al quale, oltre a Efrem, mi ero inginocchiata con l'ingenua intenzione di fare amicizia, senza avvicinarmi troppo, malgrado, in età adulta, avessi rivalutato quel gesto considerandolo equivoco e discutibile. Se fosse stato un uomo malvagio avrebbe potuto approfittare della mia innocenza, invece si era limitato a cacciarmi via, a trattarmi con sufficienza e a rimproverarmi per la facilità con la quale mi ero intrattenuta con lui, pur non sapendo chi fosse. Fissai ancora il libro e, con un sospiro profondo, lo deposi sul comodino accanto alla bertuccia, rimandando la lettura degli ultimi capitoli. Per chissà quale strana ragione, non ero pronta a leggerli. Distendendomi supina, con gli occhi puntati sul soffitto e le braccia aperte come le ali di un angelo, ripensai alla serata trascorsa all'*Himeros*. Il contatto ravvicinato con Mitchell mi impediva di guardare in faccia Juliette, che ormai da tre giorni mi chiedeva che cosa avessi contro di lei. Nulla in realtà, sennonché mi sentivo a disagio per aver sfacciatamente flirtato con l'avvocato e averlo assecondato nel provocare il dottore, in un modo poco morigerato. Oltretutto non mi ero limitata a essere sfrontata solo con lui, ma anche con un pericolosissimo sadico di quasi due metri, fanatico del *blood play*, che a quanto pareva avrebbe voluto concludere la serata in mia compagnia, in qualche camera da letto. Rabbrividii al pensiero delle pratiche che condivideva con le sue donne, al contempo mi eccitai nell'immaginare che quella donna avrei potuto essere io e che al posto di Jordan avrebbe potuto esserci Efrem.

Sempre e solo lui; l'unico al quale avrei concesso piena fiducia, era inutile paragonarlo ad altri uomini.

Nessuno, per me, reggeva il confronto.

Neanche i due selvaggi che avevano tentato di abbordarmi al bar: il gigante Ronnie e l'amico Dick. Continuavo a riflettere sul termine *racker* che avevano utilizzato per definire se stessi, ma soprattutto Mitchell ed Efrem, senza venirne a capo. Avevo fatto inutili ricerche su internet credendo di trovare delle delucidazioni in merito, tuttavia non c'era nulla a riguardo, nessun risultato che me ne spiegasse il significato, segno che era un particolare termine legato all'*Himeros* e ai suoi clienti, forse coniato dalla stessa proprietaria. Sarebbe stato più facile approfondire la questione con i diretti interessati, ma conversare più del dovuto con due uomini eccitati, con il testosterone a mille, avrebbe potuto espormi a ulteriori pericoli.

Pericoli dai quali non era così scontato uscissi illesa.

Persa nelle mie assidue e tormentose elucubrazioni, sussultai quando avvertii la vibrazione del cellulare posato vicino al romanzo. Sporsi pigramente il braccio per afferrarlo e sbloccai lo schermo, notando l'arrivo di un messaggio. Con la fronte aggrottata, mi accorsi del numero sconosciuto del mittente e lo aprii per leggere:

Ti aspetto tra dieci minuti, nell'ala ovest.
Non tardare.

Scattai a sedere col cuore in gola.

L'unica persona che avrebbe potuto procurarsi il mio numero di telefono e inviarmi un messaggio simile era Efrem. Non ci eravamo più incontrati da quando mi aveva accompagnata in camera, a mezzanotte, senza parlarmi di ciò che aveva visto con Jordan e Mitchell, del bacio che c'era stato tra noi subito dopo o del modo in cui sarebbe cambiato il nostro rapporto. Una volta scesi dall'auto dell'avvocato, avevamo camminato fianco a fianco, in silenzio, fin dentro alla clinica. Il dottore altero e bellissimo nel suo portamento elegante, io imbarazzata e ancora eccitata, con le labbra gonfie, affamate di lui; tuttavia Efrem era tornato a confinarsi nella sua dignitosa serietà, limitandosi a salutarmi sulla soglia della porta, con una carezza sulla guancia e un semplice: «*Gute nacht, Kleines Äffchen*», come ormai d'abitudine. Strano che non mi avesse rimproverata di nulla, che non mi avesse punita per un comportamento con il quale era in disaccordo o che non mi avesse cercata fino a quel momento.

Tornando con lo sguardo sullo schermo, rilessi ancora l'ultima frase dell'SMS aperto: NON TARDARE. Era proprio da lui rammentarmi che avrebbe preteso puntualità da me; d'altronde anch'io avevo fretta di vederlo e soprattutto di confrontarmi con lui circa quello che era successo all'*Himeros*. Alquanto euforica, saltai giù dal letto e mi cambiai rapidamente, infilando alla bell'e meglio dei leggings e una t-shirt nera con la stampa di un teschio circondato da brillantini, che rievocava la bandana con la quale ero solita esibirmi con i Bright Demons. Calzai gli anfibi, annodai le stringhe e uscii dalla stanza.

Il corridoio era vuoto, sebbene fossero le diciannove e trenta e, in teoria, équipe medica e operatori fossero ancora in servizio. Mi avviai alle scale; giunta al pianerottolo, anziché scendere la rampa, la ignorai e proseguii verso l'ala ovest.

Mi faceva sempre uno strano effetto il pensiero di incontrare Efrem; non sapevo mai di che umore era né cosa aspettarmi.

Mi avrebbe baciata ancora? Avrebbe fatto sesso con me?

Ne dubitavo.

Finché non fossi stata in ottima salute avrebbe continuato a respingermi, lasciando crescere morbosamente dentro di me il desiderio di lui e di quello che potevamo essere.

Non una coppia.

Non una coppia come le altre.

Di questo ne ero certa: qualsiasi fosse la sua natura e qualsiasi fosse la mia, lui stesso mi aveva confessato che erano *complementari*, e io intendevo capirne fino in fondo il motivo, scoprirne ogni sfaccettatura e ottenere delle risposte.

Con il sorriso sulle labbra, stavo per raggiungere la porta del suo secondo studio, quando qualcuno mi ghermì il polso per girarmi e sbattermi bruscamente contro il muro. L'impatto con la superficie dura mi fece gemere di dolore. Prima che potessi urlare e allertare gli operatori, una grande mano maschile mi fu premuta sulla bocca al fine di attutire i miei lamenti. Riconobbi un forte odore di fumo e sandalo, lo stesso che ormai associavo a un uomo in particolare. Quando sollevai lo sguardo, un paio di occhi nocciola screziati di verde mi furono addosso con un piglio maligno e infido.

«Ci si rivede, scricciolo.» Ben sfoggiò un ghigno cimentoso sotto la barba bruna, leggermente più corta dell'ultima volta che l'avevo visto. «Come stai?»

Mugolando, mi aggrappai al suo avambraccio con entrambi i palmi per levarmelo di dosso. Sotto le dita sentii le venature in rilievo, il muscolo sodo, la forza con la quale mi teneva ferma. Divertito, sollevò l'indice dell'altra mano e lo scosse da un lato all'altro in segno di diniego. «Se fai la brava e non gridi, ti lascio andare. Voglio solo parlare.»

Esattamente come accadeva sempre quando comprendevo di essere in pericolo e di dovermi arrendere per preservare me stessa, annuii assecondandolo. Ben inarcò il sopracciglio sinistro, sfregiato dalla cicatrice che anziché dare un'impressione estetica sgradevole del suo volto ne accentuava il rozzo fascino, poi, soddisfatto della mia remissività, mi liberò permettendomi di riprendere fiato.

«Non toccarmi più!» Mi ripulii la bocca per cancellare la sensazione dei suoi calli ruvidi dalla pelle e tentai di mettere distanza tra noi, camminando rasente al muro verso destra e fermandomi in prossimità di un capitello sul quale era posizionata la statua di Demetra, protettrice della natura e dei raccolti, rappresentata con una corona di spighe attorno al capo, un lungo peplo e un canestro di grano e frutta stretto in mano. «Mi hai sentito? Stavi per violentarmi la scorsa volta, non dovresti neanche azzardarti ad avvicinarti!»

«In verità, ho finto di molestarti e ricordo di avertelo anche detto», ribatté, guardandosi attorno furtivamente. Gli diedi una veloce occhiata complessiva: una maglietta logora di un pallido marrone gli comprimeva spalle e bicipiti come se fosse di una taglia più piccola, i pantaloni sportivi invece gli cadevano più morbidi fasciandogli alla perfezione i quadricipiti allenati.

«Vaffanculo, non mi importa che c'era Mitchell a fissarci. Mi hai comunque aggredita.» Non avrei mai dimenticato la costrizione e l'umiliazione che avevo provato in quell'istante, il senso di paura che mi aveva fatto temere il peggio; erano emozioni differenti da quelle piacevoli che mi provocava Efrem quando cercava di illanguidirmi, di ammansirmi con le sue carezze erotiche, spesso rudi e dolorose, capaci di suscitarmi un turbamento talmente devastante da farmi piangere come una bambina.

«Ho dovuto», si giustificò Ben, sbrigativo. «Adesso, non alzare la voce e ascoltami.»

Mi misi a braccia conserte, chiudendomi per pararmi da lui e dalla sua follia. «Cosa vuoi?»

«Mi è giunta voce che eri all'*Himeros* venerdì sera e che ti sei divertita parecchio con alcuni clienti...» Arretrando di qualche passo, mi osservò le gambe come se avesse voluto realizzare su di me laide cose, oscenità che avrebbero fatto impallidire persino gli uomini dell'*Antéros*. Ben riusciva a spaventarmi e, ancor di più, a scatenare i pensieri più caotici e contradditori: sapeva essere compassionevole e malvagio, amichevole e minaccioso, ripugnante e attraente.

Era come una canzone eseguita da due voci del tutto diverse che, fuse tra loro, davano vita a qualcosa di melodico, intonato, ma al tempo stesso spiacevole e inopportuno. Difficile da comprendere o spiegare.

Ancora scioccata per l'accaduto, provai a ignorarlo, soprattutto a non ribattere alle sue allusioni. «Scusami, ma devo andare da…»

«Svegliati, Thea.» Posò una mano sulla parete, sbarrandomi la strada. «Sono stato io a scriverti, non lui.»

«C-cosa?» balbettai, incapace di nascondergli la mia confusione.

Ben mi fissò, con i suoi occhi caldi, profondi, le cui nuance verdi scintillavano sotto i riflessi dell'applique di cristallo. «Sono riuscito a procurarmi il tuo numero. In che modo non ti riguarda. Era importante che mi raggiungessi qui.»

«Quindi mi hai ingannata?» Stentavo a crederci, eppure era andata davvero così. «Io non voglio avere nulla a che fare con te, è chiaro?» Evitai di spintonarlo o colpirlo, conscia che un gesto avventato avrebbe potuto peggiorare la mia situazione già rischiosa. Preferii quindi parlargli, restando in guardia. «Non capisco neanche per quale diavolo di motivo alloggi all'Asklepios. Non sei come gli altri pazienti. Non sei…»

«Famoso? Un personaggio pubblico?» mi anticipò con scherno. Si era chinato così tanto da avere il suo naso a una spanna dal mio. «Credimi, i motivi per i quali sono qui sono diversi dai tuoi, ma non meno validi.»

Feci una smorfia quando percepii l'olezzo del fumo misto all'aroma del caffè, una combinazione che mi nauseava sempre. «Che vuoi da me, allora?»

«In questo momento, niente di compromettente. Voglio solo che guardi ciò che sto per mostrarti.» Mi afferrò per una spalla e mi spinse a camminare.

«Che… che significa?» Incespicai appena, reggendomi alla colonna per non cadere.

«Lo capirai tra un attimo. Sta' zitta o ci farai scoprire.» Impaziente e alquanto alterato, Ben mi strinse dal gomito e di nuovo mi incitò a proseguire finché ci fermammo dinanzi alla porta socchiusa dello studio.

«Scoprire?» ripetei interdetta. «Che…»

«Zitta, cazzo», ingiunse con più severità. «E guarda.»

Con un palmo sullo stipite, mi sporsi per sbirciare l'interno della stanza da un piccolo spiraglio.

Individuai subito Efrem, di profilo, appoggiato sul bordo della scrivania con una caviglia sovrapposta all'altra e le braccia incrociate al petto.

«Quindi tu e la ragazzina state insieme?» Di fronte a lui, sulla poltrona di velluto, sedeva una bellissima donna, fasciata da un sofisticato tubino rosso con uno spacco sensuale sulla coscia destra. I capelli color mogano, raccolti in una coda alta, e gli occhi indaco, abbaglianti come due fari, non smettevano di percorrere con ammirazione le linee virili del volto di Efrem, concentrato su di lei.

«È una mia paziente, Giselle.»

La proprietaria del resort gli sorrise, accarezzandosi con le dita il collier d'oro lucido che le avvolgeva il collo affusolato. «Dal modo in cui le hai ispezionato le tonsille l'altra sera non si direbbe.»

Efrem rimase freddo e telegrafico, anche se un piccolo bagliore di vulnerabilità gli attraversò le iridi glaciali. «Dorothea è intelligente, ma molto giovane e istintiva. Dovevo fare qualcosa per sottrarla a Jordan o lui non avrebbe smesso di starle addosso. Sai che i semplici 'no' o 'basta', nel linguaggio dei sadici, rappresentano un gioco e risultano insufficienti a scoraggiarli dall'ottenere ciò che vogliono.»

La sua risposta inaspettata mi colpì nello stomaco come un pugno sferrato con violenza: allora il nostro bacio era stato solo un pretesto per salvarmi dalle grinfie di un dominatore esaltato e non un gesto lussurioso con il quale dimostrarmi quanto mi volesse?

Se così fosse stato, significava che non aveva provato le mie stesse sensazioni.

Il caldo e il freddo sulla pelle.

Le labbra infiammate da un desiderio proibito.

La lingua che si infilava nei solchi di una follia ardente.

Le bocche avide che tentavano di soffocarsi a vicenda, nell'estasi e nell'incanto di quel fugace contatto, mentre le sue braccia audaci attiravano corpo e anima nelle sue ombre.

Nell'abisso delle tenebre più tempestose.

No, non aveva provato nulla di tutto ciò; soltanto un senso di responsabilità che lo aveva spinto a intervenire affinché nessuno mi violasse.

«Quindi l'hai baciata per far credere a Jordan che fosse tua e proteggerla?» Giselle accavallò una gamba. I tacchi a spillo neri valorizzavano il collo del piede, femminile e seducente come ogni parte di lei. Nessun uomo ne rimaneva immune; persino Ben, fermo alle mie spalle, ne apprezzò il fascino con un mugolio spigliato.

«Esatto.» Efrem abbassò lo sguardo sull'orlo dell'abito che le era risalito oltre metà coscia.

Giselle se ne accorse, ma non pensò di sistemarlo. Era contenta che il medico fosse attratto dalle sue forme. «Comunque non capisco perché tu abbia scelto questa vita.»

Efrem riportò gli occhi sul viso lievemente truccato della donna. «Il matrimonio?»

«La monogamia.» Giselle continuò ad accarezzarsi la rigida collana con i polpastrelli, lasciandoli scorrere sul semicerchio da un lato all'altro. «Non ti si addice.»

«Riesco ad adattarmi. E se te lo stessi chiedendo, non ho mai tradito Liliane in questi tre anni», specificò Efrem fugando anche i miei dubbi. Un giorno, quando avevamo passeggiato da soli nel parco, gli avevo chiesto se fosse fedele alla moglie e lui mi aveva risposto in maniera ermetica, sostenendo che tutto era talmente mutevole da non poter determinare che uomo era stato nel passato o che uomo sarebbe diventato nel futuro. Tuttavia, con Giselle era stato chiaro: non aveva mai tradito Liliane, eppure ero sicura che ciò che aveva condiviso con me poteva rientrare in una forma di indubitabile infedeltà; pertanto, cosa intendesse il dottor Krugher per tradimento o quale fosse il confine per lui tra fedeltà e adulterio, restava ugualmente un mistero.

«Nel senso che non hai avuto rapporti sessuali con nessun'altra?» Giselle ne fu colpita.

«Con nessun'altra», confermò lui, volgendo lo sguardo all'enorme quadro delle ninfe che imperava al centro della parete parallela.

«E non ti pesa non poter essere te stesso?» La donna sperava di ottenere una risposta precisa, come se lo conoscesse così bene da essere certa che stava mentendo. Il medico tacque e si abbandonò a un lieve sospiro, carico di tensione. «Ascolta, Efrem, sono stata la tua donna per quattordici anni, conosco ogni cosa di te: le tue esigenze, le pretese e le richieste particolari che rivolgi a letto, e so che non tutte riescono a soddisfarle o ad accettarle, ma questo non significa che devi rinunciare a ciò che sei per…»

Rimasi sconvolta quando realizzai che la stessa donna che Efrem mi aveva presentato come una vecchia amica, la stessa donna che mi aveva accolto nel suo resort con affetto e cordialità, la stessa donna che avevo osservato in atteggiamenti intimi con l'avvocato, la stessa donna che non avevo mai sospettato avesse un interesse sessuale nei confronti del dottore, in realtà era stata la sua compagna per quattordici anni.

Prima o durante la storia con la dottoressa Ruiz?

Quante cose c'erano che ancora non sapevo del dottor Krugher?

Quante ne avevo fraintese?

Quante ne avrei scoperte?

Il batticuore aumentò, insieme al trambusto dei dubbi e al fracasso dei segreti che orbitavano attorno a quell'uomo.

Efrem la incalzò con un tono ancor più distaccato e stringato. «Ho smesso dopo quello che è successo. Non mi piace perdere il controllo, non posso rischiare che accada di nuovo.»

Sussultai quando Ben mi strinse i fianchi e aderì con il torace alla mia schiena per sporgersi a spiare meglio, sovrastandomi almeno di tre teste. Il discorso aveva attratto maggiormente la sua attenzione mentre io riflettevo su ciò che il dottore aveva appena confessato.

Cos'era successo di così grave da indurlo a perdere il controllo?

«Efrem, sei un uomo con desideri diversi, okay? Questo non vuol dire che sei cattivo.»

«Ma pericoloso, sì.» Lui si strofinò le dita sulle palpebre; il camice bianco gli si tese sulle spalle contratte, sembrava che parlarle gli stesse costando un grande sforzo fisico e mentale e che temesse l'esito di quella conversazione spinosa. «Non voglio commettere lo stesso errore. Da allora ogni giorno rammento a me stesso quanto io sia abominevole, Giselle, e non ne vado fiero.»

«Il fatto che tu sia tornato all'*Himeros*, per la prima volta da quando ti sei sposato, vuol dire che sei consapevole che non hai alcuna colpa e soprattutto che non potrai voltare le spalle al passato per sempre, a ciò che eri, a ciò che sei, a ciò di cui hai bisogno…»

«So di cosa ho bisogno.» Efrem si irrigidì, come accadeva sempre quando la sua pazienza iniziava a vacillare. «E di certo non è di metterti un collare o ricominciare a divertirmi nel tuo bel resort. Ne ho fatto parte per anni, mi è piaciuto, non rinnego nulla del mio vissuto, neanche le esperienze più esecrabili, ma non cambierò idea.»

Mi misi una mano sulla bocca per trattenere un verso sgomentato.

Dunque, Giselle era stata una specie di sua sottomessa?

«Quindi cosa intendi fare? Restare con Liliane?» La donna pronunciò il nome della moglie con indignazione. «E nel mentre scoparti la tua paziente finché ne avrai voglia?» A quel punto si alzò per avvicinarsi a lui; Efrem rimase guardingo a fissarla per tutto il tempo in cui lei, giuntagli dinanzi, gli circondò il collo con le braccia e si allungò, fermandosi a un soffio dalle sue labbra. Quando i seni prosperosi premettero contro i suoi pettorali, entrambi furono scossi da un tremito licenzioso. «Sai, ti preferivo quando mi maltrattavi, mi chiedevi di farmela leccare da altri uomini davanti a te, di succhiartelo per due ore di fila o mi prendevi da dietro ovunque ti andasse di farlo.» Gli baciò una guancia, sulla barba rada, indugiandovi più del dovuto per prolungare quell'effimero contatto mentre Efrem la guardava di sbieco, attento a ogni sua mossa, decidendo se respingerla o lasciarla seguitare. «Santo cielo, quella versione bastarda di te mi manca da morire. Credo di non aver mai incontrato un *racker* peggiore.» Una fastidiosa bile, amara come il veleno, mi scivolò lungo la gola quando Efrem le sorrise. La fossetta spuntò e Giselle vi posò sopra un altro bacio.

«Prova con un dominatore», la provocò, restando ancora a braccia conserte, senza rifiutare le sue attenzioni. Avrebbe potuto intimarle di risedersi, di non toccarlo, di non assumere atteggiamenti lascivi esattamente come aveva fatto con me le prime volte che avevo tentato di provarci con lui, ma a quanto pareva a Giselle era concesso sedurlo ben oltre la decenza che pretendeva da me.

«Che stronzo...» imprecai in un moto d'ira incontenibile, piantando le unghie sul legno dello stipite.

Ben mi serrò con forza i bicipiti. «Shh, fa' silenzio», mi ammonì per evitare che mi sentissero.

«I dominatori non sanno essere altrettanto selvaggi, e lo sai.» Intanto Giselle continuava a parlargli a un centimetro dalla bocca, bramando di assaggiarla, di lambirla con aggressività e riempirsi del suo sapore fresco. «Io e te andavamo d'accordo perché eravamo sempre pronti a osare, senza alcun limite, talmente perversi da sperimentare qualsiasi cosa...» Con il naso gli sfiorò la curva del collo, muovendo piano le anche in avanti contro il suo bacino. Tentai di mettere a fuoco il punto di unione dei loro corpi, ma non mi fu difficile intuire che lei gli si stava sfregando addosso come una gattina avrebbe fatto con il proprio padrone.

«C'è Mitchell a tua disposizione.» La voce di Efrem si arrochì, divenendo più torbida e seducente; era sensibile alle moine femminili, ma troppo astuto per esserne del tutto persuaso. «Non è così diverso da me.»

«Ti sbagli. Mitchell è meraviglioso, uno dei migliori amanti che io abbia mai avuto, ma non è te.» Lei tentò di baciarlo, tuttavia lui parve rinvenire dallo stato di beatitudine nel quale Giselle era riuscito a irretirlo per qualche istante.

«Giselle, per favore.» Efrem si tese come un fusto e, posandole le mani sui fianchi, le diede una gentile spinta per farla arretrare.

«Hai baciato un'altra, sai che significa?» proseguì la donna con un sorrisetto carico di risentimento, riferendosi a me. «Che non sei così incorruttibile come pensavo. Credevo fossi innamorato perso di Liliane Depardieu, la pianista più nota al mondo, la donna più bella che io avessi mai visto. Credevo che avessi lasciato me per lei e che niente ti avrebbe convinto a tornare all'*Himeros*, a tornare quello che eri, eppure sei ancora tu: l'uomo che ho conosciuto, l'uomo con cui ho condiviso tutto, piacere e dolore, sorrisi e lacrime, amore e tortura per quattordici anni.» Pervasa dalla nostalgia dei ricordi, Giselle gli si avvicinò di nuovo, prendendogli il volto tra i palmi e costringendolo a guardarla negli occhi. «Ho provato a cancellarli, ma è impossibile. È impossibile cancellare metà vita trascorsa con la stessa persona. È impossibile sostituire quella persona con qualcuno che non potrebbe mai esserne all'altezza. Abbiamo lavorato insieme per superare ogni ostacolo, per accettare le sensazioni estreme che entrambi volevamo provare e che al tempo stesso ci spaventavano. Ricordo cosa ti piace, Efrem. Ricordo cosa ti serve per stare meglio.»

Il medico scosse il capo e le circondò le mani con dolcezza per allontanarle da sé, trattenendole nelle proprie. «L'unica cosa che mi serve è che tu vada via e che io torni a casa, dalla mia famiglia. Non indurmi a essere brusco.»

«Non è la verità, e lo sai.» Giselle cominciò a mostrarsi delusa oltre che rattristata, ma non si perse d'animo e riprovò a sedurlo. «Per giunta, adoravi essere brusco con me. Non ne eri mai dispiaciuto.» Si sporse ancora in cerca di un qualsivoglia contatto, malgrado i suoi polsi fossero catturati dalla stretta coercitiva di lui, ma Efrem fu intransigente.

«Giselle, devi andartene.» Adottò un tono scontroso, così gelido e deciso da sembrare improvvisamente innervosito dalla sua presenza. «È un ordine.»

La donna si fermò per fissarlo qualche attimo affascinata e stupita dalla sua rigida dominanza, poi scoppiò in una risata incantevole che avrei definito armoniosa, se non avessi percepito la strana nota di un latente rancore che aveva covato verso di lui per tutto quel tempo. «Non hai più alcun diritto di darmi ordini, Doc, a meno che tu non voglia rompermi ancora. Come hai fatto mille volte senza alcuna pietà. Come vorrei tu facessi altre migliaia di volte con ancor più crudeltà e...»

«Basta. Smettila», la interruppe lui, con il respiro intenso e profondo, improvvisamente affannato: sembrava più eccitato che arrabbiato. «Non è il caso di...»

Anche Giselle si accorse di quel repentino cambiamento; gli occhi di Efrem scintillavano di una luce perversa e sinistra, il verde smeraldo e l'azzurro oceano iniziarono a danzare sulle onde di una recondita depravazione che, come un mostro risvegliatosi da un lungo sonno, esigeva il suo pasto; il corpo era diventato un fascio di muscoli tesi nei quali l'ardore e la brama avevano cominciato a scorrergli dentro come se le parole *pietà* e *crudeltà* pronunciate dalla donna fossero state un'iniezione di lussuria, la giusta provocazione che aveva stuzzicato in lui due desideri opposti ma connessi: la voglia di cavarle di bocca una supplica e la fantasia di infliggerle la dovuta punizione che gli avrebbe garantito di udire la serie di implorazioni a cui aspirava.

«Ti stai eccitando, vero?» Giselle rise soddisfatta oltre che compiaciuta per aver imboccato la strada che l'avrebbe condotta esattamente dove voleva. «Conosco i tuoi punti deboli, dottor Krugher…» Divertita dalla sua improvvisa titubanza, indietreggiò quanto bastava per concedergli la visuale intera della sua figura, fermandosi a pochi passi dalla poltrona. Piegò un braccio dietro di sé, strinse tra le dita la zip e la tirò verso il basso per aprire la cerniera fino alla base della schiena. Con eleganza, lasciò cadere ambo le bretelle del tubino sulle braccia finché l'abito, scivolandole lungo i fianchi, non si ridusse a un ammasso di stoffa rossa attorno alle sue esili caviglie. Sollevò dapprima una gamba, poi l'altra, liberandosi di qualsiasi costrizione e restando totalmente nuda davanti a lui, con le décolleté alte a slanciarle il fisico, perfettamente longilineo.

Alquanto meravigliata notai che Giselle, priva di biancheria intima, bella come una dea dannata, sfoggiava due pinzette nere che le stringevano i capezzoli, sopra le tondeggianti areole brune, collegate tra loro da una sottile catenella dorata. La sensazione di averle indossate sotto l'indumento, di aver sottoposto la zona più sensibile dei seni all'estenuante frizione con il tessuto del vestito le aveva di sicuro concesso la giusta dose di godimento e dolore. Pertanto voleva che Efrem sapesse che si era autoinflitta quella tortura esclusivamente per lui, conscia che lo avrebbe illanguidito e così indebolito.

«Mmh… Le cose si fanno interessanti, scricciolo», commentò Ben al mio orecchio, per niente indifferente alle curve sinuose di Giselle, mentre il timore di assistere a un ipotetico amplesso selvaggio tra lei e il dottore mi invadeva la testa come un incubo che non avrei mai pensato potesse materializzarsi, non dopo il bacio mozzafiato che c'era stato tra noi.

«Guardami e dimmi che ciò che vedi non è quello che desideri.» Giselle si sfiorò con la punta delle dita la ganascia rivestita di gomma morbida nella quale era intrappolato il capezzolo seviziato, facendolo intirizzire di più. «Che preferisci fare l'amore con tua moglie anziché scopare con me, che preferisci muoverti piano tra le sue gambe col timore che possa giudicarti come un essere violento e ignobile anziché distruggere me, procurarmi ferite e poi leccarmele, mordermi e baciarmi, donarmi il dolore che mi eccita e mescolarlo al piacere che pretendo. Lasciarmi i tuoi segni addosso, come hai già fatto quando ti ho chiesto di sottopormi alla scarificazione…» Giselle si carezzò sul fianco destro una cicatrice rialzata, dalla forma decorativa, simile a un tatuaggio ornamentale che spiccava come un gioiello sulla pelle olivastra. «L'*Hnh*, lo ricordi?»

Ancora fermo con le natiche appoggiate alla scrivania, Efrem era piacevolmente colpito dal coraggio sfrontato della donna, la quale non aveva mostrato alcuna esitazione a invitarlo a possederla seduta stante proprio nella clinica, un luogo inadeguato a una proposta simile, come se fosse una meretrice disperata, con un altrettanto disperato bisogno di abbandonarsi all'amante che le aveva conquistato il cuore. Il suo sguardo rimase puntato sui capezzoli tumidi e vermigli, catturati dalla morsa dolorosa delle pinze, e continuò a indugiarvi anche quando, dopo essersi raddrizzato, lui si sfilò lentamente il camice per spazzar via la moralità richiesta dalla professione e comportarsi semplicemente come l'uomo che era davvero, l'uomo che la donna nuda – pronta a offrirgli il frutto del peccato – sperava di rivedere.

Bastò quel gesto a far rabbrividire Giselle, la quale intese prima di chiunque altro quale sarebbe stata la sua sorte.

L'aveva provocato e, da quel momento, ne avrebbe pagato le conseguenze.

Io stessa sapevo bene cosa significasse istigare la pazienza di Efrem Krugher, indurlo a perdere l'autocontrollo e sorbirne l'impulso impetuoso.

«'Infliggere sofferenza, senza provocare danni'», le rispose Efrem, con la voce impastata dal desiderio, cavernosa e cupa come quella di un demone in procinto di strapparle l'anima. Depose il camice sulla scrivania e le si avvicinò con passi equilibrati, leggeri, silenziosi, ma talmente minacciosi da serrarle il respiro e spingerla ad arretrare.

«Esatto», esalò lei con un rantolo intimidito e carico d'aspettativa. «È una regola che tu hai sempre rispettato. È tutto un gioco nel nostro mondo. Gli incidenti capitano a chiunque, anche ai più esperti come te.»

«Incidenti…» ripeté lui malizioso; a un suo passo avanti ne seguiva uno indietro di Giselle finché urtò con i polpacci contro i piedi della poltrona. «Anche questo è un 'incidente'?» Efrem le guardò i seni esposti, poi il ventre asciutto, infine tra le cosce, laddove altre due pinzette nere erano agganciate alle grandi labbra della vagina, unite anch'esse da una piccola catenella elastica che si sarebbe adattata a qualsiasi suo movimento. Fu un dettaglio che potei cogliere in quel momento e che mi lasciò completamente perplessa. Nonostante sembrassero apparentemente innocue e graziose, doveva essere insopportabile tollerarne il fastidio in un punto così intimo, eppure Giselle era a suo agio, pervasa da un languido torpore e una docile arrendevolezza, smaniosa di gettarsi tra le braccia del suo amante.

«Diciamo che ho giocato sporco», continuò a provocarlo anche quando lo vide imperare davanti a lei, bello e raffinato come solo lui poteva essere.

«Forse hai dimenticato che io so giocare più sporco di te.» Efrem l'afferrò per la nuca cogliendola di sorpresa tanto che Giselle trasecolò sui tacchi a spillo. La lunga coda oscillò da una parte all'altra come una fune; il sedere piccolo e sodo si sporse all'infuori e la schiena si inarcò sensualmente mentre le sue mani delicate gli si adagiarono sull'elegante camicia bianca. «Adesso, ti siederai e aprirai le gambe sui braccioli. Ti esporrai per me. Mi permetterai di guardarti, toccarti, penetrarti, farti male, punirti e donarti il piacere che desideri. Dimmi che hai capito.»

«Ho capito», ripeté lei, ammaliata dal suo timbro che, in quell'istante, avrebbe ipnotizzato chiunque.

Anche me.

«Dimmi che sei cosciente della nostra ideologia, dei rischi annessi, dell'assenza di regole e parola di sicurezza. Dimmi che malgrado tutto io ho il tuo consenso.»

«Sono cosciente della nostra ideologia, dei rischi annessi, dell'assenza di regole e parola di sicurezza. Malgrado tutto, hai il mio consenso», recitò, come nel più ligio dei rituali.

Senza attendere oltre, Efrem la spintonò e Giselle ricadde sulla poltrona; trepidante spalancò le gambe come le era stato ordinato prima che incorresse in un severo rimprovero. Posò l'incavo di entrambe le ginocchia sui braccioli imbottiti assumendo una posizione scomoda e oltremodo oscena. La catenella che univa le pinzette del sesso si allungò, conformandosi all'eccessiva divaricazione, mentre il fiore della sua femminilità sbocciava come un tulipano al sole.

Efrem ne ammirò il rossore, oltre al gonfiore dovuto al dolore e all'eccitazione, poi senza concederle alcuna rassicurazione o frase di conforto, si aprì la patta e si abbassò i boxer neri oltre i testicoli contratti. Non si preoccupò di calarsi i pantaloni né di togliersi la camicia. Imponente, nella sua distinta signorilità, si impugnò alla base il membro ricurvo e proteso verso il viso di Giselle, poi se lo accarezzò lentamente dall'alto al basso, con un ghigno arrogante, mostrandone tutta la virilità. La donna ne rimase sconvolta tanto quanto me. Non avevo mai visto nulla di più attraente e spaventoso in tutta la mia vita: nonostante sembrasse già in piena erezione, continuava a ergersi nella mano del proprio padrone per acquistare vigore, divenendo ancora più grosso e lungo. Il glande roseo e lucido, privo di prepuzio, faceva da corona alla spessa verga, il cui diametro, più stretto sulla punta, aumentava in maniera spropositata verso l'attaccatura. Attraversata da numerose vene sporgenti, alcune più poderose di altre, in poco tempo assunse un aspetto enorme e minaccioso, raggiungendo una dimensione incredibile; era impossibile paragonarla a quella di altri uomini. Lo spessore riempiva interamente il palmo maschile che si muoveva piano, vizioso, lasciandosi dietro una patina umida e trasparente.

Una fitta all'addome mi fece esalare un respiro tremulo; strinsi le cosce a causa dell'impaziente desiderio che cominciò a solleticarmi ovunque. Non riuscivo a guardare nient'altro se non il modo in cui la mano saliva e scendeva su quella lunghezza invidiabile, esercitando via via una pressione maggiore. Ben mi circondò il girovita con un braccio e mi strinse a sé, facendomi sentire dietro la schiena quanto lo spettacolo della donna, spoglia e volgarmente esposta, stesse sortendo un effetto erotico anche su di lui. Frattanto, Efrem, sopraffatto dal benessere di quel gesto impudico e intimo, distanziò appena le gambe fissando la bocca schiusa di Giselle mentre lei lo ammirava da sotto le ciglia come potrebbe ammirarsi una meravigliosa divinità intenta a darsi piacere.

Né volgare né vergognosa, semplicemente splendida.

«Non farmi attendere ancora. Ti ho aspettato per tre anni...» La donna si leccò il labbro inferiore e, incantata da lui e dalla sua mascolinità, tentò di afferrargli il pene, ma Efrem le schiaffeggiò il polso bruscamente.

«Ferma. Distendi le braccia lungo i fianchi e resta aperta per me», le intimò con fredda austerità. Giselle non poté far altro che ubbidirgli mentre lui bloccava la mano sulla base del membro, contro la peluria scura del pube, tenendola lì, per farsi guardare come un satiro egocentrico e spudorato. Lei mugolò affascinata; divaricò di più le ginocchia schiacciando la schiena contro la spalliera soffice e fece leva sui braccioli per sollevare le anche, resistendo all'impulso di toccarsi o di supplicarlo di penetrarla. Il suo respiro divenne ansante; i seni si sollevavano quando inspirava dando a Efrem la visuale dei capezzoli torturati e dell'intimità, innaturalmente dilatata, lucida di umori.

«Quelle si chiamano *clamps*», sussurrò Ben malizioso, fissando l'antro femminile le cui carni erano tirate ai lati come due morbide tendine. «Spesso chiedevo anch'io alle donne di indossarle. Ah, non hai idea di quanto me lo facessero venire duro...»

Cercai di non pensare al suo commento sporco, anche se una piccola contrazione interna mi fece emettere un sospiro frustrato che lo indusse a sorridere meschinamente. Inspirai a pieni polmoni e tornai a fissare la scena dinanzi a me. Per Efrem fu sufficiente osservare Giselle, dolente e costretta in quei fastidiosi morsetti, per perdere il controllo. Agguantandola per la testa, se la spinse contro l'inguine e le conficcò il membro in bocca. Giselle artigliò il bordo della poltrona con le unghie, evitando di muoversi, e sgranò le palpebre in una smorfia di sofferenza; non era facile accogliere in un pertugio così piccolo una grandezza tanto eccessiva. Perciò, conscio di quanto fosse ingombrante, si accontentò di infilarne solo metà, lasciando una buona parte dell'asta esclusa dal calore di quelle labbra invitanti. Per garantirsi che lei lo guardasse in faccia, le strattonò la coda e la costrinse a reclinare il capo. «L'hai voluto e ora lo prendi», la sfidò con un tono roco e burbero. «Come piace a me», l'avvertì prima di dare una spinta vigorosa col bacino, affondando la punta fino alla gola. Giselle serrò le palpebre e gemette estasiata; non si ritrasse né si oppose, accettò soltanto l'ardore furioso dell'uomo che desiderava, soprattutto quando lui cominciò a far ondeggiare i fianchi con una passione animalesca, tenendola stretta per i capelli e dettandole il ritmo che voleva.

Infiacchita dalle feroci sensazioni che iniziarono a scombussolarmi lo stomaco, appoggiai la tempia allo stipite e mi accasciai sul torace caldo di Ben, rivivendo nella mente l'estasi che io stessa avevo provato nella stanza dell'*Himeros*, quando, con le sue dita tra le mie cosce, Efrem era riuscito a farmi contorcere in preda a un magnifico orgasmo. Vederlo così disinibito con Giselle avrebbe dovuto provocarmi rabbia e gelosia, invece tutto ciò che provai fu una maledetta e cocente invidia. Avrei voluto raggiungerli per dimostrare a quella donna quanto io potessi essere un'amante migliore di lei; avrei voluto spintonarla giù dalla poltrona e sedermi al suo posto, nella medesima posizione, per deliziare Efrem con le dolci carezze della mia lingua, meno esperta di quella di Giselle, ma ugualmente capace di fargli infuocare i lombi.

Avrebbe ansimato per me? Avrebbe rovesciato gli occhi al soffitto?

Mi avrebbe implorato di proseguire?

Di dargli di più?

Con Giselle era controllato, serio, temprato, neanche gemeva.

Nessuna espressione di appagamento gli stava corrompendo i tratti; soltanto un subdolo sorriso manifestava una perversa soddisfazione nel notare dall'alto lo sforzo con il quale la donna respirava e al contempo, con la bocca spalancata quasi a deformarle i bellissimi lineamenti, gli consentiva di entrare e uscire, di scorrere lento e veloce, più o meno in profondità, come preferiva.

«Sei bagnata, vero?» mi sussurrò Ben all'orecchio, carpendomi alle tediose riflessioni. Con l'intero braccio riuscì ad avvolgermi tutta e a premermi a sé, contro l'erezione dura e tesa che mi schiacciava tra le reni. «Percepisco la tua eccitazione, eppure l'uomo che si sta facendo fare un pompino da un'altra è lo stesso che ha baciato te qualche sera fa...»

Non gli chiesi come mai sapesse ciò che era accaduto tra me e lui e mi limitai a rispondere, con le guance infiammate dalla vivace lussuria di quella scena libidinosa. «Non stiamo insieme. È soltanto una ruota panoramica sulla quale può salire chiunque...» ammisi più a me stessa che a lui, nonostante un improvviso colpo al cuore smentì la mia indifferenza e stuzzicò un sentimento umano che non volevo provare, né per Efrem né per nessun altro.

Credevo fosse solo mia... Quella ruota panoramica.

Una strana amarezza mi invase il palato, quando, concentrata a sbirciare, notai i muscoli di Efrem contrarsi sotto i pantaloni eleganti e l'ampia schiena fremere mentre Giselle, malgrado la fatica, muoveva imperterrita il capo su e giù; la fronte sbatteva contro il ventre scolpito, ricoprendo la verga di saliva fin dove le era possibile, con gli occhi incatenati ai suoi, felice di compiacerlo, di assaporarlo, di soddisfarlo, di essere la sua amante, la sua schiava, la sua sottomessa, qualunque cosa lui desiderasse.

«Più forte», le ordinò autorevole. Mentre con una mano le teneva saldamente i capelli, con l'altra le strappò con rudezza la pinzetta del capezzolo destro. Sia io che lei sobbalzammo in simultanea, come se quella puntura bruciante l'avessi avvertita anch'io. Giselle emise un urlo di dolore attutito solo dalla presenza turgida che la riempiva in maniera scandalosa; sofferente, tentò di non morderlo e di coccolarsi il seno con l'avambraccio, ma Efrem se ne accorse e, rafforzando la presa sulla sua coda, spinse più a fondo, fino all'ugola, soltanto per punirla. Lei reclinò il collo per liberarsi un attimo dell'intrusione maschile e riemergere dall'apnea nella quale precipitava quando l'accoglieva. Emise un colpetto di tosse e gli sorrise melliflua, sporgendosi subito a leccargli il frenulo e la punta tutt'attorno, per mantenere accesa la libido del suo padrone. «Ho detto: non muoverti.» Efrem si avvolse nel palmo il pene eccessivamente gonfio e rigido per strofinare il glande umido sulla sua guancia, come se fosse una carezza vezzosa con la quale concederle una piccola pausa. Sapeva essere signorile e volgare, dominante e spietato, un mix eccezionale, per questo Giselle ne era così attratta. Come una ragazzina viziata, attese e sbatté le ciglia impaziente finché lui lo direzionò ancora verso le labbra, lasciandole sulla pelle lucente le tracce del proprio passaggio. Giselle le schiuse, ma Efrem temporeggiò prolungandone la smania. Con il fallo ancora stretto nella mano, ne lambì i contorni con la punta, come se stesse mettendo un rossetto a una bambola di porcellana, mentre lei, ferma in quella posizione plastica, ne seguiva con lo sguardo la traiettoria, bramosa di catturarlo e riappropriarsene, sopraffatta dal richiamo del proibito, dalla depravazione, dalla voglia di donarsi totalmente a lui, ormai consumata dalle fiamme struggenti del delirio più assoluto. Quando Efrem fu certo che Giselle era pronta a ricominciare, si rispinse contro la sua bocca con un grugnito basso, sensualmente virile, divenendo ancor più spietato. «Ora continua a succhiarmelo finché mi berrai. Finché non avrai più respiro nei polmoni e io nessun'altra goccia da darti...»

Stomaco e pancia si contorsero all'idea di assistere all'orgasmo di Efrem che, con ogni probabilità, avrebbe riversato sulla lingua dell'amante.

Con uno scossone del capo, diedi una gomitata a Ben per liberarmi dalla sua stretta e scappai via.

Ne avevo abbastanza: era una tortura non essere io la ragazza alla quale stava concedendo la sua attenzione, i suoi ordini, il suo membro, i suoi rudi strattoni e il suo sguardo esigente, carico di cupidigia.

Ero inappagata e turbata dalle voglie dissolute che avevano cominciato a contaminarmi, facendomi sentire sporca e deviata, perciò la decisione migliore fu quella di allontanarmi, lottando contro me stessa per cancellare dalla mente l'indecente immagine della nudità di Efrem, impegnato ad assoggettare un'altra donna al proprio volere.

«Thea, aspetta.» Ben mi tallonò lungo le scale, tuttavia accelerai per impedirgli di raggiungermi. Avevo il fiatone, l'addome teso nel quale divampavano bisogni ardenti, l'intimità pulsante che mi incitava a serrare i muscoli attorno al vuoto.

«Lasciami in pace», proruppi affannata, dovevo prendere un po' d'aria; forse una passeggiata in giardino o nel parco sarebbe stata utile a farmi rinsavire dall'impulso di tornare indietro e assecondare la curiosità di vedere Efrem esplodere con la sua selvaggia bellezza e gemere virilmente tra le labbra di Giselle.

«Aspetta, cazzo!» Ben riuscì a ghermirmi il polso per fermarmi e voltarmi verso di lui.

A differenza mia, sembrava meno affaticato, come se non avesse fatto alcuno sforzo a rincorrermi. D'altronde era possente e altissimo; a una sua falcata corrispondevano almeno dieci dei miei passi.

«Per quale diavolo di motivo volevi farmi vedere...» Esitai qualche istante; un pistillo di pudore mi fece arrossire. «Ciò che ho visto?»

«Non l'hai ancora capito?» Ben mi spintonò contro la rampa, facendomi sbattere la schiena sul corrimano. Si accorse del mio volto accartocciato in una smorfia, ma non fece nulla per scusarsi. I modi rozzi e scortesi facevano parte di lui, erano una sua caratteristica, un aspetto intrinseco che nessuno avrebbe mai potuto cambiare. «Pensi che quello sia l'uomo che hai conosciuto? L'uomo a cui vorresti davvero concederti?»

«Cosa ne sai, tu?» farfugliai roca; la sua vicinanza era eccessiva, tanto da sentirne il profumo penetrante e le anche spigolose contro l'addome.

«Sono a conoscenza della vostra pseudo-relazione.» Ben infilò l'indice nello scollo della mia maglietta, tirandola appena per scrutare le collinette dei seni, sorrette dalle coppe a balconcino. «E a quanto pare non sei l'unica con la quale il bastardo ama sollazzarsi...»

Schiaffeggiai il suo avambraccio e lui rise divertito; con entrambi i palmi serrò il corrimano ai lati dei miei fianchi e mi ingabbiò per impedirmi di fuggire.

«Anziché cercare di ferirmi, perché non mi dici che diavolo vuoi da me?» Tentai di dargli una ginocchiata all'inguine, ma Ben intercettò subito il colpo e mi afferrò la coscia. La sua mano enorme la circondò da parte a parte, ricordandomi quanto ero piccola e impotente rispetto a lui. Avrebbe potuto sgretolarmi e distruggermi in un batter d'occhio, se avesse voluto.

«Non sono io il tuo nemico.» Mi costrinse ad abbassarla, affondando le dita nella tenera carne. Serrai la mascella per non dargli la soddisfazione di urlare; lui sogghignò consapevole che mi stava facendo male. «Anche se è ciò che credi.»

«Perché mi hai cercata?» Mi appiattii contro la rampa, incurvando la schiena il più possibile per mettere distanza tra noi. Sarebbe stato inutile spintonare un colosso che non aveva alcuna intenzione di lasciarmi andare. Per quel poco che lo conoscevo, lo avrebbe persino eccitato vedermi lottare come una leonessa inferocita. «Perché siamo qui?»

«Perché avevo bisogno di dimostrarti che io non mento.» Nessun'espressione di scherno gli vellicò il viso deturpato. «Non ti ho mai mentito.»

«Lo detesti.» Mi soffermai sul suo sguardo intenso, sui minuscoli zampilli verdi che gli contornavano la pupilla; era lo sguardo di un uomo ferito ma combattivo, forte come pochi. «Lo leggo nei tuoi occhi. E non capisco il motivo…»

Ben incurvò appena le ampie spalle, lasciando tendere al massimo il tessuto della t-shirt sul trapezio allenato. «Il motivo più importante è che lui ha qualcosa che mi appartiene.»

«Non riesco a seguirti…» Avevo bisogno di capire, perciò mi concentrai ad ascoltarlo, debellando qualsiasi altro pensiero.

«Conosci il mito di Prometeo?» mi domandò con un sorrisetto pernicioso; scossi il capo, tenendo sotto controllo la paura provocata dai suoi ghigni malefici. «Narra che egli rubò il fuoco agli dèi per donarlo agli umani e che, a causa del suo gesto irrispettoso, li abbia condannati a un'esistenza infelice. La maggior parte dei miti insegna sempre qualcosa: in questo caso sottrarre un bene prezioso a qualcun altro, che sia per ribellione, sfida o giustizia, significa infliggergli il peggiore dei supplizi, il più logorante dei martiri, il più lento dei tormenti…» Ben chinò la testa; le sue iridi chiare erano adombrate da una rabbia funesta, una collera montante che, prima o poi, sarebbe sfociata in una tempesta distruttiva. «A me è stato portato via mio figlio e io intendo riprendermelo.»

Persi fiato, come risucchiato da quella rivelazione sconcertante che per un istante mi gettò nel panico. «Tuo… tuo figlio?» Mi toccai il petto, incredula.

Ben annuì, trapassandomi con i suoi occhi iniettati di odio e sofferenza. «Sì, Thea, mio figlio. Il mio bambino. Una parte di me.»

Sentii le ginocchia cedermi per il peso di una verità così scioccante.

Mi presi qualche secondo per riflettere; se le mie deduzioni erano giuste, tutto ciò che avevo vissuto, tutto ciò in cui avevo creduto non era stato altro che frutto di menzogne. «Cosa stai dicendo?»

«Joël è mio figlio», confessò con placida rudezza, incurante della potenza di quella confessione.

«Cosa?» Gli appoggiai una mano sul ventre, improvvisamene spossata e confusa. «È impossibile...»

«Impossibile?» mi irrise freddamente. «Efrem non ha mai voluto figli. La moglie continua a sperare che lui la metta incinta, ma per quell'uomo esiste solo la sua perversione. Un'indole depravata della quale non riesce a fare a meno. Liliane non è altro che la vittima di un amore tossico, soggiogata da lui e dal suo aspetto, incapace di accettare l'amara realtà per quella che è...»

Li avevo spiati, li avevo visti insieme nella sala ricreativa, con il loro bambino seduto a colorare; mi erano apparsi come la famiglia perfetta, con qualche livore passato, certo, ma priva di ombre e forgiata solo dalla luce della perseveranza e dell'amore reciproco.

«Non ti credo. È... è... assurdo...»

«Joël l'ha mai chiamato 'papà'?» Ben mi afferrò il mento con due dita e lo agitò da un lato all'altro per scuotermi e riportarmi da lui, al presente. «Rispondimi.»

«N-non parla», balbettai turbata, con il pollice e l'indice conficcati nella mia mascella.

«Appunto, non parla...» Marcò l'ovvio per indurmi a ragionare. «Ed Efrem ha mai espressamente detto che è suo figlio?»

Ripensai alle nostre conversazioni.

È stato l'imprevisto migliore che potesse capitarmi, mi aveva confessato un giorno in cui eravamo nel parco e il piccoletto imitava i suoi palleggi, mentre io tentavo di scoprire se era nato da una relazione precedente al matrimonio. *Non ho mai voluto figli*, aveva aggiunto dopo, lasciandomi dedurre che era stato il frutto di una gravidanza inaspettata.

Dichiarazioni vaghe, fraintendibili, nelle quali mai una volta aveva detto che Joël era il figlio e che lui era suo padre.

Oltretutto, l'aveva sempre chiamato per nome.

Sempre.

Per tutto quel tempo mi aveva manipolata, lasciandomi credere ciò che volevo, senza mai darmene certezza e io, come un topolino ingenuo, ero caduta nella sua trappola mentale.

Con una mano sulla bocca, guardai Ben. Lui comprese che ogni tassello stava andando al proprio posto e rispettò il mio attimo di sgomento e delusione.

«Sono qui per riprendermi il mio bambino, Thea.» Mi diede l'unica risposta che non avrei mai lontanamente immaginato di udire. Arretrando di qualche passo, scese un gradino con la gamba sinistra, poi sollevò la mano destra ricordandomi le lettere incise sulle prime falangi delle dita che formavano la parola: *g-o-o-d*. La girò per mostrarmi il palmo e sulle falangi interne notai altre quattro lettere, scalfite sottopelle ma ancor di più sul cuore. Esse componevano un nome che conoscevo bene: *J-o-ë-l*. «Farò di tutto per riaverlo. Anche a costo di tornarmene in galera. Anche a costo di ammazzare il tuo caro… dottore.»

Ben piegò il pollice sul quale era tatuata la croce stilizzata, illustrandomi uno schema preciso, un disegno enigmatico del quale, prima di quel momento, non avrei mai potuto intuire il significato: Joël era il *bene* prezioso che gli era stato sottratto, la *croce* il simbolo della sofferenza che ne era derivata.

Una sofferenza che aveva espanso l'ira di Ben fino a farla convogliare in un violento senso di vendetta.

Come un animale assetato di sangue, non avrebbe avuto pietà di nessuno.

Men che meno di Efrem Krugher.

Playlist

Meet Efrem Krugher

Volume 1. Dark desires

Avicii - *Feeling good*
Beds and Beats - *Obsession*
Blue Foundation - *Eyes on fire*
Blues Saraceno - *Kicking and screaming*
Blues Saraceno ft. Nine One One - *Devil in you*
Blues Saraceno - *The Devil you know*
Bridge - *It's ok*
Charlotte Lawrence - *Joke's on you*
Chris Isaak - *Wicked game*
David Bowie - *Heroes*
Dorothy - *Dark nights*
Dorothy - *Missile*
Elton John - *Your song*
Emmit Fenn - *Stones*
GEMS - *W/OU*
Guns N'Roses - *Don't cry*
Isak Danielson - *Power*
Jacob Banks - *Chainsmoking*
James Brown - *It's a man's man's man's world*
Jaye Classic - *Psychic*
JVLA ft. Maga - *X*
JVLA ft. Zupay - *Balenciaga*
K. Flay - *Blood in the cut*

K. Flay - *Giver*
K. Flay - *High enough*
Kaleo - *Way down we go*
Klergy - *World on fire*
Lana Del Rey - *Born to die*
Lana Del Rey - *National anthem*
Lana Del Rey - *Ultraviolence*
Ludwig van Beethoven - *Sonata al chiaro di luna*
Mansionair - *Easier*
Natasha Blume - *Black Sea*
Nominal ft. Datura - *Everyday anyone*
Oasis - *Stop crying your heart out*
PatrickReza - *Tip Toe*
Pink Floyd - *Another brick in the wall*
Queen - *We will rock you*
R3YAN ft. BLVKES - *Tonight*
R3YAN ft. Level 8 ft. BLVKES - *Dangerous woman*
Reyn Hartley - *Snitch (Slowed)*
Rosenfeld - *Do it for me*
Rosenfeld - *Like u*
Saint Mesa - *Lion*
Silent Child - *Fuck you*
Silent Child ft. PatrickReza - *Jump*
The Beatles - *Let it be*
The Knack - *My Sharona*
The Pretty Reckless - *Heaven knows*
The Pretty Reckless - *My medicine*
The Seige - *The Drum*
Travis A. King - *Beautiful mind*
Ursine Vupline ft. Annaca - *Wicked game*

Ringraziamenti

È SEMPRE difficile giungere al termine di un'opera ed esternare le emozioni, i pensieri, le sensazioni che mi ha donato durante tutto il periodo di progettazione e stesura; in questo caso, un periodo lungo più di dodici mesi.

Era da tanto che Efrem e Thea desideravano dar voce alle loro personalità.

Chi mi segue da anni ricorderà che la nascita di questo romanzo risale ad agosto del 2018, anno nel quale annunciai questo progetto poi temporaneamente sospeso per dedicarmi alla mia prima serie *Kiss me like you love me*. Dopo aver trascorso molto tempo con Neil e Selene, protagonisti che avete molto apprezzato e amato, sentivo l'esigenza di scrivere qualcosa di nuovo, di sviscerare le mille sfaccettature dell'essere umano e, come sempre, di svelarvi altri aspetti della mia vena creativa.

Forse migliori, forse peggiori, o semplicemente diversi.

Per me ideare, progettare e narrare una storia non è mai un lavoro fine a se stesso, non è mai solo frutto dell'immaginazione, bensì di un lungo processo di documentazione, comprensione e soprattutto elaborazione concettuale che spesso mi induce ad analizzare e scoprire realtà parallele, psichiche e fisiche, distanti dalla mia e per questo incredibilmente affascinanti.

Non è un caso che io vi abbia riproposto un altro dark psicologico, restando fedele a una delle mie passioni primordiali, ovvero la psicologia, affiancandola ad altri interessi che coltivo sin da bambina, quali la mitologia greca – la cui conoscenza è nata ai tempi del liceo grazie ai miei studi classici – e la musica, alla quale mi sono approcciata da adolescente suonando il pianoforte per anni.

Credo che le mie opere nascano soprattutto per questo: per comunicare con voi, per farvi conoscere in maniera approfondita tematiche, situazioni, modi d'essere, scelte che fanno parte della vita quotidiana e che celano aspetti intellettivi e motivazioni affettive che meritano di essere comprese, al di là dei pregiudizi e dei giudizi futili.

Non posso fare a meno di ringraziare chi ha permesso che quest'opera arrivasse in libreria, chi è giunto fin qui, riponendo fiducia nella mia penna, chi mi ha accompagnata nel precedente viaggio e chi ha deciso di seguirmi anche in questo secondo percorso.

Ringrazio la Sperling & Kupfer, la mia editor e chiunque abbia creduto nella realizzazione di questo progetto quando ancora era un piccolo seme dal quale non sapevo sarebbero germogliate pagine e pagine di narrazione. Ringrazio la mia famiglia, in particolar modo mia sorella, per aver letto in anteprima il romanzo, per averlo analizzato con me e per essere stata severa e critica ogni volta che era necessario.

Ringrazio Giulia, che ormai, oltre a essere una lettrice veterana e una collaboratrice eccezionale, è diventata un punto di riferimento indispensabile per me, un'amica meravigliosa, una presenza costante che pian piano, con la sua sensibilità e immensa pazienza, è stata capace di instaurare con me un rapporto puro, sincero, più unico che raro.

Infine, ringrazio i miei lettori.

Il motore di tutto, la forza che mi incita a non mollare, a migliorarmi, a mettermi in gioco, a reinventarmi e a donare un pezzetto di me in ogni riga che scrivo.

Ormai da tanti anni siamo una grande famiglia, due braccia dello stesso corpo.

E allora stringiamoci forte.

Perché in quell'abbraccio c'è tutto il mio affetto per voi.

Ora è arrivato il momento di salutarci…

Mi rendo conto che Efrem e Thea sono due personaggi complessi e che vi ho lasciato con numerosi punti di domanda, dubbi e perplessità che necessitano di risposte precise.

Mi rendo conto che l'epilogo vi ha scombussolato, che Ben ha annientato ogni certezza, e che dire del nostro enigmatico Efrem e della sua ribelle Sirenetta?

Be'… per loro ho in serbo un destino tumultuoso, pieno di colpi di scena.

Di segreti da svelare.

Di pericoli insidiosi.

Di retroscena oscuri e sconvolgenti.

Tuttavia, oltre alle lacrime e alla sofferenza, riserverò anche piccoli sorrisi, attimi di pace e palpiti di passione.

Sui sentimenti, invece?

Se con Neil e Selene vi ho mostrato le varie forme dell'amore, con Efrem e Thea intendo mostrarvi tutte le *ombre* dell'amore.

Questa serie sarà matura, tenebrosa, molto forte e imprevedibile, adatta ai cuori dei lettori più temerari.

Perciò armatevi di coraggio, fate un respiro profondo perché nel secondo volume scenderemo sempre più a fondo, ci addentreremo nell'oscurità più cupa, conosceremo meglio le personalità astruse dei due protagonisti, la mente ermetica di Efrem e quella contraddittoria di Thea, intraprenderemo un singolare viaggio tra passato e presente, genio e follia, moralità e perversione, corpo e anima, ragione e istinto, conscio e inconscio…

Li amerete e li odierete, vivrete con loro una lotta implacabile che vi provocherà emozioni contrastanti.

Ma prometto che io sarò con voi.

Vi terrò per mano… qualsiasi cosa accada.

Sempre vostra
Kira Shell

Della stessa autrice

Kiss me like you love me
Volume 1 - Let the game begin

Kiss me like you love me
Volume 2 - A dangerous game

Kiss me like you love me
Volume 3 - Game over

Kiss me like you love me
Volume 4+5 - The diary - Let's play again

*

Meet Efrem Krugher
Volume 2 - Dark secrets

Certificato PEFC
Questo prodotto è realizzato con materia prima da foreste gestite in maniera sostenibile e da fonti controllate
PEFC/18-31-226
www.pefc.it

GRAFICA VENETA CARBON NEUTRAL

Questo libro è fabbricato da Grafica Veneta S.p.A.
con un processo di stampa e rilegatura certificato 100% carbon neutral
in accordo con PAS 2060 BSI

Finito di stampare presso Grafica Veneta
Via Malcanton, 2 – Trebaseleghe (PD)

Prova d'acquisto
978-88-5544-237